HEYNE
BÜCHER

JOSEPH FINDER

MOSKAU CONNECTION

Roman

Aus dem Amerikanischen
von Andreas Brandhorst

WILHELM HEYNE VERLAG
MÜNCHEN

HEYNE ALLGEMEINE REIHE
Nr. 01/9730

Titel der Originalausgabe
THE MOSCOW CLUB

2. Auflage

Umwelthinweis:
Dieses Buch wurde auf
chlor- und säurefreiem Papier gedruckt.

Redaktion: Dr. Uta Kreuter

Printed in Germany 1996
Umschlagillustration: Bildagentur Mauritius/MTI, Mittenwald
Umschlaggestaltung: Atelier Ingrid Schütz, München
Gesamtherstellung: Ebner Ulm

ISBN 3-453-09253-8

Für meine Eltern
und für Michele

Sie waren zu sehr in ihre eigene Vergangenheit verwickelt, gefangen in einem Netz, das sie selbst gesponnen hatten, nach den Gesetzen falscher Ethik und verdrehter Logik. Sie alle waren schuldig, aber nicht der Verbrechen, die man ihnen zur Last legte. Es gab kein Zurück für sie.

ARTHUR KOESTLER, *Darkness at Noon*

Prolog

MOSKAU

Zehn Minuten nach Mitternacht. Der Chauffeur lenkte die schwarze Tschaika-Limousine zum Haupteingang des großen gelben Gebäudes an der Alexei-Tolstoi-Straße und hielt dort. Rasch öffnete er die Tür für den Fahrgast, einen einflußreichen Mann, der im Zentralkomitee einen hohen Rang bekleidete und kurz brummte, als er ausstieg. Der Chauffeur salutierte – solche Zeichen des Respekts gefielen seinem Chef –, nahm wieder am Steuer Platz und hoffte, daß man ihm die Unruhe nicht anmerkte.

Als er weit genug vom Gebäude entfernt war, holte er eine Bruce-Springsteen-Kassette hervor, die ihm seine Frau Vera auf dem schwarzen Markt gekauft hatte. Er schob sie in den Recorder und drehte die Lautstärke so weit auf, daß Springsteens kehlige Stimme das Armaturenbrett erzittern ließ. Die dumpfen Baßklänge konnte man sicher auch außerhalb des schwer gepanzerten Wagens hören, aber der Chauffeur brauchte die vertraute Musik, um sich zu beruhigen.

Während er fuhr, dachte er an Veruschka. Er stellte sich vor, wie sie im warmen Bett lag, die Brüste angeschwollen, der Bauch bereits deutlich gewölbt. Bestimmt schlief sie friedlich, ohne etwas von der wahren Tätigkeit ihres Mannes zu ahnen. Wenn er neben ihr unter die Decke kroch, würde sie erwachen, lächeln und die Arme um ihn schlingen.

Er ließ den Wagen über eine steile Rampe in die unterirdische Garage rollen. Dort standen die Tschaikas und Wolgas der anderen Bewohner des Gebäudes – sie alle gehörten zur herrschenden Elite der Sowjetunion. Das Scheinwerferlicht glitt über dunkle Wände, und der Chauffeur stellte erleichtert fest, daß sich hier niemand aufzuhalten schien. Gut.

Er setzte in die reservierte Parknische zurück, ließ den Blick erneut durch die Garage schweifen und klopfte mit den Fingern aufs Lenkrad, nicht ganz im Takt der Musik. Schließlich schaltete er den Motor aus, lauschte noch eine Zeitlang den Springsteen- Melodien und drehte dann den Zündschlüssel. Plötzlich herrschte völlige Stille. Sein Herz klopfte schneller und lauter, als neuerliche Furcht in ihm keimte. Für einen Sekundenbruchteil glaubte er, vor der gegenüberliegenden Wand die Silhouette eines Mannes zu sehen, aber es handelte sich nur um den verzerrten Schatten eines anderen geparkten Wagens.

Er stieg aus und öffnete die hintere Tür auf der Fahrerseite. Im Fond stank es nach Nikotin. Deutlich erinnerte er sich an den dichten Qualm der Dunhill-Zigaretten, die sein Chef rauchte. Zusammen mit seinen Genossen war er von einer geheimen Konferenz am Stadtrand von Moskau zurückgekehrt. Unterwegs hatten sie das Trennfenster geschlossen, um über Dinge zu sprechen, die der Fahrer nicht hören sollte.

Der Chauffeur sah pflichtbewußt auf die Straße und verhielt sich so, als geschähe überhaupt nichts Besonderes. Aber er wußte, daß sein Chef in eine gefährliche Angelegenheit verwickelt war. Es ging dabei um etwas, von dem niemand sonst im Zentralkomitee oder im Kreml erfahren sollte.

Während der letzten Wochen hatte der Chauffeur seinen Chef mehrmals zu geheimen Treffen mit anderen mächtigen Männern gefahren: immer spät abends, immer auf Umwegen. Er wußte, daß er großes Vertrauen genoß; er galt als ein besonders zuverlässiger und diskreter Fahrer. Die Personen im Fond zweifelten sicher nicht an seiner Loyalität.

Er öffnete nun die Seitenfenster, nahm einen kleinen Staubsauger zur Hand und entfernte damit die Zigarettenstummel. Sein Chef war Kettenraucher, verabscheute es aber, wenn der Wagen am nächsten Morgen nach Zigaretten roch. Reine Routine – der Chauffeur empfand sie als entspannend.

Dann blickte er noch einmal durch die Garage, um sicher zu sein, daß ihn niemand beobachtete. Ein neuer Adrenalinschub ließ ihn erzittern. Es wurde Zeit.

Er griff unter den dick gepolsterten Ledersitz, tastete über die Federn und berührte einen länglichen Metallgegenstand. Geschickt löste er dann das Objekt aus der Klammer und zog es hervor.

Es wirkte unauffällig, schien ein Teil des Sitzrahmens zu sein, aber es verbarg etwas in seinem Innern. Der Chauffeur betätigte einen kleinen Schalter an der Seite, und daraufhin rutschte ihm eine Mikrokassette in die Hand.

Er steckte sie rasch ein und schob das winzige, aus Westdeutschland stammende Aufzeichnungsgerät wieder in die Befestigungsklammer. Dann schloß er den Wagen ab und pfiff vor sich hin, als er die Garage verließ.

Der Chauffeur war auf die gewohnte Art und Weise vorgegangen. Gegen Mittag, während sein Chef im Gebäude des Zentralkomitees am Staraja-Platz arbeitete, betrat er einen bestimmten Spirituosenladen des Tscherkassy-Boulevards und bat den Verkäufer um einen Liter Wodka. Wenn ihm der Mann Pfefferwodka anstatt die normale Sorte gegeben hätte, so deutete das auf Schwierigkeiten hin. Aber heute bekam er eine ganz gewöhnliche Flasche – es gab keine Probleme.

Jetzt waren die Straßen dunkel und leer. Vor einigen Stunden hatte es geregnet, und der Asphalt glänzte feucht. Der Chauffeur erreichte die Ringstraße und wandte sich nach Süden, in Richtung Wosstanja-Platz. Einige lachende junge Frauen, wahrscheinlich Studentinnen, wurden plötzlich still, als sie ihn sahen. Vermutlich hielten sie seine Uniform mit den blauen KGB-Epauletten des Neunten Direktoriums für die eines Milizsoldaten. Er schritt an ihnen vorbei, und hinter ihm kicherten sie leise.

Minuten später gelangte er zu einer öffentlichen Toilette. Der unangenehme Geruch von Urin wurde stärker, als er die Treppe hinunterging. An der Decke hing eine nackte Glühbirne; ihr gelbes Licht fiel auf fleckige Urinbecken und die gesplitterten Holztüren der Klosettabteile.

Die Schritte des Chauffeurs hallten laut wider, und er sah sich mißtrauisch um. Er war allein. Eine halbe Stunde nach Mitternacht: Um diese Zeit konnte man an einem solchen Ort nur Betrunkene und Stadtstreicher erwarten. Er betrat ein Abteil, zog die Tür zu, schob den Riegel vor und schnitt eine Grimasse – hier wurde der Gestank fast unerträglich. Zum Teufel mit den schmutzigen Moskowitern! Er hielt den Atem an, starrte an die mit Graffiti beschmierte Wand und fand die Stelle, an der die Ziegelsteine ein höckeriges Muster bildeten.

Er griff nach der Kante eines Steins und zog. Langsam löste er sich aus der Wand, und Mörtelstaub rieselte zu Boden.

Der Chauffeur haßte diesen Ort noch mehr als die anderen – er dachte an die Bäckerei, den Schuhmacher, den Plakatladen –, denn hier fühlte er sich hilflos und fürchtete ständig, von jemandem überrascht zu werden. Andererseits sprach durchaus eine gewisse Logik dafür, einen so abscheulichen Ort für den Austausch zu wählen.

Das Loch in der Wand enthielt ein kleines Paket. Der Chauffeur nickte zufrieden; auf die anderen war immer Verlaß.

Er zog das mit Zeitungspapier umwickelte Bündel hervor. Es enthielt eine Rolle Banknoten – er zählte das Geld nicht; sie betrogen ihn nie – und eine zellophanumhüllte Kassette.

Der Fahrer spürte, wie seine Hände zitterten. Er verstaute das Päckchen in der Innentasche seiner Jacke, legte die Mikrokassette mit der Aufzeichnung ins Loch und preßte anschließend den Mauerstein hinein.

Genau in diesem Augenblick hörte er etwas.

Schritte.

Der Chauffeur erstarrte und lauschte. Er vernahm kein lautes Klacken, sondern ein leises Knirschen, wie von Filzstiefeln. Erleichtert ließ er den angehaltenen Atem entweichen: Nur Greise, Bauern und Stadtstreicher benutzten solche Stiefel.

Du brauchst dir keine Sorgen zu machen, dachte er.

Dies ist eine öffentliche Toilette, und ganz gewöhnliche Leute kommen hierher. Niemand hat es auf dich abgesehen. Dir stellen keine KGB-Agenten nach; du bist in Sicherheit.

Er zog die Spülung und würgte unwillkürlich, als er sah, daß das Wasser nicht ablief. Einige Sekunden lang blieb er stehen, und während er gespannt horchte, kroch die Furcht erneut in ihn zurück. Die Schritte verklangen.

Langsam und wie beiläufig schob er den Riegel zurück, öffnete die Tür und sah den Fremden.

Ein Betrunkener. Alt. Halb zusammengekrümmt stand er in der Ecke: Filzstiefel, eine abgetragene Hose, darüber eine billige Nylonjacke. Ein alter Mann mit zotteligem Bart und zerzaustem Haar. Ungefährlich.

Der Chauffeur verdrängte seine Besorgnis. In einer halben Stunde liege ich neben Veruschka. Er holte tief Luft, nickte dem Betrunkenen kurz zu und ging an ihm vorbei.

»Gib mir einen Rubel«, lallte der Stadtstreicher.

»Verschwinde von hier, Alter«, erwiderte der Fahrer und hielt auf die Tür zu.

Der Betrunkene näherte sich ihm, stank nach Alkohol, Schweiß und Tabak. Er folgte ihm zur Treppe, dann auf die Straße. »Gib mir einen Rubel«, wiederholte er. Seine Augen blickten seltsam wachsam, paßten überhaupt nicht zu dem verlebten Gesicht.

Der Chauffeur drehte sich um. »Laß mich in ...«, begann er ungehalten.

Er bekam keine Gelegenheit mehr, den Satz zu beenden. Stechender Schmerz erfaßte ihn, und der scharfe Draht einer Garrotte schnürte ihm den Hals zu. Der alte Stadtstreicher stand dicht hinter ihm, und er lallte nun nicht mehr. »Verräter!« zischte er und zog den Draht noch enger zusammen.

Das Gesicht des Chauffeurs lief rot an. Die Augen traten ihm aus den Höhlen, und die Zunge quoll zwischen den Lippen hervor.

Dunkelheit wogte heran, die Finsternis des Todes, doch

während der letzten Lebenssekunden gab er sich der unlogischen Genugtuung darüber hin, daß er die Kassette mit der Aufzeichnung unbemerkt abgeliefert hatte. Er starb mit dem wundervollen Gefühl, einen Sieg errungen zu haben.

Erster Teil

DAS TESTAMENT

Er betrat sein Büro im Kreml ... Stumm, die Hände auf den Rücken gelegt, wanderte Lenin in seinem Arbeitszimmer umher, als nehme er Abschied von jenem Ort, von dem aus er einst die Geschicke Rußlands bestimmt hatte. Das ist eine Version. Nach der zweiten nahm Lenin ein Dokument vom Schreibtisch und steckte es ein. Dieser zweiten Schilderung widerspricht eine dritte: Er suchte nach dem Dokument und schrie wütend, als er es nicht finden konnte.

David Shub, *Lenin* (1948)

1

DIE ADIRONDACKS, NEW YORK

Die ersten dreißig Meter waren nicht weiter schwer: einige runde Felsvorsprünge, mit Moos bewachsen. Aber die letzten fünfzehn Meter ragten steil und völlig glatt empor, wiesen nur einen langen vertikalen Riß auf. Charles Stone verharrte auf einem flachen Sims, atmete langsam ein und aus, blickte gelegentlich nach oben und hob die Hand, um seine Augen vor dem hellen Sonnenschein abzuschirmen.

Nur selten erschien ihm das Klettern so perfekt wie diesmal. Er empfand eine tranceartige Ruhe, als er mit Händen und Füßen nach Halt suchte, sich immer weiter nach oben zog. Absolute Konzentration und der Eindruck grenzenloser Freiheit verdrängten den Schmerz der physischen Anstrengung. Hinzu kam das von manchen anderen Bergsteigern belächelte Gefühl, mit der Natur zu verschmelzen.

Stone war Ende Dreißig, hochgewachsen und schlank. Er hatte eine gerade Nase und ein vorspringendes Kinn. Eine Wollmütze bedeckte sein dunkles, lockiges Haar. Kühle Herbstluft rötete das gebräunte Gesicht.

Er wußte, daß er ein nicht unerhebliches Risiko einging, indem er auf die übliche Kletterausrüstung verzichtete, aber dadurch fühlte er sich dem Berg viel näher. Es blieb ihm gar nichts anderes übrig, als sich vollkommen zu konzentrieren. Andernfalls bestand die Gefahr, daß er sich verletzte oder gar in die Tiefe stürzte. Bei solchen Gelegenheiten blieb ihm überhaupt keine Zeit, an die Arbeit zu denken, und das fand er erfrischend. Glücklicherweise schätzten ihn seine Vorgesetzten so sehr, daß sie ihm solche Ausflüge immer genehmigten, wenn er den Wunsch dazu verspürte. Stone wußte, daß er nie zu einem zweiten Reinhold Messner werden konnte, der den Mount Everest ganz allein bezwungen hatte, ohne eine Sauerstoffmaske. Doch manchmal spielte so etwas überhaupt keine Rolle. Manchmal genügte es, ein Teil des Berges zu werden.

Geistesabwesend trat er nach losem Geröll. Weiter oben, über der Baumgrenze, wo nur noch niedriges Gestrüpp aus dem grauen Granit wuchs, flüsterte eisiger Wind. Stones Finger wurden taub, und er behauchte sie, um sie zu wärmen. Sein Hals war wund, und die kalte Luft stach in den Lungen.

Er streckte sich, erreichte den zwei bis drei Zentimeter breiten Riß. Aus der Nähe betrachtet wirkte die Felswand noch gefährlicher: Fast senkrecht reichte sie nach oben und bot nur wenig Halt. Stone griff nach einem kleinen Vorsprung, spannte die Muskeln und zog sich langsam in die Höhe.

Kurz darauf ertastete er den Riß, schob die Finger hinein und kletterte weiter. Er blieb in Bewegung, fand einen Rhythmus, der seine Kräfte schonte. Sein Denken und Empfinden verschmolz mit der stillen Erhabenheit des Berges, und er wußte, daß er den Gipfel erreichen würde. Es dauerte nicht mehr lange ...

Irgend etwas störte den Frieden, ein elektronisches Blöken, das an diesem Ort völlig fehl am Platz zu sein schien. Jemand rief seinen Namen. Absurd, fuhr es ihm durch den Sinn. Ich bin hier völlig allein.

Die elektronisch verstärkte Stimme erklang erneut, und diesmal konnte kein Zweifel bestehen: Sie nannte seinen Namen. Unmittelbar darauf vernahm Stone das Pochen von Rotorblättern. »Charlie!«

»Verdammter Mist!« fluchte er halblaut und hob den Kopf.

Ein weiß und orangefarbener Hubschrauber schwebte dicht über dem Gipfel und setzte zur Landung an.

»Mama möchte Sie zurück, Charlie«, klang die Stimme des Piloten aus dem Lautsprecher.

»Tolles Timing«, brummte Stone und starrte über die Felswand. »Was für ein blöder Sinn für Humor.« Sechs Meter – hätte der Kerl im Helikopter nicht noch etwas warten können? Er begriff, daß seine Kletterpartie in den Adirondacks zu Ende ging.

Einige Minuten später erreichte er den Gipfel, lief zum Hubschrauber und duckte sich unter den Rotorblättern.

»Tut mir leid, Charlie!« rief der Pilot, um das Dröhnen des Motors zu übertönen.

Stone rang sich ein gewinnendes Lächeln ab, nahm neben ihm Platz und setzte den Kopfhörer auf. »Es ist nicht Ihre Schuld, Dave«, sagte er ins Mikrofon und schnallte sich an.

»Mit der Landung an diesem Ort habe ich gegen mindestens fünf FAA-Vorschriften verstoßen«, erwiderte der Pilot. Seine Stimme klang dünn und blechern, als der Helikopter abhob. »Ich dachte schon, ich würde es nicht schaffen.«

»Konnte ›Mama‹ nicht bis morgen warten?« klagte Stone.

»Ich befolge nur meine Anweisungen, Charlie.«

»Zum Teufel auch, wie hat man mich hier gefunden?«

»Warum richten Sie diese Frage an einen einfachen Piloten?«

Stone schmunzelte, einmal mehr von den Möglichkeiten seiner Vorgesetzten erstaunt. Er lehnte sich zurück und beschloß, den Flug zu genießen. Etwa eine Stunde bis nach Manhattan, dachte er.

Ruckartig drehte er den Kopf. »He, was ist mit meinem Wagen? Er steht dort unten und ...«

»Man hat sich bereits darum gekümmert«, unterbrach ihn der Pilot. »Es geht um eine wichtige Sache, Charlie.«

Stone machte es sich erneut bequem, schloß die Augen und lächelte mit widerstrebender Bewunderung. »Sehr gründlich«, murmelte er.

2

NEW YORK

Charlie Stone ging die Treppe hoch und betrachtete dabei das vornehm wirkende Haus, das an einer ruhigen, von Bäumen gesäumten Straße in der Upper East Side stand. Es war später Nachmittag, aber noch immer sonnig; der bernsteinfarbene Glanz eines typischen Herbsttages in New York glitt über die Stadt. Charlie betrat das hohe Foyer und betätigte den Türmelder.

Er verlagerte das Gewicht vom einen Bein aufs andere, während man mit Hilfe der Überwachungskamera seine Identität überprüfte. Die komplexen Sicherheitsmaßnahmen der Foundation hatten ihn zunächst verärgert, bis er die Arbeitsbedingungen in Langley kennenlernte: grauer Teppichboden, der von Wand zu Wand reichte, endlose Korridore. Daraufhin sank er fast auf die Knie und rief ein Hosianna.

Vermutlich verdankte die Parnassus Foundation ihren Namen einem CIA-Witzbold, der sich für griechische Mythologie interessierte. Sie gehörte zur Central Intelligence Agency, und ihre Mitarbeiter befaßten sich mit streng geheimen Analysen. Ein früherer CIA-Direktor hatte aus verschiedenen Gründen beschlossen, nicht alle Zweigstellen der Agency in Langley, Virginia, unterzubringen. Die Parnassus Foundation befand sich in einem hübschen fünfstöckigen Haus an der East 66th Street in New York City; in dem Gebäude gab es spezielle Vorrichtungen, die elekronische Lauschangriffe verhindern sollten.

An Geld fehlte es nicht. Die Foundation wurde unter William Colby gegründet, nachdem das Senate Select Committee on Intelligence (die sogenannten Church-Committee-Anhörungen) der CIA schweren Schaden zufügte. Colby begriff, daß die Agency Experten für Analysen und Auswertungen benötigte, bisher einer der schwachen Punkte der CIA. Die Parnassus gewährten Zuschüsse wuchsen von einigen Millionen Dollar auf mehrere hundert Millionen während der Amtszeit von William Casey und William Webster. Die Foundation stellte fünfundzwanzig Spezialisten ein und bezahlte sie außerordentlich gut. Manche von ihnen beschäftigten sich mit Peking, andere mit Lateinamerika oder der NATO.

Stones Arbeit galt der Sowjetunion. Er war Kremlforscher, und gelegentlich glaubte er, seine Tätigkeit sei ebenso wissenschaftlich wie Kaffeesatzlesen. Der Leiter des Programms, Saul Ansbach, bezeichnete ihn als Genie – sicher eine Übertreibung, fand Charlie. Er hielt sich nicht für genial. Aber er liebte Puzzles: Er fand Gefallen daran, Informationsfetzen zusammenzusetzen und so lange auf sie zu starren, bis sich Muster ergaben.

Zweifellos leistete er gute Arbeit. Bei vielen Leuten galten die Vorgänge im Kreml als ein unlösbares Rätsel, aber Stone hatte ein besonderes Gespür dafür.

Im Jahre 1984 hatte er den Aufstieg eines bis dahin weitgehend unbekannten Politbüro-Mitglieds namens Michail S. Gorbatschow vorausgesagt, obwohl alle anderen Leute in den amerikanischen Geheimdiensten auf ältere und etabliertere Kandidaten tippten. Es handelte sich um Stones legendäre PAE 121; die Initialen standen für »Parnassus Analytische Einschätzung«. Sie brachte ihm hohes Ansehen ein – bei den vier oder fünf Personen, die seine Arbeit kannten.

In einem seiner Berichte erwähnte er, daß der Präsident bei Begegnungen mit Gorbatschow nicht auf körperliche Kontakte verzichten und in dieser Hinsicht ebenso ausdrucksvoll sein sollte wie Breschnew. Gorbatschow war weitaus »westlicher« (und damit reservierter) als seine Vorgänger, und nach Stones Ansicht würden derartige Gesten seine Sympathie gewinnen. Später beobachtete er zufrieden, wie Reagan auf dem Roten Platz den Arm um Gorbatschows Schultern legte. Derartige »Banalitäten« stellten ein wichtiges Instument in der internationalen Diplomatie dar.

Als die Berliner Mauer fiel, waren alle überrascht, auch Stone. Aber er hatte dieses Ereignis praktisch vorausgesehen, aufgrund von abgehörten Mitteilungen zwischen Gorbatschow und den Ostdeutschen. Es lagen keine konkreten Anhaltspunkte vor; Charlie blieb auf Mutmaßungen angewiesen. Durch jene Analyse gewann er den Ruf, einer der besten Leute in der Agency zu sein.

Bei seiner Tätigkeit konnte er sich nicht nur auf Instinkt und Intuition verlassen. Oft blieb einem nichts anderes übrig, als die Ärmel hochzukrempeln. Viele Gerüchte kamen aus Mokau: Man mußte die Quellen identifizieren, ihre Zuverlässigkeit einschätzen. Hinzu kamen subtile Hinweise.

Zum Beispiel die Sache am vergangenen Tag. Jemand aus dem Politbüro hatte der französischen Zeitung *Le Monde* ein Interview gegeben und verlauten lassen, daß ein gewisser Parteisekretär vielleicht bald seinen Posten an jemand anders verlor, der einen konservativeren Standpunkt vertrat und für seine antiamerikanische Haltung bekannt sei. Nun, Stone stellte fest, daß der entsprechende Mann in einem von der *Prawda* veröffentlichten Gruppenfoto fehlte. Es bedeutete, daß ihn einige seiner Kollegen auf dem Kieker hatten, daß er wahrscheinlich nur Staub aufwirbeln wollte. Charlies Bewertungen waren nicht immer exakt, aber er konnte auf eine Erfolgsquote von neunzig Prozent stolz sein. Er fand seine Arbeit aufregend, und er hatte die beneidenswerte Fähigkeit, sich völlig auf etwas zu konzentrieren, wenn das erforderlich wurde.

Schließlich summte es, und er trat vor, um die Innentür zu öffnen.

Stone schritt über einen Boden, der aus schwarzen und weißen Fliesen bestand, ging dann eine Treppe hoch. Die Empfangsdame war bereits aufgestanden und wartete.

»Schon zurück, Schätzchen?« fragte Connie, kicherte und erlitt gleich darauf einen Hustenanfall. Charlie musterte die blonde, fast fünfzig Jahre alte Frau. Connie war geschieden und versuchte, sich wie eine Fünfundzwanzigjährige zu kleiden. Sie rauchte wie ein Schlot und nannte alle Parnassus-Mitglieder »Schätzchen«. Eigentlich sah sie aus wie eine Frau, die man auf einem Barhokker erwartete. Ihre Arbeit stellte keine besonders hohen Ansprüche. Die meiste Zeit über saß sie am Schreibtisch, empfing Kuriere der Agency und telefonierte mit Freundinnen. Aber sie war diskret und überwachte die Verbindungen zwischen der Foundation, Langley und dem Rest der Welt mit eiserner Disziplin.

»Die Sehnsucht trieb mich zurück«, erwiderte Stone, ohne stehenzubleiben.

»Interessante Aufmachung«, kommentierte Connie. Sie deutete auf Charlies schmutzige Jeans, das fleckige Sweatshirt und die grünen Bergsteigerstiefel.

»Die Bekleidungsvorschriften sind geändert worden – hat Ihnen das niemand gesagt?« Stone setzte den Weg fort, wanderte über den langen Perserteppich im Flur.

Er ging am eigenen Büro vorbei, in dessen Vorzimmer seine Sekretärin Sherry saß. Sie war in South Carolina geboren und aufgewachsen, aber vor zehn Jahren, als Achtzehnjährige, hatte sie einen Sommer in London verbracht und sich dabei einen britischen Akzent angeeignet. Sie sah auf und hob fragend die Brauen.

Stone zuckte mit den Schultern. »Die Pflicht ruft«, sagte er.

»In der Tat«, pflichtete ihm Sherry bei und klang wie eine Bardame aus dem Londoner West End.

Saul Ansbach, der Leiter von Parnassus, saß hinter seinem großen Mahagoni-Schreibtisch, als Stone eintrat. Er stand auf und schüttelte ihm die Hand.

»Tut mir leid, Charlie.« Der große, kräftig gebaute und gut sechzig Jahre alte Ansbach trug eine dicke Brille, und sein stahlgraues Haar war *en brosse* geschnitten. »Unter normalen Umständen hätte ich Sie nicht zurückgerufen, aber es geht um eine wirklich wichtige Angelegenheit.« Er deutete auf den schwarzen Notre-Dame-Stuhl neben dem Schreibtisch.

Ansbach war Quarterback in Notre-Dame gewesen und hatte sich nie an die geschniegelten Ivy-League-Typen[1] gewöhnen können, die vor Jahren in der CIA dominierten. Vielleicht hat man ihn deshalb nach New York geschickt, um die Foundation zu leiten, dachte Stone. Aber er legte Wert darauf, sich gut zu kleiden: blaues Hemd, gestreifte Krawatte, ein Anzug, der von J. Press zu stammen schien.

Besuchern in Ansbachs Büro fiel sofort der mehr als einen Meter hohe Kamin aus Marmor auf. Er spiegelte das orangefarbene Licht wider, das durchs schalldichte Fenster fiel.

Stone hatte Saul während seines letzten Jahrs an der Yale University kennengelernt.

Charlie nahm an einem Seminar für sowjetische Politik teil und hörte der messingblonden Dozentin – eine russische Emigrantin – aufmerksam zu. Er studierte nun jene Dinge, mit denen sich sein Vater einst seinen Lebensunterhalt verdient hatte, fand großes Interesse daran und fiel bald durch seine ausgezeichneten Leistungen auf.

Eines Tages lud ihn die Dozentin zum Mittagessen bei Mory's ein, dem privaten Club in der York Street – dort verspeisten Professoren überbackene Käseschnitten und klagten über die noch immer nicht erfolgte Aufnahme in die Guggenheim-Fellowship. Sie wollte Charlie jemanden vorstellen. Stone kam zum verabredeten Zeitpunkt und fühlte sich unwohl in seinem blauen Blazer. Die Yale-Krawatte saß viel zu eng.

Neben der Dozentin saß ein hochgewachsener Mann mit Bürstenschnitt und dunkler Brille. Er hieß Saul Ansbach, und während des Essens fragte sich Charlie mehrmals, warum man ihn eingeladen hatte. Sie sprachen über Rußland, die sowjetische Regierung, internationalen Kommunismus und dergleichen. Aber es steckte mehr dahinter als nur eine höfliche Plauderei. Später begriff Stone, daß ihn Ansbach – der sich zunächst als Mitarbeiter des State Department vorstellte – einem Test unterzog.

1 Ivy League – Eliteuniversitäten der USA.

Als man den Kaffee servierte, entschuldigte sich die Dozentin, und anschließend versuchte Ansbach zum erstenmal, ihn für ein Geheimdienstprogramm zu rekrutieren, über das er nur vage Auskunft gab. Er wußte, daß Charlie der Sohn des berüchtigten Alfred Stone war, der bei den McCarthy-Prozessen als Verräter verurteilt wurde. Aber das spielte keine Rolle für ihn. Er sah einen brillanten jungen Mann, der ein ungewöhnliches Gespür für internationale Politik – insbesondere die der Sowjetunion – bewiesen hatte. Außerdem war er der Patensohn von Winthrop Lehman.

Charlie verband düstere Vorstellungen mit der CIA und wies das Angebot zurück.

Noch während er studierte, rief Saul Ansbach mehrmals an, und Charlie lehnte immer höflich ab. Einige Jahre später, nachdem Stone mit einer erfolgreichen Karriere als Fachmann für sowjetische Politik begonnen hatte – er dozierte in Georgetown, dann auch am MIT –, trat Saul noch einmal an ihn heran, und diesmal gab Stone nach. Inzwischen herrschten andere Zeiten, und die CIA wirkte weniger hassenswert. Die Geheimdienstarbeit übte immer größere Faszination auf ihn aus, und außerdem wußte er, daß er angesichts seiner Reputation Forderungen stellen konnte.

Charlie nannte verschiedene Bedingungen. Er bestand darauf, seine Arbeitszeit selbst zu bestimmen - um immer dann in den Bergen zu klettern, wenn er eine Abwechslung brauchte. Er wollte zu Hause in New York arbeiten und nicht nach Washington umziehen; die dortigen Regierungsgebäude und weißen »Promenaden« erfüllten ihn mit Abscheu – ganz zu schweigen von dem gräßlichen alten CIA-Hauptquartier in Langley. Und da er die Sicherheit einer akademischen Anstellung aufgab, verlangte er viel, viel Geld. Für eine Arbeit, die ihm so gut gefiel, daß er sie gratis erledigt hätte. Erst später begriff er, wie sehr eine einzelne Entscheidung das Leben verändern kann.

Saul ging zur Doppeltür aus massivem Mahagoni,

drückte die beiden Flügel zu und unterstrich damit den Ernst der Situation.

»Ich *hoffe,* daß die Angelegenheit wichtig ist«, sagte Stone mit gespielter Schroffheit. Per Hubschrauber von einem Berggipfel abgeholt zu werden – das ist so, als unterbräche einen jemand beim Geschlechtsakt, bevor man den Höhepunkt erreicht. Aber er hütete sich davor, diese Worte laut auszusprechen. Sonst fragte ihn Saul wahrscheinlich, wann er Charlotte zum letztenmal gesehen habe.

Wenn man vom Teufel spricht.

Charlies Gedanken kehrten in die Vergangenheit zurück.

Sie steht im Flur, die Koffer für Moskau gepackt. Ihre Augen, unvergeßlich: zuviel Make-up, als habe sie plötzlich das Maß verloren. Sie hat geweint. Stone steht neben ihr, ebenfalls den Tränen nahe, die Arme halb ausgestreckt, um sie noch einmal zu berühren, um sie festzuhalten, um ihr einen Abschiedskuß zu geben.

Oh, jetzt möchtest du mich küssen, sagt sie traurig und wendet sich mit verwischtem Lidschatten ab. Jetzt *möchtest du mich küssen.*

Saul nahm hinter dem Schreibtisch Platz und griff nach einem dunkelblauen Aktenordner. »Wir haben gerade etwas von Moskau bekommen.«

»Noch mehr Gerüchte?« Soweit es die Sowjetunion betrifft, beschäftigt man sich in der CIA zum großen Teil mit Informationen, die kaum mehr sind als Klatsch. Häufig analysieren die Kremlforscher geradezu trivial anmutende Daten.

Ansbach lächelte hintergründig. »Ich möchte es folgendermaßen ausdrücken. Diese Akte kennen nur drei Personen: der Direktor, ein absolut zuverlässiger Transkriptor und ich. Erscheint Ihnen das bedeutsam genug?«

Stone nickte anerkennend.

»Nun, Sie wissen nicht, *wie* wir unsere Informationen bekommen«, fügte Saul hinzu und lehnte sich zurück. »Meiner Meinung nach ist es angebracht, die Ermittlungen von den Analysen zu trennen.«

»Ich verstehe.«

»Aber Ihnen dürfte klar sein, daß wir seit Howard kaum mehr Leute in Rußland haben.« Ansbach bezog sich auf Edward Lee Howard, einen CIA-Agenten, der 1983 zu den Sowjets überlief und fast alle Agency-Mittelsmänner in der UdSSR entlarvte – ein schwerer Schlag, von der sich die CIA nie ganz erholte.

»Wir haben neue rekrutiert«, vermutete Stone.

»Nein. Einer der wenigen, die uns blieben, war ein Fahrer im Neunten Direktorat des KGB. Codename IGEL. Wir haben ihn früh angeworben und in Rubel bezahlt – harte Währung wäre zu riskant gewesen.«

»Als Gegenleistung zeichnete er die Gespräche im Fond auf.«

»Wir stellten ihm einen Recorder zur Verfügung, und er versteckte ihn unterm Rücksitz.«

»Schlauer Bursche.«

»Nun, ihm fiel auf, daß sein Chef häufig an geheimen Treffen von einflußreichen Leuten teilnahm, die spät abends außerhalb von Moskau stattfanden. Unser Mann wurde hellhörig und schickte uns mehrere Kassetten. Leider kannte er sich nicht mit dem Recorder aus. Er drehte die Lautstärke herunter, und deshalb läßt die Qualität der Aufzeichnungen sehr zu wünschen übrig. Wir haben versucht, die Sprecher zu identifizieren, doch die Störgeräusche überlagern alles. Einige Gesprächsfetzen sind deutlich zu verstehen, aber leider wissen wir nicht, *wer* spricht.«

»Sie möchten herausfinden, was vor sich geht«, sagte Stone. Er sah nicht etwa Ansbach an, sondern betrachtete die umrahmten Bilder von Stockenten und botanischen Besonderheiten, die über der Vertäfelung an der Wand hingen. Er respektierte Sauls Bemühen, seinem Büro ein persönliches Flair zu geben. »Aber warum ausgerechnet ich? Es gibt andere, die sich damit befassen können.« Charlie schlug die Beine übereinander. »Spezialisten, die sich bereits in der Stadt aufhielten.«

Ansbach gab keine Antwort und reichte ihm den Aktenordner. Stone öffnete ihn und begann zu lesen.

Nach einigen Minuten hob er den Kopf. »Na schön. Sie haben die Stellen hervorgehoben, auf die Sie meine Aufmerksamkeit richten wollten. Zwei Männer, die sich unterhalten.« Er las die markierten Passagen.

»Sicher? ... Das Lenin-Testament ... Nur eine andere Kopie ... Winthrop Lehman besitzt ... Hat es von Lenin höchstpersönlich bekommen ... der Bonze ... können nichts dagegen unternehmen ...«

Stone räusperte sich. »Dieser Winthrop Lehman ... Ich nehme an, es geht um *den* Winthrop Lehman.«

»Kennen Sie einen anderen?« fragte Ansbach und breitete kurz die Arme aus. »Ja. *Ihr* Winthrop Lehman.«

»Hm«, machte Stone. »Jetzt verstehe ich, warum Sie unbedingt *mich* wollten.«

Winthrop Lehman, sein Pate, war unter Franklin Roosevelt und Harry Truman Berater für nationale Sicherheit gewesen. 1950 stellte er einen jungen Harvard-Historiker namens Alfred Stone – Charlies Vater – als Assistenten ein. Er hielt auch später zu ihm, als Senator Joseph McCarthy behauptete, Alfred Stone sei ein Verräter, der Staatsgeheimnisse an die Russen weitergab. Lehman, der Aristokrat, Staatsmann und ›Philanthrop‹ (was bedeutete, daß er mit seinem enormen Vermögen recht großzügig umging), war jetzt neunundachtzig Jahre alt. Charlie wußte, daß er nur deshalb zu Parnassus gehörte, weil der einflußreiche Lehman seine Beziehungen hatte spielen lassen.

Saul Ansbach preßte die Fingerspitzen aneinander und hob sie zum Kinn. Es sah aus, als besinne er sich auf ein Gebet. »Es ist Ihnen ebenfalls aufgefallen, nicht wahr?«

»Ja«, bestätigte Stone. »Das ›Lenin-Testament‹ wurde auch erwähnt, als der Senatsausschuß zur Untersuchung unamerikanischer Umtriebe gegen meinen Vater verhandelte. Nur ein einziges Mal, ohne irgendeine Erklärung.« Er hörte, wie seine Stimme immer lauter wurde. »Aber ich habe immer angenommen ...«

»Daß diese Bezeichnung auf irgendeinen Fehler zurückging?« fragte Saul ruhig. »Auf einen dummen Schnitzer bei den Ermittlungen, durchgeführt von einem jungen Spund im Komitee?«

»Nein. Das mir bekannte ›Lenin-Testament‹ ist kein Geheimnis. Lenin schrieb es während der letzten Tage seines Lebens, und unter anderem warnte er darin vor der wachsenden Macht Stalins. Stalin versuchte, das Dokument verschwinden zu lassen, aber einige Jahre nach Lenins Tod tauchte es wieder auf.« Charlie bemerkte das dünne Lächeln Ansbachs. »Sie glauben nicht, daß sich der Hinweis darauf bezieht?«

»Was glauben Sie?«

»Nein«, erwiderte Stone. »Es ist etwas anderes gemeint. Ich schlage vor, Sie setzen IGEL darauf an.«

»Das dürfte einige Probleme mit sich bringen«, erklärte Saul. »Er wurde vor zwei Tagen ermordet.«

Stones Pupillen weiteten sich, und dann schüttelte er langsam den Kopf. »Armer Kerl. Hat ihn der KGB erwischt?«

»Das vermuten wir.« Ansbach hob die Schultern. »Allem Anschein nach waren Profis am Werk. Etwas anderes kommt hinzu: Wir wissen nicht, *wie* er aufgeflogen ist.«

»Sie wollen also, daß ich herausfinde, was es mit dem ›Lenin- Testament‹ auf sich hat, richtig? Möchten Sie vielleicht, daß ich mit meinem Vater rede, ihn irgendwie aushorche? Nein, Saul. Das gefällt mir nicht.«

»Sie wissen, daß Ihr Vater keine Staatsgeheimnisse verriet. Haben Sie sich nie gefragt, warum er trotzdem im Gefängnis landete?«

»Das frage ich mich schon seit vielen Jahren, Saul.«

Seit vielen Jahren.

Alfred Stone, an der Harvard-Universität Professor für amerikanische Geschichte des zwanzigsten Jahrhunderts, war einst eine anerkannte Größe auf seinem Fachgebiet gewesen. Bevor *es* geschah. Er zerbrach an den Ereignissen des Jahres 1953. Seit damals hatte er keinen einzigen Artikel mehr veröffentlicht. Er begann zu trinken, wurde zu einem Schatten seiner selbst.

Vor Charlies Geburt galt Alfred Stone als leidenschaftlicher Dozent und brillanter Akademiker, und 1950, als Einunddreißigjähriger, bot man ihm an, sich Trumans Mitarbeiterstab im Weißen Haus anzuschließen. Er hatte bereits einen Pulitzerpreis für seine Arbeiten über die Vereinigten Staaten und das Ende des Ersten Weltkrieges gewonnen. Der Harvard-Rektor James Bryant Conant bat ihn, die Philosophische Fakultät als Dekan zu leiten, aber er entschied sich für Washington. Winthrop Lehman, einer von Trumans Assistenten und ein Überbleibsel der Roosevelt-Administration, hörte von dem erfolgreichen Professor in Harvard und fragte ihn, ob er bereit sei, fürs Weiße Haus zu arbeiten. Alfred Stone nahm das Angebot an.

Alle rechneten damit, daß ihm eine steile Karriere bevorstand, aber dazu kam es nicht. 1953 kehrte er als gebrochener Mann zum Harvard-Campus zurück, wo man ihn stillschweigend duldete. Fortan schrieb er keine wichtigen Artikel mehr.

Charlie Stone erfuhr zum erstenmal von der Vergangenheit seines Vaters, als er zehn Jahre alt war.

Eines Tages nach der Schule stellte er fest, daß die Tür des väterlichen Arbeitszimmers offenstand. Er trat ein und sah sich neugierig um, fand jedoch nichts Interessantes. Charlie wollte den Raum wieder verlassen, als er auf dem Schreibtisch ein ledernes Sammelalbum bemerkte. Er öffnete es, und sein Herz klopfte schneller, als er begriff, daß er etwas *entdeckt* hatte. Aufgeregt begann er zu blättern.

Das Album enthielt eine Sammlung von Zeitungsartikeln aus den frühen fünfziger Jahren. Sie berichteten Dinge über Charlies Vater, von denen der Junge bisher gar nichts wußte. Ein Artikel aus dem *Life*-Magazin trug den Titel: ›Der sonderbare Fall des Alfred Stone.‹ In einem Ausschnitt der *Daily News* war die Rede vom ›roten Professor‹. Charlie nahm den schimmeligen, vanilleartigen Geruch des Albums wahr, als er las. Plötzlich erinnerte er sich an einzelne Gespräche, an hier und dort gehörte scheußliche Bemerkungen über seinen Vater, an laute

Stimmen im Schlafzimmer der Eltern. Hammer und Sichel, von jemandem an die Vordertür gemalt, Steine, die das Küchenfenster zertrümmerten – jetzt ergab das alles einen Sinn. Dann kam Charlies Vater herein und überraschte seinen Sohn mit dem Album. Wütend schritt er zum Schreibtisch und riß ihm das Buch aus der Hand.

Am nächsten Tag wandte sich seine Mutter an ihn – die gertenschlanke und dunkelhaarige Margaret Stone – und schilderte die Ereignisse des Jahres 1953. Sie erwähnte einen Senatsausschuß zur Untersuchung unamerikanischer Umtriebe, der vor seiner Geburt sehr mächtig gewesen war. Sie erzählte von einem Mann namens Joseph McCarthy, der die USA von Kommunisten unterwandert glaubte und meinte, sie seien überall, sogar im Weißen Haus. Dein Vater ist ein prominenter Mann gewesen, sagte sie, ein Berater des Präsidenten. Er geriet in einen Kampf zwischen McCarthy und Truman, einen Kampf, den der Präsident nicht an allen Fronten führen konnte. McCarthy zerrte deinen Vater vor das Komitee und bezichtigte ihn, ein Kommunist zu sein, ein Spion der Russen.

Das stimmte natürlich nicht, fuhr Margaret Stone fort, aber damals befand sich unser Land in einer schwierigen Lage. Die Leute wollten glauben, ihre Probleme lösen zu können, indem sie Spione und Kommunisten entlarvten. Dein Vater war unschuldig, aber weißt du, er konnte es nicht *beweisen,* und deshalb . . .

»Warum hat er nichts gesagt?« erwiderte Charlie mit der unerschütterlichen Logik eines Zehnjährigen. »Warum setzte er sich nicht zur Wehr?«

»Aber haben Sie jemals Ihren *Vater* gefragt?« Ansbach nahm einen Becher von einigen grünweißen Computerausdrucken und trank einen Schluck lauwarmen Kaffee.

»Ja, einmal, als Kind. Aber mir wurde sofort klar, daß mich solche Dinge nichts angingen. Ich hielt es für besser, darüber zu schweigen.«

»Und als Erwachsener?« hakte Saul nach.

»Nein, nie. Und dabei bleibt es.«

»Hören Sie, es widerstrebt mir, Ihre Beziehungen zu Alfred Stone und Winthrop Lehman für die Agency auszunutzen ...« Ansbach nahm die Brille ab und putzte sie mit einem Papiertaschentuch. Er mied Charlies Blick, als er fortfuhr: »Wenn man unseren Agenten nicht umgebracht hätte, wäre es gar nicht nötig, Sie zu belästigen. Ich weiß, daß man Sie nur dafür bezahlt, Analysen vorzunehmen, aber die Sache ist so verdammt *wichtig* ...«

»*Nein*, Saul«, preßte Stone hervor. Er wünschte sich eine Zigarette, aber unmittelbar nach der Trennung von Charlotte hatte er das Rauchen aufgegeben. »Wie dem auch sei: Ich bin nicht im Außendienst tätig, falls Sie das vergessen haben sollten.«

»Zum Teufel auch, Charlie: Ganz gleich, worum es bei dem ›Lenin-Testament‹ geht – es könnte erklären, warum man Ihren Vater 1953 ins Gefängnis geworfen hat.« Ansbach setzte die Brille wieder auf. »Wenn Sie nicht bereit sind, der Agency einen Gefallen zu erweisen, so sollten sie dabei wenigstens an Ihren Vater denken ...«

»Ich wußte gar nicht, daß Sie so großen Anteil an dem Privatleben Ihrer Angestellten nehmen, Saul.« Der Appell an die Familie – Ansbach verstand sich gut darauf, Menschen zu manipulieren. Stone spürte, wie Ärger in ihm entstand.

Saul schwieg, starrte auf diverse Dokumente und Papiere, strich mit den Fingern über die abgewetzte Kante des Schreibtischs.

Schließlich sah er aus blutunterlaufenen Augen auf. Er wirkte erschöpft und sprach betont langsam. »Ich habe Ihnen nicht die letzte Seite der Niederschrift gezeigt, Charlie. Was keineswegs heißen soll, daß es mir an Vertrauen mangelt ...« Er zog ein Blatt hervor und reichte es Stone.

Ganz oben stand: ›Streng geheim – Delta.‹ Diese Klassifikation erlaubte es nur einigen wenigen Personen an der Regierungsspitze, die nächsten Zeilen zu lesen. Stone überflog sie rasch, las sie dann noch einmal und konnte es kaum fassen.

»Gorbatschow hat Schwierigkeiten mit dem Politbüro, seit man ihn zum Generalsekretär ernannte.« Ansbach zog jedes einzelne Wort in die Länge, als bereite ihm das Sprechen erhebliche Mühe. »Das wissen Sie natürlich – Sie haben uns seit Jahren darauf hingewiesen.« Er rieb sich die Augen. »Dann die Unruhen in Osteuropa. Viele Feinde haben es auf ihn abgesehen. Nun, in einigen Wochen findet das Gipfeltreffen statt. Der Präsident fliegt nach Moskau, und deshalb hielt ich es für wichtig . . .«

Stone nickte; seine Wangen glühten. »Wenn wir herausfinden, was es mit dem ›Lenin-Testament‹ auf sich hat, können wir vielleicht feststellen, wer an der Sache beteiligt ist, welche Ziele die Unbekannten verfolgen . . .« Seine Stimme verklang, und er dachte nach.

Ansbach musterte Stone, und in seinen Augen zeigte sich ein fiebriger Glanz. »Sie lesen die gleiche Botschaft heraus wie ich, nicht wahr?«

»Anders läßt sich das hier wohl kaum interpretieren.« Charlie hörte das leise Klappern einer Schreibmaschine, obwohl die dicke Tür geschlossen war. Eine Zeitlang beobachtete er das Wechselspiel aus Sonnenschein und Schatten an der Wand, ein von den Jalousien projiziertes geometrisches Muster. »Diese Leute – wer auch immer sie sind – planen den ersten Staatsstreich in der Geschichte der Sowjetunion.«

»Aber er soll nicht etwa im *Innern* des Kreml stattfinden«, fügte Saul hinzu und schüttelte den Kopf, als könne er es ebenfalls kaum glauben. »Nein, nicht in der Art. Etwas viel Schlimmeres bahnt sich an. Sind Sie jetzt bereit, mir zu helfen?«

»Wenn dieser Bericht nicht täuscht . . .« Stone starrte noch immer an die Wand. »Wir sprechen vom Sturz einer Regierung. Mehr noch: Einem halben Dutzend Regierungen steht das Ende bevor. Ein gefährlicher Aufruhr, der die ganze Welt . . .«

Er richtete den Blick auf Saul. »Es ist komisch. Jahrelang haben wir überlegt, ob so etwas geschehen könnte. Immer wieder stellten wir uns diese Frage: Was würde passieren, wenn die kleine Gruppe im Kreml ihre Macht an noch weitaus gefährlichere Leute verliert? Wir haben so häufig darüber gesprochen, daß man eigentlich meinen sollte, wir seien inzwischen mit dieser Vorstellung vertraut. Aber jetzt ... Himmel, sie jagt mir einen enormen Schrekken ein.«

3

MOSKAU

Das Wort ›Datscha‹ beziehungsweise ›Landhaus‹ war eine weit untertreibende Bezeichnung für das palastartige dreistöckige Gebäude, das sich hinter einigen Kiefern in Zhukowka erhob, etwa fünfundzwanzig Kilometer von Moskau entfernt. Zhukowka ist eine Enklave für besonders einflußreiche Angehörige der sowjetischen Elite, und diese Datscha gehörte einem der mächtigsten Männer in der Sowjetunion.

Zusammen mit elf anderen saß er in einem niedrigen Raum, dessen Wände mit religiösen Ikonen geschmückt waren. Auf dem Tisch standen kostbare Kristallgläser und Teller aus erlesenem Porzellan. Es wurden Kaviar und andere Delikatessen aufgetragen, und dazu trank man französischen Champagner – die Mahlzeit eines Privilegierten.

In regelmäßigen Abständen schaltete sich ein spezielles Prüfgerät ein, das Sendungen auf jeder beliebigen Frequenz empfangen konnte. Aus mehreren hoch an den Wänden angebrachten Lautsprechern drang hochfrequentes ›rosarotes Rauschen‹, das unentdeckt gebliebene Abhörinstrumente stören sollte. Es gab keine Möglichkeit, die Gespräche in diesem Raum zu belauschen.

Einige der zwölf Männer befanden sich im Ruhestand, aber die anderen bekleideten noch immer wichtige Posten in der Regierung. Das Spektrum reichte vom Zentralkomitee über die Rote Armee bis hin zum militärischen Nachrichtendienst GRU. Sie leiteten eine kleine, geheime Gruppe, die sich schlicht Sekretariat nannte; manchmal bezeichnete sie sich auch als Moskau-Klub. Ihre Mitglieder teilten einen ganz bestimmten Fanatismus: Sie alle empfanden eine unerschütterliche Loyalität der Sowjetunion gegenüber. Sie alle haßten Gorbatschow, der das Land allmählich in den Ruin zu treiben schien.

Während des Essens erörterte man das übliche Thema: den Niedergang des russischen Reiches, das von Michail Gorbatschow verursachte Chaos. Die Männer am Tisch, temperamentvolle Bürokraten, verstärkten gegenseitig ihre Besorgnis, und es dauerte nicht lange, bis eine alarmierte Stimmung herrscht.

Die Berliner Mauer existierte nicht mehr. Der Warschauer Pakt verdient kaum mehr seinen Namen. Die DDR gehörte zur Bundesrepublik Deutschland. In den sowjetisch beeinflußten Blockstaaten fielen nacheinander die kommunistischen Regierungen. Von Prag über Budapest bis nach Wilna und Warschau: Die Verrückten schwangen sich zu den Herren des Irrenhauses auf. Bürger demonstrierten und verlangten das Ende des Kommunismus. Michail Gorbatschow unternahm nichts dagegen; Lenin und Stalin drehten sich vermutlich im Grab um.

Selbst einige Republiken *in* der Sowjetunion strebten die Unabhängigkeit an und fordern Moskau heraus.

Das Reich – einst so stark und von Stalin in eine Weltmacht verwandelt – brach auseinander. Ein Alptraum.

Eins der führenden Mitglieder des Sekretariats, der Ökonom namens Yefim S. Fomin, hatte wegen seiner Unverblümtheit den Sitz im Politbüro verloren, und auch an diesem Abend nahm er kein Blatt vor den Mund. Er gehörte zum Zentralkomitee und war für die Wirtschaftsplanung in der Industrie zuständig. Er sprach also nicht ohne Kompetenz.

»Gorbatschows Wirtschaftspolitik ist katastrophal«, sagte er. Fomin war untersetzt, hatte dichtes weißes Haar und neigte dazu, beim Sprechen kaum die Lippen zu bewegen. »Das Bruttosozialprodukt sinkt ständig. Die kommunistische Partei hat keine Kontrolle mehr! Der Generalsekretär zerstört unser Land von *innen*.«

Nach dem Essen ergriff Oberst Gennadi Riazanow das Wort, der Koordinator des Sekretariats: ein blasser, hagerer und fünfundvierzigjähriger Mann, der die Auslandssektion der GRU leitete. Riazanow wirkte müde; während der letzten Wochen hatte er fast ständig rund um die Uhr gearbeitet. Seine Frau und die vier Kinder fragten häufig, wann er endlich einmal Gelegenheit fand, sein Büro zu verlassen. Der GRU-Chef wußte, daß er dort weniger Zeit verbrachte als sonst. Was also ging in Riazanow vor. Gab es Eheprobleme? Ein krankes Kind? Nur die Personen im Zimmer – und natürlich das Oberhaupt des Sekretariats, ein Mann, der nicht zusammen mit ihnen gesehen werden durfte – waren darüber informiert, womit sich Riazanow beschäftigte. Er investierte seine nervöse Energie in jene Pläne, die sie heute abend erörterten.

Gennadi war ein Perfektionist, der Fehler verabscheute. Schon seit einer ganzen Weile erwachte er jeden Morgen mit Magenschmerzen. Auch diesmal hatte er nichts gegessen.

Er sprach nun aus dem Stegreif, sah dabei ab und zu auf das Blatt mit den Notizen, das neben dem Glas Wasser lag. »Der Westen vertritt die Ansicht, in der Sowjetunion sei ein Staatsstreich praktisch ausgeschlossen.« Er lächelte dünn. Riazanow war kein großer Rhetoriker, und einige seiner Genossen im Zimmer begriffen, daß er sich auf diese Präsentation vorbereitet hatte. »Immerhin gibt es jetzt auch bei uns eine Art Demokratie – der Oberste Sowjet verabschiedet die vom Kreml vorgeschlagenen Gesetze. Nun, ich glaube, diese Auffassung bietet einen Vorteil für uns.«

Er sah die anderen Anwesenden der Reihe nach an und klopfte mit einem Kugelschreiber auf den Tisch. Nach einer Weile entstand Unruhe; Riazanow hatte zu lange gewartet.

»Worauf wollen Sie hinaus?« brachte der Ökonom Fomin zwischen dünnen, erstarrten Lippen hervor.

»Auf folgendes«, erwiderte Riazanow und warf ihm einen schwer verdaulichen Blick zu. »Realität und Auffassung stimmen nicht immer überein, und dieser Umstand kann uns helfen. Ich glaube, wir alle sind der Meinung, daß wir nicht länger zögern dürfen. Die Situation verlangt extreme Maßnahmen. Aber Mordanschläge haben keinen Sinn mehr. So etwas würde heftige Reaktionen in der Regierung nach sich ziehen und das Land noch weiter destabilisieren. Einige Leute sind der Ansicht, daß der Körper stirbt, wenn man den Kopf abschneidet. Doch der Kopf besteht nicht nur aus Gorbatschow – wir müssen auch seine Freunde im Politbüro berücksichtigen. Der Tod eines Mannes bringt sie nicht zum Schweigen. Ganz im Gegenteil.«

Riazanow klopfte weiterhin mit dem Kugelschreiber. Ganz offensichtlich ging es ihm nach wie vor darum, die Skeptiker zu überzeugen. Insgeheim wünschte er sich, einfach nach Hause zurückkehren zu können, um mit dem dreijährigen Lioscha zu spielen, der sicher längst schlief. Erneut spürte er Stiche in der Magengrube, ließ sich jedoch nichts anmerken und fuhr fort: »Unser Plan ist gefährlich, aber er hat gute Aussichten auf Erfolg. Mordanschläge führen selten zu den angestrebten Resultaten, und ›Unfälle‹ erregen nur Verdacht. Aber die Welt glaubt an die Gefahr des Terrorismus, selbst in Moskau.«

»Sind in diesem Raum alle sicher, daß die Geheimdienste – KGB, GRU – nichts von unseren Absichten erfahren?« Diese Frage stammte von Iwan M. Tsirkow, einem Sekretariatsmitglied, das für den GRU arbeitete. Tsirkow war klein, hatte ein rundes Gesicht und eine hohe Tenor-Stimme. Er ähnelte Lenin, trug jedoch keinen Bart.

Riazanow suchte nach den richtigen Worten für eine Antwort, doch Igor Krawtschenko – Leiter der Abteilung Acht im Ersten Direktorat des KGB – kam ihm zuvor. »Es gab einen Spion, der versuchte, Informationen über uns zu gewinnen«, erklärte Krawtschenko ruhig. Er war groß und stämmig, wirkte selbstzufrieden. Seine Augen glänzten hinter einer randlosen Brille.

Schockierte Stille herrschte. Riazanow schauderte innerlich.

»Genosse Morozow«, sagte der KGB-Mann und deutete auf Pjotr L. Morozow vom Zentralkomitee. »Einer meiner Agenten stellte fest, daß Ihr Fahrer in den Diensten des CIA stand.«

»*Was?*« entfuhr es dem unscheinbaren und etwa fünfzig

Jahre alten Mann. Der sanfte, blonde Morozow stammte aus einer russischen Bauernfamilie, worauf er immer wieder voller Stolz hinwies. »Aber Sie haben uns doch versichert, daß alle Fahrer sauber sind!«

»Inzwischen existiert das Problem nicht mehr«, entgegnete Krawtschenko gelassen. »Der Mann ist tot. Aber wenn Sie in seiner Gegenwart über Dinge gesprochen haben, die ...«

»Nein, natürlich nicht«, wandte Morozow ein und gestikulierte nervös. »Wenn Yefim Semjonowitsch ...« – er deutete auf den Ökonom Fomin, der kurz die Lippen zusammenpreßte –, »... wenn wir uns im Wagen unterhielten, schlossen wir immer die Trennscheibe. Wir wissen, wie wichtig es ist, daß alles unter uns bleibt.«

Oberst Riazanow spürte, wie seine Wangen zu glühen begannen. Er hielt den Ärger im Zaum; mit zornigem Gebrüll ließ sich nichts erreichen. Langsam hob er den Kugelschreiber und sagte so ruhig wie möglich: »Tot! Einen Toten kann man nicht verhören!«

»Ja«, pflichtete ihm Krawtschenko bei. »Das war Pfusch.« Er benutzte dabei einen vulgären russischen Ausdruck, der sich auf ein Bordell bezog. »Unsere Leute haben Mist gebaut. Zuviel Eifer. Nun, ich wollte verhindern, daß die Lubianka-Leute eine Möglichkeit bekamen, mit dem Agenten zu sprechen. Wie dem auch sei: Das Sekretariat ist weiterhin geheim.«

»Und die Amerikaner?« fragte Tsirkow. Seine Stimme kam fast einem Zirpen gleich. »Wenn von der amerikanischen Seite etwas durchsickert, geraten wir alle in Gefahr.«

»Unsere amerikanischen Freunde wiesen uns auf den Chauffeur hin«, antwortete Krawtschenko. »Sie sind ebenfalls daran interessiert, daß ihre Beziehungen zu uns ein Geheimnis bleiben.«

»Aber welche Garantie haben wir dafür, daß unsere Pläne nicht bekannt geworden sind?« erkundigte sich Morozow.

»Es ist alles in die Wege geleitet worden«, sagte

Krawtschenko fast gleichgültig. »Man kümmert sich darum, während wir uns hier unterhalten. Ich rechne nicht damit, daß sich Schwierigkeiten ergeben.«

»*Mokriye dela?*« Tsirkow verwendete eine Redensart der russischen Händler. Sie bedeutete ›feuchte Angelegenheiten‹ beziehungsweise Mord.

»Es läßt sich nicht vermeiden. Ich bin völlig sicher, daß keine Spuren zurückbleiben.«

»Wie sieht der Plan aus?« entfuhr es dem temperamentvollen und kräftig gebauten Michail Timofejew, der die Uniform der Roten Armee trug. »Was geschieht am Jahrestag der Revolution? Unsere Streitkräfte werden in höchster Alarmbereitschaft sein, aber unter welchem Vorwand?«

Oberst Riazanow seufzte nervös und bedauerte es, daß er den sorgfältig ausgearbeiteten Plan so direkt und abrupt präsentieren mußte, ohne irgendeine Einleitung. Langsam und gründlich erklärte er die Einzelheiten, und schließlich erklang eine Stimme am Ende des Tisches. »Ausgezeichnet«, lobte Fomin. »Gleichzeitig entsetzlich und hervorragend.«

4

NEW YORK

Alles in Stones Apartment erinnerte ihn an seine Frau Charlotte. Die Wohnung bestand aus acht großen Zimmern und gehörte zu einem alten Gebäude in Central Park West. Die Hausherren – der Ausschuß der Siedlungsgenossenschaft bestand aus drei Anwälten, einem einst berühmten Matinee-Idol und zwei Schwestern, die ein Vermögen geerbt hatten und schon seit Jahrzehnten im Gebäude wohnten – waren stolz darauf, Bewerber abzuweisen.

Stone wußte nicht, warum die Kommission Charlotte und ihn akzeptierte. Vielleicht lag es daran, daß sie ein anständig und ehrbar wirkendes Paar bildeten. Die Ausschußmitglieder hielten ihn für einen jungen Angestellten des State Department, und in Charlotte sahen sie eine Fernsehkorrespondentin, die einen guten Ruf genoß. Hinzu kam, daß sie beide keine finanziellen Probleme hatten, was sie der Parnassus Foundation verdankten.

Das Apartment wies viktorianische Stilelemente auf, aber gräßliche Velourstapeten und eine scheußliche Kücheneinrichtung störten diesen Eindruck. Der frühere Bewohner hatte offenbar viel Geld, doch keinen Geschmack. Während Charlotte nach einem Job suchte, begann sie mit einer gründlichen Veränderung der Wohnung. Jetzt war sie feudal, gemütlich und eklektisch, erinnerte ein wenig an den Stil zur Zeit König Eduards. An den holzvertäfelten Eingang schloß sich ein Flur an, dessen Boden aus grünem italienischem Marmor bestand. Im Wohnzimmer gab es lange Bücherregale, und davor standen Lord-Melbourne- und Ludwig-XIV.-Stühle. Fürs Schlafzimmer wählte Charlotte einen Schrank aus flämischem Rosenholz und eine Queen-Anne-Kommode, die sie auf einem Flohmarkt in Massachusetts entdeckte. Der Küche drückte sie mit glänzenden schwarzen Wandschränken ihren Stempel auf.

Die weinroten Wände in der Bibliothek enthielten eingebaute Bücherschränke mit allen Nabokov-Erstausgaben. Auf dem großen Agra-Teppich stand ein russischer Schreibtisch aus dem achtzehnten Jahrhundert, die Ebenholz- und Mahagoniflächen mit Messingbeschlägen verziert. Ein Regency-Sessel vervollständigte die Einrichtung. Dabei handelte es sich um ein Hochzeitsgeschenk von Winthrop Lehman. Er hatte den Sessel von Winston Churchill bekommen, als Anerkennung für seine Hilfe beim Leih-Pacht-Gesetz.

Sechzehn Jahre dauerte die Ehe, und dann zog Charlotte plötzlich aus – waren seitdem tatsächlich schon achtzehn Monate vergangen? Ohne sie wirkte das Apartment leer.

Manchmal, wenn Stone im Bett lag und das Gesicht ins Kissen drückte, glaubte er, ihr unaufdringliches und erotisches Parfüm zu riechen. Bei solchen Gelegenheiten erinnerte er sich genau daran, wie viele Nächte sie gemeinsam verbracht hatten – 5980 –, und dann starrte er lange Zeit an die Decke.

Stone träumte häufig von Charlotte, und dieser Umstand weckte Unbehagen in ihm.

Als er ihr zum erstenmal begegnete, während seines letzten Jahres am College, spürte er in ihr eine Mischung aus geistiger Unbezähmbarkeit und der Hilflosigkeit eines Kindes. Sie saß an einem der langen Holztische in der Mensa und las. Alle anderen lachten und sprachen miteinander, aber sie schwieg, war ganz auf das Buch konzentriert. Charlotte schien ihre Einsamkeit zu genießen.

Sie war wunderschön. Das lange blonde Haar reichte ihr bis auf die Schultern. Die atemberaubenden, blaubraunen Augen unter der hohen Stirn standen ein wenig zu weit auseinander. Wenn sie den Kopf zur Seite neigte und jemanden skeptisch musterte – was recht häufig geschah –, zeigte sie ein vorspringendes Kinn. Wenn sie lächelte – und sie lächelte oft –, bildeten sich Grübchen in den

Mundwinkeln. Wenn sie in der Sonne saß, sah man deutlich die Sommersprossen auf der Nase.

Charlotte las in einem Buch über Winthrop Lehman, und Stone konnte nicht der Versuchung widerstehen, sie anzusprechen. »Ich würde nicht alles glauben, was in der Biographie steht. Ich kenne ihn, und er ist viel netter, als ihn der Autor darstellt.« Ein billiger Trick – und er funktionierte nicht. Die junge Frau warf ihm einen kurzen Blick zu. »Interessant«, erwiderte sie und wandte sich wieder dem Buch zu.

»Im Ernst«, beharrte Stone. »Er ist mein Patenonkel.«

»Hm«, machte Charlotte und sah nicht auf.

»Wollen Sie über ihn schreiben?«

Daraufhin hob sie wieder den Kopf und lächelte. »Einen Text für politische Wissenschaft. Ich nehme einen kritischen Standpunkt ein, und daher möchte ich nichts Persönliches über ihn hören.«

»Aus welcher Perspektive betrachten Sie ihn?«

»Sein Ruf erscheint mir übertrieben. Ich halte ihn gar nicht für einen so großartigen Mann. Meiner Ansicht nach war er ein ganz gewöhnlicher Diplomat und Geschäftemacher, der das Glück hatte, eine Menge Geld zu erben und zur rechten Zeit am rechten Ort zu sein.« Charlotte lächelte erneut, und Stone bemerkte eine Lücke zwischen den vorderen Zähnen. Mit tadellosem Timing fügte sie hinzu: »Sie behaupten also, er sei Ihr Patenonkel?«

Einige Tage später lud er sie in eine Pizzeria ein. Charlotte kam mit einem Yale-Sweatshirt, wies damit darauf hin, daß es eigentlich kein Rendezvous in dem Sinne war, nur eine Studienpause. Ein interessantes Streitgespräch begann. Die junge Frau widersprach Stones Ausführungen, als wolle sie ihn bewußt provozieren – und anschließend nahm sie ihren Worten mit einem hinreißenden Lächeln die Schärfe.

Charlie wurde nervös und spürte, wie sein Herz schneller klopfte. Ihm zitterten die Hände, als er versuchte, die Bierflasche zu öffnen. Insbesondere Charlottes Haut hatte es ihm angetan. Die milchweißen Wangen schienen immer zu glühen. Andere Personen bekamen diesen gesunden roten Glanz nur, wenn sie sich an einem kalten Wintertag im Freien aufhielten, aber bei Charlotte zeigte er sich die ganze Zeit über.

Stone begleitete sie zum Bogengang vor dem Wohnheim. Dort blieben sie stehen und schwiegen eine Zeitlang.

»Nun . . .«, sagte er nach einer Weile. »Gute Nacht.«

Charlotte schien sich ebenso unbeholfen zu fühlen wie er. In einer unbewußten Ballerina-Haltung stellte sie das eine Bein vor das andere. »Gute Nacht«, erwiderte sie, ging jedoch nicht fort.

»Danke«, murmelte Stone.

»Ja, danke.«

Sein Herz hämmerte. »Kann ich Ihr Zimmer sehen?« fragte er und kam sich unmittelbar darauf wie ein Narr vor.

»Mein Zimmer?« wiederholte Charlotte verwirrt.

Stone zuckte mit den Schultern und grinste schief. Es erschien ihm unerträglich, die junge Frau jetzt zu verlassen.

Sie holte tief Luft, und der hoffnungsvolle, *wissende* Unterton in ihrer Stimme verblüffte Stone, als sie sagte: »Wirklich?«

Von einem Augenblick zum anderen verlor er den Kopf. Erwartungsvolle Vorfreude prickelte in ihm, als er sich vorbeugte und Charlotte küßte. Sie zögerte einige Sekunden lang, doch dann reagierte sie mit einer Leidenschaft, die Stone überraschte.

Die anderen Studenten hörten sich Jefferson Airplane oder Strawberry Alarm Clock an, aber Charlotte legte eine zerkratzte Bessie-Smith-Platte auf. Sie tanzten in der Dunkelheit des kleinen Zimmers, lauschten der anregenden Melodie von ›I Need a Little Sugar‹.

In jener Nacht liebten sie sich mehrmals. Charlotte neigte den Kopf zurück, krümmte den Rücken und hielt die Augen geschlossen. Tränen, Triumph und Schweiß glänzten auf ihren geröteten Wangen. Sie hob die Lider nur, wenn sie den Höhepunkt erreichte, begegnete dann seinem Blick.

Nachher, während der ersten Monate, lagen sie die meiste Zeit im Bett. Sie waren unzertrennlich und verloren den Kontakt zu ihren Freunden. Morgens erwachten sie spät, zu spät fürs Frühstück in der Mensa. Sie blieben nackt liegen, tranken Instantkaffee aus einer Aluminiumkanne, aßen Kekse und liebten sich erneut.

Fast ständig befanden sie sich in Charlottes Zimmer und trugen Trainingshosen, die man sofort abstreifen konnte. Darunter war das blonde Dreieck zwischen den Schenkeln immer feucht – Stones Blick genügte, um Charlotte zu erregen.

Er studierte sie, wählte als Hauptfach Charlotte Harper, versessen darauf, mehr über sie zu erfahren. Sie stammte aus einem kleinen Ort in Pennsylvania, und ihre Eltern – eingewanderte Polen der zweiten Generation – arbeiteten in einer Kunststoffabrik. Sie hatten ihren für Amerikaner unaussprechbaren Namen in »Harper« geändert. Man konnte sie nicht als arm bezeichnen, aber sie bemühten sich ständig, genug Geld zu verdienen. Es war ihnen ein Rätsel, warum Charlotte darauf bestand, das College zu besuchen, obgleich sich ihre ältere Schwester Martha damit zufriedengab, nach der High-School für das Kraftfahrzeugzulassungsamt zu arbeiten. Dort lernte sie ihren Mann kennen und brachte drei Kinder zur Welt. Charlotte hingegen studierte an der Universität von Pittsburgh, und in ihrem zweiten Jahr beschloß sie, sich auf Geschichte zu spezialisieren und ihr Studium in Yale fortzusetzen.

Stone hatte das Gefühl, nicht mehr ohne sie leben zu können. Selbst die Ähnlichkeit ihrer Namen schien ein glücklicher Zufall zu sein, ein gutes Omen. Allerdings bestand Charlotte darauf, daß er sie nie Charlie nannte.

Sie war die netteste und gleichzeitig unabhängigste Frau, die er kannte. Als er sie nach New York brachte, um sie im Century Club Winthrop Lehman vorzustellen, stritt sie sich mit der lebenden Legende über amerikanische Außenpolitik – und später teilte sie Charlie mit, daß sie den alten Mann mochte. Lehman machte keinen Hehl daraus, daß er an dieser streitbaren Frau Gefallen gefunden hatte. Als sie den Club verließen, nahm er ihre Hand und hauchte ihr einen Kuß auf die Wange.

Kurz nach der Promotion lernten Charlottes Eltern Alfred Stone kennen. Zuerst herrschte Stille beim Essen; die Gegenwart eines Harvard-Professors schüchterte Vater und Mutter Harper ein. Aber Charlotte verstand sich darauf, andere Leute in offene, unbeschwerte Gespräche zu verwickeln. Sie mochte Alfred Stone auf Anhieb, und nach dreißig Minuten herrschte eine ausgelassene Stimmung. Charlie blieb still und beobachtete das Geschehen, einmal mehr erstaunt von Charlottes enormer Ausstrahlungskraft.

Auf dem Heimweg legte Alfred Stone den Arm um die Schultern seines Sohnes und flüsterte ihm zu: »Du solltest sie heiraten, bevor sie dir jemand wegschnappt.«

Am nächsten Abend entschied sich Charlie zu einem Heiratsantrag. Charlotte warf ihm den gleichen Das-kannst-du-unmöglich-ernst-meinen-Blick zu, mit dem sie ihn damals vor ihrem Zimmer angesehen hatte, und sie erwiderte: »Wirklich?«

Drei Monate später heirateten sie und führten über viele Jahre hinweg eine glückliche Ehe.

Als Stone nun eine kleine Reisetasche packte, erinnerte er sich an das Gespräch mit Saul. Er dachte an die Alfred-Stone-Affäre und fragte sich, welchen Zusammenhang es zwischen jenen lange zurückliegenden Ereignissen und der gegenwärtigen Situation in Moskau geben konnte. Er trat an die Stereo-Anlage heran, schaltete das Radio ein und wählte einen Sender, der klassische Musik brachte.

Ein Stück von Mendelssohn endete gerade, und der überaus ernst klingende Sprecher begann mit einer langatmigen Erklärung in Hinsicht auf Mendelssohns Leben und Werke. Stone schaltete das Radio wieder aus, schloß den Reißverschluß der Tasche und ging zu den hohen Fenstern, die einen guten Blick auf Central Park West gewährten. Eine Zeitlang beobachtete er die Passanten, doch seine Gedanken galten nach wie vor dem Fall Alfred Stone. Plötzlich fürchtete er sich davor, nach Boston zu reisen.

Alfred C. Stone, Professor im Ruhestand, lebte in einem komfortablen dreistöckigen Haus an der Hilliard Street in Cambridge. Charlie war in jenem Haus aufgewachsen und kannte alle verborgenen Ecken. Er wußte, wo die Bodendielen knarrten, welcher Türknauf sich nur schwer drehen ließ. Und die Gerüche: Möbelpolitur, die nach Zitronenöl duftete, Holzscheite im Kamin, die nicht unbedingt unangenehme Muffigkeit eines hundert Jahre alten Gebäudes.

Das Haus befand sich in einem Teil von Cambridge, in dem Akademiker neben dem alten Geldadel wohnten. Dort protzte man nicht mit seinem Reichtum, fuhr verbeulte Volvos und Saabs oder Kombiwagen mit hölzernen Flanken. Ein angenehmes Viertel, mit der für Cambridge typischen Ungezwungenheit: Man war weit genug von den Punks und dem Pöbel auf dem Harvard Square entfernt, doch man konnte ihn zu Fuß erreichen, um die richtige Bank aufzusuchen und im richtigen Lebensmittelladen einzukaufen.

Alfred Stone saß hinter seinem Schreibtisch im Arbeitszimmer und trug den üblichen Tweed-Anzug, als Charlie eintraf. Seine Pensionierung lag schon vier Jahre zurück, aber er verzichtete nie auf einen Anzug – als rechnete er ständig damit, daß ihn jemand bat, einen Dozenten in der Universität zu vertreten.

Er war ein attraktiver Mann gewesen, bevor die Inhaftierung Chaos in sein Leben brachte, bevor er nach der Flasche griff. Inzwischen hatte sein kastanienbraunes Haar eine grauweiße Tönung gewonnen, und in den Wangen bildeten winzige geplatzte Adern ein feines Muster – deutliches Kennzeichen eines starken Trinkers. Die dicke Hornbrille, ihre Gläser fast immer verschmiert, hinterließen große rote Flecken am Nasenrücken.

Neben dem Schreibtisch lag Alfreds Labradorhund Peary. Charlie hatte ihn vor zwei Jahren seinem Vater zum

Geburtstag geschenkt. Peary hob schläfrig den Kopf und wedelte mit dem Schwanz.

»Ich glaube, er hat eine Seele wie wir Menschen«, sagte Alfred Stone. »Ich bin davon überzeugt. Sieh ihm in die Augen.«

Charlie kam der Aufforderung nach. Peary erwiderte den Blick, gähnte und ließ den Kopf wieder sinken.

»Er hat einen guten Einfluß auf dich«, wandte sich Charlie an seinen Vater. »Übrigens: Warum hast du ihn ausgerechnet ›Peary‹ genannt?«

»Weil er gern draußen ist. Peary. Nach Robert Peary, dem Polarforscher.«

»Ich verstehe.«

»He, du gehst allmählich in die Breite.«

»Ich habe nur ein wenig zugenommen.« Aus einem Reflex heraus strich sich Charlie über die Taille. »Weil ich zu häufig und zu lange vor dem Computer sitze. Weil ich zu wenig klettere.«

»Vielleicht. Außerdem rauchst du nicht mehr. Was zu trinken?« Alfred Stone stand auf, ging zu seiner kleinen Bar vor der Scheibe des Bücherschranks. Dort griff er nach einer Zwei-Liter-Flasche mit billigem Scotch – der »Stoff« eines Alkoholikers – und drehte sich zu Charlie um.

»Nicht am Nachmittag, Dad.«

»Werd' jetzt bloß nicht moralistisch.«

»Das liegt mir fern«, erwiderte Stone, obgleich es nicht ganz der Wahrheit entsprach. »Alkohol am Nachmittag macht mich benommen.« Er fügte hinzu: »Ich brauche einen klaren Kopf, um Probleme der nationalen Sicherheit einzuschätzen.«

»Nun, um *so etwas* hat man mich seit fast vierzig Jahren nicht mehr gebeten«, brummte Alfred und füllte ein Glas. »Hat sich in der letzten Zeit irgend etwas Interessantes ergeben?«

Stones Vater stellte nur selten Fragen, die Parnassus betrafen; er respektierte die strenge Geheimhaltung. Wenn er sich trotzdem danach erkundigte, so erwartete er, daß sein Sohn keine Antwort gab. Diesmal schwieg Charlie nicht. Er erwähnte ein Gerücht, das überall in Moskau kursierte und daher nicht geheim war. »Ich glaube, jemand aus dem Politbüro hat Herzprobleme.«

Alfred Stone kehrte zum Schreibtisch zurück und nahm Platz. »Das gilt für sie alle.«

Charlie ließ sich in einen Ledersessel sinken. Er mochte das Licht, das um diese Tageszeit durchs Fenster des Arbeitszimmers fiel. Der Sonnenschein strich warm über den auf Hochglanz polierten Hartholzboden, über den Teppich und die alte Ledercouch, auf der sich Alfred Stone manchmal zu einem Nickerchen ausstreckte.

Der jüngere Stone sah sich um, und sein Blick verweilte auf dem weißen eingebauten Bücherschrank. Der Inhalt wies deutlich auf Alfreds Interessen hin: Robert Sherwoods *Roosevelt and Hopkins*, Churchills historische Darstellung der englischsprechenden Völker, Achesons *Present at the Creation*, Trumans Memoiren, *The Secret Diary of Harold L. Ickes*, Carl van Dorens *Benjamin Franklin*, Walter Lippmanns *A Preface to Morals*, Lytton Stracheys *Eminent Victorians*.

Dutzende von Bildern hingen an den Wänden. Ein Foto zeigte den jungen und aufgeregt lächelnden Alfred Stone neben Harry Truman (darunter das Autogramm des Präsidenten und der Zusatz »Mit herzlichen Grüßen«); auf einem anderen waren Alfred und Margaret Stone zusammen mit Winthrop Lehman zu sehen. Charlie betrachtete eine Aufnahme seiner Mutter: das Haar im Stil von Mamie Eisenhower frisiert, ein wissendes Lächeln auf den Lippen.

»Wie bitte?« fragte Alfred Stone.

Charlie begriff, daß er etwas gemurmelt hatte. Die Sonne schien ihm nun direkt in die Augen.

»Nichts«, sagte er hastig und drehte den Kopf. »Wann hast du zum letztenmal Winthrop gesehen?«

»Winthrop? Oh, das muß schon einige Jahre her sein. Soweit ich weiß, veranstaltet er bald eine Party. Um seine Memoiren vorzustellen oder so. Ich bin eingeladen worden. Du nicht?«

Stone erinnerte sich an die Einladung: Er hatte sie beiseite gelegt, in der Absicht, sie zu ignorieren und statt dessen in den Adirondacks zu klettern.

»Doch. Wirst du hingehen?«

»Wahrscheinlich handelt es sich um einen offiziellen Empfang. Nein, ich bleibe hier. Aber ich möchte, daß du hingehst.«

»Vielleicht. Mal sehen.« Charlie blinzelte im hellen Sonnenlicht und rückte den Ledersessel ein wenig zur Seite. »Ich möchte dich etwas fragen, und dabei geht es auch um Winthrop.«

Sein Vater lehnte sich zurück. »Aha.«

»Ich bin auf etwas gestoßen, das mit dem zusammenhängt, was du damals erlebt hast. Die McCarthy-Sache, du weißt schon.«

»Ach?« Alfred Stone krümmte instinktiv die Schultern. Im einen Augenwinkel zuckte es nervös, ein Zeichen von Anspannung.

»Mir ist klar , daß du nicht gern darüber sprichst. Aber hast du jemals den Ausdruck ›Lenin-Testament‹ gehört?«

Alfred erstarrte plötzlich und blickte seinen Sohn groß an. Das Zucken wurde heftiger, geriet völlig außer Kontrolle. »*Was?*« brachte er schließlich hervor.

»Du kennst diese Bezeichnung also.«

Der ältere Stone nahm seine Brille ab und rieb sich die Augen. »Du bist der Experte für die Sowjetunion«, sagte er nach einer Weile, und diesmal klang er wieder normal. »Lenin hat doch ein Testament hinterlassen, in dem er Stalin kritisierte, oder?«

»Das meine ich nicht. Es geht um ein anderes ›Testament‹. Bei den McCarthy-Anhörungen war kurz die Rede davon, stimmt's?«

Alfred Stone breitete die Arme aus, und seine stumme Botschaft lautete: *Keine Ahnung.* Dann setzte er die Brille wieder auf, erhob sich und trat erneut an die Bar. »Ich habe eine Karte von deiner Frau bekommen«, sagte er und genehmigte sich einen zweiten Scotch.

»Dad . . .«

»Sie hat Urlaub genommen und kehrt für ein paar Tage in die Staaten zurück. Vielleicht ist sie schon hier.«

Charlie vermutete, daß sein Vater das Thema wechseln wollte. Andererseits: Er hatte Charlotte immer sehr gemocht.

»Ich glaube, in Moskau gefällt es ihr nicht besonders, Dad.«

»Wahrscheinlich geht es ihr dort besser als mir damals.« Und etwas sanfter: »Du möchtest sie zurück, nicht wahr? Aber du bist zu stolz, um es einzugestehen. Habe ich recht?«

»Ich kann dir nicht erklären, warum ich diese Auskunft von dir brauche, aber es ist sehr wichtig. Bitte.«

»Hör auf damit, Charlie«, erwiderte Alfed Stone. Das Vibrieren in der Stimme verriet seine Besorgnis.

»Steht irgendein Staatsgeheimnis damit in Zusammenhang?«

Der ältere Stone schüttelte den Kopf. »Ich weiß nicht, wovon du redest«, sagte er verärgert.

»Hast du was dagegen, wenn ich Winthrop frage?«

»Auf *keinen* Fall, Charlie!« stieß Alfred zu scharf hervor. Peary hob erschrocken den Kopf und bellte einmal.

»Warum nicht?«

»Ich bitte dich, Charlie, sprich ihn nicht darauf an. Erinnere ihn nicht an den Alptraum.«

»Es würde bestimmt keine Belastung für ihn darstellen. Wir haben uns oft über seine Rolle in der Geschichte unterhalten, über seine Begegnungen mit Lenin und dergleichen. Ich bezweifle, ob er ...«

»Charlie, ich weiß nicht, wieviel er damals für mich riskierte. Wahrscheinlich weitaus mehr, als allgemein bekannt ist. Ich weiß nicht, wie sehr er lügen mußte, um mich zu retten. Bitte verzichte ihm gegenüber auf solche Fragen.« Er beugte sich vor und kraulte Peary unter der Schnauze. Der Hund brummte zufrieden. »Es gibt viele Dinge, von denen ich dir nichts erzählt habe. Dinge, die Winthrop und meine Situation betreffen.« Er hob den Blick, und Charlie hatte ihn noch nie zuvor so bestürzt gesehen. »Vielleicht möchtest du mich ... rehabilitieren. Aber du solltest die Sache ruhen lassen. Zuviel Unangenehmes ist damit verbunden. Bitte, Charlie.«

»›Zuviel Unangenehmes?‹ Was meinst du damit? Hast du einmal einen Hinweis auf das Testament gesehen?«

»Ja«, bestätigte Alfred Stone nach langem Zögern. »Ja, das habe ich. Winthrop bat mich einmal darum, seine persönlichen Akten im Weißen Haus durchzugehen – an den Grund dafür erinnere ich mich nicht mehr. Wir alle hatten geheime und persönliche Akten, und die letzteren konnte man mitnehmen, wenn man den Mitarbeiterstab des Weißen Hauses verließ.«

»Du hast etwas bemerkt.«

»Ja. Mir fiel die Bezeichnung ›Lenin-Testament‹ auf, und sie erschien mir äußerst seltsam. Es hatte irgend etwas mit Stalin zu tun.«

»Mit *Stalin*? Hast du jemals Winthrop danach gefragt?«

»Nein. Und daran solltest du dir ein Beispiel nehmen.«

»Aber wenn sich dadurch deine Unschuld ...«

»Nein«, bekräftigte Alfred Stone. In seinen Augen blitzte es.

Charlie überlegte einige Sekunden lang. »Na schön.« Ich brauche Lehman gar nicht zu fragen, dachte er. Immerhin gibt es die berühmten Lehman-Archive im Keller seines Hauses in New York. Dort finde ich bestimmt Antworten.

»Ohne Winthrop hättest du nie für Parnassus arbeiten können. Als mein Sohn ...«

»Ich weiß.«

»Charlie, bist du extra gekommen, um dich danach zu erkundigen?«

»Und um dich zu besuchen.«

»Fast vierzig Jahre sind vergangen, Charlie.«

Stone nickte und schwieg.

Vierzig lange Jahre.

Aber manchmal konnte die Vergangenheit wieder zur Gegenwart werden.

Die Sonne neigte sich dem Horizont entgegen, und es

wurde dunkel im Zimmer. Charlie dachte an den jungen Alfred Stone auf dem Foto mit Truman, an sein aufgeregtes Lächeln, und er verglich dieses Bild mit seinem heutigen Vater. Was auch immer im Kreml geschieht – ich bleibe für dich am Ball. Du hast die Wahrheit verdient.

Schon einige Tage später bedauerte er diesen Beschluß.

5
WASHINGTON

Da an diesem Abend keine anderen wichtigen Partys stattfanden, entschied Roger Bayliss, am Empfang in der italienischen Botschaft teilzunehmen. Bayliss war im National Security Council der wichtigste Experte für die Sowjetunion, und außerdem beriet er den Präsidenten in Hinsicht auf Fragen der nationalen Sicherheit. Häufig beklagte er seine gesellschaftlichen Pflichten, aber jetzt lächelte er still vor sich hin, als er den Frack anzog und die weiße Krawatte zuknöpfte. Insgeheim fand er Gefallen daran, sich bei öffentlichen Anlässen mit der Prominenz von Washington zu zeigen.

Es gab allen Grund für Bayliss, zufrieden zu sein. Er war noch nicht einmal vierzig und stand schon beneidenswert hoch auf der Karriereleiter. Vorher hatte er zur angesehenen sowjetischen Abteilung der National Security Agency gehört, zu jenen tausend Analytikern, die täglich Informationen aus der Sowjetunion und anderen Staaten bewerteten – bis ihn der NSC als neuen Mitarbeiter warb. Bayliss war ein attraktiver Mann mit breiten Jochbeinen, und er strahlte ein Selbstbewußtsein aus, das manche Leute abstieß. Aber viele nicht sehr intelligente, dafür jedoch sehr ehrgeizige Frauen in Washington fanden ihn unwiderstehlich. In den vergangenen Jahren hatte er gute Beziehungen zu einflußreichen Personen geknüpft – zu ihnen gehörten auch der CIA-Direktor und das Oberhaupt seiner eigenen Alma mater, der NSA –, und er war sicher, daß er dadurch innerhalb kurzer Zeit ganz nach oben gelangen konnte.

Der seltsame Zwischenfall fand statt, als die Cocktails serviert wurden. Er unterhielt sich mit einer prominenten Washingtoner Gastgeberin, als er plötzlich gegen einen Mann stieß. Er erkannte ihn als Alexander Malarek, den ersten Sekretär der sowjetischen Botschaft, der mit dem französischen Botschafter sprach.

Zwar begegneten sie sich nun zum erstenmal, aber er wußte natürlich, wer Malarek war, und vermutlich kannte ihn der Sekretär ebenfalls. Der Russe sah nicht besonders gut aus, aber irgend etwas – vielleicht seine geschmeidigen Bewegungen, vielleicht die teuren Maßanzüge – ließ ihn elegant erscheinen und täuschte über seine recht kurzen Beine hinweg. Er war schlank und dunkelhäutig. Im Gegensatz zu vielen anderen sowjetischen Diplomaten schien mit seinen Zähnen alles in Ordnung zu sein. Die braunen Augen blickten aufrichtig, und in seinem Haar zeigten sich verfrühte graue Strähnen. Er galt als angenehmer und geistreicher Gesprächspartner und Charmeur.

»Entschuldigen Sie bitte«, sagte Malarek und lächelte. »Sie sind Roger Bayliss, nicht wahr?«

»Alexander Malarek«, erwiderte Bayliss ebenso jovial und fügte trocken hinzu: »Freut mich, gegen Sie gestoßen zu sein.«

Es folgten ein oder zwei Minuten des Small talks, und dann machte Malarek eine Bemerkung, die Bayliss den ganzen Abend über nicht aus dem Kopf ging.

»Wie ich hörte, haben Sie sich einen neuen Wagen gekauft«, meinte der Russe.

Das stimmt durchaus: Bayliss fuhr seit kurzer Zeit einen obsidianschwarzen Saab Turbo – aber woher wußte Malarek davon? Später verstand er.

Nach anderthalb Stunden verabschiedete sich Bayliss und dachte noch immer an die seltsamen Worte Malareks, als er zwei Straßen weiter zu seinem geparkten Saab ging. Er schloß ihn auf, nahm am Steuer Platz – und bemerkte einen fremden Gegenstand.

Neben dem Beifahrersitz lag eine Postkarte. Offenbar hatte sie jemand durch das einen Spalt breit geöffnete Seitenfenster geschoben.

Bayliss nahm sie zur Hand. Das Bild zeigte Miami

Beach, Florida, und auf der anderen Seite stand nur eine Adresse in Washington.

Als er sie las, klopfte ihm das Herz plötzlich bis zum Hals empor. Es ist soweit! fuhr es ihm durch den Sinn. Nach all den Jahren.

Er schob die Karte in die Innentasche seiner Jacke und zitterte vor Aufregung, als er den Motor anließ.

6

NEW YORK

Schon seit mehr als einer Stunde starrte Stone auf den Computermonitor im Parnassus-Büro. Wer weder ihn noch seine Arbeit kannte, hätte vielleicht angenommen, daß er sich in einer Art katatonischen Trance befand.

Reglos saß er auf dem Stuhl, in einen alten und bequemen Anzug gekleidet. Sein Büro wirkte weitaus schlichter als Saul Ansbachs Arbeitszimmer. Die Einrichtung war funktionell, und in den Bücherschränken standen nur Nachschlagewerke.

Der Bildschirm zeigte die Namen der zwölf Politbüro-Mitglieder. Jeweils daneben standen kurze und streng geheime Zusammenfassungen der Krankengeschichte. In Moskau hieß es, jemand aus der Regierung sei wegen eines ernsten Herzleidens in der Kreml-Klinik behandelt worden. Die Agency wollte Angaben darüber, wer dafür in Frage kam, und sie hatte Parnassus mit einer entsprechenden Analyse beauftragt.

Ein Mitglied des Politbüros war krank. In Ordnung. Wer?

Stone verschränkte die Arme und lehnte sich weit zurück. Nach einer Weile beugte er sich wieder vor und öffnete eine bestimmte CIA-Datei, um festzustellen, welche Reisen die Männer während der letzten drei Monate unternommen hatten. Einige Sekunden verstrichen, und dann erschien ein komplexes Diagramm auf dem Monitor. Stone betrachtete es kurz und stand auf. Nichts.

Ab und zu glaubte er, bei der Kremlforschung ging es darum, eine Tonne Kohle unter hohen Druck zu setzen: Wenn man lange genug wartete, bekam man einen Diamanten.

Was geschah mit einem hochrangigen sowjetischen Politiker, wenn er erkrankte? fragte sich Stone.

Nun, manchmal nichts. Er wird krank und stirbt. Oder er wird krank und erholt sich wieder.

Aber in einem instabilen politischen System – und seit einiger Zeit war das Politbüro alles andere als stabil – konnte es erhebliche Risiken mit sich bringen, krank zu werden und dem Kreml zu lange fernzubleiben. Dann bestand die Gefahr, daß man Macht und Einfluß verlor. Wenn die Katze aus dem Haus ist, tanzen die Mäuse.

Einige Stunden später hatte er eine der Eingebungen, die ihm gelegentlich aus der geistigen Klemme halfen.

Chruschtschow war gestürzt worden, als er einen schlechten Zeitpunkt für den Urlaub am Schwarzen Meer wählte. Gorbatschow hätte man fast ins Abseits manövriert, als er 1987 Ferien machte. Wenn man das Pech hat, zur sowjetischen Führungselite zu gehören und an der Macht bleiben will, so heißt die wichtigste Regel: Verzichte auf Urlaub. Und werde nicht krank.

Wer auch immer erkrankt sein mag – vielleicht hat der betreffende einen Teil seines Einflusses verloren, dachte Stone. Und Einfluß im Keml wird unter anderem daran gemessen, wie viele Freunde man in der Hierarchie nach oben bringen kann.

Er betätigte mehrere Tasten und rief eine Liste der jüngsten Beförderungen und Degradierungen in der sowjetischen Bürokratie ab. Sie schien kein Ende zu nehmen – allem Anschein nach war im Kreml einiges in Bewegung geraten. Diese Entwicklung stand in einem krassen Gegensatz zu der Amtszeit von Breschnew, während der eine statische Situation geherrscht hatte. Heute ging es hinter den Kulissen von Moskau drunter und drüber.

Kurze Zeit später rief Stone ein von ihm selbst erstelltes Programm auf, das dazu diente, Muster in Versetzungen, Kündigungen und neuen Einstellungen zu finden. Er nannte es KremWare und bedauerte, daß es keinen Markt dafür gab.

Nach einer Stunde – die Software war recht komplex – lagen die ersten Ergebnisse vor.

Ein Diamant. Ja.

In den vergangenen Wochen hatte man auffallend viele Leute degradiert, deren berufliche Laufbahn in irgendeinem Zusammenhang mit Andrei Pawlitschenko standen, dem Leiter des KGB.

Einige ehrgeizige Moskauer Bürokraten, die sich von ihren Beziehungen zum KGB-Chef eine steile Karriere erhofften, wurden plötzlich in irgendein Provinzkaff versetzt.

Unbewußt tastete Stone nach einer Zigarette, erinnerte sich daran, daß er nicht mehr rauchte. »Mist!« brummte er.

Ja, der Kranke hieß höchstwahrscheinlich Pawlitschenko – das Muster bot klare Anhaltspunkte. Natürlich konnte man nicht hundertprozentig sicher sein, aber vieles deutete auf den Leiter des KGB hin.

Charlie belohnte sich, indem er eine dritte Tasse Kaffee im Mikrowellenherd erhitzte, öffnete dann die Tür seines Büros. »Sherry?«

»Ja?«

»In einer Stunde habe ich eine PAE für den Versand fertig.«

»In Ordnung.« Sherry mußte die Analyse in eine präsentierbare Form bringen, und damit war bedrucktes Papier gemeint – die Leute in Langley arbeiteten nur dann mit Computern, wenn es sich nicht vermeiden ließ. Einige von ihnen lehnten es nach wie vor ab, sich von ihren manuellen Underwood-Schreibmaschinen und Parker-Füllfederhaltern zu trennen. Stone fand das komisch: Immerhin basierte ihre tägliche Arbeit auf der modernsten Technologie in der ganzen Welt.

»Lieber Himmel, was machen Sie hier?« Saul. »Ich dachte, Sie seien irgendwo unterwegs . . .« Er sah Stones Sekretärin und deutete zu seinem Büro. Charlie folgte ihm.

»Haben Sie den Heiligen Gral gefunden?« fragte Saul und schloß die Tür.

»Ich arbeite daran«, erwiderte Stone und nahm auf der Schreibtischkante Platz. »In der Zwischenzeit ist es mir gelungen, eine andere Nuß für Sie zu knacken.« Er erklärte seine Schlußfolgerungen.

Ansbach strahlte. »Meine Güte, Sie sind wirklich gut.«

Stone deutete eine Verbeugung an.

»Klingt logisch«, kommentierte Saul. »Ich bin sogar noch sicherer als Sie.«

»Na schön. Sie sehen die Verbindung zum IGEL-Bericht, nicht wahr?«

»Wie meinen Sie das?«

»Pawlitschenko hat Einfluß verloren. Was den KGB in Schwierigkeiten bringt. Was verringerte Parteidisziplin bedeutet.«

»Und?«

»Nur eine Theorie, Saul. Pawlitschenko ist Gorbatschows Mann – er hat seinen Posten Gorbi zu verdanken. Dafür gibt es mehrere Gründe. Einerseits ging es Gorbatschow darum, den KGB unter Kontrolle zu bekommen, und andererseits wollte er Versuchen vorbeugen, ihn aus seinem Amt zu verdrängen; immerhin wissen die Jungs vom Dserschinski-Platz, was läuft.« Stone wanderte jetzt umher wie immer, wenn er aufgeregt war. »Es sind die gleichen Leute, die ihn nach oben brachten . . .«

»Ja«, bestätigte Ansbach und ließ sich von Stones Enthusiasmus anstecken. Ihm gefiel die köstliche Ironie, daß der progressivste Führer der Sowjetunion von einer besonders repressiven Organisation unterstützt wurde.

»In Ordnung.« Stone drehte sich um und richtete den Zeigefinger auf Saul. »Vielleicht gäbe es gar keine Verschwörung, wenn Pawlitschenko nicht krank geworden wäre.«

»Wie bringt uns das weiter?« fragte Ansbach.

»Wann fand der letzte Staatsstreich in der Sowjetunion statt, abgesehen von der bolschewistischen Oktoberrevolution?«

»Es hat nie einen gegeben«, antwortete Ansbach, lächelte und spielte die Rolles des Schülers.

»Na ja, das stimmt nicht ganz. Vierundsechzig.« 1964 wurde Nikita Chruschtschow von einer neostalinistischen Koalition gestürzt, der Leonid Breschnew, Alexei Kossygin und Michail Suslow angehörten.

»In diesem Zusammenhang kann man kaum von einem Staatsstreich sprechen«, wandte Ansbach ein. »Es handelte sich um eine ganz normale Palastrevolution.«

»Na schön. 1964 herrschte Unzufriedenheit angesichts des von Chruschtschow angerichteten Chaos.«

»Die Parallelen zu Gorbatschow sind klar und deutlich.«

»Vielleicht haben sich einige Konservative der harten Linie gegen ihn verschworen.«

»Vielleicht«, räumte Saul ein. »Oder es geht dabei um eins der Völker, die ganz offen ihre Unabhängigkeit anstreben. Möglicherweise stecken Esten oder Litauer dahinter. Oder das Militär. Vielleicht sind einige Generäle sauer darüber, daß Gorbatschow den Warschauer Pakt auflöst.«

»Denkbar.«

»*Denkbar?*« erwiderte Saul. Das Läuten eines Telefons unterbrach ihn. Er nahm ab, lauschte einige Sekunden lang und sagte: »Herr im Himmel! Danke.«

Er legte auf und bedachte Stone mit einem ernsten Blick. »Vor einigen Minuten ist in Moskau eine Bombe explodiert.«

»Eine Bombe? Wo?«

»Im Kreml, Charlie. Direkt im verdammten Kreml.«

Das rund um die Uhr geöffnete Restaurant befand sich unterhalb des Straßenniveaus an der East 89th Street. In den Nischen aus dunklem Holz standen Kunststofftische mit metallenen Serviettenhaltern und Ketchup-Flaschen. Das *New York*-Magazin hatte es ›entdeckt‹ und als ›gemütlichen Ort‹ gelobt. Schon seit Jahren nahm Stone dort sein Mittagessen ein.

Lenny Wexler leistete ihm Gesellschaft, einer seiner Parnassus-Kollegen und Fachmann für Japan, insbesondere für die japanischen Nachrichtendienste. Wexler war klein und bärtig, ein stiller und nachdenklicher Typ, an dessen Intelligenz kein Zweifel bestand. Er hatte eine Vorliebe für zotige, breitgewalzte Witze mit schwacher Pointe, und er erzählte gerade einen.

»Ich behalte dich ebenfalls im Auge«, schloß Wexler und

lachte schallend. Normalerweise mochte Stone die Witze seines Kollegen, aber diesmal war er mit den Gedanken woanders und lächelte nur höflich.

Wexler hatte einen Teller überbackene Makkaroni geleert und nahm sich nun seinen Cheeseburger mit Schinken vor. Bei der Bestellung wies er darauf hin, er müsse auf seinen Cholesterinspiegel achten: Beim Frühstück beschränkte er sich auf Haferflocken, was ihn angeblich in die Lage versetzte, tagsüber ganz nach Belieben zu essen.

»Habe ich Ihnen schon gesagt, daß Helen und ich seit sechs Monaten versuchen, Nachwuchs zu zeugen?« fragte Wexler.

»Anstrengende Sache«, erwiderte Stone und biß in seinen eigenen Burger.

»Allerdings. Dadurch macht's überhaupt keinen Spaß mehr.«

»Kann ich mir denken.« Stone ließ den Hamburger sinken. Er dachte wieder an Charlotte, und Wexler schien das zu spüren.

»Oh, tut mir leid. Nun, ohne sie sind Sie bestimmt besser dran. Ich kenne da ein nettes Mädchen ... Arbeitet mit meiner Schwester zusammen.«

Stone lächelte schief. Lenny war ihm schon immer sympathisch gewesen. Als ihn Charlotte verlassen hatte, begannen einige sehr schwierige Wochen für Charlie, und Wexler erwies sich dabei als guter Freund.

»Hoffen Sie noch immer, daß Ihre Verflossene zurückkehrt?« fragte Lenny besorgt.

»Vielleicht. Ich würde mich darüber freuen.«

»Na ja ...« Wexler nahm einen herzhaften Bissen von seinem Cheeseburger und sprach mit vollem Mund. »Sie sollten keine Gedanken mehr an Charlotte verschwenden. Wenn sie es sich anders überlegt – in Ordnung. Wenn nicht ... Himmel, es gibt noch mehr Frauen auf der Welt. Sie brauchen nur zu wählen.«

»Mal sehen.«

»Da fällt mir ein: Was hat es mit der Bombe im Kreml auf sich?«

»Wir ermitteln noch.« Für gewöhnlich sprachen sie nicht über die Arbeit – und fast nie in der Öffentlichkeit.

Wexler nickte langsam und konzentrierte sich wieder auf den Rest seines Mittagessens. »Einer unserer Leute in Tokio wurde geschnappt«, sagte er leise.

»Tatsächlich?«

»Ja. Man hat ihn eingebuchtet und verhört. Einzelhaft für drei Tage. Wahrscheinlich ist es den Typen gelungen, alles aus ihm herauszuholen.«

Stone erstarrte plötzlich.

IGEL. Der KGB hatte IGEL nicht verhört, sondern einfach umgebracht.

Warum?

Warum war er getötet worden?

»Stimmt was nicht?« erkundigte sich Wexler.

»Schon gut«, entgegnete Stone. Hinter seiner Stirn herrschte ein heilloses Durcheinander. »He, was ist jetzt mit Ihrem Cholesterinspiegel?«

Lenny sah auf und grinste. »Könnte gar nicht besser sein.«

»Wie wär's, wenn wir die Sahnetorte dort drüben probieren?« schlug Stone vor. »Sie soll ausgezeichnet sein, eine Spezialität des Hauses.«

Interesse glomm in Wexlers Augen. »Im Ernst?«

Saul Ansbach lehnte sich im Sessel zurück und wartete darauf, daß die sichere, abgeschirmte Verbindung mit Langley hergestellt wurde. Geistesabwesend reinigte er die Fingernägel. Nach einer Minute meldete seine Sekretärin: »Alles in Ordnung, Mr. Ansbach.«

»Danke, Lynn.«

Er beugte sich vor, nahm den Telefonhörer ab und sprach mit Ted Templeton, dem Direktor der Central Intelligence. In der sicheren Leitung fehlte das statische Rauschen, und deshalb klang Templetons Stimme seltsam nah.

»Guten Morgen, Saul.« Der Bariton vermittelte ein *Was liegt an?*

»Morgen, Ted. Was wissen wir über die Bombe im Kreml?«

»Leider nicht viel. Die Russen ließen alle Spuren verschwinden, bevor wir etwas unternehmen konnten. Offenbar die Aktion eines sowjetischen Terroristen. Ließ eine Rohrbombe im Arsenal des Kreml hochgehen. Hat eine Menge Schaden angerichtet. Eine Amerikanerin kam dabei ums Lebn. Hinter den Kulissen von Moskau geht's derzeit so zu, als hätte jemand in ein Wespennest gestochen.«

Ansbach überlegte. Das Arsenal des Kreml enthielt die alten zaristischen Schätze, Kronjuwelen und so weiter. »Haben die Russen den Kerl erwischt?«

»Ja – tot«, erwiderte Templeton schlicht. »Gelobt seien die Kreml-Wächter. Was ist los, Saul?«

»Ich glaube, wir haben einige Fortschritte in Hinsicht auf die IGEL-Angelegenheit erzielt . . .«

»Ich möchte, daß Sie die entsprechenden Ermittlungen sofort einstellen, Saul.«

Ansbach runzelte die Stirn. »Aber . . .«

»Wir lassen die Sache fallen.«

»Was soll das heißen?«

»KWN, Saul. Keine weiteren Nachforschungen.«

Kurze Zeit später legte Saul verwirrt und besorgt auf. Er nahm die Brille ab, rieb sich die Augen und spürte dumpfen Kopfschmerz.

Draußen begann es zu regnen.

Als Patensohn Winthrop Lehmans genoß man bestimmte Privilegien. Zum Beispiel brauchte man kein Taxi zu rufen, wenn man ihn in seinem New Yorker Haus besuchen wollte. Lehmans Rolls-Royce, Modell Silver Shadow, holte Stone am frühen Abend vor dem Apartmentgebäude in Central Park West ab und brachte ihn zur Party.

Der Regen hatte am Nachmittag begonnen, aber inzwischen war jene Art von Wolkenbruch daraus geworden, der in den Betonschluchten von New York das Ende der Welt anzukündigen schien.

Der Chauffeur, ein rothaariger Mann mit gelber Regenjacke, öffnete die Tür für Stone.

Charlie lächelte, als er einstieg. »Lehman hätte besseres Wetter für seinen Empfang wählen sollen«, meinte er.

»Er kennt viele Personen, Sir«, erwiderte der Chauffeur würdevoll. »Aber ich bezweifle, ob er seine Beziehungen auch dort oben spielen lassen kann.«

Stone lachte höflich.

Der Chauffeur nahm am Steuer Platz und gab keinen Ton mehr von sich. Lehman legte Wert darauf, daß er beim Fahren schwieg, und Stone versuchte nicht, ihn in ein Gespräch zu verwickeln. Die Federung des Rolls erwies sich als so gut, daß er überhaupt keine Erschütterungen spürte, und Charlie glaubte sich plötzlich in einer anderen Welt. Das Innere des Wagens war makellos. Die Ledersitze rochen nach irgendeinem Duftöl, und Stone atmete trokkene, kühle Luft. Draußen rangen Fußgänger mit defekten Regenschirmen, sprangen an großen Pfützen vorbei und stemmten sich heulenden Böen entgegen.

Stone dachte an Lehman, den reichen, distinguierten Mann, der teure Maßanzüge trug und dessen fleckige, pergamentartige Haut sich straff über den Jochbeinen spannte. Als Kind, als Heranwachsender und auch als junger Mann hatte sich Charlie aufgrund der familiären Verbindungen mit Winthrop Lehman wie ein Auserwählter gefühlt. Alfred Stones Verhaftung und die geflüsterten Behauptungen, er sei *tatsächlich* ein russischer Spion, brachten die Familie in Verruf, aber ihre Bekanntschaft mit Lehman schuf einen Ausgleich.

Das Titelblatt des *Time*-Magazin hatte mehrmals Winthrop Lehmans Porträt gezeigt. Sein Bild erschien immer wieder in wichtigen Zeitungen. Er war der Mann, der Alfred Stone aus dem Gefängnis holte.

Charlie erinnerte sich an seine erste Begegnung mit ihm.

1962, auf dem Höhepunkt der Kubakrise, als viele Leute glaubten, der dritte Weltkrieg stehe unmittelbar bevor ... Ständig fanden Alarmübungen statt, und man rechnete Tag und Nacht mit dem Beginn nuklearer Verheerung.

Überall blühte der Antikommunismus, und er steckte auch neunjährige Kinder an. Charlies Mutter war vor einigen Tagen gestorben; während der Beerdigung auf dem Mount-Auburn-Friedhof hatte er stumm geweint.

Im Flur vor Mrs. Allmans Klassenzimmer trat ein Junge namens Jerry Delgado an ihn heran und bezeichnete Charlies Vater zum wiederholten Mal als Spion und verdammtes Kommunistenschwein. Charlie konnte sich nicht länger beherrschen und schlug mit einem ihn selbst überraschenden Zorn auf den Schüler ein. Einige andere Neunjährige sahen aufgeregt zu, als Charlie Jerry Delgado zu Boden warf und ihn mit den Fäusten bearbeitete. Mrs. Allman griff ein und schickte beide Jungen ins Büro des Rektors. Charlie empfand eine tiefe Zufriedenheit: Manchmal war körperliche Stärke weitaus nützlicher als Intelligenz.

Als er nach der Schule zu Hause eintraf, stand eine lange schwarze Chrysler-Limousine auf der Zufahrt. Zuerst fürchtete er, die Polizei, FBI-Agenten oder gar Jerry Delgados Eltern seien gekommen, um seinen Vater von dem Vorfall in der Schule zu berichten.

Kurz darauf sah er den berühmten Winthrop Lehman, von dem er schon viel gehört hatte – er saß im Arbeitszimmer und sprach mit Alfred Stone. Als er den Jungen bemerkte, stand er auf und schüttelte ihm so respektvoll die Hand, als sei Charlie eine wichtige Persönlichkeit. Lehman war für einen Tag in der Stadt – er wollte seine Sammlung impressionistischer Gemälde dem Fogg- Kunstmuseum zur Verfügung stellen –, und nach dem Gespräch mit Alfred bat er Charlie, ihn bei einem Spaziergang zu begleiten.

Sie gingen zum Platz, aßen Eis bei Bailey's und begaben sich dann zum Museum. Charlie hatte es noch nie besucht – er interessierte sich nicht für Malerei –, aber Lehman zeigte ihm seine Lieblingsbilder, erzählte ihm von van Gogh und Monet. Er bemerkte einen Kratzer im Gesicht des Jungen und fragte ihn, woher er stammte. Charlie gab ihm Antwort, nicht ohne Stolz. Er fügte hinzu. »Wenn mein Vater keine Staatsgeheimnisse an die Russen verriet – wieso steckte man ihn dann ins Gefängnis?«

Lehman blieb stehen, beugte sich vor und legte ihm die Hand auf die Schulter. »Dein Vater ist ein außerordentlich tapferer Mann.« Er erklärte nicht, was er damit meinte, und Charlie verzichtete auf weitere Fragen.

Sein Patenonkel faszinierte ihn so sehr, daß Charlie zur Bibliothek ging und alles über Winthrop Lehman las. Er erfuhr, daß Lehman der Erbe eines großen Eisenbahn-Vermögens war. Er hatte zwei Ehefrauen überlebt und keine Kinder. In den frühen zwanziger Jahren lebte er in Moskau und machte Geschäfte mit den Russen, wie auch Armand Hammer und Averell Harriman. Franklin Roosevelt bat ihn, nach Washington zu kommen und ihm dabei zu helfen, das Land durch den New Deal zu führen und während des Krieges die Maßnahmen zur Unterstützung der Sowjetunion zu leiten. Harry Truman wählte ihn als Berater für die nationale Sicherheit. Eine 1950 erschienene Titelgeschichte des *Time*-Magazins schätzte seinen Reichtum auf über hundert Millionen Dollar, und man bezeichnete ihn als ›herausragenden amerikanischen Staatsmann‹.

Das Wissen, mit diesem berühmten und mächtigen Mann in einer gewissen Beziehung zu stehen, gab Charlie während einer schwierigen Zeit Halt.

Als Stone eintraf, hatte Lehmans Party längst begonnen.

Ein Bediensteter nahm seinen Mantel. Charlie blieb einige Sekunden lang vor dem Spiegel im Foyer stehen, glättete die Aufschläge seines grauen Anzugs, rückte die Krawatte zurecht und strich sich übers Haar. Stimmen wehten ihm aus den anderen Zimmern entgegen, Gelächter, das leise Klirren von Gläsern. Ein Kellner schritt vorbei und trug ein Tablett mit Kaviar-Appetithäppchen. Stone lächelte: Winthrop Lehman knauserte nicht. Als er den Hauptraum betrat, sah er einen Tisch, auf dem mehrere Exemplare von Lehmans Memoiren lagen.

Die Einrichtung des riesigen Apartments erinnerte an ein französisches Château aus dem achtzehnten Jahrhundert: dunkelbraune Mahagoni-Vertäfelungen, verzierte

Stützpfeiler, gewaltige Kamine aus schwarzem Marmor, venezianische Kronleuchter, Empire-Möbel mit der ursprünglichen beigefarbenen Seide, mehrere lange Aubusson-Läufer, Sargent-Porträts an den Wänden. Große orientalische Vasen aus kostbarem Porzellan standen in alten Messinghaltern auf barocken Beistelltischchen.

Die meisten Gäste befanden sich in der Bibliothek, denn dort saß Winthrop Lehman in einem Ohrensessel, wie auf einem Thron. Der Raum hatte eine kathedralenartig gewölbte Decke, und sein Boden bestand aus grünem Marmor, auf dem dicke Kirman-Teppiche lagen. Vor den hohen Fenstern hingen lange Gardinen aus schwerer Seide.

Stone entdeckte einige bekannte Gesichter: Die Senatoren von New York und Connecticut plauderten mit einem elfischen Immobilien-Mogul; der Vizepräsident unterhielt sich mit dem Sprecher des Repräsentantenhauses und dem Moderator eines landesweit gesendeten Nachrichtenprogramms.

Eine illustre Gesellschaft: Direktoren von Anlagebanken, einige Modeschöpfer, verschiedene Aufsichtsratsmitglieder – Citibank, ITT, General Motors –, mehrere Universitätsrektoren, die Leiter des Metropolitan Museum of Art und des Cooper-Hewitt; beide hatten im Laufe der Jahre großzügige Spenden von Lehman erhalten. Stone bemerkte einige ebenso dünne wie reiche Witwen, darunter auch eine Gesellschaftsmatrone, die sich von ihren beiden Pekinesen begleiten ließ. Die Hunde knurrten und bellten dauernd, schnappten nach jedem, der ihnen zu nahe kam.

»Charlie Stone!«

Er zuckte innerlich zusammen, als er jemanden sah, den er nicht besonders mochte: den ausgesprochen langweiligen und aufgeblasenen Direktor einer Anlagebank. Er hatte ihn vor einigen Jahren kennengelernt.

Der Mann hob sein Glas Wein mit der Geste einer Madame Curie, die ihr erstes mit Curium gefülltes Reagenzglas zeigte. Er klopfte Stone viel zu jovial auf die Schulter und machte irgendeine Bemerkung über den Internationalen Währungsfonds.

»Wie läuft's bei Ihnen?« fragte er gönnerhaft. »Sie befassen sich mit Rentenversicherungen und dergleichen, nicht wahr?«

Nur wenige Personen wußten, womit sich Stone seinen Lebensunterhalt verdiente. Wenn ihn jemand fragte, stellte er sich als privater Berater vor. Kaum jemand hat eine Vorstellung davon, worin die Tätigkeit eines solchen Beraters besteht, und Charlie hatte festgestellt, daß nach derartigen Auskünften das Interesse seiner Gesprächspartner rasch nachließ. Wenn er dann auch noch ›statistische Rentenfonds-Analysen‹ erwähnte, beobachtete er häufig, wie der Blick seiner Zuhörer ins Leere schweifte. Falls sich auf Partys jemand nach Stones Beruf erkundigte, so bekam er vorbereitete Schilderungen zu hören, die in erster Linie dazu dienten, auch den letzten Rest von Neugier zu lähmen.

Diesmal sprach Charlie von neuen Entwicklungen in den Rentenfonds einer Harford-Versicherungsgesellschaft.

»Hm«, erwiderte der Bankier. »Ich nehme an, alles kann interessant sein, wenn man damit Geld verdient, nicht wahr?«

Er meinte es ehrlich.

»Ja.«

Der Direktor nippte an seinem Glas, lobte den Saint-Emilion, den er trank, und meinte, es sei der Lieblingswein von Julius Cäsar gewesen. Stone lächelte und nickte, obgleich er wußte, daß Lehman nur Burgunder servierte. Er sah keinen Sinn darin, den Bankier in Verlegenheit zu bringen.

Lehman saß wie ein Monarch und hörte sich geduldig das Geschwafel seiner Gäste an. Er trug einen klassischen dunkelgrauen Anzug, der jedoch ein wenig zu groß zu sein schien. Winthrop sieht aus, als sei er darin geschrumpft, dachte Stone.

Die Augen des alten Mannes glänzten in einem kühlen, fast eisigen Grau. Sie wirkten wäßrig und viel zu groß hinter den dicken Brillengläsern, die in einem fleischfarbenen

Rahmen ruhten. Darunter wölbte sich eine lange und zu große Nase. Als er sprach, sah Stone das gebrochene Weiß eines zu perfekten Gebisses.

»Charles«, sagte Lehman und streckte eine mit Leberflecken übersäte Hand aus. »Freut mich, daß du gekommen bist.«

»Herzlichen Glückwunsch, Winthrop.«

»Mein Patensohn, Charles Stone«, erklärte er einer würdevollen älteren Dame, die links neben ihm stand. »Komm näher, Charlie.«

»Du siehst prächtig aus.«

»Du brauchst nicht zu lügen«, erwiderte Lehman gut gelaunt. Seine Stimme klang durchdringend. Er wölbte eine Braue und fügte hinzu: »Behandeln dich deine Kunden gut?«

»Ja.«

»Deine Kunden können froh sein, daß sie dich haben.«

»Danke.«

Stone widerstand der Versuchung, sich nach dem Lenin-Testament zu erkundigen.

»Ist Alfred hier?«

Unmittelbar darauf bemerkte er aus den Augenwinkeln eine vertraute Silhouette. Er drehte sich um und sah eine attraktive Blondine, die ein weißes Kleid mit tiefem Ausschnitt und Taft-Schultern trug. Sie stand im Foyer und unterhielt sich mit Saul Ansbach.

»Entschuldige bitte, Winthrop«, sagte er und spürte, wie sich in seiner Magengrube etwas zusammenkrampfte.

Die Blondine war Charlotte.

Ungefähr zur gleichen Zeit, fast zweihundertfünfzig Kilometer nördlich von New York. Ein junger Seminarist des russisch-orthodoxen Klosters in Maplewood packte eine kleine Reisetasche und stieg in den Wagen, der dem Priesterseminar zur Verfügung stand.

Nach einer Stunde erreichte er Saratoga und parkte vor dem De-Witt-Clinton-Pflegeheim. Das Gebäude stammte aus dem neunzehnten Jahrhundert und entsprach dem

Architekturstil von H. H. Richardson. Der Seminarist fand die Schlüssel genau dort, wo er sie auch erwartete – sie waren mit einem Magneten unter der hinteren Eisentreppe befestigt –, schloß die Tür auf und trat ein.

Als er das richtige Zimmer fand, sah er noch einmal in seiner Tasche nach und berührte die mit 5 Milliliter Atracuriumbesilat gefüllte Phiole.

Der durchs Fenster glühende Mondschein fiel auf einen alten Mann, der im Rollstuhl saß und döste. Er hatte keine Beine.

Der Seminarist erkannte den Mann sofort. Er hieß Alden Cushing, einst ein wichtiger Industrieller in den Vereinigten Staaten.

Er war Geschäftspartner Winthrop Lehmans gewesen während seiner Jahre in Moskau. Der Seminarist wußte, daß Cushings Name in den *Fortune*-Magazinen der zwanziger und dreißiger Jahre häufig zusammen mit dem Lehmans erwähnt wurde. Fotos zeigten ihn mit William Randolph Hearst und John D. Rockefeller: beim Golf in San Simeon, bei der Jagd im westlichen Virginia. Vor vielen Jahren ein mächtiger Mann und jetzt ein Häufchen Elend an diesem schäbigen Ort, in einem Zimmer, das nach Medizin, Salbe und schlechtem Essen stank.

»Mr. Cushing«, sagte der Seminarist leise auf englisch, als er die Tür öffnete und das Licht einschaltete.

Der Alte erwachte, blinzelte verwirrt und schirmte die Augen ab. »Wer ...?« begann er mit zittriger Stimme.

»Ich bin Priester«, stellte sich der Seminarist vor. »Wir haben gemeinsame Freunde.«

»Priester? Was ... was führt Sie mitten in der Nacht hierher?«

»Bleiben Sie ganz ruhig. Es ist alles in Ordnung.« Der Seminarist sprach in einem hypnotischen Tonfall.

»Lassen Sie mich in Ruhe!« krächzte Cushing. »Gehen Sie!«

»Es ist alles in Ordnung.«

»Ich habe mein Versprechen Lehman gegenüber gehalten!« platzte es aus Cushing heraus. »Von mir hat niemand etwas erfahren.« Tränen quollen ihm in die Augen und tropften auf die Ärmel des hellblauen Schlafanzugs.

»Offenbar sind Sie sehr aufgeregt«, sagte der Seminarist. »Ich habe etwas, um Sie zu beruhigen.«

Cushing starrte entsetzt.

Der Seminarist holte eine kleine Spritze hervor und klopfte sie mehrmals gegen die Hand. »Damit keine Luft in Ihren Blutkreislauf gerät.« Er legte die Aderpresse an, fand die Vene, rieb ein Desinfektionsmittel auf die Stelle und führte die Nadel ein.

Cushing sah nun zornig zu ihm auf. Seine Lippen bebten; der Mund öffnete und schloß sich mehrmals, aber er brachte keinen Laut hervor. Er beobachtete, wie ein wenig von seinem Blut in die Ampulle der Spritze geriet, bevor der Priester das darin enthaltene Mittel injizierte.

Kurz darauf wurden ihm die Glieder schwer, und seine Lider sanken herab.

»Gleich fühlen Sie sich viel besser«, sagte der Priester. Was für ein sonderbarer Akzent ... Nichts ergab mehr einen Sinn. Cushing wollte schreien, den Mann fortstoßen.

Aber er konnte sich nicht bewegen, und die Stimmbänder gehorchten ihm nicht mehr.

Er war noch immer bei vollem Bewußtsein und hörte den Priester, aber mit wachsendem Grauen stellte er fest, daß ihn eine seltsame Lähmung erfaßte.

Eine Minute später schwanden ihm die Sinne. Alles wurde dunkel, bis völlige Finsternis im Zimmer herrschte. Cushings Körper erschlaffte. Ein nichtsahnender Beobachter hätte angenommen, daß er schlief.

Das Atracuriumbesilat – ein nicht-depolarisierendes, peripheres Muskelrelaxans, das im Körper rasch abgebaut wird – wirkte sehr schnell. Es dauerte nicht lange, bis es sich völlig aufgelöst hatte, ohne daß irgendwelche Spuren zurückblieben.

Als Todesursache nahm man sicher Herzversagen an. Selbst wenn man anschließend eine Autopsie durchführte: Nichts deutete auf die Verwendung einer tödlichen Dosis von Atracuriumbesilat hin. Falls man den Einstich im Arm fand ... Nun, am vergangenen Tag hatte Cushing um ein Sedativ gebeten – die Ärzte kannten ihn als recht nervösen Patienten.

7

NEW YORK

Stone näherte sich Charlotte und Saul. Er ging auf leisen Sohlen und achtete darauf, nicht ihre Aufmerksamkeit zu erregen. Zuerst wollte er hören, worüber sie sprachen, ohne daß ihn seine Frau bemerkte.

Sie unterhielten sich mit gedämpften Stimmen in einer dunklen Nische. Saul schüttelte den Kopf, und Charlotte strahlte.

Sie hatte sich verändert. Das kürzere Haar stand ihr gut. Sie schien ein wenig älter geworden zu sein: Falten zeigten sich an ihren Augen, aber sie deuteten auf häufiges Lachen hin. Sie wirkte noch etwas schlanker und bot einen atemberaubenden Anblick. Wenn sie wollte, konnte sie Grace Kelly erstaunlich ähnlich sehen, und allem Anschein nach kam es ihr an diesem Abend darauf an, eine derartige Wirkung zu erzielen.

Mit einem Anflug von Ärger stellte Stone fest, daß sie weder den mit Diamenten besetzten Verlobungsring noch den Trauring trug. Ihr Anblick weckte intensive Gefühle in ihm, und einige Sekunden lang spielte er mit dem Gedanken, sich einfach umzudrehen und fortzugehen.

Aber er blieb stehen und lauschte.

»Woher wollen Sie wissen, daß ein Russe dahintersteckt?« fragte Charlotte und schüttelte den Kopf.

»Das habe ich nicht gesagt«, erwiderte Saul halblaut.

»Nicht direkt, nein. Aber Ihre Ausführungen ließen diesen Schluß zu.«

Ansbach zuckte mit den Schultern. »Vielleicht.«

»Wenn eine Bombe im Kreml explodierte . . .«, flüsterte Charlotte.

»Ich kann nicht darüber sprechen.«

»Aber Sie geben zu, daß sich Ihre Leute mit dieser Sache beschäftigen. Und das bedeutet, ich habe eine Story.«

»Ich bitte Sie, Charlotte. Setzen Sie mich nicht so unter Druck. Was ist mit der journalistischen Ethik?«

»So etwas gibt es überhaupt nicht.«

Stone lächelte stumm und verlagerte das Gewicht von einem Bein aufs andere.

»Charlotte«, brummte Saul, »ich bin fünfunddreißig Jahre lang in Langley gewesen, als Fachmann für die Sowjetunion. Fünfunddreißig Jahre lang habe ich mich mit Moskau befaßt. Fünfunddreißig Jahre lang mußte ich die internen Kämpfe in Langley ertragen. Fünfunddreißig Jahre lang hatte ich keine Ahnung, ob das, was wir über Rußland zu wissen glauben, wahr ist.«

»Das sind insgesamt hundertfünf Jahre«, erwiderte Charlotte und berührte kurz Sauls Schulter. »Sie sehen nicht halb so alt aus.«

»Schmeichlerin.«

»Seien Sie unbesorgt. Ich verwende die Informationen nicht – aus Höflichkeit Ihnen gegenüber.«

»Danke. Wenn ich Ihnen jemals helfen . . . Oh, offenbar haben Sie einen Bewunderer.«

Charlotte drehte sich um und sah Stone.

Für einen Sekundenbruchteil zeigten sich verschiedene Empfindungen in ihrem Gesicht – Überraschung, Liebe, Kummer, Ärger –, und unmittelbar darauf verschmolzen sie zu Trotz.

»Hallo, Charlie.«

»Hallo, Charlotte. Es verblüfft dich sicher nicht, daß ich hier bin.«

Sie zögerte kurz und lächelte wehmütig. »Nein, ich habe damit gerechnet, dich hier anzutreffen. Bitte entschuldigen Sie uns, Saul.«

Ansbach nickte und ging.

Eine Zeitlang standen sie reglos voreinander. Dann schlang Charlie sanft den Arm um sie und meinte: »I Need a Little Sugar?«

Er beugte sich ein wenig vor und hauchte ihr einen Kuß auf die Lippen. Charlotte reagierte kaum merklich.

»Nun?« fragte Stone.

»Nun?« wiederholte sie, so scheu und unbeholfen wie ein Mädchen beim ersten Rendezvous.

»Bist du schon lange hier?«

»Beim Empfang oder in den Staaten?«

»Sowohl als auch.«

»Was die Party betrifft ... Ich bin gerade erst eingetroffen. Die Sowjetunion habe ich schon vor einigen Tagen verlassen. Ich war bei meinen Eltern, und als ich gestern in die Stadt kam und von Lehman hörte ...«

»Wolltest du mich anrufen?« Stone konnte den vorwurfsvollen Klang nicht ganz aus seiner Stimme verdrängen. Mehrere Männer in der Nähe bemerkten Charlotte, und ein bedeutungsvoll wirkender Herr starrte sie lüstern an. Charlie warf ihm einen drohenden Blick zu.

Charlotte seufzte und senkte den Kopf. Stone sah sie zum erstenmal in diesem Kleid und fragte sich, ob sie es extra für den Empfang gekauft hatte. Bestimmt enthält ihre Garderobe jetzt viele neue Kleider, dachte er. »Ja, das war meine Absicht«, antwortete sie schließlich, errötete und sah wieder auf.

»Möchtest du etwas zu trinken?«

»Ich habe dem Alkohol abgeschworen. Und auch dem Kaffee.«

»Du verzichtest auf Kaffee? Du warst die Koffein-Königin von Central Park West.«

»Früher einmal, jetzt nicht mehr. Ich verabscheue Instantkaffee, und anderen bekommt man in Moskau nicht. Dort gibt's nur Nescafé.«

»Dein Lippenstift gefällt mir.«

»Danke.« Charlotte schürzte die Lippen in einer Parodie auf Marilyn Monroe. »Diane Sawyer hat ihn mir empfohlen.« Sie lachte kurz. »Rauchst du noch immer? Ich rieche überhaupt nichts.«

»Hab's aufgegeben.«

»Wirklich? Wann?«

»Daran erinnere ich mich nicht mehr«, log Stone.

Als du mich verlassen hast, dachte Charlie.

Kurz nach der Heirat zogen sie nach New York. Stone studierte am russischen Institut der Columbia-Universität, und Charlotte jobbte. Sie wohnten in einem gräßlichen, dunklen Apartment im Village, aber das machte ihnen nichts aus. Als Charlie seinen Doktortitel in Philosophie bekam, bot man ihm eine Dozentenstelle in der Georgetown-Fakultät an. Daraufhin ließen sie sich in Washington nieder – niemand von ihnen bedauerte es, New York zu verlassen. Stones Dissertation über die Macht im Kreml fand große Anerkennung, und er bekam dadurch den Ruf, in seiner Generation einer der besten Experten für die Sowjetunion zu sein. Charlotte bedauerte es, keine eigene Karriere zu haben. Sie fand einen neuen Job und gab sich damit zufrieden, in der Redaktion einer Washingtoner Zeitung Artikel zu redigieren.

Dann lockte man Charlie mit einer sicheren Anstellung am MIT, Cambridge, und sie zogen erneut um. Kurze Zeit später begann Charlottes berufliche Laufbahn. Nach einigen Mühen fand sie Arbeit bei einem lokalen Fernsehsender in Boston und schrieb dort AP-Berichte in eine geeignete Form um. Nach einigen Monaten bot man ihr den Posten des ›Wettermädchens‹ an, aber sie lehnte sofort ab. Statt dessen wurde sie Reporterin. Zunächst gab man ihr nur miese Aufträge – sie nannte ihre Rubrik ›Gauner, Gewalt und Gestank‹ –, aber sie lernte rasch. Schon nach kurzer Zeit fand sie heraus, wie man bei ›Cutaways‹ vorging und bei Interviews Reaktionen einfing, ohne dabei zu nikken, was immer einen schlechten Eindruck machte. Sie gewöhnte sich daran, direkt in die Kamera zu sehen, mit ihrem Blick Ehrlichkeit und Kraft zu demonstrieren.

Gelegentlich sehnte sie sich laut danach, eines Tages die Chance zu bekommen, ihr am College erlerntes Russisch zu verwenden. Sie beherrschte diese Sprache noch besser als Charlie – Stone schob es auf ihr polnisches Blut. Irgendwann wollte sie sich diesen Wunsch erfüllen. In der Zwischenzeit wurde sie zu einer guten Reporterin und dann zu einer ausgezeichneten. Natürlich, sie arbeitete ja fürs Fernsehen. Mit anderen Worten: Die Aufmerksamkeit des

Publikums galt in erster Linie ihrem Aussehen. In der Ära von Barbara Walters, Jessica Savitch und Diane Sawyer suchten die einzelnen Sender nach weiblichen Nachrichtensprechern. Charlotte brachte nicht nur die notwendigen ästhetischen Voraussetzungen mit, sondern auch die *Kompetenz*. Man bat sie, eine Nachrichtensendung am Morgen zu übernehmen, und dazu mußte sie ziemlich früh aufstehen. Das Programm hieß ›Boston A. M.‹ und wurde von sechs Uhr bis halb sieben ausgestrahlt.

Einmal befand sich zufälligerweise ein Network-Direktor in Boston, und zufälligerweise war er eines Morgens früh genug auf den Beinen, um sich die Sendung anzusehen. Anschließend setzte er sich mit Charlotte in Verbindung und stellte ihr sofort einen Job in Aussicht. In New York.

Etwa zur gleichen Zeit beschloß Stone, Saul Ansbachs Angebot anzunehmen und das akademische Leben für die Parnassus Foundation aufzugeben. Triumphierend kehrten beide nach New York zurück.

Die glücklichste Zeit ihrer Ehe begann. Endlich gingen sie beide der Arbeit nach, die sie liebten. Stone stürzte sich in streng geheime Kremlforschungen und entwickelte einen Eifer, der ihn selbst überraschte. Charlotte konzentrierte sich mit entschlossener Hartnäckigkeit und scharfer Intelligenz auf den Journalismus. Geduldig arbeitete sie sich nach oben und überzeugte mit ihren Beiträgen für die Nachrichtensendungen – bis ihr Bild fast jeden Abend auf der Mattscheibe erschien.

In ihr häusliches Leben kehrte eine angenehme Routine ein. Sie saßen vor dem Fernseher, kochten abwechselnd, gingen mit Freunden aus. Charlotte betätigte sich als Amateur-Fotografin. Charlie wurde zu einem Wochenendmechaniker. Er lernte alles über die Funktionsweise von Autos und arbeitete zur Entspannung unter der Motorhaube seines alten BMW 2002.

Natürlich lief nicht immer alles glatt. Manchmal kam es zu Auseinandersetzungen. Aus der heißen Leidenschaft der ersten Jahre wurde eine ruhigere, aber auch tiefere

Liebe. Dann und wann sprachen sie darüber, Kinder zu haben, aber sie meinten es nie besonders ernst. Wenn sie tatsächlich einmal den Entschluß faßten, einen Sohn oder eine Tochter zu bekommen, so überlegten sie es sich nach wenigen Tagen anders. Ihnen blieb Zeit genug. Ältere Eltern waren ohnehin besser, oder?

Doch plötzlich veränderte sich alles.

Ende 1988 fand die CIA zuverlässige Hinweise darauf, daß man Gorbatschow stürzen wollte. Der Agency blieb nicht genug Zeit, um ein Kurier-Paket vorzubereiten, und deshalb flog man Stone direkt nach Langley und brachte ihn in einem nahen Hotel unter, wo er mit einer Dringlichkeitsanalyse begann. Besucher waren nicht erlaubt.

Das Projekt dauerte Wochen. Jeden Abend telefonierte Stone mit seiner Frau. Jeden Abend fragte Charlotte, wann er zurückkehrte. Jeden Abend lautete Charlies Antwort: »Ich weiß es nicht.«

Dann beging Charlottes Schwester Martha Selbstmord.

Charlie flog sofort nach Pennsylvania und nahm dort an der Beerdigung teil. Anschließend begab er sich nach New York, um Charlotte zu trösten. Sie schlief nicht, weinte kaum, saß in einem Sessel im Schlafzimmer und starrte in einen Jane-Austen-Roman, ohne zu lesen. Ihr Kummer war fast greifbar. Nach einigen Tagen, als Stone glaubte, es ginge ihr etwas besser, setzte er seine Arbeit in Washington fort.

Genau darin bestand sein Fehler. Später begriff er, daß es besser gewesen wäre, bei Charlotte zu bleiben. Zuerst rief er erneut jeden Abend an, aber nach einer Weile nahm ihn die Analyse so sehr in Anspruch, daß er nur noch ein- oder zweimal in der Woche mit Charlotte telefonierte. Vielleicht hätte er wissen sollen, wie sehr sie ihn brauchte.

Ende des Monats kehrte er nach New York zurück, um Charlotte zu überraschen.

Er überraschte sie tatsächlich.

Sie verließ das Apartmentgebäude Arm in Arm mit einem Mann, den Charlie kannte. Es handelte sich um einen Network-Manager – ein gutaussehender Bursche, der Armani-Anzüge trug, dauernd lächelte und TV-Miniserien produzierte.

Die Affäre hatte vor zwei Wochen begonnen, erfuhr Stone später. An jenem Abend stellte er Charlotte wütend zur Rede. Anschließend stürmte er davon, betrank sich und rief eine geschiedene Freundin an, mit der er die Nacht verbrachte.

Am nächsten Morgen suchte Stone wieder das Apartment auf; er war nicht mehr wütend und bereit zu einem vernünftigen Gespräch. Er traf gerade rechtzeitig ein, um zu sehen, daß Charlotte ihre Sachen packte und dabei schluchzte. Sie lehnte es ab, mit ihm zu reden. Am Nachmittag quartierte sie sich in der leerstehenden Wohnung einer Kollegin ein. Stone rief mehrmals an, aber sie nahm nicht ab.

Einige Wochen später kam sie noch einmal, um einige letzte Sachen zu holen, aber auch diesmal sprachen sie nicht über ihre Beziehung.

Das Network schicke sie nach Moskau, erklärte Charlotte. Unter normalen Umständen hätte eine derartige Versetzung nicht gerade als erstrebenswert gegolten, da sie vom gewöhnlichen Karrierepfad abzweigte, aber einer der Direktoren hatte beschlossen, die Berichterstattung aus der Sowjetunion aufzuwerten.

»Ich habe sein Angebot angenommen«, sagte Charlotte.

Stone hatte so etwas erwartet, und Verzweiflung erfaßte ihn. Aber er bat sie nicht, bei ihm in New York zu bleiben – später fragte er sich, ob ihm damit ein zweiter Fehler unterlaufen war. »Das halte ich für falsch«, erwiderte er.

»Wir beide brauchen Urlaub voneinander – sonst überlebt unsere Ehe nicht.«

Charlie trat auf Charlotte zu, um sie zu küssen. Er bewegte sich langsam, wie durch Wasser. Seine Frau wandte sich ab und weinte.

»Oh, jetzt möchtest du mich küssen«, sagte sie grausam. »*Jetzt* möchtest du mich küssen.«

Charlie war nie um eine Antwort verlegen, aber diesmal fehlten ihm die Worte.

Stone streckte die Hand aus. »Wir müssen über bestimmte Dinge reden. Allein.«

»Kann es nicht bis nach der Party warten?«

»Nein.« Eine Kellnerin kam vorbei und ging zur Küche. Stone wartete, bis sie außer Hörweite war. »Erinnerst du dich an die Story über meinen Vater?«

»Was für eine meinst du?«

»*Die* Story. Das Gefängnis und der ganze Rest.«

»Meine Güte, was hat das mit uns . . .«

»Winthrops persönliches Archiv unten im Keller enthält ein Dokument. Es könnte erklären, was damals mit meinem Vater geschehen ist.«

»Charlie, ich verstehe nicht, wieso . . .«

»Ich brauche deine Hilfe. Um die Erlaubnis zu bekommen, mich dort umzusehen.«

Charlotte zögerte und versuchte, ihrer unersättlichen Neugier zu widerstehen. »Winthrop ist dein Patenonkel. Warum fragst du ihn nicht einfach?«

»Unmöglich. Er würde Verdacht schöpfen. Aber du bist Journalistin und kannst Winthrop mit seinem Stolz festnageln. Bitte. Für meinen Vater. Wenigstens für ihn.«

»Das ist unfair, Charlie.«

Einige Minuten später legte Charlotte ihre Hand auf die des alten Mannes. »Winthrop, morgen verlasse ich die Staaten wieder, aber ich würde im Fernsehen gern ein Porträt von dir präsentieren. Du weißt schon, dein Vermächtnis in Rußland und so weiter.« Sie beobachtete, wie Lehman seiner eigenen Eitelkeit zum Opfer fiel. »Charlie hat mir angeboten, mich herumzuführen.«

Sie gingen durch einen schmalen Korridor, dessen Wände mit Eichenholz vertäfelt waren. Eine rothaarige Frau in mittleren Jahren, vermutlich eine Angestellte, kam ihnen entgegen und grüßte respektvoll. Die Stimmen der Partygäste wurden leiser.

Winthrop Lehmans Archiv befand sich hinter einer Stahltür, die elektronisch verriegelt werden konnte. Es bestand aus neunzig Aktenschränken; ein Computer überwachte Temperatur und Feuchtigkeit im Zimmer. Die grünen Schränke enthielten besonders faszinierende Dokumente: eine Insider-Geschichte der amerikanischen Diplomatie im zwanzigsten Jahrhundert.

Während des Studiums hatte Stone diesen Ort mehrmals besucht, um Informationen über die amerikanische Außenpolitik in bezug auf die Sowjetunion zu sammeln. Er gehörte zu den wenigen Personen, die das Archiv betreten durften. Die meisten Akademiker hielt Lehman von seinen Unterlagen fern – eine der wenigen Ausnahmen war ein Historiker von Stanford. Die Akten sollten erst nach Lehmans Tod der Öffentlichkeit zugänglich gemacht werden. Der alte Mann beabsichtigte, sie der Kongreßbibliothek zu überlassen, und Stone ahnte, daß man einige Dokumente noch für viele Jahre als geheim einstufen würde.

»Du verläßt das Land doch nicht schon morgen, oder?« fragte Charlie. Sie kamen an einem breiten Wandschrank vorbei, passierten dann einen Speiseaufzug.

»Doch.«

»Lieber Himmel, Charlotte! Wie lauten eigentlich die Bedingungen für unsere Trennung? Komplettes und vollständiges Exil? Dürfen wir uns nie wiedersehen?« Er sprach mit kühlem Zorn. »Du weißt sicher, daß ich dich in Moskau besuchen würde, aber so etwas läßt die Agency nicht zu.«

Charlotte nickte, und ihr Gesichtsausdruck blieb neutral. Sie kratzte sich am Kinn.

»Willst du unsere Ehe einfach so wegwerfen?« fragte Stone.

Sie schwieg. Langsam gingen sie eine knarrende Holztreppe hinunter.

»Wie ist dein Liebesleben?« erkundigte sich Charlie.

»Ereignislos«, erwiderte Charlotte. Es klang zu beiläufig.

Die Wände bestanden nun aus Beton, der Boden aus grauem Stein. Stone öffnete eine Tür, hielt sie für Charlotte auf und bemerkte das vertraute rötliche Glühen ihrer Wangen.

»Ich weiß nicht, was du . . .«

»Sei *ehrlich* zu mir. Mach es für uns beide leichter.«

»Hör mal, Charlie . . .« Sie blieb vor einem kleinen Lift stehen. »Ich habe andere Menschen kennengelernt, ebenso wie du. Aber derzeit gibt es niemanden. Es bleibt mir gar nicht genug Zeit für eine neue Beziehung.«

»Und das soll ich dir glauben?«

»Ich *bin* ehrlich, Charlie.«

»Na schön.« Stone seufzte. »Es ist dir nie sehr schwer gefallen, das Interesse von Männern zu gewinnen. Warum ergeben sich jetzt plötzlich Probleme dabei?«

»Charlie, ist es dir nie in den Sinn gekommen, daß ich vielleicht eine Zeitlang allein sein möchte?«

Stone dachte kurz an die letzten gemeinsamen Ferien, bevor Charlotte zum erstenmal nach Moskau flog. Damals verbrachten sie einige angenehme Wochen auf Barbados, in einem kleinen Ort an der felsigen Ostküste. Dort tranken sie Rum, aßen fliegende Fische und verbrachten einen großen Teil der Zeit im Bett. Er erinnerte sich daran, wie Charlotte ihr Becken an seinem rieb und nach mehr verlangte. Er erinnerte sich daran, daß der Wind die Tür ihres Bungalows aufstieß. Nebenan sonnte sich eine Kanadierin auf dem Balkon; sie konnte in ihr Zimmer sehen und beobachten, wie sie sich liebten. Die Frau lief rot an und wandte sich verlegen ab. Charlie und Charlotte waren einige Sekunden lang bestürzt, doch dann lachten sie schallend.

»Was ist mit den Bedingungen?« wiederholte Stone und drückte die Ruftaste des Lifts. »Wann kehrst du wieder zu mir zurück?«

»Ich weiß es nicht«, lautete die leise Antwort.

Die Tür des Aufzugs öffnete sich, und sie betraten die kleine Kabine.

»Um mich klarer auszudrücken . . .« Stone hätte gern *Ich liebe dich!* gerufen, aber statt dessen sagte er in einem vernünftigen Tonfall: »Ich *möchte*, daß du zu mir zurückkehrst. Wir haben beide dumme Fehler gemacht. Aber das ist Vergangenheit. Wir können daraus lernen.«

Charlotte blieb stumm, wandte sich von ihm ab und starrte an die Stahlwand. Die emotionale Welt in ihrem Innern geriet in Aufruhr, und deutlich spürte sie, wie sich ihre Augen mit Tränen füllten. Glücklicherweise konnte Charlie sie nicht sehen.

Doch dann drehte er sie abrupt zu sich herum und küßte sie. Zunächst reagierte sie nicht, blieb wachsam wie bei einer Impfung.

Ganz bewußt verzichtete sie darauf, die Arme zu heben, und ihre Augen blieben offen.

»Bitte nicht . . .«, hauchte sie kaum hörbar.

Ihre zitternden Lippen teilten sich, und dann schloß sie den Mund – ein deutliches Zeichen der Ablehnung.

Die Tür glitt auf, und hinter ihr erstreckte sich Lehmans Archiv.

Das Zimmer war nicht besonders groß. Der Boden bestand aus glänzenden Fliesen, und Dutzende von Aktenschränken bildeten lange Reihen.

Weiter hinten im Halbdunkel standen mehrere verschlossene Schränke mit geheimem Material. Stone erinnerte sich: Wenn man dort das Licht einschaltete, so wurde weiter oben im Haus ein Alarm ausgelöst. Von den Neonröhren an der niedrigen Decke ging ein bläuliches Schimmern aus, und ein leises, beständiges Zischen störte die Stille im Raum.

»Wie willst du das Dokument finden?« frage Charlotte. Sie war nervös, und das galt auch für Stone – sie sahen sich in einem Bereich des Archivs um, in dem sie nichts zu suchen hatten, und jederzeit konnte jemand hereinkommen.

»Die Akten in den Schubladen sind nach Jahr, Monat und Thema sortiert.«

Es war durchaus möglich, daß ihnen Lehman einen Bediensteten nachschickte, um sicher zu sein, daß alles mit rechten Dingen zuging. Wenn man sie hier entdeckte . . .

Stone verdrängte diesen Gedanken. Rasch zog er die

Schubladen auf und hielt nach dem Dokument Ausschau, das sein Vater damals gesehen hatte. Charlotte saß in unmittelbarer Nähe auf einem kleinen Stuhl, direkt neben einem alten Fotokopiergerät. Sie behielt die Tür im Auge, und ihre Beine baumelten hin und her.

»Hält es Winthrop nicht für seltsam, daß du dich hier unten herumtreibst, während oben die Party in vollem Gang ist?« fragte sie angespannt und beobachtete, wie sich Stone einem anderen Schrank zuwandte.

»Er glaubt, daß *du* Informationen sammelst. Außerdem erscheint es ihm sicher plausibel, daß du eine Fernsehdokumentation über ihn vorbereitest. Er ist nie sonderlich bescheiden gewesen.« Stille folgte, während Charlie Schubladen aufzog und die kleinen Schilder der Verzeichniskarten las.

Eine halbe Stunde verging, dann eine ganze. »Langsam kommen wir der Sache näher«, sagte Stone. Er spürte Charlottes Blick im Rücken und drehte sich um. »Alles in Ordnung mit dir?«

»Ja.« Sie wirkte nachdenklich. »Was bedeuten die Lichter?« Sie nickte in Richtung einer quadratischen Platte neben der Stahltür; dort glühten mehrere Lichtpunkte.

»Die Alarmanlage«, antwortete Stone. »Marjorie hat den Schlüssel benutzt, um uns Zutritt zu gewähren, und dadurch ist das Hauptsystem ausgeschaltet worden.« Marjorie war Lehmans Sekretärin.

»Aber so viele Lichter? Warum?«

»Siehst du die Schränke dort drüben?« Charlie streckte die Hand aus und zeigte nach links, während er rasch durch die Akten blättete.

»Im dunklen Bereich?«

»Ja. Die beiden Reihen sind noch immer geschützt. Marjorie hat es mir einmal erklärt.«

»Was befindet sich dort? In den verschlossenen Schränken, meine ich.«

»Winthrops Sekretärin meinte, sie enthielten die vertraulichsten und langweiligsten Dokumente. Es geht dabei um die Lehman-Reederei, Verträge und dergleichen.«

»Und deshalb die Alarmanlage?«
»Ich habe nicht behauptet, daß ich Marjorie glaube.«
»Aber wenn die Unterlagen . . .«, begann Charlotte.
»Ins Schwarze getroffen«, murmelte Stone.
»Was?«
»Wir sind auf dem richtigen Weg.«
Charlie hielt ein vergilbtes Blatt in der Hand. Es handelte sich um einen Bericht, und das Briefpapier stammte vom FBI. Er war am 3. April 1953 geschrieben und an Lehman adressiert worden:

BIDWELL, HAROLD
CUSHING, ALDEN
STONE, ALFRED
DUNAJEW, FJODOR
Von allen Verdächtigen, über die wir gesprochen haben, wissen nur die vier oben genannten Personen vom ›Lenin-Testament‹.
In der Anlage finden Sie ein geheimes Dossier.

Warren Pogue
Sonderagent
Federal Bureau of Investigation

Ganz unten stand der mit Bleistift geschriebene Hinweis: ›Siehe Nummer 74.‹
Charlotte hob den Kopf, als sie alles gelesen hatte. »Damit ist Schrank 74 gemeint, nicht wahr?«
»Du hast recht.«
»Dort drüben.« Sie deutete in den dunklen Bereich.
»Ja.«
»Einer der geschützten Schränke.«
»Was mich nicht überrascht.«
Sie hörten ein metallisches Klicken.
»Was war das?« fragte Stone.
Charlotte riß die Augen auf und gab keine Antwort. Sie beobachtete Charlie, der seinen Blick durchs Zimmer wandern ließ.

»Oh«, brummte er schließlich. »Das Belüftungssystem hat sich gerade eingeschaltet.« Er vernahm das leise, kaum wahrnehmbare Summen feinjustierter Geräte, die ihre Luftfilter aktivierten, Feuchtigkeit aufnahmen und dafür sorgten, daß die Temperatur im Zimmer exakt sechzehn Grad betrug.

Stone griff in die Innentasche seiner Jacke, tastete nach einem Kästchen und einer kleinen Taschenlampe.

»Was hast du vor?«

Er lächelte. »Ein recht nützlicher Trick, den ich einmal gelernt habe.«

Er ging zum dunklen Ende des Archivs.

»Kannst du dort überhaupt sehen?« fragte Charlotte skeptisch.

Stone schaltete die Taschenlampe ein. »Wir sollten Lehmans Leute nicht stören. Sie sind sicher vollauf mit der Party beschäftigt.«

Kurze Zeit später fiel das gelbe Licht der Lampe auf Schrank Nummer 74, der mindestens vierzig Jahre alt zu sein schien.

Charlie entnahm dem Kästchen zwei Instrumente und schob sie ins Schloß. Das eine, der Torsionshaken, war etwa fünfzehn Zentimeter lang und wie ein in die Länge gezogenes L geformt. Das andere, der Fühler, erinnerte an eine verbogene Haarnadel. Stone hielt den Torsionshaken ganz unten, um die Mechanik des Schlosses unter Druck zu halten, und mit dem Fühler bewegte er nacheinander die kleinen Sperrbolzen. Er hatte es hin und wieder geübt, aber dies war sein erster echter Versuch, ein Schloß zu knacken, und er stieß dabei auf nicht unerhebliche Schwierigkeiten. Er spürte das leichte Zittern des Torsionshakens, als die einzelnen Bolzen nachgaben, und schließlich hörte er ein deutliches Klicken.

»Was stellst du da an, Charlie?«

»Ich öffne den Schrank. Kann meiner Neugier einfach nicht widerstehen.«

»Wenn dich jemand sieht . . .«

»Charlotte«, erwiderte Stone geduldig. »Winthrop Lehman ist ein sehr altmodischer Mann mit sehr altmodischen Vorstellungen von Staatsgeheimnissen. Lieber Himmel, das Zeug hier drin muß *Jahrzehnte* alt sein. Ganz gleich, was er hinter den Kulissen unternahm, um meinem Vater zu helfen – bestimmt hält er die Sache für ein abgeschlossenes Kapitel . . .«

Er brach ab und schwieg einige Minuten lang.

»Wo hast du überhaupt gelernt, Schlösser zu knacken?«

»Von einem Freund, der als Detektiv arbeitet«, brummte Stone und war mit den Gedanken ganz woanders. »Sawyer.«

»Großartig«, meinte Charlotte. Es klang nicht sonderlich begeistert.

In Charlies Magengrube schien sich ein dicker Eisbrokken zu bilden. Er vernahm nur noch das laute Pochen seines Herzens, das Zischen der Atemzüge.

»Stimmt was nicht?« erkundigte sich Charlotte.

»O Jesus«, brachte Stone heiser hervor. »Hier ist es.«

»Was?« Sie stand auf und kam näher. Charlie stand in der Finsternis, und das Licht der Taschenlampe erhellte ein mehrseitiges Dokument. Charlotte sah ihm über die Schulter und las.

»O Gott«, hauchte sie zwei Minuten später. »O mein Gott.« Sie schlang die Arme um Stone. »Ach, Charlie, es tut mir so leid.«

»Hier gibt es irgendwo ein Telefon, Charlotte«, sagte er. Er mußte sofort seinen Vater erreichen. Ein kurzes Gespräch genügte, einige Bemerkungen, die für niemanden sonst einen Sinn ergaben. »Und während ich telefoniere . . . Schalte das Fotokopiergerät ein und fertige zwei Kopien von diesen Unterlagen an.«

Zur gleichen Zeit in einer kleinen Mietwohnung an der East 73rd Street . . . Ein dunkelhäutiger, schwarzhaariger Mann saß vor einem speziellen Radio; daneben stand ein kleiner Kassettenrecorder, der die empfangenen Sendungen aufzeichnete. Wer die verschiedenen Völker der Sowjetunion kannte, hätte im Gesicht des Mannes Anzeichen für eine asiatische Herkunft bemerkt. Schon seit Stunden nahm er diese monotone Aufgabe wahr, und er wirkte gleichgültig und resigniert, rauchte eine Marlboro nach der anderen.

Er sah nicht gerade gut aus; pockenartige Narben bildeten Mulden in seinen Wangen. Nach einer Weile hob er den Kopf, sah aus dem schmutzigen Fenster und beobachtete den Regen, der auf schwarzen Straßen glänzte.

Er arbeitete als Wächter für eine Zeitung russischer Emigranten, deren Redaktion sich in Lower Manhattan befand. Der Job war natürlich nur Fassade – die Zeitung brauchte überhaupt keinen Wächter –, aber dadurch konnte er bei der jährlichen Steuererklärung wenigstens auf ein bescheidenes Einkommen hinweisen. Man nannte ihn Schwartz, was jüdisch klang, doch in Wirklichkeit hieß er ganz anders. Man hatte ihm diesen Namen gegeben, bevor er die Sowjetunion verließ, zusammen mit einem falschen Lebenslauf und einem ebenso falschen familiären Hintergrund. Hinzu kam ein Background aus fiktiver antisowjetischer Aktivität.

Schwartz hörte den Sendungen ohne großes Interesse zu. Er arbeitete schon seit dem Morgen, und nach acht Stunden sah er kaum mehr einen Sinn in seiner Tätigkeit.

Die Übertragung stammte vom Telefon in einem mehrere Straßen entfernten Haus. Das Signal war so klar, als lausche er an einem Nebenanschluß – ein durchaus angemessener Vergleich. Mit dem Gerät vor ihm konnte man sechzehn Telefonleitungen überwachen, aber derzeit kontrollierte er nur drei, und sie gehörten zum gleichen Gebäude. Offenbar hatte dieses Projekt Priorität.

Er drückte die Zigarette aus und zündete sich eine neue an.

Einige Sekunden später stellte er fest, daß jemand die dritte Leitung benutzte, was nur sehr selten geschah. Sofort konzentrierte er sich auf das Gespräch.

Ein Mann, der sich mit einer Frau unterhielt.

Schwartz hatte nicht damit gerechnet, daß man die dritte Leitung verwendete. Als vor einigen Monaten die

Entscheidung getroffen wurde, das Haus des reichen Mannes telefonisch zu überwachen, begannen für mehrere Männer ausgesprochen langweilige Wochen. Sie hockten in dem unbequemen Apartment, überzeugt davon, daß nichts Aufregendes geschen würde.

Wenn man normale Gespräche oder telefonische Konversationen abhören will, so braucht man Zugang zum Gebäude oder den Telefonen. Ein Einbruch ins Haus des Reichen kam nicht in Frage: Der mächtige Mann war viel zu gut geschützt.

Deshalb besorgte sich die Organisation einen Reparaturwagen der NYNEX-Telefongesellschaft sowie die notwendigen Uniformen. Zwei Männer fanden den richtigen Schaltkasten an der 71st Street, öffneten ihn und begannen damit, die einzelnen Drähte zu überprüfen. Sie benutzten das typische Werkzeug: ein Gerät, das aus Wähleinheit und einem kleinen Computer bestand.

Einer der beiden Männer verband es mit den Drähten und gab einen Code ein, woraufhin ihm der LCD-Schirm des Computers die jeweiligen Rufnummern zeigte. Nach mehreren Versuchen lokalisierte er die drei Leitungen und schloß winzige Hochfrequenzsender mit einer Reichweite von dreihundert Metern an. Sie basierten auf der gleichen Technik wie Autotelefone.

Natürlich konnte die Anzapfung der Leitungen entdeckt werden: mit elektronischen Sensoren, die zur Abwehr von Lauschangriffen dienten, oder durch eine Kontrolle der Telefongesellschaft. Aber es war unwahrscheinlich, daß so etwas geschah. Schon seit vielen Jahren – seit er nicht mehr für die Regierung arbeitete – hatte der Reiche keine Überprüfung seiner Telefonverbindungen angeordnet. Sorgfältige Nachforschungen bestätigten das. Außerdem entsprach es seiner Angewohnheit, bei Telefonaten bestimmte Themen auszuklammern. Es gab also keinen Grund für ihn anzunehmen, daß jemand mithörte.

Schwartz wußte nicht, worum es bei dieser Sache ging. Er erfuhr nie irgendwelche Einzelheiten – eine kluge Vorsichtsmaßnahme. Nur eins war ihm klar: Die Operation wurde vor dem KGB und den anderen sowjetischen Nachrichtendiensten geheimgehalten.

Aufregung verdrängte die Langeweile. Der Mann sah aufs Anzeigefeld und notierte die Zahlen. Vorwahl 617 – Boston. Interessant. Er nahm den Hörer des eigenen Telefons ab, wählte eine Nummer, sprach einige Worte und legte wieder auf.

Dann zog er die letzte Zigarette aus dem Päckchen, zündete sie an und spulte die Kassette zurück.

Aus irgendeinem Grund dachte Schwartz an die aus Holz und Eisen bestehenden Rattenfallen, die er als Junge gebaut hatte. Vor seinem inneren Auge sah er Nagetiere, die verzweifelt versuchten, sich zu befreien. Wenn man dem Todeskampf einer zusah, so empfand man dabei nicht in dem Sinne *Vergnügen*, sondern fühlte sich eher als unbeteiligter Beobachter. Man spürte die gleiche *Distanz* wie jemand, der von einem Wolkenkratzer in New York auf die ameisengroßen Fußgänger tief unten hinabblickte.

Schwartz begriff, daß sein Job von jetzt an nicht mehr nur aus ruhiger Routine bestehen würde.

Kurz darauf summte es. Er stand auf, ging zur Tür und betätigte eine Taste daneben. »Ja?«

»Ein Paket«, klang eine Stimme aus der Wechselsprechanlage.

»Woher?«

»Aus Kalifornien.«

Schwartz drückte einen anderen Knopf, der unten die Eingangstür öffnete, wartete und sah durch den Spion. Eine Minute später näherte sich ein blonder Russe. Der dunkelhaarige Mann entriegelte nacheinander die von der Organisation installierten drei Schlösser und ließ den Besucher herein.

Der Russe war außer Atem, und an seinem Anzug zeigten sich dunkle Regenflecken. Er schien gelaufen zu sein, um das Apartment zu erreichen.

»Wir haben also einen Fuchs geschnappt«, scherzte er.

Nein, eine Ratte, dachte Schwartz und griff nach einem neuen Marlboro-Päckchen.

8

»Der automatische Anrufbeantworter gab keine Auskunft darüber, wo er zu erreichen ist«, sagte Stone.

Charlotte sah verwirrt auf. »Dein Vater hinterläßt doch immer eine Nachricht, nicht wahr?«

»Ja«, bestätigte er. »Seltsam.« Stone nahm das Dokument und las es erneut, schockiert und zornig. Aber er versuchte, sich nichts anmerken zu lassen. Aus irgendeinem Grund wollte er vermeiden, daß Charlotte merkte, wie sehr ihn diese Angelegenheit bestürzte.

Die Akte bestand aus einigen Seiten: ein Brief vom FBI an Winthrop Lehman und ein vom betreffenden Agenten erstellter Brief, ursprünglich für den Senatsausschuß zur Untersuchung unamerikanischer Umtriebe bestimmt. Das Joe-McCarthy-Komitee. Die Hexenjäger, wie Alfred Stone sie immer genannt hatte.

Charlie begann nun zu verstehen, warum sein Vater damals inhaftiert worden war.

JUSTIZMINISTERUIM
Federal Bureau of Investigation
Washington, D. C.

PERSÖNLICH UND VERTRAULICH

Bericht

An: Mr. Winthrop Lehman
Von: Sonderagent Warren L. Pogue
Datum: 20. Mai 1953
Betreff: Alfred Stone

Es wird auf ALFRED CHARLES STONE, 33, Bezug genommen. Derzeit arbeitet er als Assistent des Beraters für nationale Sicherheit im Weißen Haus.

Ergebnis

Bei den Ermittlungen fanden sich genügend Hin-

weise darauf, daß die fragliche Person über die von uns besprochene Angelegenheit Bescheid weiß.
FBI-Laboranalysen der Fingerabdrücke auf dem geheimen Bericht (in einem Glassin-Umschlag beigefügt) bestätigen, daß ALFRED STONE die Unterlagen zur Hand genommen hat.
Gemäß Ihrer Bitte dem Direktor gegenüber habe ich mich persönlich um die Beseitigung aller Fotografien und Beobachtungsberichte gekümmert, die während des jüngsten Aufenthalts von ALFRED STONE in Moskau angefertigt wurden. Die Behörde stellt die Ermittlungen ein.
Mr. Hoover hat mich gebeten, Ihnen folgendes mitzuteilen: Der Senatsausschuß zur Untersuchung unamerikanischer Umtriebe unterliegt nicht seiner Kontrolle, obgleich er eng mit ihm zusammenarbeitet. Wahrscheinlich besteht das Komitee zumindest auf einer kurzen Gefängnisstrafe für STONE.
Wenn STONE das Lenin-Testament tatsächlich der russischen Frau ausgehändigt hat, die von unseren Agenten als SONJA KUNETSKAJA identifiziert wurde, so teilt Mr. Hoover unsere Auffassung, daß STONE nicht vor dem Komitee aussagen darf. Offenbar weiß er nichts von der Operation M-3, aber es besteht trotzdem die Gefahr, daß er bei einem Verhör unabsichtlich die Identität der betreffenden Person preisgibt, und dadurch könnten sich außerordentlich negative Konsequenzen ergeben.
Mr. Hoover empfiehlt eine Übereinkunft mit dem Ausschuß: STONE sollte ohne weitere Anhörungen ins Gefängnis verbracht werden – bis er die Bereitschaft zeigt, unsere Bedingungen zu akzeptieren.
Der beigefügte Sicherheitsbericht ist die einzige noch vorhandene Kopie und für Ihre Akten bestimmt.

FBI-Akte Nr. 97-8234

»*Lieber* Himmel«, murmelte Stone.

Er las den Text mehrmals und konnte kaum glauben, welche Botschaft er vermittelte.

Winthrop Lehman hatte mit dem FBI zusammengearbeitet, um Alfred Stone ins Gefängnis zu stecken.

Warum?

Weil er etwas von einer streng geheimen Operation wußte?

Weil er das Lenin-Testament einer Frau in Moskau gezeigt hatte, einer gewissen Sonja Kunetskaja?

Charlie hatte nie daran gezweifelt, daß den damals gegen seinen Vater gerichteten Vorwürfen jede reale Grundlage fehlte. Aber jetzt ... Entsprachen sie vielleicht doch der Wahrheit? Stone erinnerte sich an viele Dokumente aus der Zeit des McCarthy-Wahns, und diese Unterlagen waren typisch. Die gestelzte Ausdrucksweise, ein unheilverkündender Tonfall, einige wenige Indizien, die man als konkrete Beweise präsentierte.

Trotzdem: Steckte mehr dahinter?

»Der Alarm«, sagte Charlotte. »Laß uns von hier verschwinden.« Sie stand so dicht hinter Stone, daß er ihr Parfüm namens Fracas roch – er entsann sich genau daran, weil er es mehrmals für sie gekauft hatte. Er fühlte ihren warmen Atem am Nacken und fragte sich, ob sie ebenfalls einen Anflug von Erotik spürte, selbst in diesen Sekunden der Anspannung.

Charlie nickte geistesabwesend und nahm sich den sogenannten ›Sicherheitsbericht‹ vor. Er bestand aus drei Seiten und stammte ebenfalls von Warren L. Pogue. Das Original hatte sich in einem bräunlichen Glassin-Umschlag befunden, der den Eindruck erweckte, als genüge eine Berührung, um ihn zerbröseln zu lassen.

Dieses Dokument war noch erstaunlicher. Es schilderte ein Treffen verschiedener Amerikaner, unter ihnen Winthrop Lehman, mit Stalin im Jahre 1952.

Justizministerium
Federal Bureau of Investigation
Washington, D. C.

STRENG GEHEIM

Sicherheitsbericht

An: Direktor Hoover
Von: Sonderagent Warren L. Pogue
Datum: 2. Februar 1952
Betreff: Begegnung mit Stalin

Es folgt ein Protokoll, das auf den Erinnerungen von Alden CUSHING basiert, einem Mitarbeiter Winthrop LEHMANS. Es geht dabei um ein Treffen mit Josef Stalin am 16. Januar 1952 in Moskau.

F: Erzählen Sie mir von der Reise.

A: Man bat mich, Winthrop Lehman Anfang 1952 zu einem Treffen mit Josef Stalin zu begleiten. Es ging dabei um irgendeinen offiziellen Anlaß, den man mir allerdings nie erklärte. Ich habe es mir zur Angewohnheit gemacht, meine Nase nicht in fremde Angelegenheiten zu stecken. Nun, ich war neugierig darauf, um was für einen offiziellen Anlaß es gehen mochte, denn soweit ich das feststellen konnte, fanden keine Verhandlungen irgendeiner Art statt. Aber ich war nur zugegen, um ...

F: Welche Amerikaner nahmen sonst noch daran teil?

A: Harold Bidwell vom State Department und ich.

F: Und abgesehen von Stalin?

A: Einige hochrangige russische Beamte. Ein gewisser Poskrebitschew, wenn ich seinen Namen richtig im Gedächtnis habe. Malenkow, der ... Berija, Sie wissen schon, der Minister für Staatssicherheit, Leiter der Geheimpolizei. Und (M-3). Darf ich meine Notizen zu Rate ziehen?

F: Natürlich.

A: O ja, das Oberhaupt von Stalins Leibwache, ein Bursche namens Chruschtaljow. Einer von Stalins Adjutanten, Osipow. Ein sehr junger Mann, dem Stalin vollkommen zu vertrauen schien. Und noch jemand. Ein gewisser Trofimow, Viktor Trofimow. Angeblich wurde er vor einigen Jahren abtrünnig, aber er war zugegen.

F: Wie sah Stalin aus?

A: Viel besser und gesünder, als ich es erwartete. Ich wußte, daß er sich mehreren Operationen unterzogen hatte, und natürlich war er schon einundsiebzig oder zweiundsiebzig. Er wirkte nicht etwa jünger. Seine geringe Größe überraschte mich. Pockennarbiges Gesicht. Sehr wachsam blickende Augen.

F: Und geistig?

A: Schwer zu sagen. Manchmal war er so scharfsinnig, daß er uns alle verblüffte. Bei anderen Gelegenheiten machte er einen geradezu senilen Eindruck. Immer wieder vergaß er meinen Namen. Ich behaupte nicht, daß es für ihn irgendeinen Grund gab, meinen Namen zu kennen, aber häufig sah er mich an und meinte: ›Sie haben mir noch nicht Ihren Namen genannt.‹ Etwas in der Art.

F: Sie trafen sich in seiner Datscha?

A: Ja. Einige Stunden vorher suchte Winthrop die Datscha auf, um allein mit Stalin zu sprechen. Dabei begegnete er auch Berija. Er nahm Hal oder mich nicht mit. Aber wir waren alle zum Abendessen in Stalins Landhaus in Kunzewo eingeladen.

F: Dort trafen Sie sich am Abend?

A: Darauf wollte ich gerade zu sprechen kommen. Sie möchten alle Einzelheiten, nicht wahr? Ja, wir begegneten uns am Abend, bei einem regelrechten Bankett mit vielen Gängen. Stalin schläft lange und läßt sich das Mittagessen gegen drei Uhr nachmittags servieren. Die zweite Hauptmahlzeit nimmt er nicht vor zehn Uhr abends ein. Wir kamen also spät zu ihm, und draußen war es ziemlich kalt. Die Temperatur lag weit unter dem Gefrierpunkt. Man führte uns sofort ins Eßzimmer im Erdgeschoß und stellte uns Stalin vor. Er meinte, er wohne in diesem Raum und schliefe auf dem Sofa. Er zeigte es uns. Im Kamin brannte ein Feuer, und er legte Holz nach. Doch bevor wir aßen, wollte er sich einen Film ansehen. Wir suchten ein anderes, fast ebenso großes Zimmer auf, und dort sahen wir uns Charlie Chaplins *Moderne Zeiten* an.

F: Stalin mag Chaplin?

A: Ja. Er hielt *Moderne Zeiten* für außerordentlich clever. Er freute sich über den Film, bezeichnete ihn als Parodie auf den Kapitalismus und die Fließbänder. Zehn Personen befanden sich im Raum, und alle starrten auf die Leinwand. Anschließend kehrten wir ins Eßzimmer zurück und nahmen dort die Mahlzeit ein. Das war irgendwann nach Mitternacht.
›Laßt uns essen‹, sagte Stalin. ›Alle haben Hunger.‹ Na ja, das stimmte natürlich nicht. Zu dieser Zeit hatte niemand mehr Appetit, aber keiner wagte es, ihm zu widersprechen. Stalin aß erst dann etwas, wenn es vorher jemand probiert hatte – er hatte schreckliche Angst, vergiftet zu werden, nehme ich an. Er deutete auf irgendwelche Spezialitäten und meinte: ›Lawrenti Pawlowitsch‹ – Berija – ›der Hering dort sieht köstlich aus.‹ Und nachdem Berija ein Stück davon probiert hatte, griff auch Stalin zu. Ah, und noch etwas: Bevor wir aßen, sorgte Stalin dafür, daß wir ziemlich viel tranken.

F: Trank Stalin ebenfalls viel?

A: Nein, fast gar nichts. Die meiste Zeit über saß er nur da, rauchte seine Pfeife und beobachtete uns. Er ließ uns schätzen, wie kalt es draußen war, und für jeden falschen Grad mußten wir ein Glas Wodka trinken. Lehman hatte wahrscheinlich aufs Thermometer gesehen, bevor er sein Hotel verließ. Er lag fast richtig mit seiner Antwort – ganz im Gegensatz zu mir.
Ab und zu wurde Stalin plötzlich mißtrauisch. Er wandte sich an jemanden – Osipow, glaube ich –, der immerzu freundlich gewesen war, und sagte kalt: ›Ich habe Sie nicht hierher eingeladen.‹ Der Mann erzitterte bis in die Stiefel und widersprach höflich. Aber Chruschtaljow stand auf und zerrte Osipow davon – wir sahen ihn nie wieder.
Stalin war ausgesprochen unberechenbar. Beim Essen stand er plötzlich auf, ging zum Grammophon und wählte eine Platte. Wir hörten einen schlechten Trompeter und eine lachende Frau. Eine Frau, die dauernd lachte. Die ›Okeh-Lachplatte‹. Ich erinnere mich daran: Als ich jünger war, galt sie als letzter Schrei. Stalin fand sie unglaublich lustig. Und ...

F: Glauben Sie, Stalin argwöhnte etwas in Hinsicht auf (M-3) und Berija?

A: Nein, Sir. Für eine solche Vermutung gab es keinen Anlaß.

F: Unter welchen Umständen schnitt Stalin das Thema Lenin und sein Testament an?

A: Es geschah wie beiläufig. Nach einer Weile hob Stalin sein Glas und prostete einem Porträt Lenins zu, das an der Wand hing. ›Laßt uns alle auf unseren großen Lehrer und Führer trinken: Wladimir Iljitsch!‹ Wir erhoben uns, richteten den Blick auf das Bild und tranken. Dann wandte sich Stalin an Hal

Bidwell, der den ganzen Abend über kein Wort gesprochen hatte – seine Aufgabe bestand darin, sich Notizen zu machen. ›Haben Sie Wladimir Iljitsch gesehen?‹ fragte er.
Bidwell schien zunächst nicht zu wissen, was er antworten sollte. Er verstand Stalins Frage folgendermaßen: Haben Sie Lenins Mausoleum besucht? ›Nun, Sir‹, erwiderte er, ›ich bin im Mausoleum gewesen, wenn Sie das meinen.‹

F: Und daraufhin verlor Stalin die Beherrschung?

A: Ja. Meine Güte, es war schrecklich. Stalin begriff sofort, was Bidwell andeutete. Sie wissen schon, die alte Geschichte, nach der die angebliche Leiche im Mausoleum aus Wachs besteht. Er richtete den Zeigefinger auf Lehman und sagte: ›Sie bezeichnen Lenin spöttisch als Wachspuppe. Sie reißen Witze darüber, nicht wahr? Wissen Ihre Freunde davon?‹ Lehman schüttelte stumm den Kopf, und ich habe ihn noch nie zuvor so voller Furcht gesehen. ›Vielleicht wissen sie doch Bescheid‹, fügte Stalin hinzu. Er sah Bidwell an und rief: ›Hat er Ihnen erzählt, warum er weiß, daß Lenins Körper aus Wachs besteht? Hat er es Ihnen erzählt?‹ Inzwischen waren wir alle vor Angst wie betäubt. Erneut deutete Stalin mit dem Zeigefinger auf Lehman. ›Haben Sie ihnen auch vom Testament berichtet? Auch davon? Es gehört hierher, Mr. Lehman. Sein *Testament* gehört in den Kreml, Mr. Lehman.‹ Die letzten Worte klangen verächtlich.

F: Aber Stalin sprach auf russisch, nicht wahr? Woher wußten Sie, was er sagte?

A: Bidwell hat mir die Bemerkungen anschließend übersetzt. Sein Russisch ist recht gut, wissen Sie. Stalin benutzte einen russischen Ausdruck, der ›Testament‹ bedeutet. Er sagte: ›Das Testament darf nicht im Westen bleiben. Es muß vernichtet werden.‹

F: Und dann antwortete Lehman.

A: Ja. Aber zuerst ergriff Berija das Wort. Er zitierte ein altes russisches Sprichwort, das soviel bedeutet wie: ›Papier ist geduldig. Papier vergißt nicht.‹ Und dann sagte Lehman: ›Sie wissen, daß es nicht vernichtet werden darf.‹

F: Und wie reagierte Stalin darauf?

A: Er schwieg, ging wieder zum Grammophon und legte noch einmal die ›Okeh-Lachplatte‹ auf.

»Charlie, einige der Alarmlichter blinken«, stellte Charlotte fest.

»Hm?« Stone hörte gar nicht zu.

»Einige Lichter blinken. Die blauen. Vorher haben sie nur geleuchtet.«

»Was?«

»Hältst du es für möglich, daß auch die Schränke selbst geschützt sind?«

»Das wäre möglich«, sagte Stone plötzlich. Er wandte den Blick vom Dokument ab. »Aber hier gibt es keine Sensoren. Es sei denn, der Boden ... Vielleicht sind einige der Fliesen druckempfindlich.« Er stöhnte leise.

»Ich glaube, du hast den Alarm ausgelöst, Charlie. Wir sollten diesen Bereich besser verlassen.«

Stone betrachtete die blinkenden blauen Lichter neben der Stahltür. Für Charlottes Besorgnis gab es einen guten Grund. Jeden Augenblick konnte jemand kommen, um nach dem Rechten zu sehen. Ein Zufall, dachte er. Ich behaupte einfach, die Alarmanlage vergessen zu haben.

Doch das Dokument fesselte ihn so sehr, daß er sich nicht von der Stelle rührte.

»Charlie, laß uns jetzt gehen, *bitte*!«

»Es ist alles in Ordnung, ich bin ganz sicher. Nur noch ein paar Minuten. Ich möchte mir noch einige andere Unterlagen ansehen ...«

Charlotte seufzte nervös. »Winthrop hat deinen Vater hintergangen, nicht wahr?«

Stone gab keine Antwort.

»Charlie, was bedeutet ›M-3‹?«

Eine Zeitlang starrte er stumm auf die Fotokopien. »Wahrscheinlich irgendeine Routine-Bezeichnung des FBI, weiter nichts.«

Stone log. Er wußte, daß die M-Serie einer in den frühen fünfziger Jahren geschaffenen Terminologie für Unterwanderungsagenten entsprach. Diese spezielle Sektion der CIA entwickelte mehr Codes, als später gebraucht wurden – das Programm war nicht besonders erfolgreich.

Allem Anschein nach hatte Alfred Stone Hinweise auf einen amerikanischen ›Maulwurf‹ in Moskau gefunden, und jemand – wer? – befürchtete, daß er das Geheimnis lüftete.

»Ich verstehe das nicht«, sagte Charlotte, zupfte an einer blonden Strähne und schob sie hinters Ohr. »Das FBI verhörte alle, die an dem damaligen Treffen teilnahmen. Stalin erwähnte das Lenin-Testament – eine Bemerkung, mit der die Anwesenden kaum etwas anfangen konnten. Stimmt das soweit? Nun, andererseits legte man großen Wert darauf, daß niemand etwas von dem Dokument erfuhr. *Warum?*«

Stone zuckte mit den Schultern und preßte kurz die Lippen zusammen. »Keine Ahnung.« Er zögerte einige Sekunden lang. »Ich möchte dich um einen Gefallen bitten. Du kannst durchaus ablehnen.«

Charlotte sah ihn an.

»Die im Bericht benannte Sonja Kunetskaja. Vielleicht bist du in der Lage ...«

»Sie zu finden? Festzustellen, ob sie noch lebt?«

»Ja. Aber wenn du nicht möchtest ...«

»Ich kümmere mich darum. Wie dem auch sei: Eins ist mir noch immer nicht klar. Wenn Winthrop deinen Vater hinterging ... Warum nahm Alfred alles hin? Warum setzte er sich nicht zur Wehr?«

»Wie ich sehe, seid ihr noch immer hier«, erklang die dünne und rauhe Stimme eines alten Mannes.

Winthrop Lehman stand in der Tür, begleitet von einem

athletisch gebauten Leibwächter. Das Licht spiegelte sich auf der Brille wider; seine Augen blieben Stone und Charlotte verborgen. Der Leibwächter blickte drohend.

»Winthrop . . .«, begann die Journalistin und wandte sich vom Tisch ab.

Lehman kam langsam näher, gestützt von dem jüngeren Mann an seiner Seite. »Die Party ist längst vorbei«, sagte er. »Alle sind bereits gegangen. Ich glaube, der Empfang war ein Erfolg, nicht wahr?« Er schnaufte, schien außer Atem zu sein. »Marjorie teilte mir mit, der blaue Alarm sei ausgelöst worden, und daraufhin beschloß ich, selbst nachzusehen. Ich wußte, daß ich nur euch beide hier unten antreffen würde.«

Die Dokumente lagen auf dem Tisch neben dem Fotokopiergerät, direkt in Lehmans Blickfeld. Aber er war ein alter Mann; vielleicht fielen sie ihm gar nicht auf.

»Ich hoffe, du planst einen positiven Bericht über mich, Charlotte«, fügte Lehman hinzu. »Was ist das?«

Er betrachtete nun die Unterlagen und bemerkte den roten Stempel, deutliches Zeichen dafür, daß die Akte streng geheim war. Langsam trat er an den Tisch heran.

»Was ist das?«

Er deutete auf die Dokumente, beugte sich vor und sah genauer hin.

»*Woher habt ihr das?*«

Mit einer abrupten Geste, die Stone überraschte, griff Lehman nach den Papieren.

»Möglicherweise habe ich den Alarm durch ein Mißgeschick ausgelöst«, sagte Stone, um den alten Mann abzulenken.

Lehmann zitterte vor Furcht. Oder war es Zorn? »Ihr hattet keine Erlaubnis, die verschlossenen Schränke zu öffnen.« Mit bebenden Händen reichte er die auf dem Tisch liegenden Dokumente seinem Leibwächter. »Wie könnt ihr es wagen, in meinen privaten Unterlagen herumzustöbern?«

»*Du* hast dafür gesorgt, daß mein Vater ins Gefängnis kam, stimmt's?« stieß Stone hervor. »All die Jahre über habe ich deine Motive falsch verstanden. Schuld, nicht wahr?« Unauffällig schob er das Dossier in die Gesäßtasche. Lehman hatte nur die von Charlotte angefertigten Fotokopien genommen.

»Hinaus mit euch!« erwiderte Lehman. Wut vibrierte in seiner Stimme. »Ich ließ nichts unversucht, um deinem Vater zu helfen. Was fällt dir ein, die verschlossenen Schränke aufzubrechen? Meine Unterlagen gehen dich nichts an!« Er klang schrill und hysterisch. Charlotte schlang einen zitternden Arm um Stones Taille.

»Verschwindet von hier!« platzte es aus Lehman heraus. »Ich will euch nicht mehr sehen!«

Er hielt sich an dem Leibwächter fest. »Bring sie fort!« zischte er mit dem heißen Zorn eines Mannes, der viel zu verbergen hat.

Sie verbrachten die Nacht zusammen.

Charlotte lehnte es ab, in die Wohnung zu gehen, und deshalb begleitete Stone sie in ihr Hotel. Sie bestellten eine Flasche Wein beim Zimmerservice und sprachen lange miteinander. Irgendwann schalteten sie den Fernseher ein, wählten einen Kanal, der schlechte Polka-Musik brachte, und tanzten miteinander. Anschließend unterhielten sie sich wieder und führten ernstere Gespräche als jemals zuvor.

»Jeden Tag denke ich daran, wie dumm ich damals gewesen bin«, sagte Charlotte. »Aber ich war einfach nicht mehr ich selbst. Ich brauchte jemanden, und du hast in Washington gearbeitet.«

»Ja. Ich verstehe. Und ich verzeihe dir. Bitte vergib mir ebenfalls.«

»Bist du treu gewesen?«

»Nein«, gab Stone zu. »Und du?«

»Auch nicht. Was auch immer ›treu‹ bedeutet.«

»Dann sind wir quitt.« Stone hob die Schultern. »Ist wieder alles in Ordnung?«

»Was meinst du?«

Er atmete tief durch und gab Ärger vor, um über seine

Nervosität hinwegzutäuschen. »Möchtest du es noch einmal versuchen? Liebe zwischen den Ruinen? Die Trümmer beiseite räumen und einen neuen Anfang machen?«

Charlotte wußte nicht, was sie darauf antworten sollte. Sie begriff, daß sie sich verändert hatte. Jener alte Teil ihres Selbst konnte nie wieder verletzt werden, weil er tief in ihr begraben lag. Sie dachte an jene Geschöpfe im Ozean, die über den Meeresboden krabbelten, nackt und hilflos – bis sie sich mit einer schützenden Hülle umgaben. Ich habe mir einen solchen Panzer wachsen lassen, dachte sie.

In ihrer Verwirrung wurde sie nachdenklich und sogar zärtlich. Charlie küßte sie, erst zurückhaltend, dann mit mehr Leidenschaft. Charlotte spürte seine Lippen und fühlte, wie er ihre Brüste berührte, aber in ihrem Innern regte sich nichts. Ganz bewußt blieb sie kühl. Sie liebte ihn, und wahrscheinlich würde sie ihn immer lieben, doch sie wußte nicht mehr, ob sie ihm oder sonst jemandem vertrauen konnte. Nach anderthalb Jahren wünschte sie sich nur, in Ruhe gelassen zu werden.

Sie gab sich ihm nicht hin, und Charlie wandte sich verletzt von ihr ab. Nebeneinander lagen sie im breiten Hotelbett, und er kehrte ihr den Rücken zu. Kurz darauf schlief er ein, und Charlotte schluchzte leise.

Früh am nächsten Morgen verabschiedeten sie sich am Lufthansa-Terminal des Kennedy Airport. Charlotte nahm dort die erste Maschine nach München. Sie wollte noch einige Freunde besuchen und dann ihre Arbeit in Moskau fortsetzen.

Sie waren beide müde, von der vergangenen Nacht erschöpft. Immer wieder kam es zu langen Pausen in ihrer Unterhaltung, und niemand von ihnen füllte sie mit Worten. Um sie herum herrschte rege Betriebsamkeit, die einen seltsamen Kontrast zu ihrer ruhigen Melancholie bildete.

»Grüß deinen Vater von mir«, sagte Charlotte und griff nach ihrer grünen Handtasche.

»Charlotte ...«

»Danke dafür, daß du mich hierher begleitet hast. Ich muß jetzt los. Der Flug wird gerade aufgerufen.«

»Wir können doch nicht einfach so ...«

»Ich versuche, die Russin für dich zu finden«, unterbrach sie ihn. »Die Frau namens Sonja Kunetskaja.«

»Nicht für mich. Für meinen Vater.«

»Na schön. Für deinen Vater.« Charlotte schüttelte traurig den Kopf. »Wir hatten etwas Wundervolles ...«

»Himmel, wir haben es noch immer.«

Plötzlich konnte sie die Tränen nicht länger zurückhalten. Stone legte den Arm um sie, und Charlotte lehnte ihren Kopf an seine Schulter. »Sei vorsichtig, Charlie«, sagte sie leise. »Versprichst du mir das?«

»Ich wollte dir den gleichen Rat geben.«

Aus den Lautsprechern klang der letzte Aufruf für den Flug nach München.

Auf dem Weg durch die Flughafenhalle sah Stone mehrere Telefonzellen. Er betrat eine, schob eine Münze in den Zahlschlitz und wählte die Nummer seines Vaters.

Drei Minuten später legte er auf und lief los, um nach einem Taxi zu suchen.

Alfred Stone war ins Massachusetts General Hospital eingeliefert worden.

9
MOSKAU

Der Tod einer Amerikanerin im Kreml erschütterte die sowjetische Führungsspitze. Es wurde eine Dringlichkeitssitzung anberaumt, um den jüngsten Zwischenfall zu besprechen.

Michail Gorbatschow sprach mit leisem Ärger. Die anderen Politbüro-Mitglieder wußten, daß er manchmal sehr zornig werden konnte, und wenn er diesen besonderen Tonfall benutzte, wagten es nicht einmal seine Gegner, ihn zu unterbrechen.

»Die Bombe eines Russen«, sagte er langsam. »Der sofort erschossen wurde und deshalb nicht mit irgendeiner subversiven Organisation in Verbindung gebracht werden kann.«

Er setzte seine Brille ab und musterte die Männer am Tisch. Einige runzelten die Stirn; andere schüttelten stumm den Kopf.

»Meine Herren, die ganze Welt ist auf diese Sache aufmerksam geworden. Man glaubt, unsere Regierung verliert allmählich die Kontrolle.«

Angespannte Stille herrschte. Gorbatschow wartete und lächelte schief. »Stimmt das?«

Kaum jemand aus dem Westen hat jemals den Raum gesehen, in dem das sowjetische Politbüro tagt. Das Zimmer, in dem die wichtigsten Entscheidungen getroffen werden, ist überraschend schlicht. Es befindet sich im dritten Stock des Ministerratsgebäudes im Kreml, neben dem Senatsturm. Man erreicht es mit Hilfe eines alten Aufzugs und durch einen Parkettflur, in dem ein rosarot und grün gemusterter Läufer liegt. Die verzierte Tür, hinter der die Besprechungen des Politbüros stattfinden, ist drei Meter hoch.

Gelbe Seide bedeckt die Wände des rechteckigen

Raums, und am Deckenstuck glänzt Blattgold. Die einzige Uhr im Zimmer steht auf dem grünen Flaus des langen Konferenztisches. Fünfzehn Stühle am Tisch sind für die Mitglieder des Politbüros und eingeladene Gäste bestimmt. An den Wänden befinden sich weitere zwölf Stühle: für Minister, Kandidaten und Assistenten. An diesem Tag war niemand sonst zugegen – deutlicher Hinweis auf die Wichtigkeit der Diskussion.

Die Polster der Stühle am Tisch bestanden nicht etwa aus seidenem Damast oder dergleichen, sondern aus schlichtem Vinyl. Dieser Umstand ging auf Breschnew zurück, der in dieser Hinsicht Luxus und Komfort abgelehnt hatte, weil er längere Sitzungen verabscheute. Aber niemand wollte in die chaotische Ära Chruschtschows zurückkehren: Damals fanden Politbüro-Sitzungen im Speisesaal des Kreml oder sogar in der Datscha des Generalsekretärs statt.

Im Gegensatz zu vielen Berichten werden keine vollständigen Protokolle der Politbüro-Konferenzen angefertigt. Damit setzt man eine von Lenin begründete Tradition fort, was auch für den Tag gilt, an dem die Sitzungen stattfinden: Sie beginnen immer um fünfzehn Uhr am Donnerstag. Nur die Beschlüsse werden schriftlich festgehalten und in braunen Umschlägen den Mitgliedern des Zentralkomitees geschickt. Die streng geheimen Resolutionen gibt man natürlich nicht bekannt.

In einigen Jahren sollte das Politbüro aufgelöst und durch eine Art Kabinett ersetzt werden. Viele Leute in Moskau fragten sich, ob die betreffenden Personen einfach so bereit waren, ihren Posten aufzugeben.

Diese Besprechung betraf eine Angelegenheit ›gelber Priorität‹ – eine Kennzeichnung, die den Ernst der Situation verdeutlichte und große Besorgnis zum Ausdruck brachte.

Als erster meldete sich einer von Gorbatschows Verbündeten zu Wort: Anatoli Lukjanow, Leiter der Allgemeinen Abteilung des Zentralkomitees. Er nahm die gleichen Aufgaben wahr wie der Stabschef im Weißen Haus.

»Ich glaube, es handelt sich in erster Linie um ein Sicherheitsproblem.« Er brauchte nicht in die Einzelheiten zu gehen, drehte den Kopf und sah Andrei Dmitrowitsch Pawlitschenko an. »Ein Vorsitzender des KGB, der seine Arbeit versteht, sollte eigentlich von einer Verbrecherorganisation wissen, die zu solchen Anschlägen in der Lage ist. Es *muß* eine derartige Organisation geben.«

Alle Anwesenden begriffen, daß Lukjanow einen schweren Vorwurf erhob. Unter Juri Andropow, dem Leiter des KGB während der sechziger Jahre, war so etwas nie geschehen. Terrorismus in Moskau, im Kreml – unglaublich!

Gorbatschow wußte, daß Pawlitschenko wahrscheinlich der intelligenteste Mann im Zimmer war. Und er ließ sich weitaus besser kontrollieren als seine Vorgänger, denn er verdankte seinen Posten dem Generalsekretär. Seit einiger Zeit hatte er ein Herzleiden, was bedeutete, daß er für seine Kollegen kaum mehr eine Gefahr darstellte. Derartige menschliche Schwächen durfte man nicht ignorieren; sie ließen sich ausnutzen.

Pawlitschenko schien sich überhaupt nicht angegriffen zu fühlen. »Es ist tatsächlich ein unerhörter Vorfall«, erwiderte er ruhig. »Er hat sowohl mich als auch meine Leute in Verlegenheit gebracht.« Der KGB-Leiter zuckte kurz mit den Achseln. »Letztendlich fällt die Sache in meinen Verantwortungsbereich«, fügte er hinzu, und diesmal zeigten sich Sorgenfalten in seiner Stirn.

»Vielleicht sollten Sie Rücksicht auf Ihre Gesundheit nehmen und sich einen Urlaub gönnen.« Dieser Vorschlag stammte vom Außenminister Eduard A. Schewardnadze.

Pawlitschenko zögerte und versuchte ganz offensichtlich, nicht die Beherrschung zu verlieren. Manchmal bedeutete die Teilnahme an Politbüro-Sitzungen, sich in die Höhle des Löwen zu wagen. »Nein«, antwortete er. »Wenn mich mein Gesundheitszustand an der Wahrnehmung meiner Pflichten zu hindern beginnt, träte ich sofort zurück, das versichere ich Ihnen. Wir haben mit sorgfältigen Ermittlungen begonnen und bereits einige Personen verhaftet.« Pawlitschenko wandte sich jetzt an alle Anwesenden. »Ich werde nicht eher ruhen, bis diese Sache geklärt ist.«

Er wußte ebensogut wie seine Kollegen, daß Gorbatschows politische Zukunft vom KGB abhing. Ohne den KGB und das Militär hätte er sich nicht lange an der Spitze der sowjetischen Hierarchie halten können. Doch die Rote Armee wurde immer argwöhnischer, denn Gorbatschow machte keinen Hehl aus seiner Absicht, den Verteidigungsetat zu kürzen. Die Leute vom KGB waren weitaus kosmopolitischer: Sie wußten, daß Gorbatschows Plan die Sowjetunion nicht etwa schwächte, sondern langfristig stärkte, und deshalb blieben sie auf seiner Seite.

Pawlitschenko dachte an das gleiche Problem wie die anderen Mitglieder des Politbüros. Derzeit wurde ein Gipfeltreffen in Moskau vorbereitet, und die Explosion der Bombe im Kreml konnte negative Folgen für die Verhandlungen haben.

Man erwartete den amerikanischen Präsidenten Anfang November, und er sollte bei den Feierlichkeiten zum Jahrestag der bolschewistischen Revolution zugegen sein. Die Propagandawirkung war einmalig: Die Anwesenheit des Präsidenten legitimierte die Oktoberrevolution; in den Augen des Westens bekam sie dadurch die gleiche Bedeutung wie die Französische Revolution oder der amerikanische Freiheitskrieg. Zweifellos eine schwierige Entscheidung für das Weiße Haus: Der Präsident wußte natürlich, daß er dem Generalsekretär damit ein wichtiges Geschenk machte. Er erwiderte nicht nur Gorbatschows früheren Besuch in den Vereinigten Staaten.

Es steckte mehr dahinter.

Vor zwei Monaten hatte das Politbüro beschlossen, eine private Einladung an den amerikanischen Präsidenten zu richten, ihn zu bitten, zusammen mit seiner Frau und dem Außenminister bei der Parade zugegen zu sein. Diese große Ehre gewährte man normalerweise nur hochrangigen ausländischen Kommunisten. Im Politbüro wurden

Stimmen laut, die vor ideologischen Gefahren warnten, aber es entschied sich trotzdem für die Einladung.

Und der Präsident hatte sie angenommen.

Gorbatschow hob den Kopf. Sein Timing war wie üblich perfekt.

»Gestern abend hat mich der Präsident angerufen. Er bedauerte den Zwischenfall und betonte seine feste Überzeugung, daß wir von dem Tod der Amerikanerin ebenso betroffen sind wie er. Er fügte hinzu, er freue sich darauf, mir am 7. November in Moskau zu begegnen und das Mausoleum Lenins zu besuchen.«

Einige von Gorbatschows Freunden lächelten und bewunderten sein politisches Geschick. Die anderen blieben ernst, obgleich sie ebenfalls beeindruckt waren.

»Trotzdem bleibt die Frage, wie es zu dem Anschlag kommen konnte«, erklang die mißmutige Stimme Igor K. Ligatschows. Er gehörte zu den erbittertsten Gegnern Gorbatschows. »Wer hat ihn vorbereitet und verübt? Verlieren wir *tatsächlich* die Kontrolle? Gibt es Elemente, die nicht nur das Gipfeltreffen bedrohen, sondern auch den *sowjetischen Staat*?«

»In einigen Tagen sprechen wir erneut darüber und ...« Gorbatschow unterbrach sich, als er sah, daß Pawlitschenko die Hand hob. »Ja?«

»Vielleicht weiß der Präsident nicht genau, was in seiner eigenen Regierung geschieht.«

»Wie meinen Sie das?«

»Heute morgen habe ich den Untersuchungsbericht über die Bombe erhalten«, erklärte der Vorsitzende des KGB ernst. »Es handelte sich nicht um einen Molotowcocktail. Es wurde auch kein Dynamit verwendet, sondern Plastiksprengstoff vom Typ C-4.« Er legte eine kurze Pause ein. »Dieser besondere Sprengstoff wird nur in den USA hergestellt.«

Die Männer am Tisch waren schockiert, und es folgte bedrückende Stille.

Schließlich sah Gorbatschow von seinen Schreibunterlagen auf. »Die Sitzung ist geheim«, sagte er, was bedeutete, daß nicht einmal enge Mitarbeiter von dieser Diskussion des Politbüros erfahren durften. Ja, dachte er. Irgend etwas bahnt sich an. Langsam schüttelte er den Kopf. Seine Intuition täuschte ihn nur selten. *Etwas Unheilvolles.* Mit einem Taschentuch wischte er sich den Schweiß von der Stirn, stand auf und beendete die Sitzung.

10
BOSTON

Alfred Stones Krankenzimmer befand sich in der Abteilung für Herzleiden, und schon im Flur davor konnte man das unregelmäßige Piepen von Herzüberwachungsgeräten hören – ein fast schrill klingendes elektronisches Konzert. Der Raum war klein und wirkte leer. Zur Einrichtung gehörten ein Tropf, ein beigefarbenes Telefon, ein Fernseher hoch an der Wand dem Bett gegenüber und ein Monitor, der das grüne Zackenmuster des Herzschlags zeigte. Auf der Leiste neben dem Tafelglasfenster standen keine Vasen; es war noch zu früh für Blumen. Die üblichen Krankenhausgerüche wehten durch den Korridor, der Duft von Tomatensuppe und Desinfektionsmitteln.

Alfred lag unter einer hellblauen Decke und schlief, die Wangen kalkweiß und eingefallen – er schien um zwanzig Jahre gealtert zu sein. Ein dünner, durchsichtiger Kunststoffschlauch reichte von einem Sauerstoffbehälter hinter ihm zur Nase und führte am einen Ohr entlang. Drei Drähte waren an seiner Brust befestigt und verbanden ihn mit dem Monitor.

»Gestern nachmittag erwachte Ihr Vater mit Sodbrennen und starken Brustschmerzen von einem Nickerchen«, erklärte die Krankenschwester, eine große, männlich anmutende und gut fünfzig Jahre alte Frau. In ihrem dunklen, fest zu einem Knoten zusammengesteckten Haar zeigten sich graue Strähnen. »Er war so klug, eine Ambulanz zu rufen. In der Notaufnahme stellte man fest, daß er einen leichten Herzanfall erlitten hat.«

»Wann kann er wieder nach Hause zurückkehren?« fragte Stone. »Morgen?«

»Das bezweifle ich.« Die Schwester strich sich kurz übers Kinn. »Er wird mindestens einige Tage hierbleiben. Wissen Sie, es soll eine vollständige Untersuchung stattfinden. Mit anderen Worten: Wir untersuchen sein Blut, achten auf eventuelle Veränderungen im EKG, messen in regelmäßigen Abständen den Blutdruck und so weiter.«

»Bekommt er Medikamente?«

»Einen Beta-Blocker namens Inderal«, erwiderte die Krankenschwester brüsk. Offenbar glaubte sie, dies ginge Stone nichts an. »Sonst noch etwas?«

»Nein. Danke.«

Eine Zeitlang blickte Charlie auf seinen Vater hinab. Im Schlaf schien er alle Sorgen von sich abgestreift zu haben. Der Mund stand ein wenig offen, er atmete ruhig und gleichmäßig.

Einige Minuten später erwachte Alfred Stone, sah sich verwirrt um und lächelte, als er seinen Sohn bemerkte. »Bist du das, Charlie? Wie war die Party?« Er tastete nach dem Nachtschränkchen, nahm die Brille und setzte sie langsam auf. »Danke dafür, daß du gekommen bist.«

»Geht es dir besser?« fragte Stone sanft.

»Ein wenig. Ich fühle mich noch immer recht schwach.«

»Eine schlimme Sache.« Stone bedachte seinen Vater mit einem durchdringenden Blick und fragte sich, welcher Streß so plötzlich einen Herzanfall bewirkt hatte.

»Und die Party?« erkundigte sich Alfred noch einmal.

»Ruhig und ereignislos.«

»Winthrop«, murmelte der ältere Stone. »Großzügiger alter Kerl.«

Großzügig! fuhr es Charlie durch den Sinn. *Wenn du wüßtest ...* Aber er sagte nur: »Er läßt dich grüßen.« Inzwischen bestand kein Zweifel mehr daran, daß Alfred Stone weitaus mehr über das Lenin-Testament wußte, als er zugab.

»Bitte die Hovanians, sich um Peary zu kümmern. Es geschieht nicht zum erstenmal. Sie mögen den Hund.«

»Alle mögen ihn. Kann ich dir etwas besorgen? Bücher oder so?«

»Oh, ich brauche nichts. Eine der Krankenschwestern – die große Engländerin – gab mir das *People*-Magazin. Kennst du es? Eine faszinierende Zeitschrift.«

»Ich lese sie jede Woche im Supermarkt.«

»Hör mal, Charlie . . .«, begann Alfred Stone und zögerte.

»Ja?«

»Nun, ich hoffe, du hast Winthrop nicht nach . . . der Sache gefragt, über die wir gesprochen haben.«

Charlie suchte nach den richtigen Worten. Er hatte seinen Vater nur selten belogen, und jetzt ging es in erster Linie darum, ihn nicht aufzuregen. »Nein«, erwiderte er schließlich.

»Ich bin wirklich überrascht gewesen. Das ist dir bestimmt aufgefallen.«

Stone nickte.

»Ich habe davon gehört. Damals bei den Anhörungen sprach man mich darauf an.«

Charlie nickte erneut und widerstand der Versuchung, diese Gelegenheit zu nutzen, um weitere Auskünfte zu verlangen.

»Jene Reise nach Rußland, die mich in Schwierigkeiten brachte . . . Ich habe immer behauptet, es sei dabei um etwas Berufliches gegangen, eine Ermittlung, die einen Besuch unserer Botschaft in Moskau erforderlich werden ließ.«

»Gab es noch einen anderen Grund?«

»Ja. Winthrop bat mich um einen Gefallen. Er bekam kein Visum für die Sowjetunion.«

»Ein Gefallen?« wiederholte Stone. Das Wort klang irgendwie düster.

»Ich habe Winthrop viel zu verdanken. Es gab Hunderte von guten Historikern im ganzen Land, aber er wählte ausgerechnet mich fürs Weiße Haus. Ich konnte nicht ablehnen.«

»Welchen Auftrag gab er dir?«

»Ich sollte eine Frau treffen, eine echte Schönheit.«

»Die Russin, mit der man dich in der Moskauer Untergrundbahn fotografierte. Und welchem Zweck diente die Begegnung?«

»Winthrop gab mir ein gerahmtes Foto von sich mit,

aber bestimmt hatte er darin irgendein Dokument versteckt – warum sonst die ganze Mühe? Ich nahm an, daß er beabsichtigte, der Frau eine Nachricht zu übermitteln. Er lehnte es ab, diplomatische Kanäle zu benutzen – in dem Fall hätte er die Hilfe eines amerikanischen Agenten in Anspruch nehmen müssen. Nun, leider merkte ich nicht, daß mir jemand zu dem Treffen mit der Russin folgte.«

»War sie vielleicht eine sowjetische Agentin?« fragte Charlie.

Alfred Stone runzelte die Stirn. »Nein, bestimmt nicht.«

»Warum bist du so sicher?«

Charlies Vater starrte eine Zeitlang auf die dunkle Mattscheibe des Fernsehers. »Zuerst hielt ich sie für eine Geliebte Lehmans. Ich dachte, er wolle ihr helfen, die UdSSR zu verlassen.«

»Aber jetzt . . .?«

Der ältere Stone zuckte mit den Achseln. »Stalin starb am 5. März 1953. Etwa eine Woche vorher trat Winthrop mit der Bitte an mich heran, und ich traf drei Tage nach Stalins Tod in Moskau ein.«

»Glaubst du, es gibt einen Zusammenhang mit dem versteckten Dokument?«

»In gewisser Weise, ja.« Alfred Stone flüsterte fast. »Ich bin davon überzeugt. Trotzdem: Ich wollte nicht, daß man Winthrop damit in Verbindung brachte.«

»Du hast die Aussage verweigert, um Lehman zu schützen.«

»Er versprach, dafür zu sorgen, daß ich eine möglichst geringe Strafe bekam.«

»Du hast für ihn den Sündenbock gespielt.«

Alfred Stone sah sich hilflos im Zimmer um. »Ich durfte sein Vertrauen nicht mißbrauchen.« Das Piepen des Herzüberwachungsgeräts ertönte nun in kürzeren Abständen.

Charlie konnte sich nur mit Mühe beherrschen. Am liebsten hätte er laut geschrien: Winthrop hat dich hintergangen, verdammt!

»Manchmal bedauere ich, nicht noch einmal geheiratet

zu haben«, sagte sein Vater. »Margaret starb so jung. Als *du* so jung warst.«

Charlie blickte einige Sekunden lang auf den beigefarbenen Fliesenboden und suchte vergeblich nach einer passenden Antwort. Nach einer Weile hörte er, wie die zeitlichen Abstände zwischen den einzelnen Pieptönen wieder wuchsen, und kurz darauf schlief Alfred ein.

Zehn Minuten lang blieb er sitzen, dachte nach und überlegte, warum sein Vater Lehmans Verrat hingenommen hatte. Wieviel wußte Alfred Stone?

Er drehte den Kopf, als er ein Geräusch hörte, sah einen Arzt, der das Krankenblatt an der Tür betrachtete. Der untersetzte Mann trug ein zerknittertes Hemd und hielt ein Klemmbrett.

»Sind Sie Mr. Stones Sohn?«

»Ja.«

»Ich bin Dr. Kass. Erlauben Sie mir, Ihnen einige Fragen zu stellen?«

»Natürlich.«

»Leiden auch andere Angehörige Ihrer Familie an Herzkrankheiten? Wie starben die Eltern Ihres Vaters?«

»Wenn ich mich recht entsinne, erlag sein Vater einem Schlaganfall.«

»Nimmt er irgendwelche Medikamente?«

»Nicht daß ich wüßte.«

»Ist er in der letzten Zeit großem Streß ausgesetzt gewesen?«

Seit fast vierzig Jahren, dachte Stone. »Ja, ich glaube schon.«

Der Arzt trat ans Bett heran und berührte Alfred Stone an der Schulter. »Tut mir leid, Sie zu wecken, Professor. Wie fühlen Sie sich?«

»Schläfrig, wenn Sie's unbedingt wissen wollen.«

»Ich möchte mir nur Ihre Pumpe anhören«, erklärte Dr. Kass, zog die Decke zurück und hielt ein Stethoskop an Alfred Stones Brust. Nach etwa einer Minute: »Klingt gut.«

»Klingt wahrscheinlich besser, als es sich anfühlt«, erwiderte der ältere Stone. Er richtete den Blick auf Charlie und lächelte schief. »Kaum ist man eingeschlafen, wird man schon wieder geweckt. Ärzte und Krankenschwestern haben einen Instinkt dafür.«

Es dauerte nicht lange, bis er wieder eingeschlafen war. Charlie sah aus dem Fenster und beobachtete den Verkehr zwölf Stockwerke weiter unten. Leise zog er den Mantel über und wollte gehen, doch dann überlegte er es sich anders. Lange Zeit saß er neben dem Bett.

Irgendwann hob sein Vater die Lider. »Bist du noch da, Charlie?«

»Ja«, entgegnete er. »Ja, ich bin noch da.«

11

MOSKAU, LEFORTOWO-GEFÄNGNIS

Die Häftlinge hatten alle anzüglichen Passagen aus den Büchern in der Bibliothek gerissen, selbst die banalsten Liebesszenen aus dem neunzehnten Jahrhundert. Sie gierten nach Sex, dachten an nichts anderes, sprachen ständig darüber. Abends veranstalteten sie manchmal sogenannte Séancen, bei denen ein Gefangener anderen vorlas. Oder jemand berichtete von einer früheren sexuellen Erfahrung und beschrieb sie in allen Einzelheiten. Einmal hatten sie sogar ein Foto von Angela Davis an die Wand geklebt und davor masturbiert.

Im Lefortowo-Gefängnis, wo der Haferbrei wie angebrannter Schleim schmeckte, gaben sich viele Leute sexuellen Fantasien hin. Doch wenn man gern las – und die besonderen Bedingungen ließen einem viel Zeit dazu –, die Bibliothek war mit einem breiten Angebot ausgestattet, das von Faulkner über Dickens bis zu Lermontow und Gogol reichte.

Stefan Jakowitsch Kramer, ein sechsundzwanzig Jahre alter Sanitäter, befand sich schon seit knapp vier Monaten in diesem Moskauer Gefängnis. Er war noch nicht verurteilt worden, aber man warf ihm einen Verstoß gegen Paragraph 70 des Strafgesetzes vor – antisowjetische Agitation. Zusammen mit anderen Juden hatte er vor dem Auswanderungsamt dagegen protestiert, daß man ihnen sowie ihren Verwandten und Freunden nicht erlaubte, die UdSSR zu verlassen.

Man erzählte sich viel über die neue Sowjetunion unter der Führung von Gorbatschow, und tatsächlich durften mehr Personen ausreisen als jemals zuvor. Aber nur ein Antragsteller von zehn bekam die notwendige Emigrationsgenehmigung.

Juden, Volksdeutsche und die Angehörigen weiterer

Minderheiten hatten ganz offiziell die Möglichkeit, sich in anderen Staaten niederzulassen. Die Sowjetunion behauptete, den Ausreisewilligen keine Hindernisse mehr in den Weg zu legen, aber trotzdem wurden noch immer Unschuldige verhaftet.

Stefan Jakowitsch dachte an das Gerede übers neue Rußland, über Glasnost und Perestroika – seiner Ansicht nach waren es nichts als Lügen.

Stefan, sein Bruder Awram und sein Vater Jakow beantragten dreimal die Ausreise, und dreimal bekamen sie Ablehnungen unter grotesken Vorwänden. Jakow hatte während des Zweiten Weltkriegs in der Roten Armee gedient, und jetzt meinten die Behörden, er sei in Staatsgeheimnisse eingeweiht – eine Behauptung, die schon vor vierzig Jahren lächerlich gewesen wäre. Daraufhin fielen alle Türen zu. Als sich Stefan und einige seiner Freunde zu einer eher mitleiderweckenden Demonstration einfanden, griff sofort die Geheimpolizei ein und verscheuchte sie. Nur Stefan Jakowitsch Kramer wurde verhaftet.

Schlimmer noch: Sein Vater war im Gulag gewesen, einem stalinistischen Konzentrationslager – nur weil er als Jude das Pech hatte, in die Kriegsgefangenschaft der Nazis zu geraten. Mit harter Arbeit und einigen geschickten politischen Schachzügen gelang es ihm, beim angesehenen Fortschrittsverlag Arbeit zu finden, doch nun sah er seine Stellung bedroht. Nach drei Ausreiseanträgen konnte er eigentlich froh sein, daß er noch kein Kündigungsschreiben bekommen hatte; viele Leute wurden sofort gefeuert, wenn sich herausstellte, daß sie emigrieren wollten. Man hatte es ihm deutlich zu verstehen gegeben: Wenn er einen weiteren Antrag stellte, verlor er seinen Job – in einem Land ohne Arbeitslosenunterstützung.

Es gab Menschen, die sich in der Sowjetunion wohl fühlten und sogar glücklich waren. Die Kramers gehörten nicht zu ihnen.

Stefan saß auf seinem schmalen Bett, lehnte den Rücken an die rissige Betonwand und las seinem Mitgefangenen Anatoli Iwanowitsch Fjodorow vor. Fjodorow war ein ungehobelter Bursche: hochgewachsen, dürr, mangelhaft gebildet. Er redete gern, und Stefan fand ihn sympathisch, kannte bereits die Geschichte seines Lebens. Als Soldat in Afghanistan hatte Fjodorow seine Illusionen verloren, wie er sich ausdrückte. Später arbeitete er als Maschinenschlosser in einer Werkstatt, und irgendwann erwischte man ihn dabei, daß er als Automechaniker Schwarzarbeit leistete. Er war Stefans dritter Zellengenosse in drei Monaten. Bei den ersten beiden hatte es sich um Spitzel gehandelt, die belastende Informationen aus ihm herausholen sollten. Fjodorow schien in dieser Hinsicht harmlos zu sein: In den vergangenen Wochen hatte er kaum Interesse an Stefans ›Verbrechen‹ gezeigt. Er sprach in erster Linie von sich selbst. Offenbar versuchte man zuerst, die politischen Gefangenen zu provozieren, und wenn das nicht klappte, gab man die entsprechenden Bemühungen auf. Fjodorow bot recht angenehme Gesellschaft, und er mochte es, wenn Stefan Gedichte vorlas.

Stefan zitierte nun:

»Elend und reich,
unterdrückt und stark,
schwach und mächtig,
Mutter Rußland!«

Er sah zur Decke hoch, ließ seinen Blick durch die Zelle schweifen und richtete ihn schließlich auf den lächelnden Fjodorow.

»Wer hat das geschrieben?«

»Nekrassow«, erwiderte Stefan. *»Wer lebt glücklich in Rußland?«*

»Klingt wirklich gut. Lies weiter.«

Stefan kam der Aufforderung nach, und später sagte Fjodorow: »Die Antwort lautet – niemand.«

»Anatoli Iwanowitsch, ich glaube, wir sind nicht in der Lage, über Glück und Zufriedenheit zu urteilen.«

Wenig später wurde Fjodorow fast bei einer Schlägerei im Gefängnis getötet. Stefan rettete ihm das Leben.

Fjodorow hatte einen Schmuggler provoziert, der daraufhin plötzlich ein Messer hervorholte. Die Wächter standen abseits, unterhielten sich unbekümmert und ignorierten die Auseinandersetzung. Stefan sah plötzlich eine stählerne Klinge, warf sich gegen den Angreifer und stieß ihn beiseite. Dadurch bekam Fjodorow Zeit genug, aufzustehen und den Schmuggler zu überwältigen.

»Danke«, brummte er. »Ich stehe in deiner Schuld.«

Einmal am Tag durften die Häftlinge nach draußen und konnten sich auf dem umzäunten Gefängnisdach die Beine vertreten. Normalerweise nutzte Fjodorow diese Gelegenheiten, um Stefan Dinge zu erzählen, über die er in der Zelle nicht zu sprechen wagte – oft lauschten die Wächter an den Türen.

»Ist dein Bruder so naiv wie du?« fragte er. Er war gerade gelaufen und deshalb ein wenig außer Atem.

Stefan hielt mit ihm Schritt. »Naiv? Mein Bruder ist nicht so dumm wie ich. Er hält sich aus der Politik heraus. Warum nennst du ihn naiv?«

»Ein Baum, der umstürzt, ohne daß ihn jemand hört, ist überhaupt nicht gefallen«, entgegnete Fjodorow. »Selbst wenn du jahrelang klagst und protestierst: Falls dich niemand hört, hättest du ebensogut stumm bleiben können. Wenn du wirklich das Land verlassen willst, mußt du dafür sorgen, daß man auf deine Stimme achtet.«

»Wir haben es bereits versucht«, erwiderte Stefan. »Sollen wir uns erneut irgendwo in der Öffentlichkeit treffen und demonstrieren – nur um anschließend wieder ins Gefängnis geworfen zu werden?« Unterdrückter Zorn quoll in ihm empor. »Verdammt, ich bin verhaftet worden, weil ich mich auf meine verfassungsmäßigen Rechte berufen habe.«

»Zum Teufel damit. Ihr seid Bäume gewesen, die nicht umgestürzt sind. Wer die Aufmerksamkeit der sowjetischen Regierung erregen will, muß Gewalt anwenden – es ist die einzige Sprache, die sie versteht. Du möchtest emigrieren? Also gut: Werde zu einem Unruhestifter. Du mußt versuchen, die Meinung der ganzen Welt zu deinen Gunsten zu beeinflussen.«

»Schlägst du einen Brief an die *New York Times* vor?« fragte Stefan bitter.

»Der Kreml fürchtet einen Zusammenbruch der öffentlichen Ordnung. Verstehst du, was ich meine?«

Die beiden Gefangenen schwiegen, als ein Wächter vorbeikam, setzten ihr Gespräch dann fort. »Du hast keine Ahnung von Bomben, oder?« murmelte Fjodorow.

»Bomben?«

»Ich stehe in deiner Schuld.«

»Ich will gar nichts über Bomben wissen.«

»Vielleicht könnten dir solche Kenntnisse einmal nützlich sein.«

Sie begannen mit einer neuen Runde auf dem Dach. Stefan wollte zunächst weitere Einwände erheben, aber schließlich überlegte er es sich anders und hörte zu.

Während der nächsten Wochen erzählte Fjodorow seinem Zellengenossen Stefan alles, was er über Bomben, Zündkapseln, chemische Stifte, Dynamit und Plastiksprengstoff wußte. Der Unterricht fand immer am Nachmittag statt, draußen auf dem Dach. Fjodorow erklärte alle Einzelheiten und stellte dann Fragen, benutzte eine sokratische Lehrmethode. Einmal erwähnte er, daß er seine Kenntnisse in Afghanistan erworben hatte.

Eine neue Beziehung entstand zwischen ihnen. Sie wurden zu Lehrer und Schüler, zu Meister und Lehrling – der Automechaniker unterrichtete den jungen Sanitäter. Sie standen sich immer näher. »Du hast mir das Leben gerettet«, sagte Fjodorow, eine der seltenen Gelegenheiten, bei denen er sich zutiefst bewegt zeigte. »Man hätte mich mit irgendeinem verdammten Spitzel zusammenlegen können. Ich denke nur an den Kerl mit der verkrüppelten Hand. Statt dessen brachte man mich bei dir unter, bei einem gebildeten, intelligenten Mann. Was sind wir doch für ein sonderbares Paar: ich ein Automechaniker, der auf dem Schwarzmarkt gearbeitet hat, und du ein Intellektueller. Wahrscheinlich dachten die Wächter, wir würden uns gegenseitig umbringen.«

»Es ist angenehm, einen aufmerksamen Zuhörer zu haben«, erwiderte Stefan schlicht. Er fand Gefallen an Fjodorow, obgleich ihn sein Vater sicher als *Njekulturnii* bezeichnet hätte, als unkultivierten Flegel.

Es war nicht leicht, die Funktionsweise von mechanischen Komponenten zu beschreiben, die man überhaupt nicht sehen und anfassen konnte, aber Fjodorow gab sich große Mühe. Er schilderte die Beschaffenheit terroristischer Waffen, die er damals in Kabul benutzt hatte. Er verwendete seine Kenntnisse nicht selbst, aber er war bereit, sie mit jedem zu teilen, der Interesse an ihnen zeigte. Nur wenige Menschen in Rußland wollten über solche Dinge Bescheid wissen. Vor einigen Jahren, so berichtete er, beabsichtigten einige Esten, eine Bombe in der Moskauer Untergrundbahn hochgehen zu lassen. Es gelang ihm, Dynamit und Zündkapseln zu besorgen – er nahm Kontakt mit einem Bekannten in Odessa auf, der das Material aus Ostdeutschland, Polen und der Tschechoslowakei besorgte –, und anschließend erklärte er den Umgang damit. Der sowjetische Untergrundmarkt für Sprengstoff war recht klein, und man bekam nur Zugang, wenn man besonderes Vertrauen genoß. Fjodorow hatte einige Freunde mit guten Verbindungen.

»Wahrscheinlich ergibt sich nie eine Chance für dich, so raffinierte Dinge zu verwenden«, meinte Fjodorow während der letzten ›Unterrichtsstunde‹ auf dem Dach. »Schon seit Jahren habe ich keinen Zitterschalter mehr gesehen. Aber es gibt sie, und sie eignen sich gut für Autobomben.«

»Zitterschalter?«

»Man bezeichnet sie auch als Vibrationsschalter. Bewegung oder Vibration schließt einen Stromkreis und zündet die Bombe. Im Prinzip eine einfache Vorrichtung, nicht besonders groß. Sie besteht aus einem höchstens drei oder vier Zentimeter dicken und gut zehn Zentimeter langen Zylinder. In einer winzigen Schale im Innern ruht eine kleine Kupferkugel. Am Rand der Schale, ohne sie zu berühren, befinden sich Kupferdrähte und bilden eine Art Käfig. Bewegung veranlaßt die Kugel, hin und her zu rollen, und wenn sie einen der Drähte berührt, wird der Schalter betätigt. Alles klar?«

»Ja«, erwiderte Stefan. »Für eine Autobombe, nicht wahr?«

»Genau. Wenn man den Motor startet, kommt es zu Vibrationen, und dann geht die Bombe hoch. Ebenso schlicht wie genial. Die besten Dinge sind einfach. Es existieren noch andere, weitaus kompliziertere Apparaturen, zum Beispiel Beschleunigungsmesser und Umsetzer, die mechanische Energie in elektrische umwandeln. Aber die simplen Vorrichtungen sind mir lieber.«

Fjodorow erzählte auch von den komplexeren Dingen. »Zum Beispiel Hochempfindlichkeitszünder«, sagte er. »Interessante Sache. Vor einigen Jahren sabotierte die CIA eine Terroristengruppe im Nahen Osten, indem sie ihnen Sprengstoff mit solchen Zündern zur Verfügung stellte. Die Bomben explodierten, wenn man sie nur ein wenig schüttelte. Oh, es gibt eine Menge Tricks. Technik ist wirklich faszinierend.«

Einen Monat später – wenige Tage vor der geplanten Gerichtsverhandlung – ließ man Fjodorow und Stefan plötzlich frei. Der Direktor bestellte sie nacheinander zu sich und verkündete die gute Nachricht. Anschließend kehrten sie in die Zelle zurück und warteten auf einige Wächter, die sie nach draußen bringen sollten. Fjodorow sah Stefan Jakowitsch an, und eine Zeitlang musterte er ihn schweigend. »He, Genosse«, sagte er. »Du hast mir dabei geholfen, die letzten vier Monate zu überstehen. Mit deinen Geschichten, deinen Witzen. Mit Nekrassow und Gogol. Außerdem hast du mir das Leben gerettet. Ich stehe in deiner Schuld.«

12

NEW YORK

Saul Ansbachs Privatklub befand sich in einem alten grauen Gebäude an der West 46th Street. Auf dem Messingschild neben der weißen Tür stand: PHOENIX CLUB. Eine breite Treppe führte zur Garderobe, und dort hingen Mäntel unter einem Gestell mit Filzhüten. Dies war einer der Orte, wo man Hüte trug, obgleich man überall sonst auf der Welt auf solche Kopfbedeckungen verzichtete. Es handelte sich um einen Klub, der allein Männern vorbehalten blieb – Charlotte hätte ihn sicher verabscheut.

Seine kultivierten, konservativen Mitglieder hatten ihre fest geschlossenen Reihen vor einigen Jahrzehnten geöffnet, um auch andere Gentlemen aufzunehmen, die nicht aus alteingesessenen New Yorker Familien stammten. Natürlich kamen in diesem Zusammenhang nur die distinguierten Repräsentanten von angesehenen Rechtsanwaltskanzleien, Banken und Privatunternehmen in Frage.

Man bot Saul die Mitgliedschaft an, als er in der Kanzlei Sheffield & Simpson gearbeitet hatte. Bestimmt freute sich der Phoenix Club darüber, daß ein so wichtiger Mann der amerikanischen Geheimdienstszene zu ihm gehörte.

Als Ansbach versuchte, Stone für Parnassus zu gewinnen, hatte er ihn gelegentlich zum Mittagessen im Klub eingeladen. Auch später diente er ihnen manchmal als Treffpunkt, wenn Saul ein längeres Gespräch mit Charlie führen wollte.

»Das mit Ihrem Vater tut mir leid«, sagte Ansbach. »Sicher erholt er sich bald. So leicht wirft ihn nichts um.«

»Hoffentlich behalten Sie recht«, erwiderte Stone. Er war mit einem Taxi gekommen, und es gefiel ihm nicht, seinen Vater im Krankenhaus allein zu lassen.

Ansbach setzte seine Benjamin-Franklin-Lesebrille auf, griff nach der Fotokopie und hielt sie etwa dreißig Zentimeter vor die Augen. Stone beobachtete ihn, während er las. Sorgenfalten entstanden auf Sauls Stirn.

»Sie haben recht«, brummte er schließlich. »›M-3‹ bezieht sich auf einen amerikanischen Maulwurf in Moskau. Aber ich höre jetzt zum erstenmal davon.«

Stone nickte. Ein Kellner räumte die leeren Teller ab. »Möchten Sie Kaffee, Mr. Ansbach?« fragte er.

»Zwei Tassen.« Er wartete, bis sie wieder allein waren. »Sie glauben, Ihr Vater übergab das ›Lenin-Testament‹ einer Frau in Moskau – im Auftrag von Winthrop Lehman.«

»Er händigte ihr ein Dokument aus. *Vielleicht* das Lenin-Testament.«

»Winthrop benutzte also Ihren Vater, um der Russin auch noch etwas anderes zukommen zu lassen – abgesehen von dem gerahmten Foto, meine ich. Und sie leitete es an den Maulwurf weiter.«

»Eine Theorie. Sie sind der Chef: Was glauben Sie?« Stone fragte sich, warum Ansbach noch stärker schwitzte als sonst. Es war nicht besonders warm im Zimmer.

»Wahrscheinlich haben Sie recht«, entgegnete Saul. Er nahm die Brille ab. »Lieber Himmel! Wir hatten einen Agenten in Moskau, von dem ich überhaupt nichts wußte. Gehen die derzeitigen Entwicklungen vielleicht darauf zurück? Charlie, der Mann, den das FBI verhörte ... Alden Cushing. Sagt Ihnen der Name etwas?«

Der Kellner kehrte zurück, stellte zwei Tassen aus dünnem Porzellan auf den Tisch und schenkte Kaffee ein.

»Damals ein Geschäftspartner Lehmans«, antwortete Stone. »Wir sollten mit ihm reden; vielleicht weiß er etwas. He, was liegt an, Saul? Ich habe Sie noch nie so nervös gesehen.«

»Cushing ist tot.« Ansbach trank einen Schluck. Seine Hände zitterten, und einige schwarze Tropfen fielen aufs weiße Tischtuch, bildeten dort dunkle Flecken.

»Schade.«

»Nein, Sie verstehen nicht. AP brachte die Meldung heute morgen.«

»Heute *morgen*? Mein Gott!«

Stone schob die Kaffeetasse beiseite. »Ein seltsamer ...« Er unterbrach sich. »Er nahm 1952 am Treffen mit Stalin teil. Ist sein Tod nur ein Zufall?«

»Ich frage mich, welchen Zusammenhang es zwischen M-3 und dem Lenin-Testament gibt«, entfuhr es Ansbach ungeduldig. »Und verdammt: Was hat dies alles mit den gegenwärtigen Vorgängen in Moskau zu tun?«

»Eins nach dem anderen«, sagte Stone. »Zum Beispiel Stalins Bemerkung, die den Schluß zuläßt, daß Lenins angeblicher Leichnam aus Wachs besteht.«

»Worauf wollen Sie hinaus?« Ansbach betrachtete seine Fingernägel.

»Auf folgendes«, erwiderte Stone. Er griff nach der Tasse und setzte sie kurz an die Lippen. »Bevor ich Boston verließ, habe ich einige Minuten am Telefon verbracht und Nachforschungen angestellt. Wissen Sie, es wäre durchaus *möglich*, daß Lenins Leiche in Wirklichkeit eine Wachspuppe ist. Wer sich mit der entsprechenden Technik gut genug auskennt – und ich meine einen echten Künstler –, kann ein so gut gestaltetes Wachsgesicht schaffen, daß sich nicht einmal aus nächster Nähe ein Unterschied feststellen läßt.«

Ansbach leerte seine Tasse, winkte dem Kellner zu und bestellte einen zweiten Kaffee. »Sehen Sie Verbindungen zum IGEL-Bericht?«

Stone ignorierte die Frage. »Dann die Sache mit Evita Perón.« Er schloß die Augen und erinnerte sich. »Sie starb 1952 im Alter von nur dreiunddreißig Jahren. Krebs. Juan wandte sich an einen Einbalsamierer, der die neuesten Verfahren kannte. Er hatte eine spezielle Methode entwickelt, um mit Paraffin- und Formalin-Injektionen die Dehydratation des Körpers zu verhindern.« Charlie holte tief Luft: »Alkohol, Glyzerin, Formalin und Thymol. Anschließend tauchte er den Leib in eine Lösung aus ... Nitrozellulose, Trichloräthylen und Acetat, wodurch ein dünner, plastikartiger Film auf dem Körper entstand.«

»Meine Güte, Charlie. Das alles aus dem Gedächtnis?

Himmel, Sie haben ein Computergehirn! Na schön, wo sehen Sie Parallelen?«

»Juan Perón wollte, daß man seine geliebte Evita jederzeit sehen konnte, so wie Lenin in Moskau. Er bestand darauf. Als Evita im Sterben lag, erlaubte man ihr nicht, irgendwelche Arzneien zu nehmen, die mit den Einbalsamierungschemikalien reagieren und somit eine Erhaltung des Körpers verhindern konnten.«

Ansbach bedachte Stone mit einem durchdringenden Blick. »Arzneien?«

»Ja. Es gibt viele Medikamente, deren Substanzen die Infusion der Einbalsamierungslösungen blockieren. Dadurch werden die Kapillargefäße verändert. Ohne einen osmotischen Druck filtert die Konservierungsflüssigkeit nicht richtig, und hinzu kommt eine Störung des elektrolytischen Gleichgewichts. Mit anderen Worten: Die Einbalsamierung ist unvollständig und nicht von Dauer.«

»Arzneien«, wiederholte Ansbach noch einmal. »Und Gift könnte die gleiche Wirkung haben?«

Stone nickte. »Ja. Arsen, Strychnin und andere Toxine behindern den Prozeß. Die Einbalsamierung eines Vergifteten ist alles andere als einfach.«

»Jesus«, hauchte Ansbach. »Das erklärt . . .«

»Es kursieren Gerüchte, nach denen Lenin vergiftet wurde. Von Stalin, der ihn aus dem Weg räumen wollte. Trotzkis Memoiren enthalten einen Hinweis darauf. Es gibt keine Beweise, keine konkreten Anhaltspunkte, aber trotzdem . . .«

»In Langley spekuliert man schon seit Jahrzehnten darüber«, murmelte Ansbach.

»Haben Sie von dem Buch *Gesicht eines Opfers* gehört? Eine Russin namens Elisabeth Lermolo publizierte es in den fünfziger Jahren.«

»Nein.«

»Unter anderem schildert Lermolo darin ihre Begegnung mit Lenins Stabschef. Sie befand sich damals als Häftling in einem NKWD-Gefängnis, und dort lernte sie den alten Mann kennen, der die letzten Jahre Lenins miterlebte. An jenem Morgen, als Wladimir Iljitsch starb, brachte er ihm das Frühstück. Lenin gab mit einer Geste zu verstehen, daß er ihm etwas mitteilen wollte: Er konnte nicht sprechen und reichte dem Mann einen Zettel. Darauf stand, er sei vergiftet worden.«

»Der *Gründer* der Sowjetunion . . .«, hauchte Ansbach. »Wenn das stimmt, wenn Sie recht haben . . . Mein Gott! Die Konsequenzen wären unabsehbar. Lenins Einbalsamierung wäre nicht von Dauer gewesen, da er vergiftet wurde.« Er schwieg, als der Kellner kam und seine Tasse füllte. »Gorbatschow hat bestimmt kein Interesse daran, daß diese Sache bekannt wird.« Sauls Stimme klang äußerst sonderbar, als sei er mit den Gedanken ganz woanders.

»Ich habe Ihnen nichts wirklich Neues angeboten«, stellte Stone fest. »Was ist los?«

Ansbach atmete zischend aus. »Lassen Sie die Finger davon, Charlie. Beschäftigen Sie sich nicht mehr damit.«

»Wie bitte?«

»Hören Sie, wir beide wissen genau, daß es keine rein historische Angelegenheit ist.«

»Natürlich nicht. Aber es fehlen noch immer Anhaltspunkte dafür, wie M-3 in dieses Bild paßt. Steckt mehr dahinter, Saul?«

»Keine Ahnung, Charlie. Instinkt, weiter nichts. Die Sache stinkt nach einer fehlgeschlagenen geheimen Operation. Ich habe das Gefühl, wir heben den Zipfel eines Teppichs, unter dem sich eine Menge Schmutz angesammelt hat. Ich schaudere bei der Vorstellung, was sich darunter verbergen könnte.«

»Werden Sie jetzt paranoid, Saul?«

»Wie mein Freund Henry Kissinger einmal sagte: Selbst wenn man paranoid ist, könnten sie es auf dich abgesehen haben.«

»Kissinger war nicht der erste, der diesen Ausspruch benutzte.«

»Die Agency hat gewisse Möglichkeiten, ihr Mißfallen zum Ausdruck zu bringen. Von irgendwelchen Gesetzen und Vorschriften läßt sie sich kaum behindern. Die denkbaren Maßnahmen beschränken sich nicht nur auf eine Kündigung.«

Stone schüttelte langsam und nachdenklich den Kopf. »Darüber mache ich mir kaum Gedanken«, erwiderte er ruhig. »Sie wissen, wie wichtig dies für mich ist. Es geht um den Ruf meines Vaters, um sein Leben.«

»Wollen Sie weitere Ermittlungen anstellen, Charlie?«

»Bis ich die Wahrheit kenne. Bis ich herausgefunden habe, warum man meinen Vater damals ins Gefängnis steckte.«

»Alfred Stone wurde *hereingelegt*, verdammt! Damit hat es sich. Das *Warum* spielt keine Rolle mehr.«

»Bisher haben Sie mir noch keine direkten Anweisungen gegeben, Saul. Sie sind besorgt, und das kann ich gut verstehen.«

Ansbach musterte ihn einige Sekunden lang. »Herr im Himmel! Was wollen Sie, Charlie?«

»Ich denke da an eine alte Frau, die als Privatsekretärin für Lenin arbeitete. In den zwanziger Jahren wanderte sie in die Vereinigten Staaten aus und lebt heute unter einem Decknamen. Sie wird in einer der Datenbanken erwähnt.«

»Ich weiß. Bill Donovan hat mir von ihr erzählt, während meiner Zeit beim OSS. Nun?«

»Ich möchte wissen, wo sie wohnt. Sie könnte mir weiterhelfen.«

Ansbach seufzte. »Die Sache gefällt mir nicht«, sagte er und schob den Stuhl zurück.

Einige Stunden später kehrte Stone mit mehreren Kopien des Dossiers aus Lehmans Archiv zu seinem West-Side-Apartment zurück. Er streifte den Mantel ab und hängte ihn in den Wandschrank, neben die Bergsteigerausrüstung, die er seit einiger Zeit nur noch selten benutzte.

Dann ging er in die Hocke und strich über den glatten Marmorboden, bis er eine kleine Kante fand. Selbst bei genauerem Hinsehen hielt man es nur für einen geringfügigen Fehler in der Verfugung, doch als Stone zudrückte, glitt die Fliese beiseite, und darunter kam ein kleiner Safe zum Vorschein. Er gab die richtige Kombination an, zog die Klappe auf und legte das Original des Dossiers hinein, neben ein Bündel Banknoten, mehrere Papiere und einen Smith & Wesson-Revolver. Charlie hatte die Waffe nur ab und zu benutzt, vor einigen Jahren bei Schießübungen in Lexington, Massachusetts. Sein Vater besaß das gleiche Modell.

Er schloß den Safe wieder und zog die Fliese darüber. Als er anschließend durchs Zimmer ging, bemerkte er die blinkende rote Kontrollampe des Anrufbeantworters.

Stone betätigte die Play-Taste und hörte die Stimme einer Frau, die er bei einer Party kennengelernt hatte und lieber nicht wiedersehen wollte. Die zweite Mitteilung kam von seinem Vater, der für den Besuch dankte und meinte, er fühle sich schon viel besser.

Die nächsten beiden Anrufe stammten von Ansbach.

Saul klang fast verzweifelt. Ab und zu übertönte Verkehrslärm seine Worte – offenbar hatte er von einer öffentlichen Telefonzelle angerufen. Seltsam: Normalerweise benutzte er immer sichere Leitungen.

»Charlie, hier ist Saul. Ich bin in der Kanzlei. Setzen Sie sich so bald wie möglich mit mir in Verbindung.«

Ein leises Piepen.

Ansbach arbeitete noch immer als ›Berater‹ für Sheffield & Simpson. Manchmal traf er sich dort mit Stone, wenn er eine von Charlie angefertigte Analyse sehen wollte.

»Saul. Sie ... Sie sind auf etwas gestoßen. Ich muß Sie dringend sprechen. Kommen Sie nicht ins Büro – wir treffen uns in der Kanzlei. Ich bin dort von sieben bis acht. Und noch etwas. Rufen Sie mich nicht in der Foundation an. Ich habe kein Vertrauen zu den dortigen Telefonen. Es geht um eine verdammt wichtige Angelegenheit, Charlie.« Eine lange Pause folgte, und Stone hörte die Sirene eines Krankenwagens. »Wieviel Zeit läßt mir diese blöde Maschine? Hören Sie, Charlie: Ich habe meine Beziehungen spielen lassen und Material für Sie besorgt.« Erneut folgte eine längere Pause, während der Stone das dröhnende Brummen eines Lastwagens hörte. »Schaltet sich der Anrufbeantworter ab, während man auf Band spricht? Verdammt, Charlie, kommen Sie hierher!«

Stone lief zur Tür.

Die Kanzlei Sheffield & Simpson beanspruchte den zwölften, vierzehnten und fünfzehnten Stock – der dreizehnte fehlte – eines alten, stattlichen und zwanzig Etagen hohen Gebäudes unweit der Wallstreet. Es zeichnete sich durch eine einfache Eleganz aus, an der es modernen Bauten mangelte.

Stone traf kurz nach acht ein. Die abendliche Rush-hour war gerade zu Ende gegangen; einige Nachzügler mit Mänteln und Aktentaschen traten aus den alten Aufzügen. Charlie mochte dieses Haus, sah darin ein Symbol für Stabilität und Langlebigkeit. Man hatte die Liftkabine mit Kirschbaumholz vertäfelt, und das Licht stammte von schmuckvollen Wandleuchtern.

Stone betätigte die Taste für den vierzehnten Stock und spürte, wie sich der Aufzug völlig ruckfrei in Bewegung setzte. Einige Sekunden später glitt die Tür in der vierzehnten Etage beiseite. In einigen Büros brannte Licht: Die Sekretärinnen waren bereits gegangen, aber einige Anwälte arbeiteten noch. Charlie dankte dem Schicksal dafür, daß er nicht Jura studiert hatte.

Dann erinnerte er sich, daß ihn Saul wahrscheinlich im fünfzehnten Stock erwartete. Um diese Zeit hielt sich dort niemand auf. Die meisten Zimmer dienten als Lager für Aktenschränke, alte Bücher und ausgemusterte Geräte. Aber es gab dort zwei Konferenzzimmer – wenn Saul ungestört mit Charlie sprechen wollte, so wählte er oft eine der leeren Kammern.

Stone kehrte in den Lift zurück, und kurz darauf ging er durch einen matt erhellten Flur. Neonröhren glühten an der Decke; Stille herrschte. Von Ansbach keine Spur. Er kam an einem Tafelglasfenster vorbei, sah kurz nach draußen und beobachtete die funkelnden Lichter New Yorks. Die beiden Konferenzzimmer befanden sich am Ende des

Korridors, auf der rechten Seite. Stone drehte den ersten Knauf und öffnete die Tür.

»Saul Ansbach?« rief er.

Und dann ein Flüstern: »Saul?«

Er erstarrte und spürte, wie es ihm kalt über den Rücken lief.

Der große, untersetzte Saul saß zurückgelehnt in einem Sessel am Konferenztisch, den Kopf zur Seite geneigt. Blut verschmierte die Gläser seiner Brille, rann aus einem runden Loch in der Stirn, direkt über dem Nasenrücken. Die Hände waren ansatzweise zu Fäusten geballt, als habe er aufstehen wollen, unmittelbar bevor man ihn erschossen hatte.

Stone blieb völlig still. Er klappte den Mund auf und schloß ihn wieder, konnte keinen klaren Gedanken fassen. Er trat einen Schritt vor, wich dann wieder zurück. Plötzlich hörte er etwas, das leise Knarren einer Diele, ein kaum wahrnehmbares Knistern des Holzbodens unter dem Teppich. Von einem Augenblick zum anderen begriff er, daß er nicht allein war.

13

Charlie trat auf leisen Sohlen zur Tür.

Es knarrte noch einmal. Irgendwo hinter ihm bewegte sich jemand, verlagerte das Gewicht von einem Bein aufs andere.

Das Geräusch kam aus dem Flur.

Stone starrte auf das Blut in Saul Ansbachs Gesicht. Es glänzte feucht. Was den Schluß zuließ: Er ist erst vor kurzer Zeit umgebracht worden; sein Tod liegt noch keine halbe Stunde zurück.

Der Mörder war noch immer zugegen.

Langsam drehte Stone den Kopf und sah die Silhouette eines Mannes im trüben Licht des Korridors. Der Mann stand vier oder fünf Meter entfernt: eine athletisch gebaute Gestalt, die eine schwarze Lederjacke mit langen Aufschlägen trug. Die rechte Tasche war nach außen gewölbt – wahrscheinlich enthielt sie eine Waffe. Der Mann blickte Stone direkt in die Augen, und sein Gesicht brachte zurückhaltende Neugier zum Ausdruck.

Er begriff, daß Stone die Leiche gesehen hatte und Bescheid wußte.

Charlies Puls raste, und ein jäher Adrenalinschub katapultierte ihn davon. Er lief los, stürmte durch den Flur.

Der Mann folgte ihm.

Stone raste durch den Korridor, um die Ecke, sauste am Lift vorbei und sah nur die etwa sechs Meter entfernte Tür des Treppenhauses.

Der Mörder sprintete, schloß zu ihm auf.

O Gott, o Gott, o Gott, dachte Charlie. Er lief so schnell wie noch nie zuvor in seinem Leben. Bitte, Gott, bring mich fort von hier. Seine Beine stampften wie Kolben, und er streckte die Hand nach dem Knauf aus. Wenn die Tür abgeschlossen ist . . .

Sie war offen. – Danke.

Nur noch knapp zwei Meter trennten ihn von dem

Mann in der Lederjacke. Stone hielt nicht inne, sprang ins Treppenhaus und rang um sein Gleichgewicht, als er die ersten Stufen hinter sich brachte. Der Mörder folgte ihm weiterhin, und seine Schritte hallten unnatürlich laut von den Wänden wider. Charlie *spürte* ihn hinter sich, glaubte sogar, das Zischen seines Atems zu hören.

Ein dumpfes Stöhnen, als der Mann stolperte, als er mit dem Schienbein an harten Stahl prallte. Stone drehte sich nicht um, lief und lief.

Aus der direkten Schußlinie, die Treppe verlassen, fuhr es ihm durch den Sinn. Warum schoß der Mann nicht? Jederzeit konnte er die Waffe hervorholen, zielen und abdrücken. Charlie stellte sich vor, wie ihn die Kugel am Hinterkopf traf ...

Fort von der Treppe. Eine andere Tür. Stone riß sie auf, erleichtert darüber, daß sie ebenfalls nicht abgeschlossen war. In welchem Stock befand er sich jetzt? Drei oder vier Etagen tiefer? Er hastete durch einen dunklen Flur, vorbei an Büros, in denen niemand mehr arbeitete. Alles leer.

Und kein Ausweg.

Der Mörder kam jetzt wieder die Stufen herab. Deutlich hörte Stone die Schritte – es blieben ihm nur wenige Sekunden, um eine Entscheidung zu treffen.

Verzweifelt sah er sich um.

Er stürmte zum Lift, drückte die Ruf-Taste, die sofort aufleuchtete. Ein dumpfes Summen erklang.

Himmel, es dauert zu lange!

Stone rannnte zur Treppenhaustür und suchte nach einem Schloß, nach irgendeinem Verriegelungsmechanismus. Als er nichts dergleichen fand, schloß er die Hand um den Knauf, mobilisierte seine ganze Bergsteigerkraft und zog die Tür zu. Ein oder zwei Sekunden später war der muskulöse Mann mit dem pechschwarzen Haar heran, griff ebenfalls nach dem Knauf, drehte ihn, und Charlie spürte, wie seine Finger abzurutschen begannen ...

Der Lift traf mit einem lauten Bing ein, und die Tür öffnete sich. Licht schimmerte aus der Kabine und erhellte den Flur. Es blieb Stone keine andere Wahl. Er wirbelte herum, ließ den Knauf los und lief zum Aufzug, erreichte ihn, als die Treppenhaustür aufschwang, als der Mann eine automatische Pistole hob ...

Es knallte ohrenbetäubend laut, und eine Kugel bohrte sich in die Wand des Lifts. Einige Sekunden später war der Mann heran, schob seine Hand zwischen die beiden Türhälften, die quälend langsam zuglitten. Stone starrte auf Finger, die sich am Innenrand krümmten, um den Sicherheitsmechanismus auszulösen.

Aber es existierte keiner. Bei diesem alten Aufzug fehlte eine solche Vorrichtung. Der Mörder spürte wachsenden Druck, stieß einen schmerzerfüllten Schrei aus und riß die Hand zurück. Der Lift bewegte sich, sank nach unten. Zum erstenmal seit einigen endlosen Minuten fand Stone Gelegenheit, tief durchzuatmen.

Es bestand keine Gefahr mehr.

Der Aufzug – es gab nur diesen einen – war schneller als jeder menschliche Verfolger. Benommen beobachtete Charlie das Anzeigefeld. Die Zahlen leuchteten rascher hintereinander auf, als ihn der Lift mit höherer Geschwindigkeit durchs Gebäude trug, dem Erdgeschoß und der Freiheit entgegen.

Ein plötzlicher Ruck.

Nein, bitte nicht, dachte Stone. Jemand – der Mörder – hatte die Stromzufuhr unterbrochen, und dadurch verharrte der Aufzug zwischen zwei Etagen.

Charlie saß in der Falle.

»Verdammt, verdammt!« fluchte er laut und sah sich um. »Wie dumm von mir.« Furcht zitterte in seiner Stimme. Er hämmerte auf die Tasten, ohne Ergebnis – der Lift setzte sich nicht wieder in Bewegung. Er preßte die Finger in den winzigen Spalt zwischen den beiden Türhälften und fühlte, daß sie nachgaben. Er spannte die Muskeln, strengte sich an, und schließlich verbreiterte sich die Lücke. Dahinter ... Grauer Beton – er war tatsächlich zwischen zwei Stockwerken gefangen.

Die Tür öffnete sich nur wenige Zentimeter weit. Auf diese Weise konnte er nicht entkommen.

Plötzlich begriff er, was der Mann plante. Natürlich: Man konnte den Lift nach oben oder unten rufen, indem man irgendwo im Gebäude einen Schalter betätigte. Selbst alte Aufzüge wie dieser hatten einen Expreß-Modus, der sie in die Lage versetzte, vom Erdgeschoß aus die letzte Etage – oder umgekehrt – zu erreichen, ohne daß sie zwischendurch anhielten.

Ich bin erledigt.

Stone wartete. Warum läßt sich der Kerl soviel Zeit? überlegte er. Bringen wir es endlich hinter uns. Himmel, ich sterbe hier und jetzt. Saul Ansbachs Mörder würde bestimmt nicht zögern, auch einen Zeugen zu erschießen.

Erneut ließ er seinen Blick durch die Kabine wandern und hörte das Rauschen von Blut in den Ohren, das Geräusch des Ozeans, gefangen in einer Muschel, das Geräusch des Schreckens. Er saß in dieser glänzenden, eleganten Holzkiste fest, in einem elektrischen Sarg.

Der eine Luke in der Decke aufwies. Natürlich: Jeder Lift verfügte über eine derartige Öffnung; das Gesetz verlangte es. Eine rechteckige Klappe in der weißen Decke, mit hervorstehenden Flügelschrauben befestigt. Stone hob die Arme, aber so sehr er sich auch streckte – er konnte die Luke nicht erreichen.

Denk nach! Wenn man einen steilen Berghang erkletterte, so mußte man mit dem vorliebnehmen, was der Hang bot. Was gab es hier? Holzvertäfelung; daran konnte man sich mit den Füßen abstützen. Und – *Gott sei Dank* – die aus Messing bestehende Halterung eines Wandleuchters. Sie schien fest genug zu sitzen. Stone zog sich hoch, streckte die linke Hand aus, löste nacheinander die beiden Flügelschrauben, holte tief Luft und gab der Platte einen heftigen Stoß. Mit einem metallischen Stöhnen gaben rostige Scharniere nach, und die Luke klappte auf.

Charlie blickte in völlige Finsternis.

Der Liftschacht.

Er tastete mit den Füßen umher, fand Halt, schob sich weiter nach oben und schloß die Hände um den Rand der

Platte. Etwas Scharfkantiges riß ihm die Haut auf; Schmerz brannte durch den linken Arm.

Erst der Kopf, dann die Schulter. So vorsichtig wie möglich kletterte er durch die Öffnung, berührte schmierigen Stahl und stemmte sich in die Höhe.

Kurze Zeit später kniete er auf dem Dach der Kabine und atmete feuchte, abgestandene und nach Öl riechende Luft. Allmählich gewöhnten sich seine Augen an die Schwärze, und daraufhin stellte er fest, daß es nicht völlig dunkel war. Irgendwo weiter oben bemerkte er einen bläulichen Glanz, vielleicht von einem Oberlicht, und dieses matte Glühen genügte, um die Umgebung zu erkennen.

Der Schacht mochte etwa zweieinhalb Meter breit sein, und die Höhe ließ sich nicht abschätzen. Stones Beine stießen an etwas: das dicke Kabel, an dem der Lift hing. Es verschwand irgendwo im Halbdunkel über ihm.

Er drehte den Kopf. Drei Wände bestanden aus Ziegelsteinen, die vierte aus Beton. An zwei von ihnen beobachtete Stone horizontale Stahlträger.

Eine Zeitlang betrachtete er die Führungsschienen des Aufzugs, vertikale Balken, die frei im Schacht zu schweben schienen, jeweils etwa sechzig Zentimeter von den Wänden entfernt. Standen sie unter Strom? Bekam er einen elektrischen Schlag, wenn er sie berührte?

»Was jetzt?« murmelte Stone. Kehr in den Lift zurück, riet ihm sein Instinkt. Hier draußen könntest du sterben.

Eine andere mentale Stimme antwortete: Dort drin erwartet mich ganz sicher der Tod.

Wie in Zeitlupe streckte er die Hand aus, tastete mit den Fingerkuppen nach einer Schiene, strich kurz darüber und fühlte nur kühles Metall. Erleichterung durchströmte ihn, als er fest zugriff.

Es gab nur einen Weg für ihn, und der führte nach oben.

Stone trat an den Rand des Kabinendachs heran. Seine ledernen Halbschuhe eigneten sich nicht fürs Klettern, aber unter den gegenwärtigen Umständen mußte er sich mit ihnen begnügen. Er suchte nach einem geeigneten Riß in der Wand, zwängte die Schuhspitze hinein – und rutschte ab. Während der vergangenen Jahrzehnte hatte sich eine schmierige Schicht auf den Ziegelsteinen gebildet, und sie war dick genug, um ihm keinen Halt zu bieten.

Reiß dich zusammen, dachte er. Stell dir vor, du hast es mit einem senkrecht verlaufenden Felsspalt zu tun. Zieh dich an der Schiene hoch. Und stütz dich gleichzeitig mit den Füßen an der Wand ab.

Ja.

Er zog, und sein Gewicht verlieh den Füßen genug Druck, um nicht an der schlüpfrigen Wand abzugleiten. Zuerst kam er langsam und unbeholfen voran, doch bald wurden seine Bewegungen sicherer. Irgendwann verharrte er kurz und blickte nach oben. Noch ein Meter, vielleicht auch etwas mehr. Er wußte, daß er sich dem nächsten Stock näherte: Der horizontale Stahlträger – Haltepunkt für den Lift – wies deutlich darauf hin. Er senkte den Kopf und sah nach unten. Ein Fehler. Zwar hatte er diese besondere Kletterpartie erst vor wenigen Minuten begonnen, doch er befand sich bereits weit über dem Aufzug. Ein lähmendes Schwindelgefühl erfaßte ihn. *Niemals nach unten sehen,* erinnerte er sich. Er holte mehrmals tief Luft und setzte den Weg fort. Nach einer Weile hörte er ein dumpfes Klicken, gefolgt von einem Summen. Tief in ihm verkrampfte sich etwas – der Lift setzte sich in Bewegung.

Das verdammte Ding zerquetscht mich, wenn ich nicht loslasse!

Nein.

Er verdoppelte seine Anstrengungen, kletterte weiter, erreichte eine Doppeltür und trat danach. Keine Reaktion. Er wagte es, eine Hand von der Schiene zu lösten, griff nach der Stelle, wo sich die beiden Türhälften trafen. Nichts. Das Summen des Lifts wurde lauter; nur noch drei Meter trennten ihn von der Kabine. Dann bemerkte Stone die Walzen. Sie erfüllten die Funktion mechanischer Sensoren: Wenn sie von der Tür des Lifts berührt wurden, öffnete sich der Zugang. Er trat danach, und tatsächlich: Die beiden Flügel glitten auseinander. Charlie stieß sich ab, und als er sprang, stieß ihm das Dach der Liftkabine ans Schienbein. Er ignorierte das Stechen, gab sich ganz der Freude darüber hin, nicht mehr im Schacht zu sein. Einige Sekunden lang blieb er auf dem Korridorboden liegen und atmete schwer.

Seine Hände bluteten, und die Beine fühlten sich an, als könnten sie jederzeit unter ihm nachgeben. Trotzdem stand er auf, lief zur Tür des Treppenhauses und stellte dort fest, daß er im sechsten Stock war. Er verlor keine Zeit und eilte weiter, nahm jeweils drei Stufen auf einmal.

In der Eingangshalle hielt sich niemand auf, und das einzige Licht stammte von den Straßenlampen. Stone rang mit Schmerz und Erschöpfung, als er nach draußen wankte.

14

MOSKAU

Stefan Kramer kehrte in die Freiheit zurück – wenn man in Moskau überhaupt frei sein konnte – und stellte sich der Erkenntnis, daß die Welt während der vier Monate im Lefortowo-Gefängnis nicht besser, sondern schlimmer geworden war.

Leere Regale in den Lebensmittelläden. Zunehmende Kriminalität. Die Leuten klagten noch mehr als sonst. Stefan mietete ein Zimmer in einer Gemeinschaftswohnung, die er mit fünf anderen Personen teilte. Wenn er sich eine gute Mahlzeit wünschte, besuchte er Jakows Apartment. Dann brachte Sonja, die Lebensgefährtin seines Vaters – es gab keinen besseren Ausdruck; sie waren nicht verheiratet –, gebratene Hähnchen, Kartoffeln und leckere *Soljanku*-Suppe auf den Tisch.

Stefan wußte nicht recht, was er von Sonja halten sollte. Sie war Anfang Sechzig und schien einmal sehr schön gewesen zu sein. Stefan sah eine Mutter in ihr. An seine seit vielen Jahren tote leibliche Mutter erinnerte er sich kaum.

Irgend etwas an Sonja – Sanftmut, würdevoller Ernst – unterschied sie von den überdrüssigen russischen Frauen ihrer Generation. Sie stellte keine Ansprüche ans Leben und schien Kraft zu schöpfen, indem sie anderen Menschen half. Manchmal brach ihre Schüchternheit Stefan das Herz.

Aber Sonja konnte auch verschlossen und unnahbar sein. Bei solchen Gelegenheiten wirkte sie zerstreut und geistesabwesend, sah Stefan ganz plötzlich an und schien überhaupt nicht zu wissen, wer er war und was sie zu diesem Ort geführt hatte.

Eines Abends beim Essen, etwa eine Woche nach Stefans Freilassung, stellte Sonja einen Teller Suppe auf den Tisch.

»Dein Bruder ist verhaftet worden«, sagte sie und warf dem nachdenklich schweigenden Jakow einen traurigen Blick zu.

»*Awram?* Weshalb?« Stefan konnte es kaum glauben. Awram, der ruhige, fleißige und gesetzestreue Forscher im Polio-Institut war gar nicht imstande, mit den sowjetischen Behörden in Konflikt zu geraten.

Jakow verzerrte das entstellte Gesicht, und für einige Sekunden hatte es den Anschein, als wolle er laut schreien.

»Angeblich hat er einen Brief an den Kreml geschrieben, in dem er dagegen protestierte, daß man uns keine Ausreisegenehmigung erteilt«, erklärte Stefans Vater leise. »Einen ausgesprochen antisowjetischen Brief.«

»Was? Das ist doch absurd. Es ergibt überhaupt keinen Sinn.«

»Ich weiß«, bestätigte Jakow.

»Eine Lüge«, warf Sonja ein. »Man benutzt ihn, um Druck auf euch auszuüben, um euch daran zu hindern, einen neuerlichen Emigrationsantrag zu stellen.«

»Wo ist er?« fragte Stefan.

Sonja sah Jakow an, der plötzlich den Kopf sinken ließ und eine zerknitterte Serviette zu den tränenden Augen hob. Er brachte nicht die Kraft auf, Antwort zu geben.

»In einem *Psikhuschka*«, sagte Sonja und legte Jakow den Arm um die Schulter. Sie meinte eins der entsetzlichen psychiatrischen Gefängnisse; viele Männer und Frauen wurden dort systematisch in den Wahnsinn getrieben. »Man hat ihn gestern eingeliefert.«

»Ich dachte, dort bringt man keine politischen Gefangenen mehr unter«, murmelte Stefan.

»Offenbar doch«, entgegnete sein Vater.

»Wir müssen etwas unternehmen!« entfuhr es Stefan.

»Was denn?« erwiderte Jakow niedergeschlagen. »Wir können ihm nicht helfen.«

Sonja schüttelte kummervoll den Kopf. Sie erweckte kurz den Eindruck, als wolle sie etwas sagen, doch dann überlegte sie es sich anders und schwieg.

Einige Wochen später kaufte Stefan für seinen Vater

und Sonja ein. Als er in einer langen Schlange vor Jelisejewski stand, einem Lebensmittelladen in der Gorki-Straße, den man seit der Revolution offiziell als Gastronom Nummer 1 bezeichnet, fiel sein Blick auf Fjodorow, der hier völlig fehl am Platz zu sein schien.

»He, was führt dich hierher?« fragte Stefan und klopfte dem Mechaniker auf die Schulter.

»Ich habe auf dich gewartet, Genosse«, erwiderte Fjodorow. »Wo würde ein kultiviertes Mitglied der Intelligentsia sonst seinen Stör kaufen? Nun, um ganz ehrlich zu sein: In der letzten Woche sah ich dich hier, und es fiel mir nicht schwer herauszufinden, wann du deinen freien Tag hast.« Er sah sich wie beiläufig um, als versuche er zu entscheiden, was er kaufen sollte. »Ich habe Erkundigungen über dich eingezogen und von der Verhaftung deines Bruders gehört.«

Es sprach sich sofort herum, wenn jemand in ein *Psikhuschka* eingeliefert wurde, und die meisten Leute reagierten eher unsicher darauf. War es angebracht, ein Opfer der staatlichen Unterdrückung zu bedauern? Stefan fand die Anteilnahme seines Freundes rührend.

»Ja«, sagte er schlicht.

Fjodorow lächelte schief. »Die verdammten Mistkerle lassen euch nicht in Ruhe, oder? Tut mir sehr leid für dich.«

Stefan nickte nur.

»Hör mal, Genosse – ich stehe noch immer in deiner Schuld.«

»Ach, Unsinn.«

»Hast du einen Wagen?«

»Nein. Warum?«

»Kannst du dir einen besorgen?«

»Ich denke schon. Den meines Vaters.«

»Komm heute abend zu mir. Ich habe etwas für dich, um dir meine Dankbarkeit zu beweisen.«

Die beiden Männer trafen sich in einer nach Motoröl und Dieselkraftstoff riechenden Autowerkstatt im Süden von

Moskau. Fjodorow meinte, sie gehöre einem Freund von ihm. Er arbeitete dort an Autos – vier Monate im Gefängnis hatten seine Begeisterung für den Schwarzmarkt nicht getrübt.

Fjodorow kroch unter einem verbeulten Zhiguli hervor und wischte sich die schmutzigen Hände ab.

»Hätte nicht gedacht, daß du kommst. Ein so kultivierter Bursche wie du . . .«

»Hör auf damit«, erwiderte Stefan und schnitt eine Grimasse.

»Na ja, ich stehe in deiner Schuld, wie du weißt. Ich habe mich mit einigen alten Freunden in Verbindung gesetzt, und was sie mir besorgten, ist auf dem Schwarzmarkt viele tausend Rubel wert – obwohl ich bezweifle, daß man einen Käufer dafür finden könnte. Ich halte nichts davon, das eigene Licht unter den Scheffel zu stellen, und deshalb möchte ich dir folgendes sagen. Ich mußte viele Nächte in dieser verdammten Werkstatt arbeiten, um das Zeug zu bekommen.«

Fjodorow ging fort und kehrte kurze Zeit später mit einem Pappkarton zurück. Auf den ersten Blick betrachtet schien er mit Abfällen gefüllt zu sein – Stefans Blick fiel auf einige Drähte und Metallgegenstände. Als er genauer hinsah, erkannte er die Objekte, von denen er auf dem Gefängnisdach gehört hatte. Der Karton enthielt kleine Klötze aus Plastiksprengstoff, Dynamitstangen, chemische Stifte, Zündkapseln und einige winzige Sender.

»*Donnerwetter!*« brachte Stefan hervor.

»Genug Material für zwei Autobomben und drei gewöhnliche Sprengsätze. Damit bist du zwar nicht in der Lage, das Gebäude des Zentralkomitees in eine Ruine zu verwandeln, aber eins steht fest: Du kannst eine Menge Aufmerksamkeit erregen. Geh in den Wald und fäll' einige Bäume.« Fjodorow strahlte voller Stolz. »Verwende das Zeug so, wie du es für richtig hältst. Nimm es als eine Art Rückzahlung.«

Stefan wußte nicht, was er antworten sollte. Entsetzen zitterte in ihm. Die Verhaftung seines Bruders erfüllte ihn mit heißem Zorn, aber jetzt ... Als er die Instrumente des Terrorismus betrachtete, den Plastiksprengstoff und die Drähte, fühlte er sich plötzlich wie gelähmt.

»Ich ... ich kann nicht«, flüsterte er.

»Ein Zeichen meiner Anerkennung«, fügte Fjodorow hinzu.

»Ich kann nicht«, wiederholte Stefan. »Ich meine ...«

»Du hast Angst.«

Jakows Sohn nickte langsam. »Ja.«

»Sie werden deinen Bruder nicht freilassen. Und wenn das doch geschehen sollte, so erkennst du ihn bestimmt nicht wieder.«

Stefan nickte erneut und blickte sich in der Werkstatt um. Wenn jemand hereinkam, wenn ihn jemand mit diesem Material sah ... Er wollte fortlaufen, und gleichzeitig war er nicht imstande, dieses ebenso wertvolle wie nützliche Geschenk zu ignorieren.

»Ich bin hier, Freund«, sagte Fjodorow. »Du weißt, wo du mich erreichen kannst. Ich bin jederzeit für dich da.«

15
BOSTON

Schmerz explodierte in Stone – eine Million Nadeln bohrten sich ihm in den Leib, und flüssiges Feuer rann durch die Adern, tropfte an den Nervensträngen entlang. Er nahm den mit Desinfektionsalkohol getränkten Tupfer von dem langen Riß in der rechten Wange und schaltete das Licht des Arzneischranks ein. Es war viel zu grell. Charlie hatte mehr Wunden erlitten, als er zunächst annahm: Dutzende von Hautabschürfungen im Gesicht und an den Händen, am Hinterkopf eine äußerst unangenehme Kontusion.

Aber es handelte sich nicht um besonders besorgniserregende Verletzungen. Die Schmerzen ließen allmählich nach. Stone streckte sich auf dem Bett aus und betrachtete den von Saul Ansbach stammenden Umschlag.

Er wartete auf ihn, als Stone in seine Wohnung zurückkehrte. Offenbar hat ihn jemand durch den schmalen Schlitz zwischen Tür und Boden geschoben – eine Stimme aus dem Grab.

Charlie hatte vor einigen Minuten die Polizei angerufen, Ansbachs Ermordung gemeldet und wieder aufgelegt, bevor man feststellen konnte, woher der Anruf kam. Er sah keinen Sinn darin, in die polizeilichen Ermittlungen verwickelt zu werden.

Saul, sein alter Freund. Umgebracht. Stone biß sich auf die Lippe.

Ein Mann, der sich gegen die sichere und ruhige Karriere eines Anwalts entschieden und statt dessen die düstere Schattenwelt des Geheimdienstes gewählt hatte.

Wer auch immer Ansbach ermordet hatte: Offenbar wollte der Unbekannte verhindern, daß Saul Nachforschungen anstellte ... Wie lauteten die vom Anrufbeantworter aufgezeichneten Worte? *Es geht um eine verdammt wichtige Angelegenheit, Charlie.* Und: *Rufen Sie mich nicht in der Foundation an. Ich habe kein Vertrauen zu den dortigen Telefonen.* Wovor fürchtete er sich? Es ergab doch keinen Sinn, wenn die CIA ihre eigenen Leute umbrachte, oder? Ansbach hatte einen ziemlich hohen Posten in der Agency bekleidet ...

Wie lange dauert es, bis man auch mich damit in Verbindung bringt? überlegte Stone. Wie lange dauert es, bis ich hier nicht mehr sicher bin?

Er öffnete den Umschlag und holte ein großes Schwarzweißfoto daraus hervor.

Es zeigte einen Mann und eine Frau, die auf einer Bank saßen und ernst miteinander sprachen. Die anderen Personen in der Nähe – Russen. Hüte, Schuhe und Kleidung gaben Stone einen deutlichen Hinweis. Und die Frau ... Ebenfalls eine Russin, eine Schönheit mit zarten Gesichtszügen; das glänzende schwarze Haar bildete einen lockeren Chignon. Charlie erkannte ihren Gesprächspartner auf den ersten Blick, hatte das Gefühl, sich selbst zu sehen: Alfred Stone unterhielt sich mit der Frau.

Hieß sie vielleicht Sonja Kunetskaja?

Er drehte das Foto herum und las die Aufschrift: EIGENTUM DES FEDERAL BUREAU OF INVESTIGATION. AKTE 002–324.

Der Umschlag enthielt auch noch eine Mitteilung. Saul hatte ein Blatt mit dem Briefkopf von Sheffield & Simpson benutzt und so hastig geschrieben, daß Stone die einzelnen Buchstaben kaum entziffern konnte. Bestimmte Stellen waren doppelt unterstrichen.

Charlie ...
Sie sind noch immer nicht gekommen, und deshalb schicke ich Ihnen dies per Kurier. Ich hoffe, es trifft bei Ihnen ein.
In der Anlage ein Foto: SK. Vom FBI.

Bill Armitage vom State Department und einige Freunde, denen ich vertraue, gaben mir folgende Auskunft: M-3 war ein *Unterwanderungsagent* des CIA, der 1953 in der UdSSR eingesetzt wurde. Inzwischen hält man ihn für einen Abtrünnigen.
M-3 befindet sich *noch immer* in der Sowjetunion.
Lenins Sekretärin, A. Zinojewa, wohnt in East Neck, N. J. Deckname: Irene Potter. 784 Wainwright Road.
Verwahren Sie das Foto gut – Wissen ist Macht. Vielleicht brauchen Sie ein Druckmittel.
Seien Sie vorsichtig, mein Freund.

S.

Stone spürte ein dumpfes Pochen hinter der Stirn und nickte langsam. Er verstand die Botschaft. Das FBI hatte diese Aufnahme in Moskau angefertigt und damals als Beweismittel gegen Alfred Stone verwendet. Saul hat sie von Freunden im Bureau bekommen, *nicht* von der CIA.

Jene alte Frau, einst die Sekretärin Lenins, lebte nun mit einer neuen Identität, die sie der US-Regierung verdankte. Was bedeutete: Ihre Informationen waren einmal für die amerikanischen Geheimdienste nützlich gewesen. Andernfalls hätte man sie nicht mit einem Decknamen geschützt.

Aber den Auskünften von Sauls ›Freunden‹ kam eine noch weitaus größere Bedeutung zu: Im Jahre 1953 fand eine streng geheime Operation in der Sowjetunion statt, und dabei ging es um einen amerikanischen Maulwurf – von dem die CIA nichts wußte? Angeblich war der entsprechende Agent abtrünnig geworden. Anders ausgedrückt: Er befand sich noch immer in Moskau, und wahrscheinlich nahm er inzwischen eine recht hohe Position ein.

Gab es eine Verbindung mit der im IGEL-Bericht erwähnten Verschwörung?

Neunzehnhundertdreiundfünfzig. Ein wichtiges Jahr: Stalin starb, und für den Kreml begann eine turbulente Zeit.

Hatte man Alfred Stone aus diesem Grund ins Gefängnis gesteckt? Um den Versuch geheimzuhalten, einen amerikanischen Agenten in der sowjetischen Regierung unterzubringen?

Und mußte Saul Ansbach vier Jahrzehnte später sterben, damit das gleiche Geheimnis gewahrt blieb? Warum?

Die US-Nachrichtendienste schrecken nicht davor zurück, ihre eigenen Leute umzubringen, fuhr es Stone durch den Sinn.

Ich gehöre dazu.

Seine Gedanken rasten. Vermutungen und Spekulationen folgten dicht aufeinander, und jede war schrecklicher. Wer wußte sonst noch von dem Lenin-Testament, das in irgendeinem Zusammenhang mit dem damaligen Unternehmen zu stehen schien?

Ich, dachte Stone.

Und mein Vater.

Er stellte sich einer Erkenntnis, die ihn mit Furcht erfüllte.

Ich bin hier nicht mehr sicher. Und meinem Vater droht ebenfalls Gefahr.

»Was ist mit dir passiert, Charlie?«

Alfred Stone saß im Bett und schien sich gut erholt zu haben. Er war jetzt nicht mehr an das Herzüberwachungsgerät angeschlossen. Charlie traf am frühen Morgen ein und hatte darauf verzichtet, sich im Parnassus-Büro zu melden. Im Gesicht und an den Händen zeigten sich mehrere Pflaster.

»Ein dummer Unfall.«

»Warst du gestern klettern?«

»Ja.«

»New Hampshire?«

Stone nickte.

Die große britische Krankenschwester kam herein und unterbrach das Gespräch. »Ich muß Ihre Pumpe überprüfen«, sagte sie. »Guten Morgen, Mr. Stone.«

»Freut mich, Sie wiederzusehen«, log Charlie.

Eine Minute später ging die Schwester wortlos.

»Wußtest du, daß Rock Hudson homosexuell war?« fragte Alfred Stone. Im linken Augenwinkel zuckte es wieder, deutliches Zeichen seiner Nervosität.

»Natürlich. Woher hast du diese uralte Information?« Was ging ihm *wirklich* durch den Kopf? Wußte er, was geschehen war? Wußte er von Saul Ansbachs Tod?

»Aus dem *People*-Magazin. Ich hatte keine Ahnung.« Er lächelte schief, und Stone zweifelte nun nicht mehr daran, daß sein Vater zutiefst besorgt war. »Wie dem auch sei: Ich glaube, morgen kann ich nach Hause zurückkehren.«

»Geht es dir besser?«

»Offenbar sind die Ärzte dieser Ansicht. Ich fühle mich noch immer ein wenig schwach, aber ansonsten ist alles in Ordnung. Hattest du tatsächlich einen Kletterunfall?«

»Ja«, behauptete Charlie und bemerkte den argwöhnischen Blick seines Vaters.

»Würde es dir etwas ausmachen, morgen nacht bei mir im Haus zu bleiben? Falls ich etwas brauche?« Es klang viel zu beiläufig. *Was weiß er?*

»Ich leiste dir gern Gesellschaft.«

Charlies Gedanken glitten für einige Sekunden in die Vergangenheit. Er erinnerte sich an die runden Konturen des alten Kühlschranks in der Küche seines Vaters. Das Erinnerungsbild hatte sich getrübt, aber es zeigte noch immer genug Einzelheiten.

Ich bin ein kleiner Junge, vier oder fünf Jahre alt. Ein Kind, das in der Küche spielt und bereits großen Gefallen daran findet, überall herumzuklettern. Ich hangele mich an einigen staubigen Wasserrohren in einer Ecke der Küche empor. Mutter macht im Haus nicht mehr so gründlich sauber wie früher. Die meiste Zeit über sitzt sie an der Schreibmaschine und tippt Briefe. Später, wenn ich älter bin, erklärt sie mir: Es sind Briefe an Kongreßabgeordnete, Bürgerrechtsvereine und Zeitungen; sie betont darin immer wieder, daß Vater unschuldig ist.

Ich spiele an den Wasserrohren, und plötzlich berühre ich eine heiße Leitung. Sie ist so unglaublich heiß, daß ich laut schreie und mir den Unterarm verbrenne. Mutter eilt entsetzt herein, einen Radierstift hinters Ohr geklemmt. Sie nimmt mich in die Arme und weint; Tränen rollen ihr über die Wangen. Rasch holt sie den Erste-Hilfe-Kasten und legt mir einen Verband an.

Dann kommt Vater nach Hause, sieht den Verband und brüllt voller Zorn. Er ist wie ein Vulkan, der nach langer Zeit erwacht.

Ich laufe erschrocken davon und verstecke mich unter der Treppe. Vater ist völlig außer sich vor Wut und stößt Mutter an den Kühlschrank. »Was für eine Mutter bist du?« ruft er. »Er hat keine andere Mutter, nur dich!«

Sie versteht Vaters Zorn besser als ich und erwidert schluchzend: »Ich habe dich nicht gebeten, ins Gefängnis zu gehen! Mich trifft keine Schuld! Sei wütend auf ihn, nicht auf mich!«

Sei wütend auf ihn.

Aber er hegte nie einen Groll gegen Winthrop Lehman.

Warum nicht?

Alfred Stone putzte seine Brille mit einem Zipfel der Bettdecke und bedachte Charlie mit einem durchdringenden, sondierenden Blick, dem nichts zu entgehen schien.

»Danke«, sagte er geistesabwesend. »Äh, wie spät ist es? Hat meine Show schon begonnen?«

»Deine *Show*?«

»Im Fernsehen«, erklärte der ältere Stone. Er griff nach der Fernbedienung – offenbar gefiel es ihm, damit herumzuspielen – und schaltete das Gerät ein. »Gott steh uns bei: Ich habe damit begonnen, mir Familienserien anzusehen.«

Vor der öffentlichen Bibliothek von Boston hat man eine lange Inschrift in den Granit gemeißelt: DAS GEMEINWOHL ERFORDERT DIE BILDUNG DES VOLKES, verkündet sie dem Copley Square. ALS GARANT FÜR SICHERHEIT UND FREIHEIT.

Die Bildung hat Saul Ansbach nicht viel genützt, dachte Stone, als er das Lesezimmer für Zeitschriften betrat. Er wandte sich einem Ständer mit zwei Monate alten Ausgaben des *Boston Globe* zu und las die Todesanzeigen.

Knapp zwei Meter entfernt nahm ein Stadtstreicher Platz, von dem ein strenger Geruch ausging. Stone blätterte noch schneller.

Inzwischen wußte Parnassus sicher von Sauls Tod. Vermutlich herrschte Chaos in der Foundation – und da man Stone am Tatort gesehen hatte, durfte er nicht ins Büro zurückkehren. Wer auch immer hinter Ansbachs Ermordung steckte: Vermutlich ließ er Charlie überwachen.

Das bedeutete eingeschränkte Bewegungsfreiheit für Stone. Wenn er sich absetzen mußte – *hoffentlich bleibt mir das erspart!* –, durfte er nicht seinen eigenen Paß verwenden. Er brauchte einen anderen, und es war sicherer, ihn außerhalb von New York City zu besorgen.

Nach einer halben Stunde fand er, was er suchte: die Todesanzeige für einen zweiunddreißigjährigen Mann, der in Melrose gewohnt hatte, einem kleinen Ort nördlich von Boston. Jedes beliebige Alter zwischen Ende Zwanzig und Anfang Vierzig wäre geeignet gewesen – zweiunddreißig, perfekt. Der Name des Mannes lautete Robert Gill. Ein Beamter, der bei einem Autounfall ums Leben kam. Stone stellte erleichtert fest, daß er nicht betrunken gewesen war. Dadurch hätten sich gewisse Schwierigkeiten ergeben.

Die Adresse fand er im Telefonbuch der Bibliothek. Glücklicherweise enthielt die Liste nur einen Robert Gill in Melrose.

Während der nächsten Stunden fuhr Stone mit seinem gemieteten Chevrolet zu verschiedenen Behörden. Er machte sich eine Methode zu eigen, die ihm der erfolgreiche Privatdetektiv Peter Sawyer erklärt hatte.

Mit den Informationen aus der Todesanzeige – Gills Geburtsdatum, die Namen der Eltern und so weiter – bekam er im Commonwealth of Massachusetts Bureau of Vital Records and Statistics für drei Dollar eine Geburtsurkunde von Gill. Ganz einfach. Dann wartete er im Kraftfahrzeugamt auf eine Kopie des Robert-Gill-Führerscheins; er behauptete, das Original verloren zu haben. Nach anderthalb Stunden besaß Stone das gewünschte Dokument – mit seinem eigenen Foto.

Kein Problem.

Anschließend suchte er das Cambridge-Postamt am Central Square auf und beantragte ein Postfach. Er gab sowohl seinen richtigen Namen an als auch den von Robert Gill.

»Es wird sechs bis acht Wochen dauern«, sagte der untersetzte, grauhaarige Mann am Schalter, als er Stones Antrag entgegennahm und verschiedene Rubriken prüfte. Er bemerkte eine Büroklammer, drehte das Formular und steckte die Zwanzig-Dollar-Banknote ein, die Charlie daran befestigt hatte. »Ich glaube, es sind gerade einige Fächer frei geworden«, sagte der Mann und hüstelte verlegen. »Ich sehe kurz nach.«

Kurze Zeit später betrat Stone einen Paßfoto-Laden im Government Center von Boston und ließ dort zwei Aufnahmen anfertigen. Ausgerüstet mit Führerschein, Geburtsurkunde und den beiden Fotos begab er sich zum Paßamt im John F. Kennedy Federal Building auf der anderen Straßenseite und bat dort um einen neuen Paß. Der alte, so erklärte er, sei bei einem Umzug verlorengegangen. Sie wissen ja, wie das ist. Könnte ich das neue Dokument schon in einigen Tagen bekommen? In einer Woche möchte ich ins Ausland reisen.

Ja, das sei durchaus möglich. Der neue Paß werde in vier oder fünf Tagen zugestellt.

Stone hoffte, daß er ihn nicht benutzen mußte.

Als Charlie an Bord des Flugzeugs ging, das ihn von Boston zum Newark International Airport bringen sollte, wurde er sehr nachdenklich. Er begriff plötzlich, daß er einen Weg beschritt, der zu einschneidenden Veränderungen in seinem Leben führte. Stone begann mit der Suche nach einer alten Frau, die ein viele Jahrzehnte altes Geheimnis kannte – ein Geheimnis, das vielleicht Alfred Stones Inhaftierung, Saul Ansbachs Ermordung und vieles andere mehr erklärte. Aber ganz offensichtlich gab es Leute, die es schützen wollten, und von ihnen ging eine erhebliche Gefahr aus.

Charlie erinnerte sich an eine bestimmte Stelle in Sauls Mitteilung: Wissen ist Macht.

Ja. Als Mitarbeiter von Parnassus verfügte Stone bereits über diese Art von Macht. Er war über einige der geheimsten CIA-Operationen in der Sowjetunion informiert. Genügte dieses Wissen? Die Antwort konfrontierte ihn mit einer betrüblichen Gewißheit: Nein. Er hatte nichts in der Hand, um die Agency zu erpressen. Wenn er damit drohte, irgendwelche Dinge zu enthüllen, zuckte man in der CIA sicher nur mit den Achseln. Stone wußte nicht, woher die Informationen der Agency stammten – selbst der Parnassus-Elite gegenüber hatte man ihre Quellen verborgen gehalten.

Ich bin auf mich allein gestellt, dachte Charlie, schnallte sich an, sah aus dem Fenster und beobachtete die Startbahn.

Unmittelbar nach der Landung in New Jersey rief er seinen eigenen Anschluß in der Parnassus Foundation an. Sherry nahm ab.

»Charlie!« Sie schien überrascht zu sein, seine Stimme zu hören. »Wo sind Sie?«

Stone ignorierte die Frage. »Ist Saul heute gekommen, Sherry?«

Sie zögerte und schluchzte leise. »Saul ist tot, Charlie.«

»Tot?«

»Er kam gestern abend ums Leben«, brachte Sherry hervor. Diesmal vergaß sie ihren britischen Akzent. »Ein Unfall. Langley schickt jemanden, um ihn zu ersetzen, aber wir sind alle sehr bestürzt. Ich ... ich fasse es einfach nicht.«

»Sind Sie ganz sicher, daß er einem Unfall zum Opfer fiel, Sherry?«

»Was soll das heißen? Man hat uns alle Einzelheiten geschildert. Ich meine ...«

Man hat uns alle Einzelheiten geschildert, wiederholte Stone in Gedanken. Die Spuren werden also schon verwischt. Er drückte auf die Gabel, steckte eine weitere

Münze in den Zahlschlitz und wählte Lenny Wexlers Nummer. Die Telefone der Foundation waren sicher, aber ohne einen Scrambler brachte diese ungeschützte Leitung gewisse Risiken mit sich. Es blieb ihm aber keine andere Wahl.

Lennys Stimme schien aus weiter Ferne zu kommen. »Wo sind Sie gewesen, Charlie? Haben Sie schon gehört?«

»Ich hab's *gesehen*, Lenny. Saul wurde erschossen.«

»Nein, Unsinn«, erwiderte Wexler vorsichtig. »Er starb bei einem Autounfall. Charlie, ich weiß, daß Sie aufgeregt sind ...«

»*Verdammt*, Lenny! Was soll dieser Blödsinn? Mit wem arbeiten Sie zusammen? Von wem nehmen Sie Ihre Anweisungen entgegen?«

Lenny sprach leiser und drängender. »Charlie, kommen Sie bloß nicht hierher. Sonst erwischt es Sie ebenfalls. Halten Sie sich von der Foundation fern, von mir und ...«

Ein Klicken, und dann Stille. Jemand hatte die Verbindung unterbrochen.

An Stones Gaumen klebte der metallische Geschmack von Furcht.

16

MOSKAU

Am Tag nach dem abendlichen Treffen mit Fjodorow in der Werkstatt erfuhr Stefan von seinem Vater, daß sie die Erlaubnis bekommen hatten, Awram im Serbski-Institut für gerichtsmedizinische Psychiatrie zu besuchen. *Psikhuschka*-Patienten durften nur selten jemanden empfangen, aber Stefan und Jakow verschwendeten keinen Gedanken an diesen besonderen Glücksfall.

Statt dessen spürten sie nagenden Zorn angesichts der Launenhaftigkeit der sowjetischen Justiz, die es zuließ, daß man den unschuldigen und völlig gesunden Awram in ein Irrenhaus steckte. Die Welt glaubte, unter Gorbatschow geschehe so etwas nicht mehr, aber sie irrte sich.

»Bitte«, sagte Sonja. Sie stand in der Tür, als Jakow und Stefan aufbrachen. »Ich möchte mitkommen.«

Aber Stefans Vater bestand darauf, daß sie zu Hause blieb – ihre Beziehungen zur Familie Kramer sollten nicht zu offensichtlich werden.

Sie biß sich auf die Lippe und nickte, sah den beiden Männern nach, die sie sehr liebte. Sonja widerstand der Versuchung, ihnen noch etwas nachzurufen, blieb stumm und lauschte den leiser werdenden Echos ihrer Schritte im Treppenhaus.

Einige Minuten lang fuhren sie schweigend. Stefan klopfte an die Beifahrertür des alten Wolgas, zupfte an einem fransigen Riß in der Verkleidung; die Wolle der Polsterung quoll daraus hervor. »Ich hoffe, sie haben Awram den Bart abrasiert«, scherzte er mit gezwungenem Humor. »Damit sah er schrecklich aus.« Awram war zwölf Jahre älter, ein großer und attraktiver Mann, aber Stefan hatte ihn immer wegen seines Bartes aufgezogen. Damit wirkte er wie ein talmudischer Gelehrter.

Er drehte den Kopf und sah seinen Vater an, der weiterhin ernst blieb. Schmerz glomm in Jakows Augen, und die gräßlichen Narben darunter verstärkten diesen Eindruck.

Es war im Gulag geschehen. Als enthusiastischer und lebhafter junger Mann war Jakow während des Zweiten Weltkriegs – in der Sowjetunion bezeichnet man ihn als Großen Vaterländischen Krieg – in die Rote Armee eingetreten. Zusammen mit Millionen anderen kämpfte er, um seine Heimat gegen die Nazis zu verteidigen. Er geriet in deutsche Kriegsgefangenschaft, und zwei Jahre später wurde er von amerikanischen Truppen befreit. Jakow kehrte sofort in die UdSSR zurück, aber man empfing ihn nicht etwa als Helden, sondern steckte ihn in ein Arbeitslager. Stalin vertraute den ehemaligen Kriegsgefangenen nicht. Er befürchtete, daß sie von den Nazis oder dem US-Geheimdienst einer Gehirnwäsche unterzogen worden waren und in Rußland spionieren sollten. Deshalb ließ er viele von ihnen verhaften.

Das Wikhorewka-Gefangenenlager in der Nähe von Irkutsk war die Hölle, und Jakow verlor den Glauben an ein System, das ihn auf diese Weise behandelte. Einige seiner Bekannten zerbrachen innerlich, aber Kramer hielt an dem Willen fest, Widerstand zu leisten. Er schloß Freundschaft mit zwei Mitgefangenen, einem Esten und einem Litauer, die seinen Haß auf den Kreml teilten. Die beiden Balten schwiegen, aber Jakow begann damit, laut zu protestieren. Einige der übrigen Häftlinge begegneten ihm deshalb mit Zorn und beschlossen, ihn auf ihre eigene Art und Weise zu bestrafen.

Eines Tages teilte man zwei von ihnen dem Reinigungsdienst zu, und sie nutzten die gute Gelegenheit, um eine Flasche mit Salzsäure zu stehlen. In der Nacht gossen sie die ätzende Flüssigkeit in Kramers Gesicht.

Zum Glück fielen keine Tropfen in die Augen, aber die rechte Hälfte des Gesichts war so sehr entstellt, daß er nicht mehr wie ein Mensch aussah, sondern wie ein Ungeheuer. Im Lager befand sich niemand mit medizinischen Kenntnissen. Man behandelte die Wunden mit alkoholgetränkten Lappen, und dadurch wurden die Schmerzen viel schlimmer. Im Laufe der Zeit verwandelten sich die abscheulichen roten Streifen auf Wange und Stirn in ein nicht ganz so schlimmes Weiß. 1956 ließ Chruschtschow ihn und die anderen Gefangenen frei, aber Jakow trug eine schreckliche Erinnerung an die Zeit im Gulag mit sich herum.

Viele Leute vermieden es, ihn anzusehen. Nach mehreren Jobs fand er eine Anstellung im Fortschrittsverlag und trug dort Bücher in Verzeichnislisten ein. Kramers Schreibtisch stand abseits der anderen, denn der Chef vermutete – zu Recht –, daß die übrigen Mitarbeiter seinen Anblick als Belastung empfanden.

In Jakow brodelte gewaltiger Zorn, doch bisher war es ihm gelungen, seine Wut unter Kontrolle zu halten. Er schloß die Hände fest um das Lenkrad des alten Wolgas und richtete einen finsteren Blick auf die Straße.

»Wir holen ihn da raus, Papa«, sagte Stefan, obwohl er ebensowenig daran glaubte wie sein Vater.

Die leitende Ärztin – eine steife, formelle Frau in mittleren Jahren namens Zinaida Osipowna Bogdanowa – trug einen weißen Kittel und musterte die Besucher verächtlich. Offenbar glaubte sie, viel zu beschäftigt zu sein, um mit den Verwandten von Verrückten zu sprechen.

»Ihr Sohn ist schizophren«, erklärte sie. Jakow und Stefan wußten, daß es keinen Sinn hatte, ihr zu widersprechen. Sie starrten die Doktorin mit stummer Feindseligkeit an. »In seinem Fall lautet die offizielle Diagnose: kriminelle paranoide Schizophrenie. Die Behandlung dauert wahrscheinlich recht lange.«

»Ich wußte gar nicht, daß ›kriminelle paranoide Schizophrenie‹ eine psychiatrische Diagnose ist«, erwiderte Stefan und versuchte vergeblich, seinen Ärger zu unterdrücken. »Sind Sie sicher, daß Sie Medizin nicht mit Politik verwechseln?«

Die Ärztin ignorierte ihn und fuhr fort: »Ich gebe Ihnen fünf Minuten. Mehr nicht. Vermeiden Sie es, den Patienten aufzuregen.«

»Bekommt er Medikamente?« fragte Stefan, als sich die Frau von ihnen abwandte.

Dr. Bogdanowa sah ihn so erstaunt an, als hielte sie ihn ebenfalls für verrückt. »Natürlich.«

»Was für Arzneien geben Sie ihm?«

Sie zögerte kurz. »Sedative.«

Kurze Zeit später führte sie Awram in den Besucherraum und ließ ihn dort mit Bruder und Vater allein.

Stefan und Jakow glaubten, ihren Augen nicht trauen zu können.

Awram hatte kaum noch Ähnlichkeit mit dem Mann, den sie kannten. Mit hängenden Schultern und eingefallenen Wangen stand er vor ihnen, gekleidet in einen gestreiften Schlafanzug aus grobem Leinen. Sein Blick reichte durch Stefan und Jakow hindurch; er schien sie überhaupt nicht zu erkennen. Schleim tropfte ihm aus der Nase, Speichel aus dem Mund. Die Lippen zuckten mehrmals, und eine angeschwollene Zunge ragte zwischen ihnen hervor.

»O mein *Gott*!« hauchte Jakow.

Stefan riß entsetzt die Augen auf.

»Awram, ich bin's, dein Vater.« Jakow trat langsam auf seinen ältesten Sohn zu.

Der Mann im Schlafanzug sah ihn an, und sein Gesicht blieb leer.

»O Gott«, stöhnte Jakow. Er umarmte Awram. »O Gott. Was haben sie mit dir gemacht?« Er drückte ihn fest an sich, wich dann von ihm fort. Stefan schlang die Arme um seinen Bruder. Die ganze Zeit über zeigte Awram nicht die geringste Reaktion; aus halbgeschlossenen Augen blickte er ins Leere.

»Warum sagst du nichts?« fragte Stefan. »Bitte antworte mir.«

Awram schwieg.

»Lieber Himmel«, flüsterte Stefan. »Ich habe von so etwas gehört! Einer der Notärzte, mit denen ich zusammenarbeite, erwähnte schreckliche Drogen, die man *Psikhuschka*-Patienten verabreicht.« Ein Neuroleptikum, dachte er. Wahrscheinlich Haloperidol. Wenn man es in größeren Dosen verabreicht, so führte es zu psychischer Degeneration.

»Kann er geheilt werden?« fragte Jakow.

»Ich glaube nicht«, erwiderte Stefan mit vibrierender Stimme. »Die Wirkung ist irreversibel.« Sie beobachteten das menschliche Wrack, und Tränen quollen ihnen in die Augen.

Awram schnaufte leise. Vielleicht regte sich tief in ihm Zorn, trotz der Drogen, die sein Bewußtsein zerstört hatten, und daraufhin glänzten auch in seinen Augen Tränen.

»Wir müssen ihn hier rausholen«, sagte Jakow leise und fest.

Plötzlich stand die Ärztin neben ihnen. »Die Zeit ist um«, verkündete sie laut.

Spät an jenem Abend saßen zwei Männer in einer Werkstatt im Süden von Moskau. Sie unterhielten sich im Schein einer Kerosinlampe.

»Ich habe beschlossen, dein Angebot anzunehmen«, wandte sich Stefan an Fjodorow. »Wenn es noch immer gilt.«

17

EAST NECK, NEW JERSEY

Die alte Frau, die einst als Sekretärin für Wladimir Iljitsch Lenin gearbeitet hatte, wohnte in einem kleinen Haus, das dem Ranch-Stil entsprach. Die Hecke davor war tadellos geschnitten, der Rasen gemäht. East Neck, New Jersey, bestand aus breiten Straßen, hellbraunen Häusern und quadratischen Rasenflächen. Offenbar fühlten sich die Bewohner in einer solchen Umgebung wohl. Stone fand den Ort deprimierend.

Warum hatte sich Anna Zinojewa ausgerechnet hier niedergelassen? Die meisten neuen russischen Einwanderer zogen die Gesellschaft ihrer Landsleute vor und bildeten bunte Gemeinschaften, die man Little Russia oder Little Odessa nannte. Nach ein oder zwei Generationen waren sie integriert und lebten in Groß- oder Vorstädten, deren Bevölkerung sich ständig veränderte. Sie mieden amerikanische Provinzorte, wo sich die Nachbarn seit Jahrzehnten kennen. Offenbar verzichtete Zinojewa ganz bewußt auf Kontakte mit anderen Russen.

Stone war am vergangenen Abend eingetroffen und hatte in einem Motel übernachtet. Früh am nächsten Morgen nahm er ein Taxi und stieg mehrere Straßen von der Wainwright Road entfernt aus. Den Rest des Weges ging er zu Fuß, näherte sich langsam dem Haus und hielt aufmerksam Ausschau. Nach der Ermordung Saul Ansbachs wollte er kein Risiko eingehen.

Nichts.

Noch einmal beobachtete er die Straße und kam zu dem Schluß, daß keine Gefahr drohte. Rasch trat er auf die Veranda und klingelte.

Anna Zinojewa öffnete die Tür. Sie war klein, hatte dünnes weißes Haar und benutzte einen Gehstock aus Metall. Hinter ihr sah Stone ein kleines Wohnzimmer, dessen Einrichtung aus einigen hochlehnigen Sesseln und einem braunen Tweed-Sofa bestand. In dem Raum schien die Zeit seit den späten fünfziger Jahren stillzustehen.

Die schrägen Augen verliehen der Frau ein vages asiatisches Erscheinungsbild. In dieser Hinsicht ähnelte sie ein wenig ihrem alten Chef, Lenin.

»Irene Potter?« fragte Stone und benutzte ihren Decknamen.

»Ja?«

»Anna Zinojewa«, fügte er ruhig hinzu.

Die alte Frau schüttelte den Kopf. »Sie haben sich in der Adresse geirrt«, sagte sie in gebrochenem Englisch. »Bitte gehen Sie.«

»Sie brauchen nichts zu befürchten«, sagte Stone möglichst sanft. »Ich möchte nur mit Ihnen reden.« Er reichte ihr ein vorbereitetes Schreiben, bei dem er CIA-Briefpapier verwendet hatte. In einer formellen bürokratischen Ausdrucksweise wurde darauf hingewiesen, daß Anna Zinojewas Akte auf den neuesten Stand gebracht werden mußte, und dazu seien gewisse Auskünfte notwendig. Die Unterschrift stammte von einem fiktiven ›stellvertretenden Archivleiter‹, der die Russin bat, Charles Stones Fragen zu beantworten.

Ihr letztes Gespräch mit Repräsentanten der amerikanischen Geheimdienste lag sicher schon viele Jahre, vielleicht sogar Jahrzehnte zurück. Bestimmt war sie nicht mehr so wachsam wie damals.

Sie hielt den Brief dicht vor die kataraktgrauen Augen und starrte auf Text und Unterschrift. Die alte Frau schien fast blind zu sein. Nach einigen Sekunden sah sie wieder auf.

»Was wollen Sie von mir?«

»Nur einige Minuten Ihrer Zeit«, entgegnete Stone fröhlich. »Haben Sie keinen Anruf bekommen?«

»Nein«, antwortete Anna Zinojewa argwöhnisch und schüttelte erneut den Kopf. »Bitte gehen Sie.« Mit einer zitternden Hand hob sie den Gehstock, um den ungebetenen Besucher abzuwehren.

Stone schob sich an ihr vorbei und erreichte den Flur. »Gehen Sie!« rief die Frau hinter ihm. »Bitte!«

»Es dauert nur ein paar Minuten«, erwiderte Charlie freundlich.

»Nein«, sagte Anna Zinojewa. »Man hat versprochen, mich in Ruhe zu lassen. Man hat versprochen, nie wieder jemanden zu mir zu schicken.«

»Einige wenige Minuten«, betonte Stone. »Es ist nur eine Formalität.«

Die Frau zögerte. »Was wollen Sie?« fragte sie noch einmal und schloß die Tür.

Stones sanftes Gebaren zerstreute schließlich ihr Mißtrauen. Sie nahm auf dem Sofa Platz, strich ihr Schürzenkleid mit knochigen und doch zart wirkenden Händen glatt. Nach einer Weile begann sie, ihre Lebensgeschichte zu erzählen und stieß dabei immer wieder an die Grenzen ihrer beschränkten Englischkenntnisse.

Als Neunzehnjährige begann sie, für Lenin zu arbeiten – ihr Vater war ein Bekannter Wladimir Bontsch-Brujewitschs gewesen, der zu den besten Freunden Lenins zählte –, und Anna Zinojewas Tätigkeit beschränkte sich immer nur auf die einer Sekretärin. Sie tippte Kopien von Lenins umfangreicher Korrespondenz und erledigte andere Schreibarbeiten, ab 1918 in einem Büro des Kreml, nachdem das Hauptquartier der sowjetischen Regierung von Petrograd nach Moskau verlegt worden war. 1923 verließ sie den Kreml wieder und zog nach Gorki um, wo Lenin schließlich starb.

Einige Jahre nach Lenins Tod bat sie um eine Ausreisegenehmigung – sie wollte in den Vereinigten Staaten ein neues Leben beginnen. Sie bekam die Erlaubnis, da es in den zwanziger Jahren noch keine Emigrationsbeschränkungen gab – und da sie ihrem Land gute Dienste erwiesen hatte. Als eine der jüngsten Sekretärinnen in Lenins Mitarbeiterstab hatte sie es nur mit eher unwichtigen Dingen zu tun bekommen. Was jedoch keineswegs bedeutete, daß sie nichts gesehen und gehört hatte.

Nach einer halben Stunde verblaßte der argwöhnische

Glanz in ihren Augen. Sie bedachte Stone mit einem herausfordernden, fast trotzigen Blick.

»Dreiundzwanzig Jahre lang habe ich nichts von den großartigen amerikanischen Geheimdiensten gehört«, sagte sie schelmisch und schüttelte den Kopf. »Absolut nichts. Und jetzt sind Sie plötzlich so sehr an mir interessiert.«

»Wie ich schon sagte: reine Routine. Wir füllen die leeren Stellen in Ihrer Akte.«

Einige Sekunden lang schien sie nicht zu verstehen, und dann nickte sie. »Natürlich. Es darf keine leeren Stellen geben.« Sie lächelte verschmitzt. Stone glaubte kurz, in dem Gesicht der alten Frau die Koketterie einer Siebzehnjährigen zu erkennen.

»Ich werde nicht viel von Ihrer Zeit beanspruchen.«

»Es bleibt mir nicht mehr viel Zeit«, erwiderte Anna Zinojewa ruhig, ohne eine Andeutung von Selbstmitleid. »Bald brauchen Sie mir nicht mehr Ihre dicken Schecks zu schicken, mit denen Sie soviel Geld des Steuerzahlers verschleudern.«

»Es ist nicht viel«, pflichtete ihr Stone bei. Er wußte, daß die Agency nicht gerade tief in die Tasche griff, wenn es um die finanzielle Unterstützung von Überläufern ging.

»In der Sowjetunion bekäme ich eine großzügige Pension, weil ich für Iljitsch gearbeitet habe.« Anna Zinojewa runzelte gespielt vorwurfsvoll die Stirn. »Manchmal frage ich mich, warum ich nicht in Rußland geblieben bin.«

Stone nickte voller Anteilnahme und begann: »Wenn Sie nun bitte . . .«

»Hören Sie«, unterbrach ihn die Frau. Sie beugte sich vor, als wolle sie ihm ein Geheimnis anvertrauen. »Ich bin alt. Vor mehr als sechzig Jahren kam ich in dieses Land. Wenn die großartigen amerikanischen Geheimdienste noch nicht alles über mich wissen, so können die ›leeren Stellen‹ kaum wichtig sein.« Sie hob den Kopf, neigte ihn zur Seite. »Sie vergeuden nur Ihre Zeit.«

»Selbst wenn es um das Lenin-Testament geht?«

Die alte Frau blinzelte überrascht und brauchte mehrere

Sekunden, um sich wieder zu fassen. Sie lächelte scheu. »Sind Sie hier, um historische Dinge mit mir zu erörtern? Es gibt Dutzende von Büchern, in denen Sie alles nachlesen können. Das Lenin-Testament ist allgemein bekannt.«

»Ich meine ein anderes.«

»Gibt es noch ein zweites?« fragte Anna Zinojewa und zuckte mit den Schultern. Sie gab sich gelangweilt, griff nach der Teetasse, ließ sie dann wieder sinken.

»Ich glaube, Sie wissen Bescheid.«

»Nein, ich weiß nicht, wovon Sie reden«, erwiderte sie fest.

Stone lächelte und beschloß, zum Kern der Sache zu kommen. »Wir wurden darauf aufmerksam, als wir noch einmal Ihre Unterlagen durchgingen.«

Er wartete eine Zeitlang, und als die Frau nicht antwortete, fügte er hinzu: »Man hat Lenin vergiftet, nicht wahr?«

Anna Zinojewa schwieg fast eine Minute lang, und als sie schließlich Antwort gab, sprach sie so leise, daß Stone ihre Worte kaum verstehen konnte. In der Küche schaltete sich der Kühlschrank ein; es summte und gurgelte laut.

»Ich glaube ja.« Sie wirkte jetzt sehr ernst.

»Was veranlaßt Sie zu dieser Annahme?«

»Er ... er schrieb deswegen einen Brief, gab ihn mir und bat mich, zwei Abschriften anzufertigen. Eine für seine Frau Krupskaja. Die andere ...« Sie brach ab und blickte zu Boden.

»Die zweite Abschrift«, hakte Stone nach. »Für wen war sie bestimmt?«

Anna Zinojewa gestikulierte hilflos. »Ich weiß es nicht.«

»Doch, Sie wissen es.

Kurze Stille. »Ihr Vertrag mit uns verpflichtet Sie zur Zusammenarbeit«, sagte Stone. »Wenn Sie Ihre monatlichen Schecks auch weiterhin bekommen wollen ...«

»Oh, seitdem sind viele Jahre vergangen.« Die alte Frau sprach nun schneller, fast hastig. »Sicher spielt es keine Rolle mehr. Die zweite Abschrift war für einen Ausländer. Lenin fürchtete ... Intrigen. Wahrscheinlich aus gutem

Grund. Alle Angestellten – Gärtner, Koch Chauffeur – gehörten zur OGPU, der Geheimpolizei.«

Stone dachte darüber nach. »Warum?« erkundigte er sich. »Warum gab er die zweite Kopie einem Ausländer?«

»Er fürchtete sich vor Stalin, hatte Angst um seine Frau. Deshalb wollte er, daß eine Abschrift in Sicherheit gebracht wurde.«

»Wer war der Ausländer?«

Anna Zinojewa schüttelte den Kopf.

»Sie wissen es, nicht wahr?« fragte Stone ruhig.

Ihr Zögern erschien ihm fast unerträglich. »Ein großer und attraktiver Amerikaner. Ein amerikanischer Geschäftsmann, den Lenin mehrmals vor seinem Tod sah. Es ist nicht weiter wichtig.«

»Winthrop Lehman.«

Eine neuerliche Pause. »Lenin empfing ihn mehrmals«, erwiderte die alte Frau nachdenklich und wiederholte den Namen. »Lehman.«

»Hat er Lenin auch in Gorki besucht?«

»Ja. Winthrop Lehman.«

»Was stand in dem Brief? Ging es darin um die Vergiftung?«

»Nein, nicht unbedingt«, antwortete Anna Zinojewa. Sie sprach jetzt wieder langsam. »Lenin verfaßte einen Entwurf, bevor er nach Gorki umzog, bereits als kranker Mann. Er schrieb schlechte Dinge über die Sowjetunion und meinte, sie werde zu einem Polizeistaat und ihm sei ein schrecklicher Fehler unterlaufen. Er verglich sich mit ... Dr. Frankenstein, der ein schreckliches Ungeheuer schuf.«

Stone wartete einige Sekunden lang, aber die Frau blieb still.

»Der Gründer der Sowjetunion verurteilt sein eigenes Werk«, sagte er leise. Nach Zinojewas Ausführungen stellte er etwas Offensichtliches fest. »Und Lehman hat die entsprechenden Unterlagen.«

»Einmal verlangte Lenin, nach Moskau zurückzukehren. Wir wollten ihn daran hindern, aber er hörte nicht auf uns. ›Schnell!‹ rief er dem Chauffeur zu. In Moskau suchte er sofort sein Büro im Kreml auf.«

»Haben Sie ihn begleitet?«

»Nein. Ich erfuhr erst später davon. In seinem Arbeitszimmer sah er, daß man ein geheimes Fach des Schreibtischs geöffnet hatte. Er suchte nach einem Dokument, geriet in Wut und schrie. Er fand es nicht und ... Wie sagt man bei Ihnen? Er zitierte es aus dem Gedächtnis.«

»Er diktierte es Ihnen«, sagte Stone. »Und von dieser zweiten Niederschrift stellten Sie die beiden Abschriften her.«

»Ja.«

»Haben Sie eine davon?«

»Nein, natürlich nicht. Vielleicht existieren sie gar nicht mehr.«

»Und die Krupskaja-Abschrift?«

»Vermutlich hat man sie ihr weggenommen.«

»Und Lehmans?«

»Keine Ahnung.« Der Duft von Hühnersuppe und Knoblauch wehte aus der nahen Küche.

Der Geruch des Hauses vermittelte die Botschaft von gemütlichem Komfort, aber auch von Einsamkeit. Stone ließ den Blick durchs Zimmer schweifen und fragte sich, woher Anna Zinojewa wußte, daß man Lenin vergiftet hatte.

»Wer brachte ihn um?«

»Bitte, lassen Sie die Vergangenheit ruhen«, entgegnete die alte Frau. »Sollen die Leute glauben, Iljitsch sei friedlich gestorben.«

»Man hat eine Autopsie durchgeführt, nicht wahr? Wenn ich mich recht entsinne ...«

»Bitte.« Anna Zinojewa hob die schmalen Hände zu einer zustimmenden Geste. »Ja, das stimmt. Einen Tag nach seinem Tod trafen zehn Ärzte ein und untersuchten die Leiche. Sie schnitten den Körper auf, sahen sich die Organe an und fanden nichts. Man öffnete auch den Schädel.« Sie runzelte die Stirn und schüttelte voller Abscheu den Kopf. »Das Gehirn ...« Die Frau schnitt eine Grimasse, und als sich ihre Lippen teilten, sah Stone mehrere billige, gelbe Zahnprothesen. »Das Gehirn war . . . fest. Verkalkt.« Erneut eine subtile Geste. »Die Metallinstrumente klapperten, als sie das Hirn berührten.«

»Arteriosklerose. Die Ärzte hielten nicht nach Gift Ausschau?«

Stone sprach jetzt russisch – sicher fiel es der alten Frau leichter, sich in dieser Sprache auszudrücken. Sie bedachte ihn mit einem dankbaren Blick.

»Nein«, erwiderte sie. »Warum auch?«

»Es gab keinen Grund für sie anzunehmen, daß man Lenin vergiftet hatte?«

»Wissen Sie, daß es sein Vertrauensarzt Dr. Guetier ablehnte, den Autopsiebericht zu unterschreiben? Er weigerte sich! Er wußte, daß Lenin vergiftet worden war. Es handelt sich um eine historische Tatsache!«

Stone starrte Anna Zinojewa groß an.

»Aber *wer*? Wer hat ihn umgebracht?«

»Einer der Angestellten, glaube ich. Sie alle arbeiteten für die Geheimpolizei OPGU. Stalin wollte Lenin aus dem Weg räumen, um die Macht über das ganze Land an sich zu reißen. Warum erkundigen Sie sich danach? Warum richten Sie erneut diese Fragen an mich?«

»Erneut?«

»Man hat sie mir schon im Jahre 1953 gestellt.«

»Neunzehnhundertdreiundfünfzig?« Ein Bus donnerte über die zwei Straßen entfernte Autobahn. »Wer hat Sie 1953 danach gefragt?«

Anna Zinojewa musterte ihn einige Sekunden lang, und in ihren kataraktgrauen Augen erwachte Mißtrauen, das jedoch sofort wieder verschwand. Sie stand langsam auf, stützte sich mit der einen Hand auf den Gehstock aus Aluminium, mit der anderen auf die Armlehne des Sofas. »Früher las ich die Zeitungen«, sagte sie. »Und ich habe ein gutes Personengedächtnis. Lenin lobte mich dafür.« Sie ging zu einem Sideboard aus Nußbaumholz, öffnete es und holte ein in grünes Leder gebundenes Sammelalbum hervor. »Kommen Sie.«

Stone trat auf sie zu. Anna Zinojewa schlug das Album auf und drehte die Kartonseiten so schwerfällig, als bestünden sie aus massivem Blei. »Hier«, sagte sie schließlich und beugte den Kopf so weit nach unten, daß ihre Nase fast das Buch berührte.

Sie deutete auf einen bräunlichen Ausschnitt, der offenbar aus einer russischen Emigranten-Zeitung in New York stammte, der *Nowoje Russkoje Slowo*. Nur das Jahr – 1965 – war deutlich zu erkennen. Tag und Monat schienen einer ungeschickt gehandhabten Schere zum Opfer gefallen zu sein.

»Dieses Gesicht kenne ich«, murmelte Stone und versuchte, seine Überraschung zu verbergen. Das Foto zeigte William Armitage: Der Artikel bezeichnete ihn als erfolgreichen Angestellten des State Department, der zum Untersekretär ernannt wurde. Inzwischen war er stellvertretender Außenminister und nahm einen hohen Rang in der Administration ein.

Bill Armitage. Saul Ansbach hatte mit ihm gesprochen, vielleicht nur wenige Stunden vor seinem Tod.

»Das ist der Mann, der sie damals befragt hat?«

»Ja. Armitage.«

Stone nickte. Eine Renegaten-Organisation, hatte Saul angenommen. Wie weit reichte ihr Einfluß? »Was wollte er von Ihnen wissen? Warum interessierte er sich 1953 für Ereignisse des Jahres 1924?«

Die alte Frau sah ihn fast ungläubig an, und ihr Gesichtsausdruck warf ihm Dummheit vor. »Er interessierte sich für das, was gerade geschehen war. Die Drohungen.«

»Drohungen?«

Anna Zinojewa hob die Stimme. »Die *Drohungen*, ja.« Furcht glomm in ihren Augen.

»Wer hat Sie bedroht? Doch nicht etwa unsere Agenten, oder?«

»Russen.« Tränen rollten über die Wangen der alten Frau. »Das wissen Sie doch alles! Bitte ...«

»Warum hat man Sie bedroht?« fragte Stone sanft.

»Die Russen ...« Wieder schüttelte sie den Kopf, und

dadurch fielen einige Tränen zu Boden. »Sie suchten nach Lenins Testament, waren davon überzeugt, daß ich es hatte. Sie nahmen das ganze Haus auseinander und meinten, sie würden mich umbringen. Ich beteuerte immer wieder, daß sich die Unterlagen nicht in meinem Besitz befanden . . .«

»Was für Leute waren es?«

»Tschekisten. Berijas Männer.« Anna Zinojewa sprach so, als unterhielte sie sich mit einem kleinen Kind. Tscheka, Vorläufer des KGB. Natürlich. »Ich hatte solche *Angst*. Sie benutzten den Ausdruck *Ikonobortschetswo*.«

»Ikonoklasmus«, übersetzte Stone. Bilderstürmerei.

»Ja. Sie sagten: ›Du und dein verdammter Lenin – ihr werdet als erste dran glauben. Deine verfluchte Ikone.‹«

Stone nickte. Antileninisten – eine starke Untergrundströmung in der Sowjetunion.

»Und der Amerikaner namens Armitage – was wollte er von Ihnen?«

»Er forderte mich auf, ihm von den Tschekisten zu erzählen. Ich antwortete, daß sie es auf ein Dokument abgesehen hatten, das ich nicht besaß.«

»Sie haben ihm nicht alles gesagt«, stellte Stone fest. Es klang nicht vorwurfsvoll.

»Lange Zeit glaubte er mir nicht. Dann meinte er, ich dürfte niemanden von der Sache mit den Tschekisten erzählen. Andernfalls könnten mir schreckliche Dinge zustoßen. Deshalb überrascht es mich so, daß Sie sich danach erkundigen.«

»Es ging ihm darum, ein Geheimnis zu schützen«, sagte Stone.

»Er wollte, daß ich darüber schwieg«, bestätigte die alte Frau. »Sie nicken. Offenbar verstehen Sie.«

»Aber die Russen hätten das Dokument von Winthrop Lehman bekommen können, oder?«

Anna Zinojewas Lippen zitterten, und ihre fast blinden Augen suchten nach Hinweisen in Stones Gesicht. »Nein«, erwiderte sie. »Ich habe gehört . . .«

»Was?«

»Man sagte mir, es sei gar nicht nötig gewesen, sich an Lehman zu wenden, weil Stalin ... ihn unter Kontrolle hatte. Oder vielleicht konnten sie diese Möglichkeit nicht nutzen, weil sie bereits mit ihm ... übereingekommen waren.« Die alte Frau zuckte kurz mit den Achseln, ihre Aufmerksamkeit ließ nach. Sie war müde und blaß.

»Übereingekommen?«

»Stalin ... Er war so verschlagen. Er fand eine Möglichkeit, Lehman zu kontrollieren.«

Meine Mutter steht am Kühlschrank, und die Tränen verschmieren ihr Make-up. »Ich habe dich nicht gebeten, ins Gefängnis zu gehen! Mich trifft keine Schuld! Sei wütend auf ihn, *nicht auf mich!«*

Ja.

Wenn Stalin irgendeine Art von Kontrolle über Lehman hatte ..., dachte Charlie. War das möglich? Der Berater von Roosevelt und Truman, jener Mann, der Alfred Stone ins Gefängnis schickte – hat er versucht, dieses Geheimnis zu hüten?

Ist es denkbar, daß er für die sowjetische Regierung arbeitete? »Was für eine Kontrolle?« fragte er laut.

»Ich weiß es nicht. Ich habe keine Ahnung! Ich wurde damals nicht in Staatsgeheimnisse eingeweiht. Ich war nur eine einfache Sekretärin. Sie wissen bestimmt mehr als ich.«

»Ja«, gestand Stone ein und schmeckte wieder Furcht.

Er vernahm die Stimmen von Kindern, die einige Dutzend Meter entfernt spielten, und kurz darauf hörte er einen Wagen, der einen neuen Auspuff brauchte. Stille folgte, und Charlies Puls raste.

Welche Amerikaner auch dahinterstecken, dachte er. Sie haben versucht, die sowjetische Regierung zu stürzen, und bestimmt wollen sie nicht, daß davon etwas bekannt wird.

Er sah sich in dem düsteren kleinen Zimmer um, richtete den Blick dann auf die Frau, deren Augen – Augen, die einen berühmten historischen Mann gesehen hatten – von Alter und Müdigkeit kündeten. *Und jetzt versuchen sie es erneut*, fügte Stone in Gedanken hinzu. Der Wagen mit dem defekten Auspuff fuhr noch einmal am Haus vorbei, und wieder schloß sich Stille an.

18
MARYLAND

Früh am Morgen trafen die Limousinen auf dem abgelegenen Anwesen in Maryland ein, in Abständen von genau fünf Minuten. Um zwanzig vor sieben rollte der letzte Wagen – ein grauer Cadillac – durch ein eisernes Tor, das sich automatisch öffnete, und dann über eine private, von Bäumen gesäumte Zufahrt.

Er hielt siebzig oder achtzig Meter vor dem viktorianischen Haupthaus und setzte in ein Nebengebäude zurück, das von außen betrachtet wie ein großer Schuppen wirkte. Als sich die Tür hinter der Limousine schloß, summte es laut, und der stählerne Boden glitt nach unten. Eine Minute später befand sich der Cadillac zwanzig Meter tiefer, in einem pechschwarzen Schacht. Der Fahrer ließ den Motor an und steuerte den großen Wagen in einen rechteckigen Raum, dessen Wände aus Beton bestanden, auf dem hier und dort wachsartige Schichten glänzten. Vier andere Fahrzeuge waren dort geparkt, unter ihnen ein schwarzer Saab Turbo.

Fletcher Lansing kam als letzter und stieg mit einer Geschmeidigkeit aus, die über sein Alter hinwegtäuschte. Er gehörte zu den wichtigsten Personen des Außenpolitik-Establishments und war einer der engsten Mitarbeiter John F. Kennedys gewesen, den ein Journalist einmal als besten und klügsten Präsidenten bezeichnet hatte. Lansings Lippen bildeten einen dünnen Strich unter der dünnen, weit vorstehenden Nase, als er das Konferenzzimmer betrat, in dem die anderen Kaffee tranken.

»Guten Morgen, Sir«, sagte Ted Templeton, Direktor der Central Intelligence. Wie sein Vorgänger William Casey war er ein Veteran des OSS, aber im Gegensatz zu ihm hatte er sich in der CIA hochgearbeitet: ein langgliedriger Mann mit dichtem grauem Haar, großen Ohren und Tränensäcken unter den Augen. Er verdankte seine hohe Stellung Lansing, der ihn bei mehr als nur einem Essen mit dem Präsidenten empfohlen hatte.

An diesem Morgen wirkte Lansing sehr ernst, nickte Templeton nur kurz zu und musterte dann die übrigen Anwesenden, die am schwarzen Marmortisch saßen. Ronald Sanders, stellvertretender Direktor der Central Intelligence: sechsundvierzig, früherer Notre-Dame-Quarterback und ebenfalls ein CIA-Mann, der Karriere gemacht hatte. Rechts von ihm Evan Wainwright Reynolds, einer der Gründer der National Security Agency, inzwischen im Ruhestand: schlank und Anfang Siebzig; er sprach nur selten.

Links von ihm saß das jüngste Mitglied der Runde: Roger Bayliss vom National Security Council. Bayliss war Ende Dreißig und trug einen dunkelgrauen italienischen Kammgarnanzug. Seine Position im Weißen Haus ging auf den Einfluß der anderen Männer im Zimmer zurück. Er verdankte ihnen alles. Er fungierte als Protokollführer, schrieb auf einem gelben Block und benutzte einen Montblanc-Kugelschreiber. Bayliss hätte viel lieber seinen tragbaren Compaq-Computer verwendet, aber in dieser ultrageheimen Enklave waren keine von draußen stammenden elektronischen Geräte zugelassen.

Er beobachtete die Anwesenden nachdenklich und wippte dabei mit dem rechten Bein, ein nervöser Tick, der auf große Anspannung hinwies. Nach einer Weile senkte er den Kopf und betrachtete seinen eingerissenen Daumennagel. Es wurde Zeit für eine seiner Extravaganzen, eine Maniküre. Bayliss dachte kurz an die Frau, mit der er die vergangene Nacht verbracht hatte, eine Blondine namens Caryn. Sie arbeitete als Sekretärin im Kongreß, und im Bett entwickelte sie eine erstaunliche Leidenschaft. Er fühlte sich noch immer ein wenig erschöpft. Natürlich war sie davon beeindruckt, daß er zum National Security Council gehörte, aber wenn sie geahnt hätte, was bald in Moskau geschehen würde und welche Rolle Bayliss dabei spielte ...

Er sah sich im Zimmer um, als Fletcher Lansing seine Notizen hervorholte. Alle warteten auf den Beginn der Besprechung.

Gab es schlechte Nachrichten?

Ein elektronisch abgeschirmtes Konferenzzimmer, das sich unter einem privaten Anwesen befand und von dessen Existenz die amerikanischen Geheimdienste nichts wußten – die fünf Männer hielten solche Sicherheitsmaßnahmen für notwendig. Sie bildeten das Sanctum Sanctorum. Fletcher Lansing hatte diese Bezeichnung geprägt; seine Vorliebe für lateinische Namen war bereits legendär. Es handelte sich um eine streng geheime Gruppe, die sich nur selten traf, vielleicht einmal in zwei oder drei Jahren. Ihre Entscheidungen sollten das Schicksal der ganzen Welt verändern.

Bayliss' rechtes Bein wippte auch weiterhin auf und ab, auf und ab, so schnell wie die Flügelschläge eines Kolibris. Unauffällig musterte er Fletcher Lansing, der das Sanctum geschaffen hatte.

Was stimmte nicht?

Bayliss war als Einzelkind aufgewachsen, das seine Eltern aufmerksam beobachtete, und er war stolz auf seinen Scharfsinn. Oft gab es etwas Pathologisches in jenen Personen, die sich für Geheimdienstarbeit interessierten. Ein Teil der Faszination basierte natürlich auf dem Wunsch, ein Insider zu sein – eine gerade in Washington weitverbreitete Einstellung. Viele Leute sehnten sich nach einem Platz im Zentrum der Macht. Wenn man frühmorgens das Büro aufsuchte und die nächtlichen Fernschreiben als erster las, so spürte man eine Aufregung, die süchtig machen konnte.

Aber Lansing – Harvard und Harvard Law School, Protokollführer beim Obersten Gericht, Staatssekretär im Marineministerium, dann einer der CIA-Gründer – hatte die offene Insiderwelt der Diplomatie und Politik zugunsten der geheimen aufgegeben. Dieser Umstand, so vermutete Bayliss, ging wahrscheinlich auf ein anderes Chromosom in seinem Charakter-Genom zurück.

Männer wie Lansing – und für gewöhnlich *waren* es Männer – genossen die geheime Ausübung von Macht, im Dunkeln, fern von der Öffentlichkeit. Nur in der Welt der Geheimdienste konnte man sich gegen jemanden verschwören, den man nie gesehen hatte. Sie verkörperten die grauen Eminenzen, wirkten hinter den Kulissen und bekamen keine Anerkennung – sie verzichteten ganz bewußt darauf.

Lansing gehörte zu einer Generation von aristokratischen Führern – Dean Acheson, Winthrop Lehman, Henry Stimson, Henry Cabot Lodge –, deren Zeit abgelaufen war. Dieser alte und clevere Pterodaktylus hatte mehreren Präsidenten gedient, denen sein kultivierter Hintergrund fehlte. Er hielt sich für einen Weisen und verglich die amerikanische Außenpolitik mit einem guten Bentley, den man langsam zu Schrott fuhr. Alle paar Jahre übernahm ein neuer Präsident das Steuer und ruinierte die Kupplung, während er fahren lernte. Nun, eine Kupplung konnte man ersetzen, aber der Weltfrieden ließ sich nicht so einfach reparieren.

Ja. Bayliss wußte, daß die Aktivitäten des Sanctums den letzten Zuckungen einer alten Ordnung entsprachen, die bald für immer verschwinden würde. Es erfüllte ihn mit Stolz, Mitglied dieser Gruppe zu sein.

Die Zeit war gekommen. Niemals zuvor in der Geschichte der Sowjetunion hatte sich eine solche Gelegenheit ergeben. Bestimmt wiederholte sie sich nicht.

Die Nachrichten aus Moskau beschrieben ein deutliches Bild: Gorbatschow geriet immer mehr ins Abseits. Man munkelte von einem bevorstehenden Staatsstreich.

Beim letzten Treffen des Sanctums – es lag nur einige Wochen zurück – hatte sich Fletcher Lansing folgendermaßen ausgedrückt: »Die von uns geschaffene Welt existiert nicht mehr. Alles hat sich verändert. Europa möchte die NATO und den Warschauer Pakt auflösen. Alle scheinen zu glauben, daß sich die Russen praktisch über Nacht in harmlose Teddybären verwandelt haben. Aber selbst wenn eine Schlange ihre Haut abstreift: Sie bleibt eine

Schlange.« Lansing war kein fanatischer Rechter, aber ein Veteran des kalten Krieges. Er hatte die Nachkriegsordnung maßgeblich mitbestimmt und wußte, daß Amerika manchmal kindlich und zu optimistisch sein konnte, sich von einem Wandel beeinflussen ließ, den er für kurzlebig und vorübergehend hielt. »Wir Amerikaner sind von der neuen Situation in Moskau wie hypnotisiert und vergessen dabei die langfristigen Aspekte. Wir begreifen nicht, daß sich Gorbatschow unmöglich an der Macht halten kann. Und wenn man ihn stürzt, ist es zu spät für uns.«

Die Sowjetunion stand am Rand des Zusammenbruchs, geriet immer mehr außer Kontrolle. Ihre Republiken strebten nach Unabhängigkeit, und die Wirtschaft erlebte einen Kollaps nach dem anderen. In Berlin war die Mauer gefallen, und nun verlor Moskau die Satellitenstaaten.

Die Frage lautete: Wann?

Alle wußten, daß es früher oder später geschehen mußte. Irgendwann geriet die Scheiße in den Ventilator, wie sich Ted Templeton ausdrückte. Es konnte kein Zweifel daran bestehen. Gorbatschows Tage waren gezählt. Und wenn man ihn abservierte . . .

Dann kamen vermutlich Neostalinisten an die Macht und zogen sofort einen Schlußstrich unter Gorbis Reformversuche. Anschließend begann sicher eine landesweite Säuberungsaktion, die das Massaker auf dem Tien-anmen-Platz weit in den Schatten stellte. Um die einzelnen Völker der UdSSR zu vereinen, brauchten die neuen Herrscher eine Bedrohung von außen.

Der alte Erzfeind: der Westen.

Und was unternahm man im Weißen Haus? Man legte die Hände in den Schoß und sah ruhig zu. Amerika, der kopflose Reiter.

Über Jahrzehnte hinweg hatten die USA zahllose Milliarden Dollar ausgegeben und Tausende von Menschenleben geopfert, um den Kommunismus zurückzudrängen, und jetzt beschränkte sich die Regierung auf die Rolle eines Beobachters, drehte Däumchen und wußte nicht, was es zu tun galt. Sie setzte aufs falsche Pferd, wie üblich.

Das Sanctum hatte die einzige Lösung, um der Welt den langersehnten stabilen Frieden zu bringen.

Es dauerte nur noch einige Wochen.

Lansing und seine Freunde wollten einen amerikanischen Agenten – einen ›Maulwurf‹, wie sich der britische Romanschriftsteller John Le Carré ausgedrückt hatte – an die Spitze des Kreml katapultieren. Die Führung der Sowjetunion. Seit vielen Jahren spekulierte man im Weißen Haus über eine solche Möglichkeit. Lange Zeit galt sie als Hirngespinst, doch jetzt bekam sie eine konkrete Grundlage. Jetzt konnte man den Plan endlich verwirklichen.

Und nur die Männer in diesem Zimmer wußten davon.

Die amerikanische Regierung, die Geheimdienste, das Weiße Haus – niemand war über den Maulwurf informiert. Nur Lansing und seine Freunde kannten ihn.

Die Risiken mußten auf ein Minimum reduziert werden. Das erste Treffen des Sanctums fand in den frühen fünfziger Jahren statt. Es wurde von Lansing und Reynolds einberufen, und es ging dabei um Maßnahmen in Hinsicht auf M-3. Die Operation erforderte strengste Geheimhaltung. Lansing und seine Kollegen – die natürlich in der Position waren, um alle notwendigen Informationen zu bekommen – gelangten zu dem Schluß, daß die amerikanischen Nachrichtendienste und das Außenpolitik-Establishment kein Vertrauen mehr verdienten.

Der Aufstieg des sowjetischen Maulwurfs Harold ›Kim‹ Philby bis an die Spitze des britischen Spionagenetzes und die wiederholten ›Indiskretionen‹ nach den Senatsuntersuchungen der CIA in den siebziger Jahren überzeugten die Gruppe davon, daß die Geheimhaltung gar nicht streng genug sein konnte. Niemand durfte eingeweiht werden. Präsidenten und Außenminister kamen und gingen; niemand erfuhr von der Existenz des Sanctums oder des Agenten M-3.

Schließlich, nach mehreren Jahrzehnten des Planens und der Vorbereitungen, war es endlich soweit. Dennoch spürte Bayliss Unruhe und sogar Besorgnis. Warum?

Fletcher Lansing räusperte sich und begann mit einer

Einleitung. Woraus auch immer die schlechten Neuigkeiten bestanden – er hielt sie noch zurück. Bayliss hatte die Kunst entwickelt, aufmerksam zuzuhören, während er sich in Gedanken mit ganz anderen Dingen beschäftigte. Er dachte nun an die Operation, deren Erfolg die Welt in eine völlig neue Richtung lenken würde.

Im Verlauf der Jahre hatten die Vereinigten Staaten mehrere Unterwanderungsagenten in Moskau untergebracht, für gewöhnlich sowjetische Bürger, die mit den Amerikanern sympathisierten. Einer der frühesten, in den fünfziger Jahren, bekam den Codenamen ›Major B.‹. Es folgten weitere: GRU-Oberst Oleg Penkowski, Oberstleutnant Pjotr Popow vom militärischen Geheimdienst, der Waffenexperte A. G. Tolkatschew vom Aeronautischen Institut in Moskau. Sie alle wurden entlarvt und verhaftet.

Es gab noch andere, die ihre Arbeit fortsetzten, aber sie waren kleine Fische im Vergleich mit dem Mann, den das Sanctum seit Jahren in der sowjetischen Hierarchie nach oben manövrierte.

Um M-3 zu unterstützen, ging das Unternehmen in der Schweinebucht schief, und den Grund dafür erklärte man nicht einmal John F. Kennedy. Das Sanctum bekam Informationen über Nikita Chruschtschows destabile Machtbasis und wußte sogar den genauen Zeitpunkt seines Ausschlusses aus dem Politbüro, aber diese Nachrichten kamen nie auf den Schreibtisch Lyndon Johnsons.

In Washington witzelte man, kein Maulwurf könne mehr für Amerika leisten als Michail Gorbatschow. Diese Leute ahnten nicht, daß durch Gorbatschow M-3s Aufstieg geradezu unvermeidlich geworden war. Nur das derzeitige Chaos im Kreml versetzte M-3 in die Lage, die Macht zu ergreifen.

Bayliss glaubte, daß er die Bedeutung dieses Agenten noch besser verstand als die anderen Männer im Zimmer.

Immerhin hatte ihn das Sanctum beauftragt, die Verbindung mit M-3s Mittlern zu halten. Der Kontakt begann vor einigen Wochen, als der entsprechende Kanal nach mehreren Jahrzehnten geöffnet wurde. Die Postkarte in seinem Wagen stammte von Alexander Malarek, dem ersten Sekretär in der sowjetischen Botschaft. Sie enthielt einen Mikropunkt: ein ganzes Dokument in der Größe eines Schreibmaschinenpunkts.

Malarek gehörte zum KGB, aber dort ahnte niemand etwas von seiner Arbeit für M-3. Der Maulwurf benutzte keine KGB-Kanäle.

Bayliss erinnerte sich an die letzte Konferenz des Sanctums, als ihm Lansing und Templeton sagten, er solle die Vereinbarungen mit Malarek koordinieren.

»Ihnen ist hoffentlich klar, daß Sie sehr vorsichtig sein müssen«, schärfte ihm Lansing ein.

»Natürlich, Sir.« Sehen sie, daß ich schlucke? Bemerken sie meine Nervosität?

»Wenn man Sie mit dieser Sache in Verbindung bringt, wenn man Sie verhaftet – man wird Sie wegen Hochverrats verurteilen.«

»Ja, Sir.«

»Andererseits . . .«, fuhr Lansing fort. »Wenn wir alle erfolgreich sind . . .«

Er beendete den Satz nicht, sah sich am Tisch um und blickte die anderen Sanctum-Mitglieder an.

»Wenn wir einen Erfolg erzielen, so haben Sie dabei mitgeholfen, die Geschichte für immer zu verändern.«

Ja, dachte Bayliss. Für immer.

Lansing beendete die Einleitung und machte keinen Hehl aus seinem Ärger.

»Die Situation ist unverzeihlich.« Er schlug mit der Faust auf den Marmortisch, und sein Blick glitt kurz über die bunkerartigen Wände des Zimmers. »Wir hatten andere Maulwürfe, aber keiner von ihnen war auch nur annähernd so wichtig wie M-3.«

»Es ist kaum Schaden angerichtet worden«, entgegnete Ronald Sanders, stellvertretender Direktor der Central Intelligence. »Niemand hat etwas erfahren.«

»Blut wurde vergossen!« rief Lansing, und seine Stimme überschlug sich fast. Bayliss hatte ihn noch nie so zornig gesehen. Er beobachtete jetzt zum erstenmal, daß Lansing seine würdevolle Zurückhaltung aufgab. »Das Blut von unschuldigen Männern. Das Blut von Männern, die unserem Land treu dienten.«

»Es ließ sich nicht vermeiden«, warf der CIA-Direktor Ted Templeton ein. In der schalldichten Kammer klangen ihre Stimmen seltsam dumpf und monoton. »Saul Ansbach hat sich selbst ans Messer geliefert, indem er Alarm gab. Wir wußten nicht, wie viele Informationen er hatte. Ich bedauere seinen Tod sehr – er war ein guter Freund von mir.«

»Und die anderen?«

»Wir haben äußerste Vorsicht walten lassen, wie mit Malarek vereinbart.« Templeton seufzte laut. »Es blieben keine Spuren zurück.«

Sanders rückte seinen Stuhl nervös zur Seite. »Nur eine Abteilung der Agency bekam es mit dem IGEL-Bericht zu tun. Parnassus. Aber Ted hat der Sache einen Riegel vorgeschoben.« Er richtete seine Bemerkungen unbewußt an Lansing und Reynolds.

Templeton nickte. »Wir können von Glück sagen, daß es uns gelang, den Chauffeur zu entlarven. Lieber Himmel, wenn er unentdeckt geblieben wäre ...«

Lansing hob den Kopf. »Meine Herren, unser Beruf verlangt es, daß wir manchmal Blut vergießen, um die Bürger der Vereinigten Staaten zu schützen. Aber das Ausmaß dieser Aktion, die Ermordung unschuldiger Menschen, bestürzt mich sehr. Um ganz ehrlich zu sein: So etwas widerspricht allen meinen Grundsätzen. Aber von den moralischen Gesichtspunkten ganz abgesehen: Ich halte diese Angelegenheit für ausgesprochen gefährlich. Wenn der KGB oder andere Geheimdienstorganisationen darauf aufmerksam werden ...«

»Unmöglich«, brummte Templeton. »Das Sekretariat versteht sein Handwerk. Solange wir die Finger davon lassen, erledigt es den Job, ohne daß jemand Verdacht schöpft.«

»Aber *beendet* es den Job auch?« Reynolds flüsterte nur, aber sofort richteten sich alle Blicke auf ihn. Er hatte das ausgesprochen, was seinen Kollegen durch den Kopf ging. Einige Sekunden lang herrschte Stille, bevor Bayliss genug Mut aufbrachte, um sich zu Wort zu melden. »Können wir absolut sicher sein, daß es sich um die richtige Person handelt?«

Templeton winkte ab. »Roger, meine Leute haben die Stimme analysiert und sie mit der verglichen, die der Recorder in Lehmans Kellertelefon aufzeichnete. Außerdem wurde sein eigener Apparat angezapft. Es besteht kein Zweifel.«

»Aber ich dachte, die Mitarbeiter von Parnassus ...«, begann Reynolds.

»Bis auf diesen einen Mann«, erwiderte Templeton. »Er stellt weiterhin Ermittlungen an, aus persönlichen Gründen, die wir nicht voraussehen konnten.«

»In dieser Hinsicht sollten wir möglichst behutsam vorgehen«, sagte Lansing.

»Warum?« hielt ihm Reynolds scharf entgegen. »Wenn er das Dokument besitzt, bringt er vielleicht die ganze Operation in Gefahr. Jahrzehntelange Vorbereitungen. Mein Lebenswerk, verdammt. Uns bleibt keine Wahl. Aber falls er Kopien versteckt hat – was dann?«

Templeton erläuterte seinen Plan, und als er den Vortrag beendete, sah er schockierte Gesichter. Eine lange Stille folgte, und schließlich unterbrach sie der älteste Mann am Tisch.

»Herr im Himmel!« seufzte er. »Gott steh uns bei.«

In Washington wimmelt es von Foundations beziehungsweise Stiftungen. Viele Organisationen, von der korruptesten Lobbygruppe bis hin zu den selbstlosesten Verbrauchervereinen, geben sich den Titel ›Foundation‹, weil er neutral und ehrenvoll klingt.

Die American Flag Foundation an der K-Street im Nordwesten von Washington beansprucht ein ganzes Stockwerk in einem modernen Gebäude, das auch als Niederlassung für mehrere Anwaltskanzleien und als lobbyistischer Stützpunkt für einige Unternehmen aus dem Mittelwesten dient. Von außen wirkt es wie ein ganz normales Bürohaus, ein Eindruck, der von dem schmucklosen Eingang und nicht sehr gut funktionierenden Aufzügen bestätigt wird.

Aber wenn ein Besucher zufälligerweise die sechste Etage aufsucht, so fällt sein Blick auf prachtvolle Feudalität. Dann sieht er eine Sekretärin, die an einem breiten Schreibtisch aus Mahagoni sitzt, in einem mit persischen Teppichen, Marmortischen und glänzenden Wandvertäfelungen ausgestatteten Vorzimmer.

Manche Leute halten die American Flag Foundation für eine Art von konservativer Denkfabrik. In Wirklichkeit handelt es sich um eine Organisation pensionierter Geheimdienstbeamter; die meisten stammen aus der CIA, der NSA und der Defense Intelligence Agency (DIA). Zwar haben sie sich in den Ruhestand zurückgezogen, aber sie stehen noch immer in engem Kontakt mit ihren früheren Arbeitgebern – viele von ihnen werden nach wie vor auf den entsprechenden Gehaltslisten geführt. Aber die Verbindungen und Zahlungsmethoden sind so kompliziert, daß nicht einmal ein besonders hartnäckiger Untersuchungsausschuß des Kongresses Kontakte zwischen der Foundation und den amerikanischen Geheimdiensten feststellen könnte.

Genau darin besteht die Absicht. Eine Anweisung des Weißen Hauses verbietet der CIA Spionageaktionen innerhalb der USA, und seit den Church-Committee-Ermittlungen in den siebziger Jahren hat sich die Agency streng an dieses Verbot gehalten – obwohl man intern die Ansicht vertritt, daß solche Einschränkungen ein törichtes Zugeständnis an hehre demokratische Prinzipien sind. Angeblich wird die Geheimdienstarbeit behindert, wenn man dabei derartige Regeln beachten und sich auf interne Organisationen wie das FBI stützen muß, die nicht außerhalb der Vereinigten Staaten operieren dürfen.

Aus diesem Grund schuf man die American Flag Foundation, lange vor der Zeit von Colonel Oliver North und den geheimen Verhandlungen des National Security Council mit Israel, Iran und Nicaragua. Sie gibt den amerikanischen Geheimdiensten die Möglichkeit, auch im Landesinnern tätig zu werden.

Das Telefon klingelte und schreckte die Sekretärin auf, die gerade im Modeteil der *Washington Post* las. Sie nahm ab, lauschte einige Sekunden lang und betätigte dann einen Schalter auf der Vermittlungskonsole.

»General Knowlton«, sagte sie, »der Direktor der Central Intelligence möchte Sie sprechen.«

Einige Minuten später klingelte das Telefon in einem kleinen Farmhaus außerhalb von Alexandria, Virginia. Das Gebäude stand an einer kleinen Landstraße, und die nächsten Häuser waren mehrere Kilometer entfernt. Ein elektrischer Zaun verbarg sich in einem hohen Dickicht aus Büschen und Bäumen. Konische Mikrowellenantennen ragten aus dem Dach.

Ein Mann hob den Hörer. »McManus«, brummte er. Major Leslie McManus, Offizier im Ruhestand des militärischen Geheimdienstes, hörte etwa sechzig Sekunden lang zu. Er griff nach Block und Kugelschreiber, machte sich einige Notizen. »In Ordnung«, sagte er schließlich.

19

BOSTON

Nach einer anstrengenden neunstündigen Autofahrt – er hielt nur einmal an, um zu tanken – war Charlie wieder in Boston.

Alfred Stone saß voll angekleidet in seinem Krankenzimmer. Ein glattes Laken spannte sich über dem Bett.

»Na endlich!« entfuhr es ihm, als sein Sohn eintrat. »Ich habe dich in New York angerufen und sogar versucht, dich im Büro zu erreichen. Wo bist du gewesen, zum Teufel?«

»Tut mir leid.«

»Ich wollte schon ein Taxi nehmen. Heute morgen beschlossen die Ärzte, mich zu entlassen. Hättest du was dagegen, mich nach Hause zu bringen?« Alfred Stone sah sich voller Abscheu im Zimmer um. »Ich bin froh, diesen Ort zu verlassen.«

Es war kurz nach neun Uhr abends.

Einige Stunden früher . . .

Ein gutgekleidetes Paar in mittleren Jahren ging die Treppe vor einem schlichten hellbraunen Haus hoch und klingelte. Die beiden warteten erst eine Minute, dann noch eine. Eine Ewigkeit schien zu vergehen, aber sie wußten, daß die Frau daheim war. Ihre Auftraggeber hatten alles sorgfältig vorbereitet. Kein Zweifel: Die alte Frau schlief in ihrem kleinen Schlafzimmer im Obergeschoß. Sie brauchte eine Weile, um die Tür zu erreichen.

Die beiden Personen wirkten wie ein Ehepaar. Der Mann war Anfang Vierzig und kräftig gebaut. Graue Strähnen durchsetzten sein lichtes, kurzgeschnittenes Haar. Er trug einen Nadelstreifenanzug, ein blaues Hemd und eine Paisley-Krawatte, darüber einen Kamelhaarmantel. Die Frau schien ein oder zwei Jahre jünger zu sein und bot ein unscheinbares, aber gepflegtes Erscheinungsbild. Sie hatte ein wenig zuviel Lidschatten aufgetragen, und ihr Kleid zeigte ein ausgefallenes Blumenmuster.

Ein leises Geräusch hinter der Tür – Mann und Frau wechselten einen kurzen Blick.

Sie beide sprachen fehlerfreies Englisch mit einem leichten Mittelwestenakzent. Ihren Lebensunterhalt verdienten sie sich in einer Graphik-Firma. Nach ihrer Ausbildung in Moskau hatte die Frau einen Designer-Kurs am Kunstinstitut von Leningrad belegt.

Die Tür öffnete sich, und eine alte Dame sah nach draußen. »Ja?«

Sie war noch zarter und gebrechlicher, als das Paar erwartet hatte.

»Irene?‹« fragte die jüngere Frau freundlich.

»Ja?« Mißtrauen erklang in der Stimme, und dünne Finger schlossen sich fester um den Knauf des metallenen Gehstocks.

»Ich bin Helen Stevens, und das ist Bob. Wir arbeiten als Freiwillige für die Sozialfürsorge des Countys.« Die dunkelhaarige Frau lächelte fast entschuldigend. »Ruth Bower nannte uns Ihren Namen.« Ruth Bower, so hatte man dem Paar mitgeteilt, war eine Nachbarin. Ab und zu besuchte sie die alte Dame, um ihr im Haus zu helfen.

Der Argwohn verschwand aus den trüben grauen Augen. »Oh, kommen Sie herein.«

Das Paar trat in den Flur. »Ich weiß nicht, ob es Ihnen Ruth erzählt hat«, sagte die jüngere Frau. »Die Fürsorge schickt uns, um beim Einkaufen, Umräumen und so weiter zu helfen.« Sie schloß die Eingangstür.

Anna Zinojewa ging langsam zu dem braunen Tweed-Sofa im Wohnzimmer. »Vielen Dank«, antwortete sie.

»Hören Sie, Irene.« Der Mann sprach nun zum erstenmal und nahm auf einem Stuhl vor der Couch Platz. »Hat Sie heute jemand besucht? Es ist sehr, sehr wichtig, daß wir darüber Bescheid wissen.« Er beobachtete das Gesicht der alten Frau, suchte nach verräterischer Furcht oder einem anderen Hinweis.

»Nein, niemand«, erwiderte Anna Zinojewa und biß sich auf die Lippe.

Ja. Sie hatte mit jemandem gesprochen.

»Was wollte er von Ihnen?« fragte die angebliche Helen Stevens.

»Ich habe niemanden empfangen«, protestierte die alte Dame beunruhigt. »Bitte, ich . . .«

Die jüngere Frau wiederholte ihre Frage auf russisch und benutzte den wahren Namen der Alten.

»*Nein!*« entfuhr es Anna Zinojewa. Sie waren noch einmal gekommen. Einige Sekunden lang glaubte sie, ihren Ohren nicht trauen zu können. Sie kannten jenen Namen, den bis zu diesem Morgen seit Jahrzehnten niemand mehr genannt hatte.

»Bitte lassen Sie mich in Ruhe«, brachte sie wimmernd hervor. Sie zitterte vor Entsetzen. »Warum sind Sie hier? Gehen Sie, bitte!«

»Wir möchten nur wissen, welche Fragen Ihnen der Mann stellte«, sagte der Mann in einem sanften Singsang.

Anna Zinojewa holte tief Luft und erzählte von der Begegnung mit Charles Stone.

Helen Stevens drehte die ältere Frau herum, schob das Schürzenkleid weit hoch, nahm ein Messer und schnitt tief in den Oberschenkel. Anna Zinojewas Genick war gebrochen, aber das Arterienblut strömte noch immer nach oben. Sie wartete eine Zeitlang, bis keine rote Flüssigkeit mehr aus der Wunde tropfte.

»Fertig«, sagte sie dann.

Der Mann streifte sich dünne Chirurgenhandschuhe über, griff dann nach einer Ampulle und einem Tupfer.

»Ist das Zeug gefährlich?« fragte Helen, als Bob die Substanz in den Schnitt tröpfeln ließ.

»Ich würde es nicht berühren«, erwiderte er. »*Clostridium welchii*. Ziemlich gefährliche Bazillen. Aber unter gewissen Umständen können sie recht nützlich sein.«

Die Organismen beschleunigten den natürlichen Verwesungsprozeß. Wenn man die Leiche fand, erweckte sie den Eindruck, als sei Anna Zinojewa schon vor Wochen gestorben. Vielleicht war sie gefallen und mit dem Kopf an etwas gestoßen. So etwas kann passieren, wenn alte Leute allein leben.

Wenn das Paar mehr Zeit gehabt hätte, wäre es in der Lage gewesen, die Zersetzung zu beobachten. Innerhalb weniger Tage blieb nur noch das Skelett übrig – Knochen und einige Reste aus stinkendem Schleim.

Der Mann nahm den Tupfer von der Wunde und stand auf. »Erledigt«, sagte er.

Charlie fuhr über die asphaltierte Zufahrt vor dem Haus und sah dabei unauffällig von einer Seite zur anderen – Alfred Stone schien davon nichts zu bemerken. Als er keine verdächtigen Gestalten bemerkte, stieg er aus und trug den Aktenkoffer sowie die Reisetasche seines Vaters zur Vordertür. Der ältere Stone folgte ihm. Charlie schaltete die Alarmanlage mit einem Schlüssel aus und benutzte einen zweiten, um die Tür zu öffnen. Das Haus war dunkel. Möbel aus massivem Holz glänzten und dufteten nach Zitronen. Auf den Teppichen zeigte sich nicht ein einziger Fleck, und ihre Fransen bildeten eine gerade Linie.

»Nun«, sagte Alfred Stone, »ich glaube, das Bett in deinem früheren Zimmer ist bezogen.«

»Schaffst du es die Treppe hoch?« fragte Charlie.

»Ich bin kräftiger, als ich aussehe.«

»Laß mich die Tasche tragen. Anschließend gehe ich nach nebenan und hole den Hund. Wahrscheinlich möchtest du früh zu Bett.«

Er brachte sowohl den kleinen Koffer als auch die Reisetasche nach oben. Nach einigen Minuten hörte er die Stimme seines Vaters.

»Charlie?«

Er kehrte in den Flur zurück und trat ans Treppengeländer heran.

Alfred stand unten. In der einen Hand hielt er Saul Ansbachs Umschlag aus Charlies Manteltasche und zog das Schwarzweißfoto hervor.

Stone spürte, wie sein Herz schneller klopfte.

»Ich wollte gerade deinen Mantel aufhängen«, erklärte Alfred. »Dies fiel heraus.« Bleich und mit weit aufgerissenen Augen starrte er nach oben. »Woher hast du das? *Woher?*«

Einige Kilometer entfernt, in einem heruntergekommenen Teil von Boston, der als ›Kampfzone‹ bekannt ist ... Jenes Viertel wird von Pornokinos, Sexläden, Prostitution und Drogen bestimmt. Ein Mann mit dunkler Lederjacke saß in einem der dunklen Kinos, starrte auf die Leinwand und beobachtete, wie eine vollbusige Blonde hingebungsvoll am Penis eines Schwarzen saugte. Es war früher Abend, und nur wenige Zuschauer saßen im Saal, nicht mehr als zwanzig. Einige alte Männer masturbierten ungeniert.

»Dobrij wetscher.«

Ein bärtiger Mann nahm neben dem in der Lederjacke Platz. Er trug einen dunkelblauen Anorak.

»Dobrij wetscher, Towarischtsch«, antwortete der Mann in der Lederjacke. Guten Abend, Genosse.

Eine Zeitlang blieben die beiden russischen Emigranten still sitzen, bis sie beide sicher waren, daß sie niemand beobachtete. Dann stand der Mann in der Lederjacke wortlos auf und verließ das Kino. Der andere folgte ihm einige Minuten später.

»Es ist die Frau, mit der du dich in Moskau getroffen hast, nicht wahr?« fragte Charlie. »Sonja Kunetskaja.«

Sein Vater wirkte erschüttert. »Ja.«

»Lebt sie noch?«

Alfred Stone zuckte wie gleichgültig mit den Schultern, aber der Glanz in seinen Augen verriet ihn.

»Was weißt du *wirklich* über sie?« fügte Charlie ruhig hinzu. »Stand sie vielleicht mit einem Agenten in Rußland in Verbindung, den Lehman kontrollierte?«

»Warum fragst du mich das?«

»Entschuldige. Wir sollten jetzt nicht darüber reden. Du bist müde. Geh schlafen. Die Sache hat ein paar Tage Zeit.«

»Nein. Laß uns jetzt darüber reden. Ich möchte wissen, was du herausgefunden hast.«

»Bitte, Vater – verschieben wir's auf morgen oder übermorgen.«

»Jetzt«, sagte Alfred Stone.

Charlie seufzte, berichtete von Sauls Auskünften und dem Gespräch mit Anna Zinojewa in New Jersey. Ansbachs Ermordung ließ er unerwähnt, um seinen Vater nicht zu schockieren.

Alfred Stone hörte stumm und mit offenem Mund zu. »Interessant«, kommentierte er nach einer Weile. »Nun, es gibt einige Dinge, die ich *dir* erzählen muß.«

Ein weißer Kastenwagen rollte über die Washington Street, verließ die Kampfzone und fuhr in Richtung Cambridge. Zwei Männer saßen vorn, der Bärtige am Steuer. Hinten hatte der andere Platz genommen, ein Mann mit unmodisch langen Koteletten. Er war gerade von Baltimore gekommen.

Ein Experte in Pennsylvania hatte den Wagen – einen 85er Dodge – verändert. Er glaubte, ihn für gewöhnliche Verbrecher vorzubereiten, aber gleichzeitig wußte er um die Tugend der Diskretion: Sein Leben hing davon ab. Der Fachmann, ein ehemaliger Häftling, schuf eine Art Panzer. An den Innenseiten schützten festgeschweißte Stahlplatten mit schmalen Sichtschlitzen den Fahrer vor Geschossen. Es war völlig sinnlos, mit Gewehren auf den Wagen zu schießen; man brauchte eine Panzerfaust, um ihn aufzuhalten.

Zur Ausstattung gehörten mehrere Revolver, Kaliber 44, und einige Thompson-Maschinenpistolen. Doch die beiden Männer rechneten nicht damit, daß sie bei dieser Mission Waffen brauchten. Sie glaubten, ihr Einsatz sei ein Kinderspiel.

Der Mann am Steuer arbeitete als Taxifahrer, wie so viele russische Emigranten. Schon seit drei Jahren lebte er in Boston. Bevor er Moskau verließ, hatte ihn das ultrageheime Sekretariat rekrutiert. Er wohnte in einem schäbigen Bostoner Vorort und schloß kaum Freundschaften, blieb ein anonymer Einwanderer. Er kannte den Mann in der Lederjacke nicht, wußte jedoch, daß er die gleichen Aufgaben wahrnahm: Man hatte sie in die Vereinigten Staaten geschickt, weil sie einige ungewöhnliche Talente aufwiesen, weil sie Befehle befolgten, ohne Fragen zu stellen, weil sie schnell und skrupellos töten konnten.

Sie fuhren durch die Massachusetts Avenue, über den Harvard Square, bogen dann in eine Nebenstraße.

»*Ne plokho*«, sagte der Mann in der Lederjacke und warf einen bewundernden Blick auf die großen Wohnhäuser an der Hilliard Street. Nicht schlecht.

»Woher soll ich etwas von streng geheimen Operationen in der Sowjetunion wissen?« protestierte Alfred Stone später, als Charlie mit Peary zurückkehrte. Vater und Sohn saßen am Küchentisch. »Ich war nie an solchen Dingen beteiligt.« Er rückte sowohl die Salz- und Pfefferstreuer als auch einige Gläser hin und her, bewegte sie wie Schachfiguren.

»Du bist Lehmans Assistent gewesen. Und Lehman arbeitete als Berater für nationale Sicherheit im Weißen Haus.«

»Lieber Himmel, wir haben uns mit ganz anderen Dingen beschäftigt. Mit MacArthur und den chinesischen Kommunisten. Mit der Wiedereinnahme von Seoul.«

»Hast du nie von dem Versuch gehört, in Moskau einen Staatsstreich stattfinden zu lassen?«

»Einen Staatsstreich?« Alfred Stone lachte. »John Foster Dulles sehnlichster Wunsch. Aber der Feind, den man kennt, ist besser als ein unbekannter Gegner.«

»Es wurde also nie über einen möglichen Putsch gesprochen? Es gab nicht einmal Gerüchte darüber, keine kurzen Hinweise in irgendwelchen Dokumenten?«

»Was nicht heißen soll, daß es keine derartigen Versuche gab.« Alfred Stone öffnete ein Fläschchen, nahm eine Inderal-Tablette und spülte sie mit einem Schluck Wasser herunter.

»Ja, ich weiß«, entgegnete Charlie. »Wir – ich meine die Vereinigten Staaten – haben uns mehrmals bemüht, Stalin das Wasser abzugraben. Nach der Kubakrise versuchten wir, Chruschtschow loszuwerden.«

Alfred Stone beugte sich ein wenig vor. »Seit der Roosevelt-Administration gehörte Lehman praktisch zum Inventar des Weißen Hauses. Wenn du jetzt behauptest, daß er an einem geheimen Plan beteiligt war, der auf einen Staatsstreich gegen Stalin abzielte . . . Nun, es würde mich nicht überraschen. Und es könnten wohl kaum moralische Einwände erhoben werden. Stalin war ein überaus gefährlicher Tyrann. Das ist allgemein bekannt.«

»Genau«, bestätigte Charlie. »Was soll falsch daran sein, einen der beiden schlimmsten Diktatoren dieses Jahrhunderts aus dem Sattel zu heben?«

»Ganz meine Meinung.«

»Aber es steckt mehr dahinter. Die Geschichte beschränkt sich nicht nur darauf.«

»Was veranlaßt dich zu dieser Annahme?«

»Es wäre nicht nötig, eine solche Operation auch heute noch geheimzuhalten. Dafür gäbe es überhaupt keinen Grund. Die meisten Beteiligten sind längst tot.«

»Worauf willst du hinaus?«

»Auf folgendes: Es geht noch immer etwas vor, und es ist so verdammt wichtig und geheim, daß selbst Leuten, die nur ein kleines Stück des Puzzles kennen, der Tod droht.« Charlie legte eine kurze Pause ein und überlegte, wieviel er seinem Vater anvertrauen sollte. »Ich muß etwas von dir wissen. Du hast mir gesagt, deine Reise nach Moskau fand nur deshalb statt, weil dich Lehman darum bat. Aber das stimmt nicht ganz, oder? Aus welchem *anderen* Grund bist du damals in der Sowjetunion gewesen?«

Alfred Stone schwieg. Seine Finger bewegten sich wie eigenständige Wesen und tasteten über den Tisch. Er gab keinen Ton von sich.

»Warum hast du dein Leben für Winthrop Lehman ruiniert?«

Der ältere Stone lächelte schief.

»Wir alle haben unsere Geheimnisse, Charlie. Ich möchte dich um einen Gefallen bitten. Du stellst deine Ermittlungen in erster Linie um meinetwillen an, und das bedeutet mir eine Menge.« In seinen Augen glühte etwas, das Charlie für Dankbarkeit hielt. »Aber jetzt ... Hör auf damit.«

»Unmöglich.«

»Es ist nicht der Mühe wert.«

»Es geht um die Wahrheit.«

»Manchmal erfordert die Wahrheit einen hohen Preis. Himmel, warum beharrst du darauf? Warum bist du so hartnäckig?«

»Ursprünglich deshalb, weil man mich mit entsprechenden Nachforschungen beauftragte. Ich sollte mehr über das Lenin- Testament herausfinden. Und nun ... Ich weiß es nicht.«

»Wenn du dieser Sache weiterhin nachgehen willst ... Ich kenne da jemanden. Einer meiner früheren Studenten. Vielleicht ist er imstande, deine Fragen zu beantworten. Und wenn du einen Verbündeten brauchst, so kannst du auf ihn zählen. Er arbeitet im National Security Council und nimmt dort ungefähr die gleichen Aufgaben wahr wie ich damals.«

»Danke.«

»Ehemalige Studenten – selbst diejenigen, die sich nach oben gearbeitet haben – sind immer bereit, ihren einstigen Dozenten zu helfen. Tut ihrem Ego gut.« Alfred Stone faltete die Hände und ließ die Fingerknöchel knacken. »Ich schlage vor, wir verbringen dieses Wochenende in Maine«, sagte er plötzlich. »Es wäre bestimmt keine zu große Anstrengung für mich, und ich könnte eine Gelegenheit gebrauchen, mal richtig auszuspannen.«

»Maine?« wiederholte Charlie. Sein Vater meinte die Blockhütte im Süden von Maine – dort hatten sie während der meisten Jahre seiner Kindheit jeweils einen Sommermonat verbracht. Er mochte jenen Ort und erinnerte sich an den Geruch von brennendem Holz, der allen Decken anhaftete. Für einige Sekunden kehrten seine Gedanken in die Vergangenheit zurück. Er dachte an die langen Gespräche, an die Angel- und Jagdausflüge. Am Nachmittag nahm Charlie manchmal das Boot mit dem Außenbordmotor und raste über den See, während Alfred Stone in einer Hängematte döste. Ab und zu brach er allein auf, um in den nahen Bergen zu klettern. Normalerweise war sein Vater eher verschlossen, aber in der Blockhütte öffnete er sich dem Sohn.

»Gern«, sagte Charlie schließlich. »Du wolltest mir ebenfalls etwas erzählen, nicht wahr?«

»Ja.«

»Geht es dabei um diese Angelegenheit?«

»Ja.«

»Ich höre.«

»Gib mir noch einige Tage Zeit. Jahrelang habe ich nicht darüber gesprochen. Ein paar Tage mehr oder weniger machen sicher keinen Unterschied.«

»Wie wär's mit einem kleinen Hinweis?«

»Es betrifft dich und mich. Die Vergangenheit. Ich werde ganz offen zu dir sein. Kennst du die Geschichte vom Fuchs und Jagdhund, Charlie?«

»Eine Metapher?«

»Du hast sie noch nie gehört? Also, der Jagdhund läuft für sein Mittagessen, der Fuchs um sein Leben. Derzeit bist du ein Jagdhund. Verwandle dich nicht in einen Fuchs. Versprichst du mir das?«

»Ich kann nicht, Vater.«

»Doch, du kannst. Sei kein Fuchs. Du besitzt jetzt wichtige Informationen – droh damit, sie zu benutzen, falls es notwendig werden sollte. Für *mich*, Charlie. Stell die Ermittlungen ein. Den Grund dafür wirst du bald verstehen.«

Der jüngere Stone schwieg zehn oder zwanzig Sekunden lang. Dann seufzte er: »Na schön, einverstanden. So schwer es mir auch fällt.«

»Danke. So, jetzt brauche ich deine Hilfe, um den verdammten Hund zu finden.« Alfred Stone ging zur Küchentür, durch die man den Garten erreichen konnte. Er öffnete sie und rief nach Peary. »Nachts ist er gern draußen. Seltsam: Die meisten Hunde bleiben lieber im Haus.«

Eine Zeitlang standen die beiden Männer, Vater und Sohn, stumm an der Tür. »Meine Nachforschungen ...«, sagte Charlie schließlich. »Ich wollte dich rehabilitieren.«

Peary kam heran, und sein Halsband klingelte leise.

»Ich weiß.« Alfred Stone massierte den Hund hinter den Ohren. »Ich ...« Er neigte den Kopf zur Seite und versuchte, die Tränen zurückzuhalten. Seine Verlegenheit war offensichtlich. Nach einer Weile sah er wieder auf. »Ich weiß es sehr zu schätzen.«

In Abständen von zehn Minuten ging der Russe in der Lederjacke durch die Hilliard Street, und um Viertel nach eins in der Nacht stellte er fest, daß in Alfred Stones Haus kein Licht mehr brannte. Er kehrte zum gepanzerten Wagen zurück. »*Speschi*«, wandte er sich an seinen Kollegen. »*Pora.*« Beeil dich. Es wird Zeit.

Der Bärtige öffnete die hintere Klappe und nahm eine Umhängetasche, die mehrere Werkzeuge enthielt, darunter eine große Drahtschere, dicke schwarze Handschuhe und einen Glasschneider. Sie näherten sich dem Haus von der Rückseite, gingen mit den langen, entschlossenen Schritten von zwei Cambridge-Bürgern, die nach einer Dinnerparty heimkehrten.

Sie fanden den Stromkasten genau an der Stelle, die man ihnen beschrieben hatte, an der einen Seite des Hauses. Der Bärtige streifte sich die Handschuhe über, löste drei Schrauben und riß das zentrale Stromkabel heraus – dadurch gab es in dem Gebäude keine Elektrizität mehr. Mit der Schere durchschnitt er den Telefondraht.

Sein Komplize stand am geschlossenen Küchenfenster. Er preßte einen Sauger aus Gummi an die Scheibe, setzte den Glasschneider an und bewegte ihn im Kreis. Anschließend zog er kurz: Der Sauger hielt das gelöste Glas fest und verhinderte, daß es zu Boden fiel. Der Mann streckte die Hand durch die Öffnung, entriegelte das Fenster und schob es auf.

Drei Minuten später schlichen die beiden Russen lautlos durchs Haus.

Stone konnte nicht einschlafen. Er hatte zuviel entdeckt, um jetzt einfach aufzugeben; es gab noch immer zu viele unbeantwortete Fragen.

Er lag im Bett, starrte an die Decke und beobachtete das Netzwerk aus kleinen Rissen, das er als Kind so oft betrachtet hatte. Plötzlich hörte er ein leises, dumpfes Pochen. Im Erdgeschoß? Jemand, der draußen am Haus vorbeiging? In der Nacht klangen alle Geräusche seltsam. Vielleicht ein Fensterladen, der sich schloß?

Kurz darauf bellte Peary. Sonderbar: Des Nachts blieb er fast immer still.

Stone drehte sich und blickte zur Digitaluhr. Einige Sekunden lang hielt er vergeblich nach ihr Ausschau, erinnerte sich dann daran, daß sie auf dem Tisch stand. Aber sie zeigte nichts an. Hatte er unabsichtlich den Stecker aus der Steckdose gezogen? Er setzte sich auf, hob die Hand und betätigte den Lichtschalter. Nichts. Offenbar war die Stromversorgung ausgefallen.

Im Flur gab es ein Telefon. Stone verließ das Schlafzimmer und näherte sich dem alten, beigefarbenen Apparat, um das Elektrizitätswerk anzurufen. Manchmal geschah es, daß ein Wagen gegen einen Strommast prallte. Er nahm den Hörer ab, hörte jedoch kein Freizeichen.

Dann vernahm er ein fast schrilles Wimmern, ein Geräusch, das nicht aus einer menschlichen Kehle stammen konnte. Peary.

Jemand befand sich im Erdgeschoß.

Langsam drehte sich Stone um. Er wollte ins Schlafzimmer zurückkehren, um die Schuhe anzuziehen, um nach unten zu gehen und nach dem Rechten zu sehen . . .

Ein großer, bärtiger Mann trat durch den Flur auf ihn zu, und irgend etwas an ihm wirkte schrecklich vertraut . . .

Stone wandte sich dem Eindringling zu. »*Zum Teufel auch . . .*«, begann er und sprang, griff nach dem Arm des

Fremden und hebelte ihn nach hinten. Der Mann rammte ihm die Faust in den Magen. Charlie war größer und nutzte den Überraschungsmoment, um ihn zu Boden zu werfen. Aber der Kerl war außerordentlich kräftig, sprang sofort wieder auf und schlug erneut zu. Diesmal traf er seinen Gegner mitten im Gesicht. Stone taumelte zurück, und als er an die Wand stieß, sah er, daß der Bärtige bewaffnet war: Unter seinem Anorak verbarg sich ein Halfter. Charlie stürzte erneut dem Angreifer entgegen. Er verteidigte sich selbst und seinen Vater in ihrem Heim, und diese Tatsache löste einen enormen Adrenalinschub aus, der ihm neue Kraft gab. Er schob die Hand unters Kinn des Bärtigen, zwang es nach oben. Dann gab er ihm einen Stoß, heftig genug, um ihn an den langen Spiegel im Flur zu schleudern. Er zerbrach, und es regnete Glassplitter. Stone holte aus – doch genau in diesem Augenblick spürte er ein Stechen. Irgend etwas hatte seine Haut durchdrungen.

Ein anderer Mann stand hinter ihm, und gegen zwei Angreifer konnte er nichts ausrichten. Als er sich umdrehte, sah er den Grund für das Stechen: Eine Injektionsspritze steckte in seiner Seite.

Am Ende des Flurs erklang eine Stimme. Alfred Stone hatte die Schlafzimmertür geöffnet und schrie entsetzt.

»Zurück!« rief Charlie. »Schließ dich ein!« Er konzentrierte sich wieder auf den Bärtigen, und als er die Faust ballte, spürte er eine rasch zunehmende Benommenheit. Er verlor das Gleichgewicht und fiel in einen schwarzen Tunnel, der ihn verschlang.

Eine Glocke. Irgend etwas läutete beharrlich und holte Charlie Stone in die Wirklichkeit zurück. Das Schrillen hallte in einem schmerzenden Kopf wider, der angeschwollen zu sein schien. An der Wange spürte er etwas Rauhes: ein Teppich. Er lag im Arbeitszimmer seines Vaters, auf dem Läufer. Um ihn herum erstrahlte grelles Licht – es war Tag.

Das Läuten kam von der Tür. Die Klingel. Stone versuchte aufzustehen, aber er fühlte sich zu schwach. Schwindel erfaßte ihn.

Er nahm seine ganze Kraft zusammen, griff nach der Schreibtischkante und zog sich langsam in die Höhe.

Entsetzt riß er die Augen auf. Sein Herz schien zu explodieren, und es lief ihm eiskalt über den Rücken.

Sein Vater ...

Nein. Unmöglich. Ein Trugbild. Die Vision eines Alptraums. Ich schlafe noch immer, dachte Charlie. Dies kann, darf nicht die Realität sein.

Überall klebte Blut: auf dem Schreibtisch, am Tintenlöscher, an der Kladde. Das dunkle, klebrige, geronnene Blut eines Menschen. Es bildete große Flecken an Alfred Stones Schlafanzug. Tiefe Stiche und Schnitte zeigten sich in seinem Leib, reichten von der Brust bis hin zur zerfetzten Kehle.

»Nein, nein, nein«, stöhnte Charlie. »O Gott, nein!« Er stand völlig reglos, vom Grauen gelähmt.

Man hatte seinen Vater erstochen. Die Leiche hockte im Sessel vor dem Schreibtisch, der Kopf weit nach hinten geneigt. Und die Wunden ... Nur ein Wahnsinniger konnte ihn auf diese Weise umgebracht haben.

Ein langes Messer mit schwarzem Heft ragte aus der Brust des Toten. Ein Sabatier-Messer aus der Küche – Charlie hatte es erst vor kurzer Zeit geschärft.

Er wankte näher, und seine Lippen teilten sich, schufen Platz für ein dumpfes Ächzen. Sein Vater war nicht tot, nein, unmöglich. Er lebte noch. Er hatte schlimme Wunden erlitten, ja, aber bestimmt konnte man ihn retten. »*Jesus!*« entfuhr es ihm. Er schnappte nach Luft, betastete den Leichnam.

Es klingelte nicht mehr. Gespenstische Stille folgte, und dann warf sich jemand gegen die Tür. Es krachte laut.

Charlie nahm sich nicht die Zeit, um nachzusehen. Er mußte seinen Vater retten. Wenn er ihn jetzt verließ, würde er sterben, und dann konnte ihm niemand mehr helfen.

Stimmen erklangen nun im Haus, die Stimmen von

Männern. Sie riefen etwas. Charlie hörte seinen Namen, aber er gab keine Antwort. Ihm blieb keine Zeit dafür.

Er berührte die kühlen Wangen seines Vaters, hob den blutigen Kopf und schrie mit Stimmbändern, die keinen Laut mehr hervorbrachten. Nein, nein, wollte er sagen. Laßt mich in Ruhe. Ich muß mich um meinen Vater kümmern.

Er sah kurz aus dem Fenster und bemerkte blaue Uniformen. Polizei. Die Beamten kamen ins Haus.

Ich kann jetzt nicht mit euch reden, fuhr es Charlie durch den Sinn. Begreift ihr denn nicht? Ich muß meinem Vater das Leben retten.

»Machen Sie auf!« verlangte jemand.

Irgendein noch rationaler Teil von Charles Stone begriff, daß die Polizisten nicht gekommen waren, um zu helfen. Verlaß das Haus. Bring dich in Sicherheit.

Flucht.

Er mußte fliehen, um seines Vaters willen.

20
MOSKAU

Letztendlich war es der Besuch im Serbski-Institut, der Stefan Kramer und seinen Vater in Terroristen verwandelte.

Der geistige Verfall Awram Kramers bildete den letzten Tropfen, der das Faß zum Überlaufen brachte. Manchmal glaubte Stefan, seine Familie sei vom Schicksal dazu bestimmt worden, ständig zu leiden. Als sie an jenem Abend von Serbski nach Hause fuhren, erzählte ihm sein Vater zum erstenmal die ganze Geschichte seines persönlichen Alptraums, berichtete von der Zeit im Gulag.

Er nahm am Großen Vaterländischen Krieg teil, verteidigte seine Heimat und geriet in deutsche Kriegsgefangenschaft. Später kehrte er in die Sowjetunion zurück. In einem anderen Land und zu einer anderen Zeit hätte man ihn als Helden empfangen; statt dessen steckte man ihn in ein Arbeitslager.

Dort erlebte er solch grauenhafte Ereignisse, die ihn für den Rest seines Lebens veränderten.

Einer der Mitgefangenen war wegen angeblicher ›antisowjetischer Agitation‹ verhaftet worden und lehnte es ab, ein Geständnis zu unterschreiben. Daraufhin folterten ihn die Wächter auf eine besonders grausame Weise. Er mußte Hose und Unterhose ausziehen, sich auf den Boden hokken. Zwei Männer setzten sich auf seine Beine. Der Vernehmungsbeamte preßte die Stiefelspitze auf Penis und Hoden des Häftlings und drückte langsam zu.

Nach fünf Sekunden gestand er alles, und unmittelbar darauf verlor er das Bewußtsein.

Ein anderer Gefangener wurde schwer verletzt, als man ihm eine glühende Eisenstange an den After hielt. Er bekannte sich gerade noch rechtzeitig schuldig: Andernfalls hätte man ihm die Stange bis in den Darm geschoben. Tagelang litt der Mann an starken Blutungen.

Jakow Kramer blieb so etwas erspart – bis ihm zwei Zeks, politische Gefangene, Salzsäure ins Gesicht gossen.

Später wurde sein Haß auf das sowjetische System noch größer. Es geschah an dem Tag, als er erfuhr, daß Stalin nicht mehr lebte, einige Wochen nach seinem Tod. Man weckte die Gefangenen wie üblich um vier Uhr morgens und führte sie in den Speisesaal, wo sie ›schwarze Kohlsuppe‹ bekamen – sie bestand aus Nesselblättern und war ungenießbar. Anschließend schickte man sie in die Lehmgrube, damit sie Ton für Ziegelsteine stachen. Bei dieser Schicht ließ man sie praktisch allein. Die Wächter standen abseits und unterhielten sich.

Während Kramer grub, beobachtete er die anderen Männer. Ihre kahlgeschorenen Köpfe waren grau, und die Augen lagen tief in den Höhlen. Unter ihnen zeigten sich braune Flecken. Sie sahen aus wie lebende Leichname, und Kramer ahnte, daß er das gleiche Erscheinungsbild bot.

Er begann ein Gespräch mit jemandem, der vor kurzer Zeit aus Moskau gekommen war. Wie geht es dort jetzt zu? fragte Jakow. Noch schlimmer als vor dem Krieg?

Daraufhin erzählte ihm der Moskowiter eine Geschichte, die in der Hauptstadt kursierte. In einem Distrikt von Moskau hatte eine Parteikonferenz stattgefunden, und als sie zu Ende ging, bat der Vorsitzende um einen Tribut für den großen verstorbenen Staatsmann, Genosse Stalin. Natürlich standen alle auf und applaudierten. Sie strahlten, streckten die Hände aus und klatschten begeistert. Die Ovation dauerte an. Fünf Minuten verstrichen, dann zehn, und die Anwesenden im Saal wurden bald so schwach, daß sie fürchteten, zu Boden zu sinken. Aber sie mußten weiterhin klatschen, denn der KGB war zugegen und hielt nach Leuten Ausschau, die nicht genug Begeisterung zeigten. Die Männer und Frauen applaudierten, und ihre Verzweiflung wuchs. Vorn stand ein Fabrikdirektor bei den lokalen Parteigrößen, und nach einer Weile beschloß er, wieder Platz zu nehmen. Mit großer Erleichterung folgten die anderem seinem Beispiel. Am gleichen Abend wurde der Direktor verhaftet. Der Häftling fügte hinzu, diese Geschichte erzähle man sich überall in der Hauptstadt, und deshalb müsse sie wahr sein.

Jakow Kramer hörte entsetzt zu, stieß seinen Spaten tief in den Lehm und wartete, bis ein Wächter vorbeigegangen war. »Stalin ist tot«, murmelte er dann. »Aber seine Kerkermeister leben noch.«

An jenem Tag schwor er, nie zu vergessen, was man ihm und seinen Leidensgenossen angetan hatte, all jenen Unschuldigen, die in den Gefängnissen und Arbeitslagern gestorben waren. Er wollte dafür sorgen, daß sich auch Rußland daran erinnerte . . .

1956 hielt Nikita Chruschtschow seine berühmte ›geheime Rede‹ auf dem Zwanzigsten Parteitag. Er verurteilte Stalins Politik, und Millionen von Zeks wurden freigelassen, unter ihnen auch Jakow. Später freundete er sich mit einigen anderen ehemaligen Häftlingen an, die sein Schicksal geteilt hatten. Sie halfen sich gegenseitig dabei, ein neues Leben außerhalb der Lager zu beginnen. Sie gründeten Familien, zogen Kinder auf und bewahrten sich den Haß auf ein System, das ihnen soviel Leid beschert hatte.

Die anderen schienen immer verbitterter zu werden. Häufig sprachen sie von terroristischen Anschlägen: um die starre Ordnung zu erschüttern, um ein Ventil für ihren Zorn zu finden.

An einem Tag in den frühen sechziger Jahren entschied jemand aus dieser Gruppe, eine Bombe zu bauen. Jakow Kramer lehnte es ab, an der Aktion teilzunehmen. Der Mann arbeitete in einer Fabrik für wissenschaftliche Instrumente und besorgte sich dort das notwendige Material für einen primitiven TNT-Sprengsatz. Er brachte ihn in einem Koffer unter, den er in der Gorki-Straße zurückließ. Die Explosion war noch weitaus stärker, als er erwartet hatte, und mehrere Passanten erlitten schwere Verletzungen. Der Mann schrieb einen Brief und spielte ihn einem amerikanischen Reporter zu, der natürlich nicht zögerte, die Verurteilung der sowjetischen Regierung zu veröffentlichen.

Der Vorfall lag nun schon einige Jahrzehnte zurück. Erstaunlicherweise war der Mann nie verhaftet worden.

»Manchmal muß man zu Mitteln greifen, die man selbst verabscheut«, sagte Jakow und beendete damit seine Geschichte.

»Ja«, erwiderte sein Sohn und starrte ins Leere. »Manchmal bleibt einem keine andere Wahl.«

An jenem Abend beschloß Stefan, zu einem Terroristen zu werden. Zusammen mit seinem Vater entwickelte er einen Plan, um Awram zu befreien.

Sie saßen am Küchentisch. Sonja besuchte eine Freundin, und Jakow war froh darüber, daß sie nicht an dem Gespräch teilnahm. Er wollte unter allen Umständen vermeiden, sie in diese Sache zu verwickeln.

»Es gibt keine andere Möglichkeit, um Awram zu befreien«, erklärte Stefan. Der hochgewachsene und schlanke junge Mann trug ein Sweatshirt mit zu kurzen Ärmeln. Er zupfte nervös daran.

»Aber wir können unmöglich Awrams Freilassung *verlangen*«, wandte sein Vater ein. »Dann wissen die Behörden sofort Bescheid und führen die Aktionen auf uns zurück ...«

»Nein. Das ist ja gerade der Trick in meinem Plan. Wir fordern die Freilassung *aller* politischen Gefangenen im Serbski-Institut. Es sind mehrere Dutzend – niemand wird uns verdächtigen.«

»Ja.« Jakow dachte laut. »Und wir schreiben einen *privaten* Brief, schicken ihn Gorbatschow. Ja. Laß die Leute frei, und die Anschläge hören auf. Wenn nicht ... Dann drohen wir damit, uns an die Öffentlichkeit zu wenden. Der Kreml muß nachgeben, um sich zu schützen – es liegt in seinem eigenen Interesse.«

»Warum ein privater Brief?«

»Damit der Kreml auf unsere Forderungen eingehen kann, ohne das Gesicht zu verlieren. Ohne schwach zu erscheinen. Ohne zu befürchten, weiteren Aktionen dieser Art Vorschub zu leisten.«

»Ich verstehe«, erwiderte Stefan und zupfte erneut an den Ärmeln.

»Hast du eine Ahnung, wie man Bomben herstellt?«

Jakows Sohn zögerte kurz. »Ja. Ich meine, ich weiß nicht viel darüber, aber im Gefängnis habe ich das eine oder andere gehört . . .«

Jakow lachte bitter. »Dann hatten die vier Monate einen Sinn. Aber ohne die erforderlichen Materialien . . .«

»Ich kann sie uns besorgen.«

Jakow schüttelte den Kopf.

Stefan sah auf. »Die Frage lautet: Wo schlagen wir zu?«

»Wir müssen möglichst viel Aufmerksamkeit erregen«, antwortete sein Vater. »Unsere Regierung ist sehr geschickt, wenn es darum geht, irgend etwas zu vertuschen, um den Anschein zu erwecken, es sei überhaupt nichts geschehen. Das dürfen wir nicht zulassen. Wir sollten ein symbolisches Ziel wählen.«

»Zum Beispiel?«

»Der Rote Platz oder die Untergrundbahn«, sagte Jakow. »Oder einen bestimmten Kreml-Führer, den viele Leute hassen.«

»Borisow!« entfuhr es Stefan.

Borisow gehörte zum Zentralkomitee und war einer der berüchtigtsten Apparatschiks in der sowjetischen Nomenklatur. Gerade er war dafür eingetreten, Dissidenten in psychiatrischen Kliniken unterzubringen. Inzwischen hatte man die meisten dort festgehaltenen politischen Gefangenen freigelassen, aber Borisow trat für eine Rückkehr zu dieser besonders abscheulichen Form der Unterdrükkung von Regimegegnern ein. Man verglich seine Grausamkeit mit der Stalins.

»Borisow.« Jakow nickte. *»Takoi khui!«* fügte er hinzu. Der verdammte Mistkerl.

»Wir finden heraus, wo er wohnt«, sagte sein Sohn. »Das ist bestimmt nicht sehr schwer.«

»Stefan . . .« Aus einem Reflex heraus hob Jakow die Hand und berührte die Narben im entstellten Gesicht. »Auf was lassen wir uns ein? Ich bin zu alt für so etwas.«

Stefan preßte die Lippen zusammen und schauderte unwillkürlich. Am Nacken bildete sich eine Gänsehaut. »Überlaß es mir. Ich kümmere mich um alles.«

Plötzlich schwang die Wohnungstür auf, und die beiden Männer am Tisch schraken auf.

Sonja trat ein. »Oh, entschuldigt bitte«, sagte sie. »Ich habe euch bei etwas unterbrochen.«

»Nein, Liebste«, erwiderte Jakow sanft. »Wir sind gerade fertig.«

21

Der Milizsoldat im kleinen Wachstand am Kutuzow-Prospekt Nummer 26 war damit beauftragt, jede verdächtige Person sofort zu melden – immerhin schützte er ein Gebäude, in dem mehrere Mitglieder des Zentralkomitees wohnten –, aber er brauchte nicht sehr häufig nach dem Telefon zu greifen. Er saß im Wachhaus, und wenn ein Wagen kam, überprüfte er die Identität des Fahrers. Ansonsten gab es kaum etwas für ihn zu tun. Es handelte sich nicht um eine besonders interessante Arbeit. Im Winter war es sehr kalt, und dann trug er zwei Paar Handschuhe.

Der Soldat las nicht gern, aber es gab kaum eine andere Möglichkeit für ihn, sich die Zeit zu vertreiben. Aus diesem Grund blätterte er in verschiedenen Zeitungen und nickte knapp, wenn ein Wagen vorbeifuhr, was mitten in der Nacht nur selten geschah.

Um drei Uhr löste ihn der Wächter der zweiten Nachtschicht ab. Zehn Minuten lang plauderten sie miteinander und achteten nicht mehr auf den Parkplatz, wo sich ohnehin nichts regte.

In diesem Augenblick betrat jemand den Hof.

Stefan Kramer trug eine graue Steppjacke und passierte das Wachhaus mit den langsamen, müden Schritten eines Arbeiters, der viel lieber im Bett gelegen hätte.

Wenn ihn die beiden Milizsoldaten sahen, so stellten sie ihm bestimmt einige Fragen. Stefan würde antworten, daß einer der verdammten Aufzüge defekt war, daß ihn der Hausmeister verständigt hätte. Es gab irgendein Problem mit dem Zugkabel oder den mechanischen Sensoren an den Haltepunkten – der dumme Kerl wußte es nicht genau. Waren die Wächter nicht verständigt worden? Den Soldaten ging es in erster Linie darum, ihren Job zu behalten, und deshalb winkten sie ihn bestimmt weiter, um nicht dem Zorn eines Zentralkomiteemitglieds zum Opfer zu fallen, das die *Treppe* benutzen mußte.

Aber die beiden Wächter schenkten Stefan überhaupt keine Beachtung.

Der schwarze Wolga stand am gegenüberliegenden Ende des Parkplatzes, an seinem üblichen Platz. Vor einigen Tagen hatte sich Stefan erneut mit Fjodorow in Verbindung gesetzt und ihn um Auskunft über die Bewohner dieses Zentralkomiteegebäudes gebeten. Fjodorow fand einen Automechaniker, der dort gearbeitet hatte und wußte, wo Sergei Borisow seinen Wagen parkte.

Gut: Vom Wachhaus konnte man das Fahrzeug nicht sehen.

Stefan zögerte nicht und begann sofort. Er kroch unter den Wagen, spürte kalten Asphalt.

Der Atem wehte ihm als graue Wolke von den Lippen.

Er formte zwei Würste aus dem von Fjodorow stammenden Plastiksprengstoff und schob sie in Kunststoffbeutel. Beide waren mit Zündkapseln ausgestattet, und die Kapseln wiederum standen mit einem kleinen Radioempfänger in Verbindung. Er ähnelte den Piepsern, die Ärzte im Westen benutzten. Den winzigen Lautsprecher hatte Stefan durch ein elektrisches Relais ersetzt. Wenn das Gerät ein Signal vom Sender empfing, dessen Reichweite mehrere Kilometer betrug, so schloß das Relais einen Stromkreis und löste die Explosion aus.

Der junge Kramer befestigte die eine Wurst unterm Tank und die andere weiter vorn. Er vergewisserte sich, daß keine Drähte zu sehen waren – damit hatte er den ersten Teil seiner Arbeit erledigt.

Auf dem Rücken schob er sich unter Borisows Wagen hervor und erreichte ein anderes Fahrzeug, setzte den Weg auf diese Weise fort, bis man ihn weder vom Wachhaus noch vom Gebäude sehen konnte. Das Problem bestand darin, den Parkplatz zu verlassen. Stefan wollte es vermeiden, von den Milizsoldaten befragt zu werden. Aus diesem Grund beherzigte er Fjodorows Rat und verbrachte den Rest der Nacht in einem Wandschrank des Treppenhauses.

Er hatte sorgfältige Nachforschungen angestellt und

wußte gut über Borisows Angewohnheiten Bescheid. Fjodorow gab ihm weitere Auskünfte, und daraus entstand ein klares Bild der täglichen Routine. Stefan war darüber informiert, wann der Chauffeur eintraf, wann Borisow seine Wohnung verließ, welchen schwarzen Wolga er benutzte und wann der Wachwechsel stattfand.

Um sechs Uhr dreißig gingen die Angehörigen der Nachtschicht, und die Tagschicht begann. Stefan verließ das Gebäude zusammen mit einigen Flurwächtern.

Eine Stunde lang wartete er im alten Wagen seines Vaters, nur eine Straße entfernt. Aufmerksam behielt er Zufahrt und Eingang des Gebäudes im Auge. Genau um halb acht kam Borisows Chauffeur.

Zweifel regten sich in Stefan.

Der Fahrer, ein junger, schlicht wirkender Russe, sah wie jemand aus, der Frau und Kind zu Hause hatte. Der junge Kramer verabscheute es, ihn ebenfalls umzubringen – der Chauffeur war sicher unschuldig. Aber er mußte zusammen mit Borisow sterben; Stefan konnte ihn nicht retten.

Er fand sich mit der sehr schwierigen Vorstellung ab, auch Unbeteiligte zu opfern.

Um sieben Uhr vierzig, fünf Minuten später als sonst, trat Borisow nach draußen. Stefan erkannte ihn aufgrund mehrerer Fotografien: ein dicklicher, arroganter Mann, der einen teuren und inzwischen zu eng gewordenen Anzug trug. Allem Anschein nach hatte er zugenommen.

Der Chauffeur begleitete ihn zum Wolga, bückte sich und sah unter das Auto – eine Routinekontrolle, die er jeden Morgen wiederholte, obwohl es eigentlich unvorstellbar war, daß man den Wagen eines Zentralkomiteemitglieds manipulierte. In der Sowjetunion kam es nur selten zu derartigen Zwischenfällen.

Der Fahrer bemerkte nichts, und daraufhin nahm er am Steuer Platz.

Stefan beobachtete, wie der Wolga vom Parkplatz rollte, gefolgt von einem silbernen Mercedes. Der Chauffeur nickte dem Milizsoldaten im Wachhaus zu und bog dann auf den Kutuzow-Prospekt. Der junge Kramer fuhr ebenfalls los und wahrte einen großen Abstand zu dem schwarzen Wagen. Er mußte unbedingt vermeiden, Verdacht zu erregen, und außerdem kannte er Borisows Route.

Nach einer Weile erreichten sie den Kalinin-Prospekt, eine breite Durchgangsstraße, und der Wolga hielt an einer Ampel. Borisow schien mit einigen Papieren beschäftigt zu sein.

Stefan schraubte die fünfzehn Zentimeter lange Antenne an den Sender und tastete nach dem Schalter.

Er schloß kurz die Augen und dachte an seinen Bruder. »Für dich, Awram«, flüsterte er und betätigte die Taste.

Es krachte ohrenbetäubend laut, und der schwarze Wolga platzte auseinander. Gelbe und orangefarbene Flammen züngelten, und brennende Kunststoffteile wurden weit fortgeschleudert. Eine dicke Rauchsäule wuchs empor, und Dutzende von Fußgängern starrten verblüfft.

Stefan nickte grimmig und zufrieden.

Ein kleines Trümmerstück fiel dicht vor Andrew Langen auf den Bürgersteig. Langen war zweiter Sekretär an der amerikanischen Botschaft von Moskau, aber in Wirklichkeit arbeitete er für die sowjetrussische Abteilung der Central Intelligence Agency. Er verstand nicht viel von Explosionen und dergleichen, aber er hatte vor kurzer Zeit an einem Seminar über Terrorismus teilgenommen. Er handelte rein instinktiv und steckte das kleine Teil ein, wobei er sich die linke Hand verbrannte.

Viele Zeitungen berichteten über das Attentat: von der reißerisch aufgemachten *News of the World* in London über andere britische Revolverblätter bis hin zu *Le Monde* in Paris und der *Bildzeitung* in Hamburg. Die *New York Post* brachte folgende Schlagzeile: »Roter Boß ermordet.« Auf der Titelseite des *Wall Street Journal* erschien eine typisch reservierte Meldung: »Der hochrangige sowjetische Funktionär Sergei I. Borisow kam in Moskau ums Leben, als eine in seinem Auto versteckte Bombe explodierte. Bisher hat noch keine Terroristengruppe die Verantwortung für den Anschlag übernommen.« Die *New York Times* veröffentlichte die Analyse eines sowjetischen Experten vom Harriman-Institut der Columbia University, und darin wurde auf eine interne Opposition im Kreml hingewiesen. Ted Koppel widmete Borisows Tod eine *Nightline*-Episode. Die sowjetische Nachrichtenagentur TASS, die in den letzten Jahren wesentlich freizügiger geworden war, ging mit keinem Wort darauf ein.

22

Michail S. Gorbatschow, Generalsekretär der KPdSU und Präsident der Sowjetunion, verfügt nicht über eine offizielle Residenz, die man mit dem Weißen Haus oder dem Buckingham Palace vergleichen könnte. Er hat eine Wohnung in Moskau, eine Datscha unweit der Hauptstadt und eine zweite am Schwarzen Meer. Im Gegensatz zu seinen Vorgängern, die fast immer in dem Gebäude am Kutuzow-Prospekt Nummer 26 wohnten, zog Gorbatschow seine Datscha im Westen der Stadt vor.

An diesem Abend empfing er recht spät Gäste – es war schon nach Mitternacht. Eigentlich hielt er nichts von nächtlichen Besprechungen; normalerweise ging er um elf zu Bett. Darüber hinaus geschah es nur sehr selten, daß Gorbatschow Konferenzen in seiner Datscha stattfinden ließ. Daher wußten die Besucher, daß es um eine sehr wichtige Sache ging.

Drei Zil-Limousinen rollten an dem Zugang-verboten-Schild vor dem Haus vorbei. Zwei bewaffnete Wächter nahmen kurze Kontrollen vor und winkten die Wagen dann weiter. Als die drei Männer ausstiegen, näherten sich zwei andere Soldaten und durchsuchten sie nach versteckten Waffen.

Die Besucher – Andrei Pawlitschenko, Leiter des KGB; Anatoli Lukjanow, ein Assistent, der Gorbatschows Vertrauen genoß, und Alexander Jakowlew, einer von Gorbatschows wichtigsten Verbündeten im Politbüro – betraten die Datscha wortlos. Sie durchquerten den vorderen Salon, den Raissa mit englischen Gardinen geschmückt hatte, und erreichten dann das Arbeitszimmer.

Gorbatschow saß am Schreibtisch; das Licht der Lampe fiel auf seinen kahlen Kopf. Er war leger gekleidet, trug eine graue Hose und einen blauen Pullover. Eine Aura aus Zuversicht und Kraft umgab ihn, aber er wirkte auch müde. Dunkle Ringe zeigten sich unter den Augen.

»Bitte nehmen Sie Platz«, sagte Gorbatschow und deutete auf mehrere Stühle.

Er wartete, bis die Besucher saßen. »Es tut mir leid, daß ich Sie um diese Zeit stören und von Ihren Ehefrauen – oder Geliebten – fortholen mußte.« Gorbatschow lächelte kurz, was jedoch nicht darüber hinwegtäuschte, daß er unter erheblichem Streß stand. »Aber ich weiß, daß ich Ihnen vertrauen kann. Ich brauche Ihren Rat.«

Die drei Männer nickten.

»Wir haben es mit einem sehr ernsten Problem zu tun«, fuhr Gorbatschow fort. Seine Besucher wußten natürlich von Borisows Tod. »Dies ist der zweite Terroranschlag in Moskau innerhalb von vierzehn Tagen. Ich möchte mich in diesem Zusammenhang nicht ans Politbüro wenden – Sie wissen ja, daß ich dort viele Gegner habe. Sie haben mein Vertrauen, und deshalb ... Ich benötige Ihre Hilfe.« Er wandte sich an den KGB-Chef. »Andrei Dmitrowitsch. Sergei Borisow war Ihr Freund.«

Zorn blitzte in Pawlitschenkos Augen. Er biß sich auf die Lippe, hob dann den Kopf. »Das stimmt.«

»Wäre es denkbar, daß nur Dissidenten hinter diesen Anschlägen stecken?« erkundigte sich Alexander Jakowlew, ein Mann mit lichtem Haar, dessen getönte Brille auf dem Rücken einer dicken Nase ruhte. »Ist das denn *möglich*?«

»Ja«, bestätigte Lukjanow. »Den Terroristen gelang es irgendwie, sich westliches Material – vielleicht aus Europa, vielleicht aus Amerika – zu besorgen. Vermutlich arbeiten sie mit antisowjetischen Elementen zusammen ...«

»Nein«, widersprach der Vorsitzende der KGB. Es klang fast zaghaft.

»Wie meinen Sie das?« fragte Gorbatschow.

Pawlitschenko preßte kurz die Lippen zusammen und schien mit sich selbst zu ringen. »Bei der Politbüro-Konferenz habe ich darauf hingewiesen, daß man den Sprengstoff Composition C-4 verwendete, der in den Vereinigten Staaten hergestellt wird.«

»Ja«, sagte Lukjanow ungeduldig. »Aber was ...«

»Es gibt noch weitere Informationen, die ich bei der Besprechung für mich behielt.« Pawlitschenko holte tief Luft und rieb sich dann das Kinn. »Meine Leute haben hart daran gearbeitet, und die Untersuchungsergebnisse sind ... besorgniserregend. Es handelt sich leider nicht nur um einfachen C-4-Sprengstoff, sondern um eine ganz besondere Art.« Er sah sich im Zimmer um, richtete den Blick dann auf Gorbatschow. »Diese spezielle Sorte wird einzig und allein für die Central Intelligence Agency produziert.«

Gorbatschows Gesicht blieb zunächst völlig ausdruckslos, doch dann fiel ein Schatten auf seine Züge. »Worauf wollen Sie hinaus?«

»Die Amerikaner wären bestimmt nicht so dumm, Ihre Position zu gefährden«, erklärte der Vorsitzende des KGB ernst. »Allerdings basiert diese Annahme auf der konventionellen Logik von Machtpolitik.«

»Ich kann Ihnen nicht ganz folgen«, warf Jakowlew ein.

»Die Spannungen zwischen Moskau und Washington haben ein historisches Minimum erreicht«, erklärte Pawlitschenko. »Zumindest seit dem Krieg. Es stellt sich also die Frage: Gibt es in Washington irgendwelche Verrückte, die uns aus dem Kreml verdrängen wollen?«

Gorbatschow zuckte mit den Schultern. »Viele Leute würden sich darüber freuen, wenn jemand anders meinen Platz einnähme.«

»Zweifellos«, räumte Pawlitschenko ein. »Aber die sitzen nicht in Washington.«

»Vermutlich auch dort«, erwiderte Gorbatschow.

»Der militärisch-industrielle Komplex«, brummte Lukjanow aufs Geratewohl.

»Na schön.« Der KGB-Chef nickte langsam. »Wir können alles annehmen. Überall existieren reaktionäre Kräfte, die von einer Fortsetzung des kalten Krieges profitieren würden. Zum Beispiel sind da der ganze Parteiapparat und Mitglieder des Politbüros, die ihren Posten bedroht sehen.«

»Aber?« hakte Gorbatschow nach.

»Vielleicht wird der Terrorismus direkt von den amerikanischen Geheimdiensten gesteuert. Und vielleicht – *vielleicht* – arbeiten die Amerikaner mit bestimmten Gruppen in der Sowjetunion zusammen, sogar mit einflußreichen Leuten. Anders ausgedrückt: Möglicherweise gibt es in unserem Land Kräfte, die uns entmachten wollen.«

Zweiter Teil

DIE VERFOLGUNG

Kaiser sind in einer bedauernswerten Lage: Nur ihre Ermordung beweist der Öffentlichkeit, daß die gegen sie gerichteten Verschwörungen tatsächlich existierten.

TITUS FLAVIUS DOMITIANUS

23

MOSKAU

Eine amerikanische Frau hat es in Moskau nicht leicht, dachte Charlotte Harper. Noch schwieriger ist es für eine verheiratete Amerikanerin, die von ihrem Ehepartner getrennt lebt. In Moskau wimmelte es nicht gerade von geeigneten Männern.

Als Charlotte vor anderthalb Jahren in der sowjetischen Hauptstadt eintraf, vermied sie ›Seitensprünge‹, und der Mangel an Gelegenheit schützte ihre Moral. Sie hielt an der Entschlossenheit fest, die Trennung von Charlie nur als vorübergehend zu betrachten. Bestimmt kommt alles in Ordnung. Früher oder später lernt er, meine Arbeit zu respektieren. Mit solchen Überlegungen versuchte sie, sich inneren Halt zu geben.

Aber es dauerte nicht lange, bis sie sich schrecklich einsam fühlte. Vor zwei Monaten hatte sie sich auf eine romantische Beziehung – wenn man sie wirklich als ›romantisch‹ bezeichnen konnte – mit dem Presseattaché der amerikanischen Botschaft eingelassen, einem Mann in mittleren Jahren namens Frank Paradiso. Zweifellos arbeitete er für die CIA.

Sie machte sich deswegen Vorwürfe. Tief in ihrem Herzen wußte sie, daß Furcht und Einsamkeit die falschen Gründe waren, um sich einem Mann zuzuwenden. Außerdem: Ihrer Ehe kam sicher größere Bedeutung zu als irgendwelchen Tändeleien. Als sie Frank zum erstenmal begegnete, bei einer Pressekonferenz in der Botschaft, fühlte sie sich von der Energie und dem sarkastischen Humor des Attachés fasziniert. Er wirkte intelligent und einfühlsam, und bei ihm gab es keine Hindernisse persönlicher Art – er war geschieden. Er lud sie erst zum Lunch ein, im National Hotel, dann zum Abendessen im Praga. Eins führte zum anderen. Das Verhältnis dauerte einen

Monat. Seitdem verbrachte Charlotte ihre Nächte allein. Das Gefühl der Einsamkeit kehrte zurück, aber damit einher ging eine gewisse Erleichterung.

An besonders deprimierenden Tagen glaubte sie manchmal, ihre beste Zeit hinter sich zu haben, aber gleichzeitig wußte Charlotte, daß sie noch immer attraktiv beziehungsweise telegen war. Das blonde Haar und ihr strahlendes Lächeln wirkten ausgezeichnet vor dem Hintergrund des Kreml. Natürlich kam es in erster Linie auf die *Berichterstattung* an – zumindest glaubte sie es.

Sie stand im Ruf, bessere Verbindungen zu haben als alle anderen amerikanischen Journalisten in Moskau, und eine der unangenehmen Folgen dieser Reputation bestand darin, daß man ihr mit Neid begegnete. Man vertrat ohnehin die Ansicht, in Moskau seien Fernsehreporter nutzlos: Sie bekamen höchstens zwei oder drei Minuten Sendezeit in den Abendnachrichten, lasen irgendeinen Artikel aus der *Prawda* vor, interviewten einen sowjetischen Apparatschik und zeigten sich vor dem Kreml oder der Kathedrale des heiligen Basilius.

Die Repräsentanten des gedruckten Journalismus – von der *Washington Post*, der *New York Times* und vom *Wall Street Journal* – hielten sich für ernste, professionelle Beobachter der sowjetischen Szene. Allen anderen, so glaubten sie, ging es nur darum, sich Lorbeeren zu verdienen. Bei diesen Leuten galten die Reporter der Nachrichtendienste als bessere Stenographen, doch ihr Abscheu galt in erster Linie den Fernsehleuten, die jede Menge Ruhm erwarben, ohne eine Ahnung von der Sowjetunion zu haben. Sie sprachen nicht einmal Russisch. In vielen Fällen behielten die Snobs recht, aber Charlotte bildete eine Ausnahme.

Innerhalb kurzer Zeit war sie zu einem Star der Abendnachrichten geworden. Der Chefredakteur ihrer Abteilung glaubte, daß ihr auch weiterhin eine steile Karriere bevorstand: Vielleicht schaffte sie es in ein oder zwei Jahren, eine eigene Sendung am Wochenende zu bekommen. Positive Berichte aus der Sowjetunion waren groß in Mode.

Aber Charlotte konnte Moskau nicht mehr ausstehen. Sie hatte die Nase voll: grauer Himmel, Schneematsch, finster dreinblickende Moskowiter, das Gedränge in der Untergrundbahn, die leeren Läden. Einerseits verabscheute sie die trostlose Stadt immer mehr, und andererseits wurde sie immer ärgerlicher, weil sie als Korrespondentin isoliert blieb.

Nach anderthalb Jahren sehnte sie sich nach der Heimat, trotz des Interesses an der russischen Sprache, Geschichte und Kultur. Sie wünschte sich, dem State Department zugeteilt zu werden und ihren beruflichen Weg auf dem schnellen Karrierepfad fortzusetzen. Und sie wollte zu Charlie Stone zurück, ihm wieder näher sein, das alte Glück genießen und eine Familie haben.

Sie war der sowjetischen Hauptstadt überdrüssig, doch ab und zu geschah etwas Aufregendes, und dann war sie froh darüber, in Moskau zu sein.

Zum Beispiel die Ermordung des russischen Funktionärs vor einigen Tagen. Eine außergewöhnliche Story: Soweit sie wußte, handelte es sich um den ersten öffentlichen Terroranschlag in der Sowjetunion. Doch die Hintergründe blieben ein Rätsel.

Charlotte war entschlossen, mehr darüber herauszufinden.

Als sie im ABC-Büro eintraf, plauderte sie einige Minuten lang mit Vera, der kleinen, netten Russin, die saubermachte, verschiedene Botengänge erledigte und Tee kochte. Sie sprach auch mit Iwan, einem bärtigen Mann in mittleren Jahren, der wie ein Bauer aussah und für Charlotte die sowjetische Presse las. Zweifellos lieferten sie beide regelmäßige Berichte beim KGB ab, aber sie waren freundlich und gutmütig, fanden schlicht und einfach Gefallen daran, gute Arbeit zu leisten.

In Hinsicht auf die Ermordung Borisows hatte jeder von ihnen seine eigene Theorie. Vera glaubte, daß Esten dahintersteckten, und Iwan hielt irgendwelche Dissidenten für verantwortlich. Doch die Zeitungen berichteten nicht darüber, und auch in den Abendnachrichten, die Vera immer für Charlotte aufzeichnete, ging man mit keinem Wort auf den Anschlag ein.

Manchmal genügte Charlotte ein Gespräch mit Iwan und Vera, um neue Ideen zu bekommen. Sie fanden die Journalistin sympathisch und unterhielten sich auf russisch mit ihr. Leider wußten sie ebenfalls nichts über den Zwischenfall.

Einer der ABC-Direktoren hatte ein Telex aus New York geschickt, kündigte seinen Besuch in Moskau an und bat darum, ein Treffen mit ... Gorbatschow zu arrangieren. Natürlich. Die hohen Tiere des Network glaubten immer, es genüge, ihren Untergebenen eine Anweisung zu geben, um so etwas zu bewerkstelligen. Charlotte schüttelte den Kopf und lächelte.

Sie nahm sich die anderen Fernschreiben vor: Nachrichtenmeldungen aus aller Welt. Viele von ihnen betrafen die Borisow-Story.

Charlotte setzte sich an ihren Schreibtisch und überlegte. Irgendwie mußte sie einen Weg finden, um mehr in Erfahrung zu bringen. Nach einigen Minuten führte sie ein kurzes Telefongespräch, ging nach draußen und stieg in den Wagen.

Eine Stunde später saß sie im Speisesaal eines neuen georgischen Restaurants, das von einer Genossenschaft geleitet wurde, und dort sprach sie mit dem Herausgeber einer bekannten sowjetischen Zeitung. Er war eine gute und zuverlässige Informationsquelle. Manchmal ließ er sich zu ›Indiskretionen‹ hinreißen und erzählte Dinge, die er von Freunden im neuen Volkskongreß gehört hatte. Er vertraute Charlotte und wußte, daß sie nicht verraten würde, von wem ihre Informationen stammten.

»Nein«, sagte der Mann und schüttelte den Kopf. »Ich weiß nicht mehr als Sie.« Er sprach recht gut Englisch. »Aber Ihnen dürfte klar sein, daß der Ermordete – Borisow – in dem Ruf stand, ein guter Freund des KGB-Vorsitzenden zu sein.«

»Ja«, erwiderte Charlotte.

Der Herausgeber zuckte mit den Achseln und bedachte

seine Gesprächspartnerin mit einem bedeutungsvollen Blick. »Welche Schlüsse ziehen Sie daraus?«

»Keine Ahnung.« Charlotte zog es vor, seine Meinung zu hören. »Wie sehen Sie die Sache?«

Erneut hob er die Schultern. »Vielleicht findet in unserer Regierung ein ziemlich erbitterter Machtkampf statt. Gorbatschow braucht Pawlitschenko, jenen Mann, den er an die Spitze des KGB setzte. Er benötigt Pawlitschenkos Unterstützung.«

»Na schön. Gorbi braucht den KGB, um sich an der Macht zu halten, um seine Reformpläne zu verwirklichen.«

»Ja. Aber vielleicht gibt es Leute, die Gorbatschows Freunde nicht besonders mögen. Das wäre doch denkbar, nicht wahr?«

»Natürlich. Aber sind Gorbis Gegner bereit, zum Mittel des *Terrorismus* zu greifen? Mitglieder der Regierung, die Bomben legen?«

Der Herausgeber zuckte einmal mehr mit den Schultern.

Nach dem Mittagessen fuhr Charlotte zur amerikanischen Botschaft in der Tschaikowski-Straße; dort trank sie Kaffee mit Josh Litten von der *New York Times*. Im Anschluß daran öffnete sie ihren Briefkasten in der Presseabteilung. Er enthielt mehrere Zeitschriften, zwei persönliche Briefe und eine Mitteilung von ihrer New Yorker Bank. Nicht viel.

Sie kehrte ins Büro zurück und ging die Meldungen der Nachrichtenagentur Associated Press durch. Nichts.

Dann sah sie noch einmal hin.

Der Name ›Stone‹ hatte ihre Aufmerksamkeit geweckt. Sie blinzelte verwirrt, als ihr Blick auf die Worte ›ermordet‹ und ›Alfred Stone‹ fiel. Erschrocken beugte sie sich vor und las den Text mit wachsendem Entsetzen.

Alfred Stone, der Harvard-Historiker, den man in dem fünfziger Jahren wegen angeblicher Spionage für die Sowjetunion verhaftet und ins Gefängnis gesteckt hatte, war in seinem Haus tot aufgefunden worden.

Charlotte hielt unwillkürlich den Atem an.

Alfred Stone, dachte sie. *Der nette, freundliche Mann. Nein.*

Als Täter verdächtigte man den Sohn des Ermordeten, Charles Stone.

Charlie. Unmöglich.

Sie taumelte, riß den Ausdruck ab, wankte in ihr Büro und ließ sich auf die Couch sinken. Sie war zutiefst erschüttert.

Eine Stunde später starrte sie noch immer schockiert auf die Meldung.

Charlie Stone.

Er sollte seinen eigenen Vater ermordet haben? Unmöglich. Bestimmt ist er unschuldig.

Das Dokument aus Lehmans Archiv – hatte es irgend etwas damit zu tun? Sie entsann sich an eine Codebezeichnung, an einen Buchstaben, dem eine Zahl folgte. In den Unterlagen ging es um Lehman, Alfred Stone und ... Wie lautete der andere Name? Der Name einer Frau, mit der sich Alfred Stone in Moskau getroffen hatte ... Sonja? Ja. Sonja Kunetskaja. Charlie hat mich gebeten, Sonja für ihn zu finden. Aus irgendeinem Grund glaubt er, daß Sonja weiß, warum man seinen Vater damals verhaftet hat. Charlotte schüttelte stumm den Kopf. Aber seitdem sind fast vierzig Jahre vergangen ...

Und wenn es einen Zusammenhang gab?

Charlie konnte seinen Vater nicht umgebracht haben. Diese Vorstellung war vollkommen absurd.

Er brauchte jetzt ihre Hilfe. Sie durfte keine Zeit verlieren.

24

SAUGUS, MASSACHUSETTS

Überall in dem Motelzimmer lagen Styroporbehälter und Plastikflaschen. Stone drehte sich um und hörte das leise Knirschen eines Pappbechers.

Er ließ den Blick durch die Kammer schweifen, sah die leeren Wodkaflaschen und erinnerte sich sofort daran, wo er war.

Saugus. Er befand sich in einem Motel in Saugus, knapp fünfzehn Kilometer nördlich von Boston.

Er wirkte wie ein menschliches Wrack. Dunkle Ringe lagen unter seinen Augen, und seit fünf Tagen, seit der Ermordung seines Vaters, hatte er sich nicht mehr rasiert. Fünf Tage lang verließ er das Motelzimmer nur, wenn er hungrig oder durstig wurde.

Wie bin ich hierhergekommen? dachte er. Es erstaunte ihn, daß er genug Kraft aufgebracht hatte, um ein gottverlassenes Motel im miesesten Viertel von Saugus zu erreichen. Dieser schäbige Teil der Stadt bestand aus Stripteaselokalen, billigen Steakhäusern und einigen schlechten chinesischen Restaurants.

Ein Nervenzusammenbruch, überlegte er. Ja, ich habe eine Art von Nervenzusammenbruch erlitten. Aber ich bin nicht völlig ausgeklinkt und vernünftig genug geblieben, zu verschwinden und hier unterzutauchen.

Stone begriff plötzlich, daß er entkommen war.

Seine Gedanken glitten in die Vergangenheit zurück ...

Er erwachte im Arbeitszimmer und stellte entsetzt fest, daß man seinen Vater brutal ermordet hatte. Irgend etwas zerbrach in ihm. Er hielt den Kopf des Toten, starrte in das blutige Gesicht und *wollte*, daß sich die Augen öffneten.

Dann vernahm er das Krachen an der Tür. Drei Polizisten stürmten ins Haus, und Stone wußte, daß sie es auf ihn abgesehen hatten: Sie wollten ihn verhaften. Er hörte, wie sie darüber sprachen, und eine warnende Stimme in seinem Innern drängte ihn zur Flucht. Er sprang durch die Hintertür und jagte durch mehrere Gärten. Nach einigen Minuten gelangte er zur Garden Street, blieb mitten auf dem Asphalt stehen und wäre fast überfahren worden. Er winkte ein Taxi herbei und forderte den Mann am Steuer auf, einfach nur zu *fahren*. Es spielt überhaupt keine Rolle, wohin, sagte er. Geben Sie Gas! Ich will die Stadt verlassen. Der Fahrer drehte sich zu ihm um, rieb Daumen und Zeigefinger aneinander – haben Sie genug Geld? Stone winkte mit seiner Brieftasche. Er hatte Glück: Das Taxi brachte ihn bis nach Saugus. Dort stieg er vor diesem billigen Motel aus und gab dem Fahrer weitaus mehr Geld, als ihm zustand.

Während der nächsten Tage wartete er darauf, daß der Schock allmählich nachließ. Er ernährte sich von Pizzas und chinesischem Essen, das er sich per Telefon bestellte. Er trank Wodka, Scotch und Bier, und manchmal erlaubte er sich den kurzen Besuch eines Hamburger-Lokals. Die übliche Kundschaft des Motels genoß einen so schlechten Ruf, daß ihm niemand Fragen stellte. Irgendein Typ, der seinen Kummer zu ertränken versucht, sagte der Verwalter zu seiner Frau, als sie in Stones Zimmer saubermachen wollte und feststellen mußte, daß die Tür abgeschlossen war. Sie kannten den seltsamen Burschen als Smith, ein Name, der ihnen nicht ungewöhnlich erschien: Die Hälfte aller Gäste hieß Smith.

An diesem Morgen überwand Charlie endlich den Schock, und daraufhin spürte er nur noch eine Mischung aus Trauer, Zorn und Verwirrung. Er entsann sich an die tiefe Niedergeschlagenheit, die er nach dem Tod seiner Mutter empfunden hatte, eine Verzweiflung, die nur ein Knabe fühlen kann. Er glaubte das Ende der Welt gekommen. Und dann geschah etwas: Sein Elend verwandelte sich in heiße Wut, auf seinen Vater, auf die Freunde und Schulkameraden. Eine Zeitlang gab er sich ganz dem heiligen Zorn hin, und das half ihm, den Schmerz zu überwinden. Diese emotionale Metamorphose wiederholte sich nun; aus dem Entsetzen über die Ermordung seines Vaters wurde brodelnde Wut.

Er sah einen Verbündeten in ihr.

Zum erstenmal seit fünf Tagen glaubte er sich stark genug, das Motel zu verlassen. Wer auch immer Alfred Stone umgebracht hatte – er trug auch die Verantwortung für Saul Ansbachs Tod, überlegte er. Und vielleicht gab es noch weitere Opfer.

Aber warum hatten die Unbekannten nicht auch ihn getötet? Dazu wären sie bestimmt in der Lage gewesen. Daß sie diese Möglichkeit nicht wahrnahmen, ließ nur einen Schluß zu: Es ging um einen grotesken Plan, dessen Logik ihm unverständlich blieb.

Vielleicht hatte Saul recht. Vielleicht stand dies alles mit einer fehlgeschlagenen Geheimdienstoperation in Zusammenhang. Vielleicht glaubten irgendwelche außerordentlich einflußreichen Leute, er sei auf der Spur von überaus wichtigen Geheimnissen, die sie um jeden Preis schützen wollten ...

Wer kannte die Wahrheit? James Angleton, der legendäre Chef der CIA-Gegenspionage, hatte einmal T. S. Eliot zitiert und ihre Arbeit als ›Irrgarten aus Spiegeln‹ beschrieben. Das traf den Kern der Sache: Manchmal verbarg sich die Wahrheit hinter Dutzenden von Spiegelbildern.

Eins wußte Stone: Man suchte nach ihm. Er mußte irgendwie seine Unschuld beweisen und durfte niemandem vertrauen. Er konnte nicht länger innerhalb des Systems arbeiten, denn das System war infiltriert, bis hin zur örtlichen Polizei.

Das galt auch für Parnassus. Lenny Wexler hatte Stone davor gewarnt, in sein Büro zurückzukehren.

Andererseits: Er *mußte* nach Boston.

Er brauchte Geld, seinen echten Paß und auch den falschen, der inzwischen im Postamt auf ihn wartete.

Und das Dossier. Er benötigte das Dossier und die Fotografien, die er im Haus seines Vaters gelassen hatte. Befanden sie sich noch immer dort?

Er hatte keine andere Wahl, als noch einmal den Schauplatz des Alptraums aufzusuchen.

Um wieder Frieden zu finden, mußte er mehr über die fehlgeschlagene Geheimdienstoperation herausfinden und feststellen, wer hinter dieser Sache steckte. Wenn er die Verantwortlichen kannte und damit drohte, alles an die Öffentlichkeit zu bringen ...

Nur mit diesen Informationen war er imstande, sich zu verteidigen. Es ging jetzt nicht mehr nur um die Rehabilitierung seines Vaters. Sein Leben stand auf dem Spiel.

Aber er konnte nur als jemand anders nach Cambridge zurückkehren. Charlie Stone durfte sich dort nicht zeigen.

Er stand auf und trat an den Spiegel heran. Zum erstenmal seit Tagen betrachtete er sein Abbild und erschrak. Er sah zwanzig oder dreißig Jahre älter aus. Es lag nicht nur am stoppeligen Bart, sondern auch an den bläulichen Tränensäcken unter seinen Augen.

Für einige Sekunden glaubte Stone, ihm wehe Rauch entgegen. Er nahm einen beißenden, schwefligen Geruch wahr. Schießpulver?

Die Umgebung schien sich plötzlich zu verändern. Die Konturen des Motelzimmers verflüchtigten sich, und er saß im Sumpf, am Ufer des kleinen Sees in Maine, dreißig Kilometer nördlich des Blockhauses. Zusammen mit seinem Vater ging er dort auf Entenjagd. Die Kälte vertrieb ihm das Gefühl aus den Händen.

Schon seit Stunden hockte er in einem tarnenden Unterstand aus Draht und Blättern. Neben ihm wartete sein Vater, wachsam, gesund und fröhlich. Ab und zu unterhielten sie sich flüsternd. Sie saßen schon so lange dort, daß sie den Eindruck gewannen, zu einem Teil des Waldes zu werden. Das Halbdunkel des frühen Morgens und die Stille stimmte sie seltsam nachdenklich.

Für den elfjährigen Charlie war es die erste Jagd. Er mochte Enten und wollte sie nicht töten.

Nach einer Weile begann er zu frieren. Eine typische Reaktion: Bei den Vorbereitungen schwitzte man und glaubte, viel zu dick angezogen zu sein, und wenn die erste Aufregung nachließ, kam die Kälte. Dann saß man reglos im Unterstand, wartete und fror, wartete und fror.

»Hör mal, Charlie«, sagte Alfred Stone leise und sanft. »Stell sie dir nicht als lebende Geschöpfe vor. Es sind Ziele, verstehst du? Sie gehören zur Natur. Wie die gebratenen Hähnchen, die wir so oft gegessen haben. Das ist alles.«

Charlie fröstelte, schüttelte den Kopf und gab keine Antwort. Er beobachtete die Köder, die einige Meter entfernt auf dem Wasser tanzten. Er beobachtete den Dampf, der von der Thermoskanne mit dem heißen Kaffee aufstieg. Er beobachtete, wie die Sonne aufging, den Himmel orangefarben und rot färbte.

»Duck dich«, flüsterte Alfred Stone. »Sieh nur, dort drüben.«

Und dann der unvergeßliche Anblick von vier oder fünf Enten, die über den Baumwipfeln erschienen und wie rasend mit den Flügeln schlugen. Alfred Stone gab das Signal, um sie anzulocken, und Charlie holte entschlossen Luft. Seine Finger waren so kalt, daß er zögerte, den Abzugsbügel zu berühren.

Er sah, wie die Vögel tiefer sanken, wie sich ihre Flügel in starre Tragflächen verwandelten. Er verglich sie mit kleinen Jumbo-Jets, die zur Landung ansetzten.

»Jetzt, Charlie«, flüsterte sein Vater.

Der Junge versteifte die Schultern, entsicherte das Gewehr – und drückte ab, als die Flügel wieder schlugen.

Der erste Schuß ging daneben.

Aber der zweite traf ins Ziel. Federn flogen. Die Ente fiel, und dann war alles vorbei.

Charlie hob den Kopf und strahlte, sah Stolz in den Augen seines Vaters.

Als er jetzt in den Spiegel blickte, an Gewehre und Tod dachte, erinnerte er sich an den ermordeten Alfred Stone, an trübe Augen und ein blutiges Gesicht. Er schauderte.

Es wurde Zeit, in die Welt zurückzukehren. Stone öffnete die Tür des Motelzimmers, von der hereinströmenden frischen Luft überrascht. Es war ein heller, warmer Morgen, ein herrlicher Oktobertag. Im Drugstore auf der anderen Seite von Route 1 fand er alles, was er brauchte: Rasiercreme, Rasierklingen, Shampoo, ein Bräunungsmittel. An der Kasse bemerkte er einen Ständer mit *Boston Globes*.

Sein Bild war auf der Titelseite.

Die Schlagzeile lautete: PORTRÄT EINES MÖRDERS. Das Foto stammte aus seiner CIA-Akte, zeigte ihn mit Anzug und Krawatte: Die Darstellung des ehrenhaften, anständigen Mannes stand in einem krassen Gegensatz zur Schlagzeile. Stone sah sich kurz um, griff nach der Zeitung und überflog den Text. Der Artikel kam einer Farce gleich, und seine Botschaft lautete: Dieser Mann, ein Mitarbeiter der Central Intelligence Agency, hat plötzlich den Verstand verloren und ist sehr gefährlich. Der Reporter bezog sich auf Informationen von der Bostoner Polizei und nicht näher definierten ›Regierungsquellen‹, und diese Mosaiksteine fügte er zu einem ›Bericht‹ zusammen, auf die jedes Revolverblatt stolz gewesen wäre. In jenem Haus – in Charles Stones Schlafzimmer, um ganz genau zu sein – hatte man angeblich PCP gefunden, Engelsstaub. Dieses Indiz deutete auf einen stark veränderten Bewußtseinszustand hin, auf eine ausgeprägte Neigung zur Gewalt. Der Journalist fügte einen kurzen Hinweis auf Saul Ansbachs Tod hinzu und vermutete auch in diesem Mordfall eine Verbindung zu Stone. Es folgten erstaunte und bestürzte Kommentare von Stones früheren Kollegen in Georgetown und beim MIT. Eine kurze Schilderung von Alfred Stones Vergangenheit gab der Story eine besondere Würze.

»Kann ich Ihnen helfen?« fragte die junge Kassiererin. Sie hatte einen Kaugummi im Mund.

Stone starrte auf Shampoo und Rasierzeug. »Nur . . . die Zeitung, Bräunungsmittel und Shampoo«, erwiderte er. »Die anderen Sachen lege ich zurück.« Er hielt es für besser, auf eine Rasur zu verzichten. »Wo befinden sich die Haarprodukte?«

Fast einen Kilometer entfernt, in einer Niederlassung der Heilsarmee, fand er einen gelbbraunen Wollmantel, der ihm viel zu groß war, eine fleckige Hose, zwei alte Lederstiefel, die fast paßten, und einige andere abgetragene Kleidungsstücke. Als er das schwarze und orangefarbene Schaufenster eines Spielzeugladens sah, hatte er eine Idee. Mitte Oktober, nur noch zwei Wochen bis Halloween. Stone kaufte Mastixgummi und schwarzes Kunsthaar.

Im Motel beglich er die Rechnung und suchte dann wieder sein Zimmer auf. Er wusch sich das Haar und benutzte ein dunkles Tönungsmittel, das nach sechs Waschungen seine Wirkung verlieren sollte. Eine halbe Stunde später stellte er zufrieden fest, daß sein Haar jetzt wesentlich dunkler war. Anschließend behandelte er es mit einer ordentlichen Portion Pomade, und daraufhin erweckte es den Eindruck, als sei es seit Monaten nicht mehr gewaschen worden. Er trug das Bräunungsmittel auf, cremte Gesicht, Hals und Hände ein. Innerhalb weniger Stunden sah er aus wie jemand, der einen großen Teil seiner Zeit in der Sonne verbrachte.

Er rieb das Mastixgummi auf den Bart und klebte dann das Kunsthaar fest. Nach zehn Minuten betrachtete er das Ergebnis seiner Bemühungen im Spiegel. Sein Bart war nun lang und zottelig, und zusammen mit den anderen Veränderungen ergab sich ein dramatischer Effekt.

Zerlumpte Kleidung, langer Bart, schmutziges Haar, ein tief gebräuntes, verlebtes Gesicht – er wirkte wie ein Landstreicher, wie ein bettelarmer Rasputin. Wer ihn aufmerksam und aus unmittelbarer Nähe musterte, erkannte ihn sicher. Aber jemand, der ihn aus einer Entfernung von drei Metern sah, konnte ihn unmöglich für Charles Stone halten. Außerdem: Leuten wie ihm schenkte man kaum Beachtung.

25
SILVER SPRING, MARYLAND

Der Mann von der sowjetischen Botschaft und sein Freund aus dem Weißen Haus frühstückten in einem kleinen Restaurant von Silver Spring. Sie wußten beide, daß ein vollkommen geheimes Treffen praktisch unmöglich war, aber sie hielten es auch für erforderlich, so wenig Aufmerksamkeit wie möglich zu erregen. Wer sie beobachtete – was an diesem Ort unwahrscheinlich war –, schätzte sie vermutlich als die typischen Karrieremacher aus Washington ein.

Es handelte sich um ein altmodisches Restaurant mit Kunststofftischen und Musikboxen in Nischen. Vor dem Eingang hing ein großes Schild mit der schlichten Aufschrift ESSEN. Bayliss hatte es vor einigen Wochen bemerkt, als er morgens zur Arbeit fuhr.

Den Kaffee servierte man in großen weißen Keramikbechern. Malarek bestellte sich Eier mit Schinken und Weizentoast. Bayliss nahm erstaunt zur Kenntnis, daß sich der Russe offenbar gut mit dem Angebot billiger amerikanischer Lokale auskannte.

Die Anspannung war fast greifbar. »Eigentlich hätte nichts schiefgehen dürfen«, sagte Bayliss. »Alles wurde bestens vorbereitet, bis hin zur Verhaftung und der Anklage gegen ihn. Verdammt! Was ist passiert?«

»Offenbar genügte das Betäubungsmittel nicht. Stone erwachte zu früh. Na ja, unsere Leute wollten mit der Dosis vorsichtig sein. Ich kann ihnen deswegen keinen Vorwurf machen.« Malareks Englisch, stellte Bayliss fest, war fast perfekt, der Akzent kaum hörbar. »Aber wenn *Ihre* Leute eher eingetroffen wären . . .«

»Ein viel zu komplizierter Plan«, kommentierte Bayliss und schüttelte den Kopf.

»Oh, an dem Plan gibt es nichts auszusetzen«, widersprach Malarek. Für Bayliss klang es so, als fühle er sich in die Defensive gedrängt. »Ihnen dürften die Vorteile dieser Taktik klar sein. Nach dem Verhör hätte man festgestellt, daß Stone im Gefängnis Selbstmord beging. Aus Verzweiflung über sein ruiniertes Leben und so weiter.«

Bayliss sah plötzlich auf und verlor den Appetit. Nach einigen Sekunden senkte er den Kopf wieder und hob eine Hand vor die Augen. »Wenn ich daran denke, daß ich in einen Mordfall verwickelt bin . . .«, kam es leise von seinen Lippen.

»Wir haben die richtigen Entscheidungen getroffen«, versicherte ihm Malarek.

Bayliss rieb sich die Augen. »Es ist sehr schwierig für mich.« Er hob den Kopf und fuhr leise fort: »Na schön. Noch ist nichts verloren. Die örtliche Polizei benutzt den NCIC, den National Crime Information Computer.[1] Die FBI-Sektion für flüchtige Verbrecher in Washington hat ebenfalls mit Ermittlungen begonnen. Es werden zivile Wagen der Massachusetts State Police eingesetzt, und man überwacht alle Verkehrsknotenpunkte. Überall gibt es Fahndungsfotos. Wir haben alle notwendigen behördlichen Genehmigungen. Man hat seine letzten Telefongespräche und alle Adreßbücher überprüft. Wir kennen seine Freunde und Bekannten, lassen die entsprechenden Orte überwachen. Irgendwann wird er einsehen, daß ihm nichts anderes übrigbleibt, als sich zu stellen. Und dann schnappen wir ihn.«

»Wenn Sie seinen Aufenthaltsort kennen«, warf Malarek ein und schmierte Butter auf eine Toastscheibe. »Andernfalls . . .« Er sprach nicht weiter und zuckte mit den Schultern.

»Er wird nicht nur wegen Mord gesucht; man wirft ihm auch Hochverrat vor. Immerhin *ist* er ein Mitarbeiter der CIA. Früher oder später wird man ihn finden. Machen Sie sich keine Sorgen.«

Malarek hob erneut die Schultern. Sein Gesichtsausdruck war undeutbar.

1 Vergleichbar mit dem Bundeskriminalamt – Anmerkung des Übersetzers

»Vielleicht gelingt es uns irgendwie, ihn zu überzeugen«, sagte Bayliss. »Wenn wir ihn aus dem Verkehr ziehen, ohne daß er sterben muß . . . Lebend wäre er uns weitaus nützlicher. Er könnte uns helfen, alle undichten Stellen zuzustopfen.«

»Ein durchaus geeigneter Plan«, erwiderte Malarek, obgleich er wußte, daß weitaus mehr nötig war.

26

SAUGUS, MASSACHUSETTS

Einige Straßen vom Motel entfernt entdeckte Stone einen öffentlichen Fernsprecher. Er nahm ab, und der Verkehrslärm war so laut, daß er kaum das Freizeichen hörte.

Wen sollte er anrufen?

Konnte er sich auf seinen alten Bekannten aus der Zeit in Boston verlassen, auf Chip Rosen, der jetzt für den *Boston Globe* arbeitete? Vielleicht.

Dann fiel ihm Peter Sawyer ein, jener Bostoner Privatdetektiv, von dem er lernte, wie man Schlösser knackte. Er wohnte einen Stock über dem Apartment, das Charlie mit Charlotte geteilt hatte, während er am MIT unterrichtete. Sie waren gute Freunde geworden. Zwar standen sie kaum mehr in Kontakt, aber Stone glaubte, daß Sawyer absolutes Vertrauen verdiente.

Er wählte die entsprechende Nummer, und der Anrufbeantworter meldete sich. Stone hinterließ eine kurze Nachricht, ohne seinen Namen zu nennen – Sawyer erkannte bestimmt seine Stimme. Plötzlich knackte es in der Leitung, und Sawyer meldete sich.

»Lieber Himmel, wo steckst du?«

»Peter, du weißt doch, daß ich dir darauf keine Antwort ...«

»Oh, ich verstehe. He, Mann, du bist in ziemlichen Schwierigkeiten.«

»Ich habe meinen Vater nicht ermordet. Das weißt du.«

»Meine Güte, natürlich weiß ich das! Eine verdammt scheußliche Angelegenheit. Als ich davon erfuhr, habe ich sofort Nachforschungen angestellt. Die Sache stinkt.«

»Ich brauche deine Hilfe, Peter.«

»Was bedeutet der Lärm im Hintergrund? Hast du mitten auf der Autobahn ein Telefon gefunden?«

»Man hat mich reingelegt, Peter. Ich benötige Hilfe.«

»Das wundert mich nicht. Überall wimmelt es von den Typen. Man sucht dich.«

»*Wer?*«

»Wer? Was glaubst du? Die Bullen. Und wahrscheinlich auch Uncle.«

»Uncle?«

»Uncle Sam. Das FBI. Wer auch immer dahintersteckt: Man will deinen Kopf. Komm bloß nicht auf den Gedanken, dich zu stellen, Charlie. Hör mal, ich möchte, daß du in einer Minute auflegst.«

»Telefonüberwachung? Glaubst du, man könnte den Anruf hierher zurückverfolgen?«

»Ja. Setz dich anschließend wieder mit mir in Verbindung. Kein Gespräch darf länger als zwei Minuten dauern, okay? Und wenn ich dir einen guten Rat geben darf: Verzichte darauf, die Polizei anzurufen.«

»Dort hast du doch Freunde, nicht wahr? Früher hast du ebenfalls eine blaue Uniform getragen.«

»Zwecklos. Man hat mir Fragen gestellt. Die Burschen sprechen mit allen Leuten, die dich kennen.«

»Was weißt du über die Sache?«

»Ich weiß, daß man dich in eine verdammt gut vorbereitete Falle locken wollte. Glaub mir: Ich habe selbst viele Fragen gestellt, als ich davon hörte.«

»Man hat mich betäubt.«

»Ja.«

»Der *Globe* behauptete, im Schlafzimmer und in meinem Apartment sei Rauschgift gefunden worden.«

»Oh, klar. Sicher stammt das Zeug von den Mördern deines Vaters. Leg jetzt auf, Charlie.«

Auf der gegenüberliegenden Straßenseite fand Stone einen anderen Münzfernsprecher. Er bemerkte, daß ihm die Leute aus dem Weg gingen – seine Tarnung funktionierte.

Erneut wählte er Sawyers Nummer, und diesmal nahm der Detektiv beim ersten Läuten ab.

»Du glaubst mir doch, Peter, nicht wahr?« fragte Stone. »Ich meine, du hast keine Zweifel, oder?«

»Es überrascht dich sicher nicht zu erfahren, daß deine Fingerabdrücke auf dem Messer sind.«

»*Jesus!* Natürlich sind sie das. Ich habe das blöde Ding erst vor kurzer Zeit geschärft und es mehrmals benutzt, um Brot zu schneiden.« Eine Frau in mittleren Jahren näherte sich. Sie schien das Telefon benutzen zu wollen, aber als sie den vermeintlichen Stadtstreicher sah, verzog sie voller Abscheu das Gesicht und ging weiter.

»Dachte ich mir schon. Interessant ist jedoch folgendes: Einige der Fingerabdrücke wurden verwischt, aber nicht von Schweiß oder Hautfett. Als Ursache kommen nur dünne Gummihandschuhe in Frage. Jene Art, die man nur einmal benutzt. Du kennst sie sicher: Talk an der Innen- und Außenseite. Am Messer hat man ebenfalls Talkumpuder gefunden.«

»Zum Teufel auch, woher weißt du das alles?«

»Ein Freund von mir besorgte den Polizeibericht, bevor man ihn zur Verschlußsache erklärte.«

»Ich rufe gleich zurück.«

Fünf Minuten später trat Stone an das Telefon eines Zeitungsstands heran. Als er abnahm, rief der Verkäufer: »Verschwinde von hier, wenn du nichts kaufen willst.«

Stone setzte den Weg schweigend fort. Einige Straßen weiter sah er eine öffentliche Telefonzelle.

»Was soll ich jetzt machen?« fragte er den Detektiv.

»Keine Ahnung. Versteck dich eine Zeitlang, bis Gras darüber wächst. Nach einer Weile gibt man die Fahndung auf. Die Möglichkeiten der Polizei sind begrenzt. Sie hat auch ohne dich mehr als genug zu tun. Besorg dir einen guten Anwalt. Himmel, ich weiß nicht, welchen Rat ich dir geben soll.«

»Ich muß irgendwo untertauchen.«

»Leider kann ich dich nicht bei mir verstecken. Dies ist einer der ersten Orte, wo man nachsehen wird. Bestimmt kontrolliert man die Wohnungen deiner Freunde in Boston – und auch in New York. Überraschungsbesuche von Polizisten in Zivil und so weiter. Ich habe schon zweimal solche Leute empfangen. Ich bedauere es, dies sagen zu müssen, Charlie: Bleib von mir fern. Versprich mir, daß du nicht nach Boston kommst.«

»Mal sehen.«

»*Verdammt!*« explodierte Sawyer. »Bist du vollkommen übergeschnappt? Überall hängt dein Bild aus. Du kannst nicht einmal einen Bus nehmen, ohne daß man dich sofort erkennt. Ständig sind Streifenwagen unterwegs, die einzig und allein damit beauftragt sind, nach dir Ausschau zu halten. Und das Haus deines Vaters . . . Wenn du dort auftauchst, bist zu erledigt.«

»Warum?«

»Es ist der Ort *numero uno*, wo man dich erwartet. Wenn du nach Boston zurückkehrst, legst du dir selbst Handschellen an.«

»Ich muß jetzt Schluß machen. Hör mal, Peter: Ich weiß das sehr zu schätzen. Alles, meine ich.«

»Schon gut, Charlie.«

»Du hörst später von mir. Ich brauche deine Hilfe, Peter. Dringend.«

»Tut mir leid . . .«

»Was soll das heißen?«

»Es gibt Gerüchte.«

»Über mich.«

»Ich möchte nicht meine Lizenz verlieren. *Solche* Gerüchte meine ich. Ich würde dir gern helfen, Charlie, aber ich kann nicht. Halte dich von mir fern. Um deinet- und auch meinetwillen.«

Stone hängte den Hörer an die Gabel, stand am Straßenrand und versuchte, ein Taxi herbeizuwinken. Keines hielt an. Die Fahrer nahmen nicht einmal das Gas weg, wenn sie den Stadtstreicher mit dem langen Bart und dem schmierigen Haar sahen. Schließlich machte sich Stone zu Fuß auf den Weg nach Boston.

27

CAMBRIDGE

Gut vier Stunden später erreichte Stone die Granittreppe vor dem Central-Square-Postamt in Cambridge. Unterwegs hatte er sich einen Einkaufswagen besorgt – ihn vor einem Supermarkt gestohlen –, und darin befanden sich nun einige mit Abfällen gefüllte Müllbeutel.

Er genoß den Vorteil des Überraschungsmoments. Seine Gegner – Polizei, Geheimdienst oder eine private Gruppe von Fanatikern – rechneten sicher nicht damit, daß er nach Boston zurückkehrte. So etwas kam Wahnsinn gleich. Die wichtigsten Fragen lauteten: Wo und wie suchte man nach ihm? Wie weit reichte das Netz der Überwachung? Wie dicht war es geknüpft?

Vor dem Postamt parkten drei Fahrzeuge: ein Streifenwagen, ein alter Dodge und ein neuer Chrysler. Stone beobachtete sie – die drei Fahrer schienen zu warten. Nach einigen Minuten rollte der Dodge fort. Der Mann am Steuer des Chrysler sah auf eine Straßenkarte.

Es blieb Charlie nichts anderes übrig, als ein Risiko einzugehen. Er hielt es für sehr unwahrscheinlich, daß die Polizisten im Streifenwagen beauftragt waren, nach ihm Ausschau zu halten. Niemand wußte, daß er ein Postfach hatte. Es gab nur einen Schlüssel, und der ruhte in Stones Tasche.

Zwei andere Stadtstreicher saßen vor dem Eingang des Postamts und beobachteten ihn stumm, als er sich näherte. Was nun? Sollte er den Einkaufswagen zurücklassen, obwohl er angeblich seine ganzen Besitztümer enthielt?

Stone zog ihn die Treppe hoch, Stufe um Stufe, und kurz darauf rollte er ihn durch die Tür. Nichts geschah. Niemand folgte ihm. Alles in bester Ordnung.

Charlies Postfach befand sich auf der linken Seite, an der gegenüberliegenden Wand. Erschien es seltsam, daß ein so ungepflegt und heruntergekommen wirkender Mann wie er ein Postfach hatte? Stone sah sich unauffällig um; niemand beobachtete ihn.

Das Fach enthielt den Werbeprospekt eines Supermarktes und einen gelben Zettel, der Mr. Robert Gill auf ein Einschreiben hinwies. Er konnte es nur am Schalter bekommen.

Stone durchquerte das Zimmer, ging dabei mit langsamen, schlurfenden Schritten. Er stellte sich an, und die Frau vor ihm – irgendeine Angestellte, die ihre Mittagspause nutzte, um verschiedene Dinge zu erledigen – starrte ihn groß an.

Der *Boston Globe*. Charlies Foto war mehrere Tage hintereinander veröffentlicht worden, nicht nur im *Globe*, sondern wahrscheinlich auch in der Boulevardzeitung *Herald*. Erkannte ihn die Frau? Stone blickte zu Boden. Die meisten Menschen erwarteten nicht, einem flüchtigen Verbrecher zu begegnen. Charles Manson hätte in irgendeinem Supermarkt einkaufen können, ohne von jemandem erkannt zu werden.

Schließlich kam er an die Reihe. Wortlos legte er den gelben Zettel vor.

Der Beamte musterte ihn und grinste. »Können Sie sich ausweisen?«

Stone erschrak.

Dann fiel ihm Robert Gills Führerschein in der Brieftasche ein. Er holte ihn hervor und reichte das Dokument durchs Fenster.

Der Beamte betrachtete das Bild und hob dann wieder den Kopf. »Das sind Sie nicht.« Er hatte recht. Das Foto wies praktisch keine Ähnlichkeit mit Charlie auf.

Stone schnitt eine Grimasse. »Ich habe mir einen Bart wachsen lassen«, erwiderte er. Seine Stimme klang wie ein dumpfes Knurren.

Der Beamte sah noch einmal hin und zuckte mit den Schultern. Zwei Minuten später besaß Stone Robert Gills neuen Paß.

Es fiel ihm leichter, den Einkaufswagen die Treppe hinunterzuschieben, und anschließend rollte er ihn über den Bürgersteig der Massachusetts Avenue. Das zweite Ziel: die Bank. Aber das nächste Polizeirevier war nur zwei Straßen entfernt, und in jenem Viertel patrouillierten viele Streifenwagen. In jedem davon konnte ein besonders aufmerksamer Polizist sitzen. Stone wandte sich nach links; die Nebenstraße führte recht steil nach unten.

Fünfzehn Minuten später erreichte er den Harvard Square mit der Adams Trust Bank. Dort hatte sein Vater ein Schließfach, und Stone galt bei der Bank als sogenannter ›Mitpächter‹ – er hatte seine Unterschrift hinterlegt und einen Schlüssel bekommen. Mitpächter haben das ›Eigentumsrecht des Überlebenden‹ – der Inhalt von Alfred Stones Schließfach gehörte nun ihm.

Der Schlüssel befand sich in seiner Brieftasche, und das Schließfach enthielt dringend benötigtes Bargeld.

Aber in diesem Fall drohte auch Gefahr. Ein Stadtstreicher erregte sicher Verdacht, wenn er eine Bank betrat, zu deren Kunden die reichsten Bürger Cambridges zählten.

Als sich Stone mit seinem Einkaufswagen der Tür näherte, bemerkte er einen Polizisten, der ihn beobachtete.

»He!« rief der Uniformierte. »Was machen Sie da?«

Charlie hielt den Kopf gesenkt und ging weiter.

»Ich rede mit Ihnen. Verschwinden Sie. Hier haben Sie nichts zu suchen.«

Stone wollte es nicht drauf ankommen lassen, drehte den Wagen herum und schlurfte stumm fort.

Nach einer halben Stunde ließ er den Einkaufswagen in einer Seitengasse und näherte sich der Bank aus einer anderen Richtung. Der Polizist stand nicht mehr neben dem Zugang. Stone trat durch die Drehtür ein.

Auf der Straße war er geradezu unsichtbar, doch an diesem Ort richteten sich alle Blicke auf ihn. Mehrere Kassierer sahen auf, als er hereinkam. Charlie ging zu dem Schalter, wo er seine Unterschrift für das Schließfach hinterlegt hatte. Ein dunkelhaariger und sehr gepflegter junger Mann runzelte die Stirn.

»Bitte gehen Sie«, sagte er.

»Ich möchte zu meinem Schließfach«, erwiderte Stone.

Der Mann musterte ihn voller Unbehagen. »Ihr Name?«

»Ich habe wirklich ein Fach bei Ihnen. Mir ist klar, welchen Eindruck ich auf Sie mache. Eine sehr schwierige Zeit liegt hinter mir.« Er sprach hastig, verschmolz die einzelnen Sätze miteinander, so daß sie mehr Sinn zu ergeben schienen. »Ich bin an den Rand der Gesellschaft geraten, aber jetzt ist wieder alles in Ordnung.«

»Tut mir leid«, erwiderte der junge Mann gleichgültig.

Stone holte die beiden Schlüssel für das Schließfach hervor und legte sie auf den Tresen. »Können wir uns setzen?«

»Natürlich«, antwortete der Mann ein wenig freundlicher. Er führte Stone zu einem Tisch, und dort nahmen sie Platz. »Wissen Sie, ich war ein wenig überrascht. Die meisten unserer Kunden . . .«

»Sie brauchen sich nicht zu rechtfertigen«, entgegnete Charlie sanft. »Sobald ich mein Geld habe, wasche und rasiere ich mich. Und dann besorge ich mir neue Kleidung.«

»Sie kennen ja die Prozedur«, sagte der junge Mann. Er hatte sein Mißtrauen nicht völlig aufgegeben.

»Selbstverständlich. Ich unterschreibe einen Antrag, und Sie vergleichen meine Unterschrift mit der, die sich in Ihren Akten befindet.«

»Genau. Wie heißen Sie?«

»Charles Stone.«

Der Mann zögerte. *Kennt er den Namen?* »Einen Augenblick, Mr. Stone.«

Gab es hinter dem Tisch eine verborgene Alarmtaste, so wie am Schalter?

Der Bankangestellte stand auf. »Ich hole rasch Ihre Akte, Mr. Stone«, sagte er und ging fort.

Eine Minute später kehrte er mit zwei Unterschriftskarten zurück, und die Namen darauf bedeuteten ihm offenbar nichts. Er führte Charlie in den Tresorraum.

Das Schließfach seines Vaters bereitete Stone einen Schock. Ein weißer Umschlag lag neben Dutzenden von

Aktien und Inhaberobligationen, und darunter fand er auch Bargeld. Eine enorme Summe: mehr als hunderttausend Dollar in Scheinen zu zwanzig und hundert. Das Bündel war fast zehn Zentimeter dick. Charlie glaubte, seinen Augen nicht trauen zu können.

Er bat um einen weißen Kanevas-Geldbeutel, und der erstaunte Angestellte erfüllte ihm diesen Wunsch. Kurze Zeit später war Stone wieder auf der Straße und verbarg den Geldbeutel unter seinem langen Wollmantel.

Er schlurfte durch Nebenstraßen und entfernte sich langsam vom Harvard Square. Gegen fünf Uhr ließ er den Einkaufswagen in einer Gasse, betrat ein kleines Lokal am Imman Square und bestellte eine billige Mahlzeit, die aus Fleischkäse und Kartoffelbrei bestand. Dazu trank er einen Becher Kaffee.

Nach einer Weile öffnete er den Umschlag und fand einen Brief, den Alfred Stone vor zehn Jahren auf seiner alten Underwood geschrieben hatte. Das Papier war bereits vergilbt.

Lieber Charlie,
ich schreibe Dir dies, falls mir etwas zustoßen sollte. Wenn nichts passiert, bekommst Du diesen Brief ohnehin nicht.
Das Geld stammt, wie Du vielleicht schon vermutest, von Winthrop Lehman. Seit 1953 hat er mir in jedem Jahr zwischen zehn- und zwanzigtausend Dollar geschickt. Etwas davon habe ich ausgegeben, doch der größte Teil ist hier. Winthrop gab es mir, um alle anfallenden Kosten zu begleichen, wie er sich ausdrückte. Ich schätze, er verstand mein Lieblingszitat von Pasternak. Es dürfte Dir bekannt sein: ›Du bist eine Geisel der Ewigkeit, ein Gefangener der Zeit.‹ Gilt das nicht für uns alle?
Irgendwann erzähle ich Dir die ganze Geschichte über Lehman, Moskau und die Staroobriadtsi. Es ist viel geschehen; hoffentlich finde ich eines Tages Gelegenheit, Dir alles zu erklären.

Stone las den kurzen Brief immer wieder, bis ihn die Kellnerin schließlich fragte, ob er noch Kaffee wollte. Das Zitat von Pasternak – bestimmt bezog es sich auf den Vorwurf, Alfred Stone sei ein Spion und habe sein Land verraten.

Staroobriadtsi, die russische Bezeichnung für ›Alte Gläubige‹. Es handelte sich um Anhänger der russisch-orthodoxen Doktrin, die im siebzehnten Jahrhundert umfassende Reformen in der Kirche ablehnten. Es kam zu blutigen Kämpfen, und schließlich ging die Gruppe in den Untergrund. Wer gehörte heute zu den Staroobriadtsi?

Was versucht mir mein Vater mitzuteilen? fragte sich Charlie.

Als er die Hilliard Street erreichte, war es bereits dunkel. Ein blauweißer Streifenwagen stand vor Alfred Stones Haus, und die beiden Polizisten darin tranken Kaffee aus Dunkin'-Donuts-Bechern. Charlie ging mit seinem Einkaufswagen vorbei und blickte dabei zu Boden.

Er konnte das Haus nicht durch die vordere Tür betreten, soviel stand fest – die Beamten würden jeden kontrollieren, der sich dem Gebäude näherte. Andererseits: Diese Art von Routineüberwachung mußte irgendwann ein Ende finden; es gab einfach nicht genug Polizisten, um sie auf unbegrenzte Zeit fortzusetzen. Die beiden Uniformierten im Auto waren auch nur Menschen: Früher oder später mußten sie eine Toilette aufsuchen. Wenn Charlie die notwendige Geduld aufbrachte, ergab sich bestimmt eine Gelegenheit. Aber er durfte auch nicht zu lange in diesem Viertel bleiben.

Er atmete die kühle Oktoberluft in tiefen Zügen.

Vor dem inneren Auge sah er plötzlich ein Bild seines Vaters: das Gesicht blutig, die Kehle zerfetzt. Erneut quoll Zorn in ihm empor, und hinzu kam ein neues Gefühl, der Wunsch, Vergeltung zu üben.

Er fröstelte, rollte den Einkaufswagen zum Ende des Wohnblocks und gab ihn dort auf. Dann erinnerte er sich an eine nahe Telefonzelle und rief von dort aus die Cambridge-Polizei an.

»Ein Raubüberfall!« brachte er hervor und sprach mit einem deutlichen North-Cambridge-Akzent. »Jemand wurde erschossen.«

»Wo?« erklang es am anderen Ende der Leitung.

»Hier. Lager 24 Himmel!« Charlie legte auf.

Er kehrte zum Haus zurück, und als er sich dem Hintereingang näherte, stand der Streifenwagen nicht mehr an der Straße. Seine Rechnung ging auf: Um am Schauplatz eines schweren Verbrechens einzugreifen, setzte die Zentrale einige Wagen ein, die sich in der Nähe befanden. Wieviel Zeit gewinne ich durch diese List? überlegte Stone.

Er sah das Telefonkabel an der einen Seite des Hauses. Charlie hielt den Geldbeutel fest, als er loslief. Er führte kein Messer bei sich, deshalb holte er eine Harke aus dem kleinen Gartenschuppen und benutzte ihr scharfes Ende, um das Kabel loszureißen.

Dann eilte er geduckt über die Veranda, zog sich am Küchenfenster hoch und sah durchs Fenster, das ihm einen Blick auf die Innenseite der vorderen Tür gewährte.

Stone nickte langsam. Es *gab* eine Alarmvorrichtung. Ein koffergroßer Apparat stand direkt neben der Tür, und der davon ausgehende Draht war mit dem Telefonanschluß verbunden. Nun, das abgerissene Kabel eliminierte diese Gefahr. Kurz darauf stellte er fest, daß ein ähnliches Gerät in der Küche stand.

Er versuchte, das Fenster zu öffnen – verriegelt. Stone hob den Arm, winkelte ihn an und stieß mit dem Ellbogen zu. Die Scheibe zersplitterte, und einige Sekunden später war er im Haus seines Vaters.

Gespenstische Dunkelheit herrschte, aber er wußte, daß er auf keinen Fall das Licht einschalten durfte. Die unvertrauten Schatten und Schemen wirkten bedrohlich, und er nahm den Geruch von Desinfektionsmitteln wahr – irgend jemand hatte hier saubergemacht. Er lauschte einige Sekunden lang. Alles blieb völlig still. Charlie begriff, daß er rasch handeln mußte. Lautlos durchquerte er die Küche und schlich ins Wohnzimmer, in dem das Licht der Straßenlampen zumindest einen Teil der Finsternis verdrängte. Er durfte es nicht riskieren, von der Straße aus gesehen zu werden – ein Schatten, der sich im Haus bewegte, erregte sicher sofort Verdacht. Wurde der Alarm einzig und allein durch das Telefonkabel weitergeleitet? Wenn nicht . . . Stone verdrängte diesen Gedanken.

Es dauerte sicher nicht mehr lange, bis die Polizei zu dem Schluß gelangte, daß im Lager 24 überhaupt kein Raubüberfall stattfand, und dann kehrte der Streifenwagen sofort zurück.

Es hingen keine Bilder mehr an den Wänden, und alle Schubladen standen offen. Jemand hatte alles gründlich durchsucht.

Charlie hastete die Treppe hoch und begab sich in sein Schlafzimmer. Keine Spur von dem Umschlag, der die Fotografien und eine Kopie des Dossiers aus Lehmans Archiv enthielt.

Nichts.

Sie hatten die Unterlagen gefunden und mitgenommen. Stones letzte Hoffnung . . . Jetzt existierte sie nicht mehr.

Die Waffe.

Er lief ins Schlafzimmer seines Vaters. Die Smith & Wesson-Automatik lag noch immer im versteckten Pappkarton, neben einem mit vierzehn Patronen gefüllten Magazin. Charlie steckte beide Gegenstände ein. Es wurde höchste Zeit, das Haus zu verlassen.

Eine Minute später sprang er aus dem Küchenfenster und landete draußen auf dem Boden, als der Streifenwagen gerade wieder am Straßenrand parkte. Das Scheinwerferlicht fiel direkt auf Stone.

28

Charlie fluchte laut und duckte sich hinter den hohen Holzzaun, der das Grundstück seines Vaters vom nächsten trennte. Er stürmte los und hörte Schritte.

Stone dachte nur noch daran, zu fliehen und zu entkommen. »Halt, Polizei!« ertönte es hinter ihm. Einer der beiden Beamten feuerte einen Warnschuß ab – die Kugel bohrte sich in den Zaun. Charlie warf sich zu Boden, hielt mit der einen Hand den Geldbeutel fest und kroch in die schmale Betongasse zwischen zwei Häusern an der Brattle Street.

Eine Sirene heulte in der Nähe.

Sechzig oder siebzig Meter weiter vorn sah Stone die Rückfront einiger Geschäfte: ein Spirituosenladen, eine Videothek, ein Jeans-Shop. Er erinnerte sich an einen schmalen Durchgang zwischen dem Spirituosengeschäft und der Videothek, kaum mehr als ein Spalt zwischen zwei Backsteingebäuden, die in einem Abstand von zwanzig Jahren errichtet worden waren.

Mindestens dreißig Meter trennten ihn von den Verfolgern. In einigen Sekunden kamen sie um die Ecke und sahen, in welche Richtung er floh. Stone holte alles aus sich heraus, legte einen Sprint ein und sprang in den Zwischenraum, stieß dabei mit dem Kopf an die Mauer. Heftiger Schmerz durchzuckte ihn, aber er durfte jetzt nicht innehalten. Das Adrenalin in seinen Adern trieb ihn an, als er sich einen Weg durch den Müll bahnte, der sich in dem Durchgang angesammelt hatte. Kurz darauf erreichte er die andere Seite.

Ein Wagen!

Seine einzige Hoffnung. Eine junge Schwarze saß in einem verbeulten Honda vor dem Spirituosenladen. Wahrscheinlich wartete sie auf ihren Freund oder Ehemann. Stone lief zur Beifahrertür und riß sie auf. Die Frau schrie.

»Fahren Sie!« befahl Charlie und verhinderte einen zweiten Schrei, indem er ihr die Hand auf den Mund preßte. Verdammt, die beiden Polizisten sind mir dicht auf den Fersen! fuhr es ihm durch den Sinn. Die Frau wand sich hin und her, starrte ihn aus weit aufgerissenen Augen an.

Stone holte die Pistole hervor und drohte damit. Himmel! dachte er. Ich habe mir nicht einmal die Zeit genommen, das Ding zu laden.

»Es liegt mir fern, Ihnen etwas anzutun«, sagte er. »Aber ich werde nicht zögern, von der Waffe Gebrauch zu machen, wenn Sie mir keine andere Wahl lassen. Fahren Sie mich nach Brookline. Sie haben nichts zu befürchten.«

Die entsetzte Frau gehorchte und gab Gas.

Einige Minuten später überquerten sie die Boston University Bridge und erreichten die Commenwealth Avenue.

»Und jetzt?« Die Schwarze schluchzte leise.

»Biegen Sie hier nach links ab.«

»Bitte schießen Sie nicht. Bitte.«

»Halten Sie dort drüben.«

Stone griff in die Tasche, holte einen fleckigen und zerknitterten Zwanzig-Dollar-Schein hervor. »Das entschädigt Sie sicher nicht für den Schrecken, aber nehmen Sie das Geld trotzdem. Es tut mir leid.« Er ließ die Banknote auf den Sitz fallen und stieg aus.

Das Apartmentgebäude stand an der nächsten Straße. Unmittelbar hinter der Glastür gab es eine große Tafel mit vielen Tasten. Stone fand die richtige und drückte sie.

»Ja?« ertönte es aus dem kleinen Lautsprecher.

»Ich bin's, Charlie Stone. Laß mich rein.«

Einige Sekunden später summte es. Stone stieß die Innentür auf und eilte eine lange Treppe hoch.

»Meine Güte, was ist mit dir passiert?« fragte Chip Rosen, als er die Wohnungstür öffnete. Er war groß, untersetzt und etwa in Charlies Alter. »Mein Gott!«

Rosens Frau Karen, eine kleine Brünette, stand hinter ihm und hob die Hand zum Mund. Sie arbeitete als

Rechtsanwältin für eine große Firma im Zentrum der Stadt.

»Komm herein, Charlie.«

»Ihr habt davon gehört«, sagte Stone, als er das Apartment betrat.

»Natürlich«, erwiderte Karen. »Alle wissen davon.«

»Ich brauche Hilfe.«

»Selbstverständlich, Charlie«, entgegnete Chip. »He, an deinem Hinterkopf klebt Blut.«

»Zum Glück seid ihr zu Hause.« Stone kam langsam wieder zu Atem. Erst jetzt spürte er, daß sein Puls raste. Er legte den Kanevasbeutel beiseite und streifte den Mantel ab. »Ich benötige wirklich Hilfe, dringend.«

»Und du bekommst sie«, sagte Chip. »Zuerst einmal ... Ich glaube, du könntest eine heiße Dusche und dann einen ordentlichen Drink vertragen.«

Stone seufzte erleichtert. »Die letzten Tage sind ein Alptraum für mich gewesen.«

»Du solltest die Platzwunde am Kopf behandeln. Ich glaube, wir haben noch etwas Betadin im Arzneischrank. Geh jetzt unter die Dusche; ich hole dir frische Kleidung. Anschließend sprechen wir über alles.«

Im Bad zog Stone die Sachen aus, die er in einem Laden der Heilsarmee in Saugus gekauft hatte. Mit Reinigungsalkohol und einigen Wattetupfern entfernte er den falschen Bart. Er versuchte, sich zu entspannen, als er Rasiercreme auftrug, doch ein Teil der furchtsamen Nervosität haftete in ihm fest.

Er brauchte Freunde, Verbündete, einen sicheren Unterschlupf. Vielleicht konnte Rosen einige seiner Kontakte bei den Zeitungen nutzen, um die Wahrheit ans Licht zu bringen. Vielleicht bot ihm Karen eine juristische Möglichkeit, um das Entsetzen zu beenden.

Charlie hörte, sie sich Chip und Karen mit leisen Stimmen in der Küche unterhielten. Er stellte natürlich eine erhebliche Belastung für sie dar; irgendwie mußte er ihnen seine Dankbarkeit zeigen.

Stone drehte die Hähne der Dusche auf und genoß das

herabströmende heiße Wasser. Er wusch sich gründlich, blieb dann einfach stehen und ließ die Gedanken treiben. Noch immer drohte große Gefahr, und diese Gnadenfrist dauerte sicher nicht lange. Er brauchte einen Plan.

Er hörte ein kurzes Klingeln irgendwo in der Wohnung und fragte sich nach der Ursache dieses Geräusches. Dann begriff er, daß jemand telefonierte. Er spitzte die Ohren, doch das Rauschen des Wassers übertönte alles.

Die Tür des Badezimmers öffnete sich, und Charlie zuckte zusammen, spannte unwillkürlich die Muskeln. Aber es war nur Chip, der Kleidungsstücke auf einen Stuhl legte.

»Danke«, sagte Stone.

»Keine Ursache. Laß dir ruhig Zeit.«

Rosens Anzug hätte ein wenig größer sein können, aber er fühlte sich trotzdem gut an. Stone griff nach dem Betadin-Fläschchen, betupfte die Wunde am Hinterkopf und legte einen Verband an.

Dann verließ er das Bad und stellte fest, daß Chip und Karen drei Martinis vorbereitet hatten. Stone nahm sein Glas und ließ sich in einen bequemen Sessel sinken. Heute abend fällt es mir bestimmt nicht schwer einzuschlafen, dachte er. Meine Güte, ich bin völlig fertig.

»Das mit deinem Vater tut mir sehr leid«, sagte Karen. »Eine schreckliche Sache.«

Stone nickte.

Karen musterte ihn ernst. »Du arbeitest doch für den Geheimdienst, nicht wahr? Es geht mich natürlich nichts an, aber hat es irgend etwas damit zu tun?«

Charlie zuckte mit den Schultern.

»Was geht deiner Meinung nach vor?« erkundigte sich Chip.

»Keine Ahnung«, antwortete Stone. Irgend etwas hinderte ihn daran, Chip und Karen den ihm bekannten Teil der Wahrheit anzuvertrauen.

»Was hast du jetzt vor?« fragte die Anwältin. Sie und ihr Mann mieden Charlies Blick. Glauben sie vielleicht, daß ich lüge? dachte Stone. Halten sie mich für einen Verbrecher?

»Das hängt von euch ab«, sagte er. »Wenn ich für ein paar Tage hierbleiben kann ...«

Chip nickte. »Kein Problem. Wir haben ein Gästezimmer, das nur selten benutzt wird.«

»Ich ... ich weiß nicht, wie ich euch danken soll. Ich muß wieder Ruhe finden, gründlich nachdenken und mich mit einigen Leuten in Verbindung setzen.«

»Ich kann dir einen Anwalt besorgen«, schlug Karen vor.

»Ich weiß dein Angebot sehr zu schätzen. Aber zuerst möchte ich mit einigen Personen reden. Chip, die *Globe*-Artikel über mich ... Woher stammen die Informationen? Von der Bostoner Polizei?«

»Nicht nur. Ich habe den zuständigen Reporter gefragt – Ted Jankowitz –, und er meinte, das FBI habe ihm Auskunft gegeben. He, du hast bestimmt Hunger, nicht wahr? Ich hoffe, unser Kühlschrank ist nicht ganz leer.«

Karen stand auf und ging in die Küche.

»Wer vom FBI?« fragte Stone. »Und was sagte er?«

»Er legte dir nicht nur die Ermordung deines Vaters zur Last, sondern auch Landesverrat. Ich bin sicher, daß diese Vorwürfe völlig aus der Luft gegriffen sind.«

»Ich bin unschuldig, Chip.«

»Darauf habe ich Jankowitz hingewiesen.«

Stone stand auf, stellte sein Martiniglas ab, trat ans Fenster heran und blickte nach draußen.

»Stimmt was nicht?« erklang Chips Stimme hinter ihm.

»Der Wagen. Vorhin stand er noch nicht dort.«

»Was soll das heißen? Beruhige dich, Charlie.«

Stone runzelte die Stirn und beobachtete das Fahrzeug: ein großes, kantiges Auto aus amerikanischer Produktion. Solche Modelle stellte man zivilen Polizeibeamten zur Verfügung. Niemand saß darin. Der Wagen stand mit eingeschalteter Warnblinkanlage im Parkverbot.

Schritte im Treppenhaus. Kein Zweifel: Jemand hatte das Gebäude betreten.

»*Verdammt!*« entfuhr es Stone. »Du hast telefoniert, während ich unter der Dusche stand. Ich hab's gehört!«

»Tut mir leid«, entgegnete Chip mit erzwungener Ruhe. »Versetz dich in unsere Lage . . .«

»Du *Mistkerl*!« Stone griff nach der Kanevastasche und der alten Kleidung, tastete verzeifelt nach den Pässen und der Waffe.

»Versuch bitte, uns zu verstehen«, fuhr Chip fort. »Uns blieb keine Wahl. Wer einem Mordverdächtigen hilft, macht sich der Komplizenschaft schuldig und kann ebenfalls vor Gericht gestellt werden. Wir *mußten* die Behörden verständigen.« Er sprach schneller, fast hastig. »Setz dich, Charlie. Gib auf. Bestimmt findet man die Wahrheit heraus, wie auch immer sie beschaffen sein mag. Stell dich. Es hat keinen Sinn, die Flucht fortzusetzen. Früher oder später erwischt man dich ohnehin.«

Die Schritte im Treppenhaus näherten sich.

Das Apartment wies nur einen Ausgang auf, und er führte direkt in die Richtung, aus der die Leute kamen. Stone verließ die Wohnung und erinnerte sich an etwas, das er auf dem Weg nach oben bemerkt hatte: eine Feuertür, die zur hinteren Treppe führte.

Die Verfolger waren nur noch wenige Meter entfernt und sahen ihn. Zwei Männer, in Anzüge gekleidet. »Das ist er!« rief einer, und beide stürmten los.

Stone verlor keine Zeit, riß die Feuertür auf und eilte die hintere Treppe hinab, nahm jeweils drei oder vier Stufen auf einmal. Die Männer folgten ihm. Charlie rannte so schnell er konnte, ohne zu wissen, wohin er sich wenden sollte. Weiter oben hörte er Stimmen und Schritte, die sich näherten.

Er blieb nicht stehen, als er den Straßenrand erreichte, lief über die Straße. Wagen bremsten mit quietschenden Reifen; Hupen erklangen; Fahrer fluchten.

Stone wußte nicht, wie dicht die beiden Männer hinter ihm waren – einige wenige Meter? Er wagte es nicht, sich umzudrehen.

Mitten auf der Commenwealth Avenue verkehrt die Grüne Linie der Untergrundbahn. Erst später, im Bereich des Kenmore Square, verschwinden die Waggons im unterirdischen Tunnel. Stone stellte fest, daß gerade ein Zug eingetroffen war und ihm den Weg versperrte. Er durfte nicht nach rechts oder links ausweichen – in dem Fall konnte er den Verfolgern unmöglich entkommen.

Adrenalin und fast panische Angst verliehen ihm buchstäblich Flügel, trugen ihn dem Zug *entgegen*. Er sprang.

Und landete auf der Kante, die unter einer Tür hervorragte. Er schloß beide Hände um den Griff, als sich der Waggon in Bewegung setzte, spannte alle Muskeln, um nicht den Halt zu verlieren. Einige Fahrgäste deuteten erschrocken auf ihn.

Die Grüne Linie hält häufig, sehr zum Verdruß der Passagiere, die sie täglich benutzen. Doch Stone war nun dankbar dafür. Nach etwa dreihundert Metern heulten die hydraulischen Bremsen des Zugs. Charlie wich zurück, damit sich die Tür öffnen konnte, und dann sprang er in den Waggon.

Er hatte die beiden in Zivil gekleideten Männer weit hinter sich gelassen – der Zug war schneller als sie. Als Stone aus dem Fenster blickte, sah er sie als vage Silhouetten in der Ferne. Er holte einige Münzen hervor, reichte sie dem finster dreinblickenden Fahrer, nahm Platz und seufzte erleichtert. In Chip Rosens Anzug wirkte er nicht gerade wie ein gewöhnlicher Verbrecher, aber er wies auch kaum Ähnlichkeit mit einem durchschnittlichen Pendler auf.

Was bin ich doch für ein Narr gewesen! dachte er und erinnerte sich an Sawyers Warnung. Sie hatten mit allen seinen Freunden gesprochen, auch mit Chip, ihnen ernste strafrechtliche Konsequenzen für den Fall angekündigt, daß sie Charles Stone halfen.

Gab es überhaupt noch einen sicheren Ort für ihn?

Stone starrte wieder aus dem Fenster, und neuerliche Furcht erfaßte ihn, als er einen anderen Zug sah, der dieser Waggonkolonne folgte. Verdammt! fluchte er lautlos. Manchmal wartet man eine Ewigkeit lang auf die Grüne Linie, und dann treffen innerhalb weniger Minuten gleich zwei oder drei Züge ein.

Die beiden Männer befanden sich in einem der anderen Waggons.

Kurz darauf erreichten sie den dunklen Tunnel unterm Kenmore Square. Stone hatte sich einmal die einzelnen Haltestellen eingeprägt, um während der langweiligen Fahrt beschäftigt zu sein, und er rief sie sich nun ins Gedächtnis zurück. Es waren insgesamt fünf, und jede konfrontierte ihn mit erheblichen Gefahren. Wenn die Verfolger Funksprechgeräte bei sich tragen ... Vielleicht haben sie schon Verstärkung angefordert. Vielleicht ist bereits eine Falle für mich vorbereitet.

Stone hielt den Atem an und versuchte, mit der Menge um ihn herum zu verschmelzen – obgleich er wußte, daß seine Bemühungen sinnlos bleiben mußten, wenn man aufmerksam nach ihm Ausschau hielt. *Auditorium, Copley, Arlington* ... Er dachte an die einzelnen Haltestellen und kämpfte gegen wachsende Verzweiflung an.

Bei Auditorium schien alles in Ordnung zu sein, ebenso bei der nächsten Station. Erleichterung durchströmte Stone. Bei Arlington stieg er aus, stieß einige andere Fahrgäste beiseite, eilte durch die Drehtür und lief die Treppe hoch.

Auf der linken Seite der Arlington Street stand das Ritz-Carlton. Charlie ging langsamer, um nicht aufzufallen, betrat die Eingangshalle des Hotels. Rechts die Bar – um diese Zeit fast immer leer; es dauerte noch eine Weile, bis sich dort die ersten Geschäftsleute einfanden. Eine Frau saß an der Theke, ohne Begleiter. Sie mochte um die Vierzig sein, war gut gekleidet, rauchte eine Zigarette und trank einen Highball. Eine Geschiedene, nahm Stone an. Vielleicht auch eine Witwe. Und vermutlich hatte sie die Bar ausgesucht, weil sie Gesellschaft wollte. Einen Drink konnte man sich auch beim Zimmerservice bestellen.

Charlie nahm auf dem Hocker neben der Frau Platz, warf ihr einen kurzen Blick zu und lächelte freundlich. »Wie geht's?«

»Es ging schon mal besser.« Sie hatte zuviel Puder aufgetragen. Das Gesicht sah wie eine orangefarbene Maske aus, die an den Augen und Lippen feine Risse aufwies. Außerdem bemerkte Stone dunkelblaue Wimperntusche. »Es ging schon mal schlechter.« Sie nahm einen Zug von der Zigarette und schnippte die Asche fort, als sie ausatmete. Ihre dünnen Brauen wölbten sich.

Bestimmt suchte man nicht nach einem Paar. Stone wollte gerade seinen Charme spielen lassen, als er aus den Augenwinkeln eine Bewegung sah.

Ein Mann stand im Eingang der Bar und blickte sich rasch um. An der Seite seiner Jacke zeigte sich eine kaum merkliche Auswölbung: das Halfter einer Waffe.

»Bitte entschuldigen Sie mich«, sagte Stone zu der Frau. »Ich bin gleich wieder da.« Er glitt von dem Hocker herunter und wich zur Seite, so daß sein Gesicht verborgen blieb.

Einige Sekunden später stürmte er plötzlich los und passierte die Drehtür der Hotelküche.

Unmittelbar darauf mußte er sich der Erkenntnis stellen, in der Klemme zu sitzen: die Küche bot keine Versteckmöglichkeiten, und der einzige Ausgang führte ins Restaurant.

Aber es mußte eine Art Dienstboteneingang geben, eine Hintertür, vor der man die Kisten mit Obst und Gemüse abstellte. Die Tür! Stone lief los.

Jemand trat ihm entgegen, hob ein Tablett mit Gläsern. »Was machen Sie hier?« fragte der Kellner.

Stone stieß ihn beiseite und hörte das laute Splittern von Glas. Er rannte durch die Tür, und draußen sah er einen großen grünen Lieferwagen mit der Aufschrift ROYAL INSTITUTIONAL FOOD SERVICE. Charlie sprang von der Ladeplattform herunter, riß die Heckklappe auf, schloß sie hinter sich und stolperte über große Kartons. Dann hörte er das Brummen des Motors, und der Wagen fuhr los.

29
MOSKAU

Der Vorsitzende des KGB, Andrei Pawlitschenko, schritt nervös über die Perserteppiche im langen Flur, vorbei an mehreren Doppeltüren. Er befand sich im fünften Stock des Gebäudes am Staraja-Platz, in dem das Zentralkomitee tagt; Michail Gorbatschow erwartete ihn in seinem Büro.

Der Generalsekretär hatte vor einer Stunde angerufen. Zu jenem Zeitpunkt war Pawlitschenko zu Hause gewesen, in seinem Apartment am Kutuzow-Prospekt, wo er seit dem Tod seiner Frau vor vier Jahren allein lebte. Normalerweise vermied er es, die Wohnung aufzusuchen – sie kam einem Symbol der Einsamkeit gleich.

Im Vorzimmer nickte er kurz den persönlichen Mitarbeitern des Generalsekretärs zu, und kurz darauf betrat er Gorbatschows kleines Büro.

Er hatte noch zwei weitere Büros, im Kreml und in einem anderen Flügel dieses Gebäudes, doch sie dienten in erster Linie zeremoniellen Zwecken: Dort empfing er ausländische Besucher. Die eigentliche Arbeit fand hier statt, in einem kleinen, spartanisch eingerichteten Raum, in dem ein großer Mahagonischreibtisch dominierte. An den Wänden hingen die üblichen Porträts von Lenin und Marx, und auf dem Schreibtisch stand ein graues Tastentelefon, verbunden mit zwanzig Leitungen.

Jetzt ist es soweit, dachte Pawlitschenko bedrückt. Das Politbüro verlangt meinen Kopf, und Gorbatschow bleibt nichts anderes übrig, als mich aufs Abstellgleis zu schieben.

Mit einer gewissen Erleichterung stellte er fest, daß nur der Generalsekretär zugegen war. Er wirkte nicht ganz so müde wie an jenem Abend in der Datscha, aber sein Gesicht brachte trotzdem Besorgnis zum Ausdruck. Er trug einen taubengrauen Savile-Row-Anzug aus London. Auch Pawlitschenko mochte westliche Kleidung, und zum Glück gab es keine politischen Einwände dagegen. Der KGB-Chef bemerkte die goldene Rolex am linken Handgelenk des Generalsekretärs; sein eigenes Modell war nicht ganz so teuer. Es gab noch weitere Gemeinsamkeiten. Gorbatschow schickte seine Hemden und die Unterwäsche zur Kreml-Wäscherei in der Nähe des Hotels Ukraine, und Pawlitschenko nahm sich ein Beispiel daran. Er hielt Nachahmung nicht für eine schlechte Form der Schmeichelei.

Die beiden Männer setzten sich an den ebenfalls aus Mahagoni bestehenden Couchtisch.

»Nun, Andrei Dmitrowitsch«, begann Gorbatschow und kam wie immer direkt zum Thema, »was haben Sie in Erfahrung gebracht?« Der Generalsekretär verlor keine Zeit, hielt sich nicht mit irgendwelchen Höflichkeitsfloskeln auf. Er konnte sehr charmant sein, aber wenn es um wichtige Dinge ging, zog er sachlichen Ernst vor.

Pawlitschenko antwortete sofort: »Ich glaube, die Bombenanschläge sind erst der Anfang.«

Gorbatschow musterte ihn nachdenklich. »Bitte erklären Sie das.«

»Ich meine einen drohenden Staatsstreich.«

Gorbatschow wirkte ein wenig verärgert. »Darüber haben wir bereits gesprochen . . .«

»Es handelt sich um eine durchaus reale Möglichkeit«, betonte Pawlitschenko. »Alle Indizien deuten darauf hin, und meine Analytiker sind ebenfalls dieser Ansicht.« Er rieb sich das Kinn und fühlte Stoppeln – er hatte keine Zeit gefunden, um sich zu rasieren.

»Hm.« Gorbatschows Schultern sanken ein wenig herab, doch seine Mimik veränderte sich nicht, blieb neutral.

Pawlitschenko wußte genau, daß man im sowjetischen Politbüro nichts mehr fürchtete als einen Putsch.

Diese Ängste gründen sich vermutlich auf den Umstand, daß die Sowjetunion durch einen Staatsstreich entstand. Mit einem entschlossenen Angriff entmachteten die Bolschewiken am 7. November 1917 die provisorische demokratische Regierung. Das Politbüro ist sich bewußt, daß sich so etwas wiederholen kann.

Gorbatschow hatte also allen Grund, besorgt zu sein.

In der UdSSR herrschte Aufruhr. Es kam zu Streiks und Demonstrationen, und einzelne sowjetische Republiken strebten ganz offen die Unabhängigkeit an, boten Moskau kühn die Stirn. Selbst Rußland entfernte sich immer mehr vom Kreml. Nur die Ukraine hielt an ihrer Treue dem sowjetischen Staat gegenüber fest – solange es ihre Bürger zuließen. Der Ostblock brach auseinander. Die Berliner Mauer existierte nicht mehr. Ostdeutschland, Polen, Ungarn, die Tschechoslowakei und Bulgarien – Satellitenstaaten, die sich plötzlich für eine demokratische Entwicklung entschieden. Die kommunistische Partei der Sowjetunion verlor ihre jahrezehntelange Macht; Anhänger der Reformen verdrängten Konservative aus dem Regierungsapparat. Das sowjetische Reich löste sich immer mehr auf, und die Schuld daran trug Gorbatschow.

Pawlitschenko erahnte die Überlegungen des Generalsekretärs. Im Politbüro konnte Gorbatschow auf drei oder vier sichere Stimmen zählen. Die Möglichkeit eines Staatsstreichs war nicht von der Hand zu weisen: Vielleicht beschloß der Rest des Politbüros, ihn von seinem Posten zu verdrängen; vielleicht erlitt er das gleiche Schicksal wie Chruschtschow im Jahre 1964. Immer lauter wurden die Stimmen, die Gorbatschows Rücktritt forderten.

»Es gibt Verschwörer mit erheblichen Ressourcen«, meinte Pawlitschenko, als der Generalsekretär weiterhin schwieg. »Darauf deutet alles hin.«

»Hier in Moskau?« fragte Gorbatschow. Es klang fast spöttisch.

»Das wäre durchaus denkbar. Hinzu kommen eventuelle Verbindungen zum Westen. Ich drücke mich deshalb so vage aus, weil wir es nicht genau wissen.«

»Was glauben Sie?«

Der KGB-Chef zuckte stumm mit den Achseln.

»Wie einflußreich sind die . . . Verschwörer?«

»Im Westen oder hier?«

»Hier. Ist es möglich, daß sie auf die Unterstützung von Politbüro-Mitgliedern zurückgreifen können?«

»Das halte ich für wahrscheinlich«, erwiderte Pawlitschenko.

Gorbatschows Antwort war erstaunlich, wenn man die besonderen Umstände berücksichtigte. »Ich möchte unbedingt einen nachteiligen Einfluß auf das Gipfeltreffen im November vermeiden«, sagte er laut und schüttelte den Kopf. »Es darf nicht verschoben werden.« Er beendete die Besprechung, indem er aufstand. »Wenn es eine Verbindung zum Westen gibt – ganz gleich, wie sie auch beschaffen sein mag –, so muß ich darüber Bescheid wissen. Ich möchte den amerikanischen Präsidenten hier in Moskau empfangen, aber die Welt soll uns nicht für Feiglinge halten.«

»Ich verstehe.« Pawlitschenko stellte erleichtert fest, daß ihm Gorbatschow nicht an den Kragen wollte. Aber vielleicht kam das später.

Der Generalsekretär seufzte. »Es ist einer von uns, nicht wahr?«

»Ich brauche Sie wohl kaum darauf hinzuweisen, daß es Ihnen nicht an Gegnern mangelt.«

»Zum Beispiel?«

Pawlitschenko zögerte.

»Scherbanow?« fragte Gorbatschow. Der Verteidigungsminister Wladimir W. Scherbanow war nur stellvertretendes Mitglied des Politbüros und somit nicht stimmberechtigt.

Bemerkenswert: Zum erstenmal seit Jahrzehnten fehlte dem Oberhaupt des sowjetischen Militärs eine Stimme in der Regierung. Ein geschickter Schachzug Gorbatschows: Er wußte natürlich, daß seine Pläne für die drastische Reduzierung des Militärhaushalts bei der Roten Armee auf wenig Gegenliebe stießen.

»Das . . .« Pawlitschenko runzelte die Stirn. »Das erkscheint mir absurd. Manchmal geht er einem auf den Weker, aber an seiner Loyalität besteht kein Zweifel. Er ist vollkommen zuverlässig.«

Gorbatschow schwieg einige Sekunden lang, bevor er erwiderte: »Niemand verdient mehr absolutes Vertrauen.«

30
MOSKAU

Die sowjetischen Behörden hatten Charlotte Harper mehrmals schikaniert, aber sie war noch nie verhaftet worden.

Angesichts des bevorstehenden Gipfeltreffens hielt sie es für interessant, über eine neofaschistische Organisation in Moskau zu berichten. Deren Mitglieder trugen schwarze Hemden mit Hakenkreuzen und verlangten Pogrome gegen alle Nichtrussen. Eine sensationelle Sache, und gleichzeitig ziemlich explosiv: Der sowjetischen Regierung lag nichts daran, daß solche Gruppen bekannt wurden, die sich überall in der Hauptstadt bildeten.

Charlotte führte einige Telefongespräche, und mehrere Personen erklärten sich zu einem Interview bereit. Sie machte sich zusammen mit ihrem Kameramann Randy auf den Weg. Der vereinbarte Treffpunkt: eine Wohnung im Südwesten von Moskau.

Als sie dort eintrafen, sahen sie auf den ersten Blick, daß sich Schwierigkeiten anbahnten. Vor dem Wohnhaus standen einige russische *Militsija*: stämmige Männer mit roten Gesichtern, wie größere Versionen von Nikita Chruschtschow.

Charlotte und Randy begannen damit, ihre Geräte auszuladen, und daraufhin näherte sich einer der Polizisten. »Keine Kamera«, sagte er. »Kein Interview.«

»Wir verstoßen nicht gegen das Gesetz«, erwiderte die Journalistin in fließendem Russisch.

»Ich zerstöre Ihre Kamera.«

»Das würde ich Ihnen nicht raten.« Es war alles andere als klug, einen sowjetischen Polizisten zu provozieren, aber Charlotte ließ sich trotzdem zu dieser Bemerkung hinreißen. »Kommen Sie, Randy.«

Der Uniformierte folgte ihnen zum Eingang, und dort

versperrte ihnen ein zweiter Beamter den Weg. »Verboten«, sagte er.

»Schalten Sie die Kamera ein, Randy«, sagte Charlotte auf englisch. »Vielleicht bekommen wir doch noch etwas.«

Randy nickte. *Militsijoneri*, die sie daran hinderten, das Gebäude zu betreten ... Solche Aufnahmen sprachen für sich und wiesen darauf hin, daß die Sowjets trotz *Glasnost* noch immer recht empfindlich reagierten, wenn es um die Berichterstattung über heikle Themen ging.

Einer der Polizisten begriff plötzlich, was geschah. Er streckte eine Hand aus und preßte sie an die Kameralinse.

»Ha, paß auf«, knurrte Randy. »Dies ist ein teures Gerät, du Blödmann.«

Auch die anderen *Militsijoneri* kamen näher, und einer von ihnen stieß Randy zur Seite.

»Na schön!« rief Charlotte wütend auf russisch. »Wir schalten die Kamera aus.« Etwas leiser fügte sie hinzu. »Zum Teufel mit euch!«

Die Uniformierten verhafteten Charlotte und Randy, brachten sie in einem Gefangenentransporter unter und fuhren sie zu einer kleinen, leeren Polizeiwache. Dort sperrte man die beiden Amerikaner in ein kahles Zimmer.

»Großartig«, wandte sich Randy an die Journalistin. »Und jetzt?«

»Seien Sie unbesorgt.«

Nach einer Stunde kam ein älterer Polizist herein.

Bevor er auch nur ein Wort sagen konnte, begann Charlotte auf russisch: »Sie wissen sicher, daß wir kein Gesetz gebrochen haben. Zufälligerweise habe ich sehr gute Beziehungen zur amerikanischen Botschaft.« Diese Behauptung entsprach den Tatsachen. »Es sollte Ihnen folgendes klar sein: Wenn Sie uns nicht sofort freilassen, kommt es durch Ihre Schuld zu einem internationalen Zwischenfall.« Sie fügte ein freundliches Lächeln hinzu, um ihren Bemerkungen einen Teil der Schärfe zu nehmen. In dieser Hinsicht mußte man vorsichtig sein und einen gewissen Takt walten lassen: Es hatte keinen Sinn, das Ego eines sowjetischen Polizisten zu verletzen. »Das möchten Sie doch sicher vermeiden, nicht wahr?« fügte sie zuckersüß hinzu. »Immerhin findet bald das Gipfeltreffen statt.«

Charlotte wandte den Kopf und stellte fest, daß ein zweiter Mann in der Tür stand und stumm zuhörte: ein grauhaariger Offizier mit schieferfarbenen, traurig blikkenden Augen.

Er kam näher und reichte der Journalistin die Hand. »Ich bin Oberst Wlasik«, stellte er sich vor. »Nikita Wlasik.« Er sprach ausgezeichnetes Englisch.

Charlotte zögerte kurz, bevor sie die Hand ergriff. »Charlotte Harper.«

»Ich kenne Sie, Miß Harper. Ab und zu sehe ich mir Ihre Sendungen an.«

»Sehr schmeichelhaft.« Wahrscheinlich meinte er kopierte Videoaufzeichnungen der Berichte, die sie per Satellit übermittelte. Offenbar bekleidete er einen einflußreichen Posten in der militärischen Hierarchie.

Er winkte kurz, und der andere Uniformierte ging.

»Ein guter Vortrag«, lobte Oberst Wlasik. »Aber bei unseren Polizisten nützen derartige Argumente kaum etwas. Sie denken nicht an irgendwelche politischen Konsequenzen. Ihnen geht es nur darum, sich nicht die Finger zu verbrennen.«

Charlotte lächelte. Der Mann schien recht nett zu sein.

»Wir brauchen Leute wie Sie auf unserer Seite«, sagte Wlasik.

»Danke, aber ich habe mich schon festgelegt«, erwiderte die Journalistin sanft.

»Sie erinnern mich an meine Tochter«, fügte der Oberst hinzu.

»Oh, tatsächlich?« Russische Männer, dachte Charlotte. Sie sind sexistisch, chauvinistisch und hoffnungslos altmodisch. Manchmal bringen sie einen zur Raserei.

»Sie beide haben – wie sagt man bei Ihnen – Mumm.« Wlasik lächelte. »Wenn Sie gegen unsere Gesetze verstoßen wollen, Miß Harper, so möchte ich Sie darauf hinweisen, wie Sie dabei Schwierigkeiten aus dem Weg gehen können. Meine Männer haben viel zu tun. Bitte ersparen Sie ihnen die Mühe, Sie noch einmal zu verhaften.«

»Ich schlage vor, Sie verbieten Ihren Leuten einfach, eine Journalistin bei der Arbeit zu behindern.«

Wlasik lächelte erneut. »Damit haben Sie natürlich recht. Bitte erlauben Sie mir trotzdem, Ihnen einen Rat zu geben.«

»Meinetwegen«, entgegnete Charlotte skeptisch.

»Informieren Sie sich über unser Strafrecht. Wenn Ihnen etwas passiert, so können Sie den Polizisten die Hölle heiß machen. Falls man Sie zu einer Aussage zwingen will ... Erinnern Sie an den Paragraph 46 des sowjetischen Strafgesetzbuches. Dort steht, daß ein Häftling keine Fragen zu beantworten braucht. Paragraph 142 legt fest, daß kein Gefangener irgendwelche Dokumente unterschreiben muß. Jeder Vernehmungsbeamte, der das hört, macht sich glatt in die Hose. Bitte entschuldigen Sie meine Ausdrucksweise.«

»Ist bereits entschuldigt«, sagte Charlotte und lächelte ebenfalls.

Sie kehrte ins Büro zurück, begann dort mit ihrer Routinearbeit und blätterte in einigen ausgesprochen langweiligen sowjetischen Zeitungen. Als sie anschließend die AP-Berichte durchging, fiel ihr ein kurzer Artikel über den Mordfall Alfred Stone auf: Charles Stone wurde nach wie vor als Hauptverdächtiger gesucht.

Einige Tage waren verstrichen, und Charlotte hatte nichts unternommen, um Sonja Kunetskaja zu finden – jene Frau, die vielleicht eine Rolle in dem Rätsel spielte, das Charlie lösen wollte. Er braucht meine Hilfe, dachte sie.

Sie beschloß, im Telefonbuch nachzusehen. Glücklicherweise besaß sie eine Ausgabe: Die letzte Auflage war 1973 gedruckt worden – fünfzigtausend Exemplare für eine Stadt mit acht Millionen Einwohnern.

In dem Buch stand auch der Name S. Kunetskaja. Charlotte wählte die entsprechende Nummer.

Natürlich stimmten die Angaben längst nicht mehr. Ein Mann meldete sich und verkündete schroff, er habe nie etwas von einer Sonja Kunetskaja gehört.

Es war natürlich möglich, daß der Mann log, aber Charlotte kam selbst dann nicht weiter, wenn er die Wahrheit sagte. Es blieb ihr nichts anderes übrig, als die im Telefonbuch genannte Adresse aufzusuchen und selbst nachzusehen.

Der Anschluß befand sich in einem Haus an der Krasnopresnenskaja-Straße. Es handelte sich um ein Arbeiterviertel, trotz der angeblich ›klassenlosen Gesellschaft‹ in der Sowjetunion. Das Gebäude wirkte heruntergekommen, fast baufällig.

Charlotte klingelte, und kurz darauf wurde die Tür von einem Mann geöffnet, der keinen Hehl aus seiner Feindseligkeit machte. Ganz offensichtlich wollte er nichts mit einer amerikanischen Journalistin zu tun haben.

»Ich kenne keine Kunetskaja«, sagte er scharf. »Lassen Sie mich in Ruhe.«

Charlotte wandte sich auch an die Nachbarn dieses unfreundlichen Zeitgenossen, und schließlich erzielte sie einen Erfolg.

»Natürlich erinnere ich mich an Sonja Kunetskaja«, sagte eine schlichte *Babuschka.* »Warum erkundigen Sie sich nach ihr? Sie zog vor einigen Jahren um.«

»Haben Sie ihre Adresse?«

Die Frau bedachte Charlotte mit einem argwöhnischen Blick. »Wer sind Sie?«

»Eine alte Freundin Sonjas«, log die Journalistin. »Aus Amerika. Wir haben uns seit Jahren nicht gesehen, und Sie wissen ja, wie schwer es ist, die richtige Telefonnummer zu bekommen.«

Die *Babuschka* zuckte mit den Schultern. »Warten Sie einen Augenblick.«

Einige Minuten später kehrte die Frau mit einem zerfransten Zettel zurück. »Hier«, sagte sie. »Ich wußte doch, daß ich die Adresse irgendwo notiert hatte.«

31
WASHINGTON

In Washington fand Stone eine schäbige, aber anonyme Unterkunft. Er schlug in den Gelben Seiten nach und wählte eine Pension in Adams-Morgan. Das Haus war fünfundsiebzig Jahre alt und brauchte dringend einen neuen Anstrich; in drei schmutzigen Stockwerken gab es insgesamt zwölf Zimmer. Stones Kammer in der dritten Etage enthielt eine winzige Küchennische, ein viel zu weiches Bett, dessen Laken wie eine seit Monaten ungewaschene Pferdedecke roch, und sonst kaum etwas. Er zahlte für zwei Nächte im voraus, natürlich in bar. Die Verwalterin – eine ältere Frau, die einen schlecht sitzenden grünen Hosenanzug trug – ließ keinen Zweifel daran, daß sie Gäste bevorzugte, die mindestens zwei Wochen blieben. Aber sie nahm das Geld trotzdem.

Einige Stunden zuvor in Boston ... Der Lieferwagen, in dem sich Stone versteckte, verließ das Ritz und fuhr zu einem anderen Luxushotel. Charlie wußte natürlich, daß seine Entdeckung nur eine Frage der Zeit war, und deshalb sprach er den Fahrer an. Nach einer kurzen Phase der Verblüffung schien dieser die Geschichte des blinden Passagiers zu glauben. Stone behauptete, vor dem zornigen Ehemann einer Frau zu fliehen, mit der er im Ritz ein Rendezvouz hatte. Nach einer Weile lächelte der Fahrer und erbot sich, Charlie irgendwo unterwegs abzusetzen. Stone nickte dankbar und nahm auf dem Beifahrersitz Platz, der wesentlich bequemer war als die Kisten im Ladebereich.

Er stieg an einer Bushaltestelle am Stadtrand von Boston aus und ließ sich von einem Lastwagen mitnehmen, der Frauenkleidung transportierte und bis nach Philadelphia fuhr. Früh am Morgen, kurz nach vier Uhr, frühstückte Stone in einer Raststätte unweit von Philadelphia, trank mehrere Tassen Kaffee und fand einen Lkw nach Washington.

Bis zum Nachmittag traf er die nötigen Vorbereitungen, um seine unmittelbare Zukunft zu planen. Er durfte nicht mehr so viele Banknoten mit sich herumtragen; deshalb suchte er eine Bank auf und tauschte einen Teil der Summe in größere Scheine um. Er benutzte Robert Gills Paß, um Reiseschecks zu kaufen – den Rest des Bargelds wollte er später verstecken. Er betrat mehrere Bekleidungsgeschäfte und kaufte neue Sachen, sowohl Jeans als auch Anzüge. Außerdem besorgte er sich einen ledernen Reisekoffer mit einem verborgenen Fach, in dem er Gills Führerschein und Paß verstaute. Anschließend kehrte er in die Pension zurück und arbeitete einige Stunden lang mit Rasierklinge und Klebstoff. Seinen echten Reisepaß und den Rest des Bargelds versteckte er zwischen dem Einband von zwei Hardcover-Büchern sowie unter dem Futter der Schuhe und des Koffers.

Kurze Zeit später ging er zu einer öffentlichen Telefonzelle und rief die Auskunft für Washington an. Natürlich war die Telefonnummer des stellvertretenden Außenministers William Armitage nicht verzeichnet. Sollte er versuchen, ihn im State Department zu erreichen? Nein: Ein Überraschungsanruf zu Hause konnte ihm über einige wichtige Dinge Aufschluß geben.

Armitage hatte 1953 mit Anna Zinojewa gesprochen – gehörte er zu *ihnen*? Seine erste, unverhüllte Reaktion auf Stone wies vielleicht darauf hin, ob er bei der Verschwörung eine Rolle spielte.

Armitage stellte natürlich ein Risiko dar, aber es blieb Stone keine Wahl.

Er rief das State Department an und bat darum, mit dem Büro des stellvertretenden Außenministers verbunden zu werden. Dort meldete sich eine Sekretärin.

»Hier spricht Ken Owens von der *Washington Post*«, sagte Stone. »Wissen Sie, ich habe mich gestern mit einem Assistenten von Mr. Armitage unterhalten, aber leider ist mir der Name entfallen.«

»Ein Assistent?«

»Ja. Ein Mann.«

»Nun, da kämen mehrere in Frage«, erwiderte die Sekretärin. »Vielleicht Paul Rigazio?«

»Ja, genau. Danke.«

»Möchten Sie mit ihm sprechen?«

»Später. Ich brauchte in erster Linie den Namen. Nochmals besten Dank. Oh, da fällt mir ein: Könnten Sie mir seine Nummer geben?« Die Sekretärin nannte Paul Rigazios Durchwahlnummer, und Stone unterbrach die Verbindung.

Kurz darauf rief er das Personalbüro des State Department an. »Hier spricht Paul Rigazio aus Bill Armitages Büro, Anschluß 7410. Bill hat eine Nachricht hinterlassen, mit der er mich bittet, ihn zu Hause anzurufen, aber leider ist mir seine neue Telefonnummer nicht bekannt.«

»Einen Augenblick«, antwortete die Stimme einer Frau. Und nach einer halben Minute: »Die Liste enthält keine *neue* Nummer, Sir.«

»Welche haben Sie?« Die Frau las sie vor. Stone bedankte sich und legte auf.

Noch ein weiterer Anruf, um ganz sicherzugehen. Er brauchte Armitages Adresse, falls niemand abnahm. Außerdem konnte er diese Information verwenden, um eine direkte Begegnung mit dem stellvertretenden Außenminister herbeizuführen und ihn daran zu hindern, jemanden zu verständigen.

Im Hauptbüro der Telefongesellschaft wußte man, daß Diskretion eine Tugend ist. Die dort arbeitenden Angestellten gaben nicht ohne weiteres Auskunft und legten großen Wert darauf, die Privatsphäre der Fernsprechteilnehmer zu schützen. Doch weiter unten in der Hierarchie sah man die Sache nicht mehr ganz so eng. Stone rief die Störungsstelle an, stellte sich als William Armitage vor und klagte darüber, daß der Telefonapparat zu Hause nicht mehr richtig funktionierte. »Hören Sie, ich muß einige wichtige Dinge erledigen und habe nicht viel Zeit«, sagte er. »In meiner Leitung piept es dauernd.«

»Wie lautet Ihre Nummer?«

Stone nannte sie. »Wird mir die Reparatur in Rechnung gestellt?« fragte er verärgert.

»Natürlich nicht, Sir. Wir lassen die Leitung überprüfen.«

»Da wir gerade dabei sind ... Ich warte noch immer auf die letzte Rechnung.«

»Sie sollten sich ans Hauptbüro wenden ...«

»Ich bin kürzlich umgezogen und habe Ihnen eine Mitteilung geschickt. Welche Adresse gibt Ihr Monitor an?«

»Upper Hawthorne Nummer neunundsiebzig.«

»Stimmt«, sagte Stone und klang verwirrt. »Seltsam. Nun, besten Dank.«

Fünf Tage vorher ... Zwei kräftig gebaute und gut vierzig Jahre alte Männer besuchten die Sicherheitsabteilung der Telefongesellschaft Chesapeake & Potomac in Washington, D. C. Die beiden Männer – sie behaupteten, vom Federal Bureau of Investigation zu kommen und zeigten entsprechende Ausweise – wurden erwartet. Am Morgen hatte jemand den zuständigen Abteilungsleiter angerufen, sich als Sonderagent des FBI vorgestellt und zwei seiner Mitarbeiter angekündigt, die eine Routinekontrolle vornehmen sollten.

Die beiden Männer legten das notwendige Dokument vor: eine offizielle Anweisung, unterschrieben von einem Bundesrichter. Die Ausweise waren falsch, und der morgendliche Anrufer gehörte nicht etwa zum FBI, sondern zu einer Organisation, die sich American Flag Foundation nannte – aber an der Authentizität der offiziellen Anweisung konnte kein Zweifel bestehen. Jener Richter, der die Telefonüberwachung autorisiert hatte, war ein guter Freund des Direktors der Central Intelligence und davon überzeugt, daß manchmal auch Geheimdienstoperationen im Landesinnern notwendig wurden.

Man führte die beiden Männer in ein kleines Zimmer und erklärte ihnen die Funktionsweise einer Konsole, von der aus man sieben ganz bestimmte Telefonleitungen in Washington kontrollieren konnte.

»Mr. Armitage?«

Stone hörte die Stimme eines älteren Mannes. Gute Akzentuierung und eine knappe Ausdrucksweise deuteten auf jemanden hin, der nicht nur klug und gebildet war, sondern auch daran gewöhnt, Befehle zu erteilen.

»Wer spricht dort?«

»Matt Kelley. Ich bin ein Freund Winthrop Lehmans.«

»Ich verstehe.« Armitages Tonfall veränderte sich ein wenig. Der stellvertretende Außenminister war nun zurückhaltender und vorsichtiger. »Haben Sie meine Nummer von ihm?«

»Ja. Winthrop wollte, daß ich mich mit Ihnen in Verbindung setze.«

Alles hing von Armitages Antwort ab. Folgte nun eine bedeutungsvolle Pause? Deutete irgend etwas auf Überraschung hin? Gab es Anzeichen dafür, daß Armitage keine Kontakte mehr zu Lehman unterhielt? Andernfalls mußte Stone zu dem Schluß gelangen, daß Armitage zur Verschwörung gehörte und Gift für ihn war.

»Tatsächlich? Aus welchem Grund?«

Stones Gedanken rasten, und er erwog Dutzende von verschiedenen Möglichkeiten. Armitage *klang* ehrlich.

»Hat er Sie nicht auf meinen Anruf hingewiesen?«

»Seit zwölf oder dreizehn Jahren habe ich nicht mehr mit Winthrop gesprochen.«

»Es geht um den Tod von Alfred Stone. Sagt Ihnen der Name etwas?«

»Zum Teufel auch, ja. Ich habe den Mann gekannt. Das heißt, ich bin ihm einmal begegnet. Scheußliche Sache. Was wollen Sie von mir?«

Er ist sauber, dachte Stone. Er hat wirklich nichts damit zu tun.

»Ich muß mit Ihnen reden.«

»Sie geben sich sehr geheimnisvoll.«

»Am Telefon kann ich mich leider nicht klarer ausdrücken.«

»Kommen Sie morgen nachmittag in mein Büro. Mein Terminkalender ist ziemlich voll, aber vielleicht . . .«

»Nein, nicht im State Department.«

»Wer *sind* Sie?«

»Es geht um eine sehr wichtige Angelegenheit. Können wir uns woanders treffen, vielleicht bei Ihnen zu Hause?«

»Ich erwarte heute abend einige Gäste, Mr. . . .«

»Kelley.«

»Na schön, Mr. Kelley. Möglicherweise läßt sich etwas arrangieren. Ich melde mich in einigen Minuten bei Ihnen.«

»Ich rufe zurück.«

»Gibt es irgendeinen Grund, der Sie daran hindert, mir Ihre Nummer zu nennen?« fragte Armitage argwöhnisch.

»Nein«, erwiderte Stone sofort. »Ganz und gar nicht.« Er blickte auf den grauen Münzfernsprecher und las die Nummer vor.

»In zehn Minuten hören Sie von mir.«

Stone holte einen Zettel hervor, kritzelte ›defekt‹ darauf und befestigte ihn am Zahlschlitz. Dann wartete er neben der Telefonzelle und beobachtete eine junge Schwarze: Sie wollte den Apparat benutzen, sah den Zettel und ging weiter.

Fünf Minuten später klingelte es. Stone nahm ab und hörte eine andere Stimme.

»Mr. Kelley? Morton Bloom. Ich bin Bill Armitages Assistent. Er hat mich gebeten, mit Ihnen zu sprechen, während er mit den Leuten redet, die er zum Essen erwartet.«

»Warum hat er mich nicht selbst angerufen? Ich möchte nicht, daß noch jemand anders beteiligt wird – habe ich das nicht deutlich genug zu verstehen gegeben?«

»Bitte entschuldigen Sie, Sir. Wahrscheinlich glaubt Bill, es mache keinen Unterschied. Ich bin sein Adjutant, Faktotum und Leibwächter.«

»Ich verstehe.«

»Nun, er möchte sich mit Ihnen treffen und weiß Ihren Wunsch zu schätzen, daß niemand sonst davon erfahren soll.«

»Freut mich. Wann hat er Zeit für mich?«

»Wie wär's mit heute abend?«

»Ist mir recht.«
»Gut. Wo sind Sie?«
»In Washington.«
»Bill hält es für besser, daß Sie nicht zu ihm kommen. Er meinte, Sie würden das bestimmt verstehen.«
»Ja«, bestätigte Stone.
»Er schlägt vor, daß Sie sich mit ihm an einem Ort treffen, den wir beobachten können – um festzustellen, ob Ihnen jemand folgt.«
»In Ordnung. Wo?«
»Kennen Sie sich in Arlington aus?«
»Nein.«
»Unweit der U-Bahn-Haltestelle gibt es ein Einkaufszentrum, zu dem auch ein Café gehört. Mr. Armitage könnte um neun dort sein, wenn es Ihnen recht ist.«
Bloom beschrieb eine bestimmte Nische in dem Café. »Machen Sie sich keine Sorgen, wenn wir uns einige Minuten verspäten«, fügte er hinzu. »Meine Aufgabe besteht darin, vorsichtig zu sein, und ich möchte auf Nummer Sicher gehen.«
Nach dem Gespräch mit Bloom wählte Stone noch einmal Armitages Nummer und hörte ein Besetztzeichen. Er rief die Personalabteilung des Außenministeriums an – stand ein gewisser Morton Bloom auf der Gehaltsliste des State Department? Das war tatsächlich der Fall; der Mann arbeitete in Armitages Büro.
Erleichtert hängte Stone den Hörer an die Gabel.
Einige Stunden später verließ er die Arlington-Station und näherte sich dem Einkaufszentrum, die geladene Smith & Wesson in der Jackentasche. Es fiel ihm nicht weiter schwer, das Café namens Panorama zu finden. Es handelte sich um ein kleines, hell erleuchtetes Lokal. Stone blickte durch die breiten Tafelglasscheiben der Vorderfront und stellte fest, daß insgesamt acht Personen an den Tischen saßen. Er nickte zufrieden. Dieser Ort eignete sich kaum, um ihm eine Falle zu stellen. Zu viele mögliche Augenzeugen.
Zehn Minuten vor neun. Niemand saß in der von Bloom

beschriebenen Nische, auf deren Tisch ein absurd anmutendes Reservierungsschild stand – es gab mehr als genug freie Plätze. Wahrscheinlich hatte Bloom angerufen und um eine Reservierung gebeten. Aber warum wollte sich der stellvertretenden Außenminister ausgerechnet hier mit ihm treffen, in einem billigen Café?

Stone beobachtete den Eingang von der anderen Straßenseite aus, blieb in der Tür eines Reisebüros stehen.

Zehn Minuten verstrichen. Neun Uhr; keine Spur von Armitage und Bloom. Sie rechneten natürlich damit, daß er vor ihnen eintraf, und die beiden Männer zeigten sich noch immer nicht. Mißtrauen keimte in Charlie.

Er wandte sich vom Reisebüro ab und ging zur U-Bahn-Station, als er plötzlich das Donnern einer Explosion hörte.

Erschrocken zuckte er zusammen. Dem lauten Krachen folgte das Geräusch von splitterndem Glas. Stone drehte sich um und sah Flammen, die aus den Fenstern des Cafés züngelten.

Die Sirene des Feueralarms schrillte.

Charlie lief los.

32

MOSKAU

Keine andere Untergrundbahn der Welt zeichnet sich durch eine so prachtvolle Architektur aus wie die in Moskau, und das gilt insbesondere für den Bereich der Prospekt-Mira-Station. Der Boden besteht aus Granitfliesen. Rokoko-Bögen zieren die Korridore, und das Licht stammt von eleganten Kronleuchtern. Marmorbänke stehen an den Wänden, und während der Rush-hour – die in der sowjetischen Hauptstadt mehrere Stunden dauert – sitzen dort müde Reisende, *Babuschkas* mit Einkaufsnetzen, dickliche Frauen mit quengeligen Kindern, gereizte Fabrikarbeiter, ihre kleinen Koffer voller Mandarinen.

Ein großer, schlaksiger Mann in einem schlecht passenden Anzug saß seit fünf Minuten auf einer Bank, und niemand schenkte ihm Beachtung. Er wirkte unscheinbar und geistesabwesend. Man hätte ihn für einen einfachen Angestellten halten können, der in irgendeinem staatlichen Büro arbeitete. Er unterschied sich kaum von den vielen anderen Reisenden.

Niemand würde sich an Stefan Kramer erinnern. Niemand sah, daß er seine billige Aktentasche öffnete und die rechte Hand in das Durcheinander aus Papieren schob. Niemand wußte, daß er dort auf einen chemischen Stift drückte, genau in dem Augenblick, als ein weiterer Zug eintraf. Hunderte von Personen stiegen aus oder ein.

Stefan ließ die Aktentasche neben einer Gruppe von Soldaten zurück, und als er einen der Waggons betreten wollte, sah er sich noch einmal um. Die Soldaten bezogen umständlich Aufstellung, und der junge Kramer wußte aus Erfahrung, daß es noch etwa fünf Minuten dauern würde, bis der Offizier seiner Abteilung den Marschbefehl gab.

Licber Himmel! dachte Stefan. Der Bahnsteig sollte jetzt völlig leer sein.

Den Soldaten drohte der Tod.

Kramer überlegte fieberhaft. Die Uniformierten ... Sie stellten ein Symbol der Regierung dar, die seinen Bruder um den Verstand gebracht hatte. Aber gleichzeitig waren sie anständige, unschuldige Männer, noch jünger als er.

Er musterte die Siebzehn- und Achtzehnjährigen: Sie wußten nichts vom Schrecken in stalinistischen Konzentrationslagern, von Folter und Unterdrückung. Sie dachten nur an die Ehre, dem sowjetischen Staat zu dienen.

Stefan schauderte bei der Vorstellung, diese jungen Leute umzubringen.

Er wich von dem Zug zurück, der einige Sekunden später losfuhr. Wie beiläufig griff er nach der Aktentasche, die neben den Soldaten stand, und schlenderte damit zum Ende des Bahnsteigs.

Sein Herz klopfte schneller und lauter – die Bombe konnte jeden Augenblick hochgehen.

Er stellte seine Aktentasche an der Marmorwand ab, schlug die Zeitung auf und gab sich den Anschein, darin zu lesen. Niemand schien auf ihn zu achten. Als ein anderer Zug eintraf, betrat er einen der Waggons. Nervös und gleichzeitig erleichtert wartete er auf das Donnern der Explosion.

Einige Tage zuvor hatte Stefans Vater im Büro des Fortschrittsverlags einen Brief geschrieben. Der Schreibmaschine fehlte jegliches besondere Merkmal, und Jakow benutzte ganz normales weißes Papier. Er adressierte den Brief an einen Assistenten Gorbatschows, dessen Namen er kannte, fügte die Bitte hinzu, das Schreiben an den Generalsekretär weiterzureichen.

Jakow verlangte schlicht und einfach die Freilassung aller politischen Gefangenen im Serbski-Institut. Wenn innerhalb einer Woche keine Reaktion erfolge, so finde ein weiterer Terroranschlag statt.

Angesichts des bevorstehenden Gipfeltreffens in Moskau mußte das Politbüro diese Drohung sehr ernst nehmen.

Jakow und Stefan wußten, daß die Ermordung des Zentralkomiteemitglieds Sergei Borisow in der ganzen Welt Aufsehen erregt hatte. Bestimmt wollte der Kreml einen anderen Zwischenfall dieser Art vermeiden, und der Preis, den die Kramers forderten, war eigentlich nicht besonders hoch.

Vater und Sohn saßen wieder am Küchentisch – Sonja hatte die Wohnung verlassen. Stefan dachte oft an sie und fragte sich, warum sein Vater so sehr darauf bestand, daß sie nichts erfuhr. Bestimmt spräche sie sich gegen derart gefährliche Aktionen aus. Aber gab es noch einen anderen Grund, der Jakow veranlaßte, seine Lebensgefährtin zu schützen?

»Ich möchte nicht, daß unschuldige Menschen ums Leben kommen, wenn es sich vermeiden läßt«, sagte der ältere Kramer. Sein Gesicht brachte Trauer und Niedergeschlagenheit zum Ausdruck.

Stefan nickte zustimmend. »Ich finde das ebenso abscheulich wie du. Wenn ich an Borisow denke ... Er war ein sehr grausamer Mann, aber ihn einfach so umzubringen ...«

»Na schön«, murmelte Jakow. »Wenn du einen Platz in der U-Bahn wählst, so achte bitte darauf, daß niemand verletzt wird.«

»In Ordnung.«

»Wie stark ist diese Bombe?«

»Soviel Plastiksprengstoff wird eine ziemlich starke Explosion verursachen.«

»Und das hier?« Jakow deutete auf ein dünnes Messingrohr, das knapp fünfzehn Zentimeter lang war und wie ein Kugelschreiber wirkte. Am einen Ende wies es eine Schraube auf. »Ist das Ding gefährlich?«

»Nein.« Stefan lachte. »Für sich allein genommen nicht. Es handelt sich um einen mechanischen Zünder. Eine schlichte, unkomplizierte Vorrichtung.«

Nach einigen Sekunden sah Jakow von den einzelnen Komponenten der Bombe auf. »Für Awram«, sagte er.

Der chemische Stift funktionierte und zündete die Bombe. Zu jenem Zeitpunkt war Stefan bereits weit entfernt.

Grelles, bläuliches Licht blitzte plötzlich im Tunnel, und einen Sekundenbruchteil später ertönte ein donnerndes, ohrenbetäubendes Krachen. Es befanden sich keine Reisenden in der Nähe, und so wurde niemand verletzt. Aber mehrere Dutzend Personen, die gerade den Bahnsteig betreten hatten, schrien entsetzt, als es knapp hundert Meter entfernt Trümmerstücke regnete.

Die Nachricht von der Explosion sprach sich rasch in Moskau herum: ein neuerlicher Terroranschlag. Am nächsten Tag konnte man in den Büros verschiedene Theorien hören, aber niemand vermutete, daß die Terroristen ganz gewöhnliche Männer waren, die aus Liebe zum Bruder und Sohn Bomben legten.

Wenn Andrew Langen nicht zufällig auf dem Kalinin-Prospekt unterwegs gewesen wäre, als Sergei Borisows Wagen explodierte, hätte die CIA kaum in Erfahrung bringen können, daß die KGB-Technik bei dem Anschlag eine erhebliche Rolle spielte. Daraufhin bekam Langen den Prioritätsauftrag, alle terroristischen Aktionen in Moskau genau zu untersuchen.

Als er vom Anschlag in der Untergrundbahn erfuhr, versuchte er sofort, mehr zu erfahren und konkrete Anhaltspunkte zu bekommen. Unmittelbar nach der Explosion riegelten die sowjetische Miliz und der KGB den entsprechenden Bereich ab, und es schien keine Möglichkeit zu geben, irgendwelche Splitter der Bombe zu beschaffen.

Doch dann sah Langen eine Chance und sprach mit dem alten russischen *Muzhik*, der sich in der amerikanischen Botschaft um Reparaturarbeiten kümmerte. Ja, lautete die Antwort, er habe von der schrecklichen Sache in der U-Bahn gehört – ein Freund von ihm, der für die *Militsija* arbeitete, gehöre zu der Gruppe, die dort alles in Ordnung brachte.

Der KGB hatte den *Muzhik* als unbedenklich eingestuft – diese Klassifikation galt für alle sowjetischen Staatsbürger in der amerikanischen Botschaft –, aber er war kein Tschekist: Für eine großzügige Summe erklärte er sich bereit, seine Beziehungen auszunutzen. Am nächsten Morgen präsentierte er einen kleinen Karton mit verschiedenen Trümmerstücken aus dem Prospekt-Mira-Tunnel. Der Russe hatte jeden Brocken in Seidenpapier gehüllt und ging so vorsichtig damit um, als seien es Kostbarkeiten. Was sie in gewisser Weise auch waren.

33

ARLINGTON, VIRGINIA

Stone lief zur Treppe der Arlington-Station, verharrte jedoch, als er eine Tankstelle sah, auf deren Parkplatz mehrere Wagen standen.

Hinter den Fenstern brannte kein Licht, und niemand hielt sich in der Nähe auf. Stone holte sein Mehrzweck-Taschenmesser hervor und benutzte die Klinge mit dem Schraubenzieher, um das Seitenfenster eines rostigen gelben VW-Käfers Baujahr 1970 aufzuhebeln. Er zwängte die Hand hindurch, kurbelte das größere Fenster herunter und öffnete die Tür. Im Wagen schob er den Vordersitz zurück, duckte sich und starrte unters Armaturenbrett. Es dauerte eine Weile, bis sich seine Augen an die Dunkelheit gewöhnten – die nächste Straßenlampe stand am Ende der Straße.

Er fand das Zündschloß, griff nach den vier Drähten, die darin verschwanden, und riß sie los. Einer von ihnen, der rote, berührte das aus Blech bestehende Armaturenbrett: Es knisterte, und winzige Funken stoben. Stone knickte ihn von den anderen fort.

Dankbar dachte er daran, daß er früher ein Autonarr gewesen war und an seinem alten BMW herumgebastelt hatte.

Es kam jetzt darauf an, die richtige Kontaktsequenz zu finden. Stone richtete sich auf und nahm Platz. Mit der größten Klinge des Taschenmessers löste er die Plastikisolierung der Drähte, verband dann den grünen mit dem roten. Nichts geschah.

»Mist.« Der Käfer stand auf dem Parkplatz einer Tankstelle. Vielleicht sollte er verschrottet werden; vielleicht hatte man bereits den Motor ausgebaut. Stone versuchte es mit dem blauen Draht, und der Anlasser wimmerte kurz. Ein erster Erfolg. Er hielt den weißen Draht an die

Verbindung, und daraufhin reagierte der Anlasser erneut. Aber der Motor sprang nicht an.

Ein falscher Kontakt. Charlie löste den grünen Draht, verband den blauen mit dem roten – und grinste breit, als die Instrumentenbeleuchtung glühte.

»Jetzt haben wir's«, murmelte er und hielt den weißen Draht kurz an die neue Verbindung. Ein lautes Brummen bestätigte den Erfolg seiner Bemühungen.

Eine Stunde später erreichte er Falls Church, fragte einen Taxifahrer nach dem Weg und fand Armitages Haus.

Beziehungsweise sein Anwesen: Es handelte sich um ein großes Gebäude im Kolonialstil, umgeben von einer riesigen Parkanlage. Nirgends brannte Licht. Kein Wunder; es war fast Mitternacht. Stone hielt so am Straßenrand, daß man den VW vom Haus aus sehen konnte. Er ließ den Motor laufen, während er überlegte.

Es hätte mich fast erwischt, dachte er. Wenn er im Café gewartet hätte ...

Gehörte Armitage zu *ihnen,* zu den Leuten, die Stone verfolgten? Oder wollten jene Unbekannten verhindern, daß er mit Armitage sprach? Vielleicht überwachten sie sein Telefon und hatten einem gewissen Matt Kelley zugehört. Der stellvertretende Außenminister rechnete sicher nicht damit, ihn praktisch vor seiner Haustür zu sehen. Und doch ...

Das Mißtrauen hat mich in Arlington vor dem Tod bewahrt, erinnerte sich Stone. Bin ich mißtrauisch und vorsichtig genug?

Das große Haus stand auf einem niedrigen Hügel, und deshalb konnte man von der Straße drei Seiten des Gebäudes beobachten. Alles schien in bester Ordnung zu sein.

Stone löste die Zünddrähte, und von einem Augenblick zum anderen herrschte Stille. Er stieg aus, ging langsam zur Tür und klingelte.

Er wartete eine Zeitlang und läutete noch einmal. Nach etwa zwei Minuten schwang die Tür auf.

Armitage stand auf der Schwelle – Stone erkannte ihn

aufgrund der Fotos in den Zeitungen. Er trug einen scharlachroten Morgenmantel aus Seide, darunter einen weißen Pyjama. Offenbar hatte er bereits im Bett gelegen, aber selbst in dieser Aufmachung wirkte er bemerkenswert würdevoll. Das weiße Haar stand in einem auffallenden Kontrast zum gebräunten Gesicht.

Armitage schien nicht zu wissen, wer sein Besucher war. Er bedachte ihn mit einem verärgerten Blick.

»Was wollen Sie?« fragte er schroff.

»Sie sind nicht zu unserem kleinen Rendezvous gekommen«, erwiderte Stone.

»Was soll das heißen? Wissen Sie eigentlich, wie spät es ist?«

»Wir haben heute abend miteinander telefoniert. Ich bin Lehmans Freund, Matt Kelley.«

»Sie sollten nicht hierherkommen!«

»Überrascht es Sie, daß ich hier bin?« fragte Stone.

Der weißhaarige Mann musterte ihn verwirrt. »Verdammt, ich habe mich mit ›dringenden Angelegenheiten‹ bei meinen Gästen entschuldigt und anschließend die Nummer angerufen, die Sie mir gaben. Die Nummer eines öffentlichen Fernsprechers! Irgendein Passant nahm ab. Eine Stunde lang wartete ich auf Ihren Anruf – vergeblich. Was soll das alles bedeuten? Ich mag es nicht, wenn sich jemand solche Scherze mit mir erlaubt. Ich . . .«

Im Haus erklang die Stimme einer Frau. »Wer ist es, Bill?«

»Schon gut«, antwortete Armitage. »Ich schicke ihn fort. Geh wieder schlafen, Schatz.«

Sagt er die Wahrheit? dachte Stone. »Ich konnte Sie nicht erreichen«, kam es langsam von seinen Lippen. Er beobachtete den weißhaarigen Mann aufmerksam. »Ihr Anschluß war besetzt. Deshalb . . .«

»Besetzt? Zehn Minuten lang habe ich neben dem Apparat gewartet.«

»Morton Bloom rief mich an . . .«, begann Stone.

»Morton Bloom! Soll das ein Witz sein? Er befindet sich nicht einmal in den Vereinigten Staaten. Derzeit arbeitet er in Genf. Seit sieben Monaten ist er nicht mehr in Washington gewesen.«

Stone spürte, wie sich sein Puls beschleunigte. »Ich wollte mit Ihnen über eine alte Frau namens Anna Zinojewa sprechen, eine frühere Sekretärin Lenins. Sie haben ihr einen Besuch abgestattet, im Jahre 1953.«

»Ich weiß überhaupt nicht, wovon Sie reden«, erwiderte Armitage und trat zurück, um die Tür zu schließen. »Gehen Sie jetzt.«

»Verschwenden Sie nicht meine Zeit.« Stone hielt plötzlich die Smith & Wesson in der Hand und richtete sie auf Armitage. Er hatte gehofft, nicht zu diesem Mittel greifen zu müssen.

»Stecken Sie das verdammte Ding ein! Meine Frau telefoniert bereits mit der Polizei.« Der weißhaarige Mann fürchtete sich. Und er log.

»Ich möchte nur eine Zeitlang mit Ihnen sprechen«, sagte Stone ruhig. »Das ist alles. Wir unterhalten uns, und anschließend lasse ich Sie wieder in Ruhe.«

»Wer sind Sie, zum Teufel?« brachte Armitage hervor.

Der stellvertretende Außenminister hörte Stone mit wachsendem Erstaunen zu. Sie saßen in der großen Bibliothek des Hauses, und Charlie sprach eine Viertelstunde lang. Armitage unterbrach ihn nur, um Fragen zu stellen oder bestimmte Punkte zu klären.

Die Pistole lag griffbereit neben Stone, aber Armitage schien jetzt bereit zu sein, alles mit ihm zu erörtern. Er gab seine reservierte Haltung auf, als er erfuhr, daß Stone ein Parnassus-Analytiker war und für seinen Freund Saul Ansbach gearbeitet hatte.

»Wissen Sie, Saul rief mich an«, sagte der weißhaarige Mann, als Stone seine Schilderungen beendete. »Er erwähnte Ihren Namen. Und er klang ziemlich aufgeregt. Er sprach von dem Bericht eines Agenten in Moskau und dem Verdacht, daß abtrünnige Amerikaner an der Sache beteiligt sind.« Er schüttelte den Kopf. »Um ganz ehrlich zu sein: Ich hielt seine Ausführungen für Schwarzseherei.«

Stone sah sich in dem Zimmer um, betrachtete lange Bücherregale, die bis zur Decke emporreichten, gerahmte und signierte Fotografien, die Armitage mit Lyndon Johnson, John Foster Dulles, Jimmy Carter und Ronald Reagan zeigten. Parteipolitik hatte bei seinem Aufstieg zur zweithöchsten Stelle im State Department keine Rolle gespielt – zu seinen Freunden zählten sowohl Republikaner als auch Demokraten. Offenbar hat er sehr gute Beziehungen, dachte Charlie.

»Als ich von Sauls Tod hörte und dann über die Ermordung Ihres Vaters in der Zeitung las ... Schrecklich.«

»Ja«, sagte Stone. Er dachte an ein blutiges Gesicht, an eine zerfetzte Kehle. Rasch verdrängte er dieses Erinnerungsbild. »Saul hatte recht, nicht wahr?«

»Wie meinen Sie das?« erwiderte Armitage mit unverhohlener Feindseligkeit.

»In unserem Regierungsapparat gibt es eine Organisation, die seit Jahrzehnten versucht, den Kreml unter Kontrolle zu bringen. Eine Gruppe, die nichts mit Langley zu tun hat, nichts mit CIA, DIA oder dem Weißen Haus. Und sie arbeitet nach wie vor daran, ihr Ziel zu erreichen.«

»Unsinn.«

»Glauben Sie? Saul Ansbach wurde *ermordet*, verdammt! Weil gewisse Leute eine Gefahr in ihm sahen.« Stones Stimme war jetzt kaum mehr als ein Flüstern. »Sie gehören zu den Verschwörern, nicht wahr?«

»*Nein!*« entfuhr es Armitage scharf.

»Aber Sie wissen mehr, als Sie zugeben.«

Armitage wirkte fast verzweifelt. Er ließ einen nervösen Blick durchs Zimmer schweifen, stand auf, zog den Gürtel des Morgenmantels fester zu und ging zum Schreibtisch.

Stone hob die Waffe. »Machen Sie keine Dummheiten.«

Armitage hob die Brauen, schüttelte dann den Kopf und lächelte schief. »So etwas liegt mir fern. Ich wollte nur meine Pfeife holen. Wie dem auch sei ... Ich habe allen Grund, mich vor *Ihnen* zu fürchten: Sie kommen um Mitternacht hierher, erzählen mir eine verrückte Geschichte ...«

»Ja«, bestätigte Stone und hielt die Smith & Wesson weiterhin auf den weißhaarigen Mann gerichtet.

Armitage zuckte mit den Schultern, zog eine Schublade auf und entnahm ihr sowohl die Pfeife als auch den Tabaksbeutel.

»Tut mir leid.«

»Schon gut«, brummte der ältere Mann, als er die Pfeife stopfte. »An Ihrer Stelle würde ich mich vermutlich ebenso verhalten. Sie dürfen niemandem vertrauen.« Er entzündete ein Streichholz, paffte und nahm wieder im Sessel Platz.

»Wenn Sie wirklich nicht zu den Verschwörern gehören, so sind Sie sicher bereit, mir Auskunft zu geben.« Stone atmete tief durch. »Kehren wir zum Jahr 1953 zurück. Sie wußten, daß Berijas Leute Anna Zinojewa unter Druck gesetzt hatten und nach einem Dokument suchten, dem sogenannten Lenin-Testament. Angeblich wäre es imstande gewesen, in der Sowjetunion ein solches Chaos auszulösen, daß ein Staatsstreich hätte stattfinden können.«

Armitage nickte.

»Man schickte Sie zu der Russin, um ihr Schweigen zu gewährleisten«, fuhr Stone fort. »Sie sollten feststellen, ob Anna Zinojewa das Dokument besaß – und dafür sorgen, daß es in die richtigen Hände fiel.«

»Ja.«

»Wer hat Sie damals zu ihr geschickt?«

Der weißhaarige Mann schüttelte langsam den Kopf. »Meine Reputation . . .«, begann er.

Stone hob erneut die Waffe. »Offenbar muß ich mich noch etwas deutlicher ausdrücken«, sagte er eisig. »Mein Vater wurde ermordet, und dieses entsetzliche Verbrechen legt man mir zur Last. Ich bin zu allem entschlossen, um am Leben zu bleiben. Ich werde nicht zögern, meinerseits zu töten, wenn man mich dazu zwingt.«

Tränen glänzten in Armitages Augen. Sein Schweigen schien eine Ewigkeit zu dauern, doch schließlich brachte er hervor: »Winthrop.«

»*Lehman?* Aber warum . . .«

»O Gott!« Armitage ließ die Pfeife sinken. »Während . . . Nun, während des Krieges hatte ich Glück und bekam einen Posten im militärischen Geheimdienst. Ich nahm an den Ermittlungen des Kriegsministeriums in Hinsicht auf Pearl Harbor teil. Mein Boß war niemand anders als der Stabschef der US-Army, General George C. Marshall. Mit anderen Worten: Ich befand mich zur richtigen Zeit am richtigen Ort.« Er vollführte eine ausladende Geste, deutete auf die Bilder, Bücher und Läufer. »Der Reichtum meiner Familie und ihre guten Beziehungen boten mir weitere Vorteile. Nach dem Krieg begann ich mit der Arbeit im State Department, und bei irgendeinem offiziellen Empfang lernte ich Winthrop Lehman kennen, den Sicherheitsberater des Präsidenten. Wir schlossen Freundschaft. Ich meine, jene Art von Freundschaft, wie sie für Washington typisch ist. Sie basierte in erster Linie auf Respekt unseren jeweiligen Leistungen und Erfolgen gegenüber. Hinzu kam die ›*Ich helfe dir, und du hilfst mir*‹-Einstellung.«

»Wie konnten Sie Lehman helfen?«

»Das habe ich mich damals auch gefragt, denn er kannte alle wichtigen Leute in Washington. Aber wie sich herausstellte, brauchte er einen zuverlässigen Kontaktmann im Bureau of Intelligence and Research – eine Art Fünfte Kolonne, die nur aus mir bestand.«

»Und welche Aufgaben nahmen Sie dort für ihn wahr?«

»Oh, nichts Besonderes. Er bat mich, die Augen offenzuhalten, immer auf dem laufenden zu bleiben.«

»Können Sie sich nicht etwas genauer ausdrücken?«

Armitage seufzte. »Lehman machte sich große Sorgen, weil damals viele vertrauliche Informationen bekannt wurden. McCarthys Aktivitäten lüfteten überall Geheimnisse. Das ist das Ironische daran. Der fanatische Antikommunist McCarthy half den Kommunisten weitaus mehr als sonst jemand. Nun, Winthrop wollte, daß ich auf irgendwelche Enthüllungen achtete, die ›M-3‹ betrafen – ich erfuhr nur, daß es sich um die Tarnbezeichnung für einen Maulwurf handelte.«

»Und was bot Ihnen Lehman dafür an?«

»Seine Gegenleistung war enorm wichtig für mich. Damals herrschten schwierige Zeiten, Mr. Stone, auch für das State Department. Der verdammte Mistkerl McCarthy bezeichnete uns als ›verkappte Rote‹, und er hatte es auf einige meiner Kollegen abgesehen. Lehman sorgte dafür, daß ich aus der Schußlinie geriet. Eines Tages erzielten wir mit unseren Ermittlungen einen Volltreffer: Es gelang uns, den Postbeutel der sowjetischen Botschaft zu ergattern. Er enthielt kodierte Dokumente, Mitteilungen, Briefe und so weiter. Wir fotografierten alles Nützliche, darunter auch einen cremefarbenen Umschlag, der an meinen Freund Winthrop Lehman adressiert war. Er enthielt ein normales Blatt Papier, und der Text erschien uns so banal, daß wir ihn für chiffriert hielten.«

»Von wem stammte der Brief?«

»Die Antwort auf diese Frage gab uns eine chemische Analyse. Es handelte sich um jenes Papier, das der MGB – wie man damals den KGB nannte – verwendete.«

»Und?«

»Es war eine bedeutsame Entdeckung: Ich wußte, daß mein Freund Winthrop Kontakte zur sowjetischen Geheimpolizei unterhielt. Und noch etwas: Er hatte mich in diese Sache verwickelt, ob es mir paßte oder nicht. Als ich das begriff – und als Lehman davon erfuhr –, gab es kein Zurück mehr für mich.«

»Aber warum wurden Sie beteiligt? Warum ausgerechnet *Sie*?«

»Man brauchte mich. Man brauchte die beträchtlichen Ressourcen des State Department. Lehman koordinierte ein Programm, dessen Ziel darin bestand, den von Lawrenti Berija geplanten Staatsstreich zu finanzieren. Ich nutzte meine Beziehungen im Außenministerium, um unauffällig das von Winthrop Lehman zur Verfügung gestellte Geld – siebenhundertfünfzigtausend Dollar – in die Schweiz zu transferieren. Dort hatte sich Berija ein persönliches Konto eingerichtet.«

»*Lehman!* Er hat den Putschversuch aus eigener Tasche finanziert?«

Armitage nickte nachdenklich. »Ich hielt den Plan für gut.«

»Sie hielten es für gut, den verrückten Berija an die Macht zu bringen?«

»Nein. Ich meine die Destabilisierung der sowjetischen Regierung. Heute weiß ich, daß Instabilität im Kreml schlimmer ist als alles andere.«

»Wie hieß Berijas Assistent? Er dürfte mit M-3 identisch sein.«

»Ich weiß es nicht«, erwiderte Armitage. »Bitte glauben Sie mir. Man hat mir nie etwas gesagt. Ich habe nie erfahren, wer sonst noch zu der Gruppe gehörte.«

»Aber es müßte eigentlich möglich sein, mehr herauszufinden. Sicher gibt es Unterlagen in bezug auf die damaligen Operationen, konkrete Beweise für den Versuch, in der Sowjetunion einen Staatsstreich herbeizuführen.«

»Nein.«

»Und Informationen über Lehman?« schlug Stone vor. »Aufzeichnungen, zu denen Sie Zugang haben?«

Armitage ließ die Schultern hängen. »Als ich von Sauls Tod hörte, bekam ich es mit der Angst zu tun. Vielleicht bist du der nächste, dachte ich. Daraufhin wollte ich möglichst viele Daten sammeln, um mich zu schützen. *Aber es gibt keine!* Alle Akten über Lehman – und damit meine ich wirklich *alle* – fehlen.«

»Wer hat sie genommen?«

»Das würde ich auch gern wissen. Man hat sie gestohlen.«

»Gestohlen? Welche hieb- und stichfesten Beweise könnten Sie vorlegen?«

»Nicht einen einzigen.«

Stone überlegte einige Sekunden lang. »Auch wenn wir nichts in der Hand haben ... Sie sind ein einflußreicher Mann, der einen guten Ruf genießt. Vielleicht genügt es, wenn Sie mit den richtigen Bemerkungen an die richtigen Leute herantreten.«

»Und was soll ich sagen? Ohne irgendwelche Beweise wäre niemand bereit, mir zu glauben. Wahrscheinlich würde man mich auslachen. Außerdem ... Sie verstehen nicht, Mr. Stone. Viele Leute fürchten sich. Akten werden untersucht. Man stellt Nachforschungen an. Irgend etwas geht da vor, und zwar *jetzt*. Eine Art Machtkampf.«

»Ja«, murmelte Charlie. Wieviel *wußte* dieser Mann? »Ein Machtkampf zwischen den amerikanischen Geheimdiensten? Ich brauche genauere Angaben.«

»Die ich Ihnen leider nicht geben kann. Es ist eine ... Ahnung. Die Intuition eines guten Arztes, der auf den ersten Blick weiß, daß mit seinem Patienten etwas nicht stimmt. Mir ergeht es ähnlich. Wenn man wie ich seit vielen Jahren in der Regierung ist, entwickelt man einen besonderen Sinn für so etwas. Leise Gespräche in den Korridoren. Geflüsterte Mitteilungen und dergleichen.«

»Wer?« fragte Stone.

»Vielleicht Renegaten. Oliver-North-Typen. Ich weiß es nicht. Meine Güte, es tut mir wirklich leid, daß ich Ihnen nicht mehr anbieten kann.«

»Ich benötige etwas Konkretes – jemanden, der die Hintergründe kennt und bereit ist, an die Öffentlichkeit zu gehen.« Charlie runzelte die Stirn. Mein Vater kannte jemanden im NSC, einen früheren Studenten. Vielleicht sollte ich mich mit ihm in Verbindung setzen. Und dann der FBI-Agent, der mit Cushing sprach – wie lautete sein Name? Warren Pogue.

»Wissen Sie eigentlich, daß jene Verschwörer auch die CIA kontrollieren?« fuhr Stone langsam fort. Saul hatte darauf hingewiesen. »Was sich in Moskau anbahnt, ist vielleicht schlimmer als eine Rückkehr zum Stalinismus. Möglicherweise kündigt sich der dritte Weltkrieg an.«

»*Was?*« Armitage sah ihn entsetzt an.

»Wie können Sie es sich leisten, *nichts* zu unternehmen?« fügte Stone hinzu.

Um sechs Uhr, nach nur vier Stunden Schlaf, stand der stellvertretende Außenminister William Armitage auf, kochte sich Kaffee und rief seinen Assistenten Paul Rigazio an. Er beauftragte ihn mit einer gründlichen Suche nach allen State-Department-Akten, die den Namen Winthrop Lehman und Hinweise auf eine mehrere Jahrzehnte alte Verschwörung enthielten.

Für gewöhnlich fuhr Armitage erst am Nachmittag ins Außenministerium, und auch diesmal beschloß er, den Morgen in seinem häuslichen Arbeitszimmer zu verbringen. Um neun Uhr verabschiedete sich seine Frau Catherine. Von zehn bis eins war sie unentgeltlich für die Audubon Society in Washington tätig und sammelte Spenden.

Um zwanzig nach neun klingelte es an der Tür, und Armitage öffnete.

Er lächelte, als er den Mann erkannte: einer der Kuriere vom State Department. Er erwartete keine Lieferung, aber manchmal versäumte man es, ihn rechtzeitig zu benachrichtigen.

»Morgen, Larry«, sagte er.

Um sechzehn Uhr dreißig kehrte Catherine Armitage nach Falls Church zurück.

Sie fand ihren Mann im Schlafzimmerschrank. Die nackte Leiche hing an einem Kabel, und ein Tuch verhinderte, daß es in den Hals schnitt. Der dicke Draht war an der Schrankdecke befestigt. Neben dem Stuhl, auf dem Armitage gestanden hatte, bevor er das Gleichgewicht verlor, lag ein aufgeschlagenes Pornomagazin.

Der County Coroner stellte als Todesursache ›autoerotische Asphyxie‹ fest. Offenbar hatte der stellvertretende Außenminister masturbiert und versucht, den Orgasmus zu verstärken, indem er die Sauerstoffzufuhr zum Gehirn unterbrach. Allerdings fiel er in Ohnmacht, bevor er das Kabel vom Hals lösen konnte – und starb. Diese bizarre sexuelle Praxis ist bei Teenagern weitaus verbreiteter als bei distinguierten älteren Staatsmännern.

Die wahren Umstände von Armitages Tod wurden taktvoll verschwiegen. In der öffentlichen Verlautbarung war von einem fatalen Herzanfall die Rede – nur die engsten Familienangehörigen wußten es besser.

34

MOSKAU

Der militärische Geheimdienst GRU hat kaum weniger Einfluß als der KGB, ist jedoch nicht annähernd so bekannt. Seine Zentrale befindet sich außerhalb von Moskau in einem neunstöckigen Glasturm, den man das Aquarium nennt. Auf drei Seiten grenzt die Militärbasis Khodinka an dieses Gebäude, und auf der vierten steht ein Laboratoriumskomplex, das Institut für kosmische Biologie. Ein elektrisch geladener Stacheldrahtzaun umgibt das ganze Gelände, und bei den Patrouillen werden auch speziell abgerichtete Wachhunde eingesetzt.

Früh am Morgen betrat ein junger Mann das Büro seines Vorgesetzten, des ersten stellvertretenden GRU-Leiters. Sein Gesicht wirkte fast feminin sanft. Er hatte hohe, gewölbte Brauen, eine kleine Nase, große Ohren und ausgeprägte Sommersprossen. In den Augen zeigte sich ein kühler Glanz, ein stummer Zynismus, der dem allgemeinen Erscheinungsbild widersprach. Der junge Mann hatte in Afghanistan gedient, Brücken in die Luft gesprengt und bestimmte Gebäude in Kabul zerstört.

Er trug die Uniform der Dritten Abteilung beziehungsweise Spetsnaz. Er gehörte also zur Elite-Brigade des GRU, einer Spionage- und Terrorgruppe. Die Ausbildung der Spetsnaz sieht vor, sie während des Krieges hinter den feindlichen Linien einzusetzen; dort sollen sie Atomkraftwerke zerstören, Kommunikationslinien unterbrechen, andere strategische Ziele vernichten und Personen in Führungspositionen ›eliminieren‹. Darüber hinaus besteht ihre Aufgabe darin, verschiedenen terroristischen Organisationen sowohl logistische als auch materielle Unterstützung zu gewähren. Anders ausgedrückt: Die sowjetischen Spetsnaz-Truppen bestehen aus geschickten Saboteuren.

Der junge Mann gehörte zu den besten Spetsnaz-Spezialisten für Bomben und Brandsätze. Er salutierte zackig, als sein Vorgesetzter nickte. Hinter dem Schreibtisch, an dem der Offizier saß, reichte ein Fenster vom Boden bis zur Decke.

Der ältere Mann, ein Generaloberst, hatte graues Haar und strahlte die aristokratische Würde eines alten Weißrussen aus. An seiner Uniformjacke glänzten Dutzende von Medaillen.

Als sich der Sprengstoffexperte setzte, gab ihm der Offizier einen Zettel.

Der Spetsnaz-Soldat nahm ihn entgegen, und unmittelbar darauf beschleunigte sich sein Puls.

Nur ein Wort stand auf dem Papier: ›Sekretariat.‹

Das Sekretariat hatte den jungen Mann vor zwei Jahren rekrutiert, nach seinen hervorragenden Leistungen in Afghanistan.

Er nickte.

Dann hob er den Kopf und beobachtete, wie sein Vorgesetzter einen in den Schreibtisch integrierten Safe öffnete. Der Generaloberst holte einen braunen Umschlag daraus hervor.

»Ihr wichtigster Auftrag«, murmelte er.

Der Sprengstoffspezialist griff nach dem Umschlag, öffnete ihn und stellte fest, daß er Blaupausen enthielt. Er warf einen kurzen Blick darauf und erbleichte.

»Nein!« hauchte er.

»Dies ist ein historischer Augenblick«, erklärte der Generaloberst. »Für uns alle. Ich freue mich, daß Sie daran beteiligt sind.«

35

WASHINGTON

Kurz nach zehn Uhr morgens betrat Roger Bayliss die Eingangshalle des Hope-Stanford, eines der besten Hotels in Washington. Er schritt über dicke Perserteppiche, und auf dem Weg zum Empfangstresen kam er an korinthischen Säulen und aus dem achtzehnten Jahrhundert stammenden seidenen Tapisserien vorbei. Er sprach kurz mit dem Portier und ging dann zu den Aufzügen.

Ungeduldig sah er sich in der Halle um, wirkte ganz wie jemand, der nicht gern wartete. Er nahm den ersten eintreffenden Lift und drückte die Taste für den fünften Stock. Dort wandte er sich nach links und näherte sich Zimmer 547. An der Tür klebte ein Umschlag, auf dem sein Name stand. Bayliss runzelte verärgert die Stirn, kehrte zum Aufzug zurück und betrat die Kabine.

Stone stand auf der Treppe am Ende des Korridors und beobachtete ihn. Bisher ist alles in Ordnung, dachte er. Bayliss war allein. Gut. Vielleicht bin ich zu vorsichtig.

Charlie hatte ihn vor anderthalb Stunden angerufen. Roger Bayliss war einer von Alfred Stones besten Studenten gewesen und arbeitete nun für den NSC. Mein Vater hat ihm vertraut. Vielleicht ist er bereit, mir zu helfen.

»Natürlich habe ich davon gehört«, erwiderte Bayliss am Telefon. »Ihr Vater ... Bei allen Heiligen!« Er schwieg einige Sekunden lang, als fiele es ihm schwer, seine aufgewühlten Gefühle unter Kontrolle zu bringen. »Charlie, ich weiß ziemlich gut über die gegenwärtige Situation Bescheid. Vermutlich kenne ich Einzelheiten, von denen Sie nichts ahnen. Wir sollten miteinander reden.«

»Einverstanden. So bald wie möglich.«

»Nun, Charlie, bitte verstehen Sie mich nicht falsch, aber ich möchte vermeiden, mit Ihnen gesehen zu werden. Ich arbeite für den NSC und darf nicht riskieren ...«

»Na schön«, sagte Stone. »Ich melde mich bald wieder und schlage Ihnen einen Treffpunkt vor.«

Charlie legte auf und überlegte. Die normale Logik verlangte, daß sie sich irgendwo in der Öffentlichkeit trafen – solche Orte boten rein theoretisch ein hohes Maß an Sicherheit. Aber Stone war auf der Flucht; für ihn gab es nirgends ein sicheres Refugium. Und Bayliss ... Bayliss kam einem Fragezeichen gleich. Durfte Stone ihm vertrauen?

Um Viertel vor zehn rief er den NSC-Mitarbeiter noch einmal an und forderte ihn auf, ins Hope-Stanford zu kommen. Dort sollte er beim Empfang nach seiner Zimmernummer fragen.

Einige Banknoten veranlaßten den Portier dazu, sehr entgegenkommend zu sein. Er entsprach Stones Wunsch, gab Bayliss die Nummer eines leerstehenden Zimmers und beobachtete, wie der Besucher zu den Aufzügen ging. Nachdem er eine knappe Minute gewartet hatte, um sicher zu sein, daß dem Mann niemand folgte, rief er einen gewissen Mr. Taylor an und teilte ihm mit, daß Bayliss eingetroffen war – allein.

Der Portier kam gerade vom College und strebte eine Karriere als Schauspieler an. Dieses Spiel faszinierte ihn. Mr. Taylor hatte sich als Anwalt vorgestellt, der eine Fusion mehrerer wichtiger Unternehmen vorbereitete. Niemand dürfe etwas davon erfahren. Habgier kennt keine Grenzen, fügte er hinzu, als er unauffällig fünfzig Dollar über den Tresen schob.

Der Umschlag, den Bayliss an der Tür des Zimmers 547 fand, enthielt eine andere Nummer: 320, zwei Stockwerke tiefer. Stone hielt diese Vorsichtsmaßnahme für notwendig. Sie gab ihm Zeit, Bayliss zu beobachten und festzustellen, ob er wirklich allein gekommen war.

Natürlich nahm Bayliss den Lift – die meisten Hotelgäste benutzten nie die Treppe. Stone erreichte die Suite 320 etwa dreißig Sekunden eher.

Als er sie betrat, sah er sofort, daß die rote Kontrolllampe am Telefon glühte. Er nahm ab, hörte die Mitteilung des Portiers und legte wieder auf. Doppelte Kontrolle: Bayliss hatte niemanden in der Eingangshalle zurückgelassen.

Die Luft ist rein.

Entspann dich.

Stone sah sich in dem Zimmer um und nickte anerkennend. Er genoß den Luxus, verglich ihn mit der schäbigen Pension, dachte an seine verzweifelte Flucht während der vergangenen Tage. Wie angenehm, sich in einem Raum zu befinden, dessen Wände mit erlesenem Mahagoni vertäfelt waren, dessen Einrichtung aus Stilmöbeln bestand ...

Ein leises Klopfen an der Tür. Die Anspannung kehrte in Stone zurück, als er öffnete.

»Hallo, Roger.«

»Charlie«, sagte Bayliss und griff mit beiden Händen nach Stones Hand. »Freut mich, Sie zu sehen. Ich bedauere nur, daß wir uns nicht unter günstigeren Umständen treffen konnten. Ihre Nachricht in dem Umschlag überraschte mich.« Er lachte kurz. »Sehr gründlich von Ihnen. Keine Sorge. Vielleicht bin ich *noch* vorsichtiger gewesen als Sie. Ich habe mich immer wieder vergewissert, daß mir niemand hierher folgt.«

»Kommen Sie herein.«

Stone führte Bayliss zu einigen Sesseln und fühlte dabei den harten Stahl der Pistole, die er sich im Rücken unter den Gürtel geschoben hatte. Die Waffe versprach ihm eine gewisse Sicherheit, aber zunächst war es besser, sie nicht zu zeigen. Er musterte den NSC-Mitarbeiter, der makellos glänzende Schuhe und einen vermutlich maßgeschneiderten grauen Anzug trug.

»Sie sind kein Mörder«, sagte Bayliss und setzte sich. »Das weiß ich. Die Frage lautet: Wie kann ich Ihnen helfen?«

Stone nahm ihm gegenüber Platz. »Beginnen wir folgendermaßen: Was meinten Sie mit Ihrem Hinweis am Telefon, Ihnen seien Einzelheiten bekannt, von denen ich nichts ahne?«

Bayliss holte tief Luft. »Vielleicht verstoße ich gegen den National Security Act, wenn ich Ihnen Auskunft gebe«, erwiderte er. »Wahrscheinlich verstoße ich sogar gegen gleich mehrere NSC-Vorschriften. Meiner Ansicht nach fiel Ihr Vater keinen Einbrechern zum Opfer.«

Stone nickte.

»Es bahnt sich irgend etwas an. Hinter den Kulissen. Es geht um eine große Sache.«

Armitage hat von einer Art Machtkampf gesprochen, erinnerte sich Stone. »Was meinen Sie damit, Roger?«

»Na ja, dies ist sehr schwierig für mich, Charlie. Ich weiß nicht, wo ich anfangen soll.« Er zögerte kurz. »Sie sind einer der Stars von Parnassus. Kennen Sie die Theorie vom Großen Maulwurf?«

Worauf will er hinaus? »Niemand glaubt mehr daran, Roger«, erwiderte Stone langsam.

Bayliss bezog sich auf folgende Annahme: Im Verlauf der letzten Jahrzehnte hatte sich angeblich ein sowjetischer Agent langsam in der CIA-Hierarchie hochgearbeitet. Er leistete gute, aber keine hervorragende Arbeit. Er schloß Freundschaften, aber nicht zu viele. Wahrscheinlich war er mit einer Amerikanerin verheiratet, hatte amerikanische Kinder und sich dem amerikanischen Lebensstil angepaßt. Und über Jahre hinweg verriet er Geheimnisse an Moskau. Dieser Verdacht ließ den Chef der CIA-Gegenspionage, James Jesus Angleton, nicht zur Ruhe kommen. In den siebziger Jahren zerstörte er fast die Central Intelligence Agency, als er versuchte, den Maulwurf zu finden – bis ihn William Colby 1974 auf die Straße setzte.

Bayliss zuckte mit den Schultern.

»Paranoide Wahnvorstellungen«, fügte Stone hinzu.

Bayliss beugte sich vor und sprach in einem bedeutungsvollen Tonfall. »Es schien sich nur um die verrückten Ideen eines Mannes zu handeln, der zu lange durch den Irrgarten der Gegenspionage wandelte und irgendwann den Verstand verlor. Aber wenn der amerikanische Geheimdienst *tatsächlich* unterwandert ist . . .«

Stone spürte, wie es ihm kalt über den Rücken lief. »Soll das heißen . . .«, begann er fassungslos und schüttelte den Kopf. »Aber was hat das mit meinem Vater zu tun?«

»Hören Sie, Charlie: Ich habe eben angedeutet, daß ich Ihnen eigentlich überhaupt nichts davon erzählen darf. Was wir hier besprechen, muß unter uns bleiben.«

»In Ordnung.«

»Wenn Sie auch nur ein Wort davon weitertragen, streite ich alles ab. Wir glauben, Ihr Vater wurde umgebracht, um die Identität des Maulwurfs zu schützen.«

»Die *Russen* stecken dahinter?« fragte Stone.

»Ganz so einfach ist es nicht. *Bestimmte* Russen. Leute, die um jeden Preis verhindern wollen, daß der Agent entlarvt wird.«

»Aber mein Vater konnte doch gar nichts davon wissen«, erwiderte Stone leise.

»Ihr Vater wußte weitaus mehr, als für ihn gut war. Man hielt ihn für eine Gefahr.«

»Ich *bitte* Sie!« Stone stand auf, wanderte nervös durchs Zimmer und versuchte, in den Ereignissen der vergangenen Tage einen Sinn zu erkennen. »Warum Sie?« brachte er schließlich hervor. »Warum sind *Sie* so gut darüber informiert?«

»Warum?« wiederholte Bayliss und drehte sich zu Stone um. »Vielleicht deshalb, weil ich eines Abends eine gewisse Party besucht habe. Vielleicht deshalb, weil ich einen gewissen russischen Diplomaten kenne.«

»Ich begreife das nicht.« Stone setzte sich auf den Schreibtisch.

»Um ganz ehrlich zu sein: Mir ergeht es ähnlich. Aber vielleicht können wir gemeinsam mehr herausfinden. Denken Sie nach, Charlie. Man hatte es nicht nur auf Ihren Vater abgesehen, sondern auch auf Sie. Warum? Was wissen Sie? Haben Sie irgend etwas in Erfahrung gebracht, das mit jener Reise in Zusammenhang steht, die Ihren Vater 1953 nach Moskau führte? Selbst die Dinge, die Ihnen nebensächlich erscheinen, könnten eine wichtige Rolle spielen.«

Stone überlegte und schüttelte den Kopf. Seine Lippen bildeten einen dünnen Strich.

Bayliss sprach nun mit einer Sanftheit, die Charlie überraschte. »Ihr Vater hätte sicher gewünscht, daß Sie mir helfen. Alfred Stone liebte dieses Land. Er arbeitete im Weißen Haus, und man stellte seine Loyalität in Frage, aber trotzdem *liebte* er seine Heimat, verdammt. Ich glaube, er hätte großen Wert darauf gelegt, daß sein Sohn nichts unversucht läßt, um zu helfen. Vielleicht ist die nationale Sicherheit in Frage gestellt. Hunderte könnten sterben, Charlie. Sogar Tausende. Ich übertreibe nicht, wenn ich sage, daß der Frieden zwischen den Supermächten bedroht ist.«

Stone stand auf, schritt zur anderen Seite des Zimmers, verharrte dort und verschränkte die Arme. Bayliss' Ausführungen schienen durchaus einen Sinn zu ergeben.

»Ich würde gern Details nennen, wenn mir das möglich wäre, Charlie. Es geht nicht nur um die Vereinigten Staaten, sondern auch um Moskau. Bestimmt gibt es etwas, eine Information, ein Dokument in Ihrem Besitz, ein Telefongespräch.«

Stone seufzte und runzelte die Stirn. Nach einer Weile schüttelte er erneut den Kopf.

»Bitte begleiten Sie mich«, fuhr Bayliss fort. »Reden Sie mit unseren Leuten. Sagen Sie ihnen, was Sie wissen. Es ist *wichtig*, Charlie.«

»Unmöglich, Roger«, entgegnete Stone und beobachtete Bayliss. »Ich brauche Ihre Hilfe, Ihren Schutz. Aber nicht einmal *Sie* wissen, wer an dieser Sache beteiligt ist. Man könnte Sie täuschen, Ihnen eine Falle stellen, so wie mir. Tut mir leid.«

»Hier sind Sie nicht sicher. Ganz gleich, wo Sie sich verstecken: Früher oder später erwischt man Sie.«

»Bisher habe ich überlebt. Und mit Ihrer Hilfe brauche ich mich nicht mehr zu verbergen.«

»Trotzdem wäre es besser, wenn Sie mit mir kommen. Unsere Leute können Sie bestimmt schützen.«

»Nein.«

»Ich muß darauf bestehen, Charlie – um Ihretwillen.«

»Sie müssen darauf *bestehen*?« Stone lachte spöttisch.

»Ich darf nicht zulassen, daß Sie von den Verschwörern geschnappt werden. Begleiten Sie mich.«

Stone schloß die Augen und massierte den Nasenrükken. »Ich weiß nicht mehr, wem ich vertrauen kann.«

»Sie können *mir* vertrauen, Charlie. Das sollte Ihnen eigentlich klar sein. Ihr Vater wußte es.«

»Ich setze mich in einigen Tagen mit Ihnen in Verbindung, Roger«, erwiderte Stone.

»Sie werden dieses Zimmer nicht verlassen, Charlie.« Bayliss' Stimme klang nun schärfer. »Eigentlich ist die Entscheidung längst gefallen.« Er stand auf und ging langsam zur Tür, als wolle er sie blockieren. »Wir nehmen Sie mit.«

»Damit bin ich nicht einverstanden.« Stone setzte sich ebenfalls in Bewegung, trat ruhig auf Bayliss zu.

»Sie verstehen nicht«, sagte Roger kühl. »Sie bringen Dinge in Gefahr, von denen Sie überhaupt keine Ahnung haben. Unsere verdammte nationale Sicherheit. Ich hatte gehofft, wir könnten darauf verzichten, Sie zu zwingen. Sie werden nicht durch diese Tür gehen. Bitte seien Sie vernünftig, Stone.«

»Warum geben Sie sich solche Mühe, mich zu überzeugen, Roger? Warum sind Sie nicht mit einigen Kollegen ins Hotel gestürmt, um mich zu überwältigen?«

»Es wäre mir weitaus lieber, wenn Sie sich freiwillig dazu bereit erklärten, mit uns zu kooperieren. Außerdem . . .« Bayliss tastete mit der linken Hand unter die Jacke.

Stone wollte nach seiner Waffe greifen, doch dann sah er, was Roger hervorholte: ein kleines, kantiges Metallobjekt. Charlie lächelte gelassen. »Ein Sender.«

»Unser Gespräch ist auf einer Frequenz von hundertvierzig Megahertz gesendet worden«, bestätigte Bayliss. »Unsere Leute stehen direkt vor der Tür und warten auf mein Signal. – Sie sind ein beeindruckender, cleverer Mann, Stone – aber gleichzeitig ein Amateur«, fügte Roger hinzu und ließ die Maske der Höflichkeit fallen. »Geben Sie auf. Sie haben überhaupt keine Chance. Es tut mir leid, daß Sie nicht zur Zusammenarbeit bereit sind.« Bayliss schnitt eine Grimasse. »Leider lassen Sie uns keine Wahl.«

Ein leises Kratzen, als Metall über Metall schabte, und dann schwang die Tür auf. Drei Männer von der American Flag Foundation traten mit gezückten Waffen ein.

»Himmel!« stieß einer von ihnen hervor.

Der Raum war leer. Und es herrschte Stille – abgesehen von einem leisen, kaum hörbaren Stöhnen.

Zehn Minuten lang hatten sie vergeblich auf Bayliss' Signal gewartet, und schließlich hielten sie es für angebracht, etwas zu unternehmen.

Einer der drei Männer eilte in Richtung Badezimmer, in dem das leise Stöhnen seinen Ursprung zu haben schien. Von der Seite her schlich er zur Tür und stieß sie mit einem Ruck auf.

Der halb bewußtlose Bayliss lag in der Badewanne, mit einigen Handtüchern gefesselt. Der Duschschlauch bildete eine enge Schlinge an seinem Hals.

Stone hörte den Verkehr weiter unten. Er stand nun auf dem breiten, von einer Brüstung gesäumten Sims, der im vierten Stock an der Hotelmauer entlangreichte. Einige wenige Sekunden lang – die Zeit wurde knapp – beobachtete er ein anderes Zimmer, das leer zu sein schien. Dann öffnete er das Fenster und sprang in den Raum. Zwei Minuten später schritt er durch die Kellergarage des Hotels.

Es war ihm nicht sehr schwergefallen, aus Bayliss' Reichweite zu entkommen. Er schlug Bayliss nieder, fesselte ihn und schaltete den Sender aus. Eins stand fest: Er konnte das Hotelzimmer nicht durch die Tür verlassen, hinter der Rogers Männer warteten. Das Fenster bot den einzigen Ausweg. Die Suite befand sich im dritten Stock, und das bedeutete, er mußte klettern, und zwar nach oben, was leichter und sicherer war.

Furcht vibrierte in ihm, doch kurz darauf wich sie jener wundervollen Ruhe, die er immer dann spürte, wenn er eine besonders schwierige Felswand erklomm. Hier gab es einen fast hundert Zentimeter breiten Sims, der an einer Brüstung endete – ein Kinderspiel.

Stone fand eine Stelle, an der die Mauerverzierungen und steinernen Figuren besonders stabil wirkten; Auspuffgase hatten eine dunkle Schicht auf ihnen gebildet. Er zog sich an den granitenen Vorsprüngen hoch.

Knapp eine Stunde später parkte Stone den gestohlenen VW vor dem National Airport Washingtons. Es fiel ihm noch immer nicht leicht, einen klaren Gedanken zu fassen. Voller Sorge blickte er in den Rückspiegel und stellte erleichtert fest, daß es an seinem äußeren Erscheinungsbild kaum etwas auszusetzen gab. Er wirkte nicht wie jemand auf der Flucht – sah man einmal von den Kratzern an seinen Händen ab.

Als er den letzten Aufruf für den Pan-Am-Flug nach Chicago hörte, schloß er die Hand fester um den Griff seiner kleinen Reisetasche und ging in Richtung Terminal. Wenn er sich beeilte, konnte er die Maschine noch erreichen. Es hatte keinen Sinn, auf eine andere zu warten. Während er die Halle durchquerte, sah er sich immer wieder aufmerksam um und dachte an Bayliss' Lügen. Gab es wirklich einen Maulwurf in der CIA, einen sowjetischen Agenten, der inzwischen einen hohen Posten in der Central Intelligence Agency bekleidete? Hatte Bayliss vielleicht die Wahrheit gesagt? Einmal mehr erinnerte sich Stone an Armitages Worte: *Irgend etwas geht da vor, und zwar jetzt.*

War das der Grund?

Stone entnahm der Reisetasche ein kleines Paket und verstaute es in einem Schließfach. Es enthielt nur die Smith & Wesson, und so sehr er es auch bedauerte: Es gab keine Möglichkeit, sie durch den Metalldetektor zu bringen. Es existierten Waffen, die bei einer solchen Kontrolle nicht auffielen, aber seine Pistole hätte man sofort entdeckt. Er konnte sich später eine andere besorgen, falls es notwendig werden sollte.

Wahrscheinlich brauche ich bald eine, dachte er düster, als er am Schalter einen falschen Namen nannte und das Ticket bezahlte.

36
MOSKAU

Charlotte Harper genoß das heiße Badewasser. Es duftete nach Eukalyptus und Mineralsalzen, die entspannend wirken sollten. Nach einer Weile spürte Charlotte, wie die Benommenheit der Erschöpfung von ihr wich.

Manchmal war es einfach großartig, allein zu leben, wie zum Beispiel jetzt. Wenn man die Wohnung mit jemandem teilte, konnte man nicht um zwei Uhr morgens ein Bad nehmen. Zumindest mußte man dabei auf laute Musik verzichten. Die Journalistin hörte sich gerade eine Bach-Sonate an.

Sie hatte bis spät abends gearbeitet, da sie den Zeitunterschied zwischen Moskau und den Vereinigten Staaten berücksichtigen mußte – in ihrer Heimat war es acht Stunden früher. Charlotte fand es langweilig und ermüdend, den aktuellen Wünschen des Network zu genügen und über die Vorbereitungen auf das Gipfeltreffen zu berichten. Ihr eigentliches Interesse galt den jüngsten Terroranschlägen in Moskau.

Nach einer Weile verließ sie die Badewanne und sah in ihren Unterlagen nach.

Nach kurzer Suche fand sie die gesuchten Notizen.

Ihre Akte ›Terrorismus/UdSSR‹ enthielt einen kurzen Eintrag, in dem es um den Tod eines Mannes ging, der vor einigen Jahrzehnten die gleichen Aufgaben wahrgenommen hatte wie Sergei Borisow. Er hieß Mironow und war bei einem Flugzeugabsturz während der Zeit Chruschtschows ums Leben gekommen. Er hatte seinen Posten Chruschtschow zu verdanken, und die Gegner des Generalsekretärs im KGB haßten ihn.

Vielleicht hat der Herausgeber recht, überlegte Charlotte. Vielleicht handelt es sich um eine interne Auseinandersetzung im Kreml.

Dann entdeckte sie einen weiteren Hinweis. Er betraf mehrere Terroranschläge, die 1977 in Moskau stattfanden. Am 8. Januar 1977 kam es zu einer Explosion in der Moskauer Untergrundbahn: Sie tötete sieben Personen und verletzte vierundvierzig. Drei armenische Dissidenten wurden verhaftet und zum Tode verurteilt, obwohl vieles darauf hindeutete, daß sie in keiner Verbindung mit dem Verbrechen standen. Einige Kommentatoren glaubten damals, daß die sowjetischen Behörden nur beabsichtigten, die Bewegung der Regimegegner in Mißkredit zu bringen. War *das* der Grund? Steckte vielleicht der KGB hinter den Anschlägen? Um von der schwierigen Situation in den einzelnen Republiken abzulenken?

Wer weiß? dachte Charlotte.

Nun, es gab jemanden, der wahrscheinlich Bescheid wußte. Sie hatte einen Informanten, den sie sorgfältig schützte, weil er für den KGB arbeitete – ein Techniker, der seine Arbeitgeber insgeheim verabscheute. Er nannte sich nur ›Sergei‹.

Es würde nicht leicht sein, aber sie konnte Kontakt mit ihm aufnehmen. Möglicherweise war er in der Lage, ihre Fragen zu beantworten. Und wenn nicht ... Auch begründete Vermutungen halfen ihr weiter.

In der Zwischenzeit sah sich Charlotte mit dem Dilemma konfrontiert, ihre wenigen Informationsbrocken in einem Bericht zu verarbeiten. Wie sollte sie vorgehen? Kein einziger sowjetischer Beamter wollte vor der Kamera darüber sprechen – ganz offensichtlich hatte man noch nicht über die Public-Relations-Strategie entschieden. Natürlich gab es Gerüchte, wie üblich. Angeblich wäre es nie zu irgendwelchen terroristischen Aktionen gekommen, wenn der KGB-Vorsitzende Andrei Pawlitschenko nicht Probleme mit dem Herz hätte. Charlotte nahm sich vor, über den Ernst von Pawlitschenkos Krankheit Aufschluß zu gewinnen.

Später am Morgen fuhr Charlotte mit ihrem Kameramann Randy und der jungen Produzentin namens Gail Howe los, um einige Aufnahmen am Ufer der Moskwa zu machen, direkt dem Kreml gegenüber. Es war kalt, und einige Schneeflocken tanzten umher. Charlotte ging noch einmal ihren Text durch, nahm einen Bleistift und unterstrich bestimmte Worte, die sie betonen wollte. Dann blickte sie in die Kamera.

»Zum erstenmal hat die offizielle sowjetische Nachrichtenagentur TASS jene Terroranschläge *bestätigt*, die in Moskau so große Unruhe schufen«, sagte sie. »Die sowjetischen Behörden bezeichnen den Zwischenfall in der U-Bahn als ›das Werk von Rowdys und Verrückten‹, und damit versuchen sie, die Bedeutung der Bombe herunterzuspielen. In diesem Land fürchtet man vor allen Dingen einen Zusammenbruch der öffentlichen Ordnung, und angesichts des bevorstehenden Gipfeltreffens wächst die Besorgnis. Ein Beamter sagte mir: ›Auch in der Sowjetunion gibt es Gewaltverbrechen, aber die besondere Plage des Terrorismus ist ein typisches Merkmal des Westens.‹ Früher oder später wird sich also herausstellen, ob diese Einschätzung den Tatsachen entspricht.« Die Journalistin legte eine kurze Pause ein. »Hier spricht Charlotte Harper von den ABC-News, Moskau.«

Noch ein Bericht, der nichts Neues bringt, dachte sie, als Randy die Kamera im Wagen verstaute.

Früh am nächsten Abend wählte Charlotte die Nummer, die sie von der *Babuschka* bekommen hatte. Es war nicht ihr erster Versuch, und sie hoffte, diesmal mehr Glück zu haben.

Eine Frau meldete sich.

»Sonja Kunetskaja?« Charlotte sprach fließend Russisch, aber sie konnte nicht über ihren ausländischen Akzent hinwegtäuschen. Sie mußte sehr vorsichtig sein, um das Vertrauen der Frau zu gewinnen.

Eine lange Pause. »Ja«, erklang es dann am anderen Ende der Leitung.

»Ich habe eine Nachricht für Sie, von einem Freund.«

»Einem Freund?« wiederholte die Frau argwöhnisch. »Wen meinen Sie?«

»Den Namen kann ich am Telefon nicht nennen.«

»Was soll das bedeuten?«

»Es ist eine wichtige Mitteilung«, antwortete Charlotte und drückte sich ganz bewußt geheimnisvoll aus. »Ich möchte sie Ihnen bringen. Wenn Sie wenigstens einige Zeit für mich hätten . . .«

»Ich . . . ich weiß nicht recht . . . Wer *sind* Sie?«

»Bitte«, drängte Charlotte. »Es dauert nicht lange.«

Eine neuerliche Pause und dann: »Na schön.« Die Frau zögerte noch einmal, bevor sie Charlotte ihre Adresse nannte.

Wie sich herausstellte, wohnte Sonja Kunetskaja auf der anderen Seite der Stadt, an der nördlichen Peripherie. Charlotte verzichtete darauf, den Wagen zu nehmen: Das Kennzeichen des Auslandskorrespondenten wirkte wie ein Magnet auf alle KGB-Beschatter.

In den Waggons der Untergrundbahn herrschte dichtes Gedränge. Charlotte stieg an der Haltestelle unweit des Denkmals für ökonomische Leistungen aus, einem riesigen, spitz zulaufenden Obelisken – das größte Phallussymbol der Welt, dachte die Journalistin.

In der Nähe befand sich ein Gebäudekomplex, der einst zu einem zaristischen Anwesen gehört hatte und heute als Zentrale für das staatliche Fernsehen und Radio diente.

Charlotte ging einige Straßen weit und erreichte schließlich einen gewaltigen Wohnblock mit zahllosen numerierten Zugängen.

Sie trat ein, und hinter ihr schloß sich die Tür mit einem lauten Klacken, das sie zusammenzucken ließ. Der Flur wirkte schäbig: Beton, dessen dunkelblauer Putz an vielen Stellen abbröckelte. Es stank nach Urin. Eine schmutzige Katze lief vorbei, und Charlotte stellte mit Entsetzen fest, daß ihr die Augen fehlten. Sie unterdrückte einen Schrei und suchte innerlich bebend nach der richtigen Wohnung.

An der Tür Nummer 26 sah sie billiges Kunstleder mit fleckigen Ziernägeln. Charlotte klingelte, und kurz darauf öffnete eine kleine, gut sechzig Jahre alte Frau. Graue Strähnen zeigten sich in ihrem braunen Haar. Sie trug ein

Schürzenkleid mit verblaßtem Blumenmuster und eine Brille mit Stahlrahmen. »Bitte kommen Sie herein«, sagte sie. »Ich bin Sonja Kunetskaja.« Sie streckte eine knochige Hand aus.

»Charlotte Harper.«

Die beiden Frauen schritten durch einen dunklen Korridor, betraten dann das Wohnzimmer. Die Einrichtung bestand aus massiven Holzmöbeln, und das Sofa schien uralt zu sein. Ein Mann in Sonjas Alter saß in einem der Sessel. Sein weißes Haar war nach hinten gekämmt.

Er sah schrecklich aus. Sein Gesicht bestand fast nur aus gräßlichen Narben; Charlotte brauchte ihre ganze Willenskraft, um seinem Blick zu begegnen.

»Das ist mein Freund Jakow«, stellte Sonja den Mann vor. Seine ruhige Selbstsicherheit deutete darauf hin, daß er kein Besucher war.

»Sie erwähnten eine wichtige Mitteilung für mich«, fügte Kunetskaja hinzu.

»Na ja, vielleicht habe ich ein wenig übertrieben«, erwiderte Charlotte und erinnerte sich an Charlies Hinweise: Sonja Kunetskaja hatte sich einmal mit Alfred Stone in Moskau getroffen, und die Begegnung stand in irgendeinem Zusammenhang mit Lehman. »Ich bringe Ihnen Grüße von Winthrop Lehman.«

Eine Zeitlang herrschte völlige Stille.

»Wer sind Sie?« fragte Sonja.

»Ich bin Journalistin und arbeite für die ABC-News. Man bat mich, Sie zu finden.«

Wieder folgte Schweigen. »Wollten Sie deshalb mit mir sprechen?« erkundigte sich Sonja nach einer Weile. »Kommen Sie im Auftrag Lehmans?« Eine seltsame Verzweiflung erklang in ihrer Stimme. Sie schien bestürzt zu sein, und ihr Freund – beziehungsweise Ehemann? – bedachte Charlotte mit einem mißtrauischen Blick.

Was geht hier vor? dachte sie.

»Ja, Sie haben recht«, behauptete Charlotte. Ich tappe völlig im dunkeln, fuhr es ihr durch den Sinn. Und: Warum ist Sonja so nervös? »Kennen Sie ihn schon lange?«

»Ich bin ihm 1962 begegnet«, antwortete die Russin. Sie wirkte jetzt verwirrt, und gleichzeitig verriet ihr Gebaren eine gewisse Erleichterung. »Damals arbeitete ich für den Fortschrittsverlag.«

»Wie haben Sie einen so berühmten Mann kennengelernt?«

»Bei einer Party in Boris Pasternaks Datscha in Peredelkino. Ich plante die Herausgabe eines Gedichtbandes, den Pasternak übersetzte, und deshalb lud er mich ein. Winthrop Lehman war ebenfalls zugegen.«

»Neunzehnhundertzweiundsechzig? Zu jenem Zeitpunkt muß Pasternak ziemlich alt gewesen sein.«

»Ja. Weit über die Siebzig.« Sonja Kunetskaja nickte nachdrücklich.

»Und was führte Lehman nach Moskau?«

Die Russin zögerte kurz, als suche sie nach den richtigen Worten. »Ich weiß es nicht genau. Er kommt ab und zu in die Sowjetunion.«

Charlotte hatte Verdacht geschöpft und ließ nicht lokker. »Sie waren also Pasternaks Redakteurin, und zwar im Jahr 1962?« vergewisserte sie sich.

»Ja, das stimmt«, bestätigte Sonja. »Boris Pasternak. Viele Amerikaner haben den Roman *Doktor Schiwago* gelesen, aber sind Sie auch mit seinen Gedichten vertraut?«

Charlotte ging nicht sofort auf die Frage ein.

»Ich kenne sie«, sagte die Journalistin dann. »Und ich finde sie wundervoll. Es beeindruckt mich, daß Sie mit Pasternak zusammengearbeitet haben.«

»In diesem Land gilt er als großer Künstler«, entgegnete Sonja.

»1962 lebte Pasternak nicht mehr. Ich fürchte, Sie haben sich im Jahr geirrt. Er starb 1960.«

»Es ist so lange her«, murmelte Sonja Kunetskaja. »Ich erinnere mich nicht mehr genau.«

Und da wußte Charlotte, daß die Russin log.

37

CHICAGO

Stone traf am späten Nachmittag am O'Hare Airport von Chicago ein. Er fühlte sich angespannt und erschöpft.

Das Dossier aus Lehmans Archiv hatte ihn zu Armitage geführt. Und es enthielt auch den Namen Pogue.

Erneut rief er die Auskunft an, aber Warren Pogues Telefon war nicht verzeichnet. Er setzte sich mit dem FBI in Washington in Verbindung, doch Pogue hatte dort die Anweisung hinterlassen, daß er nicht gestört werden wollte. Stone fragte vergeblich nach Adresse und Telefonnummer.

Es mußte eine Lösung geben.

Stone ging ins Flughafencafé, trank Kaffee und aß ein geschmackloses Schinkenbrötchen. Er kaute langsam und überlegte. Diesmal brauchte er eine besondere Art von Hilfe, und er wußte auch, von wem er sie bekommen konnte. Als er sich für den Flug nach Chicago entschied, fiel ihm sofort der Name einer ganz bestimmten Frau ein. Eine Freundin Charlottes, die er seit dem College kannte und die als Anwältin arbeitete. Um genauer zu sein: Sie war stellvertretende Staatsanwältin, was bedeutete, daß sie gute Kontakte zur Polizei von Chicago unterhielt. Vielleicht – wahrscheinlich – konnte sie ihm eine nicht verzeichnete Telefonnummer besorgen.

Paula Singer hatte während des ersten Semesters das Zimmer mit Charlotte geteilt, und während der nächsten Jahre war sie mit Charlie und Charlotte in Verbindung geblieben. Vor etwa fünf Jahren besuchte sie das Ehepaar in deren New Yorker Apartment, unglücklich über das Ende einer langen Beziehung. Damals war sie auf der Suche nach Trost und Zuspruch gewesen.

Sie könnte mir sehr helfen, dachte Stone. Vielleicht nimmt sie mich sogar für eine Nacht auf.

Ihr Name fehlte in seinen Adreßbüchern. Mit anderen Worten: Sie wurde bestimmt nicht überwacht. Bei ihr bin ich sicher, wenigstens für eine gewisse Zeit.

Stone sah sich mißtrauisch im Café um. Er brauchte dringend Paula Singers Hilfe, aber er mußte unter allen Umständen vermeiden, daß man ihm zu ihr folgte.

Glücklicherweise fiel es ihm nicht schwer, sie zu finden: ihre Nummer stand im Telefonbuch. Sie wohnte in einem Apartment an der Barry Street, im Norden von Chicago. Als Stone das Gebäude erreichte, war sie noch nicht zu Hause. Mit wachsender Ungeduld wartete er in einem kleinen Restaurant.

Paula kam erst gegen neun. Sie trug ein gutgeschnittenes, burgunderrotes Kostüm, einen schwarzen Tweedmantel und Reebok-Schuhe. Während der Zeit am College hatte sie sich legerer gekleidet; jetzt mußte sie offenbar Rücksicht auf ihr Amt nehmen.

Sie hielt Aktenkoffer und Einkaufstasche in der einen Hand, als sie den Schlüssel ins Schloß schob. Stone stand nur einige Meter entfernt im Schatten, aber sie schien ihn nicht zu bemerken.

»Paula«, sagte er leise.

Sie zuckte zusammen und ließ den Aktenkoffer fallen. »*Jesus*, wer ist da?«

»Charlie Stone.«

Paula blickte in seine Richtung, und schließlich erkannte sie ihn. »Lieber Himmel! Du bist es wirklich.« Es hörte sich keineswegs erfreut an, eher erschrocken. »Bitte *nicht*.«

Er begriff, was sie befürchtete. »Ich weiß, was du gehört hast. Es ist alles gelogen, Paula. Du kennst mich. Ich benötige deine Hilfe.« Er versuchte vergeblich, nicht verzweifelt zu klingen. »Bitte, Paula.«

Widerstrebend öffnete sie die Tür und ließ ihn eintreten.

»Hast du schon gegessen?«

»Nein«, sagte Stone.

»Mal sehen, was der Kühlschrank enthält.« Paulas anfängliche Furcht war einer vorsichtigen Freundlichkeit gewichen. Allem Anschein nach sah sie keine Gefahr mehr in Charlie. Sie hatte ihm angeboten, bei ihr zu übernachten. »Weißt du, ich koche nur selten.«

Die kleine, schmale Küche bot nicht viel Platz. Es gab eine Durchreiche, und beim Essen nahm man auf Hockern am Tresen Platz. Stone stand neben Paula und versuchte, ihr nicht im Weg zu sein, als sie den Kühlschrank öffnete und einen skeptischen Blick hineinwarf. Das Gefrierfach enthielt nur ein Le-Menu-Paket mit Huhn und Käse. »Das Angebot ist nicht gerade überwältigend«, sagte sie. »Was hältst du davon, wenn wir uns das hier teilen?« Sie schob das Fertiggericht in den Mikrowellenherd. Paula gab sich nun fröhlich und aufgeräumt, aber hinter dieser Fassade spürte Stone deutliche Verlegenheit. »Möchtest du was trinken? Tut mir leid, ich habe leider keinen Wein. Du mußt dich mit Scotch begnügen.«

»Scotch ist mir recht. Paula, ich brauche eine nicht verzeichnete Telefonnummer und die entsprechende Adresse. Wenn du dich morgen früh darum kümmern könntest ... Du hast bestimmt die Möglichkeit, diese Informationen zu bekommen.«

Die junge Frau füllte zwei Gläser. »Ich weiß nicht, wie ich mich ausdrücken soll ...«, begann sie unsicher. »Ich habe natürlich gehört, was passiert ist. Die Ermordung deines Vaters und so. Die Zeitungen bezeichnen dich als flüchtigen Verbrecher. Alle Leute wissen darüber Bescheid.«

Stone merkte, daß sie ein wenig abseits stand. »Ich hoffe, du glaubst nicht an den Unsinn.«

»Ich weiß nicht, was ich glauben soll. Wenn du sagst, daß dich keine Schuld trifft ... Nun, du bittest mich darum, dir eine Telefonnummer zu besorgen, in Ordnung. Aber zuerst möchte ich dir einige Fragen stellen. Zum Beispiel: Was hast du vor? Was machst du *hier*? Oh, mir ist natürlich klar, daß du dich verstecken möchtest.«

»Nur für ein oder zwei Nächte«, erwiderte Stone. »Bis ich mich mit der Person in Verbindung setzen kann, von der ich Hilfe erwarte. Ich will dich nicht in Schwierigkeiten bringen, glaub mir. Aber niemand kennt dich als Freundin von mir.«

»Besten Dank.«

»Du weißt, wie ich das meine.«

»Ja. Ich frage mich nur... Warum bist du auf der Flucht? Zum Teufel auch, Charlie, was ist eigentlich geschehen?«

Der Mikrowellenherd piepste, und Paula holte das Fertiggericht daraus hervor. Als sie die Schutzfolie abzog, stieg nach Hühnerfleisch duftender Dampf auf. Sie schnitt die Portion in zwei Hälften, legte das eine Stück für Stone auf einen Teller und aß das andere direkt aus dem Karton. Beide nippten ab und zu an ihrem Scotch und saßen so nahe beieinander, daß sich ihre Beine berührten.

Charlie erzählte ihr nicht von seiner Tätigkeit für die Parnassus Foundation, die dem CIA unterstand. Paula glaubte, daß er fürs State Department in New York arbeitete, dort Analysen in Hinsicht auf die Sowjetunion vornahm, und dabei beließ er es.

Er schilderte ihr nur die notwendigen Dinge, aber die junge Anwältin war trotzdem schockiert. Sie nahm Anteil, und ihre vibrierende Stimme brachte Zorn zum Ausdruck. »Meine Güte!« entfuhr es ihr. Sie ließ die Gabel sinken und sah Stone an. »Wenn das alles stimmt... Es muß ein wahrer Alptraum für dich sein.«

Charlie starrte in sein Glas und nickte.

»Mach dir wegen der Telefonnummer keine Sorgen«, meinte Paula. »Ich kriege das schon hin. Weißt du, ich kenne da jemanden. Einen Polizeibeamten, mit dem ich häufig zusammenarbeite. Bei einem wichtigen Fall, den ich gerade behandle, steht er auf der Zeugenliste. Ein sympathischer Mann. Ich glaube, er hat sich in mich verknallt.«

»Großartig.«

»Nicht unbedingt: Er ist verheiratet, und zu seiner Familie gehören *acht* Kinder. Aber er hat einen Freund in der

Rechnungsabteilung der Telefongesellschaft. Sehr nützlich, nicht wahr? Auf diese Weise ermittelt auch die Polizei: Man meidet den blöden Papierkram, wann immer es möglich ist.«

Stone lächelte und entspannte sich langsam. Die gute alte Paula. Charlottes ehemalige Stubengenossin konnte hartnäckig bissig und aggressiv sein. Während ihrer Zeit am College wirkte sie völlig geschlechtslos. *Das* hatte sich inzwischen geändert, aber sie war noch immer so unglaublich offen und direkt wie damals. Charlie dachte an die pummelige Studentin mit den braunen Augen und dem langen braunen Haar zurück. Jetzt sah er eine schlankere Paula Singer, mit kürzerem Haar: eine außerordentlich attraktive und faszinierende Frau.

»Gefällt dir deine Arbeit?« fragte er.

»Ja«, antwortete sie. »Es *gefällt* mir, etwa ein Zehntel von dem zu verdienen, was meine Bekannten mit ihren Privatpraxen scheffeln.« Etwas sanfter fügte sie hinzu: »Ja, ich mag meinen Job. Ich mag ihn sogar sehr.«

»Wahrscheinlich lastet er dich ganz schön aus, nicht wahr?«

»Und ob. Verdammt, das kann man wohl sagen. Dauernd kommen neue Fälle auf den Tisch. Es bleibt einem kaum genug Zeit, um mit den Zeugen zu sprechen. Verrückt, was? Es gibt Hunderte von stellvertretenden Staatsanwälten, und man erwartet nur von uns, daß wir Verurteilungen durchsetzen. Wer in dieser Hinsicht die meisten Erfolge vorweist, bekommt die meisten Lorbeeren. So einfach ist das. Aber manchmal ergeben sich Schwierigkeiten. Manchmal *weiß* man ganz genau, daß irgendein verfluchter Mistkerl schuldig ist. Aber wenn man nicht genug Beweise vorlegen kann, bleibt einem nichts anderes übrig, als sich mit dem Richter zu arrangieren.«

Stone lächelte erneut und schüttelte den Kopf. Paula versuchte, ihn von seinen eigenen Problemen abzulenken, und dafür war er ihr dankbar.

»Und dann der Ort, an dem ich tätig bin. Himmel, dort geht's zu wie in einem Konzentrationslager. Im Ernst. Das scheußliche Gerichtsgebäude an der Ecke Sechsundzwanzigste und California: Metalldetektoren, Graffiti an den Wänden, überall irgendwelche ausgeflippten Typen, auf den Türmen Wächter mit *Gewehren* . . .«

»Nett. Aber im Prinzip entspricht die Arbeit doch deinen Wünschen, nicht wahr? Du stehst auf der Seite des Gesetzes. Ich meine, du verteidigst keine Firmen, die ihren Giftmüll irgendwo abladen.«

Paula seufzte schwer. »Das stimmt schon. Aber gelegentlich würde ich am liebsten alles hinschmeißen. Du kennst mich ja: Ich weiche nie einem Kampf aus, bin immer bereit, mit dem Kopf durch die Wand zu gehen. Im letzten Jahr habe ich einen Fall angenommen, obwohl mir alle davon abrieten. Selbst mein Chef forderte mich auf, die Finger davon zu lassen. Der Staat von Illinois gegen Patricio. Eine Vergewaltigung. Ein Richter, dem man vorwarf, ein dreizehnjähriges Mädchen aus der Nachbarschaft vergewaltigt zu haben. Und verdammt: Er war schuldig. Ich *wußte* es. Aber der dreimal verfluchte Kerl hatte gute Beziehungen. Er kannte mehrere Prominente, die sich bereit erklärten, zu seinen Gunsten auszusagen, und dazu gehörten auch hochangesehene Richter, sogar ein Bischof. Mein Chef sagte mir: Spiel die Sache herunter, so daß sich eine weniger ernste Anklage ergibt. Vermeiden Sie ein Verfahren, das wir nicht gewinnen können. Er meinte, unser Beweismaterial genüge nicht. Ich habe auf stur geschaltet und geantwortet: He, bisher bin ich immer auf Ihre Wünsche eingegangen; jetzt sind Sie *mir* einen Gefallen schuldig.«

»Und?«

»Das Verfahren ging in die Binsen.«

»Tut mir leid.«

»Ja, mir auch.« Paula griff nach der Flasche und füllte ihre Gläser. »Wie geht es Charlotte? Offenbar macht sie eine steile Karriere. Es gibt praktisch keine Nachrichtensendung ohne einen Bericht von ihr.«

»Ja, sie hat Erfolg.«

»Seid ihr beide . . . Ich meine, als ich zum letztenmal mit ihr gesprochen habe, vor rund einem Jahr . . .«

»Wir leben getrennt. Aber wir sind noch immer verheiratet. Glaube ich.«

»Freut mich, das zu hören«, erwiderte Paula, doch ihre Stimme klang ein wenig hohl dabei. »Wer hätte gedacht, daß sie allein so gut zurechtkommt? Du weißt schon, wie ich das meine.« Langsam schüttelte sie den Kopf. »Jesus.«

»Du hast recht.« Paulas Komplimente hörten sich irgendwie seltsam an. Gab es noch immer einen Rest der alten Rivalität zwischen ihr und Charlotte?

Als der Scotch seine Wirkung entfaltete, fand Stone seine Gesprächspartnerin sexy, und er vermutete, daß Paula einen ähnlichen Eindruck von ihm gewann. Vielleicht hatte er sie immer gereizt.

»Weißt du ...« Paula trank einen großen Schluß Whisky. »Als ihr beiden im Bett wart, damals auf dem College ... Ich habe euch gehört.«

Sie bedachte ihn mit einem herausfordernden Blick. Nur wenige Zentimeter trennten ihre Gesichter voneinander, und es konnte kein Zweifel daran bestehen, was ihr durch den Kopf ging. Stone beugte sich etwas näher, und Paula folgte seinem Beispiel. Ihre Lippen berührten sich versuchsweise und zögernd, dann noch einmal. Kurz darauf neigte sie den Kopf ein wenig zurück und strich Stone übers Haar. »Deine Locken haben mir von Anfang an gefallen«, sagte sie leise.

»Ich verliere sie allmählich«, erwiderte er heiser. »Hör mal, Paula ...« Er roch ihr Parfüm, eine Mischung aus Zimt und Moschus. Sie zog die Jacke aus, und unter der Bluse wölbten sich große, feste Brüste. Deutlich zeichneten sich die aufgerichteten Warzen ab. Stone sehnte sich danach, sie zu entkleiden, sie nackt zu sehen, und das heiße Begehren weckte Verlegenheit in ihm.

»Es ist falsch.«

»Glaubst du, Charlotte verzichtet darauf?« hauchte Paula, ihr Atem warm an Stones Ohr. Sie strich sanft über seinen steifen Penis. Charlie fiel fast vom Stuhl. Er gab keinen Laut von sich, aber er reagierte auf ihren Kuß, verwirrt und schuldbewußt. Ihre Zungen berührten sich.

»Ich bin froh, daß du gekommen bist, Charlie«, flüsterte Paula. Sie standen beide auf und gingen ins Schlafzimmer.

Vor dem Bett löste sie Stones Gürtel und schob die rechte Hand – noch immer kalt vom Whiskyglas – in seinen Jockeyslip. Zuerst spürte Charlie die Kühle an den Hinterbacken, doch dann tasteten die Finger nach vorn. Er hielt unwillkürlich den Atem an und hörte, wie Paula leise keuchte. Schließlich zögerte er nicht länger, knöpfte die Bluse auf und bewunderte die großen Brüste. Er senkte den Kopf, und als er die Nippel küßte, sie in seinem Mund spürte, fühlte er eine sonderbare Mischung aus Schuld und Ekstase, ein Empfinden, das er seit langer Zeit nicht mehr genossen hatte.

WASHINGTON

Alexander Malarek, erster Sekretär der sowjetischen Botschaft in Washington, D. C., traf am nächsten Morgen ungewöhnlich früh in seinem Büro ein. Er griff nach einem silbernen Samowar aus dem siebzehnten Jahrhundert, schenkte ein Glas Tee voll, nahm am Schreibtisch Platz und las die letzten Fernschreiben.

Als höchstrangiger KGB-Beamter in den Vereinigten Staaten überwachte er alle KGB-Operationen in den USA. Angesichts des neuen Klimas zwischen den Supermächten ging es dabei meistens um den Zugang zu moderner Technik. Vier andere Mitarbeiter des sowjetischen Geheimdienstes, jeweils zwei in New York und San Francisco, halfen ihm bei der Wahrnehmung seiner Aufgaben.

Doch während der letzten Wochen war er mit Dingen beschäftigt gewesen, von denen seine Assistenten nichts erfahren durften.

Malarek hielt sich nicht für einen Verräter. Er sah sich als treuen Diener der Sowjetunion. Er liebte seine Heimat und glaubte, ihre besten Interessen wahrzunehmen.

Aber sein Ärger auf die amerikanischen Kollegen vom

Sanctum wuchs. Sie schienen es nicht besonders ernst zu nehmen, einen ganz bestimmten Mann zu finden und ihn aus dem Verkehr zu ziehen.

Malareks Position versetzte ihn in die Lage, auf das KGB-Netz aus Illegalen und Schläfern in den Vereinigten Staaten zurückzugreifen. Die Illegalen – Agenten, die unter einem falschen Namen lebten – empfingen ihre Anweisungen von der Abteilung Acht des KGB, dem sogenannten Direktorat S. Diese Abteilung ist zuständig für Sabotage und Mordplanung. Die Männer (und auch einige Frauen) wurden einige Jahre lang außerhalb von Moskau ausgebildet und bekamen gefälschte Pässe und andere Dokumente, bevor man sie in die USA schleuste. Dort suchten sie sich ganz normale Jobs und trafen ihre Verbindungsleute möglichst selten. Es handelte sich um wichtige Agenten, und bei ihrem Einsatz war größte Vorsicht geboten. Häufig nahmen sie, als Geschäftsleute getarnt, Missionen im Nahen und Mittleren Osten wahr.

Einige von ihnen arbeiteten nicht für den KGB, sondern fürs Sekretariat. Was unter den gegenwärtigen Umständen bedeutete, daß man diese besonderen Illegalen mit ›nassen Jobs‹ beauftragte. Mit anderen Worten: Sie sollten gewisse Personen ermorden.

Man glaubt häufig, daß die sowjetischen und amerikanischen Geheimdienste niemanden mehr umbringen. Derartige Maßnahmen werden zwar vermieden, wenn sie nicht unbedingt erforderlich sind, denn sie bringen immer das Risiko einer Entlarvung mit sich.

Aber auf beiden Seiten werden nach wie vor Personen ›eliminiert‹, wobei allerdings betont werden muß, daß sich solche Aktionen nur selten gegen die eigenen Kollegen richten. Wann immer es möglich ist, setzt man dazu jemand anders ein, zum Beispiel Agenten des kubanischen Geheimdienstes DGI oder amerikanische Verbrecher. Doch das Sekretariat, von dessen Existenz man in Washington und Moskau nichts ahnte, konnte und durfte sich nur auf die eigenen Mitarbeiter verlassen.

Um halb neun klopfte es an der Tür, und der mit politischen Ermittlungen beauftragte Assistent Malareks trat ein. Er hieß Semjon L. Sergejew; ein kleiner Mann mit lichtem Haar und grauem Oberlippenbart. Er war einige Jahre älter als Malarek, aber der Altersunterschied schien wesentlich größer zu sein. Auch Sergejew gehörte zum Sekretariat, und er wirkte ständig besorgt.

Er sah Malarek ernst an. »Das Problem namens Armitage ist gelöst«, sagte er und nahm Platz.

»Wie?«

Sergejew erklärte die Einzelheiten, und Malarek lächelte zufrieden.

Voller Stolz dachte der erste Sekretär an die Eleganz dieser speziellen Operation. Ein Angestellter des State Department – er arbeitete in der Abteilung für geheime Akten – hatte über Jahre hinweg Bestechungsgeld von Malareks Büro erhalten und Sergejew darauf hingewiesen, daß sich der stellvertretende Außenminister für bestimmte Dokumente interessierte. Daraufhin benachrichtigte Malarek einen Agenten, der als Kurier auf der Lohnliste des State Department stand. Der Mann hatte seinen Auftrag mit der Kompetenz erfüllt, die Malarek erwartete.

Er schwieg eine Zeitlang und strich nachdenklich die Aufschläge seines amerikanischen Anzugs glatt. »Worum geht es bei den von Armitage angeforderten Unterlagen?« fragte er nach einer Weile.

»Es handelt sich um ein Dossier über einen ehemaligen FBI-Mitarbeiter namens Warren Pogue.«

Malarek hob die Brauen. Er kannte diesen Namen, der in einigen wichtigen Akten erwähnt wurde. »Hm. Wäre es denkbar, daß unser Mann versucht, sich mit ihm in Verbindung zu setzen?«

»Das Sanctum hält es für unwahrscheinlich, aber möglich. Es hat bereits Maßnahmen eingeleitet. Wenn es zu einer Begegnung kommt, sind Beobachter zugegen.«

»Eine Beobachtung allein genügt nicht. Wenn Stone Kontakt mit Pogue aufnimmt, so muß er ebenfalls zum Schweigen gebracht werden. Auch falls der Kontakt bereits erfolgte. Aber Vorsicht ist geboten. Wenn Spuren zurückbleiben, die zu uns führen . . .«

Sergejew nickte. »Es gibt bestimmt eine Möglichkeit, das zu verhindern.«

»Und Stone . . .«, begann Malarek. Er brauchte den Satz nicht zu beenden. Sergejew wußte genau, worauf er hinauswollte: Einige mächtige Männer in den Hauptstädten der beiden Supermächte hatten über Jahrzehnte hinweg sorgfältig geplant, und ihre Bemühungen durften nicht von einem verzweifelten Mann vereitelt werden, dessen Aufenthaltsort noch immer unbekannt war.

38

MOSKAU

Stefan Kramer bereitete die letzte Bombe vor.

Es war kaum mehr etwas von dem Sprengstoff übrig, den ihm sein früherer Mitgefangener besorgt hatte. Der Rest reichte für einen TNT-Sprengsatz.

In dieser Nacht hatte er frei – als Sanitäter arbeitete er meistens nachts. Zusammen mit Jakow saß er in seinem Schlafzimmer der kleinen Gemeinschaftswohnung, und dort konstruierte er eine besonders einfache Bombe. Sie bestand nur aus einigen Stangen Dynamit, einer Zündkapsel und einem chemischen Stift. Sein Vater sah stumm zu.

Es roch muffig. Das Bett stand auf einem ausgefransten blauen Läufer, und die einst preiselbeerfarbene Decke war an mehreren Stellen aufgerissen. Die braune Tönung der Wände wirkte deprimierend.

»Stefan«, sagte Jakow nach einer Weile. »Wir machen einen Fehler.«

»Wie meinst du das?«

»Mit jeder Bombe nimmt die Gefahr zu, daß man uns entdeckt. Bestimmt sucht man schon überall nach uns.«

»Solange ich vorsichtig bin . . .«

»Nein. Wir haben es versucht. Aber die Behörden ignorieren uns. Sie reagieren nicht. Awram ist nach wie vor ein Gefangener.«

»Wart's ab«, erwiderte Stefan. »Früher oder später muß man auf unsere Forderungen eingehen.«

Jakow zuckte mit den Schultern. »Du solltest dieses gräßliche Zimmer verlassen. Such dir eine bessere Wohnung. Wir haben Platz genug und könnten dich wieder bei uns aufnehmen . . .«

Stefan überhörte diese Bemerkung. »Das Politbüro entscheidet nicht von heute auf morgen. Wir müssen seinen

Mitgliedern genug Zeit geben, damit sie sich untereinander streiten können. Vielleicht sollten wir einen zweiten Brief schicken. Unsere *Motive* dürfen nicht in der Öffentlichkeit bekannt werden. In dem Fall hätten wir kaum mehr eine Chance, Awrams Freilassung zu erzwingen. Wenn wir nichts über den Grund für die Anschläge verlauten lassen, ist die Regierung nach wie vor imstande, das Gesicht zu wahren.«

»Ich weiß nicht . . .«, erwiderte Jakow skeptisch.

»Eine Paketbombe«, sagte Stefan und hob die Vorrichtung an.

Jakow schüttelte den Kopf. »Ich habe kein gutes Gefühl dabei«, murmelte er.

Stefan zog die blaue Kleidung eines Arbeiters an, die ein anderer Bewohner der Gemeinschaftswohnung zurückgelassen hatte. In dieser Aufmachung begab er sich am späten Nachmittag zum Swerdlow-Platz und näherte sich dem aus acht Säulen bestehenden Portikus des Bolschoi-Theaters.

Es gibt viele Seiteneingänge, und tagsüber sind die meisten nicht bewacht. Stefan wählte eine Tür, die er für den Dienstboteneingang hielt, und trat ein. In dieser Kleidung – er trug auch die graue Steppjacke eines Arbeiters – sah er wie ein typischer Lieferant aus. Er hielt einen Karton, der Papier enthielt. Auf den ersten Blick betrachtet nahm man vielleicht an, daß es sich um Programmhefte handelte; in Wirklichkeit waren es alte Rechnungen, die er im Müll gefunden hatte.

»Ich suche nach den Umkleideräumen«, wandte er sich an jemanden im Flur. »Können Sie mir den Weg zeigen?«

Der Mann streckte den Arm aus, und Stefan setzte den Weg fort. Kurz darauf gelangte er zum Bereich der Künstler. Der Flur erstreckte sich leer vor ihm, und er begann damit, Türen zu öffnen. Wenn er jemanden überraschte, oder wenn er seinerseits überrascht wurde . . . dann behauptete er einfach, er sei beauftragt, den Karton zum Inspizienten zu bringen und sich verirrt zu haben. Doch er hatte Glück: Die zweite Tür war unverschlossen, und niemand hielt sich in dem Raum auf. Er stellte den Karton ab und begann mit einer raschen Suche. Sein Herz klopfte schneller, als er den gewünschten Gegenstand schon nach kurzer Zeit fand. Auf einem der Tische lag ein Arbeitsausweis: klein, rot und mit einem offiziellen goldenen Siegel. Er steckte ihn ein, griff wieder nach dem Karton und trat in den Korridor. Zwei Ballerinen in Tutus und Ballettschuhen kamen vorbei und lachten, schenkten ihm jedoch keine Beachtung. Der erste Teil von Stefans Plan – ein voller Erfolg. Leute in Umkleideräumen gingen mit ihren Sachen oft sehr sorglos um.

Am Abend kehrte er zum Bolschoi-Theater zurück.

Die Bombe bestand aus einem chemischen Stift, der in Dynamit steckte. Ihre Sprengkraft war nicht sehr groß, aber in dem riesigen Theatersaal mußte das Krachen der Explosion geradezu ohrenbetäubend laut sein. Das Paket maß nur etwa fünfzehn mal zwanzig Zentimeter und ließ sich daher leicht in einem prächtigen Blumenstrauß verstecken.

Bei einer genauen Kontrolle mußte die Bombe natürlich auffallen, aber Stefan glaubte, daß man sich dafür nicht die Zeit nahm. Der Arbeitsausweis gab ihm einen großen Vorteil: Damit hielt man ihn für einen Angestellten, der den Strauß jemandem bringen sollte, vielleicht einem Minister oder dem Theaterdirektor.

Abends ist das Bolschoi-Theater hell erleuchtet; bernsteinfarbenes Licht schimmert am Portikus. Vor den acht Säulen steht eine beeindruckende Statue, die Apollo auf seinem Streitwagen zeigt. Der barocke Saal, mit Gold und rotem Plüsch geschmückt, bietet fast dreitausend Personen Platz.

Gewöhnliche Russen bekommen nur dann Karten für eine Vorstellung, wenn sie bereit sind, stundenlang Schlange zu stehen – in der Hoffnung, daß es genug freiverkäufliche Karten gibt. Das Publikum besteht größtenteils aus Privilegierten: Männer und Frauen aus dem Zentralkomitee, KGB-Beamte, Abgeordnete des Obersten

Sowjet, ausländische Diplomaten und so weiter. Die Logenplätze stehen meistens nur Mitgliedern des Politbüros und ihren Familienangehörigen zur Verfügung.

Es war ein kalter, regnerischer Abend. Stefan trug noch immer die blaue Arbeiterkleidung und wartete im Wagen, bis die Menge vor dem Theater verschwand und alle Nachzügler das Gebäude betreten hatten. Dann stieg er aus und ging mit dem Blumenstrauß zum Vordereingang.

Dort holte er den gestohlenen roten Ausweis hervor und reichte ihn der dicken Frau, die neben der Tür saß. Zum Glück enthalten diese Dokumente keine Fotos, und mit ihrer kalligraphischen Schrift sehen sie eher aus wie kleine Diplome.

Vor einigen Minuten hatte er im Wagen den chemischen Stift gedrückt – er wollte kein Aufsehen damit erregen, in dem Blumenstrauß herumzutasten. Er schätzte, daß ihm etwa zehn Minuten bis zur Explosion blieben. Zeit genug: eine Minute an der Tür, zwei weitere, um einen Platz für die Bombe zu finden, vielleicht in einer leeren Loge. Einige Logen blieben immer leer, selbst dann, wenn alle Karten verkauft waren. Anschließend eine weitere Minute, um das Theater zu verlassen.

Doch die dicke Frau musterte Stefan argwöhnisch. »Einen Augenblick«, sagte sie. »Für wen sind die Blumen?«

Der junge Kramer antwortete in dem bitteren Tonfall eines Mannes, der in der sozialen Hierarchie ganz unten steht. »Für irgendein hohes Tier, einen Minister oder so. Ich weiß nicht genau. Er möchte diesen Strauß später der Primaballerina geben.«

Die Dicke legte wie jede gute *Babuschka* Wert darauf, daß alles seine Richtigkeit hatte. »Warum benutzen Sie nicht den hinteren Eingang?«

Stefan starrte sie groß an. Die einkalkulierte Minute war fast verstrichen. Wenn du mich noch länger aufhältst, fliegen wir beide in die Luft! fuhr es ihm durch den Sinn.

»Hören Sie, ich habe es eilig«, erwiderte er. »Der Bursche wollte den Strauß am liebsten gestern, verstehen Sie?«

Die *Babuschka* richtete einen wurstartigen Zeigefinger

auf ihn, erhob sich und sprach mit einer anderen Frau, die am Nebeneingang saß.

Stefans Puls raste. Er dachte an die Säure in dem chemischen Stift: Wenn sie sich durch den dünnen Draht gefressen hatte, explodierte das Dynamit.

»Na schön, Sie können passieren«, sagte die Dicke widerstrebend.

Stefan eilte durch die Eingangshalle, lief zwei mit Teppichen ausgelegte Treppen hoch, hastete zur ersten Loge – und stellte fest, daß sie verschlossen war.

Natürlich! Er hatte nicht daran gedacht, daß man leere Logen abschloß! Was sollte er jetzt mit der Bombe anfangen?

Verzweifelt rannte er durch den Flur und erreichte eine andere Loge. Mehrere Leute saßen dort: ein gutgekleideter Mann mit seiner aufgedonnerten Frau und drei Kindern. Das jüngste Kind drehte sich um, und Stefan schloß die Tür rasch wieder, lief weiter und setzte die Suche fort.

Die fünfte Loge war ebenfalls offen – und leer. Wahrscheinlich hatten die entsprechenden Personen im Theater angerufen und mitgeteilt, daß sie später kamen. Sonst wäre die Tür vermutlich verriegelt. Stefan sank auf die Knie, legte den Strauß hinter einen Sessel und schloß den Zugang. Dann stürmte er zur nächsten Treppe. Inzwischen schlug sein Herz so schnell, als wolle es ihm die Brust zersprengen. Ich muß hier raus, dachte er. Aber ich darf auf keinen Fall laufen. Wenn ich laufe, weiß man sofort, daß etwas nicht mit rechten Dingen zugeht. Geh ganz ruhig an den alten Frauen vorbei. Hilf mir, Gott. Seit Jahren hatte er nicht mehr gebetet. Bitte, Gott, hilf mir.

Mit langen, aber nicht zu hastigen Schritten näherte er sich der breiten Tür. Als er den beiden Frauen auf den Klappstühlen zunickte, hörte er das laute Donnern einer Explosion, gefolgt von entsetzten Schreien.

Stefan konnte sich nicht länger beherrschen. Er nahm die Beine in die Hand und rannte nach draußen. Eine der beiden Frauen rief ihm etwas nach, aber er blieb nicht stehen, sprang in den Wagen und fuhr los.

39

CHICAGO

Warren Pogue war ein zufriedener Mann. Er hatte sich vor dem Ruhestand gefürchtet – die Vorstellung, von morgens bis abends tatenlos herumzusitzen, entsetzte ihn –, aber zu seiner großen Überraschung begann eine recht angenehme Zeit. An Geld fehlte es nicht: Vierundvierzig Jahre Arbeit fürs FBI brachten ihm eine gute Pension ein.

Seine Freunde hockten daheim vor dem Fernseher und beklagten sich, aber Warren Pogue blieb beschäftigt. Er war sogar noch aktiver als früher, was seine Frau Fran mit großer Genugtuung zur Kenntnis nahm. Er mähte den Rasen und hielt den Garten hinter ihrem Haus an der Mozart Street im Norden von Chicago in Ordnung. Er spielte Golf und auch Tennis.

Und er flog. Während des Zweiten Weltkriegs hatte er in der Luftwaffe gedient und sich dabei ins Fliegen verliebt. Mehr als vierzig Jahre lang bekam er kaum Gelegenheit, dieser Leidenschaft zu frönen, doch einige Wochen nach der Pensionierung leistete er sich zusammen mit einigen Freunden eine einmotorige, viersitzige Piper Arrow.

Einmal in der Woche, immer am Samstag, flog er. Heute *war* Samstag, und er befand sich schon seit vier Stunden in der Luft. Es wurde Zeit, nach Hause zurückzukehren. Er setzte sich mit dem Flughafen in Verbindung und bat um Landeerlaubnis.

Pogue ging auf fünftausend Meter herab und kippte die Landeklappen um dreißig Prozent. Dann nahm er Gas weg, flog eine weite Linksschleife und beobachtete, wie sich der Zeiger des Höhenmessers gegen den Uhrzeigersinn drehte. Vor ihm erstreckte sich die Landebahn. Dicht über ihr richtete er die Nase der Maschine auf, so daß die hinteren Räder zuerst aufsetzten.

Eine saubere Landung. Pogue steuerte den Parkplatz an

und hielt so, daß die Tragflächen der Piper zu denen der anderen Maschinen parallel verliefen. Er schaltete die Zündung aus, schloß die Benzintanks und betätigte den Batterieschalter. Er kletterte nach draußen und verankerte das Flugzeug am Bodenhaken.

Der ehemalige FBI-Agent dachte an seine Tochter Lori, die zweiunddreißig und noch immer unverheiratet war. Sie kam heute abend und blieb für einige Tage. Pogue fragte sich, ob er ihr den Rat geben sollte, sich einen Mann zu suchen und eine Familie zu gründen.

Er grüßte den Mechaniker Jim, verließ den Flughafen und stieg in seinen Wagen. Eine halbe Stunde später erreichte er die Zufahrt vor seinem Haus, sah die Schlaglöcher darin und verzog das Gesicht.

Müßte neu geteert werden, dachte er.

Pogue war Kettenraucher. Seine tiefe, rauhe Stimme erinnerte Stone an jemanden aus der alten Perry-Mason-Show, aber der Name fiel ihm nicht ein.

Der Mann schien Ende Sechzig zu sein und hatte einen Spitzbauch, der ihm weit über den schwarzen Ledergürtel reichte. Seine kleine, blonde Frau begrüßte den Gast kurz und ging dann nach oben, um sich vor den Fernseher zu setzen. Das Haus war im Ranch-Stil erbaut. Vorn gab es genau rechteckige Hecken, und der Rasen dahinter sah aus, als bestehe er aus künstlichem Gras.

Paula hatte Pogues Telefonnummer und Adresse sofort am Morgen besorgt. Sie verließ das Haus, bevor Stone aufstand, vielleicht deshalb, weil die Ereignisse der vergangenen Nacht sie beide mit Verlegenheit erfüllten.

Anschließend rief Stone Warren Pogue an und behauptete, zusammen mit dem Direktor des FBI arbeite er an einem Buch, das die größten Leistungen des Bureaus schildern sollte – und er, Pogue, stehe ebenfalls auf der Liste. »Ich könnte in zwei Stunden ein Flugzeug nehmen«, fügte Charlie hinzu. »Ich verspreche, Sie nicht lange zu belästigen.« Pogue erklärte sich tatsächlich bereit, ihn zu empfangen.

Jetzt saßen sie im Wohnzimmer.

»Das finde ich auch«, sagte Pogue gerade, öffnete eine neue Marlboro-Schachtel, holte eine Zigarette daraus hervor und zündete sie an. »Unter Hoover bestand das FBI aus lauter Helden, aber heute wimmelt's dort von Versagern und Hampelmännern – wenn Sie verstehen, was ich meine.«

Stone nickte und lächelte freundlich. Noch zehn oder fünfzehn Minuten, dachte er. So lange hältst du bestimmt durch. Du sprichst hier mit dem Mann, der nach Moskau reiste, um Informationen über deinen Vater zu sammeln. Er sorgte dafür, daß man Alfred Stone ins Gefängnis steckte. Und doch redet ihr wie alte Kumpel miteinander.

Endlich ergab sich die erhoffte Gelegenheit. Charlie fragte wie beiläufig, ob Pogue auch an dem berühmten Alfred-Stone-Fall beteiligt gewesen sei.

»Daran *beteiligt*?« wiederholte Pogue. »Ich habe die Sache ganz allein erledigt.«

»Ich bin beeindruckt«, erwiderte Charlie und schmunzelte. Verdammter Mistkerl! »Sie haben Stone in Moskau erwischt, nicht wahr? Als er sich mit einer russischen Spionin traf.«

Pogue neigte bescheiden den Kopf, sah dann wieder auf und nahm einen Zug von der Zigarette. »Na schön.« Er sah sich um, als hielte er nach verborgenen Lauschern Ausschau – die Interesse beschwörende Geste eines geschickten Erzählers. »Ich hatte es mit fast achthundert Fällen zu tun, aber bei diesem erinnere ich mich an alle Einzelheiten. Vielleicht deshalb, weil ich mir damit eine Beförderung verdiente. Ich gehörte damals zur sowjetischen Gruppe, und wir ermittelten in Hinsicht auf das Spionagenetz der Kommunisten: Klaus Fuchs, die Rosenbergs, Alfred Stone. Während des Krieges gelang es uns, einige geheime Codes der Russen zu knacken, und dadurch gewannen wir wichtige Informationen. Ich hatte gerade meine Ausbildung hinter mir und sammelte erste Erfahrungen in der praktischen Arbeit. Als wir erfuhren, daß Lehmans Assistent nach Moskau reiste, bekam ich die

Anweisung, ihm zu folgen. Ich sollte feststellen, ob er sich dort mit der gleichen Frau traf wie sein Boß.« Pogue lächelte, und Rauch kräuselte zwischen den Lippen hervor. Zwar verriet er keine Geheimnisse, aber sein Gebaren schien darauf hinzudeuten, daß er wichtige Sicherheitsvorschriften verletzte. »Kennen Sie Winthrop Lehman?«

»Ja. Aber wer ist Fjodor Dunajew?«

Dieser Name stand in einem der Dokumente, die Lehman in seinem Archiv verwahrte. Pogue hatte Dunajew damals verhört.

Der ehemalige FBI-Agent atmete eine dichte Rauchwolke aus und hustete.

Dann starrte er auf seine brennende Zigarette. Dreißig Sekunden verstrichen, ohne daß er einen Ton von sich gab. »Zum Teufel auch, wer sind Sie?«

»Ich habe es Ihnen doch gesagt. Ich ...«

»Ich will wissen, wer Sie sind, verdammt!« platzte es aus Pogue heraus. »Sie schreiben überhaupt nicht über die Geschichte des FBI.«

»Na schön«, sagte Stone ruhig und saß ganz still. Er hatte eine Waffe – sollte er sie jetzt hervorholen? Pogue mochte ein gefährlicher Gegner sein. »Sie haben recht. Ich schreibe nicht übers FBI. Bitte entschuldigen Sie, daß ich mich unter einem Vorwand an Sie wandte.«

»Wenn Sie zu irgendeinem verdammten Untersuchungsausschuß gehören ...«

»Nein. Ich bin Alfred Stones Sohn.«

Pogue preßte kurz die Lippen zusammen. Er drückte die Zigarette in einem gläsernen, sternförmigen Aschenbecher aus und zündete sich die nächste an.

»Kommen Sie bloß nicht auf dumme Gedanken!« stieß er hervor.

»Das liegt mir fern. Mir ist klar, daß Sie damals nur Ihre Pflicht erfüllten. Ich mache Ihnen keine Vorwürfe.«

»Verlassen Sie mein Haus.«

»Sie haben einen Mann namens Fjodor Dunajew verhört. Ich möchte wissen, wer er war. Ein Russe? Ein Auswanderer? Ein Überläufer?«

»*Verschwinden Sie!*« rief Pogue.

»Nein, er soll bleiben.«

Diese Worte stammten von der Frau des ehemaligen FBI-Agenten. Sie stand auf der Treppe und lehnte sich ans Geländer. Stone vermutete, daß sie schon seit einer ganzen Weile zuhörte.

»Laß uns allein, Fran«, sagte Pogue und deutete mit der Zigarette auf sie. »Dies geht dich nichts an.«

»Nein, Warren. Du solltest mit dem Mann reden.«

»Hast du nicht gehört, Fran? Geh nach oben!«

Pogues Frau kam langsam die Treppe herab und hielt sich dabei weiterhin am Geländer fest. »Nein, Warren«, wiederholte sie. »Jahrelang hast du dich wegen der Alfred-Stone-Affäre schuldig gefühlt. Du weißt, daß er keine Gefängnisstrafe verdient hatte, aber du hast nie etwas gesagt.«

»Fran ...«, begann Pogue. Seine Stimme klang sanfter.

»Du bereust, daß deine Aussage damals dazu führte, einen Unschuldigen ins Gefängnis zu stecken. So etwas widerspricht deinen Grundsätzen. Du hast dich deshalb schrecklich gefühlt. Jetzt ist der Sohn jenes armen Mannes hier, Warren. Sag ihm, was er wissen möchte.«

Pogue verzog das Gesicht. »Bitte, Fran.«

Ganz langsam ging sie die Treppe hoch.

Warren Pogue ließ einige Sekunden lang den Kopf hängen. »Fjodor Dunajew war ein Überläufer aus Stalins Geheimdienst, und er lebt heute in Paris.« Er sah Stone nicht an und sprach monoton, als bereiteten ihm die Erinnerungen innere Qual. Er nahm einen langen Zug von der Zigarette und blies den Rauch fort. »Ich schätze, heute spielt es keine Rolle mehr, wenn ich Ihnen alles erzähle.«

Eine Stunde später wanderte Stone schockiert und benommen durch Rogers Park. Er griff in seine Jackentasche und tastete nach dem kleinen Kassettenrecorder. Er hatte das winzige Gerät in einem Washingtoner Elektronikladen gekauft – eine einzige Kassette bot genug Platz für eine sechsstündige Aufzeichnung. Die Aussagen von William

Armitage und Warren Pogue waren nun auf Magnetband gespeichert.

Er mußte nach Paris.

Dort lebte ein russischer Emigrant, der mehr als sonst jemand über den Berija-Putsch wußte. Jene Ereignisse lagen inzwischen fast vierzig Jahre zurück, doch sie konnten das Rätsel der Gegenwart lösen. Ein Mann, der die Namen aller beteiligten Personen kannte, sowohl auf der amerikanischen als auch auf der sowjetischen Seite. Die gleichen Personen schickten sich nun an, die Welt ins Chaos zu stürzen.

Fjodor Dunajew hatte für Stalins Geheimpolizei gearbeitet, den Vorläufer des KGB. Er gehörte damals zu den Agenten, die Berijas Vertrauen genossen, und 1953 wurde er nach Chicago geschickt, zu einer alten Frau namens Anna Zinojewa. Sein Auftrag: Er sollte sie zwingen, ihm ein ganz bestimmtes Dokument auszuhändigen.

Berija setzte drei seiner besten Leute ein. Einer von ihnen war Dunajew. Der zweite kam bei einer Säuberungsaktion kurz nach Stalins Tod ums Leben. Der dritte hieß Osip Wischinski und lebte noch immer in der Sowjetunion. Nach Berijas Hinrichtung setzte sich Dunajew in den Westen ab; er wußte, daß seine Tage gezählt waren.

Ich muß zu ihm, dachte Stone.

Ein dichter Nebel umhüllte die Stadt. Ferne Gestalten wirkten schemenhaft und geheimnisvoll. Er ging an einem Kino vorbei, passierte dann ein Feinkostgeschäft, und plötzlich versteifte sich etwas in ihm. Aus den Augenwinkeln sah er eine Silhouette, die nicht etwa im Nebel verschwand, sondern immer den gleichen Abstand zu ihm hielt. Er begriff, daß ihm jemand folgte.

Sie hatten ihn in Chicago gefunden.

O Gott, nein! fuhr es ihm durch den Sinn. Das ist völlig ausgeschlossen.

Nein.

Stone ging mit längeren Schritten, und daraufhin wurde auch der Mann auf der anderen Straßenseite schneller. Die dichten Dunstschwaden schienen ihn in einen substanzlosen Schatten zu verwandeln. Charlie brachte eine Ecke hinter sich, und der Unbekannte überquerte die Straße, wahrte eine Distanz von etwa hundert Metern. Aus irgendeinem Grund wirkte er gerade gespenstisch vertraut. Ein untersetzter Mann mit Spitzbart, und er trug eine schwarze Lederjacke. Stone war sicher, ihn schon einmal gesehen zu haben.

Eine weitere Ecke, und dicht dahinter bemerkte er eine Gasse. Charlie sprang in den schmalen Zugang und preßte sich an die Mauer. Es konnte nur wenige Sekunden dauern, bis der Verfolger zu ihm aufschloß.

Er sah ein metallenes Tischbein auf dem Boden, hob es mit der rechten Hand auf und hielt es wie einen Knüppel.

Jetzt!

Er holte aus und überraschte den Fremden. Die eiserne Stange traf ihn an der Schulter, und einen Sekundenbruchteil später stürzte sich Stone auf den Fremden. Er rammte ihm die Faust in den Leib, warf ihn zu Boden.

Und dann erinnerte er sich daran, wo er ihn schon einmal gesehen hatte.

In Cambridge.

Dies war der Mann, der zusammen mit einem Komplizen seinen Vater umgebracht hatte. Der Mörder.

Der Bursche stand auf, taumelte und griff in die Jackentasche.

Zorn explodierte in Stone, und mit geradezu übermenschlicher Kraft warf er sich gegen den Fremden. Doch der Mann reagierte unglaublich schnell und schmetterte Stone die Faust ins Gesicht.

Charlie versuchte, den Hieb abzublocken. Zu spät: Er spürte stechenden Schmerz und schmeckte Blut. Aber er blieb auf den Beinen, holte wütend mit der Eisenstange aus, schlug sie an die Schulter des Gegners. Als sich der Typ duckte, traf ihn das metallene Tischbein am Kopf.

Das ist für meinen Vater! dachte Stone mit grimmiger Zufriedenheit und fühlte feuchte Wärme an Lippen und Kinn.

Der Mann war tot.

Er lag in der Gasse, direkt hinter einem Müllcontainer, so daß man ihn von der Straße aus nicht sehen konnte. Blut strömte ihm übers Gesicht.

Einige Sekunden lang starrte Charlie ungläubig auf die Leiche hinab. Er hatte jemanden getötet.

Er durchsuchte die Jackentaschen und fand die Waffe im Halfter, eine Llama M-87 mit vollem Magazin. Er steckte sie rasch ein. Die Brieftasche des Mannes fand er in der Brusttasche. Stone öffnete sie und fand Ausweise, Kreditkarten und Führerscheine mit mehreren Namen. Kurz darauf entdeckte er ein Geheimfach, öffnete es und zog eine Telefonkarte daraus hervor, auf der eine bestimmte Rufnummer stand. Vermutlich hatte sie dem Toten dazu gedient, Bericht zu erstatten und Anweisungen entgegenzunehmen. Die Vorwahl entsprach dem Bereich Washington, D. C.

Stone nahm auch die Plastikkarte, und dann lief er los.

40

Als Charles Stone gegangen war, wischte sich Pogue mit einem Taschentuch den Schweiß von der Stirn.

Lieber Himmel, dachte er. Auf was ist der Kerl gestoßen?

Er nahm den Telefonhörer ab, rief den Mechaniker Jim an und bat ihn, die Piper aufzutanken. Er fragte nach dem Wetter und vergewisserte sich, daß er bis nach Indiana fliegen konnte. Er mußte sofort handeln und so schnell wie möglich nach Indianapolis.

Anschließend wählte er die private Nummer Harold Bidwells, des ehemaligen Richters am Obersten Gerichtshof. Bidwell hatte sich zwar in den Ruhestand zurückgezogen, aber er gehörte noch immer zu den einflußreichsten Männern im Land. Selbst fünf Jahre nach seiner Pensionierung unterhielt er gute Beziehungen zu allen wichtigen Personen in Washington. Hal Bidwell war vor fünfunddreißig Jahren in den Obersten Gerichtshof berufen worden, was er in erster Linie Warren Pogue verdankte: Der FBI-Agent hatte belastendes Material in Hinsicht auf einen Konkurrenten Bidwells gefunden.

Es klingelte am anderen Ende der Leitung. Einmal, zweimal, dreimal.

Bestimmt verstand Bidwell sofort den Ernst der Lage. Pogue wußte, daß er sich eigentlich nicht direkt mit ihm in Verbindung setzen sollte, aber die Angelegenheit war zu wichtig.

»Euer Ehren«, sagte er, als sich Bidwell meldete, »wir müssen uns unverzüglich treffen.« Pogue warf einen kurzen Blick auf die Uhr. »In zwei Stunden lande ich in Indianapolis.«

»Was . . .«

»Die Sache ist geplatzt!« stieß Pogue hervor. »Wir alle sind in großer Gefahr!«

»Ich lasse Sie abholen«, sagte Bidwell knapp. Seine volltönende Baritonstimme vibrierte ein wenig.

Die methodische Sorgfalt des Fliegens beruhigte Pogue. Man mußte sich an eine genau bestimmte Prozedur halten – erst A, dann B und C. Das Gesetz verlangte eine gedruckte Checkliste, selbst wenn man die einzelnen Kontrollpunkte längst auswendig kannte. Der Vorgang entspannte ihn, und nach dem Gespräch mit Alfred Stones Sohn brauchte Pogue ein wenig Ruhe.

Langsam ging er um die Piper und sah sich alles genau an, wie immer vor dem Start. Er betrachtete den Motor, und seine besondere Aufmerksamkeit galt dabei Zündkerzen, Keilriemen, Ölstand und Zündverteiler. An den Tragflächen suchte er nach irgendwelchen Rissen. Er überprüfte den Reifendruck und die Tanks, bewegte sogar das Heck. Alles bestens.

Haupt- und Zusatzbatterie waren geladen. Pogue stieg ein und schnallte sich an. Er probierte die mechanische Steuerung aus, drehte die Reifen, trat versuchsweise auf die Pedale und neigte den Steuerknüppel von einer Seite zur anderen. Dann startete er den Motor, ließ ihn mit viertausend Umdrehungen laufen, hielt die Bremse angezogen und spürte das Zittern der Maschine. Die Druckmesser zeigten normale Werte. Er nahm Gas weg und hörte das gleichmäßige Brummen des Motors im Leerlauf. Eins, zwei, drei – eine angenehme Ordnung. Er schaltete auf den Reservetank um, und das Brummen veränderte sich kurz, was ebenfalls normal war. Pogue kontrollierte die Radklappen und wählte eine neutrale Position für den Start.

Er schaltete das Funkgerät ein, sprach mit dem Tower, bat um eine Angabe des Luftdrucks und justierte den Höhenmesser. Er gab seinen Flugplan durch und wählte die richtigen Frequenzen. Dann bat er um Starterlaubnis.

Er stellte den Propeller auf höchste Steigung ein, gab Gas und nahm den Fuß von der Bremse. Die Piper setzte sich sofort in Bewegung, rollte über die Startbahn und wurde immer schneller. Sie fühlte sich herrlich leicht an, als sie eine Geschwindigkeit von über hundert Stundenkilometern erreichte. Pogue zog die Nase nach oben, und das Flugzeug hob ab.

Ich bin unterwegs.

In einer Höhe von tausend Metern reduzierte er die Umdrehungszahl des Motos auf dreitausend RPM und setzte den Steigflug bis auf knapp zweitausend Meter fort.

Das Geheimnis war gelüftet. Die Frage nach dem Wie blieb zunächst unbeantwortet, aber darauf kam es auch gar nicht an. Er fragte sich, ob Alfred Stones Sohn wußte, in was für ein Wespennest er gestochen hatte.

Pogue unterbrach seinen Gedankengang und runzelte die Stirn, als er einen seltsamen Geruch wahrnahm. Es roch nach brennendem Öl, nach einer Überhitzung. Es ergab überhaupt keinen Sinn; immerhin hatte er alles sorgfältig überprüft.

Wahrscheinlich nur die Abgase eines Jets. Er blickte durch das Plexiglasfenster. Nein, nirgends war irgendeine Art von Dunst zu sehen. Er drückte den Steuerknüppel nach vorn, zog ihn dann wieder heran: Die Piper ging tiefer, dann wieder höher – und sie hinterließ eine Rauchfahne.

Die Motortemperatur stieg. Wieso? Seit einigen Minuten hatte sich die Drehzahl nicht verändert, und Pogue flog immer in der gleichen Höhe. Er begann mit einem langsamen Sinkflug, und die Temperatur nahm noch weiter zu. Als er auf den Ölmesser blickte, keimte Entsetzen in ihm: Der Indikator zeigte nur noch halben Druck.

Ein Leck? Verlor er Öl? Er nahm Gas weg, setzte die Geschwindigkeit von 250 auf 180 Stundenkilometer herab. Herr im Himmel, dachte er. Bitte, Gott, spiel mir jetzt keinen Streich. Laß mich nicht abstürzen.

Er mußte Bidwell erreichen und seine Akten einsehen. Pogue betätigte eine Taste am Funkgerät, rief die Vermittlung an und nannte seine QM-Nummer. Zum Glück konnte man auch von Bord eines Flugzeugs aus telefonieren.

»Vermittlung«, meldete sich eine Frau.

Warren Pogue bat darum, mit Richter Bidwell verbunden zu werden.

Harold Bidwells Anwesen außerhalb von Indianapolis galt als das beste weit und breit. Er wohnte in einem hübschen georginischen Haus, das ein ganzes Stück abseits der Hauptstraße stand. Um genau elf Uhr morgens klingelte es an der Tür.

Der uniformierte Butler öffnete und sah einen Postboten.

»Harold Bidwell?«

»Er wohnt hier«, erwiderte der Butler. Er war gut fünfzig, hatte lichtes Haar und trug eine Brille. In seinem Oberlippenbart zeigte sich silbernes Grau.

»Ein Einschreiben für ihn«, sagte der Postbote.

»Ich bin befugt, für Richter Bidwell zu unterschreiben«, ließ sich der Butler vernehmen. Der jüngere, dunkelhaarige Mann trat ins Foyer und reichte ihm ein Heftbrett.

Der Butler nahm es entgegen und griff nach dem Stift. »Ich weiß nicht, wo ich hier . . .«

Er bekam keine Gelegenheit, den Satz zu beenden.

Der Postbote legte ihm blitzschnell eine Drahtschlinge um den Hals und drückte zu. Die Zunge des Butlers quoll aus dem Mund, und in seinen Augen funkelte panische Angst. Das Gesicht lief rot an, verzog sich zu einem Schrei, der nie erklang. Die Brille fiel auf harten Marmor und zerbrach.

Der Postbote schloß die Tür, ließ die Leiche zu Boden sinken und schlich durchs Haus.

Harold Bidwell saß schon seit einer ganzen Weile zutiefst beunruhigt im Salon des Obergeschosses seines Hauses. Warren Pogue hatte vor einer guten halben Stunde angerufen, und seitdem zitterte der Richter.

Die Sache ist geplatzt. Wie war das möglich?

Das Telefon klingelte, und Bidwell streckte die Hand nach dem Hörer aus. Im gleichen Augenblick hörte er etwas im Flur, ein leises *Rascheln*.

»Rico?« fragte er.

Aber es kam nicht etwa der Butler herein, sondern ein junger, dunkelhaariger Mann, der die blaue Uniform eines Postboten trug. Was hatte er im Haus zu suchen?

»Zum Teufel ...« Bidwell unterbrach sich, als der Eindringling einen Revolver auf ihn richtete.

»Keine falsche Bewegung«, sagte er und sprach mit einem ausländischen Akzent, den Bidwell nicht zu identifizieren vermochte. »Wenn Sie ruhig sitzenbleiben, geschieht Ihnen nichts.«

»Was wollen Sie?« fragte der Richter. »Geld? Ich gebe es Ihnen. Bitte, schießen Sie nicht.«

»Ich möchte, daß Sie dies nehmen«, erwiderte der vermeintliche Postbote und trat näher. Er streckte die freie Hand aus, und darauf lagen zwei Tabletten.

»Nein!«

»Seien Sie unbesorgt. Es handelt sich nur um Demerol, ein Beruhigungsmittel. Ich möchte nicht gezwungen sein, Sie zu erschießen.«

Bidwell schüttelte heftig den Kopf. »Nein. Bitte.«

Der Lauf des Revolvers zeigte auf seine Stirn.

»Schlucken Sie die Tabletten«, befahl der Postbote ruhig. »Sie sollen ganz ruhig sein. Öffnen Sie den Mund.«

Bidwell gehorchte, und der junge Mann legte ihm die Pillen auf die Zunge. »Gift, nicht wahr?« brachte der Richter hervor, als er schluckte. »Wo ist Rico?«

»Nein, ich habe Ihnen kein Gift gegeben«, versicherte der Postbote. »Ich möchte nur, daß Sie ganz ruhig sind. Klappen Sie noch einmal den Mund auf, damit ich sehen kann, ob Sie die beiden Tabletten wirklich geschluckt haben.« Mit Zeige- und Mittelfinger drückte er die Zunge beiseite, und einige Sekunden später nickte er zufrieden. »Das Mittel wirkt rasch, und während Sie noch völlig wach sind ... Öffnen Sie Ihren Safe für mich.«

»Ich habe keinen Safe«, protestierte Bidwell.

»Bitte kommen Sie mit«, sagte der Eindringling und hielt den Revolver noch immer so, daß die Mündung auf die Schläfe des Richters deutete. Bidwell stand auf. Der Postbote führte ihn zu einem eingebauten Bücherschrank hinterm Schreibtisch und zog an einem Regal. Daraufhin schwang ein Segment auf und gab den Blick auf den Safe frei. »Ich rate Ihnen, mich nicht zu belügen. Ich weiß, was

Sie dort drin verstaut haben, und falls nötig kann ich das Ding auch allein öffnen. Bitte ersparen Sie mir die Mühe.«

Mit zitternden Fingern drehte Bidwell die Wählscheibe. Nichts geschah; die Tür blieb geschlossen.

»Wiederholen Sie den Fehler nicht«, warnte der Postbote. »Mir ist durchaus klar, daß eine elektronische Sperrschaltung aktiviert wird, wenn die ersten drei Öffnungsversuche scheitern.«

Bidwell drehte die Wählscheibe erneut, und diesmal schwang die Tür auf.

»Danke«, sagte der junge Mann. Er griff in den kleinen Safe, ignorierte den Schmuck und holte einen dicken braunen Umschlag hervor. »Das Gold und die Diamanten überlasse ich Ihren Erben. Ich möchte nur das hier.«

Plötzlich verstand Bidwell. *»Sie!«* Seine Lippen formten die Worte wie in Zeitlupe. »Sie ... gehören ... zu ...« Er unterbrach sich, als ihm etwas einfiel. »Meinen *Erben*?«

»Jetzt wird es Zeit für ein Bad, Richter.«

Bidwell schüttelte langsam den Kopf und riß entsetzt die Augen auf.

Der junge Mann führte ihn in den Flur, bedrohte ihn ständig mit der Waffe. Das Bad befand sich am Ende des Korridors.

Bidwell streckte ruckartig die Hand aus und drückte an den Eichenrahmen der Schlafzimmertür.

Der junge Mann lächelte nur. »Geben Sie sich keinen falschen Hoffnungen hin. Ich habe die Alarmanlage ausgeschaltet.«

Das Licht im Bad erschien Bidwell unerträglich grell, wie es sich auf den schwarzweißen Fliesen widerspiegelte. Der Postbote wies den Richter an, auf der Toilette Platz zu nehmen. Bidwell konnte inzwischen kaum mehr die Augen offenhalten.

Der junge Mann ging zur Marmorwanne und drehte die beiden mit Blattgold verzierten Wasserhähne auf. Wasser rauschte.

Bidwells Lider sanken immer wieder herab. »Was soll das alles?« stöhnte er leise. »Ich habe das Geheimnis gewahrt. Von mir hat niemand etwas erfahren. Sie sind alle verrückt.«

Die Wanne war jetzt halbvoll, und der junge Mann begann damit, den Richter auszuziehen. Kurze Zeit später saß ein nackter Bidwell vor ihm.

»In die Wanne!« befahl er.

Der ältere Mann kam der Aufforderung ganz langsam nach und wimmerte leise. »Das Wasser ist *kalt*!« klagte er.

»Legen Sie sich hin.«

Bidwell streckte sich der Länge nach aus; seine Augen wirkten trüb.

Der Postbote krempelte die Ärmel hoch, griff nach einem Schwamm und drückte damit Bidwells Kopf unter Wasser. Er wartete, bis keine Luftblasen mehr aufstiegen.

»Es ist leicht, in der Badewanne einzuschlafen«, sagte er.

Während Bidwells Telefon klingelte und Warren Pogue das regelmäßige Piepen hörte, veränderte er verzweifelt den Neigungswinkel des Propellers, um mit weniger Motorleistung mehr Auftrieb zu bekommen. Aber es hatte keinen Zweck. Die Temperatur stieg weiter.

Einige Sekunden später setzte der Motor mehrmals aus, und dann herrschte plötzlich Stille. Völlige, gespenstische Stille. Die Piper verlor an Höhe. Pogue betätigte den Starter. Vergeblich.

Am anderen Ende der Leitung klingelte es noch immer. Jesus, Maria und Josef, dachte er. Nimm endlich ab, verdammt!

Er sprach laut ins Mikrofon, obgleich ihn niemand hörte. »Bitte, Gott«, wiederholte er mehrmals. Die Furcht ließ ihn erstarren. »Bitte, Gott.«

Piep. Piep. Piep. Warum ging Bidwell nicht an den Apparat?

Pogue blickte nach unten und sah Waldland. Erleichterung durchströmte ihn. Wenn er sich jetzt über einer Stadt befunden hätte ... Ein Gleitflug begann. Der ehemalige FBI-Agent bemerkte eine breite Straße. Vielleicht kann ich dort landen.

In etwa sechzig Sekunden war er auf dem Boden, so oder so.

Er fuhr das Fahrgestell aus.

»Es tut mir leid, Sir«, klang die Stimme der Vermittlerin aus dem Kopfhörer. »Offenbar läßt sich keine Verbindung herstellen.«

Pogues Gedanken rasten. Was war geschehen? Er hatte alle notwendigen Kontrollen vorgenommen, mit der üblichen Gründlichkeit.

Die Straße bildete ein langes, breites Band, etwa sechzig Meter unter der Piper. Eine geeignete Landebahn. Jetzt konnte nichts mehr schiefgehen.

Doch das Schicksal verspottete ihn mit einem starken Seitenwind.

Pogue schnappte erschrocken nach Luft, und dann stieß er einen entsetzten Schrei aus.

Die jähen Böen drängten das Flugzeug nach rechts ab, in Richtung einer Brücke. Es prallte an einen Strebepfeiler und explodierte.

Unmittelbar vor seinem Tod begriff Pogue, warum er sterben mußte.

41
CHICAGO

Der Nebel wurde so dicht, daß die Sichtweite nur noch fünf Meter betrug. Stone ignorierte die Müdigkeit, bebte am ganzen Leib und lief. Vor dem inneren Auge sah er noch immer die Leiche des Mannes, den er einige Straßen von Warren Pogues Haus entfernt umgebracht hatte.

Er kehrte auf Umwegen zu Paulas Apartment zurück, um ganz sicher zu sein, daß ihm niemand folgte. In diesem Zusammenhang erwies sich der Nebel als sein Verbündeter: Bei diesen schlechten Sichtverhältnissen fiel es Stone leicht, eventuellen Beschattern zu entgehen.

Es war Samstag, und das bedeutete, Paula arbeitete nur einen halben Tag. Sie befand sich bereits in ihrer Wohnung, als Stone eintraf, und seine zerrissene Kleidung fiel ihr sofort auf.

»Lieber Himmel, Charlie! Was ist passiert?«

Stone erzählte es ihr.

»O mein Gott! Du hast jemanden getötet.«

»Pogue hat ausgepackt. Jetzt weiß ich Bescheid, über meinen Vater und alles andere . . .«

»Wir müssen von hier verschwinden, Chicago verlassen.«

»*Wir?* Nein, Paula. Ich möchte dich nicht noch mehr in diese Angelegenheit verwickeln.«

»Ich bin in nichts verwickelt.«

»Verdammt, Paula!« entfuhr es Stone. »Ich hätte dich überhaupt nicht in Gefahr bringen dürfen.«

»Charlie . . .«

»Ich bin sehr vorsichtig gewesen. Niemand hat beobachtet, daß ich hierhergekommen bin, weder gestern noch heute. Niemand kann mich mit dir in Verbindung bringen. Solange es dabei bleibt, bist du sicher. Ich muß jetzt ein Flugzeug nehmen – um mit einem Mann in Paris zu sprechen. Nur er hat die Informationen, die ich brauche. Ich bin dir sehr dankbar für deine Hilfe ...«

»Charlie ...« Paula klang verärgert. »Heute fliegst du nirgendwohin. Die Flughäfen sind geschlossen. Wegen Nebels.«

»Ich darf nicht in der Stadt bleiben! Hier findet man mich, früher oder später ...«

»Meine Eltern wohnen in Toronto. Was hältst du davon, wenn wir zu ihnen fahren? Du kannst von Kanada aus nach Europa fliegen. Das ist wahrscheinlich sicherer, meinst du nicht?«

Stone dachte laut. »Das amerikanische Einwanderungsamt kontrolliert alle ein- oder ausreisenden Personen. Die Computerüberwachung funktioniert so gut, daß gesuchte Verbrecher und dergleichen auf der Stelle verhaftet werden können. Aber in Kanada nimmt man es nicht ganz so genau ...«

»Na bitte.« Paula lächelte. »Außerdem: *Mein* Name steht auf keiner Fahndungsliste.«

»Wenn du mit mir gesehen wirst, droht dir enorme Gefahr.« Stone schüttelte den Kopf, biß sich dann auf die Lippe. »Dieses Risiko muß ich um jeden Preis vermeiden. Ich möchte nicht, daß dir etwas zustößt.«

»Schlüpf jetzt bloß nicht in die Rolle des Beschützers«, erwiderte Paula. »Ich bin durchaus imstande, eigene Entscheidungen zu treffen, kapiert? Ich habe dich bei mir aufgenommen, und jetzt mußt du dich mit meiner Gesellschaft abfinden, ob es dir paßt oder nicht.« Sie schlang ihm den Arm um die Taille. »Ich verspreche dir, daß ich gut auf mich achtgeben werde, Charlie. Ich bin fest entschlossen, meine Pension zu genießen und als Greisin zu sterben.«

»Paula ...«

»Morgen ist Sonntag. Ich kann mir den Montag freinehmen. Wenn wir jetzt aufbrechen, sind wir heute nacht in Toronto.«

Ihr Enthusiasmus entlockte Stone ein Lächeln. »Ich schätze, ich sollte mir die Straßenkarte ansehen.«

»Gute Idee.«

»He, weißt du was, Paula? Unter der Maske des ernsten Professionalismus verbirgt sich tatsächlich ein menschliches Wesen.«

»Danke«, entgegnete die junge Anwältin sarkastisch und kniff Stone in die Hinterbacke. »Wirklich nett von dir.«

Sie benutzten Paulas weißen Audi, fuhren erst über die Interstate 94 und nahmen dann die I-96 nach Norden, am Lake Michigan vorbei. Der Kampf mit dem Mann in der schwarzen Lederjacke hatte Stone so sehr erschöpft, daß er sich für den Beifahrersitz entschied. Er schlief schon nach kurzer Zeit ein.

Nach einigen Stunden berührte ihn Paula an der Schulter.

»Wo sind wir?« murmelte er.

»Du hast mich gebeten, dich zu wecken, wenn wir Michigan erreichen. Meine Güte, du bist ein toller Reisegefährte. Ich schlafe fast am Steuer ein und muß sogar aufs Radio verzichten, um den verwundeten Krieger nicht zu stören. Wir haben gerade einen Ort namens – wie hieß er noch? – Millburg, Michigan, passiert.«

»Wie spät ist es?«

»Vier Uhr dreißig. Nachmittags, nicht nachts.«

»Danke.«

»Warum wolltest du eigentlich geweckt werden?«

Stone entfaltete eine Karte und betrachtete sie. »Wir müssen einen kleinen Umweg machen.«

»Warum?«

»Wir bleiben noch eine Zeitlang auf der 96.«

»Und weshalb?«

»Komplizierte Sache.«

»Ich bin nicht völlig hirnlos, Charlie. Ich komme auch mit komplizierten Sachen zurecht.«

Stone starrte weiterhin auf die Karte. »Ich erkläre es dir später. Ehrenwort. Fahr weiter nach Norden. Noch etwa hundert Kilometer, in Ordnung?«

»Ich dachte, wir wollten nach Toronto.«

»Ja, das stimmt auch.«
»Bist du wach genug, um zu reden?«
»Ich glaube schon.«
Paula zögerte. »Also schön. Was ist los?«
Doch Stone antwortete nur: »Ich gebe dir Bescheid, wenn ich es herausgefunden habe.«

Eine Stunde später erreichten sie Haskell, einen kleinen Ort am Ufer des Lake Michigan, direkt an der Grenze zwischen Van Buren County und Allegan County. Stone deutete auf einen Laden, der zu einer Tankstelle gehörte.

»Bitte halt dort an«, sagte er. »Ich brauche einige Dinge.«

Paula warf ihm einen kurzen Blick zu, zuckte mit den Schultern und fuhr auf den Parkplatz.

Nach einigen Minuten kehrte Stone mit einer Tüte zurück, die folgende Dinge enthielt: ein Päckchen Merit-Zigaretten, eine Schachtel Streichhölzer und eine Rolle Toilettenpapier. »Da fällt mir ein: Rauchst du?« fragte er und schob sich eine Zigarette zwischen die Lippen.

»Nein«, antwortete Paula und rümpfte voller Abscheu die Nase. »Ich dachte, du hättest es aufgegeben.«

»Das stimmt auch. Aber jetzt fange ich wieder an.«

»Toilettenpapier?«

Stone lächelte geheimnisvoll und entnahm dem Kofferraum einen billigen kleinen Koffer, den er sich am Morgen in Chicago besorgt hatte und der einige Kleidungsstücke sowie einen Rucksack enthielt. Er streifte einen Schuh ab und zog ein Bündel Banknoten aus dem Futter. Dann trat er an Paulas Fenster heran und deutete auf die Karte. »Etwa acht Kilometer nördlich von hier«, sagte er. »Dort treffen wir uns in . . .« Er überlegte kurz. »In zwei Stunden.«

»Was hast du vor, Charlie?«

»Iß in irgendeinem Restaurant. Laß dir Zeit. Lies die Zeitung. Ich erwarte dich in zwei Stunden.«

»Acht Kilometer. Willst du sie zu Fuß zurücklegen?«

»Mach dir deshalb keine Gedanken. Ich werde zur Stelle

sein. Hab' ein wenig Geduld, falls ich mich verspäten sollte.«

Haskell war ein kleines Kaff am Lake Michigan. Die Bewohner schienen hauptsächlich vom Fischfang und der entsprechenden Industrie zu leben. Es gab kein ›Geschäftsviertel‹ in dem Sinne, nur ein Hamburger-Lokal, eine Bar, eine Bank und mehrere Bürogebäude. Am Ufer sah Stone einen langen Holzpier.

Er fragte einen Passanten, wo man ein Zimmer mieten konnte, und der Mann beschrieb ihm den Weg zu einer schlichten Herberge, die ›Haskell Inn‹ hieß. Stone stellte sich mit seinem richtigen Namen vor und schüttelte dem Besitzer die Hand. Er trug sich als Charles Stone ein, benutzte seine Kreditkarte. Die meisten Zimmer standen leer, teilte ihm der Wirt mit. Er konnte frei wählen.

Stone nahm einen Zug von der Zigarette. »Wenn's nur gemütlich ist«, sagte er. »Ich bin Raucher, wie Sie sehen, und falls für Leute wie mich bestimmte Räume reserviert sind ...«

»Nein«, erwiderte der kleine Mann mit dem schütteren Haar. »Sie dürfen nur nicht im Bett qualmen. Das ist unsere einzige Regel.«

»Keine Sorge«, versicherte ihm Stone. Er sah sich um, ließ den Blick über die Holzvertäfelung an den Wänden und einige alte Läufer schweifen. »Ein angenehmes Plätzchen.«

»Danke«, sagte der Wirt. Er schien ehrlich erfreut zu sein. »Sind Sie geschäftlich hier, Mr. Stone?« Sein Tonfall wies darauf hin, daß er nicht mit dieser Möglichkeit rechnete.

»Nein. Zum Vergnügen. Na ja, eigentlich ist es mehr eine Flucht. Ich habe einige ziemlich anstrengende Wochen hinter mir.«

»Sie möchten hier Ruhe finden«, meinte der Wirt und nickte verständnisvoll.

»Ja. Als ich ein Junge war, hat mich mein Vater hierher zum Angeln mitgenommen. Kann ich irgendwo ein Fischerboot mieten?«

»Das ist in jedem Ort am See möglich. Wenden Sie sich an Capp, unten am Ufer.«

»Ich bringe nur schnell meine Sachen hoch und versuche dann, mir ein Boot zu besorgen. Um eine Runde auf dem See zu drehen.«

Capps Bootsvermietung bestand aus einem Holzschuppen an einer kleinen Anlegestelle. Der Eigentümer – ein untersetzter, dicker Mann mit rötlichen Wangen – schien gerade Feierabend zu machen. Stone setzte den Rucksack auf, nannte erneut seinen richtigen Namen und brachte sein Anliegen vor.

»Natürlich haben wir Fischerboote«, sagte Capp. »Was möchten Sie? Unser Angebot reicht von einem viereinhalb Meter langen Skiff bis hin zu einer Dreißig-Meter-Yacht.«

»Was Kleines. Mit Motor.«

»Wie wär's mit einer Hawk?«

»Wie groß ist so ein Kahn?«

»Acht Meter lang. Bietet sechs Personen Platz. Mit allem Komfort. Sind Sie allein?«

»Ja. Wieviel?«

»Fünfzig Dollar pro Tag.« Capp schien den Preis aus dem Stegreif genannt zu haben. »Natürlich liefern wir auch die ganze Ausrüstung. Rute, Angelrolle und auch die Köder. Ich meine, wahrscheinlich haben Sie Ihre eigenen Sachen mitgebracht, aber wir stellen Ihnen diese Dinge trotzdem zur Verfügung.«

»Meinetwegen. Ich nehme das Boot sofort, Sie sind doch einverstanden?«

»*Heute abend?* Nein, unmöglich. Sind Sie übergeschnappt, Mann? Es ist schon dunkel.«

»Ich weiß.« Stone wies noch einmal darauf hin, daß er einige anstrengende Wochen hinter sich hatte und sich nichts sehnlicher wünschte als eine Spritztour auf dem See. Hundert Dollar für eine Stunde – leicht verdientes Geld, oder?

Capp gab widerstrebend nach und führte Stone über den Pier. Die Hawk war alt und in keinem besonders guten Zustand, aber sie genügte Stones Zwecken. Er überprüfte Schlauchboot und Schwimmweste, öffnete dann den rostigen Kasten, der das Angelzeug enthielt. »Alles in Ordnung«, sagte er.

»Es gefällt mir nicht, ein Boot am Abend zu vermieten«, brummte Capp skeptisch.

»Das haben wir doch schon besprochen.«

»Himmel, ich kenne Sie überhaupt nicht. Diese Boote gehören Freunden von mir. Ich bin für sie verantwortlich. Wenn eins davon gestohlen wird . . .«

»Zweifellos sind sie versichert. Das ist Vorschrift.«

»Ich verlange eine Kaution.«

Stone holte noch einen Hundert-Dollar-Schein aus der Brieftasche. »Genügt das?«

»Ja.«

»Ist Benzin im Tank?«

»Er müßte zu drei Vierteln gefüllt sein.«

Stone schraubte den Verschluß ab und sah hinein.

»He!« entfuhr es Capp. »Seien Sie vorsichtig mit dem Glimmstengel, Mann. Benzin gerät leicht in Brand.«

»Entschuldigung.« Stone warf die Zigarette ins Wasser. »Meine Güte, hier drin ist genug Benzin für eine Fahrt nach Kanada und zurück«, scherzte er.

Er löste das Seil vom Ende der Anlegestelle, ging an Bord und betätigte den Starter. Der Motor sprang sofort an, und das Deck zitterte unter ihm. Er legte den Rucksack beiseite und streifte die orangefarbene Schwimmweste über.

»Ich bleibe nicht länger als eine Stunde fort!« rief er Capp zu und zündete sich eine neue Zigarette an.

Stone fuhr mit Höchstgeschwindigkeit und spürte, wie das schnelle Boot fast über die Wellen flog. Er drehte das Steuer hin und her, bemerkte, wie die Hawk sofort auf die Bewegungen des Ruders reagierte.

Innerhalb weniger Minuten blieb das Seeufer weit hinter ihm zurück und verwandelte sich in eine schemenhafte Linie, die mit der Dunkelheit verschmolz. Stone fuhr lange genug, um ganz sicher zu sein, daß man ihn nicht mehr von Haskell aus sehen konnte. Dann näherte er sich wieder dem Ufer und hielt aufmerksam Ausschau. Als er einen bewaldeten Bereich entdeckte, drehte er den Zündschlüssel.

Von einem Augenblick zum anderen herrschte völlige Stille, und Stone hörte das ferne Quaken von Ochsenfröschen. Das Wasser an dieser Stelle schien sehr tief zu sein und wurde von einer leichten Strömung bewegt, aber das Ufer war jetzt nicht mehr weit entfernt.

Er zog das Schlauchboot über Bord und beobachtete, wie es auf den sanften Wellen trieb, wie sich das mit der Hawk verbundene Halteseil straffte. Er nahm die Paddel und legte sie ins Heck. Anschließend zog er den Reißverschluß des Rucksacks auf, holte das Toilettenpapier und die Streichhölzer hervor. Stone schraubte erneut den Verschluß des Tanks ab, schob Papier hinein und stopfte den Rest der Rolle in den Stutzen. Dann entzündete er eine Zigarette und zog mehrmals daran. Als der Tabak hell glühte, steckte er sie mit dem Filter voran in die Toilettenrolle.

Er ließ den Rucksack an Bord, griff nach den Paddeln, stieg über die Reling und glitt ins kalte Wasser. Einige Minuten später kletterte er ins Schlauchboot. Schmerz entflammte in seinem verletzten Arm, und fast hätte er laut geschrien. Nach einem ersten eher unbeholfenen Versuch gelang es ihm, das Schlauchboot rasch von der Hawk fortzurudern. Er belastete dabei in erster Linie den linken Arm, was zu einigen Problemen führte. Mehrere Minuten später hörte er das Knirschen von Sand; er hatte das Ufer erreicht.

Stone stand auf und fröstelte. Seine Kleidung – Jeans und Sweatshirt – war naß und haftete ihm eiskalt am Leib. Er bückte sich und zog den Stöpsel aus dem Schlauchboot, um die Luft herauszulassen. Wenn seine Berechnungen stimmten, brauchte er nur zehn oder fünfzehn Minuten lang zu gehen – Zeit genug, um sich eine schwere Erkältung zu holen. Sein linker Arm fühlte sich taub an.

Plötzlich ertönte das Krachen einer Explosion, und Flammen züngelten.

Stone drehte kurz den Kopf und stellte fest, daß sich die Hawk in einen Feuerball verwandelt hatte. Gelbes und rotes Licht spiegelte sich auf dem See wider.

Er ging schneller, preßte die Paddel und das zusammengefaltete Schlauchboot unter den einen Arm, als er durch den Wald stapfte.

Nach einer Weile lief er, aber trotzdem wich die Kälte nicht von ihm. Er zitterte immer heftiger, und das schmerzhafte Pulsieren im linken Arm verstärkte sich.

Schließlich sah er einige Dutzend Meter weiter vorn einen weißen Audi im Licht einer Straßenlampe. Der Wagen stand direkt neben einem Picknicktisch. Die Innenbeleuchtung war eingeschaltet; Paula saß am Steuer und las. Stone schritt noch schneller aus, sehnte sich nach Wärme.

Er öffnete die Tür, und Paula zuckte unwillkürlich zusammen. Ungläubig starrte sie ihn an.

»Ich muß einige Sachen im Kofferraum unterbringen«, sagte er.

»Bei allen Heiligen, was . . .«

Stone schwieg und dachte nur: Ich existiere nicht mehr.

42

LANGLEY, VIRGINIA

Das Büro des Direktors befand sich im siebten Stock des CIA-Hauptquartiers in Langley. Wenn man aus dem Fenster blickte, sah man über viele Kilometer hinweg bewaldetes Hügelland. Ein prächtiges Panorama, fand Bayliss. Allerdings störten die kleinen, puckartigen Vorrichtungen, die an jeder Scheibe befestigt waren: Sie emittierten Geräusche auf einer hohen Frequenz und verhinderten, daß die Gespräche in den Zimmern mit Laserstrahlen abgehört werden konnten.

Direktor Templeton hatte an seinem breiten Schreibtisch Platz genommen, dessen Platte aus weißem Marmor bestand. Roger Bayliss wanderte nervös vor dem Fenster auf und ab. Vor Templetons Schreibtisch wartete Ronald Sanders, stellvertretender Direktor der Central Intelligence.

Neben ihm saß Marvin Kittelson, Leiter der psychiatrischen Abteilung. Kittelson wußte alles über Charles Stone, bis auf den Grund der Fahndung nach ihm. Sein Gebaren war häufig recht schroff, aber in der Gegenwart des Direktors wirkte er reservierter und zurückhaltender. Als früherer Marineleutnant hatte er an der Universität von Kalifornien in Berkeley Psychiatrie studiert. Später übernahm er die Leitung der Sektion Verhaltensforschung in der Agency, und dort beeindruckte er durch hervorragende Leistungen. Sein Fachgebiet war Persönlichkeitseinschätzung. In Krisenzeiten beauftragten Templeton – und auch der Präsident – Kittelson mit Verhaltensanalysen in Hinsicht auf wichtige ausländische Politiker, von Gorbatschow über Castro bis hin zu Oberst Gaddafi. Viele Leute in der CIA hielten ihn für ein Genie.

»Unsere ursprüngliche Strategie ist fehlgeschlagen«, sagte Templeton. »In der Rückschau betrachtet ist klar, daß es besser gewesen wäre, sofort etwas gegen Stone zu unternehmen. Wir hätten ihn nicht benutzen dürfen, um uns zu den anderen zu führen.«

Die drei anderen Männer nickten, und daraufhin fügte Templeton hinzu: »Jetzt haben wir seine Spur verloren.« Er wandte sich an Bayliss. »Ihr Plan, ihn zu entführen, wurde offenbar nicht gründlich genug vorbereitet.«

Bayliss gab sich angemessen zerknirscht. »Er ist weitaus geschickter und cleverer, als wir glaubten.«

»Er ist eine verdammte Gefahr für uns!« entfuhr es Templeton. »Ein unberechenbarer Verrückter. Anstatt aufzugeben und sich zu stellen, setzt er seine Nachforschungen fort.« Er schüttelte den Kopf und schnitt ein finsteres Gesicht. »Ich begreife das einfach nicht.«

»Denken Sie daran, wie lange es Edwin Wilson gelang, uns zu entwischen«, warf Sanders ein. Edwin P. Wilson war ein legendärer Fall in den Annalen der CIA: ein abtrünniger Agent, Hochstapler und illegaler Waffenhändler, der mit Gaddafi Geschäfte abschloß und vier Jahre lang im Untergrund blieb.

»Aber Stone ist ein verdammter *Amateur*!« brummte der Direktor. »Er mag der beste Analytiker sein, den wir je hatten, aber ihm fehlt eine Einsatzausbildung.«

»Ein Amateur, ja«, bestätigte Sanders. »Allein und von Feinden umgeben. Aber er ist auch einfallsreich und so stark wie ein Ochse. Und hinzu kommt seine Verzweiflung.«

Im Gegensatz zu Templeton und Sanders hatte der Agency- Psychiater keine Ahnung von Bayliss' Versuch, Stone eine Falle zu stellen. Er beschränkte sich auf ein neutrales Lächeln, war klug genug, seine Nase nicht in Dinge zu stecken, die ihn nichts angingen.

»Unsere Leute kontrollieren alle Flughafen-Computer«, sagte der Direktor und schnaufte. »Wenn er bei irgendeiner Fluggesellschaft der westlichen Welt ein Ticket zu kaufen versucht, schnappen wir ihn. Außerdem haben wir seinen Namen im TECS.« Das Treasury Enforcement Communications System überwacht alle Personen, die in die Vereinigten Staaten einreisen oder sie verlassen.

Templeton sah Kittelson an. »Ich möchte Ihre Meinung hören, Marvin. Der Mann hat es nicht nur geschafft, *unseren* Agenten zu entkommen. Auch die Russen haben das Handtuch geworfen. Verdammt, das ergibt doch keinen Sinn.«

»Da muß ich Ihnen widersprechen«, erwiderte Kittelson. Er öffnete einen Umschlag und holte seine Notizen hervor. »Ihre Leute verwenden Computer, ausgeklügelte Software und High-Tech-Spielzeuge, aber Sie vergessen einen wichtigen Punkt.«

Templeton starrte ihn an. »Und der wäre?«

»Der menschliche Aspekt. Ich habe mich gründlich mit allen seinen Artikeln beschäftigt, mit allen von ihm durchgeführten Analysen in bezug auf die sowjetische Politik, und daraus geht hervor, daß er den Verstand eines Schachspielers hat. Charles Stone ist außerordentlich intelligent.«

»Das wissen wir«, sagte Sanders. »Aber es erklärt nicht, warum ...«

»Sie lassen ihn von Profis verfolgen«, fuhr Kittelson fort und zuckte mit den Schultern. »Doch als Amateur hält er sich nicht an die Regeln, die Ihre Einsatzagenten kennen. In seinem Verhalten gibt es kein klares, vorhersehbares Muster. Im Gegensatz zu den meisten Amateuren zeigt er eine bemerkenswerte Hartnäckigkeit. Man könnte sagen, er ist zu allem entschlossen.«

Bayliss nickte.

»Ich habe ein Psychoprofil erstellt«, sagte Kittelson. »Alles in seinem persönlichen Hintergrund deutet darauf hin, daß er eine enorme Gefahr darstellt.«

Ronald Sanders seufzte verächtlich.

»Marvin ...«, begann Templeton, aber Kittelson setzte seinen Vortrag fort.

»Ich möchte auf folgendes hinaus. Charles Stone ist ein Einzelgänger mit einem stark ausgeprägten Drang nach Perfektion. Er verabscheut Selbstmitleid. Er setzt das Mittel der Aggressivität ein, um mit den in der letzten Zeit erlittenen Traumata fertig zu werden.«

»Wie meinen Sie das?« fragte Templeton.

»Ich glaube, bei Stone kam es zu einer ›pathologischen Kummer-Reaktion‹. Solche Fälle sind bei unseren im Außendienst tätigen Mitarbeitern nicht selten. Es handelt sich um eine Art Berufsrisiko bei den Leuten, die ständig in Gefahr leben.«

»Na schön«, brummte der Direktor.

Sanders schüttelte kurz den Kopf. »Mit anderen Worten: Der Kerl stellt uns vor erhebliche Probleme.«

»Er ist in einem hohen Maße unberechenbar und daher gefährlich«, erwiderte Kittelson ein wenig verärgert. »Er gibt sich nicht etwa dem Kummer hin, sondern nutzt jede Möglichkeit, um Rache zu nehmen. Vielleicht fällt es ihm schwer, zwischen subjektiver und objektiver Realität zu unterscheiden, und deshalb setzt er sein ganzes Potential ein, um Widerstand zu leisten und zu kämpfen. Er bewältigt seinen inneren Schmerz, indem er Wut und Zorn freie Bahn läßt. Lassen Sie es mich folgendermaßem ausdrükken: Charles Stone bietet ein typisches Beispiel dafür, wie jemand zu einer menschlichen Mordmaschine werden kann.«

Eins der drei Telefone auf Templetons Schreibtisch klingelte. Er nahm ab, lauschte einige Sekunden lang und legte wieder auf.

»Nun, Marvin, Sie haben recht. Stone ist außer Kontrolle geraten.«

»Was soll das heißen?« fragte Bayliss.

»Man hat gerade einen unserer Leute gefunden. Im Rogers Park von Chicago. Tot.«

Bayliss verstand plötzlich und wirbelte herum. »Jene Akten, die Armitage einsehen wollte!« Stone hatte dem ehemaligen FBI-Agenten also *tatsächlich* einen Besuch abgestattet.

»Setzen Sie sich mit Malarek in Verbindung, Roger«, sagte Tempelton. »Es sollen alle zur Verfügung stehenden Leute eingesetzt werden. Stone müßte noch in der Nähe sein.« Er stand auf und sah die drei anderen Männer an. »Vielleicht gelingt es uns diesmal, ihn in die Enge zu treiben.«

43
TORONTO

Stone hüllte sich in eine Decke und schlief fast sofort ein. Paula drehte die Heizung auf, und allmählich wich die Kälte aus Charlie. Sie nahmen die 196 nach Norden, fuhren dann über die 96 durch Michigan, an Lansing vorbei. In Detroit hielt Paula kurz an einem Ramada Inn und holte Kaffee. Gegen Mitternacht erreichten sie die Grenze bei Windsor, Ontario.

»Wach auf, Charlie«, sagte die junge Anwältin. »Es wird Zeit, daß du dich in Patrick Bartlett verwandelst.« Sie hatte sich Kreditkarten und eine Geburtsurkunde von einer Nachbarin geborgt, und diese Unterlagen genügten den kanadischen Grenzbeamten. Stone wußte, daß es dumm gewesen wäre, seinen eigenen Paß zu benutzen, und auf den anderen wollte er nur zurückgreifen, wenn es sich nicht vermeiden ließ.

Die Kontrolle war kurz und alles andere als gründlich. Der uniformierte Beamte warf einen gelangweilten Blick auf Paulas und Stones Papiere, erkundigte sich dann nach dem Grund für die Einreise.

»Wir möchten meine Mutter besuchen«, erwiderte Paula. Diese Erklärung genügte. Kurze Zeit später befanden sie sich in Kanada.

»Glaubst du wirklich, daß dein Name in irgendeinem Fahndungscomputer gespeichert ist?« fragte Paula, als sie die 401 erreichten.

»Ja«, antwortete Stone benommen. »Inzwischen hält man wahrscheinlich an allen Grenzübergängen nach mir Ausschau.«

Innerhalb eines Tages würde man seinen ›Tod‹ der Polizei von Haskell melden. Der Bootsverleiher Capp erinnerte sich bestimmt daran, daß er den Kunden namens Charles Stone aufgefordert hatte, nicht in der Nähe von

Benzin zu rauchen. Hinzu kam die Aussage des Wirts, in dessen Gästebuch ein gewisser Charles Stone eingetragen war. Nach einer kurzen Untersuchung legte man den Fall sicher zu den Akten. Aber wird man an meinen Tod glauben? fragte sich Stone. Wahrscheinlich nicht für immer. Doch das inszenierte ›Unglück‹ verschaffte ihm zumindest eine Atempause.

»Charlie«, murmelte Paula etwa eine Stunde später.

»Ja?«

»Ich möchte dir etwas sagen. Es geht dabei um ... um unsere gemeinsame Nacht.« Paula wirkte verlegen und sprach langsam. »Ich weiß, daß es nicht richtig war. Mach dir also keine falschen Vorstellungen.«

Stone nickte.

Fast eine halbe Minute verstrich. Schließlich fuhr Paula fort: »Aber du solltest wissen ... Fast ein Jahr lang habe ich mit niemandem geschlafen.«

Stone nickte erneut.

»Es ist nicht leicht für mich, darüber zu sprechen.«

»Laß dir ruhig Zeit«, sagte Charlie sanft.

Eine weitere Pause, und dann: »Ich habe dir von dem Richter erzählt, der ein dreizehnjähriges Mädchen vergewaltigte. Die Sache ging mir sehr zu Herzen. Ich meine, der Mistkerl war schuldig, und jeder hätte sich eine harte Strafe für ihn gewünscht, insbesondere eine Frau. Aber ... Himmel, Charlie, im letzten Jahr bin ich ... überfallen worden.«

»Überfallen?«

»Es geschah nichts, Gott sei Dank. Ich meine, es kam nicht ... dazu. Eines Abends kehrte ich spät von der Arbeit zurück, und das Viertel ist wirklich mies.« Paula zögerte. »Ein Passant verjagte den Mistkerl.«

»Paula ...«

»Weißt du, nach diesem Zwischenfall nahm ich Kampfsportunterricht, um mich verteidigen zu können. Das war der leichte Teil. Als viel schwieriger erwies sich das Problem mit dem Sex.«

»Ich verstehe ...«

»Nein, hör zu. Ich wollte nur sagen ...« Sie brachte den Satz nicht zu Ende, aber Stone begriff, was sie meinte. Paula zeigte plötzlich eine Empfindsamkeit, die ihn rührte.

Sie erreichten Toronto, als die Sonne aufging, gegen fünf Uhr morgens. Paula hatte unterwegs nur zweimal angehalten, um Kaffee zu trinken.

Ihre Mutter wohnte in einem großen Haus im Rosedale-Bereich von Toronto. Sie schlief noch, erwartete jedoch den Besuch und hatte einen Schlüssel unter die Fußmatte gelegt.

»Mein Zimmer befindet sich auf der anderen Seite des Hauses«, flüsterte Paula, als sie durch die Garage gingen. »Wir sind also ungestört.«

»Um in aller Ruhe zu schlafen«, sagte Stone.

Sie krochen unter die Decke von Paulas breitem Bett. Spät am Morgen erwachten sie und liebten sich. Dann duschten sie und gingen in die Küche, wo Paula ihrer Mutter einen Kuß gab und Stone vorstellte. Mit großen Appetit verschlangen sie das von Eleanor Singer vorbereitete Frühstück.

Charlie nahm Paulas Wagen, fuhr ins Zentrum der Stadt und kaufte in Eaton Centre neue Kleidung. Nach einigen Stunden kehrte er völlig verwandelt zurück.

Paula riß die Augen auf, als sie ihn sah. »Was hast du angestellt? Wo sind deine Locken?«

»Gefällt es dir nicht?« Stone hatte einen Friseur aufgesucht und sich die Haare kurz schneiden lassen. Die Brille mit dem dicken Rahmen gab ihm ein ganz neues Erscheinungsbild. Außerdem trug er jetzt eine dunkelblaue Arbeitsuniform.

»Du siehst wie ein Hauswart aus. Wie der Hauswart eines schäbigen Apartmentgebäudes.«

»Jetzt glaubt bestimmt niemand mehr, ich sei auf der Flucht. Allerdings erwecke ich bei manchen Leuten den falschen Eindruck. Auf dem Weg hierher kam ich an einigen Skinheads vorbei, die in einem Park herumlungerten. Einer von ihnen rief: ›He, Skinheads sind unvergänglich, Mann!‹«

»Ich vermute, du hast einen anderen Paß.«

»Ja.«

»Was ist mit dem Bild? Sieht es genauso aus?«

»Darauf kommt es den Beamten der Paßkontrolle gar nicht an. Sie suchen nur nach Ähnlichkeiten wie alle anderen Leute. Sie sehen mich an, betrachten dann das Bild und kommen zu dem Schluß, daß es sich um die gleiche Person handelt, nur mit Brille und einem anderen Haarschnitt. Es geschicht häufig, daß man die Brille wechselt und den Haarschnitt verändert. Die Kontrollbeamten wollen nur feststellen, ob der Mann auf dem Foto mit mir identisch ist, und die Gesichtszüge ähneln sich. Aber wenn sie nach Charles Stone suchen . . . Meinen Namen finden sie nicht, und die Beschreibung nützt ihnen kaum etwas, weil ich wie Tausende von anderen Männern in meinem Alter aussehe.«

Am späten Nachmittag rief Stone das Büro der British Airways an und buchte einen Flug nach London. Sein Ziel war Paris, und er entschied sich gegen einen größeren Umweg, der ihn zum Beispiel über Atlanta nach London geführt hätte. Der Grund: Er hielt es für besser, amerikanische Flughäfen zu meiden, wo man sicher mit besonderer Aufmerksamkeit nach ihm Ausschau hielt. Von London aus konnte er Paris mit einer Fähre erreichen, ohne eine Spur in Passagierlisten und dergleichen zu hinterlassen.

Bevor er zum Flughafen fuhr, nahm er Paula beiseite und gab ihr die halbautomatische Llama-Pistole, die von dem getöteten Mann in Chicago stammte. Paula schnappte so erschrocken nach Luft, als sähe sie zum erstenmal in ihrem Leben eine Waffe. Sie schüttelte heftig den Kopf. »Nein, auf keinen Fall. Behalt das Ding. Ich weiß nicht einmal, wie man damit umgeht.«

»Nimm die Pistole, Paula. Ich möchte sicher sein, daß du dich zur Wehr setzen kannst.«

Sie starrte ihn groß an und streckte widerstrebend die Hand nach der Waffe aus.

Im Flughafen trat Stone an einen Kiosk heran, und dort bemerkte er eine Zeitung aus Toronto, die auf der Titelseite über einen weiteren Bombenanschlag in Moskau berichtete. Diesmal war ein Sprengsatz im Bolschoi-Theater explodiert. Stone kaufte die Zeitung und las den Artikel mit wachsender Besorgnis.

Handelte es sich um die Vorbereitungen für den Staatsstreich, vor dem IGEL gewarnt hatte? Erst einige terroristische Anschläge – und dann der entscheidende Angriff?

Er sah auf die Uhr und ging zu einer Telefonzelle, um Charlotte in Moskau anzurufen.

Es rauschte, knisterte und knackte in der Leitung, und dann hörte Stone ein regelmäßiges Piepsen. Der Apparat in Charlottes Wohnung klingelte. In der sowjetischen Hauptstadt war es jetzt ein Uhr nachts, eigentlich zu spät für einen Anruf, aber vielleicht war dies die letzte Gelegenheit. Er mußte unbedingt wissen, was Charlotte in Erfahrung gebracht hatte. Sie würde ihn bestimmt verstehen.

Es läutete zehnmal, und dann nahm jemand ab. »Hallo?« ertönte Charlottes schläfrige Stimme.

Stone spürte, wie sich in ihm etwas zusammenkrampfte. »Ich bin's.« Er vernahm einen elektronischen Widerhall, ein metallenes Echo.

Ich darf keinen Namen nennen, dachte er. In Moskau werden die Telefone von Korrespondenten zweifellos überwacht.

Schweigen. Und dann. »O Gott.« Es klang rauh, heiser und sexy. »Wo bist du?«

»In . . . Sicherheit. Ich brauche deine Hilfe.«

Wieder folgte eine Pause. Sie schien eine Ewigkeit lang zu dauern.

War sie bereit, noch etwas für ihn zu tun? Sie wußte sicher von seiner verzweifelten Situation. Nur Charlotte konnte ihm helfen, die Journalistin mit den besten Verbindungen in Moskau. Aber wieviel durfte er ihr am Telefon sagen? Wie sollte er sein Anliegen erklären, ohne den Lauschern vom KGB etwas zu verraten? Es gab nur eine Möglichkeit: Formulierungen, die völlig normal klangen und doch eine Botschaft vermittelten.

»Hör mal...«, begann Charlotte, aber Stone unterbrach sie. Es blieb nur wenig Zeit. Er holte tief Luft, sprach schnell, fast hastig, betonte dabei einzelne Worte. »Ich möchte dich etwas fragen. Was würdest du einem *Amerikaner* raten? Soll er das Arsenal des Kreml, soll er das Bolschoi-Theater oder aber die prächtige U-Bahn-Station Prospekt Mira besuchen? Vielleicht sogar alle drei? Ihre Architektur ist sicher faszinierend, aber was haben sie *gemeinsam*? Die drei Orte sind sehr *interessant*, nicht wahr?«

Charlotte saß im Bett, starrte an die dunkle Schlafzimmerwand und schloß die Finger fest um den Hörer. Was wollte ihr Stone mitteilen? Sie fragte sich, wo er war und was er plante. Wußte er nicht, daß er ein erhebliches Risiko einging, wenn er mit ihr telefonierte? Weiß er nicht, daß man die Leitung abhört, daß er nicht nur sich selbst in Gefahr bringt, sondern auch mich? Charlotte beschloß, die Verbindung zu unterbrechen.

Tränen rannen ihr über die Wangen, und das Herz klopfte heftig, als sie den Hörer auflegte.

Stone wartete auf eine Antwort und überlegte, wie seine Frau reagieren würde. Er zuckte innerlich zusammen, als er ein Knacken hörte.

Eine Zeitlang stand er wie erstarrt in der Telefonzelle, sah sich dann benommen im Terminal des Flughafens um. Zuerst fühlte er sich verletzt, und dann spürte er Zorn.

Er hatte es versucht. Ohne Erfolg.

Verdammt! dachte er. Zum Teufel mit Charlotte.

Paula begleitete ihn zum Schalter der British Airways. Dort holte er seine Brieftasche hervor und bezahlte das Ticket in bar. Nur in der ersten Klasse waren noch Plätze frei. Der Preis spielte keine Rolle, aber Stone hätte die Anonymität der Touristenklasse vorgezogen.

»Ihr Paß, bitte«, sagte die Angestellte, eine zwanzig Jahre alte Rothaarige.

Stone gab ihr den Robert-Gill-Paß. Die Frau blätterte kurz darin und sah dann auf.

»Wenn Sie sich bitte kurz gedulden würden . . .«, sagte sie.

Stone nickte und lächelte freundlich. Er bemerkte Paulas besorgten Blick und zuckte mit den Schultern. Ich weiß auch nicht, was das soll, lautete seine stumme Botschaft.

Ein älterer Mann – er trug eine British-Airways-Jacke – näherte sich und fragte höflich: »Haben Sie noch andere Ausweispapiere, Mr. Gill?«

Unruhe entstand in Stone. »Natürlich«, erwiderte er und überlegte fieberhaft. »Gibt es irgendein Problem?«

»Ganz und gar nicht, Sir.«

Stone holte Robert Gills Führerschein hervor.

Der Mann betrachtete ihn einige Sekunden lang und sah dann auf. »Danke, Sir. Bitte entschuldigen Sie, aber wir sind beauftragt, die Identität aller Reisenden festzustellen, die in bar bezahlen. Eine Vorschrift der Fluggesellschaft.«

»Ich verstehe.« Stone lächelte erneut und hoffte, daß man ihm seine Nervosität nicht ansah. »Sie haben nur Ihre Pflicht getan.«

Charlie und Paula gingen zum Flugsteig. Als Stone den Metalldetektor sah – in allen Flughäfen der Welt fanden solche Kontrollen statt –, war er erleichtert darüber, die Waffe zurückgelassen zu haben.

Er umarmte Paula und bemerkte die Tränen in ihren Augen. »Ich bin dir sehr dankbar für deine Hilfe«, sagte er. »Ich möchte nur ganz sicher sein, daß dich niemand mit mir in Verbindung bringt. Du darfst auf keinen Fall in Gefahr geraten.«

»Und woher soll ich wissen, daß mit *dir* alles in Ordnung ist?« erkundigte sich die Anwältin.

»Versuch nicht, Kontakt mit mir aufzunehmen. Sag niemandem, daß du mich kennst oder daß ich bei dir gewesen bin. Versprich es mir.«

»Na schön. Versprochen. Aber du läßt mir irgendwie eine Nachricht zukommen, nicht wahr?«

»Einverstanden. Ich benutze einen Decknamen. Dir wird sofort klar sein, daß ich es bin.«

Paula sah ihn fragend an.

»Haskell«, fügte Stone hinzu.

»Haskell?«

»Wie der gleichnamige Ort in Michigan. Dort fiel ein gewisser Charles Stone einem Bootsunglück zum Opfer.«

44

HASKELL, MICHIGAN

Millie Okuns kleines Lokal an der Elm Street in Haskell, Michigan, ist berühmt für seine leckeren Krapfen. Der Kaffee schmeckt nicht annähernd so gut, aber deshalb würde es niemand wagen, sich bei Millie zu beschweren.

Um kurz nach zehn Uhr morgens lag ein halber Buttermilch-Krapfen auf dem Teller, der vor Randall Jergensen – Haskells Polizeichef – und einem seiner beiden Beamten stand. Jergensen hatte bereits drei gegessen, und sein Interesse galt nun dem Sportteil des *Mercury*.

Jergensen war groß und korpulent. Das Kinn in seinem runden Gesicht verschwand fast in einem dicken Fettpolster. Als Vierundvierzigjähriger, vor drei Jahren, hatte er sich von seiner Frau Wendy scheiden lassen. Er dachte jeden Tag an sie und dankte Gott dafür, allein zu leben.

»Millie«, sagte er, ohne von der *Mercury* aufzusehen. »Könnten Sie bitte nachschenken?«

»Bin schon unterwegs, Randy«, antwortete Millie Okun, nahm die Kanne von der Heizplatte der Kaffeemaschine und füllte Jergensens Becher.

Einige Sekunden später piepste sein Signalgeber.

»Mist«, brummte er und warf einen sehnsüchtigen Blick auf den Kaffee.

Als er die Polizeiwache erreichte, war schon fast alles geklärt. Freddie Capp hatte Jergensens Stellvertreter Will Kuntz angerufen und berichtet, eins seiner Boote sei auf dem See explodiert und habe einen Dummkopf ins Jenseits geschickt. Die Küstenwache bestätigte Freddies Bericht. Alles deutete auf einen Unfall hin: Freddie Capp erklärte, der Mann wollte das Boot nur für eine Stunde leihen und sei Raucher gewesen. Wahrscheinlich hatte er sich aus Unachtsamkeit selbst in die Luft gejagt.

Irgendein verdammter Tourist aus Chicago. Jergensen

seufzte verärgert, nahm am Steuer des Streifenwagens Platz und fuhr zu Capp. Freddie hatte den Führerschein des Mannes gesehen und den Namen aufgeschrieben. Anschließend machte Jergensen einen Abstecher zum Ufer und sah sich die Reste des Bootes an: verkohltes Holz und einige Metallteile. Das Boot war vollständig verbrannt, bevor die Feuerwehr eingreifen konnte. Offenbar hatte eine Zigarette des Touristen Charles Stone dafür gesorgt, daß sich das Benzin im Tank entzündete. Geschieht dem Kerl ganz recht, dachte Jergensen und spuckte ins Wasser.

Kurz nach Mittag sprach er mit Ruth und Henry Cowell vom Haskell Inn und bekam Charles Stones Kreditkartennummer. Er verfügte jetzt über genug Informationen, um die nächsten Verwandten zu verständigen – der Teil seiner Arbeit, den er besonders verabscheute.

Er griff nach dem Hörer, um Boston anzurufen, zögerte und legte wieder auf.

O ja. Erleichtert stellte er fest, daß er nicht alle Punkte der Standardprozedur erledigt hatte. Er konnte den Anruf noch etwas aufschieben.

»Willy«, wandte er sich an seinen Stellvertreter. »Fragen Sie beim NCIC-Computer nach, in Ordnung?« Damit meinte er die elektronischen Listen des National Crime Information Center: Dort waren alle gesuchten Personen gespeichert. Derartige Kontrollen blieben praktisch immer ohne Ergebnis; im Bereich von Haskell gab es keine nennenswerte Kriminalität.

Jergensen lehnte sich hinter seinem Schreibtisch zurück und begann damit, ein Kreuzworträtsel zu lösen. Er dachte gerade über ein aus drei Buchstaben bestehendes Wort für ›orientalische Schärpe‹ nach, als der Deputy etwas sagte.

»Hm?«

»Volltreffer, Randy. Lieber Himmel, das FBI hat eine landesweite Fahndung nach dem Kerl veranlaßt. Angeblich stellte er eine Gefahr für die nationale Sicherheit dar! Es gibt kaum eine Bundesbehörde, die *nicht* nach ihm sucht.«

»Na ja, wir haben ihn gefunden, Will. In Form von mindestens fünfundzwanzigtausend Fetzen auf dem Grund des Sees. Vielleicht wollte er sich nach Kanada absetzen. Befürchtete wahrscheinlich, an der Grenze geschnappt zu werden. Statt dessen – *Bumm*!« Jergensen schnaufte. »Geben Sie die Meldung raus.«

Er blickte wieder auf das Kreuzworträtsel und erinnerte sich, daß die ›orientalische Schärpe‹ Obi hieß. Zufrieden schrieb er das Wort in die Kästchen.

Dritter Teil

DAS REICH DER TOTEN

Am 7. November, 1. Mai und bei besonderen Anlässen sehen Tausende von Bürgern die Repräsentanten der Regierung auf Lenins Mausoleum. Dieser Anblick kommt einem Symbol gleich: Sie stehen auf ihm. In der pyramidenförmigen Gruft – ihr rot und schwarz glänzender Granit stammt aus Winniza in der Ukraine – ruht der Tote und scheint nur zu schlafen.

LOUIS FISCHER, *Lenins Leben* (1964)

45

MOSKAU

Der schwarze Tschaika fuhr mit hoher Geschwindigkeit über die Straße des fünfundzwanzigsten Oktober, begleitet von einer Eskorte aus schwarzen Wolgas. Er rollte durchs Spasski-Tor und erreichte den Kreml.

Im Tschaika saßen der stellvertretende Leiter des GRU und der beste Spetsnaz-Sprengstoffexperte. Als sie den Roten Platz passierten, sahen sie eine lange Schlange vor Lenins Grab. Am Spasski-Kontrollpunkt hielt der Wagen kurz und setzte die Fahrt dann durch ein eisernes Tor fort. Dahinter erstreckte sich der für Touristen unzugängliche Teil des Kreml.

Vor dem Gebäude des Ministerrats stieg der Leibwächter aus und öffnete die Tür zum Fond.

Der aristokratische, weißhaarige Generaloberst und sein Spetsnaz-Begleiter betraten den Sitz der sowjetischen Regierung. Sie kamen an mehreren Kreml-Wächtern in blauen Uniformen vorbei, die nach ihren Ausweisen fragten. Der ältere Mann ging mit langen, energischen Schritten, und der jüngere hatte Mühe, nicht den Anschluß zu verlieren. Sie näherten sich dem grün lackierten Lift am Ende des Korridors.

Die Kabine des Aufzugs bestand aus unverkleidetem Metall. Er war schon einige Jahrzehnte alt, aber zu seiner Ausstattung gehörte moderne Elektronik, und er bewegte sich ohne einen Ruck. An der einen Wand stand das Wort ›Otis‹ – der Name des amerikanischen Herstellers.

Als die Tür aufglitt, erstreckte sich ein mit senffarbenen Fliesen ausgelegter Flur vor ihnen. Der GRU-Offizier führte den jungen Mann an mehreren Wächtern vorbei, und allmählich wurde der Korridor schmaler. Sie befanden sich ganz offensichtlich unter dem Boden. Das Licht stammte von kleinen Neonlampen an der niedrigen Decke.

Sie schwiegen die ganze Zeit über, und nach fünf Minuten gelangten sie zu einem weiteren Zugang. Davor standen zwei uniformierte Wächter, verlangten ihre Ausweise und salutierten dann.

Einige Stufen aus schwarzem Stein schlossen sich an die Tür an, und der kurzen Treppe folgte eine dunkle, kühle Kammer, in der es nach Chlor roch. Der ältere Mann fand den Lichtschalter, ohne lange danach zu suchen.

Das Zimmer war groß und rechteckig, diente offenbar für die Lagerung von Waffen. An den Wänden standen Kisten mit Gewehren, Munition und anderen Dingen.

»Nun, Sie kennen die Blaupausen«, sagte der Generaloberst. »Trotzdem bestanden Sie darauf, die Kammer zu sehen. Wir sind da.« Er fügte nicht hinzu, daß der Ausflug hierher ein gewisses Risiko darstellte. Aber wahrscheinlich glaubte man, es handele sich nur um eine Routineinspektion des GRU-Sicherheitschefs.

Der Sprengstoffexperte blickte sich nachdenklich um. »Zehn Meter lang, zehn Meter breit und fünf Meter hoch«, schätzte er.

»Ja.«

»Insgesamt fünfhundert Kubikmeter.« Die zuversichtliche Stimme des jungen Mannes hallte von den Wänden wider. »Dieses Gebäude ragt 12,25 Meter über das Bodenniveau hinaus und ist vierundzwanzigeinhalb Meter lang. Wenn man fünf Meter für diese Kammer und zehn für die darüber hinzurechnet, so ergibt sich eine Gesamthöhe von 27,25 Meter. Wozu verwendet man das Zimmer?«

»Es ist ein Arsenal.«

»Das Gebäude besteht aus Granit, nicht wahr? Ziemlich schwer.«

»Zum größten Teil aus Granit, ja. Labradorit und Marmor. Aber die Wände dieses Raums . . . Stahlbeton.«

»Ich nehme an . . .« Der junge Mann sprach sehr leise, doch in der Kammer klang selbst sein Flüstern seltsam laut. »Ich nehme an, unser Vorgesetzter hat die Möglichkeit berücksichtigt, einen kleinen nuklearen Sprengsatz zu verwenden.«

»Er entschied sich dagegen.«

»Warum?«

Der Generaloberst lächelte. »Aus verschiedenen Gründen. Atomare Waffen werden so streng überwacht, daß die Entnahme einer Bombe selbst dann großes Aufsehen erregen würde, wenn dafür eine Genehmigung von höchster Stelle vorliegt. Die Geheimhaltung hat jedoch absolute Priorität. Außerdem müssen wir vermeiden, daß die Rote Armee sofort zu dem Schluß kommt, die Amerikaner seien für alles verantwortlich. In dem Fall könnte ein thermonuklearer Schlagabtausch die Folge sein.«

Der junge Mann nickte nachdenklich.

»Natürlich gibt es noch einen anderen Grund dafür, auf den Einsatz eines atomaren Sprengsatzes zu verzichten. Denken Sie an unsere Verteidigungsstruktur.«

»Wie meinen Sie das?«

»Offenbar verbringen Sie zuviel Zeit im Laboratorium. Sie sollten sich aufmerksamer umhören. Vor vielen Jahren hat das Verteidigungsministerium verschiedene Kontrollpunkte auf dem Roten Platz geschaffen: in Gebäuden, unter dem Boden. Sogar einige Fahrzeuge, die ständig in Moskau patrouillieren, sind mit Neutronen- und Gammadetektoren ausgerüstet. Um zu verhindern, daß jemand eine Atombombe in den Kreml schmuggelt. Die Amerikaner haben ein ähnliches System, um Washington zu schützen. Nein, nukleare Waffen kommen nicht in Frage. Auch in einer anderen Hinsicht wären sie ein Fehler: Kaum jemand würde glauben, daß sich irgendwelche Terroristen in diesem Land einen atomaren Sprengsatz besorgt haben.«

»Sind all die Wächter auch am Jahrestag der Revolution hier?«

»Natürlich. Und noch viele andere.«

»Dann müssen wir auch Plastiksprengstoff ausklammern.«

»Wieso?«

»Solche Materialien sind sehr wirkungsvoll, aber wir

brauchen zuviel davon, um das angestrebte Ergebnis zu erzielen. Mehrere hundert Kilo. Dutzende von Kisten. Sie fielen den Wächtern bestimmt auf.«

»Welche Lösung schlagen Sie für dieses Problem vor?«

Der junge Mann lächelte. »PGB. Eine Propangasbombe.«

»Bitte erklären Sie das.«

»Propangasbomben sind die modernsten Explosivwaffen in jedem Arsenal. Sie wurden erst kürzlich von den Amerikanern entwickelt, am Ende des Vietnamkriegs. Und sie entfalten eine enorme Vernichtungskraft. Mit einer einzelnen PGB kann man selbst große Gebäude oder ganze Stadtviertel zerstören. Die entsprechende Vorrichtung beansprucht nicht viel Platz – sie paßt in eine kleine Tasche. Man benötigt dazu nur einen Druckbehälter mit Propangas, Handgranaten, Zündkapseln, ein wenig konventionellen Sprengstoff, einen Auslöser und einige andere Dinge, die sich ganz leicht beschaffen lassen. Ich schlage einen schlichten digitalen Timer vor.«

»Warum? Man könnte die Bombe doch auch mit einem Sender zünden, nicht wahr?«

»Ja. Aber wir haben es hier mit besonderen Bedingungen zu tun. Angesichts der dicken Wände müßte das Zündsignal auf einer UKW-Frequenz gesendet werden. Am Jahrestag der Revolution sind die Sicherheitsmaßnahmen jedoch besonders streng und gründlich. Es wäre also denkbar, daß jemand das Signal empfängt und die betreffende Frequenz mit Störimpulsen blockiert. Eine Verzögerungsschaltung genügt völlig.«

»Na schön. Wie funktioniert die Sache? Auf welche Weise erfolgt die Explosion?«

»Der Timer wird so programmiert, daß er zu einer bestimmten Zeit das Ventil des Druckbehälters öffnet, woraufhin sich die Kammer mit Propangas füllt. Der herkömmliche Sprengstoff verursacht dann die Explosion.«

»Ist sie stark genug?«

Der Spetsnaz-Experte nickte ernst. »Und ob. Niemand im Umkreis von *hundert Metern* wird überleben.«

»Hören Sie: Es darf auf keinen Fall etwas schiefgehen. Wir bekommen keine zweite Chance, um unseren Plan zu verwirklichen.«

46

PARIS

Stone hob früh am Morgen die Lider, benommen von der Zeitverschiebung und verwirrt darüber, in einer ungewohnten Umgebung zu erwachen. Hinter seiner Stirn pochte dumpfer Schmerz, und einige Sekunden lang wußte er nicht, wo er war.

Er hob den Kopf, blinzelte mehrmals, sah sich um und genoß die unaufdringliche Eleganz des Hotelzimmers: eine graue Samttapete an den Wänden, im Bad grüner venezianischer Marmor, ein breites Fenster, durch das man die prächtige Kathedrale Saint-Germain-des Prés sehen konnte. Ein Toter kann sich keine bessere Unterkunft wünschen, dachte er.

Stone war am Nachmittag des vergangenen Tages in Paris eingetroffen. Nach der Landung des Flugzeugs in Heathrow rief er ein Taxi und fuhr zur französischen Botschaft in London, wo er problemlos ein ›Eilvisum‹ für Frankreich bekam – er wies auf eine plötzliche Änderung seiner geschäftlichen Pläne hin. Angespannt und erschöpft erwog er die Möglichkeit, den nächsten Flug nach Paris zu nehmen, entschied sich jedoch dagegen und hielt an seiner ursprünglichen Absicht fest. An Bord einer Sealink-Fähre – dort war er nur ein namenloser Passagier unter vielen anderen – fuhr er von Dover nach Calais.

Er hatte Paris schon zweimal besucht und kannte sich daher ein wenig in der Stadt aus. Bei jenen Gelegenheiten sah er eine Art Gegner in der Metropole, etwas, das erobert und erforscht werden mußte. Jetzt wurde sie zu einem willkommenen Refugium und bot ihm die Chance, sich zu verstecken. Zuerst spielte er mit dem Gedanken, ein kleines, anonymes Hotel zu wählen. Viele solcher Herbergen gehörten Leuten, die versessen darauf waren, einen zusätzlichen Franc zu verdienen – man konnte sie leicht bestechen. Stone brauchte ein Hotel, dessen Verwalter nicht ohne weiteres mit den Behörden zusammenarbeitete. Er brauchte ein Hotel, dessen Angestellte die Tugend des Schweigens achteten, auch der Polizei gegenüber.

Schließlich wählte er das kleine, aber recht teure L'Hôtel in der schmalen Rue des Beaux-Arts. Die Räume darin waren winzig wie die meisten Hotelzimmer in Paris, doch an der Einrichtung gab es nichts auszusetzen. Oscar Wilde hatte hier gewohnt (bis zu seinem Tod), ebenso Maurice Chevalier. Nummer 46 erwies sich als luxuriös, und am Nachmittag fiel heller Sonnenschein durchs Fenster.

Charlie trug sich unter dem falschen Namen Jones ein und stellte erleichtert fest, daß der Concierge nicht nach dem Paß fragte. Früher einmal waren die Hotels in Paris verpflichtet gewesen, der Polizei jeden Abend Namen und Paßnummern der Gäste zu melden. Heute kamen nur einoder zweimal im Jahr Beamte, um sich die Registrierungskarten anzusehen. Zwar sprach man in Frankreich oft über Maßnahmen gegen den Terrorismus, aber man kann trotzdem irgendwo unter einem Decknamen wohnen, ohne eine Entdeckung befürchten zu müssen. Stone hoffte, daß er durch den ›Unfall‹ auf dem Lake Michigan einige Tage der Sicherheit gewonnen hatte.

Er hatte wie ein Betäubter geschlafen, und jetzt bestellte er sich das Frühstück aufs Zimmer: Café au lait und ein Croissant. Dann überlegte er und sammelte seine Gedanken. Er durfte keine Zeit verlieren; es kam darauf an, so schnell wie möglich zwei Personen zu finden.

In den Jahren nach der Oktoberrevolution kamen viele russische Emigranten nach Paris. Sie schufen ihre eigene Subkultur in der Stadt, eröffneten Restaurants und Nachtklubs, gründeten Vereine, so wie später Generationen von Auswanderern in New York. Mit dem Tod der Emigranten verschwand ihr dominierender Einfluß in bestimmten Vierteln, und es blieben nur Spuren des russischen Erbes zurück.

Eine davon findet man im Achten Arrondissement unweit der Champs-Élysées. Dort, in der Rue Daru, steht die Cathédrale Saint-Alexandre Nevsky, eine Kirche mit vielen alten Ikonen, die als Treffpunkt für einige übriggebliebene ›Weißrussen‹ dient. Stone betrat sie am späten Morgen und sah sich in einem leeren Saal um. Die einzige Person im Gebäude war eine junge Frau; sie saß an einem kleinen Tisch mit Postkartenständern.

Fjodor Dunajew lebte bestimmt unter einem Decknamen und hatte sich gut geschützt. Wer erst zu Stalins Geheimpolizei gehörte und später aus der Sowjetunion floh, mußte Tag und Nacht um sein Leben fürchten. Aber Stone glaubte, eine Möglichkeit gefunden zu haben, mit Dunajew Kontakt aufzunehmen.

Er wußte zwei wichtige Dinge über ihn. Erstens: Warren Pogue hatte ihm mitgeteilt, daß Dunajew von einem Mann namens Wischinski begleitet worden war. Die zweite Information verdankte Stone Anna Zinojewas Erinnerungen an einen Zeitungsartikel. Als Dunajew vor einigen Jahrzehnten nach Paris kam, fand er Schutz unter der Schirmherrschaft einer Emigrantenorganisation, die von der russisch-orthodoxen Kirche in Paris unterstützt wurde. Eigentlich seltsam, daß ein atheistischer Tschekist die Hilfe von Priestern in Anspruch nahm – ein typisches Paradoxon, dem man in der Sowjetunion häufig begegnete. Wenn man hinter die Maske eines Kommunisten sah, entdeckte man oft einen tief überzeugten Gläubigen.

Die junge Frau sah auf. »*Oui?*«

»*Parlez-vous anglais?*«

»Ja.« Sie lächelte freundlich.

Einige Minuten sprach Stone über die Kirche, stellte sich als amerikanischer Tourist und Nachkomme von russischen Einwanderern vor. Daraufhin erhellte sich das Gesicht der jungen Frau; auch in ihren Adern floß russisches Blut. Sie sprach Englisch mit einem russischen Akzent – offenbar waren ihre Eltern Emigranten –, stand auf und führte Stone stolz durch die Kirche. Eine Zeitlang plauderten sie miteinander, und schließlich äußerte Stone den

Wunsch, einen alten Russen zu besuchen, den Freund eines Freundes.

»Wie heißt er?«

Charlie zögerte kurz und kam zu dem Schluß, daß der Name sicher keine Bedeutung für die junge Frau hatte. »Fjodor Dunajew.«

Seine Gesprächspartnerin schüttelte den Kopf.

»Ich frage den Priester«, sagte sie. »Er kennt die meisten russischen Emigranten. Und wenn nicht... Vielleicht weiß er, wer Ihnen helfen könnte.«

Stone folgte ihr aus der Kirche in ein kleines Gebäude nebenan, offenbar eine Mischung aus Büro und Pfarrei. Seine Unruhe wuchs, als er in einem kleinen, schlichten Zimmer saß. Lebte Dunajew noch? Unter seinem eigenen Namen? Oder war er für immer in der Anonymität verschwunden?

Einige Minuten später kehrte die junge Frau zurück. Ihr Verhalten hatte sich verändert, und sie musterte Stone besorgt.

»Wenn Sie hier warten ...«, begann sie. »Gleich kommt jemand, der vielleicht in der Lage ist, Ihre Frage zu beantworten.«

Stone spürte Gefahr. »Kann mir jene Person Dunajews Telefonnummer besorgen?«

»Nein«, erwiderte die junge Frau nervös. »Aber wenn Sie warten ...«

»Hören Sie ...« Stone atmete tief durch. »Ihr Freund hat allen Grund, vorsichtig zu sein. Sie wissen nicht, wer ich bin. Aber ich versichere Ihnen, daß sich Dunajew freuen würde, von einem alten Bekannten zu hören. Ich gebe Ihnen eine Nachricht für ihn. Würden Sie sie weiterleiten?«

»Nun, warum nicht?« entgegnete die Frau.

»Na schön.« Vielleicht war es sogar besser so: Wenn er auf russisch schrieb, verriet er nicht seine wahre Identität; am Telefon hingegen fiel sofort sein Akzent auf. Er bat um ein Blatt Papier und einen Umschlag, nahm dann am Tisch Platz und verfaßte eine kurze Mitteilung. Sie lautete: ›Muß Sie dringend sprechen. Ihr Freund Wischinski schickt mich.‹ Ein nicht unerhebliches Risiko: Er ging davon aus, daß Osip Wischinski noch lebte. Der Name jenes alten Bekannten kam einer Empfehlung gleich, und vielleicht war Dunajew neugierig genug, ein Treffen mit dem Fremden zu vereinbaren.

Stone schloß den Umschlag und reichte ihn der Frau. »Bitte sagen Sie Ihrem Freund, daß es sehr eilig ist.«

Die nächsten beiden Stunden verbrachte Charlie in einem russischen Restaurant auf der anderen Straßenseite. Dort nahm er das Mittagessen ein, ließ sich Zeit beim Kaffee und behielt den Eingang der Kirche im Auge. Einige Leute kamen und gingen, wahrscheinlich Touristen. Niemand blieb sehr lange.

Als er in die Kathedrale zurückkehrte – aufgrund seiner Beobachtungen war er sicher, daß man dort keine Falle für ihn vorbereitet hatte –, begegnete ihm die junge Frau noch immer mit zurückhaltendem Argwohn. »Wir haben uns mit ihm in Verbindung gesetzt«, sagte sie. »Dunajew ist gern bereit, mit Ihnen zu reden. Er macht Ihnen folgenden Vorschlag . . .«

CHICAGO

Paula Singer verbrachte die Mittagspause nicht gern an ihrem Schreibtisch, aber noch mehr verabscheute sie es, sich unter die vielen Leute zu mischen, die in den Cafés oder billigen griechischen Restaurants in der Nähe des Gerichtsgebäudes nach einem Platz suchten. Wer glaubt, daß stellvertretende Staatsanwälte Privilegien genießen, ist auf dem falschen Dampfer, dachte Paula, als sie ein Schinkenbrötchen aß und in der Zeitung blätterte.

Charlie Stone ging ihr nicht aus dem Kopf. Sie fragte sich, wo er jetzt sein mochte. War er in Paris? Hatte er jenen Mann gefunden, von dem er sich wichtige Auskünfte erhoffte?

Konnte sie ihm irgendwie helfen?

Ihr Blick glitt über den Sportteil der *Chicago Tribune*, und kurz darauf bemerkte sie einen kleinen Artikel. Paula runzelte die Stirn und glaubte, sich an etwas zu erinnern. Sie las den Namen noch einmal.

Warren Pogue. Der ehemalige FBI-Agent, mit dem Charlie in Chicago gesprochen hatte. Der Mann, dessen Telefonnummer und Adresse ich ihm besorgt habe, dachte Paula.

Plötzlich hörte sie die Stimmen im Büro nicht mehr. Sie las den Artikel und stöhnte leise. ›Die Polizei von Indiana identifizierte das Opfer als Warren Pogue, einen pensionierten Mitarbeiter des Federal Bureau of Investigation. Pogue kam beim Absturz seines Flugzeugs ums Leben ...‹

Das Datum.

Warren Pogue war am gleichen Tag gestorben, an dem Stone mit ihm gesprochen hatte.

Charlie hat recht, fuhr es Paula durch den Sinn. Es werden Leute umgebracht.

Und bestimmt ist er als nächster dran, fügte sie in Gedanken hinzu. Er wird sterben, wenn ihm niemand hilft.

Eine Zeitlang saß sie wie erstarrt, überlegte und wußte nicht, was sie unternehmen sollte. Dann fiel ihr der einflußreiche Mann ein, den Charlie in Washington getroffen hatte – William Armitage. Sie beschloß, ihn anzurufen.

Stone hatte sie aufgefordert, sich aus der Sache herauszuhalten, aber er wollte sie nur schützen.

Ich kann gut auf mich achtgeben, verdammt!

Paula wußte, daß man die Nummer des Anrufers feststellen konnte, wenn das Telefongespräch lange genug dauerte. Aber es gab eine Möglichkeit, so etwas zu verhindern, nicht wahr? Sie stand auf und ging zum Büro ihres Chefs. Dort saß niemand am Schreibtisch; vermutlich speiste ihr Vorgesetzter in irgendeinem Restaurant.

Gut. Damit standen seine Apparate zur Verfügung.

Zu den Telefonen gehörte auch ein spezielles Sicherheitsgerät, das sowohl normale Kommunikation als auch Datenübermittlungen abschirmte: ein Motorola STU-III

SecTel. Paulas Chef benutzte es fast nie und bedauerte inzwischen, Steuergelder in das Ding investiert zu haben. Vielleicht ist es gar nicht nötig, eine sichere Leitung zu verwenden, dachte sie. Aber es kann nicht schaden, auf der Hut zu sein.

Sie nahm den Hörer ab und rief einen Freund in New York an, der in einer großen Anwaltskanzlei arbeitete. Er gehörte zu den Kollegen, die mindestens doppelt soviel Geld verdienten wie sie.

»Kevin«, sagte Paula, als sich der Mann meldete, »ich möchte dich um einen Gefallen bitten.«

Kevin erhob keine Einwände – und er verzichtete darauf, irgendwelche Fragen zu stellen. Per Konferenzschaltung verband er sie mit dem Büro des stellvertretenden Außenministers William Armitage. Wenn tatsächlich eine Telefonüberwachung stattfindet, so bleiben die Ermittlungen beim Anschluß in einer großen New Yorker Anwaltskanzlei hängen, dachte Paula zufrieden.

Ihre Finger trommelten nervös auf den Schreibtisch, als sie sich fragte, ob man ihr die Möglichkeit geben würde, direkt mit Armitage zu sprechen. Wird er mir glauben, wenn ich ihm sage, daß Warren Pogue nicht etwa einem Flugzeugunglück zum Opfer fiel, sondern ermordet wurde?

Schließlich erklang die Stimme einer Frau. »Büro des stellvertretenden Außenministers.«

Paula nannte einen Vorwand und bestand darauf, mit William Armitage verbunden zu werden.

Einige Sekunden später rann es ihr eiskalt über den Rükken und das Atmen fiel ihr schwer.

»Haben Sie nichts davon gehört?« erwiderte die Sekretärin. »Mr. Armitage ist vor einigen Tagen gestorben.«

Paula legte auf, blieb am Schreibtisch sitzen und rieb sich die Schläfen. Furcht vibrierte in ihr, und die Augen schmerzten. Sie öffnete ihre Handtasche und holte etwas hervor, das Charlie ihr gegeben hatte.

Es handelte sich um eine kleine, blutverschmierte Kunststoffkarte. Darauf stand eine Telefonnummer, der man Gebühreneinheiten in Rechnung stellen konnte, wenn man unterwegs telefonierte.

Die Karte stammte von dem Mann, den Charlie bei einem Kampf in Chicago getötet hatte. Damit konnte es seiner Ansicht nach nicht schwer sein herauszufinden, wer die Auftraggeber jenes Mannes waren. Paula hatte die Karte genommen und darauf bestanden, dieser Spur zu folgen.

Sorge bildete einen Kloß in ihrem Hals, als sie erneut abnahm und die Nummer wählte.

47

MOSKAU

Die Zentrale des Ersten Direktorats im KGB befindet sich in Jasenewo, außerhalb von Moskau. Das elegant gewölbte Gebäude ähnelt dem Hauptquartier des CIA, was angeblich kein Zufall sein soll. Dort sind die Büros und Laboratorien der Abteilung für Sonderermittlungen untergebracht: Wenn in Rußland, im Nahen Osten oder irgendwo sonst eine Bombe explodiert und dabei sowjetische Interessen im Spiel sind, so schickt man Splitter für eine Analyse hierher.

Einer der an den Untersuchungen beteiligten Chemiker hieß Sergei F. Abramow: ein dicklicher, zweiundvierzig Jahre alter Mann mit schütterem Haar, rundem Gesicht, glatter Haut und fleischigen Händen. Er war mit der Bibliothekarin eines technischen Instituts verheiratet und hatte zwei Töchter.

An diesem Morgen stand es mit Abramows Stimmung nicht zum besten. Eine seltsame Mitteilung hatte seine Neugier geweckt. Sie stammte von einer amerikanischen Fernsehjournalistin, mit der er sich ab und zu traf, natürlich heimlich. Sie kannte ihn nur als Sergei. Charlotte Harper wollte wissen, ob er ein Gerücht bestätigen konnte, das ihr zu Ohren gekommen war. Danach standen die jüngsten Bombenanschläge in Moskau in irgendeinem Zusammenhang mit den Vereinigten Staaten.

Unmöglich.

Warum hatten die entsprechenden Analysen ohne ihn stattgefunden?

Abramow ging verärgert ins Laboratorium und hängte seinen Mantel an die Wand.

Dusja, die Sekretärin der Abteilung, lachte rauh, als er eintrat. Er fand sie nicht besonders sympathisch. Sie hatte sich ihr Haar blond gefärbt, aber es zeigten sich immer dunkle Ansätze. Außerdem trug sie zuviel Make-up auf. Wenn sie nickte oder den Kopf schüttelte, wackelte ihr Doppelkinn, und ständig versuchte sie, mit Abramow zu flirten. Manchmal konnte er sie kaum ertragen.

»Oh, lassen Sie sich jetzt einen Bart wachsen?« fragte Dusja.

Abramow ging nicht darauf ein. »Ich brauche einige Proben«, sagte er nur.

»Wie Sie wünschen.« Dusja schmollte. »Was ist mit dem Bart? Wollen Sie mir Ihre Absichten verraten oder nicht?«

Die Analyse der Kreml-Bombe erwies sich als besonders einfach, da nur ein Teil von ihr explodiert war. Abramow stellte sofort fest, daß es sich um Composition C-4 handelte, einen amerikanischen Sprengstoff. Eigentlich genügte eine morphologische Untersuchung, aber um ganz sicher zu sein, benutzte er auch die Zentrifuge. Das Ergebnis war eindeutig: Spuren von Motoröl. Damit konnte kein Zweifel mehr daran bestehen, daß man C-4 eingesetzt hatte.

Abramow massierte sich den Nacken und dachte kurz an seine Töchter, die immer mehr zu einem Problem wurden. Mit der jüngeren, Maria, war soweit alles in Ordnung, aber Zinaida bereitete ihm zunehmende Schwierigkeiten. Sie sah bereits wie eine Frau aus und verbrachte zuviel Zeit mit einem vier Jahre älteren Burschen, einem langhaarigen Achtzehnjährigen. Bestimmt gingen sie ins Bett, doch was konnte man dagegen unternehmen? Zu Hause setzte Zinaida immer eine finstere Miene auf, und abends kehrte sie viel zu spät heim. Außerdem ließ sie keine Gelegenheit ungenutzt, sich mit jemandem zu streiten.

Abramow schüttelte den Kopf und konzentrierte sich wieder auf die Analyse.

C-4. Nun, mit C-4 kannte er sich bestens aus. Die Substanz bestand aus Hexahydro-1,3,5-trinitro-S-Triazin beziehungsweise RDX – auf der ganzen Welt gab es keinen stärkeren Sprengstoff. Hinzu kamen einige andere chemische Verbindungen. Ab und zu (in letzter Zeit immer häufiger, wie es schien) bekam Abramow die Möglichkeit, einen Brocken C-4 zu untersuchen. Er benutzte dabei infrarote Spektrophotometrie und auch Gas-Chromatographie oder Massenspektrometrie. Damit ließ sich sofort herausfinden, ob das Zeug britisches PE-4 war, in dem es ein anderes Bindemittel gab als im amerikanischen C-4, NP-10 aus der Tschechoslowakei (mit einer PETN-Basis) oder aber eine bestimmte sowjetische Sorte.

Abramow erinnerte sich an einige Analysen von Bomben, die in Manchester, England, explodiert waren. Sie hatten eine Gruppe aus libyschen Gaddafi-Gegnern in Angst und Schrecken versetzt. Hinter den Bombenanschlägen steckten Gaddafis Agenten, aber sie verwendeten *amerikanischen Sprengstoff*! Was bedeutete, daß einige Amerikaner den libyschen Revolutionsführer unterstützten oder zumindest Waffengeschäfte mit ihm abschlossen. Diese erstaunliche Entdeckung veranlaßte den KGB zu umfassenden Nachforschungen.

Der Chemiker kochte sich Tee, füllte einen Becher und gab großzügig Zucker hinein. Meistens waren seine Untersuchungen außerordentlich langweilig, und oft blieben sie ohne konkrete Ergebnisse. Doch in diesem Fall weckten sie sein Interesse.

Die Journalistin hatte recht, aber bestimmt steckte noch mehr dahinter. Abramow spürte, wie seine Aufregung wuchs – er kam sich vor wie ein Detektiv. Unter solchen Umständen fand er großen Gefallen an seiner Arbeit. Der jüngste Erfolg weckte Zufriedenheit in ihm, und er nahm sich vor, ein klärendes Gespräch mit Zinaida zu führen, sie auf den Ernst des Lebens hinzuweisen – natürlich vorsichtig und taktvoll, um die temperamentvolle junge Dame nicht zu provozieren.

Er trank einen Schluck Tee, fügte noch etwas Zucker hinzu und nahm am Mikroskop Platz. Die in der Prospekt-Mira-Station explodierte Bombe bestand ebenfalls aus Plastiksprengstoff – Abramow war nicht überrascht.

Anschließend nahm er einen Absorptionstest vor, erhitzte dazu eine Probe in einem Vakuumbehälter – dadurch gerieten die organischen Bestandteile in eine Röhre mit Aktivkohle. Kurze Zeit später entfernte er die explosiven Substanzen mit Dichloromethan aus dem Filter.

Erneut sah er durchs Mikroskop und gab die festen Komponenten in eine Lösung, um weitere Untersuchungen durchzuführen.

Die Stunden verstrichen, und am frühen Nachmittag erkannte Abramow die chemische Struktur der Probe.

Verwundert runzelte er die Stirn, sah noch einmal auf die ermittelten Werte und begriff schließlich, warum sie ihm so vertraut erschienen.

Diesen besonderen Sprengstoff hatte er schon hundertmal analysiert. Die Formel war unmißverständlich: Der bei den letzten Anschlägen in Moskau benutzte Plastiksprengstoff wurde in Kingsport, Tennessee, hergestellt, von einer Firma namens Holston Army Ammunition Plant – der einzige Ort in den USA, wo man C-4 produzierte.

Aber damit noch nicht genug.

Die chemische Zusammensetzung dieses speziellen Sprengstoffs entsprach jener Art von C-4, die allein der Central Intelligence Agency zur Verfügung stand.

Abramow war völlig sicher.

Er trank einen Schluck aus seinem dritten Becher und begann damit, einen Bericht zu schreiben.

48
PARIS

Stone saß im Café *A La Bonne Franquette* in der Rue de la Roquette, unweit des Père-Lachaise-Friedhofs. Er wartete auf Dunajew. Fünf Minuten verstrichen, dann zehn, aber der Emigrant kam nicht.

Charlie warf einen verärgerten Blick auf die Uhr und sah sich dann mißtrauisch in dem Café um. Niemand schenkte ihm mehr als nur beiläufige Aufmerksamkeit, mit einer Ausnahme. An der Theke saß eine Frau und lächelte – ganz offensichtlich eine Prostituierte. Sie mochte Anfang Sechzig sein, hatte rot gefärbtes Haar und viel Puder aufgetragen, um über die Falten in ihrem Gesicht hinwegzutäuschen. Stone erwiderte das Lächeln höflich und reserviert, drehte dann den Kopf. Nein, besten Dank; ich bin nicht interessiert.

Zwanzig Minuten vergingen, und noch immer kein Dunajew. Die junge Frau in der Kathedrale hatte Stone eindeutige Anweisungen gegeben und ihn darauf hingewiesen, daß er pünktlich sein mußte. Aber inzwischen war Dunajew schon fünfundzwanzig Minuten zu spät dran.

Ist ihm irgend etwas passiert? überlegte Charlie. Hat man ihn erwischt, so wie die anderen? Erneut sah er sich im Café um. Gab es irgendwelche Anzeichen für Gefahr? Nein.

Die Prostituierte verließ ihren Platz an der Theke und kam mit übertrieben schwingenden Hüften näher. »Haben Sie Feuer?« fragte sie mit der rauhen Stimme eines Rauchers. Sie sprach Englisch; offenbar hatte sie ihn als Amerikaner erkannt.

»Nein, tut mir leid.«

Die Frau lächelte erneut und zeigte dabei gelbe Zähne. Sie zuckte mit den Achseln und ging fort, um Streichhölzer zu holen. Kurz darauf kehrte sie zurück. »Warten Sie auf jemanden?« erkundigte sie sich, hob die Zigarette mit einer schwungvollen Bewegung an die Lippen und neigte den Kopf. Sie schien das Rauchen aus alten Filmen gelernt zu haben.

»Ja«, antwortete Stone.

Die Prostituierte nahm einen tiefen Lungenzug. »Darf ich mich zu Ihnen setzen?«

»Nein.«

»Vielleicht kann ich Ihnen helfen, die Person zu finden, nach der Sie suchen«, sagte die Frau und lächelte einmal mehr.

Stone verstand jetzt und nickte.

»Ich glaube, wir haben einen gemeinsamen Freund«, fügte die Prostituierte hinzu.

Das war also der Grund. Dunajew schien ein sehr vorsichtiger Mann zu sein und hatte diese Frau als Vermittlerin gewählt.

»Bitte begleiten Sie mich«, sagte sie. Stone stand auf, legte einige Francs auf den Tisch und folgte der Prostituierten nach draußen.

»Mr. Dunajew entschuldigt sich«, verkündete sie und führte Stone durch die Rue de la Roquette. »Er möchte jedes Risiko meiden und meinte, Sie würden das sicher verstehen.«

»Damit hat er durchaus recht.«

»Er freut sich darauf, den Freund eines alten Freundes kennenzulernen«, plauderte die Frau. Sie gingen nun durch eine Gasse und blieben an einem kastenförmigen, braunen und schwarzen Wagen stehen, den Stone als DCV erkannte. Dieses billige und nicht sehr sichere Fahrzeug war ursprünglich mit nur drei Rädern ausgestattet gewesen, bevor die französische Regierung vier verlangte. »Bitte«, sagte die Prostituierte und ging auf die Fahrerseite. »Ich bringe Sie zu ihm.«

Die Tür war unverschlossen. Stone nahm auf dem Beifahrersitz Platz, und eine Sekunde später wußte er, daß etwas nicht stimmte. Er erstarrte entsetzt, sah sich langsam um und blickte in die Mündung einer Pistole.

Er rührte sich nicht von der Stelle, als ihn die Frau mit routiniertem Geschick nach versteckten Waffen abklopfte. Das Blut rauschte in Stones Ohren, als er ansatzweise den Kopf drehte und aus den Augenwinkeln die Gestalt im Fond beobachtete. Der Mann hatte sich dort geduckt und gewartet.

Eine Falle? Aber warum? Dunajew war ein *Überläufer*, ein Killer, der die Sowjetunion nicht etwa aus ideologischen Gründen verlassen hatte, sondern um seine Haut zu retten. Arbeitete er vielleicht mit den Fanatikern im Westen zusammen, mit den Hintermännern der Operation M-3?

»Machen Sie keine Dummheiten«, erklang eine Stimme im Fond. Ein Franzose – sein Akzent war unverkennbar. Die Prostituierte fuhr los. »Werfen Sie einen Blick in den Rückspiegel. Sehen Sie den Wagen hinter uns?«

Stone nickte. Ein Citroën folgte ihnen. Dunajew ist sehr gründlich, dachte er.

»Wohin bringen Sie mich?« fragte Charlie.

Keine Antwort.

Einige Minuten lang fuhren sie schweigend, und die rothaarige Frau vergewisserte sich immer wieder, daß der Citroën hinter ihnen blieb.

Stone gab keinen Ton von sich, überlegte und wartete auf den richtigen Augenblick.

Nach einer Weile erreichten sie ein schäbiges Viertel. Viele Häuser wirkten baufällig und schienen nicht bewohnt zu sein. Stone bemerkte ein Haushaltswarengeschäft mit Kugellöchern in den Fenstern, einen Lebensmittelladen, der zwar geöffnet hatte, in dem jedoch niemand einkaufte. Die Prostituierte lenkte den DCV über eine Zufahrt, die in einen Hinterhof führte. Der Citroën hingegen blieb auf der Straße.

»In Ordnung«, sagte der Mann im Fond. »Steigen Sie aus.«

Stone öffnete die Tür und trat auf den Hof. Direkt vor ihm stand ein älterer, aber recht muskulöser Mann, der einen schwarzen Ledermantel trug. Charlie schätzte ihn auf gut siebzig; silbergraues Haar säumte eine Glatze. In dem blassen Gesicht fielen mehrere große Pickel auf. Der Mann streckte die rechte Hand aus, wie zum Gruß, doch er hielt eine Pistole und richtete sie auf Stones Kopf. Es handelte sich um eine alte Waffe, um einen zuverlässigen Gefährten, von dem sich kein Spion gern trennte. Charlie stellte fest, daß es nicht die übliche 9-mm-Makarow war, sondern wahrscheinlich eine Tokarew-Automatik, mindestens dreißig Jahre alt.

Dunajew?

Stone sah von der Waffe auf und lächelte. »Ist das Ihre Art und Weise, jemanden willkommen zu heißen?« fragte er auf russisch.

»Wischinski schickt Sie?« erwiderte der Mann.

Charlie nickte.

Der Alte im schwarzen Ledermantel spuckte auf den Boden und ließ die Pistole nicht sinken. »Was halten Sie davon, wenn ich Wischinski eine Botschaft zukommen lasse?« Es klang kühl, fast eisig. »Zum Beispiel Ihren Kopf.«

Lieber Himmel, dachte Stone. Was hat das zu bedeuten? »Sie sind Dunajew?«

»Ja«, bestätigte der Russe. Hinter sich hörte Stone das leise Knirschen von Kies – der Mann und die Frau, die ihn hierhergebracht hatten. Vermutlich schnitten sie ihm den Rückweg ab. Dunajew sprach jetzt lauter. »Wenn der verdammte Hurensohn Wischinski glaubt, mich hereinlegen zu können, dann hat er sich gründlich geirrt. Schon seit Jahren warte ich auf eine solche Gelegenheit.«

Stone begriff plötzlich, und ein flaues Gefühl entstand in seiner Magengrube. Er hatte nicht den Namen eines Freundes genannt, sondern den eines gehaßten Feindes. Wischinski war in der Sowjetunion geblieben – natürlich. Bestimmt hielt er Dunajew für einen Verräter.

»Bitte hören Sie mir gut zu«, sagte Stone. Sein Puls raste, und er spürte einen kurzen Windzug, als die beiden Personen hinter ihm näher kamen. »Sie wissen, daß ich kein Russe bin, Gospodin Dunajew.«

Der alte Mann blinzelte, doch die Pistole bewegte sich nicht. Die schwarze Mündung zeigte immer noch auf seinen Kopf.

»Sicher erkennen Sie meinen Akzent.«

Dunajew schwieg.

»Es ist ein amerikanischer Akzent. Das wissen Sie – immerhin hatten Sie mit Amerikanern zu tun. 1953 waren Sie in den Vereinigten Staaten mit dem Auftrag, ein Dokument für Berija zu holen.«

Dunajew schwankte kurz.

»Sie bedrohten eine wehrlose alte Frau, die einmal als Sekretärin für Lenin gearbeitet hat. Sie gab mir Ihren Namen. Nicht Wischinski. Darauf möchte ich ganz deutlich hinweisen.«

»Ihre Erklärung genügt mir nicht.«

»Wischinski – so hieß der andere Mann, der Sie damals begleitete. Ohne eine ›Empfehlung‹ wären Sie bestimmt nicht bereit gewesen, sich mit mir zu treffen. Ich dachte, Sie und Wischinski seien Freunde. Offenbar habe ich mich geirrt.«

Dunajew nickte und lächelte dünn. »Sie sind Amerikaner. Das hörte ich. Ja.« Und lauter fragte er: »Was führt Sie hierher? *Was wollen Sie?*«

Stone schilderte die Ereignisse der letzten Tage. Er nannte nicht alle Einzelheiten, ließ jedoch keine wichtigen Details aus. Er präsentierte sich als ein Mann auf der Flucht, als jemand, der hereingelegt worden war und von einer geheimen amerikanischen Organisation gesucht wurde, weil er gewisse Dinge herausgefunden hatte. Stone erahnte Dunajews Charakter und stellte seine Taktik darauf ein.

Der Russe kannte den Schrecken einer totalitären Regierung, die Gewalt als politisches Werkzeug nutzte, und gleichzeitig wußte er, was ein Leben im Untergrund bedeutete. Viele Europäer, die den Zweiten Weltkrieg überstanden haben – Flüchtlinge, Mitglieder der Résistance und anderer Widerstandsgruppen –, bringen Verständnis für Leute auf, die vor dem Gesetz fliehen.

Als Stone seinen Vortrag beendet hatte, zögerte Dunajew kurz und steckte dann die Waffe ein. »Es ist alles in Ordnung«, wandte er sich an die Prostituierte und ihren Begleiter.

Charlie sah sich um und beobachtete, wie die rothaarige Frau und der Mann zum Wagen gingen. Ein Anlasser wimmerte kurz, und dann rollte der DCV über die Zufahrt davon.

»Bitte entschuldigen Sie«, sagte Dunajew.

Stone atmete tief durch, und Erleichterung verdrängte die Anspannung aus ihm. »Ich brauche Ihre Hilfe, und zwar dringend«, entgegnete er. »Sie haben wichtige Informationen. Vielleicht kann ich damit herausfinden, was derzeit in Washington und Moskau geschieht.«

»*Derzeit?* Aber ich ...«

»Vor fast vierzig Jahren erhielten Sie von Lawrenti Berija den Auftrag, ein Dokument zu finden, das er für seinen geplanten Staatsstreich benötigte ...«

»Woher wissen Sie das?«

»Sie haben jemanden geschützt, nicht wahr?« Stone verlagerte das Gewicht von einem Bein aufs andere und überlegte fieberhaft. »Eine Kontaktperson zwischen Berija und bestimmten Amerikanern. Und der Name dieser Person ist selbst heute noch ein Geheimnis.«

Dunajew nickte kaum merklich.

»Und ein Glied in der Kette hieß Sonja Kunetskaja«, fügte Stone hinzu, als ihm das sprichwörtliche Licht aufging.

Ja. Die Erklärung für die Gegenwart *lag* in der Vergangenheit. Nur damit ließ sich das Rätsel lösen; die Datenbanken der CIA nützten überhaupt nichts.

Als Leiter von Stalins Geheimpolizei hatte Berija nur wenige Leute in die Einzelheiten seiner Pläne eingeweiht, doch er vertraute dem Maulwurf M-3. Dunajew, der sich in den Westen absetzte, wußte nicht *alles*. Aber er kannte genug Staatsgeheimnisse, um ...

»Sicher wissen Sie etwas über die Frau«, sagte Stone.

Der Russe lächelte schief. »Ich war der Kontaktmann

zwischen Berija und Sonja Kunetskaja«, erwiderte er. »Ihre Vermutungen treffen zu.«

Stone starrte ihn groß an.

»Ich bin sehr stolz darauf«, fuhr Dunajew fort. »Berija wählte mich, um seine Mitteilungen der Tochter des amerikanischen Millionärs Winthrop Lehman zu bringen.«

49

Das Entsetzliche war: Es ergab alles einen Sinn.

Nach einer halben Stunde fühlte sich Stone noch immer wie benommen. Stalins Druckmittel Lehman gegenüber – jetzt wußte er Bescheid.

Natürlich. Ganz einfach.

»So etwas geschieht ab und zu«, sagte Dunajew und ignorierte die Verblüffung seines Zuhörers. »Viele Amerikaner und Europäer sind in die Sowjetunion eingewandert, verliebten sich dort in einen Einheimischen oder eine Einheimische und zeugten Kinder. Als sie später in ihre Heimat zurückkehren wollten, stellten sie plötzlich fest, daß der Sohn oder die Tochter keine Ausreisegenehmigung bekam.«

Sie gingen über einen langen Pfad, der durch den Père-Lachaise-Friedhof führte. Für die Toten gibt es keinen vornehmeren Ort in Paris: Hier ruhen Marcel Proust, Oscar Wilde und viele tausend andere Berühmtheiten. Die Gräber befinden sich an den Hängen der Hügel, und Dutzende von Wegen, die sich immer wieder kreuzen, teilten die parkähnliche Anlage in zahllose grüne Rechtecke und Quadrate.

»Hunderte von Amerikanern, die während der Weltwirtschaftskrise keine Arbeit fanden, gingen nach Rußland«, sagte Dunajew. »Einige verließen die Vereinigten Staaten aus politischen Gründen. Sie waren Anhänger des Kommunismus – bis sie die bittere Realität sahen. Andere hofften nur, Arbeit zu finden. Sie hatten Kinder und mußten sich der Erkenntnis stellen, daß ihre Söhne und Töchter als sowjetische Staatsbürger nicht ins Ausland durften. O ja, das geschah recht häufig. Während des Zweiten Weltkriegs heirateten amerikanische Reporter in Moskau Russinnen, und anschließend wurden ihre Frauen und Kinder zu Geiseln. Vielleicht wissen Sie, daß der bekannte amerikanische Industrielle Armand Hammer zehn Jahre in Moskau verbrachte. Er und sein Bruder zeugten Nachwuchs; ein Kind konnte ausreisen, das andere nicht.«

»Jetzt verstehe ich Lehmans ›Kooperationsbereitschaft‹«, murmelte Stone nachdenklich. Sie standen vor Frédéric Chopins Grab, einem kleinen weißen Gedenkstein mit der Statue eines weinenden Mädchens. In seinem Schoß lagen mehrere rote Rosen.

Dunajew nickte.

»Stalin hatte Lehmans Tochter und setzte ihn damit unter Druck«, sagte Stone. »Winthrop benutzte mehrere Personen, um sich mit Sonja Kunetskaja in Verbindung zu setzen, darunter auch meinen Vater.«

Dunajew ging weiter und schien Charlies Worte überhaupt nicht zu hören.

»Was meinten Sie mit Ihrem Hinweis, der Kontaktmann zwischen Berija und Lehmans Tochter gewesen zu sein?«

»Berija hatte irgendwie von Stalin erfahren, daß Lehman ein außerordentlich wichtiges Dokument besaß.«

Stone brummte zustimmend. Wieviel wußte der ehemalige Spion vom Lenin-Testament? Und *woher* wußte er davon?

»Daraufhin beauftragte er Sie, es von Lehman zu holen?«

»Von seiner Tochter.«

»Weil sich Lehman keine direkten Kontakte mit den sowjetischen Geheimdiensten leisten konnte«, sagte Stone. »Das hätte seine Karriere in der US-Regierung ruiniert.«

»Ja. Diesen Umstand mußte Berija natürlich berücksichtigen.«

»Und nachdem er Moskau verließ, hat Lehman seine Tochter nie wiedergesehen?« fragte Stone.

»Nein. Das heißt, einmal durfte sie nach Paris reisen, wo sie ihrem Vater begegnete. Dabei wurde sie streng überwacht.«

»Wann war das?«

»1953, glaube ich.«

»Warum hat Winthrop sie nicht befreit?« dachte Stone laut. »Er hätte Sonjas Aufenthalt im Westen bestimmt zum

Anlaß nehmen können, eine Entführung oder etwas in der Art zu arrangieren.«

»O nein.« Dunajew lachte. »So etwas wäre am Widerstand der jungen Frau gescheitert. Sie wollte nicht ihre Mutter in Gefahr bringen, die damals noch lebte, in Rußland.«

»Geiseln, um Geiseln unter Kontrolle zu halten«, kommentierte Stone. »Nun, was wissen Sie über Lehmans Dokument?«

»Nichts. Ich weiß nur, daß er es hatte.«

»Hat es Berija jemals bekommen?«

»Nein. Obwohl er es versuchte.«

»Wie?«

»Er bot Sonjas Freilassung dafür an. Die Unterlagen bedeuteten ihm eine Menge. Aus irgendeinem Grund hielt er sie für extrem wichtig.«

Stille herrschte auf dem Friedhof. Stone gewann den Eindruck, Paris verlassen zu haben und durch eine friedliche, idyllische Waldlandschaft zu wandern, in der die Grabsteine wie Felsnasen wirkten. Hier und dort sah er halbverfallene Mausoleen, die Fenster gesplittert, das Innere von Bierflaschen entweiht.

»Warum ging Lehman nicht darauf ein?« fragte Stone nach einer Weile.

»Oh, er nahm das Angebot an. Er war ganz versessen darauf, seiner Tochter die Ausreise zu ermöglichen.«

»Tatsächlich? Aber . . .«

»Berija wurde erschossen, bevor der Austausch stattfinden konnte.«

»Hm.« Stone grübelte. »Ja. Empfingen Sie Ihre Anweisungen direkt von Berija oder von einem seiner Mitarbeiter?«

»Direkt von ihm«, antwortete Dunajew. »Er hielt alles streng geheim.«

»Haben Sie jemals die Codebezeichnung M-3 gehört?«

»M-3?« wiederholte der Russe langsam.

»Ein Maulwurf in Berijas Organisation. Und jemand, dem er vorbehaltlos vertraute.«

Sie kamen am Grab Simone Signorets vorbei und betraten das Kolumbarium. Die einzelnen Marmorplatten zeigten goldene Buchstaben und waren mit künstlichen Blumen geschmückt. »Ich weiß nichts von einem Maulwurf«, erwiderte Dunajew schließlich. »Wenn ich darüber informiert gewesen wäre, hätte auch Berija Bescheid gewußt, und dann gäbe es überhaupt keinen M-3.« Der Russe lachte.

»Aber Ihnen ist klar, daß Berija die Macht an sich reißen wollte?«

»Natürlich. Später erfuhren wir alle davon. Nach seiner Hinrichtung nahm man kein Blatt vor den Mund.« Dunajew schien einen bestimmten Ort erreichen zu wollen; er ging jetzt mit längeren, zielstrebigeren Schritten.

»Ist Ihnen etwas von dem Versuch einiger Privatleute im Westen bekannt, Berijas Putschpläne zu unterstützen?«

Stone mußte sich beeilen, um nicht den Anschluß zu verlieren. Nach einigen Dutzend Metern blieb der Russe vor einem Grabstein aus glänzendem schwarzem Granit stehen. Auf der linken Seite bemerkte Stone ein ovales Bild.

Dunajew schwieg eine Zeitlang.

»Erkennen Sie die Frau auf dem Foto?« fragte er.

Charlie nickte und erinnerte sich an die Aufnahmen, die ihm Saul Ansbach geschickt hatte. Die goldene Inschrift lautete:

Sonja
KUNETSKAJA
18 Janvier 1929 – 12 Avril 1955

»Wie Sie sehen, ist Winthrop Lehman schon seit langer Zeit frei«, sagte Dunajew ernst. »Seine Tochter starb vor mehr als dreißig Jahren.«

WASHINGTON

Normalerweise ging es im Hauptquartier der American Flag Foundation im Nordwesten von Washington immer recht ruhig zu. Doch diesmal kam es gegen vier Uhr nachmittags zu Unruhe, als Glen Fisher, ein Computerspezialist der Foundation, das rhythmische Piepsen eines Terminals vernahm. Er drehte den Kopf, sah auf die Bildschirmanzeige und stieß einen Freudenschrei aus. »Tarnow!« rief er und winkte seinen Kollegen herbei.

Die allgemeine Ansicht, nach der die Telefonnummer des Anrufers nur dann ermittelt werden kann, wenn das Gespräch länger als eine Minute dauert, ist längst überholt. Glen Fishers Computerterminal war mit einem besonderen elektronischen Gerät verbunden, das die betreffenden Nummern innerhalb weniger Sekunden feststellte. Mitarbeiter der Foundation hatten in mehreren Büros und Wohnungen von Washington Abhörvorrichtungen versteckt: Wenn eine dieser Leitungen benutzt wurde, erschien die Telefonnummer des Anrufers sofort auf dem Bildschirm.

Einige Anschlüsse überwachte man sorgfältiger als andere, und zu ihnen gehörte auch der des verstorbenen stellvertretenden Außenministers William Armitage. Jemand aus Chicago versuchte gerade, Armitage in seinem Haus zu erreichen.

»Geben Sie die Daten ein, Glen«, drängte Tarnow.

»Bin schon dabei«, erwiderte Fisher. Er sah auf die Nummer, und dann huschten seine Finger über die Tastatur eines anderen Terminals. Dort waren die Namen und Adressen von mehr als tausend Personen gespeichert, die in irgendeinem Kontakt mit dem untergetauchten CIA-Analytiker Charles Stone gestanden hatten.

Ein kurzes Summen, als der Computer auf die Festplatte zugriff, und dann erschien das Ergebnis auf dem Monitor.

»Na *schön*«, sagte Fisher und gab dem Bildschirm einen fast zärtlichen Klaps. »Ich schätze, unsere Vorgesetzten werden sich freuen.«

Stone riß schockiert die Augen auf.

»Ausgeschlossen!« brachte er hervor. »Ich glaube es einfach nicht ...«

Dunajew nickte kummervoll. »Hilft Ihnen das weiter?« fragte er. »Oder wird dadurch alles noch komplizierter?«

»Nein ...«, begann Stone – und erstarrte.

Nerven, Intuition, gespannte Aufmerksamkeit ... Die jüngsten Ereignisse schienen seinen sechsten Sinn geschärft zu haben. Er nahm nun etwas wahr, das sein Mißtrauen weckte – nicht die langsamen Schritte anderer Besucher des Friedhofs, sondern eine jähe Bewegung, die ihm und seinem Begleiter galt.

»Runter!« rief Stone dem Russen zu.

Dunajew blickte in die gleiche Richtung wie Stone, und einen Sekundenbruchteil später knallte ein Schuß. Charlie sprang vor, riß den alten Mann zu Boden und hörte, wie die Kugel einen nahen Stein traf. Kleine Splitter kratzten ihm über die Wange. Stone begriff, daß es auf unverzügliches Handeln ankam. Nur etwa dreißig Meter trennten sie von dem unbekannten Schützen auf der rechten Seite, und es gab keine Deckung – der nächste Schuß konnte tödlich sein.

Erneut das Knallen. Die zweite Kugel bohrte sich über Sonja Kunetskajas Grab in den Boden.

»Dort entlang!« zischte Stone. »Und bleiben Sie unten!« Blut tropfte aus einer Wunde an Dunajews Nase, und Stone schob den Russen in Richtung einer nahen Gruft.

Ja.

Deckung. Schutz. Zumindest für eine Weile. Der Schütze konnte sie zweifellos sehen, und er mußte nun seinen Standort wechseln, um wieder freies Schußfeld zu bekommen. Dunajew zog seine Pistole und neigte sich zur Seite. Einerseits versuchte er, hinter dem weißen Marmor zu bleiben, und andererseits trachtete er danach, auf den Fremden zu zielen.

Dort hockte er, eine Silhouette, die wieder anlegte. Jetzt

hinderte ihn nichts mehr daran, die beiden Männer hinter dem marmornen Grabstein zu treffen. Stone sah sich rasch um, als er ein kurzes Blitzen wahrnahm – Sonnenschein, der sich auf der Waffe eines zweiten Schützen widerspiegelte? Nein, nur das veränderliche Wechselspiel von Licht und Schatten.

»Zurück!« knurrte Dunajew, entsicherte seine Waffe und hob sie. Und dann ... ein dritter Knall! Stone duckte sich an den Russen und drückte ihn beiseite, doch diesmal kam der Schuß von *links*! Es *gab* also einen zweiten Schützen – und er traf den ersten.

Einige Sekunden lang rührten sich Charlie und Dunajew nicht von der Stelle. Alles blieb still. Keine weiteren Schüsse. Der alte Russe ließ langsam und verwundert seine Pistole sinken.

Stone hob besorgt den Kopf. Dunajew blickte ebenfalls auf und zitterte.

»Was ist passiert?« fragte der Tschekist leise.

»Keine Ahnung«, antwortete Stone. »Ich weiß nur eins: Wir leben noch.«

Die beiden Männer traten an den Toten heran. In der Ferne hörten sie lauter werdende Stimmen; die drei Schüsse waren nicht unbemerkt geblieben.

»Was machen Sie da?« fragte Stone.

Dunajew beugte sich über die Leiche. Mit geübtem Geschick schob er den Daumen zwischen blutverschmierte Lippen. Dann eine rasche Bewegung – der Mund des Erschossenen klappte auf.

Der Russe warf einen raschen Blick hinein. »Es *stimmt*«, sagte er leise und tastete den Oberkörper ab. Dunajew riß die Jacke auf und strich über die Haut am Unterarm. Offenbar suchte er etwas.

»Lassen Sie uns von hier verschwinden«, drängte Stone. Er wandte den Blick vom verzerrten Gesicht des Toten ab; es erinnerte ihn zu sehr an den Alptraum in Cambridge. »*Was* stimmt? Gehen wir. Wenn man uns hiermit in Verbindung bringt ...«

Dunajew stand auf und folgte Stone über den Hügelhang zu einem Pfad, der am Tor des Friedhofs endete.

»Wer hat ihn erledigt?« erkundigte sich Charlie. »Was ist mit dem anderen Schützen?«

Dunajew war außer Atem und schien ihn nicht gehört zu haben. Es dauerte eine Weile, bis er schnaufend antwortete.

»Seine Zähne wurden in Rußland behandelt. So etwas erkenne ich auf den ersten Blick. Aber er kam nicht vom KGB oder dem GRU.«

»Woher wollen Sie das wissen?«

»Zwei Hinweise.« Dunajew schnitt eine Grimasse. »Erstens: Die zahnärztliche Arbeit ist so gut, daß die Schlachter in Lubianka dafür nicht in Frage kommen. Ein russischer Spezialist führte sie durch, aber derart teure Behandlungen sind normalerweise für Mitglieder des Politbüros reserviert.«

»Das genügt kaum, um ...«

»Sie haben recht: ein Indiz, weiter nichts. Aber es gibt einen konkreten Beweis. Jeder KGB- oder GRU-Agent trägt ein oder zwei winzige Metallampullen unter der obersten Hautschicht. Für gewöhnlich sind sie mit Zyanid gefüllt. Routine im sowjetischen Geheimdienst: Gefangene Mitarbeiter verraten nichts, wenn sie sich selbst umbringen. Meistens findet man die Ampullen an einer von drei Stellen, aber bei dem Toten habe ich vergeblich gesucht. Ich bin sicher, daß er es in erster Linie auf Sie abgesehen hatte, und allem Anschein nach ist er ein Privatmann gewesen.«

Sie erreichten den Ausgang, und dort wandte sich Stone an Dunajew. »Verdammt, das überrascht mich nicht«, sagte er gepreßt. »Inzwischen bin ich fast daran gewöhnt, daß man mir nach dem Leben trachtet. Aber wer hat den Kerl erschossen? Sie haben es ebenfalls gesehen, ohne mit einem Wort darauf einzugehen. Jemand hat mich – *uns* – vor dem Tod bewahrt. *Wer?*«

Kurze Zeit später betraten sie Dunajews schlichte und mit

abgenutzten Möbeln eingerichtete Wohnung. Die Ausstattung des vorderen Zimmers stammte offenbar von einem geschmacklosen Junggesellen: Die Wände waren fleckig und sandfarben, und in den Regalen standen Dutzende von russischen Büchern neben verschiedenen Dingen, die sich während eines unsteten Lebens angesammelt hatten.

Dunajew schenkte sich ein Glas Smirnoff-Wodka ein und wirkte noch immer erschüttert. Eine Zeitlang sprach er über die Geschehnisse auf dem Friedhof – unzusammenhängende Sätze, die nur dazu dienten, den Schrecken zu verdrängen.

Allmählich erholte sich der Russe von dem Schock. »Die meisten Einzelheiten sind mir unbekannt«, sagte er. »Ich weiß nur, daß es eine Organisation gibt, die von Moskau aus geleitet wird. Aus irgendeinem Grund schützt sie bestimmte Überläufer und Emigranten. Vielleicht gehörte der Mann dazu.«

Stone dachte über die Bemerkungen des alten Mannes nach. Eine Gruppe aus früheren Tschekisten. Unbehagen entstand in ihm, als er an seine seltsame Kameradschaft mit Dunajew dachte. Wer mit den Hunden schläft, so heißt es, holt sich Flöhe. Charlie hoffte, daß es eine Möglichkeit gab, sich von den Flöhen zu befreien. Er brauchte die Informationen des Russen. Stone hatte ihm mehrere Stücke eines Puzzles gegeben, und jetzt benötigte er Dunajews Erinnerungen.

Der alte Spion griff nervös nach einem Päckchen Gauloises, zündete sich eine Zigarette an, nahm einen tiefen Zug und atmete Rauch aus. »Vor einigen Tagen kam jemand namens Arkadi Stefanow in Nowossibirsk ums Leben – er wurde von einem Auto überfahren. Auch er war ein ehemaliger NKWD-Mitarbeiter. Meine Freunde teilten mir mit, Stefanow sei auf dem Weg zu einem Interview gewesen; er wollte sich mit einem Korrespondenten der englischen Zeitung *Guardian* treffen und ihm vom veränderten Leben in der Sowjetunion berichten.«

Stone nickte. »Einer der Männer, denen Berija vertraute, nehme ich an.«

»Ja«, bestätigte Dunajew. »Ich weiß, daß Stefanow in Berijas Putschversuch verwickelt war. Er steckte bis über beide Ohren im Schlamassel.«

»Wie meinen Sie das?«

»Er gehörte zu Berijas Laufburschen und zwang Lawrentis Arzt, ein falsches Attest auszuschreiben, in dem er einen Herzanfall bescheinigte. Ich schätze, Berija wollte während des Staatsstreichs abwesend sein, um alles organisieren zu können. Aber er mußte natürlich vermeiden, daß seine bereits mißtrauischen Kollegen Verdacht schöpften.«

»Stefanow ist tot, verdammt!«

»Ja, in der Tat.« Dunajew lächelte und zeigte goldene Zähne. »Und vergessen Sie den Arzt. Er wurde sofort hingerichtet, als sich herausstellte, daß er mit Berija zusammengearbeitet hatte. Armer Kerl.«

»Stefanow muß etwas über die Identität von M-3 gewußt haben«, meinte Stone. Er kniff die Augen zusammen und überlegte. »Aber warum hat man ihn jetzt aus dem Verkehr gezogen, obgleich der Putschversuch vor fast *vierzig Jahren* stattfand?« Dann erinnerte er sich an den IGEL-Bericht, mit dem alles begonnen hatte, an die Meldung, daß sich im Kreml irgend etwas anbahnte.

»Glauben Sie, das sogenannte Lenin-Testament könnte den Maulwurf entlarven?« fragte Charlie.

»Ja. Ja, das halte ich durchaus für möglich.«

Stone nickte. »Warum ausgerechnet jetzt?« murmelte er. »Das Timing ... All diese Geschehnisse können kein Zufall sein.«

»Timing?« wiederholte Dunajew.

Es sind gutgeplante Vorbereitungen, dachte Stone.

Die Spitze eines Eisbergs, der aus enormen Umwälzungen bestand. Das Muster der Vergangenheit wiederholte sich *jetzt*.

»Ja. Gewisse Personen gehen das Risiko ein, Aufsehen zu erregen. Was den Schluß zuläßt, daß es sich um eine dringende Angelegenheit handelt.« Stone ließ seinen Blick durch die Wohnung schweifen. »M-3 wird an die Spitze manövriert. Er soll die Macht ergreifen. Bald.« Eine plötzliche Erkenntnis regte sich in ihm, und er fügte hinzu: »Der Zeitpunkt steht bereits fest.«

»Ich bin ganz Ohr, Mr. Stone«, sagte Dunajew. »Sie sind der Experte für die Sowjetunion. Ich war nur ein einfacher Angestellter.«

»Das Gipfeltreffen«, erwiderte Charlie und erstarrte auf dem Stuhl wie ein in Bernstein gefangenes Insekt.

50
MOSKAU

Schon seit Stunden regnete es in Strömen; der Himmel blieb stahlgrau. Charlotte fuhr langsam und vorsichtig. Die Straße war glatt, und wahrscheinlich brauchte der Renault neue Bremsbeläge. Aber die Vorstellung, solche Wartungsarbeiten in Moskau erledigen zu lassen, gefiel der Journalistin nicht sonderlich. Sie hatte kein Vertrauen zu den sowjetischen Mechanikern, und vermutlich fehlten ihnen die notwendigen Ersatzteile.

Nach etwa fünfzehn Kilometern erreichte sie die Reste eines Klosters. Einst mochte es sehr beeindruckend gewirkt haben, die Mauern hoch und massiv. Die darin lebenden Mönche hatten sicher geglaubt, das Gebäude sei Teil der Ewigkeit, aber sie irrten sich. Im achtzehnten Jahrhundert verwandelte man es in eine Kaserne für Soldaten, und anschließend verfiel es langsam. Nach der Oktoberrevolution überließ man es seinem Schicksal, und jetzt waren nur noch Ruinen übrig.

Charlotte wartete im Wagen, um nicht der Nässe ausgesetzt zu sein. Sie lauschte dem leisen Knistern des abkühlenden Motors.

Der Regen stimmte sie nachdenklich, und einmal mehr fragte sie sich, ob sie Sergei vertrauen durfte. Er gehörte zum KGB, was gewisse Probleme und auch Gefahren mit sich brachte. Im KGB gab es eine ganz besondere Art von Bürokratie, neben der die allgemein-sowjetische harmlos wirkte.

Als Charlie mitten in der Nacht anrief, war Charlotte verwirrt und hielt ihn zunächst für übergeschnappt. Dann begriff sie, daß er ihr etwas mitteilen wollte.

Er erwähnte die jüngsten Bombenanschläge in Moskau und betonte einige Worte, darunter *Amerikaner* und *gemeinsam*.

Handelte es sich etwa nicht um Aktionen russischer Terroristen? Trugen *Amerikaner* die Verantwortung dafür? Diese geheimnisvollen Hinweise weckten Charlottes Neugier.

Am nächsten Tag setzte sie sich mit Sergei in Verbindung.

Sie wußte, daß er in der KGB-Abteilung für Sonderermittlungen arbeitete, aber er hatte ihr seine Tätigkeit nie genau beschrieben. Sergei war Anfang Vierzig und korpulent. Sie erinnerte sich an sein rundes Gesicht, an seine fleischigen Hände. Die Introvertiertheit des Russen gab ihr ein Gefühl der Sicherheit. Er verhielt sich nicht wie ein Karrieremacher, der bei offiziellen Empfängen mit einem plauderte und anschließend forteilte, um rasch ›Kontaktberichte‹ zu schreiben. Sergei war der erste ›gute‹ KGB-Mann, den Charlotte kannte – obwohl die Bezeichnung ›gut‹ relativ blieb.

Aber warum schlug er dieses alte Kloster als Treffpunkt vor? Entweder hatte er eine sehr wichtige Nachricht, oder ...

Oder es ist eine Falle, dachte Charlotte. Sie blickte sich besorgt um. Sollte sie verhaftet werden, unter dem Vorwand, Staatsgeheimnisse in Erfahrung gebracht zu haben?

Sie stieg aus, ging zur Ruine und drückte eine schwere Holztür auf, deren Angeln knarrten. Daran schloß sich ein steinerner Flur an, so dunkel, daß sie kaum etwas sehen konnte. Als sich ihre Augen an die Finsternis gewöhnten, bemerkte sie eine schmale Passage, die Sergei beschrieben hatte. Nach einigen Metern gelangte sie zu einer zweiten Holztür und öffnete sie.

Graues Licht fiel durch einige Löcher in der Decke und erhellte einen Raum, der einst das Refektorium gewesen war. Sergei saß in einer Ecke.

»Hallo, Charlotte«, sagte er auf russisch.

Die Journalistin erwiderte den Gruß, näherte sich dem Mann und nahm auf einer Steinbank Platz. »Nun?«

»Sie hatten recht.« Sergei schien nervös zu sein und knetete die Hände.

Charlotte wartete.

»Woher haben Sie die Information?« fragte der Russe schließlich und sprach mit gesenkter Stimme.

Die Journalistin schüttelte den Kopf. Nein.

»Beabsichtigen Sie, darüber in einer Nachrichtensendung zu berichten?«

»Vielleicht.«

»Bitte nicht. Warten Sie noch etwas damit.«

Charlotte bedachte den Mann mit einem durchdringenden Blick. Sie konnte jetzt deutlich sein Gesicht erkennen; ein Schatten von Entsetzen zeigte sich darin.

»Diese Entscheidung steht allein mir zu, Sergei. Das wissen Sie.«

Er nickte langsam.

»Womit hatte ich recht?«

»Was die Bomben betrifft. Die Untersuchungsergebnisse sind eindeutig: Sie bestanden aus Materialien, die von der CIA verwendet werden. Die Central Intelligence Agency greift wieder in die alte Trickkiste. Gehen Sie der Sache auf den Grund. Enthüllen Sie den Skandal. Rechtzeitig. Offenbar ist die CIA außer Kontrolle geraten.«

Es lief Charlotte kalt über den Rücken. »Warum sagen Sie mir das?« hauchte sie.

»Bitte«, erwiderte Sergei. »Sie ahnen nicht, wie gefährlich es für mich ist, Sie zu treffen. Wenn ich erwischt werde . . .« Er verzichtete darauf, den Satz zu beenden. »Ja, inzwischen hat sich die Lage in diesem Land verbessert. Aber im KGB sind die Dinge praktisch noch immer so wie damals.«

»Warum sagen Sie mir das?« wiederholte Charlotte.

Und nach einer langen Pause: »Ich weiß es nicht.«

Die Journalistin verließ das Kloster, aber Sergei Abramow blieb auf der Steinbank sitzen. Er fröstelte, und es lag nicht nur an der Kühle; Furcht zitterte in ihm. Die Probleme mit seiner Tochter Zinaida erschienen ihm plötzlich banal. Einmal mehr fragte er sich, ob es richtig gewesen war, der Journalistin diese schockierenden Neuigkeiten mitzuteilen. Zuerst sah er darin einen zwar riskanten, aber sehr cleveren Schachzug. Charlotte Harper würde sich erst dann an die Öffentlichkeit wenden, wenn sie gründlich nachgeforscht hatte. Vielleicht entdeckte sie dabei einen weiteren CIA-Skandal, der die amerikanische Regierung in Mißkredit brachte. So etwas käme Abramows Karriere sehr zugute, wenn dabei seine Rolle bekannt wurde. Ja, er hatte Charlotte benutzt, aber wenn sie den Versuch der CIA aufdeckte, die bereits in Bedrängnis geratene sowjetische Regierung noch weiter zu destabilisieren, so war das Ergebnis sicher positiv. Sergei rieb sich die Hände, und nach zwanzig Minuten ging er ebenfalls nach draußen in den Regen.

Charlotte glaubte dem Russen nicht und argwöhnte, daß er irgend etwas plante. Zuviel Theatralik, das Treffen in den Ruinen eines alten Klosters ... Es wirkte alles zu melodramatisch.

Warum der Hinweis auf eine Beteiligung der CIA? Sicher, Sergei hatte schon des öfteren Informationen durchsickern lassen, aber in diesem besonderen Fall handelte es sich um etwas, das jeder KGB-Ermittler geheimhalten würde, bis seine Vorgesetzten entschieden, was man mit den Resultaten der Ermittlungen anfangen sollte.

Versucht der KGB, mich zu manipulieren? überlegte Charlotte.

Ja, es gab keine andere Erklärung. Man wollte sie als Werkzeug verwenden.

Aber zu welchem Zweck?

51

PARIS

Stone saß in einem kleinen Café in der Rue de Buci am linken Ufer der Seine. Er trank einen Espresso und schrieb in ein kleines Notizbuch, das er gerade gekauft hatte.

Fjodor Dunajew versuchte unterdessen, ihm eine Waffe zu besorgen. Der alte Russe verfügte über einschlägige Beziehungen, und für einen Fremden wäre es kaum möglich gewesen, sich auf dem Schwarzmarkt in Paris eine Pistole zu beschaffen. Selbst wenn Stone die richtige Bar im schäbigsten Teil der Stadt fand, zum Beispiel in Pigalle – vermutlich hätte man ihn einfach ignoriert. Im Zeitalter des Terrorismus ging niemand das Risiko ein, einem Unbekannten Waffen zu verkaufen. Die Gefahr, daß der Fremde verhaftet wurde und die Identität des Verkäufers preisgab, war viel zu groß.

Nein, Stone mußte sich auf Dunajew verlassen. Glücklicherweise hatte der Russe alle notwendigen Verbindungen.

Das einzige Problem bestand darin, daß Dunajews Kenntnisse in bezug auf Pistolen und Revolver aus den fünfziger Jahren stammten, und seitdem war es in der entsprechenden Technik zu umfassenden Veränderungen gekommen. Man denke nur an die Entwicklung einer halbautomatischen Kunststoffpistole.

Nun, eigentlich besteht nur der Griff aus Plastik. Aber solche Waffen besaßen allen anderen gegenüber einen wichtigen Vorteil: Man konnte sie durch den Metalldetektor an Bord eines Flugzeugs schmuggeln. Das hatte Stone jedenfalls gehört; allerdings wußte er nicht genau, wie er dabei vorgehen sollte.

Er mußte nach Moskau, und dort durfte er nicht völlig wehrlos sein.

Stone hoffte inständig, daß er nicht gezwungen wurde, auf jemanden zu schießen.

Er ging zum Telefon im rückwärtigen Teil des Cafés und schickte Paula ein Telegramm: ALLES IN ORDNUNG. Wie sollte er die kurze Mitteilung unterschreiben? Sie hatten sich auf HASKELL geeinigt, aber das erschien ihm nun zu riskant. Wenn man sein Täuschungsmanöver auf dem Lake Michigan durchschaut hatte, hinterließ er eine zu deutliche Spur. Er entschied sich für EIN FREUND. Paula würde sicher verstehen.

Stone kehrte zu dem kleinen runden Tisch zurück, bestellte noch einen Espresso und sah wieder auf die Notizen.

Bald jedoch fand er eine Erklärung, die ihm plausibel erschien.

Winthrop Lehman hatte während seines Aufenthalts in Moskau eine Tochter gezeugt – Sonja –, die den Namen der Mutter annahm, so daß man sie nicht mit ihrem berühmten amerikanischen Vater in Verbindung bringen konnte.

Nun gut.

Sonja fungierte als Geisel, als ein Druckmittel, das Lehman zur Zusammenarbeit zwang. *Anders ausgedrückt: Die Sowjets haben einen der einflußreichsten Männer in den USA kontrolliert, jemanden, der als Berater für mehrere Präsidenten tätig war.*

Doch der gleiche Mann besaß ein von Lenin stammendes Dokument, dessen Publikation Chaos in der Sowjetunion verursacht hätte.

Ein Dokument, das die Identität des Maulwurfs M-3 enthüllen konnte.

Damit übte Lehman seinerseits Druck aus.

Seine Tochter war seit mehr als dreißig Jahren tot.

Aus irgendeinem noch zu klärenden Grund hatte Lehman einige Amerikaner und mindestens zwei Russen bei ihrem Versuch unterstützt, die sowjetische Regierung zu stürzen und Berija an die Macht zu bringen. Es ergab durchaus einen Sinn, daß Lehman zunächst versessen darauf gewesen war, seine Tochter zu befreien. Aber ausgerechnet Berija?

Jene Ereignisse gehörten zur Vergangenheit.

Die Einzelteile des Puzzles – des *gegenwärtigen* Puzzles – fügten sich allmählich zusammen. Nach wie vor gab es einige unbeantwortete Fragen, und sie gewannen eine noch größere Bedeutung.

HASKELL, MICHIGAN

Randall Jergensen, Polizeichef von Haskell, Michigan, hatte die Nase voll. Den größten Teil der Nacht verbrachte er zusammen mit seinem Stellvertreter Willy Kuntz und einigen Freiwilligen auf dem See. Stundenlang suchten sie die Uferbereiche ab, aber damit noch nicht genug: Jergensen mußte auch das Gerede der FBI-Agenten ertragen, die darauf bestanden, an der Suche teilzunehmen, dauernd dumme Fragen stellten und sich aufspielten. Er widerstand der Versuchung, den geschniegelten Typen zu sagen: Okay, Jungs, ihr habt recht. Der angebliche Unfall war ein verdammter Trick. Kehrt jetzt ins Hotel zurück und schreibt eure blöden Berichte. Dann kann ich endlich nach Hause und unter die Bettdecke kriechen. Statt dessen brummte er: »Immer mit der Ruhe. Es ist falsch, voreilige Schlüsse zu ziehen. Warten wir's ab.«

Doch um halb fünf morgens gab er schließlich nach.

»Na schön«, knurrte er. »Der Kerl hat alles hübsch in Szene gesetzt und ist dann verschwunden.« Jergensen wartete keine Antwort ab und ging zum Streifenwagen.

Auf dem Heimweg hielt er kurz an der Wache und holte sich eine Dose Limonade aus dem Automaten. Er öffnete sie, trank einen Schluck und nahm wieder am Steuer Platz.

Ein verdammt schlauer Bursche, dachte er und lächelte. Offenbar hat er eine Menge Dreck am Stecken, aber eins muß man ihm lassen: Er ist nicht auf den Kopf gefallen.

Jergensen erreichte das Haus und erinnerte sich daran, daß er dort jetzt allein wohnte, ohne seine Exfrau Wendy. Daraufhin lächelte er erneut.

PARIS

Stone wußte, daß Lehman die französische Hauptstadt mehrmals besucht hatte, geschäftlich und auch privat. Bei zwei Gelegenheiten, begriff Charlie jetzt, begegnete er dort seiner Tochter.

Plötzlich kam ihm eine Idee. Stone sah in den Gelben Seiten nach und suchte nach Fotoarchiven. Sie boten ihm die Möglichkeit, Aufnahmen historischer Persönlichkeiten und auch weniger berühmter Menschen zu betrachten – Ereignisse und Momente, von Fotografen im Laufe der Jahre festgehalten. In New York gab es viele solcher Einrichtungen, und sie boten ihre Dienste den Zeitungen an.

Stone notierte sich Namen und Adressen der vier größten Archive und begann mit seinen Nachforschungen. Er suchte nach Fotos, die Winthrop Lehman während zwei bestimmter Jahre in Paris zeigten.

Berija hatte Lehmans Tochter einmal erlaubt, nach Paris zu reisen.

Sonja Kunetskaja.

Wann?

1953.

War sie damals vielleicht fotografiert worden? Ihr Grab befand sich in Paris und verkündete den Namen mit goldenen Buchstaben. Wenn Lehman oder Berija ihre Existenz geheimhalten wollten – warum hat man sie dann auf dem Prominentenfriedhof von Paris bestattet?

Irgend jemand mußte sie damals gesehen haben.

Schließlich betrat Stone das vierte Archiv auf seiner Liste, einen kleinen Laden an der Rue de Seine. Auf dem Schaufenster stand der Name H. ROGER VIOLLET.

In den vom Boden bis zur Decke reichenden Regalen

standen grüne Mappen, zweifellos mit Fotografien gefüllt.

»Ich suche nach Fotos einer bestimmten Person«, wandte sich Stone auf französisch an die junge Angestellte.

»Fachbereiche Geschichte, Diplomatie, Wissenschaft ...«

»Es handelt sich um die Tochter eines amerikanischen Staatsmanns. Ihr Name lautet Sonja Kunetskaja.«

»Einen Augenblick.«

Die Frau sah in einer Kartei nach, und kurz darauf hob sie den Kopf. »Geboren 1929, gestorben 1955?« fragte sie.

»Ja.«

»Das haben wir gleich.«

Die Angestellte schob eine Trittleiter an die Wand und griff nach einem Ordner mit der Aufschrift HISTOIRE ETATS-UNIS, K–L. Sie legte ihn auf den Tresen und schlug eine Seite auf, an der ein Foto befestigt war. »Das müßte sie sein.«

Ja, es war Sonja.

Die Aufnahme stammte von einem bekannten französischen Fotografen. Sonja Kunetskaja hatte damals an einem Empfang in der sowjetischen Botschaft in Paris teilgenommen. Sie sprach mit jemanden – es handelte sich nicht um Winthrop Lehman –, und einige Meter entfernt standen mehrere verdrießlich wirkende Männer, die sie aufmerksam beobachteten.

»Oh«, sagte die Angestellte plötzlich. »Ich fürchte, es ist nicht die richtige Frau.«

»Doch, ich glaube schon«, erwiderte Stone verwirrt.

»Sehen Sie, hier. Unter dem Bild steht ›1956‹.« Ein nervöses Lachen. »Das wäre ein Jahr nach ihrem Tod. Es kann also nicht die gleiche Person sein.«

Neunzehnhundert*sechs*undfünfzig? Der Grabstein behauptete: 12. April 1955.

Stone blinzelte verdutzt.

Und dann verstand er: Das in den schwarzen Marmor gemeißelte Todesdatum stimmte nicht.

»Ah, hier ist noch ein Bild«, sagte die Angestellte, befeuchtete den Zeigefinger und blätterte.

Stones Gedanken rasten, und er hörte die Frau überhaupt nicht.

»Monsieur?«

Lebte Sonja Kunetskaja vielleicht noch?

»Monsieur?«

Charlie sah langsam auf. »Ja?« fragte er benommen.

»Wenn Sie interessiert sind ... Hier ist ein anderes Bild, vom 16. Dezember 1953. Drei Jahre früher.«

Stone starrte darauf, und seine Verwirrung wuchs. Er glaubte, seinen Augen nicht trauen zu können.

Das Foto zeigte die Straße vor der sowjetischen Botschaft. Sonja befand sich erneut in der Gesellschaft grimmig dreinblickender Wächter, aber diesmal war ihr Vater in der Nähe. Winthrop Lehman, kein Zweifel.

Und neben ihm stand der junge Alfred Stone, den man erst vor einigen Monaten aus dem Gefängnis entlassen hatte.

52

MOSKAU

Jakow Kramer saß an seinem Schreibtisch im Fortschrittsverlag. Er war gerade mit der Arbeit fertig und fühlte sich erschöpft. Hinzu kamen Niedergeschlagenheit und Kummer.

Stefan hatte drei Bomben in Moskau explodieren lassen, aber Awram gehörte noch immer zu den ›Patienten‹ des Serbski-Instituts. Niemand reagierte auf ihre Forderungen.

Wir haben einen schrecklichen Fehler gemacht, dachte Jakow.

Zwei Briefe an den Kreml, und in beiden wurde damit gedroht, die Anschläge fortzusetzen und mit den Forderungen an die Öffentlichkeit zu treten. Eigentlich sollte dem Politbüro daran gelegen sein, eine solche Demütigung zu vermeiden, erst recht so kurz vor dem Gipfeltreffen.

Doch Awram blieb im psychiatrischen Kerker gefangen, wo man seinen Verstand systematisch zerstörte.

Es waren nur noch wenige Personen im Büro, und Jakow wußte, daß Sonja nach wie vor auf der anderen Seite des großen Raums arbeitete. Gleich würde sie kommen und sich müde den Mantel überstreifen. Er räumte seinen Schreibtisch auf und verließ die Nische.

Sonja näherte sich bereits, und Jakow empfand irrationale Zufriedenheit über ihr gutes Timing. Irgendwie spürte Sonja, wenn er bereit war, den Heimweg anzutreten.

Sie verzichteten darauf, sich im Büro zu küssen, denn sie waren nicht verheiratet, und Russen reagieren mit viktorianischer Prüderie auf Zärtlichkeiten in der Öffentlichkeit. Jakow und Sonja hielten es für besser, Zurückhaltung zu üben. Aber als sie gingen, griff er nach ihrer Hand und fühlte Sonjas Zuneigung. Er liebte sie mit jedem Tag mehr.

Sie hatten sich im Fortschrittsverlag kennengelernt, vor vielen Jahren. Jakow kam aus dem Gulag, und Sonja war als Lektorin tätig: eine sehr attraktive Frau, die Kontakte mit anderen Personen scheute und kaum Freundschaften schloß – eine Einzelgängerin. Jakow leistete gute Arbeit, aber aufgrund der Narben in seinem Gesicht ging man ihm aus dem Weg; kaum jemand ertrug es, ihn anzusehen. Häufig dachte er an die kleine, dunkelhaarige Kollegin, deren Augen grün schimmerten. Er zweifelte nicht daran, daß sie eine Frau mit Vergangenheit war. Warum verhielt sie sich sonst wie eine Nonne? Als er eines Morgens an ihrem Schreibtisch vorbeikam, sagte er etwas zu ihr. Sonja sah ihn an und lächelte, und daraufhin verliebte sich Jakow in sie.

In der Mittagspause kam sie mit einem dicken Käsebrot zu ihm und fragte, ob er die Hälfte davon wollte – sie hatte keinen Hunger. Die Geste eines Kindes, das einen Freund gewinnen wollte. Er fragte sich, ob sie Mitleid mit ihm hatte. Sie sprachen miteinander, lachten über Witze, diskutierten Literatur. An jenem Abend begleitete er sie zu dem Wohnhaus, in dem sie mit ihrer verwitweten Mutter lebte. Vor der Tür küßte er sie im strömenden Regen, und Sonja zuckte nicht einmal zusammen! Was war mit ihr los? überlegte er. Als sie sich besser kennenlernten, erwähnte sie manchmal ihre Vergangenheit, unglückliche Liebesaffären und dergleichen. Jakow wollte alles über sie wissen und stellte ihr viele Fragen – *Welche Männer können so dumm gewesen sein, dich zu verlassen?* –, aber sie lächelte nur und gab keine Antwort. Während der Jahre, die sie gemeinsam verbrachten – als Lebensgefährten, nicht als Ehemann und -frau –, gewann Jakow immer mehr den Eindruck, daß sie beide gelitten hatten und sich deshalb so gut verstanden.

Jetzt drängte alles in ihm danach, ihr von den Anschlägen zu erzählen, von den Bemühungen, Awram zu befreien. Doch davon durfte sie nichts erfahren.

Er dachte an die amerikanische Journalistin, die gekommen war, um mit ihr zu sprechen. Gab es Geheimnisse, die

Sonja vor *ihm* verborgen hielt? Sicher, sie hatte von der Vergangenheit berichtet, aber in ihren Schilderungen gab es nichts Außergewöhnliches, und deshalb argwöhnte er manchmal, daß sie ihm etwas verschwieg. Doch er liebte sie zu sehr, um daran Anstoß zu nehmen.

Nach der Arbeit kauften sie ein, standen erst für Brot Schlange und dann auch für Milch, Hühnerfleisch und Gemüse. Das übliche Ritual. Und wahrscheinlich steckt Absicht dahinter, dachte Jakow. Sollen die Arbeiter und Bauern den ganzen Tag über schuften und anschließend auch noch Mühe haben, sich die leeren Bäuche zu füllen. Dann sind sie abends so erschöpft, daß sie nicht mehr die Kraft haben, um zu protestieren.

Eine lange Fahrt in der U-Bahn folgte. Schließlich überquerten sie einen schlammigen Hof, traten durch einen nach Urin stinkenden Flur und waren zu Hause.

Jakow und Sonja stellten die Einkaufstaschen auf den Küchentisch und sahen sich müde an.

»Ich möchte jetzt nicht kochen«, sagte Sonja.

»Kein Problem. Ruh dich aus. Ich sorge fürs Abendessen.«

»Nein, bleib bei mir.«

»Was soll das heißen?« fragte Jakow, und dann verstand er. »Vielleicht bin ich zu müde.«

»Das bezweifle ich«, erwiderte sie, kam näher, küßte ihn erst auf beide Wangen und dann auf den Mund.

Ihre Schönheit war mit den Jahren verblaßt, aber in ihren dunklen Augen funkelte etwas Unwiderstehliches, eine seltsame Mischung aus Tragik, Schmerz und Melancholie. Jakow fand sie außerordentlich erotisch. Sie erregte ihn, obgleich seine sexuelle Leistungsfähigkeit inzwischen etwas nachgelassen hatte. Irgend etwas an ihr gab ihm das Gefühl, enorm viril zu sein.

Langsam gingen sie ins Schlafzimmer und zogen sich dort aus. Sonja faltete ihre Sachen sorgfältig zusammen und legte sie aufs Nachtschränkchen, neben ein Foto, das sie mit ihrem geliebten Vater zeigte.

Später, als sie beide den Höhepunkt erreicht hatten,

blieben sie ruhig liegen, und Sonja strich Jakow zärtlich über Schulter und Nacken.

»Er ist noch immer da, nicht wahr?« fragte sie leise.

»Hm?« murmelte er.

»Der Zorn. Selbst wenn man Awram freiließe – der Zorn bliebe trotzdem in dir.«

Es hatte keinen Sinn, ihr zu widersprechen, und deshalb schwieg Jakow.

»Bitte sei vorsichtig.«

»Wovon sprichst du, Sonuschka?«

»Manchmal glaube ich, daß man mich überwacht. Vielleicht beobachtet man auch dich.«

»Ich verstehe nicht, was du meinst.« Jakow setzte sich auf.

»Bitte. Ich verlange nicht, daß du mir alles erzählst. Ich möchte nur, daß du vorsichtig bist.«

»Sonja ...«

»Ich habe einen Briefumschlag auf dem Boden gefunden. Einen leeren Briefumschlag, an Gorbatschow adressiert.«

Jakow riß erschrocken die Augen auf. Wie ist das möglich? Ich bin so vorsichtig gewesen.

»Ich kann dir alles erklären ...«

»Nein, erklär mir nichts. Bitte. Ich weiß nicht, ob du dich richtig oder falsch verhältst, aber ich kenne deine Gründe. Und ich habe Angst.« Sonjas Stimme vibrierte, und sie schien den Tränen nahe zu sein. »Ich möchte nicht, daß dir etwas zustößt. Eines Tages erzähle ich dir noch etwas anderes über meine Vergangenheit, aber derzeit ist mir das unmöglich. Ich habe versprochen, darüber zu schweigen. Bitte sei sehr, sehr vorsichtig. Für uns beide.«

Sie schluchzte nun, und es zerbrach Jakow fast das Herz. Er ertrug es nicht, Sonja unglücklich zu sehen. Wie kannst du mich lieben? wollte er sie fragen. Ich bin häßlich, nicht nur äußerlich, sondern auch im Innern. Ich bin ein Ungeheuer. Wie kannst du mich lieben? Aber er schwieg und sah traurig auf sie hinab, betrachtete sie wie etwas, das er jederzeit verlieren konnte.

WASHINGTON

Die ständige Anspannung belastete Roger Bayliss immer mehr. Früh am Morgen versuchte er, sich in der Sauna des Executive Office Building neben dem Weißen Haus zu entspannen, als das Telefon klingelte.

Er nahm ab und hörte die Stimme des Direktors der Central Intelligence.

»Benutzen Sie eine sichere Leitung, um mich anzurufen«, sagte Templeton.

Bayliss stand auf, wickelte sich ein Handtuch um die Lenden und ging in die nahe Toilette. Die dortigen Urinbecken waren während der Amtszeit Nixons mit wärmeempfindlichen Spülvorrichtungen ausgestattet worden, doch die Infrarotsensoren funktionierten meistens nicht.

Fünfzehn Minuten später trug er wieder einen teuren Anzug, betrat sein Büro und setzte sich mit dem Direktor in Verbindung.

»Ja, Ted«, erwiderte Bayliss. »Wir haben inzwischen einen guten Eindruck davon gewonnen, was er plant und wie er vorgeht. Der Bericht über den Tod eines Sekretariat-Mitarbeiters in Paris gibt uns einen wichtigen Hinweis. Der Fall scheint klar zu sein.«

Er hörte sich Templetons Antwort an. »Ja«, sagte er. »Ich bin ebenfalls dafür, die Überwachung in den Ein- und Ausreisebereichen fortzusetzen. Darüber hinaus ist die Polizei in mehreren wichtigen Städten weiterhin mit der Fahndung beauftragt. Trotzdem meine ich, daß wir in Paris nach ihm suchen sollten.«

Eine neuerliche Pause. »Vieles spricht dafür, daß er dort früher oder später erscheint. Und dann erledigen wir ihn. Es ist zu gefährlich, ihn am Leben zu lassen.«

53

MOSKAU

Sergei F. Abramow von der Abteilung für Sonderermittlungen war dem Vorsitzenden des KGB nie begegnet. Das sollte sich jetzt ändern, und die Vorstellung, ihm gegenüberzutreten, erfüllte den Chemiker mit Unbehagen. Vor vierzig Minuten hatte ihm Dusja aufgeregt mitgeteilt, der KGB-Chef wünsche eine Unterredung mit ihm. Ein Wagen holte Abramow ab und brachte ihn zu Pawlitschenkos Büro in Lubianka.

Jetzt stand er im Vorzimmer, starrte zu Boden, knetete die Hände und hörte geistesabwesend, wie die Sekretärinnen telefonierten. Einmal mehr fragte er sich, warum ihn der Vorsitzende zu sich bestellt hatte.

Ging es dabei um den Bericht über die Bomben? Das erschien ihm unwahrscheinlich. Selbst wenn er ihn gelesen hat: Warum sollte ihm daran gelegen sein, mit einem einfachen Techniker wie mir zu reden?

Entsetzen prickelte in ihm. Wußte jemand, daß er geheime Informationen an eine amerikanische Journalistin weitergegeben hatte? Beabsichtigte der KGB-Chef vielleicht, ihn zu verhören? Nein, Unsinn. Das fiel in den Zuständigkeitsbereich der internen Sicherheitsabteilung; sie erledigte so etwas ohne Aufsehen.

Abramow hoffte von ganzem Herzen, daß es einen anderen Grund gab.

Er unterbrach seine Grübeleien, als er den Kopf hob und Andrei Pawlitschenko sah, der ihm entgegentrat. Erstaunt stellte er fest, wie würdevoll der Vorsitzende des KGB wirkte. Pawlitschenko war gut sechzig Jahre alt, aber er hatte noch immer dichtes braunes Haar, wahrscheinlich gefärbt.

»Towarischtsch Abramow«, sagte er und reichte dem Chemiker die Hand.

»Es ist mir eine Ehre.«

»Bitte...« Der KGB-Chef führte seinen Besucher zu einer weißen Doppeltür und ging mit den federnden Schritten eines wesentlich jüngeren Mannes.

Abramows nervöse Zunge bewegte sich von ganz allein. »Es überrascht mich, daß sich hier eine Tür befindet«, sagte er, als sie das Büro betraten.

Pawlitschenko lachte. »Wissen Sie, damals, bevor ich zum erstenmal hierherkam, hörte ich die gleichen Geschichten. Es hieß, in Berijas Büro gebe es keine Türen. Dann rief er mich eines Tages zu sich.«

»Woraufhin Sie feststellten, daß die Gerüchte nicht der Wahrheit entsprachen«, vermutete Abramow. Was will der Vorsitzende von mir? Bitte, ich habe eine Frau und zwei Töchter, die mich brauchen. Verdammt, warum habe ich mich mit der amerikanischen Journalistin getroffen? Was hat mich nur dazu veranlaßt? Er erinnerte sich daran, daß er es zunächst für eine gute Idee gehalten hatte, sie auf den CIA-Sprengstoff hinzuweisen.

»Woraufhin ich feststellte, daß es einen guten Grund für die Gerüchte gab.« Pawlitschenko sprach sanft, und außerdem schien er sehr intelligent zu sein. Damit unterschied er sich von den ungehobelten und brutalen Männern, die den sowjetischen Geheimdienst vor ihm geleitet hatten. »Berija liebte es, Besprechungen gegen Mitternacht stattfinden zu lassen. Also, einer seiner Sekretäre führte mich zu einem Wandschrank, griff hinein, betätigte eine Taste und öffnete damit die Rückwand. Auf diese Weise erreichte ich Berijas Büro – er witterte überall Gefahren und wollte geschützt sein. Viele Jahre später nahm ich mit großem Bedauern zur Kenntnis, daß Juri Andropow den Schrank entfernen und durch eine konventionelle Doppeltür ersetzen ließ. Ich muß Sie also enttäuschen.«

»Oh, ich bin nicht enttäuscht«, erwiderte Abramow.

Pawlitschenko ging zu seinem schlichten Schreibtisch und nahm Platz. Der Chemiker setzte sich ebenfalls. Das große Büro des KGB-Chefs beeindruckte ihn; es war noch luxuriöser, als er vermutet hatte. Auf dem Boden lagen dicke, wunderschöne Teppiche aus Zentralasien, und an den Wänden glänzte eine Mahagonivertäfelung. Darüber sah Abramow elfenbeinfarbene Seidentapeten und ein Porträt, das Felix Edmundowitsch Dserschinski zeigte, den Gründer der sowjetischen Geheimpolizei. Sofas in gebrochenem Weiß und kleine Mahagonitische vervollständigten die Einrichtung. Der Raum sah aus wie die Bibliothek in einer feudalen Villa.

Abramow musterte den Vorsitzenden und stellte fest, daß Pawlitschenko kein sonderlich attraktiver Mann war. Er hatte ein eher unscheinbares Gesicht mit hohen Jochbeinen und einem vorspringenden Kinn. Sein gutes Erscheinungsbild verdankte er in erster Linie den englischen Anzügen, die er bevorzugte. Andrei Pawlitschenkos Gegner in Moskau witzelten häufig darüber, daß er wie ein Filmstar aussah – nur nicht von vorn.

Abramow wußte, daß sich Pawlitschenko durch einen besonderen Scharfsinn auszeichnete, die Fähigkeit, innerhalb weniger Sekunden komplexe Probleme zu analysieren und dort den ganzen Wald zu erkennen, wo andere nur einzelne Bäume bemerkten. Ein genialer Politiker, der es ausgezeichnet verstand, die richtigen Bündnisse und Freundschaften zu schließen. Dieses Talent hatte ihn ganz nach oben gebracht – so hieß es jedenfalls.

Was jedoch nicht bedeuten sollte, daß der neue KGB-Chef – er bekleidete diesen Posten erst seit einem knappen Jahr – keine guten Leistungen vorweisen konnte. Die übrigen Mitglieder des Zentralkomitees brachten ihm großen Respekt entgegen. Im Gegensatz zu den meisten anderen KGB-Vorsitzenden hatte Pawlitschenko eine gewisse Zeit im Westen verbracht, London, Paris und Washington besucht. Mitte der fünfziger Jahre wurde er Sir Anthony Blunt zugeteilt, dem Vermögensverwalter der Königin und ›vierten Mann‹ in der Spionagegruppe Burges, Maclean, Philby und Blunt. Er hatte mehrere falsche Überläufer in die Vereinigten Staaten geschleust, woraus sich erhebliche Schwierigkeiten für den amerikanischen Geheimdienst ergaben. Es erfüllte Abramow mit Ehrfurcht, nun diesem Mann gegenüberzusitzen.

»Ich habe Ihren Bericht gelesen«, begann Pawlitschenko.

Der erleichterte Chemiker seufzte lautlos. Es drohte also keine Gefahr. »Ja?«

»Es freut mich, daß Sie Eigeninitiative entwickelten und Proben anforderten, um die jüngsten Bombenanschläge zu untersuchen. Sie sind lobenswert gründlich gewesen, und ich wünschte, wir hätten mehr Leute wie Sie. Leider ist das nicht der Fall.«

»Vielen Dank.«

»Nun, ich habe auch andere Meldungen bekommen, die darauf hindeuten, daß die Terroristen ihren Sprengstoff von der CIA beziehen.«

»Tatsächlich?«

»Bitte sagen Sie mir: Warum beschlossen Sie, eine eigene Untersuchung vorzunehmen? Gibt es Ihrer Meinung nach an der Arbeit in den Laboratorien irgend etwas auszusetzen? Seien Sie ganz offen.«

Abramow konnte wohl kaum antworten, daß eine amerikanische Journalistin seine Neugier geweckt hatte. »Nur eine Ahnung«, erwiderte er. »Intuition.«

Pawlitschenko lehnte sich in seinem Sessel zurück und wirkte plötzlich müde. »Wie ich hörte, gehören Sie zu den besten Leuten in der Abteilung für Sonderermittlungen.«

»Nein, das bezweifle ich.«

»Von jetzt an sind allein Sie für diese Angelegenheit zuständig. Wenn noch einmal eine Bombe in Moskau explodiert, so nehmen Sie die Analysen vor. Wählen Sie einige Mitarbeiter, wenn Sie unbedingt Hilfe brauchen; Sie sind dann der Leiter der Gruppe. Und Sie erstatten direkt mir Bericht.«

»Aber ...«

»Seien Sie unbesorgt: ich gebe Ihren Vorgesetzten Bescheid. Mein Freund, ich kenne die Bürokratie und weiß, daß eine Regierungskrise beginnen kann, nur weil irgendein Beamter verschläft und zu spät zur Arbeit kommt. Ich darf Ihnen keine Einzelheiten der gegenwärtig stattfindenden Ermittlungen nennen, aber ich möchte betonen, daß sie sehr wichtig sind. Ihre Aufgaben haben absolute Priorität. Verstehen Sie?«

Abramow schluckte. »Ja, natürlich.«

Pawlitschenko stand auf. »Wir müssen feststellen, wer für die Terroranschläge verantwortlich ist, Towarischtsch Abramow. Wenn uns das nicht bald gelingt, geraten wir alle in große Schwierigkeiten.«

54

PARIS

»Hier«, sagte Dunajew und legte eine Pistole auf den Tisch in Stones Hotelzimmer. »Etwas Besseres konnten meine Freunde nicht finden. Sie haben einen Wucherpreis dafür verlangt: eintausendachthundert Francs.«

»Danke.« Stone griff nach der Waffe. Es handelte sich um eine österreichische Glock 17, Kaliber 9 mm, klein und leicht, weil Griff und Rahmen aus Kunststoff bestanden. Er ließ das mit siebzehn Patronen gefüllte Magazin einrasten und hörte ein leises Klicken. »Gut verarbeitet.«

»Ja. Gehen Sie vorsichtig damit um. Aber zögern Sie nicht, im richtigen Augenblick davon Gebrauch zu machen.«

Stone nickte und zog kleine Banknotenbündel aus Gürteln und Buchleinen. Er bildete zwei Stapel daraus; den größeren steckte er ein, und den kleineren reichte er Dunajew. »Bitte bewahren Sie das irgendwo für mich auf. An einem sicheren Ort, zum Beispiel in einem Bankschließfach. Nehmen Sie ruhig etwas für sich.«

Der Russe schnitt ein finsteres Gesicht. »Das käme mir nie in den Sinn.«

»Werden Sie plötzlich moralisch und tugendhaft? Immerhin haben Sie für Geld Menschen umgebracht.«

»Für eine Sache«, erwiderte Dunajew langsam. »Und in dieser Hinsicht unterscheiden wir uns kaum. Auch Sie haben getötet.«

»Ja.« Stone ließ kurz den Kopf sinken. »Einmal, in Chicago. Und vielleicht nicht zum letztenmal.« Er stand auf, sah in den Schrank und vergewisserte sich, daß er alle notwendigen Dinge bei sich hatte. Die übrige Kleidung überließ er Dunajew, um keine Spuren zu hinterlassen.

»Ich muß los«, sagte er. »Nach der Schießerei auf dem Père-Lachaise-Friedhof bin ich hier nicht mehr sicher.«

Der Russe seufzte müde. »Mein Freund, die Polizei sucht bereits nach Ihnen.«

»Woher wissen Sie das?«

»Die *Gendarmes* gehen von Hotel zu Hotel und zeigen Ihr Foto. Früher oder später bekommen sie die gewünschten Auskünfte. Mit anderen Worten: Sie sind nirgends mehr sicher. Man könnte Sie sogar finden, wenn ich Sie in meiner Wohnung verstecke.«

»Ich brauche nur ein paar Stunden. Um diese Zeit verkehren keine Flugzeuge. Wenn ...«

»Vielleicht gibt es eine Möglichkeit«, warf Dunajew ein. Er lächelte plötzlich. »Sie könnten bei der Frau unterkommen, der Sie im Café begegneten.«

»Meinen Sie die Rothaarige?«

»Ja. Derzeit bietet sie Ihnen Sicherheit – man bringt sie nicht mit mir in Verbindung.«

»In welcher Beziehung *steht* sie zu Ihnen?«

Dunajew zuckte mit den Schultern. »Ich bin kein Narr, Stone. Sie unterschätzen mich, wenn Sie glauben, daß ich Moskau einfach so verließ, ohne irgendeine Rückendekkung.«

»Ich verstehe nicht ganz ...«

»Wie viele Kollegen habe ich Aufzeichnungen gesammelt, als eine Art Lebensversicherung gegenüber meinen Auftraggebern. Verschlüsselte Mitteilungen, Zahlungsanweisungen, Listen mit den Namen der sowjetischen Agenten in französischen und westdeutschen Ministerien. Selbst nach Jahrzehnten sind solche Unterlagen wertvoller als Platin – einige jener Agenten bekleiden inzwischen hohe Ämter. Bei jedem Abstecher nach Paris habe ich Dokumente und Mikrofilme beiseite gelegt.«

»Und das Material befindet sich bei der Frau, bei der Prostituierten?«

»Ja, sie ist Prostituierte. Und ja: Sie bewahrt alles für mich auf, in ihrer Wohnung.«

»Warum?«

»Aus Dankbarkeit. Das ist ein sehr starkes Motiv. Sie bot ihre besonderen Dienste schon als Vierzehnjährige während des Zweiten Weltkriegs an, und irgendwann fanden die Nazis heraus, daß sie der Résistance half. Zusammen mit einigen anderen stellte man sie an die Wand, aber sie wurde nicht erschossen. Ich gehörte als Agent zu den deutschen Besatzungstruppen in Paris. Ich war einer der Soldaten des Exekutionskommandos und konnte dem Mädchen das Leben retten – indem ich es für mich verlangte. Ja, Mr. Stone, die Prostituierte bewahrt meine Unterlagen für mich auf. Bei ihr sind sie sicher aufgehoben. Kennen Sie Paris?«

»Ein wenig.«

»In Marais gibt es eine kleine Straße namens Rue Malher.« Dunajew holte eine zerknitterte Karte der Stadt hervor und entfaltete sie. »Hier. Sie sollten nicht zu lange bleiben, um ihr und mir Probleme zu ersparen. Was ist Ihr nächstes Ziel?«

»Moskau.«

»*Moskau!* Sind Sie übergeschnappt? Damit begeben Sie sich direkt in die Höhle des Löwen!«

»Ja, vielleicht. Aber ich habe keine Wahl. Wenn ich nichts unternehme und einfach abwarte, erwischt man mich bestimmt. Nur die sowjetische Hauptstadt bietet mir einen Ausweg. Vielleicht kann ich Kontakt mit der Gruppe aufnehmen, die Sie erwähnten. Vielleicht ergibt sich eine Möglichkeit, ihre Ressourcen zu nutzen, um den Verschwörern einen Strich durch die Rechnung zu machen und mich zu schützen. Sie *muß* mir helfen; das liegt auch im Interesse der Sowjetunion.«

Dunajew nickte ernst. »Ja«, sagte er. »Ja, Sie haben recht.«

»Aus welchen Leuten besteht jene Organisation? Was wissen Sie darüber?«

»Soweit ich weiß, sind es Staroobriadtsi. Alte Gläubige.«

Alte Gläubige . . . Diese Bezeichnung hatte Stone schon einmal gehört. Wo?

»Es begann noch zu Stalins Lebzeiten, als loyale sowjetische Bürger bei sogenannten ›Säuberungsaktionen‹ verschwanden oder einfach umgebracht wurden«, erklärte der Russe. »Angeblich reicht der Einfluß der Staroobriadtsi bis in den Kreml. Als Nikita Chruschtschow abgesetzt werden sollte, warnte man ihn vorher: Ein Leibwächter rief ihn an, jemand, der für die Leute arbeitete, die sich gegen ihn verschworen hatten. Es heißt, die Alten Gläubigen steckten dahinter; damals sahen sie in Chruschtschow die letzte Chance fürs Vaterland.«

Die Alten Gläubigen. Jetzt erinnerte sich Stone. Dieser Name stand auch in dem Brief, den Alfred Stone in seinem Bankschließfach hinterlegt hatte. Wußte mein Vater etwas über diese Organisation? dachte Charlie. »Jede Gruppe im Untergrund hat ein Oberhaupt, einen Leiter oder Koordinator«, sagte er. »Bitte helfen Sie mir. Wie heißt er?«

»Ja, es gibt eine solche Person. Einen Mann, dessen Name ein Geheimnis ist.«

»Es *muß* möglich sein, sich mit ihm in Verbindung zu setzen.«

Dunajew nickte langsam, und sein nachdenklicher Blick reichte in die Ferne. »Ich kenne jemanden«, erwiderte er nach einer Weile. »Als sowjetologischer Analytiker, der über die Politik meiner gottverlassenen Heimat Bescheid weiß, haben Sie sicher von einem der schlimmsten Greuel des Zweiten Weltkrieges gehört, das nur die Nazis mit ihren Judenvergasungen übertrafen. Es geht auf das Konto des NKWD. Ich meine das Massaker von Katyn.«

»Natürlich habe ich davon gehört. Es geschah 1940. Über viertausend Offiziere der polnischen Armee wurden umgebracht. Eins der abscheulichsten Kriegsverbrechen.«

»Oh, mein Freund, das ist noch nicht einmal die Hälfte der Wahrheit. Jahrelang hat die sowjetische Regierung jede Verantwortung geleugnet und den Vorfall systematisch vertuscht. Winston Churchill wollte nicht, daß Einzelheiten bekannt wurden, weil er nachteilige Folgen für die Alliierten befürchtete. Selbst heute ist im Westen nur wenig darüber bekannt.«

»Steht das Massaker in irgendeinem Zusammenhang mit den gegenwärtigen Ereignissen?« fragte Stone.

»An einem Frühlingstag im Jahre 1940 verschwanden Tausende von polnischen Offizieren: Techniker, Ingenieure, Doktoren, Professoren und Generäle. Die Russen hatten sie gefangengenommen. Um zu verhindern, daß Hitler glaubte, Stalin wolle die Elite der polnischen Armee für sich, mußte er die Gefangenen loswerden. Mit Bussen und Lastwagen brachten man sie zum Rand einer großen, frisch ausgehobenen Grube.«

Stone nickte und unterbrach Dunajew nicht. Er frage sich verwirrt, was dies mit den Alten Gläubigen zu tun hatte.

»Dann bekam jeder einen Genickschuß. Es dauerte Tage, sogar Wochen, um alle Offiziere zu erschießen. Langsam füllte sich die Grube mit Leichen. Die Sache war so grotesk und schrecklich, daß später selbst einige abgehärtete und erbarmungslose NKWD-Männer den Verstand verloren. Nach einigen Tagen begann der Verwesungsprozeß. Kurz vor ihrem Tod starrten die Gefangenen in die verfaulende Masse aus menschlichem Fleisch und schrien voller Grauen. Das Erschießungskommando bestand zum größten Teil aus NKWD-Leuten, wie ich schon sagte, aber man setzte auch Infanteristen der Roten Armee ein, einige Soldaten, die zunächst nicht wußten, warum man sie nach Katyn schickte. Am sechsten Tag wurde der Gestank unerträglich, und die Soldaten rebellierten gegen die NKWD-Sadisten. Man verhaftete sie sofort und schickte die Infanteristen nach Moskau, wo sie vors Kriegsgericht gestellt werden sollten.« Dunajew zögerte und schloß die Augen.

»Und?«

»Das Verfahren fand nie statt.«

»Weil Stalin es verbot?«

Dunajew lachte bitter. »Stalin erfuhr überhaupt nichts davon. Nein, ein tapferer, unbekannter Mann griff ein, jemand mit viel Einfluß, der seine Karriere riskierte, um einige Soldaten zu retten.«

»Der Leiter jener Organisation? Wie heißt er?«

»Seinen Namen kenne ich nicht. Irgendwie gelang es

ihm zu überleben. Er sammelte eine Gruppe aus treuen Parteimitgliedern um sich, die Stalins Verbrechen nicht länger hinnehmen konnten.«

»Lebt er heute noch?«

»Ich glaube schon.«

»Wie kann ich Kontakt mit ihm aufnehmen?«

»Darauf weiß ich leider keine Antwort.«

Stone schwieg einige Sekunden lang. »Ich muß nach Moskau. Und dazu brauche ich Ihre Hilfe.«

»Wenn Sie wirklich so dumm sind, nach Moskau zu fliegen ...« Dunajew schüttelte den Kopf. »Vielleicht kann ich Ihnen helfen. Ich hoffe, Sie spielen nicht mit dem Gedanken, illegal in die Sowjetunion einzureisen.«

»Nur ein Narr – oder ein professioneller Infiltrationsagent – würde das versuchen. Nein, ich benötige ein Visum, aber leider bleibt nicht genug Zeit. So etwas kann Wochen dauern.«

»Nicht unbedingt. Wenn ein bekannter und einflußreicher westdeutscher Industrieller plötzlich entscheidet, nach Moskau zu reisen, so ist die sowjetische Botschaft gern bereit, den Papierkram für ihn zu erledigen.«

»Aber in diesem Fall geht es um *mich* ...«

»Ich kenne jemanden in der hiesigen sowjetischen Botschaft. Ein guter, anständiger Mann, der zur Organisation gehört. Er ist bestimmt bereit, Ihnen das Visum zu besorgen.«

»Großartig. Aber ich kann nicht einmal zwei oder drei Tage lang warten.«

»Vielleicht genügen einige Stunden. Ich weise ihn darauf hin, daß es sich um eine sehr dringende Angelegenheit handelt.«

Der kräftig gebaute, grauhaarige Russe im schwarzen Ledermantel ging langsam die Treppe hinunter, die zur Eingangshalle des Hotels führte. Aufmerksam sah er nach oben und unten, und plötzlich bemerkte er etwas.

Zwei französische Polizisten sprachen mit dem Nachtportier. Es war zu spät für eine beiläufige Plauderei – die beiden Beamten verfolgten eine ganz bestimmte Absicht. Ihre Körpersprache verriet sie: Die Uniformierten zeigten ein Foto und fragten nach der Zimmernummer eines Mannes, der angeblich wegen Mord gesucht wurde.

Sie wollten Charles Stone verhaften.

Dunajew drehte sich um und kehrte nach oben zurück. Vermutlich hatte sich die Polizei der Vereinigten Staaten mit der Frankreichs in Verbindung gesetzt und sie gebeten, nach einem flüchtigen Amerikaner zu fahnden.

Der Russe klopfte an die Tür. »Ich bin's, Towarischtsch«, sagte er leise.

Stone öffnete erstaunt und sah die Besorgnis in Dunajews Zügen.

»Sie müssen sofort fliehen«, zischte der Emigrant.

55

In Windeseile steckte Stone alle notwendigen Sachen ein: die beiden Pässe, das Geld, einige Kassetten. Er durfte nichts zurücklassen, das ihn identifizieren konnte.

»Ich finde eine Möglichkeit, mich mit Ihnen in Verbindung zu setzen und das Visum zu holen«, sagte er und schüttelte dem alten Tschekisten die Hand. Dann verließ er das Zimmer und hastete zur Hintertreppe. Kurz nach seiner Ankunft in Paris hatte er sich gründlich im Hotel umgesehen, um auf alles vorbereitet zu sein. Daher wußte er, daß sich im Keller eine Bar und mehrere Allzweckräume befanden, die ihm jetzt einen Ausweg boten.

Er erreichte das Kellergeschoß, blickte sich rasch um und fand die unverschlossene Wäscherei. Auf der anderen Seite des kleinen Raums gab es eine Treppe, die an einer Tür endete. Sie führte zur Rue Visconti hinter dem Hotel.

Stone schob den Riegel beiseite, zog die Holztür auf und sah in eine dunkle Straße, die kaum mehr war als eine Gasse. Irgendwo weinte ein Säugling. Charlie lief so leise wie möglich, vorbei an einem Gebäude mit der Aufschrift VILLE DE PARIS CRECHE MUNICIPALE. Er passierte mehrere Kunstgalerien und setzte den Weg in Richtung Rue de Seine fort.

»Au voleur!«

Der Ausruf stammte von einem Polizisten, der ihn entdeckt hatte und sich ihm näherte. Stone stürmte los und hörte, wie der Beamte seine Kollegen alarmierte. Wenn sie ihn in die Enge trieben ...

Er schaffte es zur Rue de Seine und sprintete um eine Ecke. Um diese Zeit war die Straße fast leer.

Eine Sekunde später sah er ein rotes Motorrad, das an der Mauer lehnte. Hinter dem Sitz war ein metallener Behälter angebracht, und darauf stand: ALLO POSTEXPRESS. Der Fahrer war gerade abgestiegen und hatte die Straße überquert. Er schrie, als Stone nach der Maschine griff.

»Tut mir leid«, sagte Charlie, drehte den Zündschlüssel und betätigte den Anlasser. »Derzeit brauche ich dieses Ding weitaus dringender als du.«

Der Motor heulte, als Stone durch die Rue de Seine fuhr, an dem zornigen jungen Mann vorbei. Zwei Polizisten blieben hinter ihm zurück.

Doch kurz darauf folgte ihm ein Streifenwagen. Stone sah ihn im rechten Rückspiegel: Das Blaulicht blitzte, die Sirene heulte, und der Wagen schloß allmählich zu ihm auf.

Das kleine Motorrad beschleunigte recht gut. Stone schaltete in den zweiten Gang, gab Gas und näherte sich dem Fluß, dem Quai Malaquais. Dort bog er ab – und wäre fast mit einem Renault zusammengeprallt. Er verließ die Straße, raste über den runden Platz vor einem großen Gebäude mit Säulen und lenkte die Maschine über den Bürgersteig. Der Streifenwagen war nicht mehr hinter ihm!

Am Quai des Grands Augustins überquerte er die Seine und fuhr durch Ile de la Cité. In der Ferne hörte er einige Sirenen. Hatte die Polizei seine Spur verloren? Er wandte sich nach rechts, zum Quai des Orfèvres, in Richtung Palais de Justice. Mein Gott! dachte er. Hier wimmelte es von *Gendarmes*. Das Heulen der Sirenen wurde lauter, und plötzlich kam ein zweiter Streifenwagen – per Funk vom ersten verständigt? – aus einer Nebenstraße.

Stone drehte den Gasgriff auf, und bei Pont au Change bog er nach rechts ab, fuhr in der falschen Richtung durch die Einbahnstraße Quai de la Corse. Zum Glück herrschte hier zumindest ein wenig Verkehr. Reifen quietschten, als die Fahrer mehrerer Autos auf die Bremse traten, um eine Kollision mit dem Streifenwagen zu vermeiden. Nach einigen Sekunden hörte Stone ein lautes Krachen und blickte noch einmal in den Rückspiegel. Das Fahrzeug der Polizei war mit einem Volvo zusammengestoßen.

Aber es drohte nach wie vor Gefahr: Ein uniformierter Motorradfahrer nahm die Verfolgung auf, und allem Anschein nach konnte er ziemlich gut mit seiner Maschine umgehen.

Stone wählte die schmale Gasse Rue des Archives, brachte einen Hang hinter sich und fuhr anschließend um den Block. Er hatte den Motorradfahrer abgehängt, zumindest für eine Weile. Bei einer Brasserie namens La Comète wandte er sich nach rechts und erreichte die Rue de la Verrerie. Dort gab es ein Parkhaus. Stone passierte die Zufahrt, schaltete den Motor aus und stellte das Zweirad an die Wand.

In der Nische neben dem Eingang saß ein Nachtwächter, ein dicklicher Mann in mittleren Jahren.

Charlie wußte, daß er keine Zeit verlieren durfte. Ihm blieben nur wenige Sekunden. Er holte zwei Hundert-Francs-Scheine hervor und zeigte sie dem Mann. »Wenn Sie mich in Sicherheit bringen, bekommen Sie noch einmal zweihundert«, sagte er auf französisch.

Der Kofferraum des Wagens war schmutzig und stank nach Dung. Stone streckte die Hand aus und berührte eine schmierige Masse. Der Nachtwächter hatte zunächst gezögert, aber als Charlie weitere zweihundert Francs hinzufügte, erklärte er sich schließlich bereit, ihm zu helfen. Stone nannte ihm die Adresse, und der Mann öffnete den Kofferraum eines alten Renault. Die einzige Chance ... Er kletterte hinein, und hinter ihm schloß der Wächter die Klappe. Dunkelheit umgab ihn, und er hörte, wie der Motor ansprang. Kurz darauf rollte der Wagen los.

Sirenen.

Plötzlich heulten sie in unmittelbarer Nähe. Der Renault hielt an.

Schritte. Und Stimmen.

Stone wartete, und seine Anspannung wuchs. Wollte die Polizei den Wagen kontrollieren, weil sie vermutete, daß sich der flüchtige Amerikaner darin versteckte?

Erleichterung durchströmte ihn, als sich der Renault wieder in Bewegung setzte. Charlie spürte mehrere Schlaglöcher.

Einige Minuten später erstarb das Brummen des Motors, und jemand klopfte an den Kofferraum.

»Ich verlange noch einmal fünfhundert Francs«, erklang die schroffe Stimme des Nachtwächters. »Sonst bleiben Sie da drin.«

»Na schön«, erwiderte Stone. »Sie bekommen das verdammte Geld. Machen Sie endlich auf, bevor ich ersticke.«

Die Klappe öffnete sich, und Charlie stellte fest, daß der Renault auf dem Hof eines Gebäudes stand. Als er aussteigen wollte, streckte der dickliche Mann die Hand aus, rieb Zeigefinger und Daumen aneinander.

»Lieber Himmel!« entfuhr es Stone. Er öffnete die Brieftasche und entnahm ihr mehrere Banknoten. Zum Glück habe ich genug Geld gewechselt, dachte er. Er gab dem Mann die fünfhundert Francs und kletterte aus dem stinkenden Kofferraum. Als der Nachtwächter fortfuhr, wandte sich Stone um und ging die Treppe hoch. Im dritten Stock fand er die gesuchte Wohnung.

Er klingelte, aber niemand öffnete.

»Mist«, sagte er laut. Nach Mitternacht – war die rothaarige Frau zu Hause? Charlie vergewisserte sich, daß die Adresse stimmte: Rue Malher Nummer 15. Ja, alles in Ordnung.

Er klingelte erneut und hielt den Knopf mehrere Sekunden lang gedrückt.

Schließlich klickte es, und die Tür schwang auf. Vor Stone stand Dunajews Freundin, die Prostituierte, in einen blauen Morgenmantel gekleidet. Erstaunt sah er, daß sie sogar im Bett Make-up trug.

»Hallo«, sagte Charlie.

MOSKAU

Kurz nach Mitternacht saß Charlotte Harper in ihrem Büro und wählte einige Stellen aus einem langen Interview, das sie mit einem sowjetischen Beamten geführt hatte. Es ging dabei um die Bedeutung des bevorstehenden Gipfeltreffens in einer von drastischen Veränderungen bestimmten Zeit. Nach einer Weile läutete das Telefon.

Charlotte runzelte überrascht die Stirn. Wer rief sie um diese Zeit an? Sie nahm ab, und sofort fiel ihr das Rauschen in der Leitung auf. Ein interkontinentales Gespräch? Sie überlegte rasch. In New York war es jetzt vier Uhr nachmittags. Vielleicht setzte sich der ABC-Nachrichtenredakteur mit ihr in Verbindung.

»Charlotte?« Die heisere Stimme einer Frau.

»Ja. Wer spricht dort?«

»Meine Güte, ich hätte nicht gedacht, daß ich dich noch erreiche. Wie spät ist es jetzt in Moskau? Etwa Mitternacht?«

Es dauerte einige Sekunden, bis Charlotte die Stimme ihrer alten Freundin erkannte. »Paula?«

»Ja. Meine Güte, ich kann es kaum glauben.«

»Mir geht es ähnlich. Wann haben wir zum letztenmal miteinander gesprochen? Vor einigen Jahren, nicht wahr?«

»Hör mal, Charlotte. Es ist wichtig. Es handelt sich um eine komplizierte Angelegenheit. Und ich bin sehr besorgt.«

»Was ist los?«

»Die Sache betrifft ... nun, einen guten Freund von dir. Verstehst du?«

»Nein, ich glaube nicht ...« Meint sie vielleicht Charlie? dachte Charlotte. Aber woher kann Paula davon wissen?

»Es ist eine lange Geschichte, und ich habe keine Möglichkeit, deinen ... Freund zu erreichen. Vielleicht versucht er, Kontakt mit dir aufzunehmen. Wenn er sich meldet, so gib ihm bitte eine Nachricht von mir.«

»Paula ...« Das Telefon wird überwacht! wollte sie rufen. Charlottes Gedanken rasten. Sollte sie still zuhören oder Paula daran hindern, zuviel zu sagen?

»Bitte richte ihm etwas aus, wenn er mit dir spricht. Kannst du die Mitteilung aufschreiben?«

»Ja.«

Paula zögerte und fragte sich, wieviel sie verraten durfte. »Sag ihm, daß ich eine Spur verfolgt habe.«

»Eine Spur.«

Genügt das? Paula rang mit sich selbst. Sie hatte die Nummer der Telefonkarte gewählt, und am anderen Ende der Leitung meldete sich die American Flag Foundation. Sollte sie diesen Hinweis hinzufügen?

»Bitte sag ihm ... Himmel, Charlotte, ich mache mir wirklich große Sorgen um ihn.«

»Paula, *bitte* überleg dir deine Worte genau«, drängte die Journalistin.

»Richte ihm aus, daß der Mann in Chicago seinen Auftrag von einer Gruppe in Washington erhielt, die ... Nun, ich habe Nachforschungen angestellt und herausgefunden, daß sich hinter der harmlosen Fassade eine ... Geheimorganisation verbirgt.« Ist das klar genug? dachte Paula. Wird Charlie verstehen, was ich damit meine? Hätte ich mich vielleicht noch vager ausdrücken sollen?

Charlotte stockte der Atem. »Ich muß jetzt auflegen, Paula. Ja, ich gebe ihm Bescheid. Aber wir müssen das Gespräch beenden. Entschuldige bitte.«

Sie unterbrach die Verbindung, lehnte sich zurück und starrte eine Zeitlang ins Leere. Furcht zitterte in ihr, und die Stille im Büro wirkte plötzlich bedrückend.

56

MOSKAU

Andrei Pawlitschenkos schwarze Zil-Limousine hielt vor dem Tor an der einen Seite des Lubianka-Gebäudes am Dserschinski-Platz. Dort befindet sich die Zentrale des KGB. Zwei Soldaten in den graublauen Uniformen der internen Sicherheitssektion öffneten das Tor. Ein dritter sah kurz in den Wagen, erkannte den Vorsitzenden und salutierte.

Die Arbeit an diesem Abend fand nicht in Pawlitschenkos Büro statt, sondern an einem weitaus geheimeren Ort, tief im Innern von Lubianka.

Der Chemiker namens Abramow, der nun ganz allein die Bombenanschläge in Moskau untersuchte, hatte um ein Gespräch mit dem KGB-Chef gebeten. Offenbar war es ihm gelungen, wichtige Anhaltspunkte zu finden.

Am Seiteneingang begegnete Pawlitschenko seinem Adjutanten. Der Mann nickte wortlos und führte ihn zu einem neu installierten westdeutschen Aufzug, vor dem ein Wächter stand.

»Er meint, es sei eine sehr ernste Angelegenheit«, sagte der Adjutant, als sich die Tür des Lifts schloß.

Pawlitschenko brummte leise und lehnte sich an die Wand. Die Anstrengungen der letzten Wochen waren nicht spurlos an ihm vorübergegangen.

Einige Stockwerke tiefer öffnete sich die Tür wieder, und die beiden Männer gingen durch einen fensterlosen Korridor, den man vor kurzer Zeit weiß gestrichen hatte. Der Adjutant öffnete den Zugang am Ende des Flurs, und zusammen mit Pawlitschenko betrat er ein Zimmer, dessen Einrichtung nur aus einer Bar an der Wand und einem Konferenztisch mit vier bequemen Sesseln bestand. In einem davon saß Abramow und wirkte nervös. Dem KGB-Chef fiel auf, daß der Chemiker einen billigen grauen Anzug trug, dessen Ärmel und Beine zu kurz waren.

»Towarischtsch«, sagte Pawlitschenko, trat auf Abramow zu und schüttelte ihm die Hand. »Worum geht's?« Sein Adjutant blieb in der Nähe.

»Ich muß Sie allein sprechen.«

»Wie Sie wünschen.« Der Vorsitzende drehte sich um. »Danke, Aljoscha. Ich rufe Sie, wenn wir hier fertig sind.«

Abramow wartete, bis der Adjutant das Zimmer verlassen hatte. »Genosse Vorsitzender, die Ergebnisse meiner Untersuchungen sind im höchsten Maße besorgniserregend. Die Sache wird immer komplizierter und . . . beunruhigender.«

Pawlitschenko kniff die Augen zusammen.

»Ja?«

»Ich habe gründliche Analysen der verschiedenen Bomben und anschließend eine Datenkorrelation vorgenommen. Dabei ergaben sich die gleichen Resultate: Man verwendete CIA-Sprengstoff.«

»Ja, das wissen wir bereits«, erwiderte Pawlitschenko ungeduldig.

»Dann beschäftigte ich mich auch mit den anderen Fragmenten. Ich meine insbesondere die Zünder, Sprengkapseln, chemischen Stifte und so weiter. Dabei stellte sich zu meiner großen Verblüffung heraus, daß diese gesamten Materialien einzig und allein vom KGB stammen.«

»Worauf wollen Sie hinaus?«

»Auf folgendes: Vielleicht sind die Bomben von jemandem in unserer Organisation konstruiert worden. Und der Unbekannte hat dabei amerikanischen Sprengstoff benutzt.«

»Wer weiß sonst noch davon?«

»Nur ich. Da einer unserer Leute dahinterstecken könnte, hielt ich es für angebracht, niemandem etwas zu sagen und zuerst mit Ihnen zu reden.«

Pawlitschenko stand ruckartig auf. »Mein Adjutant soll Ihnen alle Einzelheiten nennen. Wir brauchen eine Liste mit den Namen der Verdächtigen.« Er drückte eine Taste unter dem Tisch. »Ich bin Ihnen sehr dankbar«, fügte er hinzu.

Die Tür öffnete sich, und der Assistent des Vorsitzenden trat ein. »Bitte kommen Sie mit«, wandte er sich an Abramow. Der Chemiker erhob sich ebenfalls und begleitete den Oberst.

Pawlitschenko blieb allein im Zimmer zurück und wartete. Als er an der Bar stand und einen Single-Malt-Whisky trank, dachte er, daß es klug gewesen war, Abramow zu isolieren. Außer ihm wußte niemand etwas. Nur auf diese Weise konnte der KGB-Chef sicher sein, daß keine Gerüchte entstanden und seine Pläne nicht in Gefahr gerieten. Er hörte das dumpfe Knallen des Schusses im Nebenzimmer und spürte kurze Reue. Er verabscheute es, zu solchen Maßnahmen gezwungen zu sein, aber ihm blieb keine Wahl. Pawlitschenko schnitt eine Grimasse und trank einen zweiten Whisky.

57

PARIS

Das Gebäude, in dem Stone Zuflucht gesucht hatte, befand sich im Marais-Distrikt von Paris, einem alten, urtümlichen Viertel, das nach den Renovierungen in den achtziger Jahren großen Zustrom gefunden hat. Es handelte sich um ein dreieckiges, fünf Etagen hohes Haus, auf drei Seiten von schmalen Straßen gesäumt: Rue Pavée, Rue Malher und Rue des Rosiers. Abgesehen von den drei Zugängen, die zu den verschiedenen Wohnungen führten, gab es auch noch mehrere Geschäfte im Erdgeschoß.

Hauptkommissar Christian Lamoreaux von der Pariser Polizei hatte keine Ahnung, daß sich Stone in diesem Gebäude versteckte. Er wußte nur, daß der Amerikaner in Marais verschwunden war. Und er begann sofort mit der Suche.

Lamoreaux empfing seine Anweisungen vom Polizeichef René Melet. Als Melet die Fahnung einleitete, reagierte er damit auf eine Bitte des amerikanischen Geheimdienstes – man munkelte, daß der CIA-Direktor höchstpersönlich mit ihm gesprochen hatte. Allem Anschein nach war der flüchtige Amerikaner ein abtrünniger Agent, dessen Informationen eine Gefahr für die nationale Sicherheit der Vereinigten Staaten darstellten. Melet beauftragte Lamoreaux mit den Ermittlungen und drängte ihn, alle zur Verfügung stehenden Männer einzusetzen. Dementsprechend war das Polizeiaufgebot enorm.

Aber der Amerikaner entwischte, stahl ein kleines Motorrad und raste wie ein Irrer durch Paris. Trotzdem: Es dauerte bestimmt nicht lange, bis man ihn fand. Er hatte den Fehler gemacht, ausgerechnet in Marais unterzutauchen.

Dort gab es nur eine begrenzte Anzahl von Wohnungstüren, an denen die Polizisten klingeln mußten. Lamoreaux schätzte, daß die Suche höchstens einige Stunden dauerte, und er zweifelte nicht an einem Erfolg.

»Was ist los?« fragte die Prostituierte. »Sie sind auf der Flucht, nicht wahr? Ich habe die Sirenen gehört.«

»Stimmt was nicht, Mutter?« Ein schlaksiger Teenager kam aus dem Nebenzimmer. Der Junge trug ein schmutziges T-Shirt und die Hose eines Trainingsanzugs. »Wer sind Sie?« fragte er und trat drohend auf Stone zu.

»Schon gut, Jacky«, sagte die Rothaarige. »Er ist ein Freund.« Sie sah Charlie an. »Was haben Sie angestellt?«

»Man legt mir ein Verbrechen zur Last, das ich nicht begangen habe.«

»In Paris?«

»In Amerika. Es ist eine lange und recht komplizierte Geschichte. Dunajew meinte, ich könnte bei Ihnen übernachten.« Stone erklärte seine Situation mit einigen knappen Worten.

»Warum stellen Sie sich nicht?« fragte der Sohn. Offenbar versuchte er gerade, sich einen Bart wachsen zu lassen. »Wenn Sie wirklich unschuldig sind, brauchen Sie nichts zu befürchten.«

»Jacky . . .«, sagte die Rothaarige und seufzte.

»Ganz so einfach ist das nicht«, erwiderte Stone. »Darf ich hereinkommen?«

Mehr als fünfundsiebzig Beamte, von zwanzig Arrondissements für diese besondere Aufgabe abkommandiert, durchkämmten Marais. Sie schritten durch alle Gassen, sahen in große Müllbehälter, kontrollierten Parks und Garagen. Jeder von ihnen war beauftragt, niemanden passieren zu lassen. Fünfzig *Gendarmes* gingen zu den einzelnen Wohnungen und durchsuchten sie, sobald ihnen irgend etwas nicht geheuer erschien.

»Ich bin jederzeit bereit, Fjodor einen Gefallen zu erweisen«, meinte die Frau und füllte Stones Tasse mit schwarzem Kaffee. »Aber dieses Haus ist nicht sehr groß. Irgendwann kommt die Polizei hierher und findet Sie.«

Das Telefon läutete, und Charlie zuckte unwillkürlich zusammen. Die Rothaarige stand auf und nahm ab.

Sie sprach etwa eine Minute lang, wölbte die Brauen und legte dann wieder auf. »Meine Nachbarin auf der anderen Straßenseite. Die Polizei hat gerade ihre Wohnung durchsucht. Bestimmt haben es die Beamten auf Sie abgesehen.«

»Ich muß mich irgendwo verstecken«, sagte Stone.

Die Frau zog fleckige Gardinen vor einem Fenster zur Seite und blickte auf die Straße. »Lieber Himmel, draußen *wimmelt* es von Polizisten.«

»Wie wär's mit dem Dach?« fragte Stone und richtete die Frage an den Sohn.

»Nein«, lautete die Antwort. »Es gibt keine Verbindungen zu anderen Dächern. Pech für Sie: Dieses Haus steht ein ganzes Stück von den übrigen Gebäuden entfernt.«

»Was ist mit Tunneln oder verborgenen Passagen?« fragte Stone.

Plötzlich lächelte der Junge. »Ich habe eine Idee. Kommen Sie, wir nehmen die Hintertreppe.«

Stone griff nach seinen Sachen und folgte Jacky eine dunkle und schmale Treppe hinab, die zu einem umzäunten Hof führte. Sie brachten die einzelnen Stufen so schnell wie möglich hinter sich und achteten darauf, leise zu sein. Nach einer Minute erreichten sie den Boden.

»Wir haben etwas, das den neueren Gebäuden fehlt«, sagte der Junge und ging mit langen Schritten zur Mitte des Hofes.

»Was meinst du?«

»Sehen Sie.«

Stones Blick fiel auf einen runden Betondeckel, der in einer stählernen Einfassung ruhte. Der Zugang eines Kanalschachts.

»Ich bin oft dort unten gewesen, zusammen mit meinen Freunden.«

»Soll ich mich etwa in der *Kanalisation* verbergen?«

»Ich glaube, etwas anderes bleibt Ihnen gar nicht übrig.«

»Nein«, pflichtete ihm Stone bei. »Aber sitzen wir dort nicht in der Falle? Wenn uns die Polizei folgt . . .«

»Haben Sie jemals Victor Hugo gelesen? *Les Misérables?* Nachdem Jean Valjean einen Laib Brot stahl, floh er durch die Kanalisation von Paris.«

»Ich wußte immer, daß man auch aus Büchern viel lernen kann.«

Der Junge eilte zu einem Schuppen am Rande des Hofes, kehrte mit einem großen Eisenhaken zurück und schob ihn in das Loch des Deckels. »Helfen Sie mir.«

Stone faßte mit an, und gemeinsam gelang es ihnen, den schweren Betondeckel anzuheben und beiseite zu schieben. Ein fauliger Geruch stieg aus der Öffnung im Boden. Charlie sah einige metallene Sprossen, die nach unten führten.

»Das Problem besteht darin, daß wir den Zugang nicht hinter uns schließen können«, sagte Jacky. »Das ist nur von oben möglich. Vielleicht glaubt die Polizei, einige Jugendliche wie ich seien hinabgestiegen.« Spöttisch fügte er hinzu: »Ich hoffe, Sie ertragen den Gestank.«

»Unter den gegenwärtigen Umständen bin ich bereit, alles zu ertragen«, erwiderte Stone und folgte dem Jungen nach unten.

58

Der Geruch wurde immer schlimmer, als sie fast sechs Meter weit in die Tiefe geklettert waren. Jacky hatte eine Taschenlampe dabei und richtete ihr Licht auf die Sprossen an der Wand, aber meistens beleuchtete er nur Stones Füße. Eine glitschige Patina hatte sich auf dem rostigen Metall gebildet, und es fiel nicht leicht, einen festen Halt zu bekommen. Nach einigen Metern rutschte Charlie ab und fiel in schlammiges Wasser.

Die zähflüssige Masse bestand wenigstens teilweise aus Wasser. Sie befanden sich in einem *Égout élémentaire*, einem primären Kanal, der zu den breiteren Tunneln der *Collecteurs secondaires* führte. Dieser etwa anderthalb Meter breite und knapp zwei Meter hohe Kanal diente in erster Linie dazu, Regenwasser aus den Rinnsteinen aufzunehmen. Es war so dunkel, daß Stone nur schattenhafte Konturen sah. Abfälle von den Straßen schwammen im Wasser: leere Zigarettenschachteln, eine Plastiktüte von Yves Saint-Laurent, ein Präservativ. Rohrleitungen reichten an den Wänden entlang.

Charlie und Jacky liefen über den schmalen Gehsteig dicht an der Mauer. »Ich bringe Sie zum Hauptverteiler«, sagte der Junge. »Von dort aus finden Sie allein den Weg.«

»Danke.« Sie wateten nun durch kniehohes Wasser. »Übrigens: Wie heißt du?«

»Jacques. Aber man nennt mich Jacky.«

»Freut mich, dich kennenzulernen, Jacky.«

»Meine Freunde und ich klettern oft in die Kanalisation hinab. Nach diesem *Égout élémentaire* kommen wir besser voran. In den größeren Tunneln geht man auf dem Trockenen.«

»Ihr treibt euch aus Spaß hier herum?« Stone verzog das Gesicht. Der Gestank von Kot wehte aus einem anderen Kanal. Unterwegs sah er ab und zu mattes Licht, das durch Gitter in den Straßen fiel.

»Ja. Ab und zu. Die Kanäle sind mehr als anderthalbtausend Kilometer lang, aber man kann sich nicht verirren. Sehen Sie?« Jacky leuchtete mit der Taschenlampe auf ein Schild an der Wand. Es zeigte den Namen der Straße weiter oben. »Man findet sich schnell zurecht. Hier müssen wir nach links.«

Der schmale Tunnel mündete in einen wesentlich breiteren, in dem es zu beiden Seiten Laufstege aus Beton gab. Jacky trat aus dem Wasser, und Stone folgte seinem Beispiel. »Jetzt haben wir es nicht mehr so schwer. Wir bleiben eine Zeitlang in diesem Kanal. Wie ich hörte, durfte man hier früher Boote benutzen, aber das hat die Polizei inzwischen verboten – auf diese Weise konnten Bankräuber zu leicht entkommen.«

Stone griff in die Jackentasche und holte ein Päckchen Zigaretten hervor. »Dann stört der Gestank nicht mehr so«, erklärte er und bot auch Jacky eine an. Der Junge nahm einen Zug und hustete; wahrscheinlich rauchte er jetzt zum erstenmal.

»Was haben Sie auf dem Kerbholz?« fragte Jacky.

»Wie ich schon sagte: Ich bin hereingelegt worden.«

»Hereingelegt«, wiederholte der Junge nachdenklich. »Das bedeutet, jemand hat es auf Sie abgesehen.«

»Ja.«

»Wer?«

Stone zögerte kurz und beschloß, ehrlich Auskunft zu geben. »Ich weiß es nicht genau. Bisher habe ich nur Vermutungen.«

Jacky überlegte einige Sekunden lang. »Sind Sie verheiratet?«

»Keine Ahnung. Ich glaube schon.«

»Sie *glauben* es?«

Etwas raschelte, und ein dunkler Schemen kam ihnen auf dem Gehsteig entgegen. »Eine Katze?« fragte Stone.

»Eine Ratte.«

Die Ratte war größer als alle anderen, die Charlie jemals gesehen hatte. Als sie vorbeilief, berührte ihr Pelz Stones nasse Hose. »*Jesus!*« stieß er hervor und schauderte heftig.

Der Junge lachte nervös. »Hier unten gibt's noch viel größere«, behauptete er. »He, einen Augenblick.« Er verharrte und lauschte.

»Ich höre nichts«, sagte Stone.

»Pscht. Es ist noch jemand anders hier.«

Sie standen völlig still, und schließlich vernahm auch Charlie etwas: ein fernes, rhythmisches Pochen. Schritte?

Jacky schaltete die Taschenlampe aus, und von einer Sekunde zur anderen herrschte fast völlige Finsternis. Das Geräusch wurde lauter. Ja, Schritte, und dann das Kratzen von Metall auf Stein, gefolgt von leisen Stimmen.

»Können Sie sehen?« hauchte der Junge.

»Ein wenig.« Langsam gewöhnten sich Stones Augen an die Dunkelheit.

»Gehen wir. Bleiben Sie dicht an der Wand. Ich glaube, die Polizisten haben den geöffneten Betondeckel gefunden. Mist, damit ist mir der Rückweg abgeschnitten.«

Kurz darauf wurden die Stimmen deutlicher. Licht glitt über die Tunnelwand, nur sechs Meter hinter ihnen.

»Wir bekommen Besuch«, sagte Jacky. »Hier entlang.«

Sie liefen los und strichen dabei mit den Händen über die Tunnelwand. »Jetzt nach links«, flüsterte der Junge.

Sie setzten den Weg durch einen kleineren, nach unten geneigten Tunnel fort, wateten durch taillenhohes Wasser. Stone tastete nach den Pässen und Kassetten in der Brusttasche, vergewisserte sich, daß sie trocken waren.

Die Stimmen verklangen hinter ihnen. Jacky führte seinen Begleiter in einen zweiten breiten Kanal; Wasser plätscherte, als sie sich dort auf den Gehsteig zogen. Dicht vor ihnen raschelte es – eine weitere Ratte. Stone fluchte leise.

Der Junge leuchtete kurz auf die Wandschilder, um sich zu orientieren. »Wenn wir leise sind, findet man uns vielleicht nicht.« Sie eilten durch den Tunnel, der mehrmals nach rechts und links abknickte.

Sie liefen fünfzehn Minuten lang, und die ganze Zeit über blieb es still. »Ich schlage vor, wir suchen jetzt einen Ausgang«, sagte Stone schließlich.

»Kein Problem. Wir brauchen einen *Égout élémentaire,*

der zu einer ruhigen Nebenstraße führt. Dort lauschen wir aufmerksam, bevor wir nach oben klettern. Schließlich wollen wir vermeiden, auf irgendeinem Boulevard zu erscheinen.«

»Wo sind wir jetzt?«

Jacky schaltete erneut die Taschenlampe ein und suchte nach einem Schild. »An der Kreuzung Boulevard Raspail und Boulevard du Montparnasse. In der Nähe des Montparnasse-Friedhofs.«

Diesmal hörte Stone Schritte. »Die Polizei ist uns erneut auf den Fersen.«

»Nein, unmöglich.« Jacky horchte. »Verdammt, Sie haben recht.«

»Wir sollten uns sofort auf die Suche nach einem *Égout élémentaire* machen«, sagte Charlie.

»Hier muß irgendwo einer sein.«

Deutliche Stimmen erklangen. Mehrere Männer. Und einer von ihnen rief: »Dort drüben!«

»Ich weiß einen Weg«, sagte Jacky.

»Dann *los*!«

»Er ist ganz in der Nähe.«

»Worauf warten wir noch?« Stone eilte weiter und streckte die Arme aus, um in der Dunkelheit nicht gegen ein Hindernis zu stoßen.

»Nein, dort. Ich meine einen Weg, den die Polizisten bestimmt nicht kennen.«

»Willst du mich auf den Arm nehmen?«

»Na ja, vielleicht kennen ihn einige, aber bestimmt nicht alle«, verkündete Jacky stolz.

»Versuchen wir's.«

Die Stimmen kamen aus dem Tunnel, den sie vor fünf Minuten verlassen hatten. *»Habt ihr das gehört? Dort drüben!«*

Jacky sprang ins stinkende Wasser, und Stone folgte ihm sofort. Sie schwammen zur anderen Seite, kletterten auf den Betonsims und liefen zu einem kleineren Tunnel.

»Wir sind da«, flüsterte der Junge triumphierend.

»Wie bitte?«

»Über uns.« Jacky leuchtete mit seiner Taschenlampe zu einem Gitter hoch. Es befand sich etwa einen knappen Meter über ihnen. »Helfen Sie mir rauf.« Stone faltete die Hände, und der Junge schob den einen Fuß hinein. Er griff nach einem Rohr und zog sich daran hoch.

»Dort entlang!« Wie weit waren die Verfolger noch entfernt? Sechs Meter? Sieben?

Jacky schloß die rechte Hand um einen Eisenstab und zog. Es knirschte leise, und dann gaben die Angeln nach. Ein Teil des Gitters klappte wie eine Falltür nach unten. Der Junge schob sich rasch durch die Öffnung. Stone kletterte ebenfalls nach oben; mehrere Rohrleitungen boten ihm Halt genug. Es dauerte nicht lange, bis er den etwa ein Quadratmeter großen Durchlaß passiert hatte.

»Schließen Sie das Ding!« zischte Jacky.

Stone drehte sich um und zog das Gitter wieder hoch. »Hat dieses verdammte Loch noch einen anderen Ausgang?« raunte er.

»Pscht.«

Die Stimmen erklangen nun in dem Tunnel direkt unter ihnen. Stone folgte Jacky durch die enge Passage, und seine Knie schabten über feuchten Stein. Nach etwa vier Metern gelangten sie zu einem zweiten Gitter, das den Weg versperrte. Der Junge drückte dagegen, und es schwang auf. »Vorsichtig«, hauchte er. »Jetzt wird's etwas schwieriger. Auf der anderen Seite gibt es ein Rohr; halten Sie sich daran fest.« Jacky beugte sich durch die Öffnung, streckte die Hand aus und strich über die Wand. »Ja, hier ist es.« Geschickt schwang er sich nach unten.

Sie hatten jetzt eine Art Höhle erreicht, die nicht zur Kanalisation gehörte – kein Gestank mehr, kein Wasser.

Stone griff ebenfalls nach dem Rohr, ließ sich dann fallen und landete neben dem Jungen. »Das soll ein Ausgang sein?« fragte er. »Zum Teufel auch, wo sind wir hier?«

Sein Begleiter schaltete die Taschenlampe ein und leuchtete an die Wand.

Charlie schnappte nach Luft.

Der Zugang vor ihnen führte in eine Kammer mit unebenen braunen Wänden. Als Stone genauer hinsah, keimte Entsetzen in ihm: Die Wände bestanden aus menschlichen Knochen, aus dicht an dicht gepackten Schädeln und Schienbeinen. Am Sturz des Eingangs war ein Hinweis in den Stein gemeißelt.

ARRETÉ!
C'est ici l'Empire de la Mort

Halt! lautete die Botschaft. Hier beginnt das Reich der Toten. Stone und Jacky waren in den Katakomben.

59

CHICAGO

Paula Singer erwartete niemanden.

Fünfzehn Minuten vor Mitternacht klingelte es an der Tür. Sie sah sich gerade die Johnny-Carson-Show an: Diesmal hatte Carson einen Komiker eingeladen, der noch bessere Sprüche auf Lager hatte als der Gastgeber. Nach einer Weile döste Paula ein und reagierte erst, als es zum dritten Mal klingelte.

Sie zog den Gürtel des Morgenmantels fester zu und sah durch den Spion.

Ein großer und gut gekleideter Mann stand vor der Tür. Er hatte ein rundes, fleischiges Gesicht und lange Koteletten.

»Ja?« fragte sie. Mein Gott, es ist fast Mitternacht. Sie wollte erst öffnen, wenn sich der späte Besucher zu ihrer Zufriedenheit identifizierte.

»Es tut mir leid, Sie zu stören, Miß Singer.« Der Fremde sprach mit irgendeinem Akzent.

Er kannte also ihren Namen. »Wer sind Sie?«

»Ich bin ein Freund von Charlie Stone«, erwiderte der Mann. Ein ausländischer Akzent, ja. »Er bat mich, Ihnen eine Mitteilung zu bringen.«

»Ich höre.«

Der Unbekannte lachte und zuckte mit den Schultern. »Es dauert nicht mehr als fünf Sekunden. Hier draußen ist es kalt.«

Paula zögerte kurz, bevor sie aufschloß. »Meinetwegen«, sagte sie. Nur einen Sekundenbruchteil später sprang der Mann herein und stieß sie zu Boden.

Er hatte eine Waffe.

»*Bitte* nicht«, brachte die junge Anwältin hervor. Tränen rannen ihr über die Wangen. »Bitte.« Sie versuchte aufzustehen, aber der Mann bedrohte sie mit der Pistole.

»Bleiben Sie liegen, Paula.« Er schloß die Tür.

»Was wollen Sie? Bitte . . .«

»Wo ist Charles Stone?« Ein hochgewachsener und kräftig gebauter Mann. Gewiß kein Amerikaner.

»Ich weiß es nicht.« Die junge Frau schluchzte.

»Lassen Sie sich Zeit. Denken Sie nach. Sie *wissen*, wo er sich aufhält. Belügen Sie mich nicht.«

Was war geschehen? Hatte man sie und Charlie in Toronto gesehen, vielleicht im Flughafen? Oder . . .

Die Telefongespräche. Hat man festgestellt, woher die Anrufe kamen? Gehört dieser Mann zur American Flag Foundation?

»Jetzt dürfen Sie aufstehen, Paula. Ja, in Ordnung. Gehen Sie voraus, langsam, ganz langsam.«

Sie kehrte ihm den Rücken zu, und Angst lähmte ihre Zunge. Jeden Augenblick rechnete sie mit einem Schuß in den Kopf. »Wieso glauben Sie, ich wüßte Bescheid?« fragte sie schließlich mit zitternder Stimme. »Bitte, ich habe überhaupt keine Ahnung.« Sie ging in Richtung Schlafzimmer, und neue Furcht regte sich in ihr. Wollte er sie vergewaltigen? Bitte, Gott, laß das nicht zu! flehte sie lautlos.

»Legen Sie sich aufs Bett, Paula.«

»Nein. Bitte, *nein*!«

»Ich möchte nur wissen, wo Stone ist. Er war bei Ihnen.«

Sie gab der Verzweiflung nach. »Er hat die Vereinigten Staaten verlassen!«

»Das stimmt nicht. Sagen Sie mir die Wahrheit.« Der Mann holte einige lange Lederriemen hervor.

»O Gott, *bitte* nicht!« Warum glaubte er, daß sie log? Dann erinnerte sich Paula plötzlich: Charlie hatte einen anderen Paß benutzt. Welcher Name stand darin?

»Wenn Sie mir ehrlich antworten, geschieht Ihnen nichts.«

»*Bitte* glauben Sie mir. Er hat ein Flugzeug genommen, in Toronto. Und er verwendet nicht seinen eigenen Paß.«

Der Mann zögerte kurz; die Lederriemen baumelten an seiner linken Hand. Einige Sekunden lang wirkte er überrascht.

»Wohin flog er?« fragte er.

Paula hatte eine Idee, und ihr Herz klopfte noch schneller. Die Waffe. Charlie hat mir eine Pistole gegeben, und sie liegt im Nachtschränkchen neben dem Bett. »Wenn ich mich recht entsinne . . .«, murmelte sie, um Zeit zu gewinnen. »Ich glaube, ich habe eine Kopie seiner Buchung. Könnten Sie damit etwas anfangen?«

Der Mann brummte zustimmend.

Paula beugte sich vor, zog die Schublade auf und tastete an den Papieren vorbei nach hinten . . . Kühles Metall. Sie schloß die Finger um den Griff und triumphierte innerlich.

Blitzschnell riß sie die Pistole hervor und zielte. Der Mann stürzte ihr entgegen, und die Waffe *funktionierte nicht*! Paula drückte ab, aber der erwartete Knall blieb aus.

Sie erinnerte sich daran, daß man eine Pistole erst entsichern mußte, bevor man schießen konnte, doch dazu bekam sie keine Gelegenheit mehr.

Der Mann war heran, und Paula handelte rein instinktiv, rammte ihm das Knie in den Schritt. Der Fremde krümmte sich zusammen und gab einen schmerzerfüllten Schrei von sich. Er war groß und stark, und offenbar hatte er nicht mit Widerstand gerechnet. Außerdem kannte sich Paula inzwischen recht gut mit verschiedenen Kampfsporttechniken aus.

Er griff erneut an, aber sie brachte ihn mit einer Beinschere zu Fall und hörte, wie sein Kopf mit einem dumpfen Pochen auf den Parkettboden prallte. Rasch sprang sie auf, lief aus dem Schlafzimmer und in die Küche.

Der Mann war nicht aufzuhalten. Jemand anders hätte vielleicht das Bewußtsein verloren, zumindest für ein oder zwei Minuten, aber dieser Bursche schüttelte die Benommenheit einfach von sich ab, folgte Paula und drängte sie an den Herd zurück. Seine Waffe lag irgendwo im Schlafzimmer, aber die Hände genügten ihm.

Er versuchte, Paula zu erdrosseln, doch sie nahm ihn geschickt in die Zange, stieß seinen Kopf mit ihrem ganzen Gewicht an die eiserne Herdplatte. Sie spürte die linke Hand des Fremden am Nacken, fühlte zunehmenden Druck – und dann fiel ihr etwas ein.

Sie dachte an den Mann, der vor einem Jahr versucht hatte, sie zu vergewaltigen, und Zorn entstand in ihr, eine Wut, die ihr neue Kraft gab. Mit dem Ellbogen drehte sie den Gashahn auf, und der hintere Brenner zischte, dicht vor dem Gesicht ihres Gegners. Das Ventil war schon seit einer ganzen Weile defekt, und dadurch wuchs die Flamme auf eine Höhe von fast zwanzig Zentimetern.

Konnte sie den Fremden lange genug festhalten? Er wand sich hin und her. Paula spannte die Muskeln, aber sie wußte, daß es ihm innerhalb der nächsten Sekunden gelingen würde, sich zu befreien.

Sie drückte den Kopf weiterhin nach unten, hielt ihn in ihren Armen eingekeilt. Der durchdringende, unvergeßliche Geruch von brennendem Haar stieg ihr in die Nase, und dann schien sich der Mann in eine lebende Fackel zu verwandeln. Paula beobachtete, wie dicke rote Blasen auf Wangen und Stirn entstanden, wie die Gesichtshaut zu verkohlen begann. Er brüllte in unerträglicher Pein.

Sein Kopf stand noch immer in Flammen, als er Paula mit schier übermenschlicher Kraft zu Boden schleuderte und ihr das Genick brach. Es war sein letzter Mord.

60

MOSKAU

Tief im Lubianka-Gebäude, in dem sich vor der Oktoberrevolution die Büros einer Versicherungsgesellschaft befanden, gibt es ein privates Speisezimmer, das nur dem Vorsitzenden und seinen eingeladenen Gästen zur Verfügung steht. Es ähnelt einer Kathedrale: Die Decke ist hoch und gewölbt, und die Wände sind mit massivem Eichenholz vertäfelt. Die Buntglasfenster darin stammen aus einer russisch-orthodoxen Kirche, die man in den dreißiger Jahren, während der antireligiösen Kampagne Stalins, beschlagnahmt und in sogenanntes ›Volkseigentum‹ überführt hatte.

Jetzt befanden sich nur zwei Personen in dem Raum: Andrei Pawlitschenko und sein Arzt. Der Doktor – er schien zehn Jahre älter zu sein als der KGB-Chef, obwohl der Altersunterschied nicht annähernd so groß war – galt als bester Neurologe in der Kreml-Klinik, wo man die Mitglieder des Politbüros und Zentralkomitees behandelt. Das Krankenhaus untersteht der vierten Abteilung des Gesundheitsministeriums, die wiederum vom KGB geleitet wird.

Doch dieser Arzt war nicht nur ein Befehlsempfänger, sondern fühlte sich Pawlitschenko auf eine besondere Art und Weise verpflichtet. Vor vielen Jahren hatte er eine bestimmte Frau geschwängert, die Tochter eines hochrangigen Parteimitglieds, und der Skandal bedrohte seine Karriere. Pawlitschenko sorgte dafür, daß die Angelegenheit aus den Akten verschwand. Seitdem gehörte der Neurologe zu seinen treuesten Freunden.

Die beiden Männer sprachen ruhig miteinander, und doch herrschte eine gewisse Anspannung.

Pawlitschenko dachte daran, daß er in diesem Zimmer einmal Berija beim Abendessen Gesellschaft geleistet hatte, am 9. März 1955. Er erinnerte sich gut an das Datum. Damals war er ein junger Beamter in der Geheimpolizei gewesen, und es erstaunte ihn, als er Berijas Einladung bekam, noch dazu an diesem Tag.

Einige Stunden vorher hatte man Stalin zu Grabe getragen. Berija hielt eine Lobrede, und während er sprach, verfluchte ihn Stalins betrunkener Sohn Wasili als ›Hurensohn‹ und ›Schwein‹. Aber Berija reagierte nicht darauf. Seine Truppen patrouillierten in und außerhalb von Moskau, wiesen die übrigen Angehörigen der sowjetischen Regierung in aller Deutlichkeit darauf hin, wer das Kommando führte.

Pawlitschenko hatte dabei geholfen, an jenem Tag die Sicherheitsstreitkräfte zu organisieren, und dabei ging ihm folgender Gedanke durch den Kopf. Berija, Stalin – sie sind aus dem gleichen Holz geschnitzt. Eines Tages befehle ich über diese Panzer, Maschinengewehre und Soldaten.

Beim Abendessen zitterte der junge Pawlitschenko vor Aufregung, als ihm Berija von seinen Putschplänen erzählte. Berija wollte ihn als Verbindungsmann zwischen einer Russin und einem einflußreichen amerikanischen Millionär einsetzen. Pawlitschenko sollte ein Dokument besorgen, ein Papier, dessen Veröffentlichung im Kreml ein solches Chaos schuf, daß Berija die Macht ergreifen konnte. Der junge Andrei Pawlitschenko hörte sich fasziniert die Einzelheiten des Plans an.

Berija hat versagt, dachte er jetzt. Aber ich werde Erfolg haben.

Niemand – weder Berija noch sonst jemand in der sowjetischen Regierung – hatte soviel erlitten wie Pawlitschenko.

Seine Eltern waren Bauern in dem kleinen ukrainischen Dorf Plowitsi gewesen. Sie besaßen nicht viel, nur ein Pferd, eine Kuh und ein wenig Land, aber damals begann Stalins große Kollektivierungskampagne, der Kampf gegen Leute, die er ›Kulaks‹ nannte, reiche Bauern. Während jener Jahre verhungerten sieben Millionen Menschen, ein Fünftel der ukrainischen Bevölkerung.

Pawlitschenkos Eltern waren nicht reich, aber man klassifizierte sie trotzdem als Kulaks.

Als Dreijähriger erlebte er, wie Soldaten den Bauernhof beschlagnahmten und die Familie auf einem Karren fortbrachte; was im Haus zurückblieb, nahmen sich die Dorfbewohner. Sie sollten zu einem Lager im sibirischen Krasnojarsk geschickt werden. Wie Vieh trieb man sie und andere deportierte Bauern in die Waggons eines Zuges, und überall ertönten verzweifelte Schreie.

Unterwegs hielt der Zug in einem kleinen Ort in der Ukraine, um Verpflegung aufzunehmen. Pawlitschenkos Eltern nutzten die Gelegenheit, Andrei und seine beiden Schwestern im Bahnhof zurückzulassen.

Es fiel den Behörden schon schwer genug, in Hinsicht auf alle erwachsenen Gefangenen die Übersicht zu wahren. So bemerkte niemand, daß einige Kinder fehlten. Stundenlang irrten Andrei und seine Schwestern umher, ohne zu verstehen, was geschehen war. Sie folgten dem Verlauf einer Straße und wußten nicht, wohin sie sich wenden sollten. Schließlich baten sie Passanten um Hilfe.

Einige Tage später erreichten sie einen anderen Ort, und dort nahm sie ein Onkel auf, der die Kinder schließlich adoptierte.

Erst viele Jahre später erfuhren sie, daß ihre Eltern in einem Lager von Krasnojarsk gestorben waren.

In dem jungen Andrei Dmitrowitsch wuchs der Haß auf ein System, das seine Eltern umgebracht hatte, und er erinnerte sich an einen besonderen Tag im heißen und regnerischen Sommer des Jahres 1934. Starker Regen wusch die Erde vom Friedhof, wo seit dem vergangenen Jahr Hunderte von verhungerten Bauern ruhten. Die Fluten spülten Dutzende von Skeletten fort. Pawlitschenko wohnte bei seinem Onkel, öffnete die Tür und sah bleiche Schädel, die zu grinsen schienen. Daraufhin schrie er so lange, bis er die Stimme verlor.

Seit einigen Jahren – seit seiner Ernennung zum Leiter des Ersten Hauptdirektorats – unterhielt er keine Kontakte mehr zum Sanctum. Dieser Umstand gefiel den Amerikanern nicht sonderlich. Sie fanden natürlich großen Gefallen an der Vorstellung, einen Agenten im Herzen des sowjetischen Geheimdienstes zu haben. Trotzdem verzichtete Pawlitschenko darauf, sich mit ihnen in Verbindung zu setzen; er wollte jedes Risiko vermeiden.

Schon seit Jahrzehnten trug er den vom Sanctum stammenden Codenamen M-3. Während seines ganzen Lebens als Erwachsener begleitete ihn Sorge, die Furcht davor, irgendwann entlarvt zu werden.

Es begann kurz nach seiner Heirat, als er die KGB-Ausbildung abschloß und einen dummen Fehler machte. Er traf sich heimlich mit einem antisowjetischen ukrainischen Aktivisten in Kiew, einem jungen Mann, dessen Ansichten er teilte. Ein amerikanischer Agent fotografierte ihn mit dem Ukrainer, und damit saß er in der Falle. Seine erste Reaktion bestand aus Entsetzen und Reue. Dann dachte er in aller Ruhe darüber nach und begriff, daß sich ihm eine gute Chance bot.

Er entsann sich an seine erste Begegnung mit Oliver Nyland, der seit einigen Jahren die CIA-Gegenspionage leitete. Sie trafen sich in London, an einem Ort, den Nyland mit großer Vorsicht ausgewählt hatte, um kein Aufsehen zu erregen.

Das Erscheinungsbild des Amerikaners überraschte den jungen und ehrgeizigen Pawlitschenko. Er sah wie ein zerstreuter Professor aus und trug einen schlechtsitzenden Tweed-Anzug; an seinem Hemd fehlte ein Knopf. Er hatte müde blickende, nußbraune Augen und langes, zottiges Haar, das ihm bis über die Ohren reichte. Er wirkte ganz und gar nicht wie ein Meisterspion der Central Intelligence Agency.

»Wir beobachten Sie schon seit einer ganzen Weile«, erklärte Nyland. »Als einer Ihrer Verwandten auswanderte, hörten wir von drei Kindern, deren Eltern während Stalins Kollektivierungskampagne ums Leben kamen. Sie wurden von einem Onkel adoptiert, der so klug war, ihre Namen zu ändern, so daß ihnen keine Gefahr mehr drohte.«

Pawlitschenko hörte stumm zu, verblüfft darüber, wieviel Nyland wußte. Der KGB hatte vor seiner Einstellung die üblichen Nachforschungen angestellt, aber das Geheimnis der Adoption und des geänderten Namens blieb gewahrt. Bei den damaligen Unruhen in der Ukraine gingen viele Dokumente verloren, und die interne Sicherheitssektion des KGB fand nichts Verdächtiges.

»Wir haben die Möglichkeit, Sie bis an die Spitze des KGB zu bringen«, fuhr Nyland fort. »Wir geben Ihnen Informationen, mit denen Sie große Erfolge erzielen können, die Sie klüger und weitblickender erscheinen lassen als alle Ihre Kollegen.«

Der Amerikaner versprach nicht zuviel.

Als sich Pawlitschenko einverstanden erklärte, bekam er detaillierte Anweisungen und alle notwendigen Dinge, um in Kontakt mit Nyland zu bleiben.

In einer ganz bestimmten Bäckerei in der Gorki-Straße von Moskau kaufte er Brot, das Mitteilungen für ihn enthielt, kleine Zettel mit fünfstelligen Zahlen, die zur Entschlüsselung von Nachrichten dienten. Jede Botschaft wurde mit einer anderen, zufällig ausgewählten Codezahl chiffriert.

Zuerst stellte er den Amerikanern Gehaltsunterlagen und Belegschaftslisten zur Verfügung, in denen die Mitarbeiter aller KGB-Abteilungen genannt waren. Später folgten Analyseergebnisse und wichtige Geheimnisse. Pawlitschenko fotografierte die entsprechenden Dokumente mit einer kleinen deutschen Kamera.

Die Filmkassetten versteckte er hinter einem losen Ziegelstein in einer Sporthalle, die sein ältester Sohn häufig besuchte.

Oder er ging in ein Kino, wählte dort einen vorher festgelegten Platz und legte den Mantel über die Rückenlehne des Sitzes vor ihm. Wenn er nach ein oder zwei Stunden ging, war die Tasche leer. Es kam auch zu Kontakten in vollen Bussen. Kreidezeichen an Telefonmasten oder Teerflecken an den Wänden einer Sauna bestätigten die erfolgreiche Übergabe.

Man gab ihm eine Telefonnummer, und damit konnte er seinen Einsatzleiter erreichen. Er sollte sie nur im Notfall benutzen, und das war in all den Jahren nie geschehen. Niemand verdächtigte ihn.

»Es ist alles vorbereitet«, sagte der Arzt. »Sie werden keinen Schlaganfall in dem Sinn bekommen, sondern eine transitorische ischämische Attacke.«

»Was hat es damit auf sich?«

»An dem betreffenden Tag können Sie morgens weder aufstehen noch sprechen. Ihre rechte Körperhälfte ist gelähmt. Natürlich bringt man Sie zu mir in die Klinik. Ich führe einen CAT-Scan durch – reine Routine –, und dabei stellt sich ein Infarkt in der linken Hirnhemisphäre heraus. Der Grund: eine Funktionsstörung in der Blutversorgung des Gehirns, vielleicht eine zerebrale Embolie, Verstopfungen in der Wirbel- oder Halsschlagader. Dieser Zustand erscheint aufgrund Ihrer allgemeinen medizinischen Daten durchaus plausibel.«

»Ausgezeichnet«, erwiderte Pawlitschenko und nickte langsam. »Informieren Sie die richtigen Leute von meiner ›Krankheit‹. Lassen Sie hier und dort einen Hinweis fallen. Es soll bekannt werden, daß Sie mich behandeln. Ich möchte, daß Gerüchte entstehen.«

»Wie in Hinsicht auf Ihre angeblichen Herzprobleme«, warf der Arzt ein.

»Ja. Übrigens: Wie sollen wir gewährleisten, daß die Untersuchung zu den gewünschten Ergebnissen führt?«

»Kein Problem. In den letzten Jahren sind viele Personen mit solchen Schlaganfällen behandelt worden. Ich nehme einfach die CAT-Aufnahmen und die Krankenblätter eines anderen Mannes, der tatsächlich einen Schlaganfall erlitt. Es genügt durchaus, das Datum zu ändern.«

»Ist es *glaubhaft*, daß ich mich nach einem solchen Anfall rasch erhole?«

Pawlitschenkos Arzt überlegte kurz. »Ja. Ich kenne Patienten, bei denen die Rekonvaleszenz nur wenige Tage dauerte. So etwas ist vollkommen glaubwürdig.« Er lächelte. »Die Toten werden wiederauferstehen.«

»Gut«, murmelte der KGB-Chef und nickte.

Er sah sich im Speisezimmer um, betrachtete die bunten Fenster und wußte, daß sein Traum bald in Erfüllung ging.

61

PARIS

Stone saß auf dem Kies im Reich der Toten und lehnte sich an feuchte, rotbraune Knochen. Die Luft roch muffig. Er hatte einige Stunden lang geschlafen und erwachte mit steifem Nacken.

Stone wartete auf Jackys Rückkehr.

Der Junge hielt inzwischen alles für ein großartiges Abenteuer. Dies war sein Versteck, ein Ort, den er manchmal mit seinen Freunden aufsuchte. Gelegentlich benutzten sie den geheimen Zugang, um die Katakomben zu erreichen und dort eine Party zu veranstalten: Sie tranken, schrieben Graffiti an die Wände und hielten das Ossuarium für aufregend. Wenn sie einige Flaschen geleert hatten, meinte Jacky, glaubten sie sogar, die Geister der Toten zu sehen.

Glücklicherweise blieben Jackys Freunde in dieser Nacht den Katakomben fern. Stone ruhte sich aus und wußte, daß er auch einen Teil des nächsten Tages an diesem Ort verbringen konnte: Erst um zwei Uhr nachmittags standen die Katakomben für Touristen offen.

Zeit genug, hoffte Charlie. Er mußte noch einmal auf Dunajews Hilfe zurückgreifen und hatte Jacky den Robert-Gill-Paß sowie drei Fotos gegeben. Damit sollte der Russe eigentlich in der Lage sein, ihm ein Visum für die Sowjetunion zu beschaffen.

Der Junge meinte, er wolle den Rest der Nacht in der Wohnung einer Freundin verbringen, seiner Mutter Bescheid geben und anschließend Dunajew anrufen. Während sich der Russe um das Visum kümmerte, stand für Jacky eine Einkaufstour auf dem Programm. Stone gab ihm eine lange Liste, und darauf standen unter anderem: ein Kamm aus Metall, ein einfacher Anzug, eine Jacke, eine Hose, amerikanische Wanderstiefel, eine kleine Reisetasche, Rasierzeug aus Leder, ein metallenes Maßband, Seife, Rasiercreme, Zahnpasta, verschiedene Toilettenartikel und Rasierklingen.

Es war fünf Uhr morgens. Mit etwas Glück kam der Katakombenwächter erst nach Mittag.

Stone stand auf, vertrat sich die Beine und hörte, wie der Kies unter ihm knirschte. Mit der Taschenlampe leuchtete er über die Wände, betrachtete die dicht an dicht gepackten Skelette. Die Schädel bildeten perfekt symmetrische Reihen, und an einigen Stellen zeigten sich Totenköpfe auf gekreuzten Knochen.

Schilder wiesen darauf hin, wann die Skelette von welchem Friedhof in Paris hierhergebracht worden waren. Man hatte 1786 damit begonnen, als der Les-Innocents-Friedhof keinen Platz mehr bot. Im Laufe der Jahre sammelten sich in den Katakomben die sterblichen Überreste vieler Millionen Menschen an. OSSEMENTS DU L'EGLISE ST-LAURENT, hieß es auf einem Schild, und ein anderes verkündete: OSSEMENTS DU SAINT-JACQUES-DU-HAUT-PAS. Hier und dort bemerkte Stone eingravierte Bibelzitate über Tod und Ewigkeit.

Während des Zweiten Weltkriegs hatten die Katakomben der französischen Résistance als geheimes Hauptquartier gedient. Die Nazis marschierten unbekümmert über den Place Denfert-Rochereau und ahnten nichts von den Widerstandskämpfern, die sich darunter versammelten, um weitere Aktionen vorzubereiten. Im Vergleich zu jenen tapferen Partisanen fühlte sich Stone geradezu lächerlich unbedeutend. Er dachte an seine grandiosen Pläne, die Verschwörung aufzudecken, einflußreiche Männer zu zwingen, ihn von allen Anschuldigungen zu befreien und seinem toten Vater die geraubte Ehre zurückzugeben. Derartige Hoffnungen erschienen ihm plötzlich absurd.

Der Gedanke, nach Moskau zu reisen, erschreckte ihn. Die amerikanischen Fanatiker hatten bestimmt die Möglichkeit, ihn auch dort zu erwischen. Aber es blieb ihm keine Wahl.

Stone nahm wieder Platz, lehnte sich an die Knochen und schlief ein.

MOSKAU

Charlotte ging vor den Fernschreibern auf und ab. Sie dachte an ihren Bericht, an Charlie, an das bevorstehende Gipfeltreffen. Viele Dinge gingen ihr durch den Kopf, was bedeutete, daß sie sich nicht richtig konzentrieren konnte.

Um sich abzulenken, las sie den neuesten Ausdruck, eine Meldung der Nachrichtenagentur Associated Press.

Ein Name fiel ihr auf. Paula Singer.

Die junge Anwältin war durch ein Feuer in ihrer Wohnung ums Leben gekommen. Als Brandursache vermutete man eine Zigarette . . .

Charlotte schnappte nach Luft und gab einen gedämpften Schrei von sich. Die anderen Personen im Büro – der Kameramann, der Produzent, die russischen Angestellten – sahen erstaunt auf. Die Russin namens Zinaida eilte besorgt herbei.

Charlotte wußte, daß Paula Singer nie geraucht hatte.

PARIS

Licht schien in Stones Gesicht. Er hob die Lider, blinzelte mehrmals und seufzte erleichtert, als er Jacky erkannte.

»Wie spät ist es?« fragte er und rieb sich die Augen.

»Fast Mittag. Wir sollten so bald wie möglich von hier verschwinden.«

»Nun?«

»Alles klar. Die sowjetische Botschaft öffnet erst um zehn, aber um halb elf hatte Dunajew das Visum. Ich weiß nicht, wer er ist, aber allem Anschein nach hat er echt was auf dem Kasten.«

»Ja, in der Tat.«

»Ich habe Ihnen Timberland-Stiefel mitgebracht«, fügte Jacky unsicher hinzu. »In Ordnung? Sie sollen recht gut sein.«

»Danke.«

Der Junge hatte ihm alle auf der Liste genannten Dinge besorgt. Die kleineren Gegenstände befanden sich in einem Beutel.

Es blieb ihnen nur noch wenig Zeit, und Stone beeilte sich. Zuerst begann er damit, die Waffe auseinanderzunehmen, was nur wenige Sekunden dauerte. Charlie legte die einzelnen Teile auf den Boden und betrachtete sie aufmerksam. Der Griff bestand nicht ausschließlich aus Kunststoff, sondern enthielt auch etwas Stahl – eine Vorsichtsmaßnahme gegen den Terrorismus. Aber der Metallgehalt war so gering, daß die Detektoren wahrscheinlich nur einen Schlüssel registrierten.

Doch wenn er ihn in der Reisetasche unterbrachte, erschien er auf dem Scanner-Bildschirm im Flughafen als Griff einer Pistole. Stone verstaute ihn in der Brusttasche seines Anzugs. Passagiere untersuchte man nicht mit Röntgenstrahlen, nur das Gepäck.

Die stählernen Komponenten der Waffe stellten ihn vor ein Problem, und er erinnerte sich an Dunajews Vorschläge. Er legte den Lauf Ende an Ende neben das Magazin, das siebzehn Patronen aufnehmen konnte. Es war Dunajew nicht unbedingt leichtgefallen, die Pistole zu besorgen, aber bei der Munition hatte er keine Schwierigkeiten. Seit dem Zweiten Weltkrieg können fast alle europäischen Handfeuerwaffen mit Patronen des Kalibers 9 mm geladen werden. Stone umwickelte die beiden Metallobjekte mehrmals mit Aluminiumfolie, bis sie wie ein langer, flacher Riegel aussahen. Er verstaute ihn im Boden der Reisetasche, den er zuvor mit einer Rasierklinge aufgeschnitten hatte, an der Ecke. Das metallene Maßband schob er zwischen Anzug und Jacke.

Dann griff er nach dem Stück Seife und packte es aus. Vor einer der Katakombenwände gab es eine kleine

Pfütze. Charlie ließ die Seife einige Minuten lang darin liegen, schraubte die Tube Zahnpasta auf, drückte einen Teil ihres Inhalts heraus und legte sie zu der Dose mit Rasiercreme, den Rasierklingen, dem Metallkamm und verschiedenen anderen Gegenständen. Anschließend holte er das halb aufgelöste Stück Seife und schmierte einen Teil der glitschigen Masse auf die Toilettenartikel. Er betrachtete das Durcheinander, lächelte zufrieden und zog den Reißverschluß zu.

Stone und Jacky benutzten einen anderen Weg, um die Katakomben zu verlassen. Sie gingen durch einen nahen *Égout élémentaire*, kletterten dann nach oben und öffneten einen Kanaldeckel in der Rue Rémy Dumoncel, direkt vor dem leuchtenden grünen Kreuz einer homöopathischen Apotheke. Mehrere Passanten blieben neugierig stehen.

»Was starrt ihr so?« rief Jacky. »Kümmert euch um eure eigenen Angelegenheiten.« Daraufhin gingen die Fußgänger weiter.

Eine Straße weiter stand der Wagen, den sich Jacky von einem Freund geliehen hatte. Es handelte sich um einen riesigen, mehr als dreißig Jahre alten Chevrolet mit Flossenheck. Im Fond lag ein Koffer mit Kleidung. Der Motor sprang sofort an, und sie fuhren zum Flughafen.

»Die Polizei ist überall präsent«, berichtete der Junge. Offenbar gefiel er sich in der Rolle des Komplizen. »Auf Bahnhöfen, in den Métro-Stationen. Überall.«

»Und wie verhalten sich die Beamten?«

»Sie beobachten. Ab und zu kontrollieren sie jemanden.«

»Vermutlich Männer, die mir ähneln.«

»Ja.« Jacky lächelte. »Ihr Anzug ist hin.«

»Nach dem Ausflug in die Kanalisation kein Wunder. Hast du eine Ahnung, wo man hier Perücken kaufen kann?«

»Perücken?«

Sie hielten an einer Telefonzelle. Jacky wählte mehrere Nummern, und schließlich fand er ein Geschäft im Neunten Arrondissement. Es hieß Les Costumes de Paris, genoß einen guten Ruf und verlieh Kostüme an Filmgesellschaften. Dort entdeckte Stone eine perfekt passende Männerperücke: Das Haar war braun und wies einige natürlich wirkende graue Strähnen auf. Sie veränderte sein Aussehen völlig – Charles Stone verwandelte sich dadurch in einen gepflegt wirkenden Geschäftsmann. Außerdem wählte er eine dunkelblaue amerikanische Marineuniform, die ihm ein wenig zu groß war. Dann trat er vor den Spiegel und prüfte sein Erscheinungsbild.

Jacky stand in der Nähe. »Ziemlich gut. Aber wer Sie aus der Nähe sieht, erkennt Sie bestimmt.«

»Mag sein. Aber die Uniform gibt mir einen Vorteil – sicher sucht man nicht nach einem Angehörigen des amerikanischen Militärs. Wie wär's mit einem Bart?«

»Warum nicht?«

Er fügte seiner neuen Aufmachung einen grauen Schnurrbart hinzu, bezahlte die Leihgebühr und hinterlegte eine Kaution. Viel Geld für eine schlechte Uniform und eine kratzende Perücke, dachte er.

Sie kehrten auf die Straße zurück. Von einer anderen Telefonzelle aus rief Stone die Air France an, informierte sich über die Flüge nach Washington, benutzte seine Kreditkarte und buchte einen Orly-Flug am kommenden Nachmittag.

Er gab einen anderen Namen an und hoffte, daß der Trick funktionierte. Seine Widersacher sollten glauben, daß er den Fehler eines Amateurs gemacht hatte. Einerseits war er clever genug, den Flug unter einem falschen Namen zu buchen, aber andererseits ›vergaß‹ er, daß man ihn aufgrund der Kreditkarte identifizieren konnte. Hinzu kam: Er erweckte dadurch den Anschein, als wollte er nach Washington zurückkehren, obgleich sein Ziel Moskau hieß.

Und wenn meine Gegner das Täuschungsmanöver durchschauen? fragte sich Stone besorgt.

Er verdrängte diesen Gedanken und telefonierte mit mehreren Fluggesellschaften, deren Maschinen vom Flughafen Charles de Gaulle starteten.

Charlie hatte darauf geachtet, den Robert-Gill-Paß nicht in Paris zu verwenden. Die französische Polizei suchte nach Charles Stone. Der Name Robert Gill fehlte auf ihrer Fahndungsliste.

Am Charles-de-Gaulle-Flughafen verabschiedete sich Stone von Jacky und dankte ihm. »He, einen Augenblick«, sagte er dann und zog einen zerknitterten Umschlag aus der Hosentasche.

»Was ist das?«

Der Umschlag enthielt ein Bündel Banknoten, wahrscheinlich mehr Geld, als der Junge jemals gesehen hatte.

»Nein«, protestierte Jacky und schüttelte den Kopf.

»Du hast viel für mich riskiert«, sagte Stone. »Ohne dich wäre ich vielleicht tot.«

Jacky schnitt eine Grimasse, aber in seinen Mundwinkeln zuckte ein zufriedenes Lächeln. »Unsinn«, log er.

Stone bot ihm erneut den Umschlag an. »Für deine Mutter. Sie soll sich einige Nächte freinehmen. Bitte richte ihr aus, daß ich sehr dankbar bin.«

Jacky zögerte kurz. »Ich hoffe, es gelingt Ihnen, die Wahrheit ans Licht zu bringen.«

Stone schüttelte dem Jungen die Hand und klopfte ihm auf die Schulter. »Danke.«

Jacky nickte, wandte sich widerstrebend ab und ging.

Charlie betrat den Flughafen und blickte sich aufmerksam um – nichts deutete auf verschärfte Sicherheitsmaßnahmen hin. Er sah nur die üblichen Wächter.

Seltsam. Er hatte mit einer besonderen Überwachung der Flughäfen gerechnet.

Er näherte sich dem Air-France-Schalter und löste ein Ticket für den nächsten Flug nach Bonn. Die Maschine startete fünf Minuten vor der nach Moskau, und die beiden Flugsteige lagen direkt nebeneinander. Stone bezahlte in bar, und der Angestellte reichte ihm sowohl das Ticket als auch die Platzreservierung. Dann trat Charlie an den Aeroflot-Tresen heran, löste ein zweites Ticket, diesmal für Moskau, und bezahlte ebenfalls mit Bargeld. Anschließend suchte er eine Toilette auf, glättete die Uniform, rückte die Krawatte zurecht und starrte in den Spiegel. Er wirkte ein wenig erschöpft, wie jemand, der eine lange nächtliche Reise hinter sich hatte.

Er atmete tief durch und kehrte ins Terminal zurück. Jetzt kam der schlimmste Teil. Langsam schritt er zur Gepäckkontrolle und hörte einen Aufruf für beide Flüge.

Stone beobachtete die Schlange der Wartenden und spürte, wie sein Herz schneller klopfte, wie er zu schwitzen begann. Wenn man die demontierte Waffe entdeckte ... Die Sicherheitsbeamten würden ihn sofort zum Verhörzimmer bringen, verhaften und kurze Zeit später feststellen, daß die Pariser Polizei nach ihm fahndete.

Erneut hörte er den Aufruf. Die Zeit wurde knapp.

Eine große Familie – vier Jungen und zwei Mädchen, alle unter zehn Jahre alt – gesellte sich der Schlange hinzu. Die Kinder zankten sich dauernd und stellten die Geduld ihrer Eltern auf eine harte Probe. Stone hörte einige deutsche Worte. Rasch stellte er sich ebenfalls an, dankbar für die Unruhe, die von ihm ablenkte.

Als die Deutschen den Metalldetektor erreichten, nahm das Durcheinander noch mehr zu. Einige der Kinder versuchten, ihre Taschen durch den Detektor zu tragen, und ein uniformierter Sicherheitsbeamter bat sie, das Gepäck aufs Fließband zu stellen, damit es geröntgt werden konnte. Einer der Jungen kniff seinem Bruder in die Seite; das kleinere Mädchen begann zu weinen und zupfte am Kleid der Mutter. Stone fing den Blick des jungen Mannes am Scanner ein, schmunzelte und schüttelte den Kopf. Der Mann erwiderte das Lächeln. Hier braucht man Nerven wie Drahtseile, schien er zu sagen.

Dann kam Stone an die Reihe. Sein Puls raste, aber er gab sich weiterhin ruhig und gelassen. Wie beiläufig stellte er die Reisetasche aufs Fließband und trat durch den Metalldetektor.

Grünes Licht.

Alles klar. Der Waffengriff aus Kunststoff blieb unbemerkt. Das Magnetometer reagierte nicht auf *alle* Gegenstände, die Metall enthielten.

Stone bemerkte, daß der Mann am Scanner die Stirn runzelte, während er auf den Bildschirm sah. Furcht entstand in ihm.

Der Sicherheitsbeamte – seine Schicht ging erst in fünf Stunden zu Ende, aber er war bereits müde – starrte auf den grauen Monitor und fluchte innerlich. Die Reisetasche enthielt Gegenstände aus Metall: Deutlich waren einige dunkle Objekte zu erkennen.

»Halt«, sagte er.

Stone musterte ihn verwundert. »Stimmt was nicht?« fragte er erstaunt.

»Ich muß mir den Inhalt Ihrer Tasche ansehen.«

»Nur zu«, erwiderte Stone und lächelte, während die Anspannung in ihm wuchs. »Tun Sie Ihre Pflicht.« Schweiß rann ihm über den Nacken.

Der Franzose griff nach der Tasche und zog den Reißverschluß auf. Er schob Anzug und Jacke beiseite, fand den kleinen Beutel und öffnete ihn. Darin entdeckte er eine abscheuliche Masse, die aus weicher Seife, Zahncreme, einem Metallkamm, Rasierklingen und anderen Objekten bestand. Der Beamte rümpfte die Nase und schloß den Beutel wieder. Er entschied sich dagegen, den Inhalt genauer zu untersuchen; offenbar handelte es sich nur um die Toilettenartikel eines nachlässigen Mannes. Er berührte etwas, das aus Metall bestand, griff danach und holte ein Maßband hervor. Verrückte Amerikaner. »*Merde*«, murmelte er. Und lauter: »*Vous ˆetes amêricain?*«

»Ja.«

»Ich muß Ihr Gepäck noch einmal durchleuchten, *je vous en prie*«, sagte der Mann und stellte die Tasche vor den Scanner. Das Fließband trug sie hinein.

Erneut betrachtete er die Bildschirmanzeige. Nur der Beutel mit dem schmierigen Rasierzeug und das verdammte Maßband. Der einzige andere Metallgegenstand war eine stählerne Verstärkungsstange in der Ecke. Nichts Verdächtiges; das Verbrechen des Amerikaners bestand nur in seiner Schlampigkeit – er war bestimmt kein Terrorist. Der Beamte ließ ihn passieren.

Dunajews Prophezeiung bewahrheitete sich. Das mit Aluminiumfolie umwickelte Paket aus Lauf und Magazin erweckte den Anschein, Teil der Tasche zu sein. Die Sicherheitsbeamten im Flughafen sind daran gewöhnt, innerhalb der Umrisse eines Gepäckstücks – und nicht in den Konturen selbst – nach Metallgegenständen Ausschau zu halten. Die metallenen Objekte im Rasierbeutel dienten nur zur Ablenkung. Stone ließ sich seine Erleichterung nicht anmerken, als er weiterging.

Die Paßkontrolle fand an einigen gläsernen Nischen vor den Flugsteigen statt. Ein bißchen Glück, und alles ist überstanden, dachte Charlie und stellte sich an. Es blieben nur noch einige Minuten. Die Kontrolle der Reisepässe war alles andere als gründlich. Der Uniformierte bedachte Stone mit einem kurzen Blick, und es kümmerte ihn überhaupt nicht, daß er kaum Ähnlichkeit mit dem Bild hatte. Er stempelte einen Sichtvermerk in den Paß, als Zeichen dafür, daß Charlie Frankreich verlassen hatte, und dann gab er das Dokument zurück. *»Bon voyage, Monsieur.«*

Als Stone den Weg fortsetzte, spürte er, wie die Anspannung langsam aus ihm wich. Ich hab's geschafft!

Aus den Augenwinkeln sah er einen Mann mit Blazer und Krawatte, der am Ende des Kontrollbereichs stand und ihn beobachtete. Leide ich an Verfolgungswahn? fuhr es Stone durch den Sinn.

Dann begriff er, daß die Aufmerksamkeit des Mannes tatsächlich ihm galt – er musterte ihn mit mehr als nur flüchtigem Interesse.

Er hat mich erkannt.

Charlie war ganz sicher.

Bleib ruhig, dachte er. Gerate bloß nicht in Panik. Wenn du läufst, verrätst du dich sofort. Zeig nur die Eile eines Mannes, der fürchtet, seine Maschine zu verpassen.

Der Mann folgte ihm jetzt. Er hatte seinen Posten an der Paßkontrolle verlassen und schritt in die gleiche Richtung wie Stone.

Charlie sah sein Spiegelbild im Tafelglasfenster des Korridors. Geh ganz normal. Alles ist in bester Ordnung.

Dort war er, der Flugsteig. Leer. Die anderen Passagiere des Flugzeugs nach Bonn befanden sich bereits an Bord, und einige Stewardessen warteten auf Nachzügler, plauderten miteinander und lachten.

Der Mann folgte ihm nach wie vor. Warum schließt er nicht zu mir auf? Vielleicht zeigt er gleich auf mich und ruft: ›Das ist er!‹

Eine der Stewardessen drehte sich zu Stone um und schüttelte mißbilligend den Kopf. »Es ist schon sehr spät, Sir«, sagte sie. »Das Flugzeug startet gleich.«

Charlie winkte mit dem Ticket. »Ich schaffe es noch«, erwiderte er und schob sich an ihr vorbei. »Ich bin ein guter Sprinter.«

»Sir!« rief ihm die Frau nach, als er durch den Tunnel zur Maschine lief.

Jetzt!

Im Eingang drückte Stone seine Bordkarte dem Flugbegleiter in die Hand. Dann eilte er durch den Mittelgang, wich einem Mann aus, der gerade sein Handgepäck verstaute, und lief in den rückwärtigen Teil des Flugzeugs.

Ja! Die hintere Luke war noch nicht geschlossen.

»Sir!« rief ein Uniformierter und winkte. »Was machen Sie da?«

Stone hastete bereits die Metalltreppe hinab, drückte die Reisetasche an sich und lief über die Runway. Triebwerke heulten ohrenbetäubend laut. Wie sich herausstellte, hatte er genau den richtigen Zeitpunkt gewählt. Die nächste Maschine auf der Startbahn war eine sowjetische Iljuschin 62. Im Aeroflot-Flugzeug traf man jetzt die letzten Vorbereitungen für den Start, der in einigen Minuten stattfinden sollte.

Charlie hatte seinen Verfolger abgeschüttelt, indem er in eine unerwartete Richtung lief. Vom Terminal aus konnte man ihn nicht sehen: Die Maschine nach Bonn stand zwischen ihm und dem Gebäude. Als er die Treppe zur Iljuschin hochstieg, sah er die Überraschung im Gesicht der pummeligen sowjetischen Stewardeß. Er reichte ihr seine Bordkarte, und die Frau warf ihm einen tadelnden Blick zu.

»Bitte entschuldigen Sie die Verspätung«, sagte Stone auf russisch.

Er fand seinen Sitz, nahm Platz und sah aus dem Fenster. Jetzt bin ich in Sicherheit. Der mißtrauische Sicherheitsbeamte im Flughafen dachte bestimmt, daß er an Bord des anderen Flugzeugs war, und vielleicht hatte er seine Kollegen verständigt, um die Maschine zu durchsuchen. Wenn sie feststellen, daß ich nicht zu den Passagieren gehöre, ist die Iljuschin längst nach Moskau unterwegs.

Er hörte, wie das Heulen der Düsentriebwerke noch lauter wurde, und zwei Minuten später rollte das Flugzeug über die Startbahn. Nach weiteren neunzig Sekunden hob es ab. Stone lehnte sich zurück, schloß die Augen und seufzte erleichtert.

Vierter Teil

LENINS GRAB

Im Norden des Kreml erstreckt sich der Rote Platz, der diesen Namen schon vor der Oktoberrevolution trug, obgleich er jetzt besonders angemessen erscheint. Die nördliche Mauer des Kreml bildet seinen südlichen Rand, und dort befindet sich das vergleichsweise schlichte Grab Lenins. Jeden Tag suchen Tausende jenen Ort auf, um den Toten zu sehen – im Volk gilt er bereits als eine Art Heiliger. Der einbalsamierte Lenin sieht genauso aus wie an seinem Todestag. Aberglauben umgibt ihn. Solange er ruht, heißt es, ist der Kommunismus sicher und entwickelt sich das neue Rußland. Aber wenn die Leiche Schaden nimmt oder gar zerstört wird ... Oh, dann beginnt der traurige Wandel. Dann endet Lenins großer Traum.

THEODORE DREISER, *Dreiser in Rußland* (1928)

62

WASHINGTON

Der amerikanische Präsident empfing seine wichtigsten außenpolitischen Berater im Kabinettszimmer, um die letzten Vorbereitungen für die Begegnung mit Gorbatschow in Moskau zu treffen.

Abgesehen von Außenminister Donald Grant, CIA-Direktor Theodore Templeton, dem Berater für nationale Sicherheit Admiral Craig Mathewson und Roger Bayliss waren auch noch zwölf andere Angehörige des National Security Council zugegen.

Nur die Hälfte der Anwesenden sollte an der Reise nach Moskau teilnehmen – der Präsident hatte zusammen mit Admiral Mathewson eine entsprechende Liste erstellt –, und deshalb gab es hier und dort verletzten Stolz. Bayliss sah es einfach so: Einige flogen in die Sowjetunion, und andere blieben in Washington.

Nach einer Weile erwähnte der Präsident die jüngsten Bombenanschläge in Moskau, und als Bayliss diese Bemerkung hörte, krampfte sich in ihm etwas zusammen.

»Wie ich aus zuverlässiger Quelle erfahren habe, steckt wesentlich mehr hinter den terroristischen Aktionen, als es zunächst den Anschein hat«, sagte der Präsident wie beiläufig.

Bayliss' Blick glitt unwillkürlich zu Donald Grant und Theodore Templeton. Lieber Himmel! dachte er erschrokken. Ist das Geheimnis gelüftet?

Kurze Stille folgte, und schließlich wurde klar, daß die Worte des Präsidenten dem CIA-Direktor galten.

Roger Bayliss versuchte benommen, seine Gedanken zu ordnen.

Hatte der Präsident irgendwie von der Existenz des Sanctums erfahren? Diese Möglichkeit erschien absurd, aber sie ließ sich nicht ganz ausschließen: Präsidenten verfügten immer über ihre eigenen Informationsnetze. Wenn er tatsächlich Bescheid wußte, war er bestimmt an die Decke gegangen. Eine so wichtige Operation, die man vor ihm geheimgehalten hatte! Sicher billigte er die *Absichten* der Verschwörer, aber das spielte keine Rolle. Zweifellos gingen ihm die *Methoden* des Sanctums gegen den Strich. Jahrzehntelange vorsichtige Arbeit – umsonst.

Aber er *konnte* nichts davon wissen. Keine Gruppe in der Geschichte des amerikanischen Geheimdienstes war jemals so unsichtbar gewesen wie das Sanctum.

»Ihnen dürfte klar sein, daß ich kein Feigling bin«, fügte der Präsident hinzu. »Ich habe viele Reisen unternommen und bin dabei Risiken eingegangen, die den Leuten vom Secret Service schlaflose Nächte bereiteten.«

Die Zuhörer nickten: Sie wußten, wie gesellig und kontaktfreudig der Präsident war.

Bayliss witterte Probleme.

»Heute morgen bekam ich einige Informationen«, fuhr der Präsident fort und nickte dem CIA-Direktor zu. »Besorgniserregende Informationen. Über den Terrorismus in Moskau. Ted?«

Bayliss verstand sofort. Templeton wirkte verlegen und zerknirscht – wie ein Schüler, der vom Lehrer dabei erwischt wurde, wie er einen Spickzettel weiterreichte. Die Informationen des Präsidenten stammten also nicht von der Central Intelligence Agency, sondern aus einem anderen Kanal. Templetons Verlegenheit gründete sich auf den Umstand, daß er gewisse Dinge für sich behalten hatte.

Ja. Der Präsident wußte, daß die Bomben in Moskau keine primitiven Sprengkörper waren, von Dissidenten in einem Keller zusammengebastelt. Er hat erfahren, daß man amerikanischen Plastiksprengstoff verwendete. Kein Wunder, daß er besorgt ist.

»Ja, Mr. President«, sagte Templeton, räusperte sich und strich ergrauendes Haar aus der Stirn. Rote Flecken entstanden auf seinen Wangen. »Einer unserer Leute in Moskau konnte Splitter von zwei explodierten Bomben beschaffen. Bei der Untersuchung stellte sich heraus, daß der Plastiksprengstoff aus amerikanischer Produktion stammt.«

Bayliss hielt aufmerksam nach Reaktionen Ausschau. Templeton war ganz offensichtlich nervös. Manchmal bedauerte es Bayliss, daß die Gruppe namens Sanctum sich dagegen entschieden hatte, den Präsidenten von ihren Plänen zu unterrichten. Wenn er jetzt das Gipfeltreffen in Moskau absagte ... Das durfte auf keinen Fall geschehen. Es mußte unbedingt vermieden werden, daß M-3s Kollegen im Politbüro Verdacht schöpften.

Der Präsident nickte. Die übrigen Anwesenden fragten sich, was sein Schweigen bedeutete. Ärger? Langeweile? Verachtung?

»Ich mache mir keine Sorgen, Mr. President«, sagte Templeton.

»Wirklich nicht?«

»Nein, Sir. Offenbar ist es den russischen Terroristen gelungen, sich amerikanisches Material zu beschaffen. Vielleicht gehen die Anschläge auf das Konto einiger ehemaliger Soldaten, die in Afghanistan dienten und dort Waffen von uns erbeuteten.«

Der Präsident nickte erneut.

»Wenn ich eine ernste Angelegenheit darin sähe, hätte ich sie längst zur Sprache gebracht«, fügte Templeton hinzu.

»Kommentare?« wandte sich der Präsident an den Rest des National Security Council.

»Ja«, antwortete der Außenminister. »Ich würde den Präsidenten nicht in ein Kriegsgebiet schicken. Ich muß Ihnen davon abraten, jetzt nach Moskau zu fliegen. Meiner Ansicht nach droht Ihnen dort zu große Gefahr. Wir sollten das Gipfeltreffen verschieben.«

»Meinen Sie?« murmelte der Präsident.

»Ich teile diese Ansicht«, sagte der Berater für nationale Sicherheit. »Es ist fraglich, ob wir Sie in der sowjetischen Hauptstadt gut genug schützen können.«

Der Präsident nickte einmal mehr und stützte das Kinn auf die Hand.

Während der nächsten zwölf Minuten hörte Bayliss der Debatte zu, und sein Unbehagen wuchs.

Schließlich erklang wieder Templetons Stimme. »Mr. President, ich habe bereits darauf hingewiesen, daß ich diese Sache nicht für ein Sicherheitsproblem halte. Aber es gibt noch einen anderen Aspekt: Gorbatschows Position.«

»Bitte erklären Sie das.«

»Derzeit braucht er alle Unterstützung, die er bekommen kann«, sagte Templeton. »Wenn Sie das Gipfeltreffen verschieben, sinkt sein Prestige im Politbüro. Und daraus ergeben sich auch für uns Schwierigkeiten.«

»Na schön.« Der Präsident hob den Kopf. »Wir fliegen nach Moskau. Zum nächsten Punkt.«

Templeton hatte ihn und die übrigen Anwesenden überzeugt. Die Entscheidung war gefallen: Der amerikanische Präsident nahm den mit Gorbatschow vereinbarten Termin in Moskau wahr.

Bei der Besprechung ging es nun um andere Dinge, und Bayliss dachte: Ich hoffe, daß während des Gipfeltreffens nichts passiert. Bestimmt kommt es zu keinen Zwischenfällen. Über Jahrzehnte hinweg ist M-3 sehr vorsichtig gewesen.

Doch jetzt mußte er noch vorsichtiger sein. M-3 und die Gruppe namens Sanctum schickten sich an, die Welt für immer zu verändern.

MOSKAU

Etwa zur gleichen Zeit hielt eine schwarze Tschaika-Limousine vor dem National-Hotel in Moskau. Der russische Chauffeur öffnete die hintere Tür. Im Fond saß ein alter, würdevoller Amerikaner – Winthrop Lehman.

»Willkommen in Moskau«, sagte der Chauffeur.

Gut eine Stunde später klopfte jemand an die Tür von Lehmans Hotelzimmer.

Als er öffnete, stand eine kleine, zart gebaute Frau in

mittleren Jahren vor ihm. Sie wurde von einem Mann begleitet, der einen sowjetischen Anzug trug.

»Vater«, sagte Sonja Kunetskaja auf englisch.

Einige Sekunden lang blieb sie auf der Schwelle stehen, und dann trat sie vor, um Winthrop Lehman zu umarmen. Der Wächter blieb im Flur und schloß taktvoll die Tür.

»Meine Tochter«, erwiderte Lehman auf russisch. Er hatte diese Sprache vor vielen Jahren gelernt, und er beherrschte sie noch immer recht gut.

Sonja ließ ihren Vater wieder los und sah zu ihm auf. »Bald«, hauchte sie.

»Ich bin dann nicht mehr da«, erwiderte Lehman mit brüchiger Stimme.

»Unsinn«, sagte seine Tochter fest.

»Ich meine es ernst.«

Dann klopfte es erneut.

»Bald«, wiederholte Sonja und ging.

63
MOSKAU

Stone traf am frühen Abend in Moskau ein und schlurfte zusammen mit anderen Reisenden – überwiegend Deutschen – durch den Scheremetjewo-Flughafen.

Das Gebäude war düster und schlecht erleuchtet. Eine westdeutsche Unternehmensgruppe hatte es in den späten siebziger Jahren gebaut, zum Anlaß der Sommerolympiade von 1980. Die glatten, modernistischen Formen entsprachen dem typischen deutschen Baustil. Eine große, mit dunklen Fliesen ausgelegte Halle erstreckte sich unter einer hohen, gewölbten Decke aus Metallrohren. Wenn man alle Lampen eingeschaltet hätte, wäre es im Flughafen blendend hell gewesen. Aber die Sowjets hielten es offenbar für besser, Strom zu sparen.

Neuerliche Anspannung erfaßte Stone. Wenn ein besonders gewissenhafter Zollbeamter die Waffe fand, wanderte er ins Gefängnis. Er suchte eine Toilette auf, betrat dort eine Kabine und öffnete seine Reisetasche. Rasch setzte er die Pistole zusammen und verstaute sie in der Jackentasche.

Einige Minuten später saß er auf dem Beifahrersitz eines russischen Wagens, an dessen Windschutzscheibe ein Intourist-Bild klebte. Die Fahrt mit dem Intourist-Taxi zum Hotel war gratis.

Der Mann am Steuer schwieg, als er den Wolga über die Autobahn lenkte. Stone sah aus dem Fenster und betrachtete einige Plakate mit kyrillischen Buchstaben. Eine halbe Stunde später fuhren sie über die Gorki-Straße, und als weiter vorn die Mauern des Kreml aufragten, bogen sie nach rechts ab und hielten vor dem National-Hotel.

Es stammte noch aus der Zeit vor der Oktoberrevolution, und Stone wußte, daß Lenin 1918 einige Monate lang in diesem Hotel gewohnt hatte, während man seine Zimmer im Kreml renovierte.

Von der Straße aus gesehen war es ein eher schlichtes Gebäude aus braunem Stein. Russen mit Pelzmützen und formlosen Mänteln wanderten daran vorbei. Der Taxifahrer parkte vor dem Eingang und drehte den Zündschlüssel, das Brummen des Motors erstarb.

»Warten Sie«, sagte Stone.

Der Mann am Steuer drehte den Kopf und sah ihn fragend an.

»Wo kann ich Geld wechseln?« erkundigte sich Charlie auf russisch.

»Im nächsten Intourist-Büro, nur eine Straße weiter.«

»Ist es noch geöffnet?«

»Es schließt erst in einer Stunde.«

»Bitte bringen Sie mich dorthin.«

Der Fahrer zuckte mit den Schultern und steuerte den Wagen wieder auf die Gorki-Straße.

Stone wechselte ein wenig Bargeld in Rubel, kehrte dann zum Taxi zurück und bezahlte den Mann. »In Ordnung, ich brauche Sie nicht mehr. Den Weg zum Hotel finde ich auch allein.«

Der Russe runzelte die Stirn. »Wie Sie wollen«, brummte er und gab Gas.

Stone blieb einige Minuten lang am Straßenrand stehen, bis sich ein anderes Taxi näherte und hielt – der Fahrer hatte ihn sicher als Touristen erkannt. Es handelte sich ebenfalls um einen Wolga, doch dieser war mindestens zwanzig Jahre alt.

Charlie stieg ein und nannte die Adresse.

Der Wagen fuhr am Kreml vorbei über den Marx-Prospekt, bog dann auf den Kalinin-Prospekt, überquerte die Moskwa am Hotel Ukraine und erreichte den Kutuzow-Prospekt. Stone befand sich jetzt zum erstenmal in Moskau, aber er hatte so viel über die sowjetische Hauptstadt gehört und gelesen, daß sie ihm vertraut erschien.

Sie wirkte irgendwie surrealistisch, düsterer und grauer, als er vermutet hatte. An den breiten Straßen brannten nur wenige Lampen. Schließlich näherten sie sich einem großen Gebäude aus naturfarbenem Stein. Vor dem Eingang stand ein Wächter, und er wechselte einige Worte mit dem Fahrer, der sich daraufhin umwandte. »Sie müssen hier aussteigen.«

Stone kam der Aufforderung nach, bezahlte den Fahrpreis und vergewisserte sich, daß die Adresse stimmte. Er ging an dem Wächter vorbei, betrat das Haus und fand kurze Zeit später die richtige Wohnung.

Es gab keine Klingel. Er klopfte an.

Die Frau öffnete.

Ihre Schönheit verblüffte ihn. Sicher, während der letzten Wochen hatte er häufig an sie gedacht, in Gedanken ihr Gesicht gesehen und ihre Stimme gehört. Als ich sie anrief, hat sie einfach aufgelegt, überlegte er. Und wenn sie nun die Tür schließt, ohne mich zu beachten?

Aber erst jetzt erinnerte er sich daran, wie atemberaubend verführerisch sie sein konnte. Ihr blondes Haar glänzte im trüben Licht des Flurs, und die hohen Jochbeine sahen aus wie das Werk eines begnadeten Künstlers.

»Ich brauche deine Hilfe, Charlotte«, sagte Stone.

64

WASHINGTON

Ted Templeton, Direktor der Central Intelligence, sprach als erster. Er sah über den schwarzen Marmortisch, musterte zunächst die jüngeren Mitglieder des Sanctums – seinen Stellvertreter Ronald Sanders und Roger Bayliss vom National Security Council – und lächelte respektvoll, als er den Blick auf die älteren richtete: Evan Reynolds und Fletcher Lansing, zwei außerordentlich kluge und scharfsinnige Männer, deren Ruf bereits legendär war.

»Ich verstehe nicht, was ihn dazu veranlaßt, ausgerechnet nach Moskau zu reisen«, sagte er.

Daraufhin hob Fletcher Lansing den Kopf. Seine Stimme klang heiser und erinnerte Bayliss an Filmschauspieler aus den dreißiger Jahren. »Vom Regen in die Traufe ...«, begann Lansing.

»Himmel, warum überrascht Sie das?« brummte Evan Reynolds verärgert. »Es erscheint mir vollkommen logisch. Die Spur führt in die sowjetische Hauptstadt. Vielleicht will er nicht nur seine eigene Unschuld beweisen, sondern auch die seines Vaters. Dieser Punkt ist überhaupt keine Diskussion wert.«

»Ich *hoffe*, daß sich Stone von persönlichen Motiven leiten läßt«, erwiderte Lansing. »Aber wenn er *wirklich* abtrünnig geworden ist, wenn er beabsichtigt, zu den Russen überzulaufen und ihnen seine Informationen anzubieten ...«

»Falls er sich tatsächlich in der Sowjetunion aufhält ...«, meinte Reynolds. »Dann ist es noch wichtiger, ihn zu finden und zu neutralisieren.«

Bayliss sah sich im Zimmer um. Zwar herrschte deutlich spürbare Anspannung, aber er hatte trotzdem das Gefühl, viel zu gut gekleidet zu sein, und dieser Umstand erfüllte ihn mit Unbehagen. Die meisten anwesenden Männer trugen unauffällige Kleidung, die keiner besonderen Mode entsprach. Bayliss hingegen hatte einen grauen italienischen Anzug gewählt, der ebenso teuer war, wie er aussah. Hinzu kamen eine gelb und blau gestreifte Seidenkrawatte des Metropolitan Club und Schuhe aus Schlangenleder. In dieser Aufmachung wirkte er wie ein junger Karrierist.

Einmal mehr erinnerte er sich daran, warum er an dieser Besprechung teilnahm, warum er zu dieser supergeheimen Gruppe gehörte: Er war einer der wenigen Mitglieder des National Security Council, die nicht nur den NID bekamen, den National Intelligence Daily, sondern auch das noch weitaus geheimere PDB, jenes zehn Seiten umfassende President's Daily Brief-Dokument, in dem die wichtigsten Meldungen standen. Nur wenige Privilegierte in Washington hatten Gelegenheit, diese Unterlagen einzusehen. Das Sanctum brauchte einen Mann im Weißen Haus – und jemanden, der die Verbindung mit Malarek hielt, M-3s Kontakt in Washington.

Bayliss erfüllte beide Aufgaben. Und damit noch nicht genug: Er hatte dafür gesorgt, daß die American Flag Foundation alle ungesicherten Telefonleitungen des Weißen Hauses kontrollierte (um sicherzustellen, daß nichts durchsickerte), und außerdem wurde auch Malarek ständig überwacht. Jedes Risiko mußte vermieden werden.

Roger Bayliss ahnte, worauf die anderen Männer hinauswollten, und drei Minuten später hörte er die Bestätigung.

Fletcher Lansing warf ihnen einen kurzen Blick zu. »Mr. Bayliss soll sich mit Malarek in Verbindung setzen. Wir überlassen diese Sache M-3s Leuten.«

»Nein«, sagte Bayliss mit rauher Stimme.

Langes, verblüfftes Schweigen folgte, und Bayliss spürte, wie sich ihm die Wangen röteten. »Sie wollen, daß ich Charles Stones Ermordung anordne«, fügte er hinzu.

»Wir möchten, daß Sie M-3 auf Stones Reise nach Moskau hinweisen – vorausgesetzt, er weiß noch nichts davon.« Lansing sprach leise und sanft. »Das ist alles.«

Bayliss fühlte vier durchdringende Blicke auf sich ruhen. »Es gibt zu viele Dinge, die mir nicht bekannt sind«, brachte er zögernd hervor. »Ich weiß, daß Sie – wir – einen Maulwurf im Kreml haben. In Ordnung. Aber können wir uns wirklich auf . . . auf M-3 verlassen?«

Damit verstieß Bayliss gegen die Regeln des Sanctums. Man stellte keine Fragen; man zog die Weisheit der Älteren nicht in Zweifel.

Erneut blieb es eine Zeitlang still, und der junge Mann hörte das leise Summen der Belüftungsanlage.

»Ich halte es nicht für notwendig, daß er Einzelheiten erfährt«, brummte Sanders und krümmte die Schultern.

»Er gehört zu uns«, warf Fletcher Lansing ein. »Und er hat uns wertvolle Dienste erwiesen. Ted?«

»M-3 ist seit den Tagen von Bill Donovan das größte Geheimnis der Agency«, erklärte Templeton. »Er hat eine so enorme Bedeutung, daß nicht einmal die CIA-Mitarbeiter von ihm wissen. Er heißt Andrei Pawlitschenko.«

Bayliss riß die Augen auf. »Mein Gott . . .«

»Die Pawlitschenko-Akte ist ultrageheim«, betonte Sanders. »Nicht einmal die besonders geschützten und zugangsbeschränkten Computer in der Agency enthalten Daten darüber.«

»1950 begann Pawlitschenko mit einer aussichtsreichen Karriere im sowjetischen Geheimdienst«, fuhr Templeton fort. »Einer von unseren Leuten nahm Kontakt mit ihm auf.«

»Lieber Himmel, wie ist es Ihnen gelungen, seine Kooperation zu gewinnen?« fragte Bayliss. »Wie haben Sie ihn unter Druck gesetzt?«

Lansing sah Templeton an und nickte.

Der CIA-Direktor nickte ebenfalls. »Wir fanden gewisse Dinge über seine Vergangenheit heraus. Während Stalins Kollektivierungskampagne wurden Pawlitschenkos Eltern deportiert und ermordet. Der Junge wuchs bei einem Onkel auf. Wenn das bekanntgeworden wäre, hätte er nie die Chance bekommen, für den KGB zu arbeiten. Mit unserer Hilfe arbeitete er sich ziemlich schnell nach oben, und bald ernannte ihn Lawrenti Berija, der Leiter von Stalins Geheimpolizei, zu seinem Assistenten.«

»Also ist er insgeheim ein ukrainischer Sympathisant«, sagte Bayliss. »Ein Staatsfeind.«

»Es geschieht nicht zum erstenmal, daß jemand wie er in die höheren Ränge des sowjetischen Regierungsapparats aufsteigt«, ließ sich Evan Reynolds vernehmen. »Denken Sie nur an Petro Schelest, der sich für die russische Dominanz über seine ukrainische Heimat einsetzte. Er galt als zuverlässiges und loyales Mitglied des Politbüros. Erst später stellte er sich als ukrainischer Nationalist heraus.«

»Ob Ukrainer oder nicht . . .«, sagte Lansing. »Pawlitschenko haßt das verdammte sowjetische System – ein System, das seine Eltern umgebracht hat. Deshalb können wir auf ihn zählen. Er verfolgt praktisch die gleichen Ziele wie wir.«

»Sie haben ihm also Hühnerfutter gegeben«, vermutete Bayliss und benutzte den Geheimdienstjargon für echte, aber nicht besonders wichtige Geheimnisse.

»Hier und dort einige Brocken, ja«, antwortete Templeton. »Nicht zuviel – um keinen Verdacht auf ihn zu lenken –, aber genug, um ihn außerordentlich kompetent erscheinen zu lassen. Wir teilten ihm mit, was der Präsident von einer bestimmten Angelegenheit hält, solange dadurch nicht unsere Interessen in Gefahr gerieten. Ab und zu boten wir ihm einige Leckerbissen, zum Beispiel Hinweise auf Luftangriffe in Vietnam. Wir mußten sogar einige unserer Geheimdienstoperationen opfern – unter anderem die Aktion in der Schweinebucht, als wir zu dem Schluß gelangten, daß sie nicht zu einem Erfolg führen konnte.«

»Damit schoben wir ihn auf der Karriereleiter nach oben, ohne die nationale Sicherheit ernsthaft zu gefährden«, erläuterte Fletscher Lansing. »Durch unsere Hilfe erwarb sich Pawlitschenko bald den Ruf, ungeheuer schlau zu sein.«

»Woher wollen Sie wissen, daß er nicht ebenso schlimm wird wie Berija?« erkundigte sich Bayliss.

Lansing faltete die Hände. »Wir müssen davon ausgehen, daß der Machtkampf blutig sein wird – man kann ihn wohl kaum mit der Wahl eines Präsidenten vergleichen. Aber wir setzen auf Pawlitschenkos Traum. In der Vergangenheit haben wir mit Hilfe von Mittelsmännern den Kontakt zu ihm gehalten, doch seit einigen Jahren – seit er zum Politbüro gehört – hält er es offenbar für zu riskant, sich mit uns in Verbindung zu setzen.«

»Sein *Traum*?« wiederholte Bayliss verwirrt.

»Wissen Sie über die Kiewer Rus Bescheid?« frage Lansing. »Sie sind doch sowjetologischer Spezialist, nicht wahr?«

»An der Universität habe ich mich mit der sowjetischen Politik befaßt, nicht mit der russischen«, erwiderte Bayliss.

Lansing schüttelte mißbilligend den Kopf. »Ohne gute Kenntnisse in Hinsicht auf die russische Geschichte kann man die Sowjetunion kaum verstehen. Also, im elften Jahrhundert war Rußland ein Nationalstaat, den man Kiewer Rus nannte. Damals regierte Fürst Jaroslaw der Weise. Es handelte sich um den ersten russischen Staat, und Kiew war damals das Zentrum der russischen Macht. Sie wissen natürlich, daß Kiew heute die Hauptstadt der Ukraine ist.«

»Ja, Sir«, sagte Bayliss.

»Die Kiewer Rus unterhielt freundschaftliche Beziehungen zu den anderen europäischen Nationen. Das Reich war dezentralisiert, eine Föderation aus mehreren Regionen. Der Handel blühte. Kiew wurde zum Geburtsort der russischen Aufklärung.«

Bayliss begann zu verstehen, was die historischen Ausführungen Lansings bedeuteten.

»Pawlitschenko ist ein ukrainischer Patriot, dessen Eltern Stalins Kollektivierungskampagne zum Opfer fielen. Sein ganzes Leben lang hat er davon geträumt, das Alte fortzuwerfen und noch einmal von vorn zu beginnen. Ich nehme an, er sieht sich als eine Art moderner Jaroslaw.«

»Aber Gorbatschow hat bereits mit tiefgreifenden Veränderungen begonnen«, wandte Bayliss ein.

»Diesen Punkt haben wir schon häufig erörtert«, sagte

Templeton. Er sprach in dem verärgerten Tonfall eines Mannes, der versucht, einem begriffsstutzigen Kind etwas zu erklären. »Gorbatschow hat keine Zukunft. Er kann sich nicht mehr lange an der Macht halten. Vielleicht dauert es nur noch einige Monate, bis sich seine Gegner durchsetzen, und dann bekommen wir es mit einer reaktionären, neofaschistischen sowjetischen Regierung zu tun. Das dürfen wir nicht zulassen.«

Bayliss nickte langsam.

Sanders räusperte sich. »Wenn unser Mann an der Macht ist, beschränkt er sich nicht nur darauf, den sowjetischen Kommunismus zu *reformieren* und ihn angeblich menschlicher zu gestalten. Nein, er wird eine zweite Revolution auslösen und die unwiderrufliche Rückkehr zum Kapitalismus ermöglichen. Um es anders auszudrücken: Er hält sich nicht lange mit einer Renovierung auf, sondern reißt gleich das ganze Gebäude ab, um ein neues zu errichten.«

»Aber wenn wir Gorbatschow eine Chance geben ...«, murmelte Bayliss.

»Er hatte sie bereits, Roger«, entgegnete Templeton. »Es wird Zeit, unseren Mann an die Spitze der sowjetischen Regierung zu bringen. Wenn wir noch länger warten, ist der Zug der Geschichte für uns abgefahren. Dann kehren wir zum kalten Krieg zurück.«

»Und *wie* will Pawlitschenko die Macht ergreifen?« fragte Bayliss.

»Das wissen wir nicht, Roger. Und ehrlich gesagt: Es ist uns völlig gleich. Wie dem auch sei ... Alles deutet darauf hin, daß M-3 bald aktiv wird, wahrscheinlich innerhalb der nächsten sechs Monate. Irgendwann nach dem Gipfeltreffen in Moskau. Einige von uns fliegen in wenigen Stunden in die sowjetische Hauptstadt. Nutzen Sie Ihren dortigen Aufenthalt gut, um sich aufmerksam umzusehen. Große Umwälzungen stehen unmittelbar bevor: Bei seinem zweiten Besuch in der Sowjetunion verhandelt unser Präsident bestimmt mit einem anderen Staatsoberhaupt.«

Bayliss nickte. »Ich spreche mit Malarek.« Er nickte erneut, schluckte und rang sich ein Lächeln ab. »Danke für Ihre Hinweise.« Er zupfte an seinen Ärmeln und spürte, wie ein Kloß in seinem Hals entstand. »Ich weiß sie wirklich zu schätzen.«

65
MOSKAU

Charlotte schnappte nach Luft.

»Was *machst* du hier?« hauchte sie, und Zorn blitzte in ihren Augen. »Was ist eigentlich *los*?«

»Ich brauche dich, Charlotte.«

»Verdammt. *Verdammt!* Was hast du angestellt, um Himmels willen?«

Stone griff nach ihrer Hand, aber Charlotte wich zurück und starrte ihn finster an.

»Nicht übel«, sagte er und sah sich im Wohnzimmer um. Das Apartment war schlicht und doch elegant eingerichtet. Die pfirsichfarbene Sitzecke bildete einen angenehmen Kontrast zum braunen Teppichboden. »Erinnert mich an die Suite, in der wir unsere Flitterwochen verbrachten. Du hast nur die herzförmigen Bidets vergessen.«

Charlotte lachte nicht. Sie schwieg und sah ihn mit wachsender Verzweiflung an.

»Warum hast du einfach aufgelegt?« fragte er.

»*Jesus!* Hier können wir nicht reden.« Sie hob die Hand und deutete zur Decke. Stone nahm ihren Duft wahr, beobachtete ihre Haltung.

Erneut staunte er darüber, mit dieser Frau verheiratet zu sein. Kummer entstand in ihm, als er begriff, daß auch er Schuld an ihrer Trennung trug.

»Wo?«

»Laß uns nach draußen gehen«, lautete die kühle Antwort.

Charlotte streifte sich ihren Mantel über, und kurze Zeit später verließen sie das Gebäude. Sie wanderten an dem Wächter vorbei – er nickte der Journalistin kurz zu und musterte Stone argwöhnisch.

Charlotte ging mit langen, zuversichtlichen Schritten.

Moskau kam einer neuen Heimat für sie gleich, und das fand in ihrer Körpersprache einen deutlichen Ausdruck. Sie hatte sich gut entwickelt, offenbarte nun Zuversicht und eine innere Ruhe, die Stone überraschte. Er fragte sich, ob es in ihrem Leben noch einen Platz für ihn gab, ob es nicht schon zu spät war.

Hier und dort lag schmutziger Schnee am Straßenrand, teilweise getaut und dann wieder gefroren. An mehreren Gebäuden hingen rote Fahnen und Spruchbänder – in zwei Tagen fand auf dem Roten Platz die Revolutionsfeier statt.

»Du hast sicher viel zu tun«, sagte Stone, als sie über den Bürgersteig gingen. »Angesichts des Gipfeltreffens, meine ich.«

Es schien Charlotte zu erleichtern, über ihre Arbeit zu sprechen. Ein sicheres, neutrales Thema. Aber gleichzeitig wirkte sie zurückhaltend und reserviert. Ärger? Oder gab es einen anderen Grund? »Morgen treffen der Präsident und seine Begleiter ein. Eigentlich bekommen wir dadurch kaum mehr Arbeit – wir berichten nur über die Ankunft am Flughafen. Es sind nicht viele Pressekonferenzen geplant. Der ganze Kram beginnt erst übermorgen. Wir filmen den amerikanischen Präsidenten, wenn er neben Gorbatschow vor Lenins Grab steht und so. Der übliche Fotorummel.«

Stone sah sie an und gab der Versuchung nach, ihr den Arm um die Schultern zu legen. Charlotte schien sich ein wenig zu versteifen.

»Warum hast du einfach aufgelegt?«

»Ich bitte dich, Charlie. Die Telefone der Journalisten werden überwacht.«

»Du wolltest mich schützen.«

Sie zuckte mit den Schultern. »Natürlich.«

Er schilderte ihr die jüngsten Ereignisse und ließ keine Einzelheiten aus: Alfred Stones Ermordung, die Verfolgungsjagd in Paris, die Flucht in der Kanalisation. Charlotte unterbrach ihn nur, um von Sonja zu berichten.

Charlies Pupillen weiteten sich. »Sie *lebt* also.« Er schüttelte den Kopf und lächelte, erfreut darüber, daß seine Vermutung doch stimmte.

»Und jetzt weiß ich, was sie zu verbergen versuchte«, erwiderte Charlotte. Sie spürte eine seltsame Mischung aus Liebe und Zorn. Charlie kannte sie besser als sonst jemand, aber trotzdem gewann sie den Eindruck, als sei er unerreichbar fern. In den vergangenen Wochen hatte er sich verändert. Er war nun wachsam, besorgt, vorsichtig und mißtrauisch.

Er erzählte ihr von Dunajew, dem ehemaligen NKWD-Mann in Paris, wiederholte seine Geschichte vom Massaker in Katyn und einer Organisation, die aus Alten Gläubigen bestand. Charlie war erschöpft, aber die Worte strömten von ganz allein aus ihm heraus.

Sie standen nun am Ufer der Moskwa. Charlotte hatte zwanzig Minuten lang zugehört und nur gelegentlich eine kurze Frage gestellt.

Sie nahm seine Hand und drückte kurz zu, spürte dabei, wie sich Charlies Finger fest um die ihren schlossen. Tief in Charlotte rührte sich etwas: Wärme und Schwäche, der intensive und verwirrende Wunsch, sich ihm hinzugeben.

Sie drehte den Kopf. »Zuerst habe ich dir nicht geglaubt.«

»Ich verstehe. Es klingt alles ziemlich verrückt.«

Sie starrte zum Hotel Ukraine. »Zuerst dein Vater«, murmelte sie. »Und gestern morgen las ich eine AP-Meldung.« Sie zögerte kurz und suchte nach den richtigen Worten. »Charlie, Paula Singer ist tot.«

Stone lehnte an einer Betonmauer, und einige Sekunden lang glaubte Charlotte, er hätte sie gar nicht gehört. Dann ließ er die Schultern hängen, sank langsam zu Boden und schlug die Hände vors Gesicht.

»Nein«, brachte er dumpf hervor. »Himmel, ich bin so verdammt vorsichtig gewesen. Ich ... Sie muß sich irgendwie verraten haben ...«

Charlotte ertrug es nicht länger, einfach nur neben ihm zu stehen. Sie ging in die Hocke und umarmte ihn.

Wie durch einen Nebel beobachtete Stone Charlotte, als sie die Straße überquerte und sich einer Telefonzelle näherte.

Er liebte und begehrte sie, und dieses Empfinden schien sich in eine Schlinge zu verwandeln, die zunehmenden Druck an seinem Hals ausübte. Er wußte nun von Paulas Anruf – und was sie kurz vor ihrem Tod herausgefunden hatte.

Dieser Information kam große Bedeutung zu. Allmählich ergab alles einen Sinn.

Der Verfolger in Chicago stand mit einer Organisation in Verbindung, die jene Art von schmutziger Arbeit erledigte, mit der sich die ›normalen‹ amerikanischen Geheimdienste nicht befassen durften. Ließ sich daraus der Schluß ziehen, daß es die Agency auf ihn abgesehen hatte? Oder gab es eine andere Erklärung?

Dann berichtete ihm Charlotte, daß ihr ein KGB-Mann mitgeteilt hatte, bei den Bombenanschlägen in Moskau sei amerikanischer Sprengstoff verwendet worden.

Ein weiterer Mosaikstein. Charlotte telefonierte nun mit Sergei, um festzustellen, ob er noch mehr wußte.

Es blieb ihr nichts anderes übrig, als direkt mit ihm Kontakt aufzunehmen. Ein enormes Risiko. Wenn man auch seine Leitung überwachte . . .

Stone sah, wie sie auf die Gabel drückte und eine neue Nummer wählte. Charlotte gestikulierte nervös, während sie sprach. Kurze Zeit später legte sie ruckartig auf.

»Charlie!« Sie lief über die Straße, und ihre Stimme klang alarmiert. »O Gott . . .«

»Stimmt was nicht?«

»Er ist tot.«

»Wer?«

»Sergei. O Gott. Die Informationen stammen von ihm. Ich habe versucht, ihn im Büro zu erreichen – er arbeitet bis spät abends. Normalerweise gibt er mir mit einigen wenigen Worten zu verstehen, ob alles in Ordnung ist, ob wir miteinander sprechen können, aber diesmal nahm jemand anders ab. Daraufhin beschloß ich, ihn zu Hause anzurufen. Seine Frau ging an den Apparat. Ich stellte mich als eine Kollegin aus Lettland vor, um meinen Akzent zu erklären, und sie sagte mir, er sei *tot*. Angeblich kam er bei einer Explosion im Laboratorium ums Leben.«

»*Wann?*«

»Keine Ahnung.« Charlotte schluchzte leise. »Vermutlich ist es gerade erst geschehen. Ich wußte nicht recht, wie ich reagieren sollte. Als ich fragte, wann die Beerdigung stattfindet, bekam ich die Auskunft, die Leiche sei bereits eingeäschert worden – ohne die Genehmigung der Ehefrau. Am einen Tag lebte er noch, und am nächsten hatte sie seine Urne.«

»Eine Hinrichtung«, flüsterte Stone.

Charlotte schlang die Arme um ihn. Er fühlte ihre warmen Tränen am Hals, hörte ihr schweres Atmen. »Man hat ihn *erwischt*«, sagte sie. »Er fiel der gleichen Sache zum Opfer wie auch Paula.«

Stone drückte sie eine Zeitlang an sich. Er überlegte lange, und schließlich flüsterte er: »Ich möchte nicht, daß du darin verwickelt wirst.«

»Bleibt mir überhaupt eine Wahl?«

»Ja. Ja, du hast eine Wahl. Ich stehe in gewisser Weise mit dem Rücken an der Wand; ich *muß* kämpfen. Und natürlich brauche ich deine Hilfe, deine Kontakte. Aber ich weiß nicht, wie ich mich an deiner Stelle verhalten würde.«

»Zum Teufel auch, Charlie, das ist doch Unsinn«, erwiderte Charlotte zornig. Sie griff nach seinen Schultern, als wolle sie ihn schütteln, doch sie sah ihm nur in die Augen. »Nein, Charlie. Verdammt, ich habe keine Wahl. Die Ermordung deines Vaters ... Sie verändert alles für mich. Glaubst du etwa, ich könnte dich jetzt einfach so im Stich lassen?«

Stone neigte den Kopf zu ihr hinab und küßte sie.

»Ich liebe dich«, sagte er.

Sie blickte verblüfft zu ihm auf, wich ein wenig zurück und wischte sich die Tränen aus den Augen. »Was machen wir jetzt?«

Stone holte tief Luft. »Hör mal, Charlotte ...«

»Charlie«, unterbrach sie ihn abrupt und sprach nun in einem ernsten, sachlichen Tonfall. »Was unternehmen wir?«

Nach einer kurzen Pause antwortete er: »Lehmans Tochter bietet uns einen Ansatzpunkt. Wenn ich sie unter Druck setze, gibt sie vielleicht mehr preis, als sie eigentlich will. Durch sie habe ich zumindest die Möglichkeit, mich mit *anderen* Leuten in Verbindung zu setzen, mit Personen, die mir helfen können.«

Charlotte nickte.

»Noch wichtiger ist es, Kontakt mit dem Mann aufzunehmen, der die Organisation der Alten Gläubigen leitet«, fügte Stone hinzu.

»Warum?«

»Weil wir ... Weil *ich* Hilfe benötige. Allein komme ich nicht mehr zurecht.«

»Aber du hast keinen Namen. Du weißt nicht, an wen du dich wenden sollst.«

»Deshalb brauche ich dich.«

»Himmel, du kannst doch nicht durch Moskau wandern und Russen danach fragen, ob sie zufälligerweise jemanden kennen, der während des Zweiten Weltkriegs ein ganz bestimmtes Kriegsgerichtsverfahren verhinderte. Charlie, solche Dinge werden hier nicht in der Öffentlichkeit bekannt. In Ordnung, die Sowjetunion hat inzwischen ihre Verantwortung für das Massaker von Katyn zugegeben, aber die entsprechenden Dokumente sind bestimmt noch immer Verschlußsache. Wir befinden uns hier in einem Land, in dem praktisch alles die Bedeutung von Staatsgeheimnissen gewinnt.«

»Es muß eine Möglichkeit geben.«

»Wer käme in Frage? Vielleicht ein Dissident, jemand wie Andrei Sacharow, der über gute Beziehungen verfügt? Oder ein hochrangiges Parteimitglied, das seinen Posten verlor, in Ungnade fiel und nach Vergeltung strebt?«

»Alles ist denkbar. Wenn wir Gelegenheit hätten, in alten Aufzeichnungen nachzusehen ... In Parnassus hielt man uns immer von den Informationsquellen und Ermittlungsmethoden isoliert, und daher weiß ich nicht, wie wir vorgehen sollen. Aber du kennst diese Stadt besser als ich. Wenn du keinen Weg siehst, um ... Was ist denn?«

Charlotte musterte ihn mit einem breiten Lächeln. »Aufzeichnungen«, wiederholte sie leise. »Ja.« Sie küßte Stone auf die Wange. »Ja, ich glaube, es gibt eine Möglichkeit. Ich versuche es morgen.«

»Wenn du etwas herausfinden kannst, Charlotte – das wäre wunderbar. Aber die Zeit drängt.«

»Das ist mir klar.«

»Ich verlasse mich auf dich.«

»Morgen nachmittag trifft der Präsident ein. Ich bitte meine Produzentin, mich bei der ersten Pressekonferenz zu vertreten – sie spielt ohnehin keine große Rolle.«

Sie gingen jetzt wieder über den Bürgersteig und kehrten zu dem Gebäude zurück, in dem Charlotte wohnte.

»Wir müssen die einzelnen Mosaiksteine zu einem einheitlichen Bild zusammenfügen«, sagte Stone.

»Was wissen wir? Die CIA oder ein Teil von ihr hat die jüngsten terroristischen Aktivitäten in Moskau gefördert. Darüber hinaus steht die unbekannte Gruppe mit einem bevorstehenden Putschversuch in Zusammenhang, der den Maulwurf M-3 an die Macht bringen soll. Richtig?«

Charlotte nickte und hörte aufmerksam zu. »Ja. Die Bombenanschläge schaffen die gleiche Art von Unruhe, die vor einigen Jahrzehnten durch die Publikation des Lenin-Testaments entstanden wäre.«

Stone sprach immer schneller. »Wir wissen, daß M-3 mit Berija und Lehman in Verbindung stand, und zwar durch Lehmans Tochter. Doch das Wie und Warum bleibt mir ein Rätsel.«

»Was wird geplant?« fragte Charlotte. »Welche Art von *Zwischenfall* soll stattfinden, um den Staatsstreich einzuleiten?«

»Vielleicht ein militärischer Angriff. Alles deutet darauf hin, daß es während der Revolutionsfeier losgeht, während des Gipfeltreffens.«

»Wenn der Präsident der Vereinigten Staaten zugegen ist?« vergewisserte sich Charlotte. »Falls etwas geschieht ... Hat es dann vielleicht den Anschein, als sei es ein Anschlag auf den Präsidenten? Ist das *möglich*?«

»Ja. Das ergibt eine Menge Sinn.«

»Wenn ein Angriff auf die sowjetische Führung erfolgt, so steckt jemand dahinter, der die Macht hat, um eine solche Aktion durchzuführen, nicht wahr?«

»Natürlich. Jemand, der das Heer kontrolliert. Oder die Luftwaffe. Ein General.«

»Zum Beispiel?«

»Wer verbirgt sich hinter dem Codenamen M-3?« murmelte Stone. »Zwanzig oder dreißig Personen kommen dafür in Frage. Jemand in der richtigen Position, um die Macht zu ergreifen. Das Spektrum reicht vom Politbüro bis zum Führungskader der Roten Armee ... Ja.«

»Ist dir etwas eingefallen?«

»1953 wollte Berija am Tag des geplanten Staatsstreichs abwesend sein, um seine Streitkräfte zu organisieren. Wenn er zugegen gewesen wäre, hätte er nichts gegen die anderen unternehmen können.«

»Woraus folgt ...?«

»Ganz gleich, wer M-3 auch sein mag – wenn er wirklich einen Putsch beabsichtigt, so spricht vieles dafür, daß er bei den Feiern zum Jahrestag der Oktoberrevolution fehlen wird.«

Charlotte nickte langsam. »Aber wenn wir feststellen, wer dabei durch Abwesenheit glänzt, ist es schon zu spät.«

Stone lächelte. »Vielleicht nicht. Hör mir gut zu. Die Revolutionsfeier ist das wichtigste Fest in der Sowjetunion. Dabei muß man sich unbedingt in der Öffentlichkeit zeigen. Es fehlt nur, wer praktisch im Sterbebett liegt. Ich erinnere mich an Aufnahmen von Leonid Breschnew: Er stand an Lenins Grab und erweckte den Anschein, als könne er jeden Augenblick zusammenbrechen. Es heißt, er sei so lange der Kälte ausgesetzt gewesen, daß er sich eine Lungenentzündung holte und starb. Wer abwesend ist, gibt dadurch zu erkennen, daß er keinen Einfluß mehr hat. Deshalb bleibt niemand zu Hause.«

»Ja, ich verstehe.«

»In Ordnung.« Stone atmete tief durch. »Wenn das Politbüro erfährt, daß bei der Feier eine bedeutende Persönlichkeit fehlt, wird es vielleicht mißtrauisch und schickt jemanden, um festzustellen, warum der Mann nicht zugegen ist. Stimmt's?«

»Du bist der Experte, Charlie. Ich bin nur eine einfache Journalistin.«

»Welche glaubwürdige Entschuldigung gibt es dafür, nicht an einer so wichtigen Zeremonie teilzunehmen?«

»Eine Krankheit. Eine schwere Krankheit.«

»Ganz plötzlich?«

»Nein, wahrscheinlich nicht. Mir wird langsam klar, worauf du hinauswillst. Himmel, du bist wirklich ein guter Analytiker. Der Betreffende muß schon seit einer Weile krank sein, um keinen Verdacht zu erregen.«

»Genau.«

»Und wie hilft uns das weiter?«

»An dieser Stelle appelliere ich an den Sachverstand der Journalistin. Ich habe mich immer nur damit beschäftigt, Informationen auszuwerten. Was meinst du?«

»Medizinische Daten«, sagte Charlotte.

»Ja!« platzte es aus Stone heraus. »Als Juri Andropow starb, erfuhr die Welt nur, daß er erkältet war. Erinnerst du dich?«

»Obwohl es sich in Wirklichkeit um ein Nierenversagen handelte«, warf Charlotte ein. »Aber man munkelte davon.«

»Kein Wunder: Moskau ist eine Stadt der Gerüchte. Und manchmal enthalten Gerüchte mehr als nur ein Körnchen Wahrheit.«

»Ich glaube, ich könnte uns solche Informationen beschaffen.«

»Von wem?«

»Einer meiner Vorgänger hatte eine Quelle in der Kreml-Klinik. Ein Arzt, der Juri Andropow behandelte und Offenheit für angebracht hielt – er ließ durchsickern, wie es tatsächlich um Andropow stand.«

»Vermutlich hat er Zugang zu den medizinischen Daten aller wichtigen Personen im sowjetischen Regierungsapparat«, sagte Stone. »Aber wie willst du einen Kontakt mit ihm herstellen?'«

Charlotte schmunzelte. »Ich bitte dich, Charlie. Weißt du, ich gelte nicht ohne Grund als Auslandskorrespondentin mit den besten Beziehungen in Moskau. Glaubst du etwa, es fiele mir schwer, mich mit dem Arzt in Verbindung zu setzen?«

»Du erstaunst mich immer wieder.«

»Ich möchte dir auf jede erdenkliche Weise helfen«, fügte Charlotte hinzu. »Um deines Vaters willen. Und es geht mir dabei auch um dich.«

Stone beugte sich vor, küßte sie – und stellte erfreut fest, daß sie den Kuß erwiderte. Dann trat Charlotte einen Schritt zurück.

»Eines Tages gelingt es dir vielleicht, zu verzeihen und zu vergessen«, sagte Stone nach einer Weile.

Charlotte bedachte ihn mit einem durchdringenden Blick und gab keine Antwort. Ihre Augen füllten sich mit Tränen.

Charlie sah sie an und näherte sich ganz langsam, wie in Zeitlupe. Vorsichtig und sanft berührten seine Lippen die ihren. Er wartete auf eine Reaktion, und als sie erfolgte, nach kurzem Zögern, spürte er heiße Erregung und hatte das Gefühl, als drücke ihm jemand das Herz zusammen.

»He«, brachte er hervor. »You need a little sugar?«

Stone fand es herrlich und wundervoll, Charlotte nach so langer Zeit zu lieben. Einerseits schienen sie sich fremd zu sein, und andererseits waren sie vollkommen vertraut miteinander. Zuerst bot sich ihm ihr Körper wie Neuland dar, das es zu erforschen galt, doch dann bewegte sie sich auf eine bestimmte Art, die sein Gedächtnis stimulierte und alles zurückbrachte. Ihr Widerstand vor einigen Stunden gewann eine außerordentliche erotische Qualität. Einmal, vor vielen Jahren, hatte sie die Arme vor den nackten Brüsten verschränkt, als schäme sie sich ihrer Blöße. Jetzt lag sie im Bett, krümmte den Rücken, gab der Wollust ohne Hemmungen nach; ihre Brüste waren fest und rund. Stone schloß die Hände darum, knetete sanft, küßte die aufgerichteten Nippel, liebkoste sie mit einer Vertrautheit, die ihm gleichzeitig neu erschien. Er erinnerte sich an die intimen Stellen, wo sie gern berührt werden wollte, an den Rhythmus, den sie mochte.

Früher dachte Charlotte, daß Charlie wie ein Jugendlicher liebte: rasches Eindringen, hektisches Kopulieren, eine explosive Ejakulation – und dann war alles vorbei. Jetzt gab es eine besondere Nähe zwischen ihnen, ein Verständnis, das in ihren Zärtlichkeiten Ausdruck fand. Das Blut rauschte ihr in den Ohren, und sie hörte Charlies leises Stöhnen; seine Stimme vibrierte in ihrem Unterleib. Sie bewegte sich wie berauscht und versuchte, den Höhepunkt hinauszuzögern.

Der Orgasmus begann als eine heiße Woge zwischen ihren Schenkeln, als eine Flutwelle, die durch ihren ganzen Körper spülte. Schließlich gab sie ihm nach, ließ sich treiben, und zum erstenmal seit Jahren fühlte sie sich vollkommen sicher.

Eine ganze Zeitlang blieben sie erschöpft nebeneinander liegen. Später standen sie auf und tranken Wein. Stone küßte Charlotte, und sie berührte ihn. »Ich habe ganz vergessen, wie sich deine Brust anfühlt«, sagte sie leise. Mit der anderen Hand massierte sie seinen Nacken. »Ich wünschte, dein Haar wäre nicht so kurz.« Einige Sekunden lang sah sie ihn schweigend an. »Ich bin wirklich froh, daß du hier bist.«

»Ich auch.«

»Aber gleichzeitig bin ich verwirrt.«

Stone lachte. »Ich weiß.«

Er spürte ihren warmen Körper, und Charlotte fühlte seine harte Erektion. Und dann glitt er in sie hinein, war wieder in ihr, bewegte sich geradezu quälend langsam. Sie schloß die Augen und genoß die Minuten des Glücks.

Am frühen Morgen erwachte Stone aus einem schrecklichen Traum, der ihm Paula Singer zeigte und ihn mit Schuld konfrontierte. Er lag allein im Bett; Charlotte war fort.

Dumpfe Furcht prickelte in ihm, und dann erinnerte er sich daran, daß sie die Wohnung verlassen hatte, um jemanden anzurufen. Er drehte sich auf die andere Seite und schlief sofort wieder ein.

Nach einer Weile schlug er die Augen auf, als Charlotte neben ihm unter die Decke kroch. Er schlang den einen Arm um ihre Taille.

»Charlie«, flüsterte sie. Nur wenige Zentimeter trennten ihre Lippen von seinem Ohr, und während sie sprach, nahm er kaum ihren Atem wahr. »Ich kenne jemanden, der uns weiterhelfen könnte.«

»Mhm?«

»Er gehört zum Mitarbeiterstab der amerikanischen Botschaft. Wenn Saul Ansbach recht hatte, wenn ein Teil der Agency in diese Sache verwickelt ist, so sollten wir das Risiko eingehen, mit ihm zu reden.«

Die letzten Reste der Müdigkeit wichen von Stone. Er nickte nachdenklich.

»Vielleicht ist er imstande, uns wichtige Auskünfte zu geben«, raunte Charlotte. »Wir erzählen ihm alles, und seine Reaktion wird uns darauf hinweisen, ob wir ihm vertrauen dürfen.«

»Ja«, antwortete Stone ebenso leise. »Aber um ganz sicher zu sein, berichten wir ihm nur soviel, um festzustellen, daß er *nicht* an der Verschwörung beteiligt ist.« Gibt es in dieser Wohnung wirklich Abhöranlagen? fragte er sich. Hören die KGB-Lauscher auch unser Flüstern? Er nahm die Armbanduhr vom Nachtschränkchen und warf einen Blick darauf.

»Uns bleiben noch dreißig bis zweiunddreißig Stunden. Doch ich glaube . . .« Er zögerte und wollte Charlotte nicht erschrecken. »Jene Leute, die versuchten, mich aus dem

Verkehr zu ziehen ... Sie verstehen ihr Handwerk. Wahrscheinlich dauert es nicht lange, bis sie herausfinden, daß ich in Moskau bin.«

»Vielleicht wissen sie es schon.«

»Ja«, hauchte Stone. »Vielleicht wissen sie es schon.«

66

5. NOVEMBER

Die Kreml-Klinik ist ein fünfstöckiges, klassisches Gebäude aus rotem Granit mit Säulen und einem Kuppeldach. Von einem eisernen Zaun umgeben, erhebt es sich im Zentrum von Moskau, nicht weit vom Kreml entfernt und auf der anderen Straßenseite der Lenin-Bibliothek. Hier wird die sowjetische Nomenklatur behandelt, die Angehörigen des Regierungsapparats. Natürlich gibt es spezielle Sicherheitsmaßnahmen, und alle Ärzte sind in politischer Hinsicht auf Herz und Nieren geprüft worden – so gründlich, daß viele der besten Spezialisten aufgrund vermuteter Unzuverlässigkeit zurückgewiesen wurden. Die Kreml-Klinik – sie untersteht der vierten Abteilung des Gesundheitsministeriums – verfügt zwar über hochmoderne Geräte und teure Arzneien, aber das Pflege- und Behandlungspersonal besteht nur aus durchschnittlichen Ärzten.

Nun, Ausnahmen bestätigen die Regel. Alexander Borisowitsch Kuznetsow, Fachmann für innere Medizin in der Kreml-Klinik, war Ende Vierzig und sehr begabt. Er galt als rascher Denker, eine Beschreibung, die nur auf wenige seiner Kollegen zutraf. Gleichzeitig übte er sich in der Kunst der Zurückhaltung, und deshalb weckte er kaum Neid oder Feindschaft.

Nach zehnjähriger Tätigkeit in einem Krankenhaus von Leningrad hatte man ihn für die Kreml-Klinik ausgewählt, wo er die Gesundheit der mächtigsten Männer im Land gewährleisten sollte. Er wußte, daß ihm damit große Ehre zuteil wurde, was sich in seinem großzügigen Gehalt widerspiegelte – wer in der Sowjetunion Privilegien genießt, hat auch Geld. Darüber hinaus begriff er, daß man sich nicht etwa aufgrund seiner medizinischen Kompetenz für ihn entschied, sondern weil man ihn für politisch zuverlässig erachtete: Sein Vater hatte unter Stalin einen Posten bekleidet, der gewisse Verantwortung mit sich brachte, und daß er ihn später nicht verlor, wies deutlich auf seine Linientreue hin.

Aber Alexander Kuznetsow war nicht ganz der Mann, den seine Parteigenossen in ihm sahen.

Er liebte den Beruf des Arztes, und obgleich ihn seine Freunde und Kollegen für einen guten Kommunisten hielten, brachte er dem sowjetischen Kommunismus nichts als Verachtung entgegen. Er fühlte sich ethisch und moralisch dazu verpflichtet, selbst die Verhaßten so gut wie möglich zu behandeln, und deshalb war er ein ausgezeichneter Doktor, über jeden Zweifel erhaben. Doch manchmal hätte er es nicht bedauert, wenn einige der Politbüro- oder Zentralkomiteebonzen, die er behandelte, einfach gestorben wären.

Andererseits: Gelegentlich scherzte er mit einem der gebrechlichen alten Männer, die da nackt auf seinem Untersuchungstisch saßen, und dann empfand er nur noch Mitleid.

Seit acht Jahren arbeitete Kuznetsow in der Kreml-Klinik. Vorher hatte er in Kunzewo zu den Ärzten gehört, die sich um Juri Andropow kümmerten. Einige gute Freunde, denen er seine Unzufriedenheit anvertraute, halfen ihm dabei, sich mit einem westlichen Journalisten in Verbindung zu setzen, und als Andropows Nieren versagten, gab er ihm Bescheid.

Auf diese Weise wurde er für die ausländischen Korrespondenten zu einer ›Quelle‹ in der Kreml-Klinik, und wahrscheinlich war er nicht die einzige. Er informierte den Journalisten in erster Linie deshalb, weil er es verabscheute, daß man den Gesundheitszustand jener Personen geheimhielt, aus denen die sowjetische Regierung bestand. Seiner Ansicht nach hatte das russische Volk ein Recht darauf zu erfahren, wie es um die Leute stand, die alle wichtigen Entscheidungen trafen. Viel zu oft blieb es im ungewissen, und dadurch entstanden Gerüchte. Er entsann sich an den Tod Konstantin Tschernenkos. Das

Politbüro versuchte damals, einen neuen Generalsekretär zu bestimmen, und drei Tage lang fragte sich die Welt, was im Kreml geschah. Solche Art von Geheimniskrämerei konnte Kuznetsow nicht ausstehen.

Trotzdem: Charlotte Harpers Bitte erschien ihm ein wenig ungewöhnlich. Sie hatte ihn kurz nach Mitternacht angerufen, sich als eine Kusine aus Riga vorgestellt und seinen Spitznamen Sascha genannt. Dieser Hinweis sollte eventuellen Lauschern ihren Akzent erklären. »Wir treffen uns morgen um fünf in der Tretjakow-Galerie«, sagte sie. Es dauerte einige Sekunden, bis der Arzt verstand, was die Journalistin damit meinte. Ihre eigentliche Botschaft lautete: Ich warte um sieben Uhr morgens in der U-Bahn-Station Leninski-Prospekt auf Sie. Ein sicherer Treffpunkt.

Diesmal ging es ihr um ganz spezielle Informationen. Sie bat ihn, die medizinischen Aufzeichnungen aller Mitglieder und Kandidaten des Politbüros durchzugehen – neunzehn Männer und eine Frau – und festzustellen, ob sie an ernsten Krankheiten litten, von denen in der Öffentlichkeit nichts bekannt war. Eine seltsame Anfrage, fand Kuznetsow. Aber es würde nicht viel Zeit in Anspruch nehmen, die entsprechenden Daten zu besorgen, und deshalb erklärte er sich zu Nachforschungen bereit.

Ja, sagte er, kein Problem. Ich lasse mir irgendeinen Vorwand einfallen. Bestimmt schöpft niemand Verdacht.

In jedem Stockwerk der Kreml-Klinik gibt es drei Computer, und sie dienen zur Abfrage von Untersuchungsergebnissen. Hinzu kommen zwei Terminals in Konferenzzimmern, die den Ärzten zur Verfügung stehen. Die meisten Doktoren mochten es nicht, diese Geräte zu benutzen, und deshalb waren sie nur selten in Betrieb.

Viele andere Krankenhäuser in der Sowjetunion mußten ohne Computer auskommen, und Kuznetsow fragte sich, wie die dortigen Ärzte kompetente Arbeit leisten konnten. Man bringt Computer oft mit dem ›Big Brother‹ George Orwells in Verbindung, aber eigentlich sind sie die

Nemesis des totalitären Staates. Sie sorgen für die Verbreitung von Informationen und verhindern, daß sie sich allein in den Händen der Herrschenden konzentrieren. Wissen *ist* Macht. Kuznetsow war dankbar für den Umstand, daß jeder Arzt der Klinik die Computer ganz nach Belieben benutzen durfte. Er fragte sich, wann irgendein Verwaltungsbeamter des Hospitals auf den genialen Gedanken kam, den Zugang zu medizinischen Daten zu beschränken. Immerhin war in den Rechnern die Krankengeschichte aller wichtigen Personen im sowjetischen Regierungsapparat gespeichert.

Er betrat ein leeres Terminalzimmer und gab seinen persönlichen Code ein.

Der Bildschirm wurde dunkel, und nach einigen Sekunden leuchtete ein zweites Fragesymbol auf. Kuznetsow tippte die Identifikationsnummer und fügte einen achtstelligen Code hinzu – sein Geburtsdatum.

Wieder folgte eine kurze Pause, bevor ein Menü erschien. Der Arzt wählte eine bestimmte Datenbank und rief die Diagramme der einzelnen Politbüro-Mitglieder ab. Ganz einfach.

Falls ihn jemand fragte, was eher unwahrscheinlich war: Kuznetsow hatte sich eine unanfechtbare Erklärung zurechtgelegt. Er würde antworten, daß er die medizinischen Aufzeichnungen der wichtigen Männer prüfe, um festzustellen, wer sicherheitshalber untersucht werden sollte und wer besondere Behandlung brauchte. Reine Routine – vielleicht lobte man sogar seine Gründlichkeit.

Der Arzt beugte sich vor und befaßte sich mit den medizinischen Daten der Personen, die im Kreml regierten.

Die wichtigsten militärisch-historischen Archive der Sowjetunion befanden sich in einem klassischen Gebäude an der Bolschaja-Priogowskaja-Straße im Lefortowo-Distrikt von Moskau, nicht weit vom Nowodewitschi-Kloster entfernt. Am Seiteneingang nahm Charlotte den Ausweis entgegen, den ihr ein Bekannter im Außenministerium besorgt hatte. Dann kehrte sie zur Vorderfront des Gebäudes zurück und schritt zum Haupteingang. Ein Polizist starrte kurz auf ihren Ausweis und ließ sie passieren. Die Journalistin schritt eine lange, geschwungene Treppe hoch und erreichte ein großes Lesezimmer. Fünfundvierzig Minuten lang sah sie sich um, plauderte mit den Bibliothekaren und fand schließlich ein besonderes Archiv.

Es handelte sich um eine *Spetskhrana*, eine verschlossene, geheime Sammlung. Es gab keine Möglichkeit, die dort untergebrachten Dokumente einzusehen.

Sie lächelte, sprach kurz mit dem Uniformierten am Haupteingang und ging.

Dr. Alexander Kuznetsow arbeitete rasch und konzentriert. Auf einem Zettel notierte er die ernsten Krankheiten einiger Männer. Wadim Medwedew, Nikolai Rizkow und Lew Zaikow – Herzgeräusche[1] und Magengeschwüre.

Dann kam er zu Andrei D. Pawlitschenko, und dort fand er etwas Erstaunliches. Auf dem Bildschirm erschien die Meldung:

ZUGANG VERWEIGERT.

Seltsam, dachte er. Warum ist diese Datei geschützt, obgleich man die anderen abrufen kann, sogar die des Generalsekretärs Gorbatschow? Vielleicht lag es daran, daß Pawlitschenko Vorsitzender des KGB war und deshalb großen Wert auf Geheimhaltung legte. Ja, mehr steckte sicher nicht dahinter.

Kuznetsow versuchte es erneut.

ZUGANG VERWEIGERT.

Nun, bestimmt gab es eine Hintertür, die ihm trotzdem den Zugriff auf die Daten ermöglichte. Der Arzt trommelte mit den Fingern auf den Tisch und überlegte. Dann fiel es ihm ein: Blut. Die einzelnen Dateien waren auch noch in einer anderen Datenbank enthalten, nach den Blutgruppen sortiert. Auf diese Weise sollte sichergestellt werden, daß genügend Blutkonserven für die Mitglieder des Politbüros zur Verfügung standen.

1 Herzgeräusche: infolge Turbulenzen des Blutstroms zwischen den Herztönen auftretende Schallphänomene – Anmerkung des Übersetzers.

Kuznetsow gab DATENBANK/BLUTGRUPPE ein und wartete.

Nacheinander leuchteten die Diagramme auf. Der Arzt betätigte die Seitentaste und blätterte durch die elektronischen Unterlagen. Kurz darauf kam er zu einer Datei mit gelöschtem Namen. Er las Alter, physische Beschreibung, Krankengeschichte – und wußte sofort, daß es sich um Pawlitschenko handelte.

Erfolg.

Der Arzt blickte auf den Bildschirm, bewegte den Cursor nach unten und stellte fest, daß sich Pawlitschenko immer von Dr. Nowikow behandeln ließ, dem Direktor der Klinik. Doch bei seinem letzten Aufenthalt im Krankenhaus hatte er den Neurologen Dr. Konstantin Below besucht, einen Spezialisten, der zwanzig Jahre älter war als Kuznetsow und den er sehr respektierte. Natürlich – der KGB-Vorsitzende wandte sich nur an die besten Ärzte.

Kuznetsow schrieb auch den Namen Pawlitschenko auf seine Liste. Und gleichzeitig fragte er sich, warum der KGB-Chef ausgerechnet einen Neurologen konsultiert hatte.

Er betrachtete ein Röntgenbild und nickte. Normal. Keine akuten Infiltrationen.

Dann folgte überraschenderweise ein Karotis-Angiogramm. Offenbar hat Dr. Below irgendwelche Probleme erwartet, dachte er. Ein Schlaganfall? Ist das möglich? Das Angiogramm zeigte eine rechte Seite, mit der alles in Ordnung war, aber die linke ... In der linken Hälfte der Blutversorgung des Gehirns gab es deutliche Verstopfungen, was auf einen unmittelbar bevorstehenden Schlaganfall hindeutete.

Kuznetsow hob kurz den Kopf, als jemand an ihm vorbeiging. Eine gewisse Nervosität regte sich in ihm. Es wäre ihm sehr schwergefallen zu erklären, warum er sich mit den medizinischen Daten des KGB-Vorsitzenden beschäftigte, obwohl er überhaupt nichts mit ihm zu tun hatte. Doch der Mann warf ihm nur einen kurzen Blick zu und verließ das Zimmer.

Er drückte eine Taste, und daraufhin veränderte sich das Bild auf dem Schirm. Kuznetsow sah nun das Ergebnis einer CAT-Untersuchung. Keine Infarkte oder Läsionen, nur eine geringfügige kortikale Atrophie. Eins steht fest: Pawlitschenko hat noch keinen Schlaganfall erlitten. Aber warum kam er hierher? Warum wandte er sich an den Neurologen?

Er rief den Rest des Untersuchungsberichts ab, zu dem auch ein kurzer Kommentar Belows gehörte. Darin diagnostizierte er bei Pawlitschenko eine Einschränkung des Sehvermögens, die das linke Auge betraf.

Das ist doch Unsinn, fuhr es Kuznetsow durch den Sinn. Wie konnte es beim linken Auge zu einer Einschränkung des Sehvermögens kommen, wenn sich die Läsion auf der linken Seite befand? Das ergab überhaupt keinen Sinn. Irgend etwas geht nicht mit rechten Dingen zu.

Vielleicht stimmte der Name nicht. Vielleicht war es überhaupt nicht der CAT-Scan des KGB-Chefs, sondern eines anderen Patienten. Manchmal kam es zu solchen Verwechslungen.

Kuznetsow beschloß, der Sache auf den Grund zu gehen, das Klinikarchiv aufzusuchen und sich dort die Hardcopy der CAT-Aufnahme anzusehen. Auch das war Routine. Niemand würde ihn fragen, warum er nach bestimmten Informationen suchte.

Doch er fand nur einen leeren Umschlag mit Belows Unterschrift. Nein, es hatte keinen Sinn, den Neurologen zu fragen. Dann wäre Kuznetsows Karriere in der Kreml-Klinik beendet gewesen; wahrscheinlich hätte man ihn in irgendein Provinznest verbannt.

Aber vielleicht konnte er sich die Informationen an einem anderen Ort beschaffen.

Er begab sich ins Kellergeschoß der Klinik und suchte das Zimmer auf, wo die CAT-Untersuchungen stattfanden, einen weißen, kalt wirkenden Raum, in dem ein junger Techniker namens Wasja Riazanski arbeitete. Kuznetsow kannte ihn und hatte ihm einmal ein Antibiotikum gegeben, ohne einen Ausgabeschein zu schreiben. Mit anderen Worten: Wasja war ihm einen Gefallen schuldig. Vermutlich konnte er helfen, dieses Rätsel zu lösen, das dem Arzt immer verdächtiger erschien.

»Ich möchte Sie um etwas bitten«, wandte er sich an den Techniker. »In Ihrem Computer sind doch die Resultate von CAT-Analysen gespeichert, nicht wahr?«

»Ja.«

»Könnte ich mir einen ganz bestimmten Scan ansehen?«

»Kein Problem«, erwiderte Wasja und deutete auf das Terminal. »Öffnen Sie die Dateien und geben Sie den Namen ein. Dann zeigt Ihnen das Ding sofort die entsprechende Aufnahme.«

»Eben nicht. Ich hab's bereits versucht. Und deshalb brauche ich Ihre Hilfe.«

»Was wollen Sie, Genosse Doktor Professor?«

Als Kuznetsow erklärte, wessen Scan er zu sehen wünschte, weiteten sich Wasjas Pupillen. Er nickte langsam und schürzte die Lippen. »Tja. Sie befassen sich nur mit den hohen Tieren, nicht wahr?«

Soll er ruhig glauben, daß ich Pawlitschenko behandle, dachte der Arzt und beobachtete, wie Wasja den Namen des KGB-Vorsitzenden tippte.

»Die Scan-Daten bleiben etwa einen Monat lang gespeichert, bevor sie gelöscht werden«, sagte der junge Mann. Er sprach nun ernster. »Auf den Festplatten ist nur wenig Platz, und wie üblich fehlt's an Disketten und Streamern. Wissen Sie, wann die Untersuchung stattfand? Ich habe sie nicht selbst durchgeführt. Wahrscheinlich hat einer meiner Kollegen den Apparat bedient.«

»Innerhalb des letzten Monats, nehme ich an.«

»Ah, hier sind die Ergebnisse«, sagte Wasja. »Sehen Sie nur.«

Kuznetsow betrachtete das Bild, und seine Verwirrung wuchs.

»Würden Sie mir bitte die einzelnen Abschnitte zeigen, Wasja?«

»Selbstverständlich.«

Der Arzt starrte auf die verschiedenen Darstellungen,

und schließlich gab es keinen Zweifel mehr. In der linken Hemisphäre von Pawlitschenkos Hirn erkannte er einen großen Infarkt.

Aber wie war das möglich? Vor einigen Minuten, zwei Stockwerke weiter oben, hatte Kuznetsow einen völlig normalen Scan gesehen, und jetzt fiel sein Blick auf die deutlichen Anzeichen eines massiven Schlaganfalls.

Irgend etwas stimmte nicht.

Dann bemerkte er das Datum in der linken oberen Ecke des Bildschirms.

7. November.

Angeblich stammte die Aufnahme vom 7. November. Aber bis dahin vergingen noch zwei Tage; heute war erst der 5. November.

Im KGB-Kommunikationsraum des Ersten Hauptdirektorats am Stadtrand von Moskau piepste ein Terminal. Das Warnsystem war mit einem Detektor verbunden, der auf bestimmte Anfragen in den Computernetzen der Stadt reagierte.

Eine kurze Meldung erschien auf der Bildfläche des Monitors:

NICHT AUTORISIERTER DATENZUGRIFF
ZENRALE KREML-KLINIK
ABTEILUNG FÜR INNERE MEDIZIN
TERMINAL 3028

Eine kurze Pause – die Mainframe – Anlage verglich den Zugangscode mit den Namen des Krankenhauspersonals. Dann folgten zwei Worte:

ALEXANDER KUZNETSOW

67

Das Restaurant war schmucklos, sogar häßlich. Die Einrichtung bestand aus kleinen Tischen, an denen man im Stehen aß. Ein dichtes Gedränge aus Dutzenden von Personen herrschte, und es roch nach heißem Fett. Stone und Charlotte schoben sich an beschlagenen Fenstern vorbei und erreichten den Tresen, wo zwei grauhaarige Frauen Tabletts mit goldbraunen *Pirozcki* abstellten.

Die Knödel bestanden aus grauem Fleisch, ruhten in einer Sauerrahmsoße und schmeckten nicht annähernd so schlecht, wie sie aussahen. Man konnte sogar Gefallen an ihnen finden. Stone spülte sie mit einem Becher Milchkaffee hinunter.

»Ich kann nicht noch einmal bei dir übernachten«, sagte er leise, trank einen Schluck und verzog das Gesicht. »Um deinetwillen. Und auch wegen meiner eigenen Sicherheit.«

»Ich weiß.«

»Hast du irgendeine Idee? Was ist mit deinen Freunden?«

»Mein Kameramann Randy und die Produzentin Gail kommen nicht in Frage. Sie sind Nachbarn, und man würde sie sofort verdächtigen. Aber ich kenne einen Russen, einen Künstler. Er hat eine große Mansardenwohnung. Vielleicht nimmt er dich auf.«

»Gut.« Eine Zeitlang aßen sie schweigend. Als Stone seinen Teller geleert hatte, sagte er: »Die Alten Gläubigen.«

»Was soll mit ihnen sein?«

»Wir wissen noch immer nichts über sie.«

»Laß mir bis heute abend Zeit.«

»Bis heute *abend*? Dann ist es vielleicht schon zu spät!«

»Nun, ich muß einen bestimmten Ort aufsuchen, und dabei gibt es gewisse Schwierigkeiten.«

Charlotte sah auf ihre Uhr. »Es wird Zeit. Für gewöhnlich nimmt sich meine Quelle eine Stunde fürs Mittagessen frei, und wir sind hier nicht weit von der . . . Klinik entfernt.

Da der Mann sowohl Arzt *als auch* Wissenschaftler ist, erscheint es durchaus plausibel, daß er die Lenin-Bibliothek aufsucht.«

Sie überquerten die Straße, betraten die Bibliothek und ließen ihre Mäntel in der Garderobe. Dann gingen sie eine Treppe hinab und betraten einen Aufenthaltsraum, in dem einige Gelehrte saßen: Sie hatten die Arbeit in den Lesesälen unterbrochen und rauchten. Stone und Charlotte nahmen auf einer harten Steinbank Platz.

Einige Minuten später kam ein Mann zu ihnen. Er schien Ende Vierzig zu sein, trug einen teuren Schaffellmantel und darunter einen Anzug samt Krawatte. Er setzte sich neben sie und holte ein Päckchen Belmorkanal-Zigaretten hervor.

»Haben Sie Feuer?« fragte er Charlotte auf russisch.

Sie lächelte und reichte ihm Streichhölzer. Er nahm sie wortlos entgegen, zündete sich eine Zigarette an und sprach leise.

Er gab sich den Anschein eines Mannes, der mit der attraktiven Blonden neben ihm eine Unterhaltung begann und sich vielleicht Hoffnungen machte. Niemand schenkte ihnen mehr als nur beiläufige Beachtung.

»Ich glaube, ich habe etwas Interessantes herausgefunden«, sagte Kuznetsow. Er atmete Rauch aus, sah sich um und lächelte beschämt, spielte die Rolle des verschmähten Charmeurs. Es fiel ihm nicht leicht – innerlich zitterte er vor Furcht. Stone warf ihm einen kurzen Blick zu; er saß auf der anderen Seite und erweckte den Anschein, in einer Zeitung zu lesen.

»Wirklich ernste Krankheiten konnte ich nur bei wenigen Personen feststellen, aber ein Fall hat mich erstaunt. Offenbar wird der Vorsitzende des KGB bald einen Schlaganfall erleiden.«

»Pawlitschenko?« fragte Charlotte. »Aber er ist noch nicht krank?«

»Nein. *Noch* nicht. Wenn die Angaben in den medizinischen Unterlagen richtig sind, will er am siebten November einen Schlaganfall bekommen.«

Entsetzen keimte in Stone, und plötzlich begriff er, wer sich hinter dem Codenamen M-3 verbarg.

WASHINGTON

Roger Bayliss steuerte seinen schwarzen Saab Turbo über den Beltway und blickte immer wieder auf die Uhr. Alexander Malarek, Pawlitschenkos Mann in der sowjetischen Botschaft, wartete bereits auf ihn.

Bayliss kaute die dritte Maalox-Tablette. Sie beruhigte ihm den Magen, aber seine Nerven waren trotzdem bis zum Zerreißen gespannt. So früh am Tag wollte er kein Valium nehmen. In wenigen Stunden startete Air Force One nach Moskau, mit ihm an Bord, und er hielt es für besser, so wachsam wie möglich zu bleiben. Vermutlich stand bald der Höhepunkt seiner Karriere im Weißen Haus bevor.

Seit dem letzten Treffen des Sanctums hatte seine Besorgnis immer mehr zugenommen.

Der Grund? Nach und nach gelangte er zu der Überzeugung, daß die Weisen des Sanctums einen großen Fehler begingen.

Wie wollte Pawlitschenko die Macht ergreifen? Sie wußten es nicht. Ja, es erschien durchaus vernünftig, daß Reynolds, Lansing und die anderen den gegenwärtigen Generalsekretär durch einen Maulwurf ersetzen wollten – vorausgesetzt, Gorbatschows Tage waren wirklich gezählt.

Ja, das ergab einen Sinn.

Aber Bayliss argwöhnte, daß der Staatsstreich *während des Gipfeltreffens* stattfinden sollte. Alle Anzeichen deuteten darauf hin, auch Malareks Eile.

Ein Blutvergießen, während der amerikanische Präsident in Moskau weilte.

Bayliss wußte, daß jeder Amerikaner, der an dieser Sache beteiligt war, mit schlimmen Konsequenzen rechnen mußte.

Im Prinzip ging es ihm darum, seine Haut zu retten.

Er spielte mit dem Gedanken, seinen Vorgesetzten zu verständigen. Admiral Mathewson, Berater für nationale Sicherheit, hatte keine Ahnung von der Existenz des Sanctums.

Ohne Mathewsons Hilfe ... Nun, wenn der Putsch fehlschlug, war Bayliss' Schicksal besiegelt. Diese Vorstellung gefiel ihm nicht sonderlich.

Er mußte Mathewson informieren.

Bayliss hielt an, stieg aus und ging geradewegs über den Asphalt. Um diese Zeit am Morgen herrschte dichter Verkehr: Reifen quietschten, als mehrere Fahrer bremsten und im letzten Augenblick auswichen. Auf der anderen Straßenseite stand eine Telefonzelle. Die Last der Verantwortung wurde zu schwer. Bayliss begriff, daß er einen Fehler gemacht hatte. Er konnte den Guerillakrieg im National Security Council führen, wo jeder versuchte, den anderen Fallen zu stellen, um auf der Karriereleiter schneller nach oben zu kommen. Er brachte es sogar fertig, Alfred Stones Ermordung hinzunehmen.

Aber dies war zuviel.

Er schob eine Münze in den Apparat und beobachtete die vorbeifahrenden Wagen.

Sein Puls raste, und er spürte neuerliche Magenschmerzen. Instinktiv griff er in die Tasche und holte eine weitere Maalox-Tablette hervor.

Dann wählte er Mathewsons Nummer.

Der Admiral wußte bestimmt, was es jetzt zu unternehmen galt.

68

MOSKAU

Der junge Mann wirkte zerknirscht und erschüttert. Er sprach direkt in die Kamera – der KGB-Techniker hatte sich für eine Nahaufnahme entschieden.

Deutlich war die enorme Anspannung des Mannes zu erkennen.

»Ich habe die Terroristen mit Sprengstoff versorgt«, sagte er gerade. Er stockte häufig, und in einem Augenwinkel zuckte ein nervöser Muskel.

»Woher bekamen Sie ihn?« fragte jemand.

»Von der amerikanischen Central Intelligence Agency und dem National Security Council«, lautete die Antwort. Das Zucken wurde immer stärker. »Diese beiden Organisationen gaben mir den Sprengstoff und die anderen Materialien.«

»Sie haben also für den amerikanischen Geheimdienst gearbeitet?«

»Ja.«

»Warum waren Sie bereit, ein so abscheuliches Verbrechen gegen die Völker der Sowjetunion zu begehen?«

Der junge Mann zögerte unschlüssig, und seine Augen glänzten feucht. »Es ist eine Lüge!« rief er schließlich. »Sie zwingen mich zu dieser Aussage! Ich bin vollkommen unschuldig und nicht mehr bereit, an dieser Farce teilzunehmen. Von jetzt an sage ich die Wahrheit!«

Er ließ den Kopf hängen und schluchzte. Nach einer Weile sah er wieder auf und blickte aus geschwollenen und geröteten Augen in die Kamera. »Ich bin kein Verbrecher«, sagte er leise.

Eine brüske, blecherne Stimme erklang. »Wissen Sie, was Iwan der Schreckliche mit den Architekten anstellte, die in seinem Auftrag die Kathedrale des heiligen Basilius bauten?«

Der Mann drehte sich zu dem unsichtbar bleibenden Fragesteller um. »Nein, ich ...«

»Sie kennen nicht einmal die Geschichte Ihres Landes«, unterbrach ihn die Stimme scharf. »Iwan wollte die Architekten darin hindern, ein anderes Gebäude zu errichten, das die Kathedrale an Schönheit übertreffen konnte.«

Der junge Mann keuchte entsetzt, als er zu verstehen begann. »O Gott, nein. Bitte ...«

»Jetzt erinnern Sie sich.«

»Nein, *bitte* nicht!«

»Iwan ließ ihnen die Augen ausstechen.«

»Bitte. *Bitte!*«

Das Gesicht des Mannes war eine Fratze des Grauens.

»Ich schlage vor, Sie aktivieren nun Ihr Geständnis, und zwar etwas überzeugender.« Jemand reichte dem jungen Russen ein Papiertaschentuch. Er schluckte und wischte sich die Tränen aus den Augen.

»Ja«, stöhnte er und beschrieb sein ›Verbrechen‹ noch einmal.

»Danke«, ertönte die körperlose Stimme.

Der junge Mann begann zu weinen. Plötzlich knallte es, und auf seiner Stirn entstand ein kleiner roter Fleck. Unmittelbar darauf strömte Blut aus dem Loch – man hatte ihm von hinten in den Kopf geschossen. Die Leiche sank zur Seite, verharrte in einer grotesken Position.

Der Bildschirm wurde dunkel.

»Ausgezeichnet«, wandte sich Pawlitschenko an die zwölf Männer, die ihm am Konferenztisch im Keller von Lubianka Gesellschaft leisteten. »Ich möchte, daß die Aufzeichnung sofort bearbeitet wird. Wir brauchen nur das Geständnis.«

»Jener Mann, Fjodorow ...«, sagte der Leiter des Fünften Hauptdirektorats. »Haben wir Aufnahmen, die ihn mit den Terroristen zeigen?«

»Ja«, antwortete der Moskauer Polizeichef. »Er traf sie in einer Reparaturwerkstatt, die wir ihm zur Verfügung stellten. Dort verstaute er den Plastiksprengstoff und die anderen Dinge.«

»Und die Terroristen?« fragte jemand. »Wer von ihnen lebt noch?«

»Jene Männer, die meinen Freund Sergei Borisow umbrachten«, erwiderte Andrei Pawlitschenko. »Ich mußte diese Entscheidung treffen, um sicherzustellen, daß mich niemand damit in Verbindung bringt. Die gleichen Personen stecken auch hinter den Bombenanschlägen in der U-Bahn und im Bolschoi-Theater. Wenn alles vorbei ist, legen wir ihnen außerdem die letzte Terroraktion zur Last, für die sie *nicht* verantwortlich sind. Wir stellen sie vor Gericht und verurteilen sie zum Tod. Dann haben wir geeignete Sündenböcke, und nach der Hinrichtung können sie uns nicht widersprechen, wenn wir unsere Version der Wahrheit schildern.«

Pawlitschenko verzichtete auf den Hinweis, daß einer der Terroristen, ein gewisser Jakow Kramer, dem KGB seit den frühen sechziger Jahren bekannt war – seitdem einige seiner Freunde in der Gorki-Straße eine Bombe hochgehen ließen. Pawlitschenko war damals bereits ein hochrangiger KGB-Beamter gewesen, und normalerweise hätte er sofort die Verhaftung der Männer veranlaßt. Statt dessen unternahm er nichts gegen sie. Weil er glaubte, daß sie ihm eines Tages nützlich sein konnten.

Er hatte sich nicht geirrt. Einer von Jakow Kramers Söhnen wurde verhaftet und im Lefortowo-Gefängnis untergebracht. Als Zellengenossen bekam er den inzwischen toten Fjodorow, einen Sprengstoffexperten, der ihm nicht nur beibrachte, wie man Bomben baute, sondern ihn auch gegen den sowjetischen Staat aufhetzte. Der andere Sohn, Awram, kam in eine psychiatrische Klinik. Der Plan war auf der Grundlage eines gründlichen Psychoprofils entstanden, und er funktionierte. Die Kramers verwandelten sich in Terroristen. Natürlich fiel es Pawlitschenko nicht weiter schwer, die an Gorbatschow adressierten Briefe abzufangen.

Noch etwas anderes kam hinzu: Alle Terroristen standen in irgendeiner Beziehung zu Sonja Kunetskaja, der Tochter des amerikanischen Multimillionärs Winthrop

Lehman. Der einflußreiche Lehman war versessen darauf, seiner Tochter die Ausreise zu ermöglichen, bevor er starb. Deshalb unterstützte er reaktionäre Fanatiker, denen es darum ging, die Regierung der Sowjetunion zu stürzen.

So wollte es Pawlitschenko darstellen.

»Bitte entschuldigen Sie.«

Ein KGB-Wächter stand in der Tür.

»Ja?« fragte Pawlitschenko.

»Genosse Bondarenko«, erwiderte der Uniformierte.

»Er soll hereinkommen.«

Iwan Bondarenko betrat das Zimmer. Er gehörte zur Abteilung Acht, leitete das Direktorat S (Illegale) des Ersten Hauptdirektorats. In seinen Zuständigkeitsbereich fielen ›direkte Aktionen‹ beziehungsweise ›feuchte Angelegenheiten.‹

Er nahm nicht Platz und brachte atemlos hervor: »Ich habe Grund zu der Annahme, daß sich der abtrünnige amerikanische Agent in Moskau befindet.«

»*Was?*« Pawlitschenko schnappte nach Luft.

»Das sowjetische Einreisebüro in Paris hat die Fotografien überprüft«, fuhr Bondarenko fort und schnaufte. »Es mag unglaublich klingen, aber allem Anschein nach hat er Moskau unter einem falschen Namen erreicht; offenbar ist es ihm gelungen, sich innerhalb kurzer Zeit ein Visum zu besorgen. Die Laseruntersuchung der Einreisepapiere bestätigt seine Identität, ebenso die vom Sanctum stammenden Fingerabdrücke.«

»Wahrscheinlich gibt es einen Zusammenhang zwischen seiner Präsenz und dem Eintreffen der Amerikaner«, kommentierte Pawlitschenko ruhig und stand auf. »Ich möchte, daß Sie Ihre ganzen Ressourcen einsetzen, um den Mann daran zu hindern, unsere Pläne preiszugeben. Schnappen Sie ihn. Lebend oder tot – es ist mir gleich. Wir müssen ihn unbedingt erwischen, und wir *werden* ihn finden. Wahrscheinlich begreift der Narr gar nicht, daß er sein Schicksal selbst besiegelt hat, indem er nach Moskau kam.«

69

Charlotte und Stone eilten zur amerikanischen Botschaft, zeigten ihre Pässe den russischen Wächtern am Eingang, liefen durchs Tor, die Treppe hoch, betraten das Gebäude und setzten den Weg zum Pressebüro fort.

Der Presseattaché Frank Paradiso saß an einem Schreibtisch, auf dem sich Dokumente, Schnellhefter und Ordner stapelten. Er war untersetzt und dunkelhäutig, hatte das dünne Haar von den Seiten nach oben gekämmt, damit es seine Glatze wenigstens teilweise bedeckte.

Er telefonierte gerade und beendete das Gespräch rasch, als er die Journalistin erkannte. »O hallo, Charlotte«, sagte er und legte auf. Dann sah er Stone an und erhob sich. »Ich glaube, wir haben uns noch nicht kennengelernt.«

»Frank«, warf Charlotte rasch ein, »wahrscheinlich hast du viel zu tun – immerhin trifft in einigen Stunden der Präsident ein. Aber wir müssen unbedingt mit dir reden. Es ist sehr wichtig.«

Paradiso nickte verwirrt und deutete auf die Stühle vor dem Schreibtisch. Er wirkte wie jemand, der zwei lange erwartete Dinnergäste willkommen hieß.

»Nein, nicht hier«, sagte Charlotte. »In der Blase. Ich weiß, daß du sie benutzen kannst.«

»Soll das ein Witz sein?«

»Ich meine es verdammt ernst.«

Unmittelbar nach dem Treffen mit Charlotte und ihrem Begleiter kehrte Dr. Alexander B. Kuznetsow in die Klinik zurück. Besorgt dachte er an die Entdeckung – jetzt bedauerte er seine Nachforschungen.

Als er durch den Flur zum Büro schritt, kam er an der Schwesternstation vorbei. »Hallo, ihr Lieben!« rief er ihnen zu. Die Schwestern mochten ihn, denn er gehörte zu den wenigen Ärzten, die sich dazu herabließen, mit ihnen zu sprechen. »Warum so niedergeschlagen? Vernachlässigen euch eure Ehemänner? Die Narren wissen doch überhaupt nicht, was sie an euch haben, stimmt's?«

Er lächelte gewinnend, und Unbehagen regte sich in ihm. Die beiden Krankenschwestern sahen ihn nicht so an wie sonst; Furcht glänzte in ihren Augen.

»Kopf hoch, Mädchen«, fügte Kuznetsow hinzu.

Sie wandten den Blick von ihm ab.

Verwundert ging er weiter und öffnete die Tür seines Büros. Als er die uniformierten KGB-Beamten sah, verstand er plötzlich.

Als ›Blase‹ bezeichnete man das abhörsichere Zimmer, den einzigen Raum der amerikanischen Botschaft, in dem es keine sowjetischen Abhöranlagen gibt. Er besteht aus einer Plexiglaskammer, die ein eigenes Zimmer bildet, und sie beinhaltet einen langen Konferenztisch.

Paradiso führte seine beiden Besucher hinein und schaltete das Belüftungssystem ein. Stone hielt es für möglich, daß der Presseattaché eine Nachricht von Langley bekommen hatte, in der es um einen gewissen Charles Stone ging, und deshalb stellte er sich nicht vor.

In seiner Jackentasche trug er die Pistole – sie hatten die Botschaft durch den Presseeingang erreicht und waren somit den Metalldetektoren ausgewichen. Falls der Attaché Stone identifizierte ... Ohne eine ausdrückliche Anweisung aus Washington konnte er ihn nicht verhaften. So lautete das Gesetz. Aber wenn Paradiso entschied, gegen das Gesetz zu verstoßen – nun, dann kam die Waffe ins Spiel.

»Na schön«, brummte Paradiso und nahm am Tisch Platz. Charlotte und Stone setzten sich ebenfalls. »Was ist los?«

»Wir brauchen Ihre Hilfe«, begann Charlie.

»Ich bin ganz Ohr.«

»Wir benötigen deine Verbindungen nach Langley, Frank«, fügte Charlotte hinzu.

»Wir gehören beide zur Agency«, sagte Stone. »Was natürlich nicht heißen soll, daß Sie mir unbedingt glauben müssen. Kennen Sie eine Gruppe in Washington, die sich American Flag Foundation nennt?«

»Nein«, antwortete Paradiso.

»Das habe ich mir gedacht.« Mit knappen und möglichst präzisen Worten erkärte Stone, was sie über den amerikanischen Maulwurf M-3 und die Verschwörung wußten.

Paradiso starrte ihn groß an.

»Hören Sie mir gut zu«, fuhr Stone eindringlich fort. »Wenn ich die Botschaft verlasse und das Büro der *New York Times* aufsuche – vielleicht lacht man mich dort nicht aus. Ich fürchte allerdings, daß Ihre Vorgesetzten keinen großen Gefallen an den Konsequenzen finden. Die Regierung der Vereinigten Staaten gerät in große Schwierigkeiten, wenn bekannt wird, daß bestimmte Leute in Washington an heimlichen Aktionen gegen die UdSSR beteiligt sind. Dann findet kein Gipfeltreffen mehr statt, und die diplomatischen Beziehungen zwischen der Sowjetunion und den USA gerieten in Gefahr. Ich möchte nicht in die Einzelheiten gehen; Ihnen dürfte klar sein, was ich meine. Die Verantwortung dafür käme allein *Ihnen* zu. Man würde mit dem Finger auf *Sie* zeigen. Ihre Karriere wäre ruiniert. Himmel, mir läuft es kalt über den Rücken, wenn ich daran denke, was sich anbahnt. Habe ich mich klar genug ausgedrückt?«

Paradiso bedachte Charlotte mit einem flehentlichen Blick. »Wovon redet der Kerl eigentlich?«

Charlotte seufzte. »Frank, vor kurzer Zeit habe ich mit jemandem gesprochen, der Bescheid weiß. Pawlitschenko hat einen falschen CAT-Scan vorbereitet, um morgen einen ›Schlaganfall‹ zu bekommen.«

Paradiso schnaubte verächtlich.

»Es kann kein Zweifel bestehen, Frank. Auf der russischen Seite steckt er dahinter. Aber wenn unsere Informationen stimmen, ist er mehr als nur ein schlichter amerikanischer Maulwurf. Eins steht fest: Er arbeitet nicht mit der *Agency* zusammen.«

»Charlotte, zum Teufel auch . . .«, brachte Paradiso hervor.

»Das ist noch nicht alles, Frank. Seit einigen Wochen ermittelt der KGB in Hinsicht auf die Bombenanschläge in Moskau, und dabei ergaben sich interessante Indizien.«

»Willst du etwa behaupten, daß du auch einen Informanten im *KGB* hast?«

Charlotte zuckte mit den Schultern. »Bei den Untersuchungen stellte sich heraus, daß der Sprengstoff in den Vereinigten Staaten hergestellt wurde, und zwar ausschließlich für die CIA.«

Paradisos Kinnlade klappte herunter. *»Herr im Himmel!«* Er sah Stone an. »Worauf wollen Sie hinaus? Ich weiß noch immer nicht, was das alles zu bedeuten hat.«

»Ich vermute folgendes«, erwiderte Charlie. »Wahrscheinlich geschieht bald etwas. Vermutlich kommt es zu einer militärischen Aktion, die als Terrorismus getarnt wird. Vielleicht morgen, bei der Revolutionsfeier.«

»Wahrscheinlich, vermutlich, vielleicht ... Was soll ich damit anfangen?«

»Bitte setzen Sie sich mit Langley in Verbindung. Schikken Sie ein Dringlichkeitstelegramm. Wenn ich mich irre, war es richtig von Ihnen, alles zu melden. Wenn ich recht habe ...«

»Ja, ich verstehe«, sagte Paradiso leise. »Dann sorge ich dafür, daß die wichtigste Verschwörung in der amerikanischen Geschichte platzt.«

»Frank, es kommt darauf an, so schnell wie möglich zu handeln«, drängte Charlotte.

Paradiso holte tief Luft, schüttelte langsam den Kopf und gab den letzten Rest von Skepsis auf. »Das ist mir klar.«

WASHINGTON

»Ich muß mit Ihnen reden.« Die Stimme klang verzweifelt, und im Hintergrund hörte Malarek Verkehrslärm. *»Ich bin in fünfundvierzig Minuten bei Ihnen. Es ist dringend.«*

Malarek hatte zehn Minuten lang am vereinbarten Treffpunkt auf Bayliss gewartet, und als der junge NSC-Mann nicht kam, kehrte er zur sowjetischen Botschaft zurück. Dort spielte ihm sein Assistent eine Aufzeichnung vor. Sie betraf ein Telefongespräch, bei dem man eine ungeschützte Leitung des Weißen Hauses benutzt hatte – Malarek erkannte sofort Roger Bayliss' Stimme.

Er hörte sich den Rest des Gesprächs an, schaltete dann den Kassettenrecorder aus, nahm den Hörer eines sicheren Telefons ab und wählte die Nummer eines kleinen, auf ausländische Bücher spezialisierten Geschäfts in Washington. Man reagierte sofort auf den Anruf.

»Ich bin ein Freund von Ihnen, aus der sowjetischen Botschaft«, sagte Malarek. »Ich möchte zwei Ausgaben der *Großen Sowjetischen Enzyklopädie* bestellen. In Englisch.« Dann legte er wieder auf und wartete.

Der Mann im Buchladen, ein Emigrant, der die Sowjetunion vor fünfzehn Jahren verlassen hatte und inzwischen amerikanischer Staatsbürger war, leitete eine der Stationen für ›blinde Transfers‹ im Bereich Washington. Der KGB bezahlte ihn dafür, Telefongespräche durch ein komplexes Netzwerk weiterzuleiten und zu verhindern, daß man den Anrufer feststellen konnte. Er wußte nicht, wer sich meldete und welche Verbindung man herzustellen wünschte. Malarek hatte diese Methode entwickelt, um nicht auf die normalen Kommunikationskanäle der Botschaft und des KGB angewiesen zu sein.

Dreißig Sekunden später klingelte das Telefon.

»Es ist zu einem Ah-Zett gekommen«, sagte Malarek. Damit meinte er einen ›außergewöhnlichen Zwischenfall‹.

Er erklärte die Einzelheiten und legte den Hörer auf die Gabel.

Dann öffnete er einen kleinen weißen Kasten, holte eine Zigarette daraus hervor und zündete sie an. Er lehnte sich zurück und dachte an Roger Bayliss, der zu allem bereit war, um die Gunst des Präsidenten zu gewinnen. Glücklicherweise ist er so dumm gewesen, eine ungeschützte Leitung zu verwenden. Er hatte noch keine Gelegenheit gefunden, dem Berater für nationale Sicherheit irgendwelche Details zu nennen. Anders ausgedrückt: Es genügten rasche Maßnahmen, um das Geheimnis zu wahren.

Malarek hatte Bayliss nie gemocht.

Roger Bayliss fragte sich, ob man ihn verfolgte.

Das Auto hinter ihm fuhr zu dicht auf, und er hielt es für besser, zur rechten Fahrspur zu wechseln. Nur ein halber Meter trennte ihn von der Leitplanke. Als er in den Rückspiegel blickte, stellte er fest, daß der Wagen erneut hinter ihm war.

Nervös beobachtete er den steilen Hang jenseits der Leitplanke, und plötzlich verstand er. Malarek hatte ihm einmal erzählt, daß sich seine Leute gut darauf verstanden, ›Unfälle‹ zu inszenieren.

Er hätte keine ungeschützte Leitung benutzen dürfen, um das Weiße Haus anzurufen. Solche Gespräche konnte man zu leicht abhören.

Er betätigte die Hupe, doch das andere Fahrzeug kam noch näher. Zwei Stoßstangen berührten sich; Metall kratzte über Metall.

Bayliss sah das Kennzeichen des Ford – der Wagen war im Distrikt Columbia zugelassen –, und dann bemerkte er einen kleinen braunen Aufkleber an der Windschutzscheibe. Er zeigte das Symbol der American Flagg Foundation.

Nein! Der Anruf ... Man hat mich abgehört. Himmel, ich selbst habe die Leitungen angezapft! Bayliss begriff die Ironie des Schicksals, und einige Sekunden später drängte ihn der Ford von der Straße ab. Die Leitplanke gab nach, und der schwarze Saab überschlug sich am Hang, stürzte in die Tiefe, trug Bayliss in den Tod.

70

MOSKAU

Die Nacht war kalt. Eis glitzerte auf dem Asphalt. Stone saß am Steuer von Charlottes Renault und fuhr sehr vorsichtig. Morgen fand die Revolutionsfeier statt, und viele Straßen im Zentrum der Stadt hatte man aus Sicherheitsgründen gesperrt. Überall wehten Fahnen, und gewaltige Plakate zeigten sozialistische Arbeiter, die den Plan ihrer Fabriken übererfüllt hatten.

Nach dem Treffen mit Paradiso waren Stone und Charlotte in die Wohnung zurückgekehrt und überlegten dort, was es zu unternehmen galt. Sie hielten es für wichtig, daß Charlotte wie üblich ihrer Arbeit nachging, um zu vermeiden, daß irgend jemand Verdacht schöpfte und eine Verbindung zwischen ihr und Stone argwöhnte.

Charlotte begab sich in ihr Büro, um einen Bericht vorzubereiten, dem sie nur einige Aufnahmen von der Ankunft des Präsidenten im Flughafen hinzufügen mußte. Später würde sie die Suche nach dem Namen des Mannes fortsetzen, der die Organisation der Alten Gläubigen leitete. Vielleicht gab es eine Möglichkeit, meinte sie, ohne Stone zu erzählen, wie sie vorgehen wollte. Er beschloß, sie nach einer Weile anzurufen und zu fragen, ob sie irgend etwas herausgefunden hatte.

Stone verbrachte einige Stunden damit, in sowjetischen Geschichtsbüchern zu lesen, doch er hielt vergeblich nach dem Namen des Helden Ausschau, der damals das Kriegsgerichtsverfahren gegen einige unschuldige Soldaten verhindert hatte.

Alles in ihm drängte danach zu handeln, und schließlich ertrug er es nicht mehr, einfach nur abzuwarten. Er verließ das Apartment und machte sich auf den Weg zu Sonja Kunetskaja, Lehmans Tochter – zu jener Frau, der Alfred Stone 1953 begegnet war.

Sie erwies sich als klein und eher unscheinbar. Sonja trug ein schlichtes Kleid und eine Brille mit Stahlrahmen, hinter der sich ein zartes, hübsches Gesicht verbarg. Sie öffnete die Tür und musterte den Besucher verwirrt.

»Ja?« fragte sie mißtrauisch.

»Ich muß Sie sprechen«, erwiderte Stone auf russisch. »Jetzt sofort.«

Furcht weitete ihre Pupillen. *»Wer sind Sie?«*

»Wenn Sie mich nicht eintreten lassen, bin ich zu Maßnahmen gezwungen, die Ihnen sicher nicht gefallen«, erwiderte Stone.

»Nein!«

»Es ist dringend.« Er schob sich an ihr vorbei in die Wohnung. *Für diese Frau wurde mein Vater geopfert,* dachte er, und Zorn entstand in ihm.

Sonja Kunetskaja folgte ihm ins Wohnzimmer, und dort saß ein Mann. Später erfuhr Stone seinen Namen: Jakow Kramer. In der einen Gesichtshälfte zeigten sich gräßliche Narben. Er war kräftig gebaut und schien in mittleren Jahren zu sein; ohne die Entstellung hätte man ihn als attraktiv bezeichnen können.

»Sie haben sich mit meinem Vater getroffen«, sagte Stone langsam.

Die kleine Frau lachte fast. »Offenbar verwechseln Sie mich mit jemandem.«

»Nein. Ich könnte Ihnen Bilder als Beweis vorlegen. Vor fast vierzig Jahren – 1953, um genau zu sein – begegneten Sie meinem Vater in der Moskauer U-Bahn. Er gab Ihnen ein Paket.«

Sonja Kunetskaja verriet sich durch die plötzliche Sorge in ihren Zügen. »Wovon reden Sie überhaupt?«

»Ich weiß, wer Sie sind«, fuhr Stone fort. »Ich weiß, wer Ihr Vater ist.«

»Wie heißen Sie?«

»Charles Stone. Damals trafen Sie meinen Vater, Alfred Stone.«

Sie schnappte nach Luft und riß die Augen auf.

Dann streckte sie eine zitternde Hand aus und berührte

Stone am Arm. »Nein«, brachte sie erstickt hervor und schüttelte den Kopf. »Nein. Nein.«

Jakow Kramer beobachtete sie verblüfft.

»Ich muß mit Ihnen sprechen«, wiederholte Stone.

Sonja starrte ihn entsetzt an, und Tränen quollen ihr in die Augen. »Nein«, hauchte sie und hob auch die andere Hand. »O Gott, nein. Warum sind Sie gekommen? Was wollen Sie von mir?«

»Ich weiß, wessen Tochter Sie sind. Ihr Vater ist hier, um Sie fortzubringen, nicht wahr? Aber ich bin bereit, ihn daran zu hindern – wenn Sie mir nicht helfen.«

»Nein!« stöhnte die kleine Frau. Ihr Blick klebte an Stone fest. »Bitte gehen Sie. Man darf Sie nicht mit mir sehen!«

»Wer ist dieser Mann, Sonja?« fragte Jakow. »Was will er? *Verschwinden Sie!*« Er stand auf und trat drohend näher.

»Nein!« wandte sich Kunetskaja an ihn. »Laß nur. Ich spreche mit ihm.« Sie schluchzte, nahm ihre Brille ab und wischte sich die Tränen aus den Augen. »Ich spreche mit ihm.«

Um sieben Uhr abends landete Air Force One auf dem Wnukowo-Flughafen, gut dreißig Kilometer im Südwesten von Moskau. Scheinwerfer erhellten die Runway; sowjetische und amerikanische Flaggen wehten im kalten Wind.

Der Präsident und seine Frau verließen die Maschine als erste, gefolgt vom Außenminister und seiner Gattin sowie dem Rest der Delegation.

Einige hochrangige sowjetische Funktionäre, unter ihnen auch die Mitglieder des Politbüros, empfingen die Gäste. Mehrere russische Kameraleute filmten die Begegnung.

Nach einer kurzen Begrüßungszeremonie führte man den Präsidenten zu einer amerikanischen Limousine. Es handelte sich um einen kugelsicheren schwarzen Lincoln, und am Steuer saß ein amerikanischer Chauffeur. Die übrigen Personen nahmen in Tschaikas Platz. Motoren dröhnten, als sich die Kolonne in Bewegung setzte und über den mittleren Fahrstreifen der Straße nach Moskau raste.

Der Chauffeur des Präsidenten wirkte zunächst ein wenig nervös angesichts der hohen Geschwindigkeit, doch dann entspannte er sich und schien Gefallen daran zu finden. »Mr. President, in Washington bin ich nie so schnell gefahren«, sagte er.

»Kommen Sie bloß nicht auf dumme Gedanken«, erwiderte der Präsident. Unbehagen entstand in ihm.

Die Abstände zwischen den einzelnen Wagen waren beunruhigend gering. Sie fuhren so schnell, daß der von Natur aus vorsichtige Präsident einen Unfall befürchtete. Mehrere Autos mit sowjetischen Sicherheitsbeamten flankierten die Kolonne, scherten mit halsbrecherischem Tempo ein und aus.

Als sie die Stadt erreichten, sah der Präsident fasziniert aus dem Fenster.

Zwei Wagen hinter ihm saßen der Berater für nationale Sicherheit und einige Assistenten in einem Tschaika.

Craig Mathewson bereitete eine Verlautbarung vor, mit der sich der Präsident am nächsten Morgen in der amerikanischen Botschaft an die Presse wenden würde. Er drückte darin seine aufrichtige Anteilnahme am Tod seines geschätzten Mitarbeiters Roger Bayliss aus. Sie endete mit den Worten: »Ich bedauere sehr, daß Roger nicht bei uns ist, um diesen triumphalen Augenblick zu genießen, den wir auch ihm verdanken.«

Der Verlust des jungen Mannes betrübte Mathewson. Bayliss war sehr ehrgeizig gewesen, auch ein wenig zu geschniegelt, aber er hatte eine anständige und zuverlässige Person in ihm gesehen. Wie kam es zu dem Unfall? Warum fuhr er durch die Gegend, obwohl der Flug nach Moskau unmittelbar bevorstand? Und der Grund für seine fatale Unaufmerksamkeit – Aufregung über das Gipfeltreffen?

Aber weshalb hatte er kurz vor dem Unfall angerufen und Mathewson mitgeteilt, er müsse ihn über einige ›sehr wichtige Dinge‹ informieren? Worum ging es dabei? Die

Besorgnis des Beraters für nationale Sicherheit wuchs, als er sich fragte, ob es einen Zusammenhang mit Bayliss' Tod gab.

Er starrte aus dem Fenster. Des Nachts sind viele Städte zauberhaft, aber Moskau blieb seltsam düster. Nirgends zeigten sich Passanten, und dadurch gewann die sowjetische Hauptstadt eine Aura des Unwirklichen und Surrealen. Morgen begann die wichtigste Feier in der Sowjetunion, aber Moskau wirkte wie ausgestorben.

Kurze Zeit später stellte Mathewson fest, daß die Straßen nicht völlig leer waren. Auf den Bürgersteigen standen Soldaten in grauen Uniformen und bildeten eine lange Reihe, die vom Flughafen bis zur Stadtmitte reichte. Es mußten insgesamt Tausende von Milizionären sein.

Offenbar wollten die Sowjets auf keinen Fall riskieren, daß ihre amerikanischen Gäste in Gefahr gerieten.

Vier Wagen hinter Mathewson waren Michail und Raissa Gorbatschow sowie Alexander Jakowlew unterwegs, ein guter Freund und Berater des Generalsekretärs.

Gorbatschow blickte starr geradeaus und schwieg. Schließlich sagte Jakowlew: »Er ist recht sympathisch.«

»Hm?«

»Der Präsident. Ich habe ihn immer für sympathisch gehalten.« Jakowlew hatte an der Columbia University studiert und einige Jahre als sowjetischer Botschafter in Kanada verbracht. Er glaubte, das westliche Temperament zu verstehen. »Außerdem ist er vernünftig.«

Gorbatschow nickte wortlos.

Raissa musterte ihren Mann. »Du bist müde, nicht wahr?«

»Nun, ruhen Sie sich aus«, sagte Jakowlew. »Morgen steht Ihnen ein langer und anstrengender Tag bevor.«

Gorbatschow drehte langsam den Kopf und sah seinen Berater an. »Was glauben Sie? Wissen die Amerikaner Bescheid?«

»Worüber?«

Gorbatschow winkte kurz. »Verdammt, ich meine die Bestrebungen, einen Staatsstreich stattfinden zu lassen!«

»Keine Ahnung. *Etwas* haben sie bestimmt erfahren. Was bedeutet, daß sie versuchen werden, unsere Schwäche auszunutzen. Die Amerikaner nehmen vermutlich an, daß Sie nicht mehr lange im Amt bleiben. Vielleicht wollen sie die gleiche Taktik benutzen wie Breschnew Nixon gegenüber, als Nixon aufgrund des Watergate-Skandals in Bedrängnis geriet.«

Gorbatschow blickte wieder auf die Straße. »Darum geht es mir nicht. Viel wichtiger ist: Wissen die Amerikaner, was wir in Erfahrung gebracht haben? Über die Beteiligung der CIA an den Bombenanschlägen?«

»Pawlitschenko glaubt offenbar, daß der Präsident und seine Mitarbeiter direkt darin verwickelt sind, aber diese Vorstellung erscheint mir grotesk.«

Gorbatschow nickte erneut, gab keine Antwort und setzte seine Überlegungen fort.

Im Wagen hinter ihm saß Pawlitschenko. Er trug eine Lesebrille und ging einige Geheimdienstberichte durch, die von seinen Agenten in Deutschland, Polen und Bulgarien stammten.

Doch in Gedanken beschäftigte er sich mit den unmittelbar bevorstehenden Ereignissen.

Er würde sein Ziel nur durch eine rasche Neutralisierung der sowjetischen Führung erreichen – dann brach im ganzen Land das Chaos aus. Die Folge: Panik in den gesetzgebenden Körperschaften, die sich dadurch selbst lähmten. Anschließend würden sicher Stimmen laut werden, die ein hartes Durchgreifen forderten.

Nach der Explosion auf dem Roten Platz sollten die wenigen Überlebenden das Kriegsrecht erklären – hochrangige Offiziere der Roten Armee und leitende Funktionäre aus dem Innenministerium. Diese Personen gehörten zum Sekretariat und würden nicht auf dem Mausoleum stehen.

Die Zerstörung von Lenins Grab würde der Welt als Höhepunkt einer Terrorwelle erscheinen, die Rußland seit einiger Zeit heimsuchte. Bei den späteren Untersuchungen sollte sich herausstellen, daß die unbekannten Attentäter CIA-Sprengstoff verwendet hatten – ein eindeutiger Beweis dafür, daß Amerikaner in die Tragödie verwickelt waren.

Und um die letzten Zweifel auszuräumen ... Nach seiner ›Genesung‹ wollte Pawlitschenko auf die Existenz amerikanischer Verschwörer hinweisen, die ihre Gruppe Sanctum nannten und versucht hatten, die sowjetische Regierung zu stürzen.

Das Sekretariat würde den USA vorwerfen, sich während einer Phase ausgeprägter Instabilität gegen die Sowjetunion verschworen zu haben. Die Welt sollte erfahren: Washington hat die Liberalisierung in der UdSSR ausgenutzt, um seine eigene Machtpolitik zu betreiben.

Das Sekretariat beabsichtigte, die alte Ordnung in der Sowjetunion wiederherzustellen. Es würde alle notwendigen Anweisungen geben, um die dumme, gefährliche Politik Gorbatschows zu beenden und die öffentliche Sicherheit zu gewährleisten. Und dann ...

Und dann verwirkliche ich den Traum meines Lebens, dachte Pawlitschenko. Ich werde die Ukraine befreien.

So etwas konnte unter Gorbatschow oder irgendeinem anderen Russen nicht geschehen. Die Ukraine, Kornkammer der UdSSR, reichste Republik der Union, sollte endlich frei sein.

Es dauerte nicht mehr lange, bis ein Ukrainer über den Rest der Sowjetunion regierte, jemand, dessen Eltern Stalins Kollektivierungskampagne zum Opfer gefallen waren.

Ein Ukrainer als Herr von Moskau.

Dadurch verlor der Kreml seine historische Bedeutung.

Pawlitschenko konzentrierte sich wieder auf die Dokumente, doch schon nach kurzer Zeit kehrten seine Gedanken zu dem Staatsstreich zurück, der die globale politische Lage vollkommen verändern würde.

»Sie waren eine Geisel, nicht wahr?« fragte Stone.

Sonja Kunetskaja nickte und biß sich auf die Lippe. Sie hatte Jakow gebeten, die Wohnung zu verlassen, um allein mit dem Besucher zu sprechen. Später wollte sie ihm alles erklären – was bestimmt nicht einfach sein wird, dachte sie. »Ja. 1930 zwang Stalin meinen Vater, in die Vereinigten Staaten zurückzukehren. Ohne seine Frau. Und ohne mich.«

Sie schlang die Arme um den Oberkörper, als sei ihr plötzlich kalt, als wolle sie sich schützen. »Er mußte nach Amerika zurück, und dort erwartete ihn seine Zukunft, die Welt der Hochfinanz und Politik. Doch die Frau und Tochter, die er so sehr liebte – er konnte sie nicht mitnehmen. Verstehen Sie? *Man verbot es ihm.* Mein Vater sagte mir, der Befehl stamme von Stalin. Meine Mutter verzweifelte – eine alleinstehende Frau mit einem kleinen Kind. Ohne ihren Mann.

Oh, sie war wunderschön. Sie hatte als Bedienstete im Haus meines Vaters gearbeitet. Es fehlte ihr an Bildung, aber mein Vater liebte sie wegen ihrer Schönheit und Güte. Ja, sie liebten sich wirklich.

Er blieb mit meiner Mutter und mir in Verbindung, ließ uns ab und zu heimlich Briefe zukommen. Er hatte kein Vertrauen zu den Russen – er meinte die GPU, die politische Staatspolizei, aus der schließlich der KGB hervorging – und befürchtete, daß sie die Briefe lasen. Aus diesem Grund versteckte er sie in Pelzmänteln, die er nach Rußland reisenden Frauen mitgab. Ich verehrte meinen Vater, vielleicht auch deshalb, weil ich ihn so selten sah.«

Sie zogen in eine kleine Wohnung im Krasnaja-Presnja-Distrikt, und Sonjas Mutter gelang es, Arbeit in der Moskauer Unterwäschefabrik Nummer 6 zu finden. Dort nähte sie mit einer uralten Singer-Nähmaschine und verdiente 159 Rubel im Monat. Ihre Kollegen vermuteten, daß der Amerikaner sie verlassen hatte, und in den dreißiger Jahren herrschte eine so weit verbreitete antiamerikanische Stimmung, daß man sie und ihre Tochter sowohl bemitleidete als auch fürchtete. Damals begegnete man allen Leuten mit Furcht, die Kontakte zu Ausländern unterhielten.

»Aber man erlaubte Ihnen, Ihren Vater zu sehen«, sagte Stone.

»Er durfte nie nach Moskau kommen, doch zweimal bekam ich die Genehmigung, nach Paris zu reisen. Nur ich – meine Mutter mußte hierbleiben. Zwei schrecklich kurze Besuche, bei denen man mich ständig überwachte.«

»Ja. 1953 und 1956. Lehman konnte Sie nicht einfach entführen, weil man Ihre Mutter in Moskau als Geisel benutzte.«

Sonja Kunetskaja nickte.

»Hatten Sie immer den Wunsch, die Sowjetunion zu verlassen?«

»Ja!« entfuhr es ihr. »O Gott, ja! Meine Mutter wünschte sich nichts sehnlicher, und mir erging es ebenso. Und dann, als ich Jakow kennenlernte . . . er wollte auswandern.«

»Weiß er über Sie Bescheid?«

»Nein.«

»Haben Sie das alles vor ihm geheimgehalten?«

Sonja biß sich erneut auf die Lippe und senkte den Kopf.

»Warum?«

Die kleine Frau seufzte leise. »Niemand durfte etwas davon erfahren. Ich mußte schweigen, wenn ich meinen Vater jemals wiedersehen wollte.«

Stone dachte kurz nach. »Stalin und Lehman hielten sich gegenseitig in Schach.«

»Wieviel wissen Sie?« fragte Sonja besorgt.

»Ihr Vater besaß ein sehr wichtiges Dokument, und Stalin hatte *Sie*. Ein Patt.«

Kunetskaja gab keine Antwort.

»Sie haben das Dokument, nicht wahr?«

»Wie kommen Sie darauf?«

»Es befand sich in dem Paket, das Ihnen Alfred Stone gab, stimmt's? Lehman wollte unbedingt, daß es in Ihren Besitz gelangte. Dafür war er sogar bereit, meinen Vater in Mißkredit zu bringen, seine Karriere zu ruinieren.«

»Bitte, ich *weiß* nichts davon!«

»Um was handelt es sich? Heraus mit der Sprache!«

»Bitte.« Sonja schluchzte wieder.

»Lehman gab meinem Vater irgendwelche Unterlagen für Sie mit, nicht wahr?«

Die Frau schüttelte viel zu heftig den Kopf.

Stone nickte langsam. »Ich dachte zuerst, es geht dabei nur um das sogenannte Lenin-Testament. Aber bestimmt steckt noch mehr dahinter. Das Dokument enthält Hinweise auf einen Putschversuch, der vor vielen Jahren stattfand. Namen und Einzelheiten, die zu einer Entlarvung der *heutigen* Verschwörer führen könnten.«

»Was soll das heißen?«

»Ihr Kontakt in Lubianka«, sagte Stone. »Ein Mann namens Dunajew?«

»Bitte. Ich weiß wesentlich weniger, als Sie glauben. Es gab viele Mittelsmänner zwischen mir und Lubianka. Ja, vielleicht haben Sie recht.«

Stone stand auf, wanderte unruhig umher und dachte laut. »Es ist ein Austausch geplant, nicht wahr? Wie? Und *wo*?«

»Ich kann nicht ...«

»Antworten Sie mir! *Wo soll der Austausch erfolgen?*« Charlie starrte aus dem Fenster.

»Bitte«, flüsterte Sonja. »Ich habe mir immer nur gewünscht, die Sowjetunion zusammen mit Jakow und seinen Söhnen zu verlassen. Wenn Sie sich einmischen, zerstören Sie meine letzte Hoffnung.«

»Ihr Vater ist in Moskau, nicht wahr?« Stone drehte sich zu der kleinen Frau um. Er begann zu verstehen.

»Nein, ich ...«

»Ihnen bleibt keine Wahl«, sagte Charlie niedergeschlagen. Mitleid für Sonja regte sich in ihm. »Bitte sagen Sie mir, wie ich Ihren Vater erreichen kann.«

Plötzlich stand Sonja Kunetskaja auf, trat näher und umarmte Stone. »Nein«, murmelte sie. »Bald ergibt alles einen Sinn für Sie. Bitte mischen Sie sich nicht ein.«

Charlie drückte sie an sich und versuchte, ihr Trost zu spenden. Deutlich spürte er ihre Verzweiflung. »Es tut mir leid«, erwiderte er. »Aber wir haben wirklich keine Wahl.«

Kleine geplatzte Adern im Gesicht des Russen wiesen darauf hin, daß er einen großen Teil seines Lebens damit verbracht hatte, Wodka zu trinken. Er ging die breite Marmortreppe hoch, schwankte dabei von einer Seite zur anderen. In einer Tasche der blauen Arbeitsjacke steckte eine Flasche Pfefferwodka. Nach Mitternacht: Die Bolschaja-Pirogowskaja-Straße hinter ihm war dunkel und leer.

»Oh«, brummte er, als er das Gebäude betrat und den Nachtwächter sah, der neben einem Telefon saß und in einer Autozeitschrift las.

»Zum Teufel auch, was machen Sie hier?« rief der Wächter. »Ich werfe Sie raus, wenn Sie nicht sofort verschwinden.«

Der Betrunkene torkelte durch den Flur zum Tisch. »Grüße von Wasja.«

»Wasja?« wiederholte der Nachtwächter mißtrauisch.

»Hast du was mit den Ohren, Mann? Du bist doch ein Freund von Wasja Koroljow, oder? Man nennt ihn auch Wasja den Banditen.«

Der Nachtwächter wurde neugierig. »Was willst du?« fragte er weniger feindselig und ging ebenfalls zum Du über.

»Wasja gab mir den Rat, mit dir zu reden. Ich habe heute meine Arbeit in der Autofabrik verloren. Verdammt, man hat mich einfach auf die Straße gesetzt. Wasja meinte, du könntest mir vielleicht helfen, hier einen Job als Reiniger zu finden.« Der Betrunkene ließ sich auf einen Stuhl sinken. »Was dagegen, wenn ich mich setze?«

»Hör mal ...«, begann der Nachtwächter und zuckte mit den Schultern. »Ich weiß nicht recht, ob ...« Er sah die Flasche und leckte sich die Lippen. »Sieht ganz danach aus, als hättest du etwa einen Liter zuviel intus, Genosse.«

Der Betrunkene sah sich im leeren Flur um und blickte zur dunklen Straße, als befürchte er, jemand könne hereinkommen. Dann holte er die Flasche hervor und stellte sie mit einem Ruck auf den Tisch. Das Telefon wackelte kurz. »Zenja«, sagte er und streckte die Hand aus.

Der Nachtwächter griff danach und schüttelte sie kurz, während sein Blick auf der Flasche verharrte. »Wadim. He, woher hast du den Sprit?«

»Den Pfefferwodka?« Der Betrunkene grinste. »Mein Kusin Liuda arbeitet in einer *Beriozka*«, antwortete er und meinte einen Laden, in dem man nur mit Devisen einkaufen konnte. Zenja öffnete die Flasche. »Nur zu! Leider habe ich kein Glas.«

Wadim trank einen großen Schluck und reichte die Flasche dem Betrunkenen.

Zenja grinste erneut und klopfte sich auf den Bauch. »Wenn ich noch mehr von dem Zeug kippe, bleibt nicht mehr alles im Magen. Trink nur. In zehn Minuten leiste ich dir dabei Gesellschaft.«

Wadim nahm die Flasche, setzte sie erneut an die Lippen und rülpste. »Wie hast du Wasja kennengelernt?« fragte er.

Jakow Kramer war vor fünf Minuten in die Wohnung zurückgekehrt und glaubte, seinen Ohren nicht trauen zu können. Sonjas Schilderungen veränderten die Bedeutung der letzten fünfzehn Jahre seines Lebens. Er wußte nicht, was er antworten, wie er darauf reagieren sollte, schüttelte nur den Kopf und spürte eine Mischung aus Zorn und Kummer.

»Es tut mir wirklich leid für dich«, sagte er und hielt Sonjas Schultern.

»Nein«, entgegnete sie. »Hab' kein Mitleid. Ich bitte dich nur darum, mir zu verzeihen.«

»Das ist doch selbstverständlich«, sagte Jakow. »Weißt du, in diesem Leben geschehen manchmal Dinge aus Gründen, die wir nicht verstehen.«

Er drückte Sonja an sich, fühlte ihren warmen Atem am Nacken, spürte ihre Tränen auf den Wangen. Und plötzlich begriff er, daß sie in großer Gefahr waren.

Alle Mitarbeiter der amerikanischen Botschaft in Moskau wissen, daß es im Gebäude viele versteckte Abhöranlagen gibt. Die einzigen Ausnahmen bilden das Büro des Botschafters und die ›Blase‹ – dort setzt man in regelmäßigen Abständen Sensoren ein, mit denen sich elektronische

Wanzen feststellen lassen. In den übrigen Räumen finden keine wichtigen Gespräche statt. Ihre Wände enthalten winzige Sender, und die Empfänger stehen in einem KGB-Zentrum auf der anderen Straßenseite.

Die CIA-Spezialisten wußten nicht, daß auch die ›Blase‹ keine Sicherheit bot.

Zwar wurde auch sie kontrolliert, aber den Ortungsgeräten entgingen Sender, die keine Signale ausstrahlten und doch jederzeit aktiviert werden konnten, selbst aus einer Entfernung von hundert Metern. Mitte 1988 gelang es einigen KGB-Agenten, die Blase zu präparieren – obwohl es im Jahr zuvor zu einem Skandal gekommen war, ausgelöst von einigen Marines, die sich in Russinnen verliebten und sie in die wichtigsten Räume der US-Botschaft mitnahmen. Mehrere passive Sender wurden in den Beinen des Konferenztisches installiert, der im Innern der ›Blase‹ stand.

Dadurch war die KGB-Überwachungsstation in der Tschaikowski-Straße imstande, das Gespräch zwischen Frank Paradiso, Charlotte Harper und Charles Stone aufzuzeichnen.

Die Frau am Empfänger hatte strikte Anweisungen von ihrem Vorgesetzten Pjotr Schamalow erhalten, der das Zweite Hauptdirektorat leitete: Die Informationen sollten direkt ihm übermittelt werden.

Zwei Stunden später erreichte das Protokoll die KGB-Zentrale des Zweiten Hauptdirektorats. Sie befand sich in einem anonymen, fünfstöckigen Gebäude, knapp einen Kilometer von der amerikanischen Botschaft entfernt. Von dort aus setzte es seinen Weg nach Lubianka fort – Schamalow legte es Andrei Pawlitschenko vor.

Der Vorsitzende des KGB sah auf, als er das Dokument gelesen hatte. Sein Gesicht war völlig ausdruckslos.

»Finden Sie Stone«, sagte er nur.

Einige Straßen von Sonja und Jakows Wohnung entfernt fand Stone ein Lokal, das wie eine amerikanische Bar aussah. Während seines Aufenthalts in Moskau hatte er noch keine einzige anständige Bar gesehen – nur das Café, wo er vor kurzer Zeit telefoniert hatte, und einige miese Nachtklubs, in denen russische Prostituierte auf Kunden warteten. In diesem Lokal bestand der Tresen aus Sperrholz, und dahinter schenkte ein zwielichtig wirkender Mann lausiges russisches Bier aus. Vier Männer in Steppjacken standen dort, tranken und unterhielten sich laut, wobei sie ab und zu metallene Zähne zeigten.

Stone trat ein und stellte fest, daß einige weitere Männer an kleinen Tischen saßen – sie sahen ebenfalls wie Fabrikarbeiter aus. Als er zum Telefon weiter hinten ging, spürte er die Blicke aller Anwesenden auf sich ruhen. Seine Kleidung, die ihm Jacky in Paris besorgt hatte – der dunkle Wollmantel, die Jeans, die schweren Timberland-Stiefel –, kam einer Werbung für westliche Produkte gleich. Die Männer in der Bar erkannten ihn sofort als Ausländer, und Stone spürte ihre Feindseligkeit. Er stellte eine potentielle Gefahr für sie dar: Wenn sich ein Ausländer in der Nähe befand, waren Polizei und KGB nicht fern.

Charlie steckte eine Zweikopekenmünze in den Zahlschlitz und wählte noch einmal Charlottes Nummer. Er hatte es schon von Sonjas Wohnung aus versucht, obgleich er wußte, daß er ein Risiko einging, indem er ihren Apparat benutzte. Stone wollte unbedingt Charlottes Stimme hören und sicher sein, daß mit ihr alles in Ordnung war.

Auch diesmal nahm niemand ab. Wo steckt sie zum Teufel auch? dachte Stone. Es ist schon nach Mitternacht.

Langsam hängte er den Hörer an die Gabel und schauderte innerlich. *Wenn ihr irgend etwas zugestoßen ist ...*

Eine schlanke junge Frau ging die Marmortreppe vor dem ernst wirkenden Gebäude hoch. Sie trug einen weiten Mantel, und das blonde Haar steckte unter einem Kopftuch.

Sie trat ein und sah die beiden Männer.

»Gut gemacht, Zenja«, sagte Charlotte.

Zenja hatte die Hände auf dem Bauch gefaltet und wartete. Der Nachtwächter schnarchte laut.

»Kehren Sie jetzt heim. Ich habe hier eine Weile zu tun. Besten Dank.« Charlotte hauchte ihm einen flüchtigen Kuß auf die Wange, ging dann zum Schreibtisch und griff nach einem Schlüssel.

Damit öffnete sie die große Innentür und stieg die Treppe zum Lesesaal hoch. Dunkelheit herrschte, aber sie fand sich trotzdem zurecht, strich mit der einen Hand übers Geländer.

Zenja trank tatsächlich viel, aber er war auch ein arbeitsloser Schauspieler. Charlotte hatte ihn und seine Familie kurz nach ihrer Ankunft in Moskau kennengelernt. Zenja hielt nicht viel von der sowjetischen Bürokratie, der Polizei und Nachtwächtern; er erklärte sich sofort bereit, ihr zu helfen.

Die Flasche Pfefferwodka, die er dem Wächter angeboten hatte, enthielt einige Tabletten Triazolam, ein Schlafmittel, das Charlotte gelegentlich benutzte. Sie wußte, daß Akohol die Wirkung des Sedativs verstärkte, und daher wählte sie eine geringe Dosis – um ganz sicher zu sein, daß der Betäubte nicht etwa starb. Wahrscheinlich erwachte er später mit einem ziemlichen Kater.

Jetzt konnte sie in den militärhistorischen Archiven nachsehen.

Charlotte öffnete die Tür des Lesesaals und stellte fest, daß es in dem großen Raum ebenfalls dunkel war. Auf die Hauptbeleuchtung mußte sie verzichten – man hätte das Licht von der Straße aus gesehen. Sie schaltete eine kleine Schreibtischlampe ein.

Ihr Interesse galt den Mikrofilmaufzeichnungen in Hinsicht auf die sowjetisch-polnische Front von 1939–1945. Viele von ihnen lagen in offenen Regalen und standen frei zur Verfügung, doch die anderen befanden sich in einem verschlossenen Schrank. Während ihres Besuchs am Morgen hatte sie sich gründlich informiert. Dabei erwies sich die Bibliothekarin als erstaunlich freundlich, deutete auf den Schrank, schüttelte bedauernd den Kopf und meinte, dazu benötige man eine Sondergenehmigung.

Oder einen passenden Schlüssel. Es war Charlotte nicht

weiter schwergefallen herauszufinden, wo man ihn aufbewahrte.

Rasch öffnete sie den Schrank, nahm mehrere Mikrofilmrollen, setzte sich an einen Projektor und schaltete das Gerät ein. Die Schatten im Lesesaal gewannen einen grauen Ton.

Charlotte kam mit der Arbeit nicht so schnell voran, wie sie gehofft hatte. Eine Stunde verstrich, ohne daß sie die gesuchten Informationen fand. Müde rieb sie sich die Augen, atmete tief durch und griff nach einer weiteren Rolle.

Die Untersuchung der Verbrechen von Katyn.

Charlottes Puls beschleunigte sich. Sie drehte die Rolle immer schneller, und ihr Blick glitt über die einzelnen Dokumente. Eine weitere halbe Stunde verging. Nichts. Nur zahllose Daten, manche schauderhaft, andere langweilig.

Um zwei Uhr dreißig morgens stellte sich endlich der Erfolg ein.

Ein Kriegsgerichtsverfahren gegen die 19. Kompanie der Infanteriedivision des 172. Regiments an der polnischen Front. Befehlshaber: Major A. R. Alexejew.

Die Unterlagen bestanden aus mehreren Seiten und listeten die Angeklagten auf. Hauptmann W. I. Suschenko. Oberfeldwebel M. M. Rizckow. Charlotte starrte auf den Bildschirm und versuchte, alles zu verstehen. Achtzehn Männer – Soldaten der Roten Armee – hatten den Befehl der NKWD-Offiziere verweigert, in die Grube hinabzuklettern und mit ihren Bajonetten alle Polen zu erstechen, die das Massaker irgendwie überlebt hatten. Es war entsetzlich und unmenschlich; die Russen weigerten sich und verfluchten die NKWD-Leute.

Als Vorbereitung auf das Kriegsgerichtsverfahren sammelte die Anklage Zeugenaussagen von insgesamt dreiundsiebzig NKWD-Offizieren.

Und dann, auf der letzten Seite, entdeckte Charlotte den Befehl, das Verfahren einzustellen. Die kurze Anweisung enthielt den Hinweis, man habe eine andere Möglichkeit gefunden, die Sache zu regeln.

Die Journalistin las den Namen des Mannes, der diese Order unterschrieben hatte. Einige Sekunden lang war sie so verblüfft, daß sie wie erstarrt saß, und dann gab sie einen leisen Schrei von sich, der im Saal dumpf widerhallte.

Nein, unmöglich. Sie sah noch einmal hin, beugte sich zum Bildschirm vor.

Der Name lautete Valery Tschawadse – eine der Legenden in der sowjetischen Politik. Ein alter Georgier, der zu den Gefolgsleuten von Stalin gehört hatte. Ein Georgier, wie Berija, wie Stalin. Inzwischen lebte er im Ruhestand, irgendwo außerhalb von Moskau. Er war stellvertretender Volkskommissar gewesen, später Minister für auswärtige Angelegenheiten und Mitglied des Politbüros. Und ich habe ihn immer für einen treuen Stalinisten gehalten, dachte Charlotte.

Tschawadse hatte einen hohen Posten im sowjetischen Regierungsapparat bekleidet – er gehörte zu Chruschtschows Präsidium und zu Breschnews Politbüro –, und erst 1984 beschloß er, sich zur Ruhe zu setzen. Niemand sonst in der Sowjetunion konnte auf eine so lange und erfolgreiche politische Karriere zurückblicken. Er war einer der großen Alten im Land, jemand, dem man großen Respekt, fast sogar Ehrfurcht entgegenbrachte.

Und wenn Stones Informationen stimmten, leitete dieser angebliche Stalinist die Untergrundorganisation der Alten Gläubigen.

Valery Tschawadse war imstande, den Schrecken zu beenden.

71

Stefan Kramer keuchte atemlos, als er die Wohnung seines Vaters erreichte. Er trug noch immer die Uniform des Sanitäters. Am Telefon hatte Jakows Stimme sehr ernst geklungen, und seine Miene offenbarte nun unübersehbare Besorgnis.

»Was ist los?« fragte Stefan.

»Uns droht enorme Gefahr«, erwiderte Jakow mit vibrierender Stimme.

»Sind wir aufgeflogen?« In Stefans Magengrube krampfte sich etwas zusammen.

»Ich fürchte, es ist schlimmer. Viel schlimmer.«

»Was meinst du damit?«

Jakow rauchte eine Zigarette und beugte sich vor. »Heute habe ich etwas über Sonja erfahren, das mich zutiefst erschüttert hat. Meine Sonja ...«

Er unterbrach sich, preßte die Lippen zusammen und versuchte, seine aufgewühlten Gefühle unter Kontrolle zu bringen. Nach einigen Sekunden fuhr er fort: »Sie ist nicht die Frau, für die ich sie bisher hielt.«

»Ich verstehe überhaupt nicht, wovon du redest.« Stefan fragte sich, welche Enthüllungen in bezug auf Sonja so schrecklich sein konnten.

»Ihr ... ihr Vater ist ein berühmter Amerikaner. Winthrop Lehman.«

Stefan hatte diesen Namen schon einmal gehört und ihn in sowjetischen Geschichtsbüchern gelesen. Er lachte und nahm zunächst an, daß Jakow scherzte. Doch als der ältere Kramer still blieb, wurde er sofort wieder ernst.

»Ja«, sagte Jakow. »Ich konnte es ebenfalls kaum glauben.«

»Aber ...«

»Jener Mann, der dir den Sprengstoff gab. Der Häftling, mit dem du in Lefortowo deine Zelle geteilt hast. Wer ist er?«

Stefan blinzelte verwirrt. »Ein Automechaniker. Und wahrscheinlich ein Dieb.«

»KGB«, sagte Jakow.

»*Was?*«

»Der KGB hat dich verhaftet und in ein KGB-Gefängnis gesteckt ...«

»Lieber Himmel, wer nimmt denn sonst die Verhaftungen in diesem Land vor?« platzte es aus Stefan heraus. »Etwa der Internationale Gerichtshof in Den Haag?«

»*Verdammt,* hör mir zu! Warum hat man nur dich festgenommen und keinen deiner Freunde? Reiner Zufall?«

»Worauf willst du hinaus, Vater?«

»Dein Mithäftling war *zufälligerweise* ein Experte für Bomben. *Zufälligerweise* konnte er dir Sprengstoff besorgen. Und Awram ... Man steckte ihn in ein *Psikhuschka.* Stefan, wir sind *hereingelegt* worden!«

»Nein ...«

»Niemand reagierte auf die Briefe«, sagte Jakow. »Niemand hat Awram freigelassen. Unsere Anschläge scheinen die Behörden nicht zu beunruhigen. Vielleicht ist sogar jemandem daran gelegen, daß wir sie fortsetzen! Man wußte, wie wir uns verhalten würden.« Seine Stimme zitterte.

»Wie ist das möglich?«

»Der Amerikaner hat mir einige Dinge erklärt«, murmelte Jakow erschöpft. »Er wies mich darauf hin, daß wir *CIA-Sprengstoff* verwendet haben.«

Stefan riß schockiert die Augen auf.

»Fjodorow hat uns benutzt, unseren Zorn, unsere Unwissenheit. Der Amerikaner verglich uns und sich selbst mit Schachfiguren. Er glaubt, der KGB hat vor, uns einen Terroranschlag zur Last zu legen, der morgen stattfindet.«

»Während der Parade?«

Jakow nickte.

»Und was sollen wir jetzt machen?«

»Der Amerikaner hat eine Idee. Ich habe ihm gesagt, daß wir bereit sind, ihm in jeder Hinsicht zu helfen. Vielleicht brauchen wir auch noch die Hilfe anderer Personen, ich weiß es nicht. Aber wir müssen jetzt schnell handeln.«

72

Stone fuhr Charlottes Renault und erreichte die breite Durchgangsstraße des Prospekts Mira. Zwei Wagen überholten ihn und wechselten dauernd die Fahrstreifen – Betrunkene. Rechts und links brannten nur wenige Lampen.

Ein großer Tropfen zerplatzte an der Windschutzscheibe, dann ein zweiter. Mist, dachte Stone. Aus dem Schnee wird Regen. Dadurch verschlechtern sich die Sichtverhältnisse, was bedeutete, daß er langsamer vorankam – und der Zeitfaktor spielte eine immer größere Rolle. Er mußte unbedingt mit den Alten Gläubigen Kontakt aufnehmen, und mit jeder verstreichenden Stunde sank die Wahrscheinlichkeit, daß es ihm gelang, eine Verbindung zu ihnen herzustellen.

Charlotte glaubte, einen Weg gefunden zu haben, um die Identität des Mannes herauszufinden, der die Organisation der Alten Gläubigen leitete, aber jetzt war sie spurlos verschwunden.

Hoffentlich ist ihr nichts passiert, dachte Stone.

Die einzige andere Möglichkeit hieß Winthrop Lehman. Sonja hatte schließlich zugegeben, daß sich ihr Vater seit einigen Tagen in Moskau befand. Damit sah Charlie seine Vermutungen bestätigt: Wahrscheinlich ist Lehman Ehrengast der sowjetischen Regierung, aber gleichzeitig hat er eine geheime Mission. Er will dafür sorgen, daß seine Tochter eine Ausreisegenehmigung bekommt. Er will Sonja, die ihr ganzes Leben in Moskau verbrachte, in die Vereinigten Staaten mitnehmen.

Stone mußte seinem Patenonkel gegenübertreten – jenem Mann, der vor fast vier Jahrzehnten Alfred Stones Karriere zerstört hatte – und seine Hilfe erzwingen. Wenn Lehman begriff, daß auch seiner Tochter Gefahr drohte . . . Von Sonja wußte Charlie, daß Winthrop im National-Hotel wohnte.

Lehman war seine einzige Hoffnung.

In wenigen Minuten würde er das Hotel erreichen und mit ihm sprechen.

Während Stone diesen Gedanken nachhing, starrte er an den Scheibenwischern vorbei durch den Regen und behielt die weißen Streifen auf der Straße im Auge. Irgendwann drang eine Nachricht aus dem Unterbewußtsein zum bewußten Ich, und plötzlich stellte Charlie fest, daß der Rückspiegel schon seit einer ganzen Weile zwei runde Scheinwerfer zeigte.

Es regnete stärker, und aus einem Reflex heraus beschleunigte Stone. Furcht löste einen Adrenalinschub aus, veranlaßte ihn dazu, fester aufs Gaspedal zu treten. Es kostete ihn große Mühe, langsamer zu fahren.

Das Licht kam näher.

Zwei Fahrzeuge rollten aus der Dunkelheit hinter ihm. Große Lastwagen.

Der Abstand schrumpfte immer mehr.

Einer der beiden Laster befand sich auf dem linken Fahrstreifen, der andere auf dem rechten. Stone fuhr in der Mitte.

Als er verstand, was sich anbahnte, versuchte er sofort, den Renault nach rechts zu lenken und die Straße zu verlassen. Aber es war bereits zu spät: Der rechte Lastwagen näherte sich zu schnell.

An einem der beiden Lkws stand ›Brot‹ in kyrillischer Schrift – ein massives Fahrzeug mit glatten Seitenflächen. Der andere war noch größer und ähnelte jenen Lastern, die man nur in den ländlichen Bereichen der Vereinigten Staaten sieht. Zwischen den langen Latten an seinen Seiten spannte sich Draht. Die Ladung bestand aus lebenden Hühnern.

Die beiden Lastwagen nahmen Stone in die Mitte und schlossen die Lücke allmählich.

Blech knackte und knirschte, als der rechte Laster an den Renault stieß, und dann krachte auch die Flanke des linken gegen Stones Wagen.

Charlie drückte das Gaspedal bis zum Anschlag durch, aber die beiden Lkws hielten das Tempo und wiederholten die Kollisionen. Stone zweifelte nicht mehr daran, daß man ihn umbringen wollte.

Wo war der Tunnel? Er wußte, daß sich die Straße hier irgendwo auf zwei Fahrstreifen verengte und durch einen langen Tunnel führte. Ja, er konnte ihn erkennen, knapp zwei Kilometer voraus. Zwei Kilometer: sechzig Sekunden. In einer Minute mußten die Fahrer der beiden Lastwagen eine Entscheidung treffen. Wahrscheinlich pressen sie mich flach wie eine Flunder, bevor sie die Fahrt durch den Tunnel fortsetzen, dachte Stone.

Die Laster warfen den wesentlich kleineren Renault wie einen Pingpongball hin und her. Bei jedem Stoß zuckte Charlie heftig zusammen. Einmal mehr donnerte es, und auf der linken Seite bildete sich ein langer Riß in der Karosserie.

Kurz darauf zerbarst das hintere Fenster, und mehrere scharfkantige Glassplitter trafen Stone am Hals.

Charlie spürte, wie die Panik kühler Entschlossenheit wich. Etwas anderes in ihm übernahm die Kontrolle und verbannte den Schrecken. Noch fünfundvierzig Sekunden bis zum Tunnel. Er löste die eine Hand vom Lenkrad und kurbelte das Seitenfenster ganz herunter. Wind fauchte heran, trug Regen mit sich. Stone streckte den Arm aus, berührte die Seite des Hühnerlasters und zog an einer Latte. Sie erschien ihm stabil genug, um sein Gewicht zu tragen.

Der rechte Lastwagen prallte mit mörderischer Wucht an den Renault, und das Auto schlingerte nach links. Stone drehte das Steuer in die andere Richtung; kalter Fahrtwind strich ihm über die Wangen.

Neuerliches Krachen.

Der Hühnerlaster stieß so heftig an den Renault, daß sich die beiden Kotflügel ineinander verkeilten. Stone begriff, daß er den Wagen jetzt nicht mehr steuern konnte.

Er griff nach unten, löste die Schnürsenkel, streifte den rechten Stiefel ab und klemmte ihn so ans Gaspedal, daß es nach unten gedrückt blieb. Der Motor lief auch weiterhin auf Hochtouren.

Charlie warf einen raschen Blick durch die Windschutzscheibe und sah den dunklen Zugang des Tunnels. Noch etwa zwanzig Sekunden. Er ließ das Steuer los, streckte beide Hände aus, schloß die Finger um eine Latte und schob sich nach draußen. Mit den Füßen stützte er sich am Fenster ab. In seinen Adern floß nun mehr Adrenalin als Blut. Die Anstrengung war enorm, und er brauchte entsprechend viel Energie.

Stone mobilisierte alle seine Kraftreserven.

Er zog sich hoch – und plötzlich brach die Latte.

Jetzt blieb ihm nur noch eine Chance. Die einzige Alternative dazu war der sichere Tod innerhalb weniger Sekunden.

Er sprang und griff nach der nächsten Latte.

Sie hielt, und Charlie klammerte sich daran fest. Als er nach unten sah, stellte er fest, daß die beiden Lkws den Renault noch immer in die Zange nahmen. Es kam zu weiteren Kollisionen. Haben mich die Fahrer nicht gesehen?

Die Hühner gackerten nervös, als Charlie an der Flanke des Lasters entlangkletterte.

Es donnerte ohrenbetäubend laut, und Stone beobachtete, wie Charlottes Wagen die Räder des rechten Lasters berührte. Die verkeilten Kotflügel lösten sich abrupt voneinander, und der Renault drehte sich um die eigene Achse, prallte dann gegen die Begrenzungsmauer am Straßenrand – und explodierte.

Unmittelbar darauf erreichten die beiden Lkws den Tunnel, und von einem Augenblick zum anderen wurde es dunkel.

Charlie gelangte zum Führerhaus, spähte durchs rechte Fenster und sah einen stiernackigen Mann, der eine flache Mütze trug und nicht ahnte, daß Stone überlebt hatte.

Vorsichtig glitt er übers Dach zur anderen Seite, blickte über den Rand . . .

Das Seitenfenster stand offen.

Stone zog die Glock-Pistole hinter dem Gürtel hervor, entsicherte sie und zitterte in der Kälte.

Der Fahrer hat keine Ahnung, daß ich kaum einen Meter von ihm entfernt bin. Eine nette Überraschung. Charlie beugte sich über den Rand der Fahrerkabine und zielte auf den Mann, der versucht hatte, ihn umzubringen.

»Mit besten Grüßen«, sagte er auf russisch und drückte ab. Die Kugel traf den Fahrer in der Stirn, und Blut spritzte an die Windschutzscheibe. Der Kopf ruckte nach vorn und verharrte auf groteske Weise am Lenkrad; es sah aus, als habe der Mann beschlossen, ein kurzes Nickerchen zu machen.

Irgendwie gelang es Stone, durchs Fenster zu klettern, den Toten beiseite zu schieben und am Steuer Platz zu nehmen, als voraus das Ende des Tunnels sichtbar wurde. Mit der einen Hand griff er nach der Mütze des erschossenen Fahrers und setzte sie auf – es kam darauf an, die gleiche Silhouette zu bilden.

Als der Lastwagen aus dem Tunnel rollte, fiel das Licht einer Bogenlampe ins Führerhaus und verlieh dem Blut einen grünlichen Ton. Der andere Lkw folgte in einem Abstand von wenigen Metern. Stone schaltete einen Gang herunter, beschleunigte und hörte ein lautes, triumphierendes Hupen: Alles klar, wir haben unseren Job erledigt. Er betätigte ebenfalls das Horn, bog vom Prospekt Mira ab und fuhr durch Moskau.

73

PODOLSK, UdSSR

Die drei Spetsnaz-Sprengstoffexperten standen auf einem weiten Feld und beobachteten die etwa fünfhundert Meter entfernte steinerne Pyramide. Sie bestand aus großen Granitblöcken, und die Dunkelheit der Nacht verhüllte ihre Konturen. Jetzt begann der vierte Test: die drei anderen waren erfolgreich gewesen.

»Eine erstaunlich echt wirkende Nachbildung«, sagte einer der drei Männer.

»Ja«, erwiderte der zweite. »Die inneren und äußeren Maße stimmen genau. Selbst das Gewicht entspricht dem des Originals.«

Das Feld befand sich etwa vierzig Kilometer weit im Süden Moskaus, außerhalb von Podolsk. Es handelte sich um ein militärisches Übungsgelände, das die Spetsnaz 1982 von der Roten Armee übernommen hatten. Der ehemalige Flugplatz diente jetzt nur noch dazu, Sprengkörper zu testen.

Die drei Männer waren mit einem GRU-Hubschrauber gekommen, und in wenigen Stunden würden sie nach Moskau zurückkehren. Sie warteten schweigend.

Plötzlich vernahmen sie ein dumpfes Grollen, wie von einem fernen Gewitter. Grelles Licht blitzte, und das steinerne Gebäude platzte jäh auseinander. Der Boden zitterte kurz, und die Pyramide existierte nicht mehr; nur grauer Schutt blieb von ihr übrig.

»Der Spezialist leistet gute Arbeit«, sagte der dritte Mann, und ein dünnes Lächeln umspielte seine Lippen.

74

7. NOVEMBER. 0.36 UHR

Der völlig erschöpfte, zerkratzte und blutbefleckte Stone fuhr den Lkw so weit wie irgend möglich in die Stadt. Es war klar, daß ein Hühnerlaster im Zentrum von Moskau bestimmt auffiel. Vom Prospekt Mira bog er auf die Ringstraße Sadowaja-Spasskaja, und dort fand er eine Telefonzelle.

Niemand schien in der Nähe zu sein; die Straßen waren leer. Halt, das stimmte nicht ganz: Ein Milizionär patrouillierte.

Stone schloß die Tür der Telefonzelle, steckte eine Münze in den Zahlschlitz und wählte Charlottes Nummer. Keine Antwort.

Er versuchte es mit dem Anschluß im Büro. Am anderen Ende der Leitung läutete es mehrmals.

»Ja?« Die Stimme eines Mannes.

»Ist Charlotte da?« fragte Stone. »Ich bin ein Freund.«

Eine lange Pause.

»Tut mir leid.« Ihr Kameramann? »Charlotte hätte vor sechs Stunden hier eintreffen müssen. Ich habe keine Ahnung, wo sie sich aufhält. Eine üble Sache: Wir haben hier jede Menge Arbeit.«

Stone legte auf und lehnte sich ans Fenster der Telefonzelle. Vermutlich wollten sie mich schnappen, aber statt dessen haben sie Charlotte erwischt, dachte er bestürzt.

Eine halbe Stunde nach Mitternacht. Es wurde Zeit, einen alten Mann zu wecken und seine Hilfe zu erzwingen.

Als Stone die Gasse sah, hatte er eine Idee. In jedem Hotel gab es einen Dienstboteneingang, und die russischen bildeten bestimmt keine Ausnahme. Man konnte wohl kaum Kartoffelsäcke und Kisten mit Eiern vor dem Haupteingang abladen.

Hinter dem National-Hotel erstreckte sich eine Gasse, in der große Müllbehälter mit verfaulenden Abfällen standen. Man mußte an ihnen vorbei, um den rückwärtigen Zugang zu erreichen. Zwar war es spät, aber hier herrschte keineswegs Stille: Immer wieder knarrte die Tür, wenn Angestellte der Nachtschicht nach draußen gingen oder das Hotel betraten.

Stone ging mit langen, entschlossenen Schritten. Wenn er nicht wie ein Russe aussehen konnte, so wollte er wenigstens wie ein verärgerter Ausländer wirken, dessen Zorn Neugier auf Distanz hielt. Er trug nur einen Stiefel, und dadurch ließ es sich gar nicht vermeiden, Aufsehen zu erregen.

Niemand stellte ihm eine Frage – welcher Hotelgast durchquerte die Küche, um seine Suite zu erreichen?

Er beschloß, die Eingangshalle zu meiden, entschied sich statt dessen für die Hintertreppe. Sie wurde nur von Zimmermädchen und den *Dezhurnajas* benutzt, jenen Frauen, die in jeder Etage die Schlüssel verwahrten. Vor einem Raum fand Stone ein Paar Schuhe, und er spürte leichte Gewissensbisse, als er sie nahm. Sie paßten eher schlecht, aber wenigstens brauchte er nicht mehr zu humpeln.

Im zweiten Stock näherte er sich der Lenin-Suite, neben der ein Messingschild in der Wand glänzte. Für gewöhnlich wohnten dort Staatsgäste, die nicht illuster genug waren, um im Kreml untergebracht zu werden.

Nirgends zeigte sich ein Wächter.

Der alte Mann trug einen Morgenmantel aus Seide und schien bereits geschlafen zu haben. Er öffnete die Tür, nachdem Stone einige Male angeklopft hatte, starrte den Besucher an und war überhaupt nicht überrascht.

Frank Paradiso, Presseattaché der amerikanischen Botschaft in Moskau und CIA-Beamter, erkannte den Mann als Charles Stone. Während seiner kurzen Affäre mit Charlotte Harper hatte er bei ihren Sachen ein Foto von ihm gefunden, und auf seine Fragen gab die Journalistin nur ausweichend Antwort.

Aus dem codierten Telex von Langley ging deutlich hervor, wer Charles Stone war. Über der Nachricht stand der Hinweis ROYAL. Er bedeutete, daß es sich um eine sehr wichtige Operation handelte, von der weniger als hundert Personen wußten. Der entschlüsselte Text beschrieb Stone, enthielt eine Biographie und bezeichnete ihn als einen Mitarbeiter der Agency, der unter Mordverdacht stand und zu den Russen überlaufen wollte. Die Mitteilung stammte aus dem Büro des DCI Ted Templeton.

Der Direktor der Central Intelligence wollte, daß man Stone sofort festnahm.

Als Charles Stone und Charlotte die Botschaft verließen, setzte sich Paradiso sofort mit Templeton in Verbindung, und daraufhin alarmierte die Agency ihre Leute, schickte sie nach Moskau. Die Männer gehörten zur Abteilung für innere Sicherheit und hatten den Präsidenten als angebliche Angestellte des State Department begleitet. Sie waren vor wenigen Minuten eingetroffen.

»Wie glaubwürdig ist diese Information, Frank?« fragte der CIA-Agent namens Kirk Gifford, ein blonder, muskulöser und gut vierzig Jahre alter Mann.

»Absolut«, erwiderte Paradiso.

»Und die Quelle?«

Der Presseattaché zögerte. »Die Quelle spielt keine Rolle. Wir müssen unverzüglich etwas unter ...«

Er unterbrach sich und erschlaffte, als ihn Gifford mit einem schweren Metallgegenstand am Nacken berührte. Das Ding fühlte sich an wie ein Totschläger.

Dann stach ihm der CIA-Mann eine Injektionsnadel in den Arm. Die Spritze enthielt ein unmittelbar aufs Zentralnervensystem wirkendes Mittel, das zu einem großen Teil aus Benzodiazepin[1] bestand. Es war weitaus zuverlässiger als das übliche Scopolamin; man verwendete es nicht nur als Hypnotikum, sondern auch als Amnesia-

1 Ein Psychopharmaka aus der Gruppe der Tranquilizer mit anxiolytischer, sedativer, muskelrelaxierender und antikonvulsiver Wirkung. – Anmerkung des Übersetzers

kum. Wenn Paradiso später erwachte, würde er sich nicht mehr an die Ereignisse der beiden vergangenen Tage erinnern, abgesehen von einigen vagen, traumartigen Einzelheiten.

Die Tür der ›Blase‹ öffnete sich, und zwei Männer kamen mit einer Bahre herein. Sie hatten beide die Befugnis, Verhaftungen vorzunehmen.

»Bringen Sie ihn an Bord des nächsten Flugzeugs, das die Sowjetunion verläßt«, sagte Gifford. »Schicken Sie ihn meinetwegen per Paket. Wichtig ist nur, daß er aus Moskau verschwindet.«

»Weißt du, weshalb ich hier bin?« fragte Lehman und nahm in einem bequemen Ohrensessel Platz. In dem großen Zimmer wirkte er klein.

»Ja. Wegen Sonja. Du gibst Andrei Pawlitschenkos Leuten ein Dokument, und dafür erhält deine Tochter die Ausreisegenehmigung. Nach vielen Jahren.«

Lehman schien Stones Antwort überhaupt nicht zu hören. »Du bist nach Moskau gekommen, um deine Unschuld zu beweisen, nicht wahr?«

»Etwas in der Art.«

Lehman schmunzelte. »Laß die Finger davon, Charlie. Du hast dich in Dinge eingemischt, die weitaus bedeutungsvoller sind, als du glaubst.«

»Du bist in keiner geeigneten Position, um mich zurückzuweisen«, entgegnete Stone ruhig. »Denk nur an deine Tochter.«

Lehmans Pupillen weiteten sich ein wenig. »Willst du mir drohen?«

»Ich möchte nicht gezwungen sein, irgend was zu unternehmen, daß deine Vereinbarungen in Gefahr bringt.«

Der alte Mann zögerte kaum merklich. »Ich schätze, *deine* Position ist unhaltbar.«

»Charlotte und ich verlangen eine Garantie dafür, daß uns niemand daran hindert, Moskau zu verlassen. Du hast die notwendigen Beziehungen, um so etwas zu arrangieren.«

»Nein, ich glaube nicht.«

»Soll das heißen, dir fehlen die erforderlichen Verbindungen?«

»Nein. Ich glaube nicht, daß ihr Moskau lebend verlassen könnt.«

Stone überlegte. Lehman befand sich zweifellos in einer sehr schwierigen Situation, aber er blieb weiterhin würdevoll. Bewundernswert. »Und was ist mit dir?« fragte er schließlich und lächelte kurz.

Winthrop erwiderte das Lächeln. »Sehr gut.« Seine Augen schimmerten wäßrig, und er schien sehr amüsiert zu sein. »Du magst mich nicht, oder?« Die Stimme des alten Mannes war durchdringend und stark; gleichzeitig klang sie so sanft wie eine Oboe.

Stone gab keine Antwort.

»Die Dinge sind selten das, was sie zu sein scheinen«, sagte Lehman mehrdeutig.

Charlie musterte ihn nachdenklich. »Hast du meinen Vater damals hereingelegt? 1953, meine ich.«

»Ich habe alles versucht, um ihm zu helfen.« Lehman hustete heftig, und einige Sekunden befürchtete Stone, der alte Mann müsse sich übergeben. »Bist du deshalb hier? Geht es dir um eine Geschichtslektion? Möchtest du wissen, warum man deinen Vater verhaftete und ins Gefängnis steckte?«

»Das ist einer der Gründe. Er war unschuldig, nicht wahr?«

»Natürlich.« Lehman gestikulierte kurz. »Lieber Himmel, was glaubst du denn? Du bist sein Sohn. Ein Sohn sollte seinem Vater vertrauen.«

Stone nickte. »Aber du hast zugelassen, daß man seine Karriere ruinierte, stimmt's?«

Lehman schüttelte langsam den Kopf. Sein Mund öffnete und schloß sich mehrmals, ohne daß er einen Ton hervorbrachte. »Ich konnte nicht ahnen . . .«

»Weißt du, früher einmal war ich sehr stolz darauf, dich zu kennen«, sagte Stone. Bestimmt befanden sich Abhöranlagen im Zimmer, aber jetzt war es ohnehin zu spät.

Lehman schüttelte noch immer den Kopf und hing düsteren Erinnerungen nach.

»Nun ...« Stone holte tief Luft. »Du mußtest ständig Rücksicht auf deine Tochter nehmen, nicht wahr? Aber du hast ebenfalls ein Druckmittel.«

»Ich bin müde. Es ist nach Mitternacht ...«

»Einige wichtige Dokumente, habe ich recht? Eine alte Frau, die einmal als Sekretärin für Lenin arbeitete, erwähnte ein ›Lenin-Testament‹, von dem die Welt nie etwas erfuhr. Es hätte vor einigen Jahrzehnten zu einer Destabilisierung im Kreml führen können ...«

»Das sind wohl kaum Neuigkeiten.«

»Aber es gibt noch andere Unterlagen. Die darin enthaltenen Informationen belegen Berijas Pläne, mit westlicher Hilfe die Macht zu ergreifen.«

»Ein abgeschlossenes Kapitel der Vergangenheit. Bitte verschwende nicht meine Zeit. Mir bleibt nicht mehr viel, und ich fürchte, das gilt auch für dich.«

»Vergangenheit, ja«, murmelte Stone. »Aber sie hat auch eine Bedeutung für die Gegenwart.«

Lehman schien ihn gar nicht mehr zu beachten.

»Weil in den Dokumenten Namen genannt werden. Die Namen von Berijas Assistenten. Von jungen Männern, die später mit steilen Karrieren begannen. Und sie möchten nicht, daß man von ihrer einstigen Verschwörung gegen den Kreml erfährt. Das gilt insbesondere für eine ganz bestimmte Person.«

»Geh jetzt«, sagte Lehman und hustete erneut.

»Du hast Beweise dafür, daß der neue KGB-Vorsitzende ein Staatsfeind ist. Oh, ich bin völlig sicher, daß du etwas gegen ihn in der Hand hast.« Stones Blick bohrte sich in Lehman hinein. »*Warum bist du hier?*«

»Wer die Hintergründe kennt ...«, begann der alte Mann.

»In bezug auf Pawlitschenko?«

»Ich weiß zuviel ...« Erneut wirkte Lehman geistesabwesend.

»Himmel, du bist Pawlitschenko in die Falle gegangen!«

»*Nein,* verdammt!« Plötzlicher Ärger erklang in Winthrops Stimme. »Mein ganzes Leben lang hatte ich mit den Sowjets zu tun. Ich habe Papiere bei meinen Rechtsanwälten in New York hinterlegt, mit Informationen über Pawlitschenkos Vergangenheit und unsere Beziehungen zu ihm. Daraus geht deutlich hervor, daß wir ihm bei seinem Aufstieg an die Spitze des sowjetischen Regierungsapparats halfen. Wenn diese Unterlagen veröffentlicht werden ... Meine Anweisungen sind eindeutig: Falls ich sterbe, publizieren die Anwälte gewisse Dokumente – es sei denn, Sonja bekommt endlich eine Ausreisegenehmigung.«

»Und jetzt? Du bist hier, in der Sowjetunion.«

»Pawlitschenko läßt bestimmt nicht zu, daß ich in die Vereinigten Staaten zurückkehre. Immerhin bin ich ein Zeuge. Aber auch darauf habe ich mich vorbereitet. Am 10. November werden meine Anwälte alle Unterlagen in Hinsicht auf Pawlitschenko der Presse übergeben – wenn sie bis dahin weder von mir *noch von Sonja* hören.« Lehman brachte die Kraft auf, mit großem Nachdruck zu sprechen, obgleich die Worte ein wenig undeutlich waren. Sein Gesicht zeigte Triumph. »Pawlitschenko weiß das. Ja, er weiß davon. Ich habe mich abgesichert. Die Publikation der Dokumente wäre eine Katastrophe für ihn, und nur Sonja kann sie verhindern. Er hat also gar keine andere Wahl, als meiner Tochter die Ausreise zu erlauben.«

Er hat keine Ahnung, begriff Stone plötzlich. Er kennt nicht die enorme Tragweite von Pawlitschenkos Plan. Informationen, die von irgendeiner Anwaltskanzlei in New York herausgegeben werden, bleiben ohne Auswirkungen auf einen Mann, der im Kreml die Macht ergriffen hat.

»›Nur Sonja?‹« wiederholte er. »Was soll das heißen?«

Lehman erlitt einen weiteren Hustenanfall.

»Ich sterbe, Charlie.«

»Selbst wenn du nur noch einige wenige Jahre lebst ...«

»Ich sterbe *jetzt,* direkt vor dir.«

Und das stimmte. Sein Gesicht war kalkweiß; er wirkte schwächer als jemals zuvor. Doch er sprach mit solchem Stolz ...

»Ein sogenannter ›Gnadencocktail‹. Du bist zu jung, um über so etwas nachzudenken. In England hat man sie über hundert Jahre lang benutzt.« Winthrop lächelte. »Eine Lösung aus Morphin und Kodein. Hinzu kommen einige andere Substanzen, Zuk- Zucker, Wasser und Gin. Auf diese Weise starb mein Vater. Um sich und uns ein langes Siechtum zu ersparen. Die Phiole gehörte zu meinem Gepäck.«

Stone starrte ihn verblüfft an.

»Ich habe das Zeug kurz vor deiner Ankunft geschluckt. Weil ich wußte, daß man mir keine Möglichkeit geben würde, die Sowjetunion wieder zu verlassen. Nun, es sind alle Vorbereitungen getroffen, und ich möchte verhindern, daß man *mich* als Geisel nimmt. Mein Tod befreit Sonja. *Pawlitschenko muß sie gehen lassen*!« Lehman schrie jetzt fast, und in seinen Augen glühte ein triumphierendes Feuer. »Viele Jahre lang konnte ich meiner geliebten Sonja nicht helfen. Und jetzt . . .« Er lächelte einmal mehr.

Stone brachte es nicht über sich, dem sterbenden alten Mann zu erzählen, was in einigen Stunden auf dem Roten Platz geschehen würde. Dadurch verloren die bei den Rechtsanwälten in New York hinterlegten Unterlagen ihren Wert. Lehman glaubte, mit seinem Tod den Sieg zu erringen, aber statt dessen kam er einer endgültigen Niederlage gleich.

»Lenin wurde ermordet, nicht wahr?«

»Ja«, bestätigte Winthrop. »Ja, das stimmt. Hast du von Sidney Reilly gehört?«

Reilly, ein britischer Superspion, der 1918 versucht hatte, die sowjetische Regierung zu stürzen. Was hat er mit dieser Sache zu tun? fragte sich Stone. »Ja.«

»Dann weißt du sicher, daß die Alliierten ein Jahr nach der Oktoberrevolution sehr wütend auf die Bolschewiken waren. Weil sie einen Separatfrieden mit Deutschland schlossen. Daraufhin entschieden die Verbündeten, die sowjetischen Kommunisten von der Macht zu verdrängen, das bolschewistische Kind zu erdrosseln. Sie sahen den Beginn eines Lenin-Kults und glaubten, eine Möglichkeit gefunden zu haben, der Sowjetregierung den Todesstoß zu versetzen – durch die Elimination ihres charismatischen Oberhaupts. Die Briten beauftragten Reilly, Lenin umzubringen, aber der Plan schlug fehl.«

»Und du?« fragte Stone. Lehman ignorierte ihn.

»Warren Harding, Churchill und viele andere vertraten die Ansicht, nach Lenins Tod könnten sich die Bolschewiken nicht mehr lange an der Macht halten.«

»Unfaßbar«, sagte Stone.

Winthrop lachte heiser. »Harding und Churchill gelang es nicht, ihre Pläne zu verwirklichen, aber später nahm ihnen Stalin die Arbeit ab. Sonja kam bereits als Geisel zur Welt, und damit erzwang Stalin die Kooperationsbereitschaft des einzigen Ausländers, dem Lenin vertraute. Andernfalls wäre meine Tochter gestorben. So etwas war damals an der Tagesordnung. Ständig verschwanden irgendwelche Leute ...«

Stone blinzelte verwirrt.

»Eine Einbalsamierung war unmöglich. Es gab zuviel Gift in der Leiche. Man äscherte sie ein. Mit Lenins Maske – er hatte sie für eine Skulptur anfertigen lassen – wurde eine Wachspuppe geschaffen. Stalin wußte Bescheid. Er wollte Lenin so schnell wie möglich aus dem Weg räumen: Der sowjetische Staat war wie gelähmt, und darin sah er seine Chance, die Macht zu ergreifen. Er kannte mich als eine der wenigen Personen, die Lenin selbst dann empfing, wenn es ihm sehr schlecht ging.« Lehman schnappte nach Luft. »Ich ging zu Lenin, und er schenkte uns beiden Tee ein. Er trank ihn immer sehr süß. Stalin hatte mir Zukker gegeben, der ein schnell wirkendes Gift enthielt. Ich brauchte nur die Würfel auszutauschen.«

»Du?«

»Krupskaja ließ Stalin nicht zu ihrem Mann. Nur ich durfte ihn besuchen. Nach dem Schlaganfall waren seine Tage ohnehin gezählt – ich habe seinen Tod also nur ein wenig beschleunigt. Stalin schützte mich. Es blieb ihm auch gar nichts anderes übrig; schließlich wußte ich, von wem das Gift stammte. Es lag nicht in meiner Absicht, aber ich ermöglichte den Aufstieg des größten Tyrannen dieses Jahrhunderts. Er zwang mich dazu, drohte mir mit verschiedenen Repressalien, und ich war zu jung, um ihm die Stirn zu bieten. Ich hatte Schuld auf mich geladen, und dadurch konnte mich Stalin unter Druck setzen. Für den Rest meines Lebens.«

Lehman schnaufte; seine Augen waren jetzt fast geschlossen. »Dein Vater brachte Sonja die Papiere. Sowohl das Lenin-Testament als auch die anderen Dokumente. Das Testament ... eine Verurteilung des sowjetischen Staates ... durch seinen Gründer. Heute hat es praktisch keine politische Bedeutung mehr, aber für einen Sammler ist es viel wert. Außerdem einige Unterlagen mit Informationen über Stalin ... Berija ... Pawlitschenko. Den ganzen Haufen. Zusammengefaltet. Versiegelt. Und hinter Lenins Bild versteckt. Dann schöpfte dein Vater Verdacht. Er hätte alles ruinieren können. Ich wollte Sonja über meinen Tod hinaus Sicherheit gewähren. Es mußte ein Geheimnis bleiben, denn sonst wäre meine Tochter in Gefahr geraten. Ich durfte nicht zulassen, daß dein Vater Sonjas Lebensversicherung zerstörte. Meine Sonja ... Jetzt kann sie endlich ausreisen.«

»Du hast also nichts dabei. Keine Dokumente.«

»Sonja hat sie. Der Austausch ... Sonja für mich.«

Stone stand auf und zog den kleinen Kassettenrecorder aus der Jackentasche. Das Gerät funktionierte noch immer, selbst nach dem Alptraum mit den beiden Lastwagen. Es hatte alles aufgezeichnet, und nun betätigte Charlie die Stopptaste. Lehman betrachtete den Recorder ungläubig.

Dann hob er die Lider. »Laß das Ding ruhig eingeschaltet. Ich muß dir noch etwas sagen.«

Winthrop sprach zehn Minuten lang, und dann schloß er erneut die Augen, diesmal für immer. Stone blieb sprachlos und wie erstarrt sitzen, überwältigt von den letzten Schilderungen des alten Mannes. Sie bestätigten etwas, das er schon seit einer ganzen Weile vermutet hatte. Mehrere Minuten lang rührte er sich nicht von der Stelle, und sein trüber Blick reichte in die Ferne.

Stone verließ das National-Hotel, betrat eine Telefonzelle und wählte noch einmal Charlottes Nummer.

»Hallo?«

»*Charlotte!* Dem Himmel sei Dank. Ich dachte schon . . .«

»Die Nachforschungen haben etwas länger gedauert, als ich zunächst annahm, aber ich hatte Erfolg. Es ist kaum zu fassen. Das Oberhaupt der . . . Organisation . . .«

Damit meinte sie den Leiter der geheimen Gruppe, die aus Alten Gläubigen bestand. Charlotte war so aufgeregt, daß sie unvorsichtig wurde. Sie sprach zu offen am Telefon.

»Ja?«

»Der Mann heißt Valery Tschawadse.«

75

3.10 UHR

Stone war mit einem gestohlenen weißen Wolga unterwegs, erreichte den Stadtrand von Moskau und fuhr nach Südwesten in Richtung Wnukowo – dort hatten viele sowjetische Regierungsfunktionäre ihre Datschas. Nach einer Weile bog er ab, setzte die Fahrt durch einen Wald fort und steuerte den Wagen schließlich über eine schmale Straße, die sich an einer tiefen Schlucht entlangwand. Die Datschas der sowjetischen Nomenklatura befanden sich in malerischen, unberührten Regionen der UdSSR.

Charlie konnte noch immer kaum glauben, daß ausgerechnet Valery Tschawadse die Untergrundorganisation der Alten Gläubigen leitete. Er gehörte zur alten Garde, war ein lebendes Bollwerk der alten Ordnung. Bis vor knapp zehn Jahren hatte dieser alte Stalinist an den Sitzungen des Politbüros teilgenommen. Man munkelte sogar, daß er an der Verschwörung gegen Chruschtschow beteiligt gewesen war.

Offenbar diente das alles zur Tarnung.

Die Welt hielt Valery Tschawadse für einen standhaften, sturen Kommunisten, dem nichts an Veränderungen in der Sowjetunion lag. Aber kann er tatsächlich in Wirklichkeit ein Regierungsfeind sein? überlegte Stone. Ein Dissident im innersten Heiligtum des Staates?

Hatte Tschawadse die Macht, zu verhindern, was in etwa acht Stunden geschehen würde?

Erneut dachte Charlie an die Ausführungen Winthrop Lehmans, versuchte dann, diese Gedanken zu verdrängen.

Lehman war gestorben, ohne die bittere Wahrheit zu erfahren: Selbst nach Jahrzehnten sorgfältiger Vorbereitungen konnte er seiner Tochter nicht die Freiheit schenken. Pawlitschenkos teuflische Pläne machten ihm einen Strich durch die Rechnung.

Stone erinnerte sich an Jakow Kramers Furcht.

»Wir müssen miteinander reden, Sie und ich«, sagte Jakow. »Sie haben vom Terrorismus gesprochen, von den Bomben und der Verschwörung. Wir sollten ganz offen zueinander sein. Kann ich Ihnen vertrauen?«

»Ja, natürlich«, erwiderte Stone sofort. »Worum geht's?«

»Ich möchte Ihnen von einigen Terroristen erzählen«, begann Jakow. Als er seinen Bericht beendete, brachte Charlie kaum einen Ton hervor. Wut brodelte in ihm.

»Verstehen Sie den Grund dafür?« platzte es schließlich aus ihm heraus. »Sehen Sie die perverse Logik dieser Angelegenheit? Sonjas Verbindung mit Lehman ... Es wird nach einem amerikanischen Plan aussehen, der von einigen einflußreichen Angehörigen des amerikanischen Establishments entwickelt wurde. Ich weiß, daß Sonjas Vater in der Stadt ist, und ich muß unbedingt zu ihm. Ich brauche Ihre Hilfe.«

Jakow schlug die Hände vors narbige Gesicht.

»Jetzt sofort!« rief Stone.

Die Nacht war kalt und dunkel; am Himmel glühte ein trüber, sichelförmiger Mond. Charlie schaltete einen Gang herunter und fuhr an der Schlucht entlang. Die Lichtkegel der Scheinwerfer fielen auf hohe Kiefern, deren Silhouetten sich scharf vor der Finsternis abzeichneten. Es blieb nur noch wenig Zeit, und Stone fuhr recht schnell, behielt nervös den ungesicherten Straßenrand im Auge, hinter dem sich der Boden steil nach unten neigte. Wenn er hier von der Fahrbahn abkam, war es um ihn geschehen.

Als weiter vorn die Scheinwerfer eines anderen Wagens aufleuchteten und ihn blendeten, dachte er sich zunächst nichts dabei. Dann krachte es plötzlich, und eine Kugel durchschlug die Windschutzscheibe. Furcht explodierte in Stone.

Er riß das Steuer herum, lenkte den gestohlenen Wagen in Richtung des entgegenkommenden Fahrzeugs, dessen Fahrer auf die Bremse trat – Reifen quietschten. Charlie stieß die Tür auf und sprang nach draußen.

Der weiße Wolga schleuderte, prallte an einen Baum und blieb unmittelbar am Rand der Schlucht stehen. Das andere Auto war ebenfalls ein Wolga, aber schwarz. Ein Dienstwagen, dachte Stone.

Sie haben mich gefunden. Und sie wollen mich umbringen. Er hatte keinen Schutz, keine kugelsichere Weste, nur eine Pistole.

Stille schloß sich an, doch sie dauerte nicht lange. Es knallte mehrmals, und einige Geschosse trafen den Stamm der Kiefer, neben der Stone hockte. Rasch kroch er dahinter, zog die Glock hervor, legte an und drückte dreimal ab.

Die Angreifer erwiderten das Feuer, und Stone hörte auch einen kurzen schmerzerfüllten Schrei. Einer meiner Gegner ist entweder tot oder verletzt, dachte er mit klopfendem Herzen.

Hinter seiner Stirn herrschte Chaos, und er konnte kaum mehr klar denken. Eine Falle, fuhr es ihm durch den Sinn. Tschawadse – oder Dunajew? – hat eine Falle für mich vorbereitet, und ich bin hineingetappt, wie ein dummes Tier aus dem Wald.

Ein metallisches Klicken, als eine automatische Waffe geladen wurde, und dann krachten wieder Schüsse. Die Kugeln bohrten sich nur wenige Zentimeter von Charlie entfernt in den Boden.

Nur noch ein Gegner. Aber ein Profi, gegen den Stone kaum eine Chance hatte.

Er mußte vorsichtig mit seiner Munition umgehen. Wie viele Patronen steckten noch im Magazin? Dreizehn? Dreizehn Möglichkeiten, einen in der Nacht verborgenen Feind außer Gefecht zu setzen, jemanden, der weitaus geschickter war als er.

Charlie erstarrte, als er den Motor eines weiteren Wagens hörte, der sich schnell näherte. Er kam aus der gleichen Richtung wie zuvor Stone.

Verstärkung. Himmel, ich bin erledigt! Verzweifelt sah er sich um und starrte in den dunklen Wald. Dorthin konnte er nicht fliehen; das Dickicht zwischen den Bäumen war undurchdringlich. Die einzige Alternative . . . Er mußte auf die Straße zurück und sich den Fluchtweg freischießen.

»Viktor!« rief der Neuankömmling dem ersten Angreifer zu. Nur ein Mann. Gut. »Wo ist er?«

»Dort drüben!« lautete die Antwort. »Beeilen Sie sich!«

»Ich kümmere mich um ihn.«

»Ich habe den Befehl . . .«

»Ihre Befehle sind mir gleich.« Ein Schuß, gefolgt von leisem Stöhnen. Er hat den ersten Mann erschossen, dachte Stone verdutzt.

»He, Sie!« ertönte es laut. »Staroobriadets.«

Ein Alter Gläubiger.

»Bitte hier entlang.«

Der Chauffeur – ein grauhaariger, gut sechzig Jahre alter Mann mit den rötlichen Wangen eines starken Trinkers – führte Stone in das hellerleuchtete und luxuriös eingerichtete Haus: niedrige, dunkle Möbel, Perserteppiche auf dem Boden, kostbare Tapisserien an den Wänden. Im Flur bemerkte Charlie eine große Standuhr, und daneben saß ein gebrechlicher alter Mann, der einen dunkelgrauen Anzug trug.

Tschawadse.

Er erhob sich mühsam und reichte Stone die Hand. »Ich bin froh, daß Sie hier sind«, sagte er. »Einer meiner Leute teilte mir mit, daß Sie sich in Paris mit Dunajew getroffen haben.« Er sprach Russisch mit einem georgischen Akzent, den Charlie in einem alten Dokumentarfilm über Stalin gehört hatte. »Sie sind in Schwierigkeiten geraten, was mir sehr leid tut. Noch mehr bedauere ich, daß mein Mann so lange brauchte, um Sie zu erreichen. Er kam gerade noch rechtzeitig.«

»Ihr Mann«, wiederholte Stone nachdenklich. »Aber er trug eine KGB-Uniform.«

»Auch im KGB gibt es Alte Gläubige. Kommen Sie herein.«

»Bitte entschuldigen Sie, daß ich Sie so spät störe, aber es handelt sich um einen Notfall.«

»So spät? Sie vergessen, daß ich zu den ehemaligen Assistenten Stalins gehöre. Er arbeitete des Nachts, weil ihm die Nacht lieber war als der Tag, und wir mußten seinem Beispiel folgen. In meinem Alter fällt es schwer, sich umzugewöhnen. Auch ich ziehe die Nacht für meine Arbeit vor.«

»Für Ihre Arbeit?« fragte Stone.

»Ja. Ich schreibe meine Memoiren, die wahrscheinlich nie publiziert werden, zumindest nicht zu meinen Lebzeiten. Vielleicht in zehn oder zwanzig Jahren, wenn sich die Situation in der Sowjetunion weiterhin so schnell verändert wie bisher.« Tschawadse schürzte die Lippen. »Gorbatschow leistet unserem Land gute Dienste, aber er konsolidiert auch seine Macht, Mr. Stone. Es besteht immer die Gefahr, daß wir einen zweiten Stalin bekommen, wenn nicht ihn, dann einen anderen. Und deshalb sind *wir* hier.«

»Ich nehme an, auf dem Friedhof in Paris griff einer Ihrer Leute ein.«

In Tschawadses Augen funkelte es amüsiert, und er lächelte kurz. »Ja. Jemand von uns wartete und beobachtete. Wir hörten, daß Sie sich mit Dunajew treffen wollten, und wir wußten auch, daß jemand versuchen würde, auf Sie zu schießen.«

»Der zweite Schütze . . .«

»Es war wichtig, Sie vor dem Tod zu bewahren.«

»Es gibt noch immer vieles, das ich nicht verstehe.«

»Ich bin gern bereit, Ihre Fragen zu beantworten.«

»Was bedeutet das Kennwort ›Staroobriadets?‹«

»Ich schlage vor, wir nehmen Platz. Hier entlang.« Sie betraten ein kleines Wohnzimmer mit bequemen Polstersesseln. »Wissen Sie nicht, wer die Staroobriadtsi waren? Mitglieder der russisch-orthodoxen Kirche, die sich vor dreihundert Jahren von den traumatischen Veränderungen in der Kirche verraten fühlten. Als sie protestierten, verjagte man sie. Viele von ihnen begingen Selbstmord, indem sie sich verbrannten. Das müßte Ihnen eigentlich bekannt sein.«

»Einige überlebten, und ihre Gemeinschaft besteht auch heute noch.« Stone nickte langsam. »Sie sind Alte Gläubige. Aber Sie glauben doch nicht an den Stalinismus, oder?«

»O nein, ganz im Gegenteil. Wir wollen sicherstellen, daß sich so etwas nie wiederholt.«

»›Wir?‹ Wen meinen Sie?«

»Nun, wir sind schlicht und einfach die alte Garde. Einige alte Männer, die keine streng organisierte Gruppe bilden, jedoch über gute Beziehungen in der Regierung verfügen. Wir beobachten. Wir lauschen. Wir warnen und beraten. Aber wir verzichten auf direkte Interventionen; dazu fehlt uns die Macht. In Amerika gibt es das außenpolitische Establishment, den sogenannten Rat für auswärtige Angelegenheiten. Wir haben nur die Staroobriadtsi.«

Staroobriadtsi. Dieser Begriff tauchte auch in dem Brief auf, den Stone im Bankschließfach seines Vaters gefunden hatte. »Erneut das ›wir‹. Wer ist damit gemeint?«

»Patrioten. Leute, die den sowjetischen Staat lieben. Er ist alles andere als perfekt, aber weitaus besser als das zaristische Rußland. Die Amerikaner vergessen häufig, wie sehr wir uns von ihnen unterscheiden. Wir wollen keine Demokratie. Wir wüßten gar nicht, was wir damit anfangen sollen.«

»Ich bitte Sie ...«, erwiderte Stone spöttisch. »Sie sind die alte Garde, na schön – Stalins alte Garde. Sie und Ihre Freunde haben die längste Tyrannei auf der ganzen Welt verwaltet, nicht wahr?«

»Eine der längsten«, pflichtete ihm Tschawadse bei. »Wissen Sie, daß man Chruschtschow einmal eine ähnliche Frage stellte? Er lud ebensoviel Schuld auf sich wie alle anderen. Während eines Parteikongresses rief jemand: ›Warum haben Sie nicht gegen Stalin Stellung bezogen, als er noch an der Macht war?‹ Daraufhin erwiderte er: ›Wer fragt das?‹ Nach einigen Sekunden der Stille fügte er hinzu: ›Jetzt verstehen Sie sicher.‹«

»Sie haben das Kriegsgerichtsverfahren gegen einige mutige Soldaten verhindert, die nicht am Massaker von Katyn beteiligt werden wollten.«

Tschawadse schwieg zunächst. »Ja, Sie haben recht«, antwortete er schließlich. »Ich dachte, diese Sache sei irgendwo tief in den sowjetischen Archiven verborgen.

Nun, was damals geschah ... Die ungeheure Grausamkeit des Massakers hatte einen starken Einfluß auf mich. Ich begann damit, die Welt und meine Heimat aus einem ganz anderen Blickwinkel zu sehen. Ich begriff, daß wahre Tapferkeit in Rußland darin bestand, nicht etwa die Stimme zu erheben und in aller Öffentlichkeit Stellung zu beziehen, sondern im verborgenen zu handeln. Dadurch läßt sich viel mehr erreichen.«

»Warum haben Sie sich bereit erklärt, mich zu empfangen?« fragte Stone plötzlich. »Wieviel wissen Sie von den jüngsten Ereignissen?«

»Mir ist klar, daß sich die Central Intelligence Agency in die inneren Angelegenheiten dieses Staates einmischt.«

»Und M-3. Wissen Sie auch über M-3 Bescheid?«

»Natürlich. Der allseits respektierte Vorsitzende des KGB. Das haben wir arrangiert.«

»Was? *Arrangiert?* Er ist doch ein Agent, ein Maulwurf. Und er wird von den Amerikanern kontrolliert, nicht wahr?«

»Ganz im Gegenteil, Mr. Stone. Wir haben die Amerikaner kontrolliert.«

»Wie bitte?«

»Ein wahrer Geniestreich. Wir mußten das Geheimnis über Lenin wahren, und in diesem Zusammenhang verwendeten wir die Hoffnungen und Ängste in der amerikanischen Regierung als Ansatzpunkte. Ein CIA-Agent trat an Pawlitschenko heran und gewann ihn als Mitarbeiter. Der Grund dafür ist mir unbekannt, aber es war auf jeden Fall eine gute Sache. Wir bekamen dadurch die Möglichkeit, Ihren Geheimdienst zu manipulieren und wichtige Informationen zu gewinnen. Sie wollten einen Maulwurf – wir gaben Ihnen einen. Damals veranstaltete Senator McCarthy seine moderne Hexenjagd, und wir nahmen mit großer Zufriedenheit zur Kenntnis, daß sie sich selbst zerfleischten. Weil wir schwach waren. Chaos folgte auf Stalins Tod, und wir begrüßten die Gelegenheit, J. Edgar Hoover, McCarthy und Winthrop Lehman zu benutzen. Um sich zu schützen, überzeugte Lehman Hoover von der

Existenz eines Agenten in Stalins Regierungsapparat. Es war ein ausgeklügeltes Täuschungsmanöver. Leider mußte Ihr Vater geopfert werden – er brachte unsere sorgfältige Arbeit in Gefahr.« Tschawadse schmunzelte, als er hinzufügte: »Wenn McCarthy gewußt hätte, daß er im Interesse des Kremls handelte . . .«

Leider mußte Ihr Vater geopfert werden, hallte es in Stone wider. Nach den Erklärungen, die er zuvor von Winthrop Lehman gehört hatte, der ebenfalls zu einem Opfer geworden war . . .

Er nickte benommen. Alles schien plötzlich weit entfernt zu sein, Moskau, Alfred Stones Haus an der Hilliard Street . . .

»Eigentlich seltsam«, sagte Tschawadse nach einer Weile.

»Hm?« Stone kehrte allmählich ins Hier und Jetzt zurück.

»Ihr Vater geriet in die Wirren, die den Anfang des kalten Krieges darstellten. Und Sie . . . Sie erleben nun die Unruhen, die sein Ende markieren.«

»Vermutlich ist Ihnen klar, daß Pawlitschenko die Macht ergreifen will«, erwiderte Stone gedehnt.

Tschawadse schüttelte den Kopf. »Wie kommen Sie darauf?«

Stone erzählte ihm alles und fügte auch die Einzelheiten des CAT-Scans hinzu. »Wenn Pawlitschenko Berijas Plan folgt, so wird er in einigen Stunden einen angeblichen Schlaganfall erleiden. Vielleicht ist das bereits passiert. Ein Vorwand, um nicht bei der Parade zugegen zu sein. Ich bin sicher, daß wir auf dem Roten Platz mit irgendeiner Art von Katastrophe rechnen müssen.«

Der alte Georgier riß erschrocken die Augen auf. »*Nein!*« brachte er hervor. »Es gibt gewisse Anzeichen . . . Morde, Schachzüge hinter den Kulissen. Es sind verwirrende Dinge geschehen. Versetzungen, die sinnlos erschienen. Neue Leute, die Pawlitschenko in verschiedenen Botschaften und Konsulaten unterbrachte. Einige meiner Freunde im Ausland haben mich auf sowjetische

Emigranten hingewiesen, die Mordaufträge durchführen, ihre Anweisungen jedoch nicht durch die normalen KGB-Kanäle entgegennehmen.«

»Es bleibt nur noch wenig Zeit«, drängte Stone.

Tschawadse nickte. Charlie war so entsetzt, daß er unwillkürlich den Atem anhielt.

»Dann der Tod einiger Personen, die mit Pawlitschenko in Zusammenhang standen. Lenins frühere Sekretärin in Amerika ... Männer, die Stalin zu einem Abendessen in seine Datscha einlud. Alle ermordet. Und ...«

»Und was?« fragte Stone. Der seltsame Gesichtsausdruck des alten Mannes ließ gewisse Ahnungen in ihm entstehen. Er schauderte innerlich.

»Ihr Vater.«

»Wer hat ihn umgebracht?« erkundigte sich Charlie leise.

»Einer unserer Leute, der als Koch für den KGB-Vorsitzenden arbeitet, konnte das Telefon in seiner Datscha anzapfen. Daher wissen wir, daß Pawlitschenko die ›Elimination‹ Ihres Vaters anordnete.«

Eine lange Pause, und dann: »Pawlitschenko genoß das besondere Vertrauen Berijas.«

»Ja«, sagte Stone. »Und wie sein Mentor Berija plant er einen Putsch. Aber im Gegensatz zu ihm ist Andrei Pawlitschenko außerordentlich schlau.«

Tschawadse sprach jetzt ganz langsam, als bereiteten ihm die Worte Schmerzen. »Wissen Sie, wie Berija die Macht ergreifen wollte?«

»Nein, die Einzelheiten kenne ich nicht.«

»O mein Gott ...«

»Was ist?«

»Ich war damals Kandidat für das Politbüro, und nach Berijas Hinrichtung weihte man auch mich in seine Pläne ein.«

»Was beabsichtigte er?« flüsterte Stone. »Pawlitschenko will ebenso vorgehen, nicht wahr?«

»Berija benutzte Geld, das Lehman ihm zur Verfügung stellte und somit keine Spuren hinterließ, um eine große

Menge Sprengstoff zu kaufen«, antwortete Tschawadse. »Lenins Mausoleum auf dem Roten Platz enthält eine leere Kammer, die manchmal als Arsenal benutzt wird. Stalin bestand darauf, als man das Grabmal baute ...«

»Unmöglich ...«

»Es war in mehrfacher Hinsicht eine ausgezeichnete Idee. Die Kisten mit dem Sprengstoff stapelten sich in der kleinen Kammer, während nur wenige Meter entfernt Berijas Rivalen auf dem Mausoleum standen. Die Explosion hätte sie alle umgebracht.«

»Pawlitschenko benutzt CIA-Sprengstoff, um das gleiche Ziel zu erreichen!« entfuhr es Stone. Er sprang auf. »Massenmord. Aber diesmal ist nicht nur das Politbüro zugegen, sondern auch der amerikanische Präsident!«

Tschawadse griff nach dem Telefon und wählte eine Nummer. Einige Sekunden später sprach er in den Hörer. »Wer ist heute morgen für die Sicherheit von Lenins Grab verantwortlich?« Erneut eine kurze Pause, und dann schüttelte er ungläubig den Kopf.

Mit einem Ruck legte er auf und stöhnte.

»Die Verbindungen sind unterbrochen! Pawlitschenko muß seine Leute auf mich angesetzt haben; offenbar läßt er die telefonischen Vermittlungsstellen im Zentrum von Moskau überwachen.«

»Er wird also erfahren, was Sie wissen wollten.«

»Ja«, bestätigte Tschawadse und starrte Stone aus großen Augen an. »Aber man hat mich nicht rechtzeitig unterbrochen. Ich konnte in Erfahrung bringen, daß die normale Wache durch Angehörige der persönlichen Garde des KGB-Vorsitzenden ersetzt wurde.«

»Ich brauche Ihre Ressourcen«, sagte Charlie. »Wir müssen unverzüglich etwas unternehmen!«

»Meine Ressourcen!« Der alte Mann lachte bitter. »Ich habe nicht nur Freunde in der Sowjetunion, sondern auch in anderen Staaten Europas. Selbst im KGB gibt es junge Männer, die den Alten Gläubigen treu ergeben sind. Söhne und Töchter, die Familientraditionen fortsetzen. Aber gegen die geballte Macht des KGB können wir nichts unternehmen. Mein Einfluß reicht nicht sehr weit, Mr. Stone. Und ohne das Telefon, ohne eine Möglichkeit, die Nachricht weiterzugeben, sind mir die Hände gebunden. Ich schlage vor, mein Chauffeur bringt Sie nach Moskau. Mit seiner Hilfe gelingt es Ihnen vielleicht, die notwendigen Kontakte herzustellen. Aber uns bleiben nur noch wenige Stunden, und ich fürchte, die Zeit ist bereits zu knapp geworden.«

76

3.55 UHR

Es ist ganz einfach, eine Bombe zu bauen. Daß sich die meisten Menschen nicht mit dieser Technik auskennen, beweist keineswegs ihre Komplexität, sondern deutet darauf hin, daß nur wenige Personen zu terroristischen Aktionen neigen.

Der Sprengstoffexperte des GRU begann mit der Konstruktion einer Bombe, die dazu dienen sollte, den Tod seiner Eltern zu rächen.

Manchmal spielte das Schicksal wirklich seltsame Streiche!

Das Sekretariat hatte ihm ein kleines Laboratorium zur Verfügung gestellt, und er arbeitete spät in der Nacht – keiner seiner Kollegen sollte erfahren, womit er sich beschäftigte.

Um diese Zeit war der größte Teil des Aquariums dunkel. Er saß an einem Tisch, von Stille umhüllt, spürte überhaupt keine Aufregung.

Seltsam: Die einzelnen Komponenten der Bombe stammten aus amerikanischer Produktion. Die Sprengstofftechnik des GRU war ebenso modern wie die der Amerikaner, und deshalb konnte man eigentlich darauf verzichten, in dieser Hinsicht ausländische Technologie zu importieren. Aber der Spezialist stellte seine Anweisungen nicht in Frage.

Er nahm Juwelierwerkzeuge aus kleinen Kästen auf dem Tisch und verband zwei Drähte mit einem schwarzen elektronischen Zünder, der von einem Unternehmen in Kalifornien hergestellt wurde. Anschließend kamen eine elektrische Sprengkapsel und die neun Volt starke Batterie eines Transistorradios an die Reihe.

Solche Sprengkapseln enthalten kleine Explosivladungen, die mit elektrischem Strom gezündet werden. Zwei jeweils hundertachtzig Zentimeter lange Drähte gingen von der Kapsel aus. Den ersten schraubte er am Zünder fest, und den zweiten wickelte er um einen Batteriepol. Dann drückte er die Sprengkapsel in den gut einen Kilo schweren Plastiksprengstoff; die Stelle spielte keine Rolle.

Es handelte sich um C-4 aus den Vereinigten Staaten. Der Spezialist warf einen kurzen Blick auf das Etikett: Dort standen eine Seriennummer und der Name des Herstellers – Holston Army Ammunition Plant, Kingsport, Tennessee. Er überlegte kurz, wie sich das Sekretariat CIA-Plastiksprengstoff besorgt hatte. Und warum.

Den zweiten Draht der Kapsel verband er nicht mit dem anderen Batteriepol. In dem Fall wäre es sofort zu einer Explosion gekommen, hier und jetzt.

Nein, die Detonation sollte später ausgelöst werden, vom Timer.

Wenn die Bombe aus Plastiksprengstoff hochging, würde der Druck unter Lenins Mausoleum schlagartig zunehmen. Dadurch explodierten drei Granaten im Zimmer und zündeten die Gaswolke.

Der Spezialist hatte festgestellt, daß drei Granaten genügten, aber er wollte eine besondere Art benutzen, um eine extrem hohe Temperatur zu schaffen.

Der GRU-Fachmann brauchte Phosphorgranaten. Er bekam sie – natürlich amerikanische. Aus irgendwelchen unerfindlichen bürokratischen Gründen produzierte man sie nicht in der Sowjetunion.

Nun, das Sekretariat hatte sich einen großen Vorrat an amerikanischem M-15-Granaten besorgt – lange, glatte Zylinder, etwas kleiner als Bierdosen.

Er schraubte die normalen Zünder ab und ersetzte sie durch hochempfindliche Erschütterungsschalter, an denen er Zündkapseln befestigte. Die Erschütterungsschalter sahen aus wie winzige Orchesterbecken und reagierten auf großen Druck.

Schließlich fügte er dem normalen Ventil eines zehn Kilogramm schweren Behälters mit Propangas ein zweites hinzu, das über eine Verzögerungsvorrichtung verfügte.

Solche Ventile findet man in allen Katalogen, die industrielle Regelungsapparaturen anbieten. Man benutzt sie zum Beispiel, um die Gasheizung in Bürogebäuden einige Stunden vor Arbeitsbeginn einzuschalten, damit es im Gebäude warm ist, wenn die Angestellten eintreffen.

Die Arbeit in Lenins Mausoleum nahm höchstens zwei Minuten in Anspruch. Nach dem Öffnen des ersten Ventils würde der Spezialist das zweite so einstellen, daß es sich am Tag der Revolutionsfeier um elf Uhr morgens öffnete. Zehn Minuten, um das Gas ausströmen zu lassen ... Ja, zehn Minuten war genau die richtige Zeitspanne. Wenn die Bombe mit dem Plastiksprengstoff fünf Minuten vorher oder nachher explodierte, blieb die gewünschte Wirkung aus.

Er beendete seine Arbeit genau zwanzig Minuten nach vier in der Nacht. Die ganze Vorrichtung paßte in eine kleine Tasche. Zufrieden beobachtete der Spezialist sein Werk – er zweifelte nicht daran, daß es den geplanten Zweck erfüllte.

77

6.32 UHR

Stone starrte durch die Windschutzscheibe des Wagens, und seine Anspannung wuchs immer mehr. Keine Spur von Charlotte. Sie befand sich weder in ihrer Wohnung noch im Büro. Charlie hatte mehrmals versucht, sie telefonisch zu erreichen, ohne Erfolg.

Und dann wußte er, wo sie sich aufhielt. Vorausgesetzt, sie war nicht verhaftet worden.

Bei den vielen Gesprächen während der vergangenen Tage hatte sie ein ›Versteck‹ in Moskau erwähnt, ein Hotel namens Roter Stern im Zentrum der Stadt; sie kannte den dortigen Portier. Einmal traf sie sich dort mit einem Informanten, der großen Wert auf Anonymität legte. Stone wußte genau, wie seine Frau dachte. Wenn sie es für nötig hielt, ganz plötzlich unterzutauchen, so wählte sie bestimmt jenes Hotel.

Tschawadses Chauffeur parkte den schwarzen Wolga in einer Seitenstraße unweit des Dserschinski-Platzes, und Stone stieg vorsichtig aus. Er näherte sich einem kleinen, schlechterleuchteten Gebäude und betrachtete kurz das fleckige Schild neben dem Eingang – es zeigte nur einen roten Stern.

Am Tresen saß ein Mann in mittleren Jahren. Sein dunkles Haar wies einige graue Strähnen auf.

»Ich suche jemanden«, sagte Stone.

Einige Sekunden lang musterte ihn der Portier ernst, und dann lächelte er. »Oh, ich glaube, ich weiß, wen Sie meinen.«

»*Charlie!*« Charlottes Stimme. Sie kam aus einem Zimmer, lief auf Stone zu und schlang die Arme um ihn.

»Dem Himmel sei Dank«, murmelte er und drückte sie fest an sich.

Der Chauffeur fuhr mit über hundert Stundenkilometern. Charlotte saß im Fond des Wolga und schmiegte sich an Stone. »Als ich die Wohnung verließ und zum Büro wollte, sah ich einen Gefangenentransporter der Polizei. Er stand bestimmt nicht zufällig vor dem Haus. Ich drehte mich um und lief, so schnell ich konnte. Als Versteck fiel mir nur das Hotel ein.«

Stone küßte sie. »Ich bin froh, daß mit dir alles in Ordnung ist. Wir brauchen dich. *Ich* brauche dich.«

»Danke«, erwiderte Charlotte. »Lehman . . .«

»Er ist tot.«

»Was?«

»Er wußte, daß er die Sowjetunion nicht wieder verlassen konnte. Ich ging zu ihm, weil ich mir Hilfe erhoffte. Er hat etwas eingenommen.«

»Eingenommen? Was soll das heißen?«

»Er brachte sich selbst um und starb direkt vor meinen Augen.«

»Lehman ist *tot*?«

Stone griff nach Charlottes Hand und drückte sie. »Früher hat er viel für mich bedeutet«, sagte er und schwieg. Doch etwas in seiner Stimme deutete darauf hin, daß es noch mehr gab.

»Heraus damit, Charlie.«

»Später.«

Charlotte sah nach draußen und wandte sich an den Fahrer. »Ich kenne eine Abkürzung, durch die wir zehn Minuten sparen. Zehn Minuten, die wir dringend benötigen.«

Der Chauffeur schüttelte den Kopf. Offenbar war er nicht daran gewöhnt, Anweisungen von einer Frau entgegenzunehmen. »Wollen Sie fahren?«

»Nein«, antwortete die Journalistin und fügte etwas sanfter hinzu: »Bitte. Ich kenne alle Seitenstraßen in dieser gottverdammten Stadt.« Und zu Stone: »Ich wußte, daß sich diese Kenntnisse einmal als nützlich erweisen würden.«

Die Limousine hielt am Rand einer leeren, dunklen Straße. Stone sah sich um und nickte: ein schäbiges Viertel im Süden von Moskau.

»Hier sind wir richtig«, sagte er, hauchte Charlotte einen Kuß auf die Lippen und stieg aus. »Beeil dich«, sagte er, und der Wolga fuhr wieder los.

»Sei vorsichtig!« rief ihm Charlotte nach.

Stone näherte sich der Reparaturwerkstatt und sah Stefan Kramer. »Worauf warten Sie noch?« fragte er den jungen Russen. »Gehen wir hinein.«

»Ich fürchte, dabei ergeben sich gewisse Schwierigkeiten.«

»Stimmt was nicht, Stefan?«

»Das Ding ist neu«, entgegnete der junge Kramer und führte Stone zum Seiteneingang jener Werkstatt, in der ihm Fjodorow den Sprengstoff gegeben hatte.

Lack blätterte von der ölverschmierten Tür, und Charlies Blick fiel auf ein dickes Vorhängeschloß.

»Offenbar hat man es erst vor kurzer Zeit angebracht«, brummte Stefan.

Stone betrachtete es eine Zeitlang und sah dann den Russen an. »Ein Freund hat mir einmal gezeigt, wie man Schlösser knackt«, sagte er.

78

6.57 UHR

Kurz vor sieben am Morgen des Revolutionstages fuhren zwei GRU-Männer zu Lenins Mausoleum.

Der Rote Platz erstreckte sich leer vor ihnen. Ein Milizionär ging über das Kopfsteinpflaster, und einige andere Wächter patrouillierten an der Peripherie. Vor dem Grab standen zwei uniformierte Ehrenwachen.

Der jüngere Mann – er trug die Bombe in einer militärisch-grünen Tasche – war in die blaue Uniform der Kremlgarde gekleidet. In Begleitung seines Vorgesetzten näherte er sich dem rückwärtigen Eingang, und der dortige Wächter salutierte. Der Soldat glaubte vermutlich, daß man sicherheitshalber eine zusätzliche Kontrolle vornahm.

»Guten Morgen«, sagte er.

»Guten Morgen«, erwiderte der ältere GRU-Mann. »Ist das Arsenal im Keller geöffnet?«

»Nein. Sie haben angeordnet, niemandem Zugang zu gewähren. Die Tür ist abgeschlossen.«

»Wer hat den Schlüssel?«

»Solowjow.«

»Befindet er sich unten?«

»Ja.«

Sie traten ein, und eine Etage weiter unten begegneten sie dem anderen Wächter, der sofort Haltung annahm.

»Bitte geben Sie mir den Schlüssel zum Arsenal«, sagte der ältere GRU-Offizier.

»Sofort.« Der Soldat holte den entsprechenden Schlüssel hervor.

Die beiden Männer erreichten das Arsenal und drückten die Tür hinter sich zu.

»An die Arbeit.« Die Stimme des Generaloberst hallte dumpf von den Betonwänden wider. Der Sprengstoffexperte öffnete die Tasche und prüfte noch einmal ihren Inhalt: Plastiksprengstoff, der Behälter mit dem Gas, Zündkapseln, Granaten, Batterien und mehrere Meter lange Drähte. Sein Gesicht blieb ausdruckslos, als er die Gasflasche in die Mitte des Zimmers stellte, nach den Granaten griff und sie an den Wänden plazierte.

Er justierte das Verzögerungsventil, schaltete den elektronischen Zünder ein, programmierte ihn auf 11.10 Uhr und stellte die letzten elektrischen Verbindungen her.

»Fertig«, sagte er. »Jetzt ist es zwölf Minuten nach sieben. Das Politbüro versammelt sich um zehn auf dem Mausoleum. Um elf strömt das Gas aus dem Behälter und füllt den ganzen Raum. Genau zehn Minuten später geht der Plastiksprengstoff hoch, und dann explodiert die Gaswolke – wodurch dieses Gebäude vollkommen zerstört wird.«

»Ausgezeichnet.« Der Generaloberst schritt durchs Zimmer, betrachtete die Drähte, sah auf die Kontaktstellen am Sprengstoff, der eine graue, ziegelsteinförmige Masse bildete. Besondere Aufmerksamkeit schenkte er dem Verzögerungsventil am Gasbehälter. Schließlich hob er den Kopf. »Alles in bester Ordnung«, sagte er und ließ seinen Blick zum letztenmal durch die Kammer wandern. »Alles perfekt.«

Es war Viertel nach sieben.

Um sieben Uhr morgens brachte man den Vorsitzenden des KGB in seiner Zil-Limousine zur Kreml-Klinik an der Granowski-Straße. Die rechte Körperhälfte war gelähmt, und der Neurologe Dr. Konstantin Below begann sofort mit einer Untersuchung. Er diagnostizierte einen Schlaganfall und ordnete Pawlitschenkos Verlegung in ein spezielles Krankenhaus außerhalb von Moskau an.

Als die Sanitäter eintrafen, um ihn nach Kunzewo zu fahren – zwei freundliche junge Männer, die überhaupt keine Ahnung hatten, was sich anbahnte –, sah Pawlitschenko von seinem Bett auf und lächelte.

Wenn er zu lange in der Kreml-Klinik blieb, wurde er verwundbar. Dann kamen seine Gegner vielleicht auf den

Gedanken, etwas gegen ihn zu unternehmen. Aus diesem Grund hatte er sich für eine List entschieden: Er würde nicht lange an einem Ort bleiben, wie die Erbse beim Spiel mit Walnußschalen. In Kunzewo erwarteten ihn einige KGB-Leute, die seine Sicherheit gewährleisteten. Und in vier Stunden spielten derartige Vorsichtsmaßnahmen ohnehin keine Rolle mehr.

Die Sanitäter hoben Pawlitschenko behutsam aus dem Bett und legten ihn auf eine Bahre. Voller Ehrfurcht rollten sie den KGB-Vorsitzenden durch den Flur und in einen Lift. Die beiden jungen Männer wirkten nervös und stellten sich erstaunlich ungeschickt an, wenn man daran dachte, daß sie jeden Tag Patienten transportierten. Es amüsierte Pawlitschenko festzustellen, welche Wirkung seine hohe Stellung auf gewöhnliche Leute hatte.

Er fragte sich, ob diese Sanitäter zu den medizinischen Einsatzgruppen gehören würden, die man bald zum Roten Platz rief, um die verbrannten, zerfetzten Leichen der Politbüromitglieder fortzubringen. Ob jemand überlebt? Nein, wahrscheinlich nicht.

Der Aufzug hielt im Erdgeschoß, und kurz darauf hatte der KGB-Chef das Krankenhaus verlassen. Nur noch wenige Stunden, dachte er zufrieden. Alles lief nach Plan.

9.00 UHR

Über viele Kilometer hinweg wehten rote Fahnen an den Straßen. Hier und dort hingen riesige Bilder Lenins sowie Transparente mit der aufdringlichen sowjetischen Propaganda: DEMOKRATIE, REFORMEN, WEITERENTWICKLUNG! Und: LENIN IST LEBENDIGER ALS DIE LEBENDEN! Und: FÜR EINE STRAHLENDE ZUKUNFT DER KOMMUNISTISCHEN GESELLSCHAFT, FÜR WOHLSTAND UND EWIGEN FRIEDEN!

Die Vorbereitungen auf den Jahrestag der Oktoberrevolution dauerten schon seit Wochen. An den öffentlichen Gebäuden hingen große Plakate, und ganz Moskau kleidete sich in ein rotes Gewand. Die überlebensgroßen Darstellungen von Helden und Heldinnen der Arbeit forderten dazu auf, die Entscheidungen des letzten Parteikongresses in die Tat umzusetzen.

Um neun Uhr morgens hatte sich eine große Menschenmenge unweit der U-Bahn-Station Gorki-Park eingefunden; von dort aus mußten die Leute den Weg zum Roten Platz zu Fuß fortsetzen. Universitätsgruppen schwangen rote Fahnen und gingen an Athleten in Uniformen vorbei. Andere schoben Festwagen. Eine Delegation aus der Kugellagerfabrik ›Rotes Proletariat‹ marschierte neben Arbeitern der Uhrenfabrik Nummer Eins und trugen Banner mit der Aufschrift: PROLETARIER ALLER LÄNDER, VEREINIGT EUCH! und ALLE KRAFT FÜR DEN KAMPF UM FRIEDEN UND ZUM SIEG DES KOMMUNISMUS. Vor dem Roten Platz standen Usbeken mit schwarzweißen Scheitelkäppchen, Zigeunerinnen mit Kleidungssäcken auf dem Rücken und kleine Mädchen mit weißen Bändern im Haar.

An der Kreml-Mauer über Lenins Grab hing eine gewaltige Weltkarte. An der Fassade des großen Kaufhauses GUM hatte man Bilder von Marx, Engels und Lenin befestigt, und auf der anderen Seite des Platzes blickten die Darstellungen der Politbüromitglieder vom roten viktorianischen Gebäude des Historischen Museums herab. Daneben verkündete ein langes Transparent: GEPRIESEN SEI DIE LENINISTISCHE AUSSENPOLITIK DER SOWJETUNION!

Mitten in diesem triumphalen Durcheinander stand das dunkelrote Mausoleum und wirkte wie ein Kinderspielzeug, winzig und unbedeutend.

Pawlitschenko lag auf der Bahre und dachte: Bald stehen die Mitglieder des Politbüros auf dem Mausoleum. In etwas mehr als zwei Stunden verwandelt sich das Grab in einen Feuerball. Die Explosion würde schwere Brocken aus Porphyr und Labradorit in die Menge schleudern. Bestimmt kamen Hunderte von Menschen ums Leben.

Der KGB-Vorsitzende rührte sich nicht und hoffte, daß er die Rolle des Kranken gut genug spielte.

Er erinnerte sich an den bereits geschwächten Konstantin Tschernenko, der im Februar 1984 auf dem Grab stand und an Juri Andropows Bestattung teilnahm. Es war sehr kalt, und man konnte deutlich sehen, wie der Atem der hochrangigen Funktionäre kondensierte. Pawlitschenko gehörte damals noch nicht zum Politbüro und beobachtete das Geschehen von dem Bereich aus, den man für Ehrengäste reserviert hatte. Die Glocken des Spasski Turms läuteten, und Tschernenko – er war nicht sehr intelligent, und außerdem litt er an einem Emphysem – sah sich unsicher um. Pawlitschenko und Tausende von anderen Personen hörten Andrei Gromykos Stimme aus den Lautsprechern, als er sich mit folgenden Worten an den neuen Generalsekretär wandte: »Nehmen Sie nicht den Hut ab.«

Manchmal könnte man glauben, daß die sowjetische Regierung nur aus Narren besteht, fuhr es Pawlitschenko durch den Sinn.

Die Sanitäter schnallten ihn auf der Bahre fest und kontrollierten den Tropf. Eine Minute später setzte sich der Krankenwagen mit heulender Sirene in Bewegung. Der Fahrer und sein Begleiter warfen dem Patienten immer wieder nervöse Blicke zu – wahrscheinlich fragten sie sich, was dem KGB-Vorsitzenden zugestoßen war. Pawlitschenko lag völlig reglos und schien zu schlafen.

Das Ziel, Kunzewo, befand sich gut zwanzig Kilometer außerhalb von Moskau, an der Straße nach Minsk. Stalin war in jenem Ort gestorben. 1953 fehlte dort ein Krankenhaus, und es gab keine nennenswerte medizinische Technik, um den großen Führer am Leben zu erhalten. Man hatte ihm sogar Blutegel an die Schläfen gesetzt.

Kunzewo.

Etwa eine Woche lang würde Pawlitschenko die Sowjetunion von seinem Krankenbett aus regieren, so wie Juri Andropow 1983. In jenem Jahr wurde Kunzewo für sechs Monate zum Zentrum der sowjetischen Macht. Der Rest der Welt wußte nicht, wie es um Andropow stand: Er telefonierte mit seinen Kollegen vom Politbüro, empfing nur den damaligen KGB-Vorsitzenden Viktor Tschebrikow und benutzte ihn als Kurier, um Anweisungen zu übermitteln.

Pawlitschenko hatte vorgesorgt. Er konnte auf die Hilfe von vierzig zuverlässigen Assistenten zurückgreifen, die in verschiedenen Teilen der Sowjetunion auf seine Befehle warteten. Das Sekretariat würde sich sofort an die Öffentlichkeit wenden und eindeutige Beweise dafür vorlegen, daß der amerikanische Geheimdienst hinter dem Anschlag steckte.

Nur noch zwei Stunden.

Der Krankenwagen fuhr über den mittleren Fahrstreifen der breiten Straße, bog nach kurzer Zeit ab und hielt an.

Haben wir das Ziel schon erreicht? fragte sich Pawlitschenko.

Er blickte nach draußen, hielt nach steinernen Mauern mit Stacheldraht Ausschau. Aber die Fenster waren zu hoch, und er sah nur Straßenlampen.

Straßenlampen!

In Kunzewo gab es überhaupt keine . . .

9.20 UHR

Der schwarze Wolga fuhr fast eine Stunde lang und suchte nach einer Möglichkeit, die Sicherheitsbarrieren im Zentrum von Moskau zu durchdringen. Das Hauptquartier des militärischen Geheimdienstes GRU war unerreichbar. Überall standen KGB- Wächter. Am Jahrestag der Oktoberrevolution ergriff man immer strenge Sicherheitsmaßnahmen, aber der Besuch des amerikanischen Präsidenten führte dazu, daß man sie noch weiter verschärfte.

Grimmig wirkende KGB-Soldaten in grauen Uniformen und mit den roten Buchstaben ›GB‹ an den Schultern bewachten die Zugänge des Platzes. Sie ließen nur Personen passieren, die zu offiziellen Delegationen gehörten. Es handelte sich um sogenannte WW, Wnutrennaja Woiska beziehungsweise interne Truppen. Ihre Mitglieder kamen nicht aus Moskau, sondern aus russischen Dörfern, und es waren ausnahmslos Russen.

Es schien völlig unmöglich zu sein, den Kommandanten des Mausoleums zu erreichen, und damit blieb nur eine Alternative: Der Chauffeur mußte mit einem Wachtposten sprechen – falls sie jemanden finden konnten, der seine Befehle nicht von KGB-Offizieren entgegennahm: vielleicht einen Soldaten der Roten Armee oder des GPU. Wenn es ihm gelang, den Mann zu überreden, seinen Vorgesetzten zu verständigen, und wenn der Vorgesetzte so vernünftig war *zuzuhören* ...

»Dort«, sagte der Chauffeur. Er deutete auf einige Soldaten der Roten Armee.

»Ja«, erwiderte Charlotte.

Der Fahrer beschleunigte, hielt neben den Uniformierten und kurbelte das Fenster herunter. »Wo ist der kommandierende Offizier?«

Die Uniformierten bekamen keine Gelegenheit, darauf zu antworten. Ein KGB-Wachtposten näherte sich mit langen Schritten. »Um was geht es, Genosse?«

»Ich möchte mit dem vorgesetzten Offizier dieser Soldaten sprechen«, sagte der Chauffeur.

Der Wachtposten hob die Brauen. »Aus welchem Grund?«

»Lassen Sie uns von hier verschwinden«, flüsterte Charlotte. Sie saß auf dem Beifahrersitz und duckte sich unwillkürlich, als der Mann durchs Seitenfenster blickte.

Mißtrauen blitzte in seinen Augen, und er sah noch genauer hin. »Nehmen Sie die Insassen dieses Wagens fest!« befahl er den Soldaten.

»Los«, raunte Charlotte. »Zu den MWD-Milizionären dort drüben. Und zwar mit Volldampf.«

Der Chauffeur reagierte bemerkenswert schnell. Mit einem jähen Ruck legte er den ersten Gang ein, ließ die Kupplung kommen und gab Gas. Der KGB-Wachtposten sprang gerade noch rechtzeitig beiseite. Eine Kugel traf das Rückfenster, prallte jedoch an der gepanzerten

Scheibe ab. Einige Sekunden später erreichten sie den nächsten, kaum mehr als fünfzig Meter entfernten Kontrollpunkt, an dem keine KGB-Wachtposten zu warten schienen. Charlotte öffnete das Seitenfenster, betrachtete die Epauletten der Soldaten und stellte fest, daß sie tatsächlich zum MWD gehörten – Milizionäre des Ministeriums für Innere Angelegenheiten.

»Verhaften Sie mich«, sagte die Journalistin.

79

9.40 UHR

Der Vorsitzende des KGB tastete nach der Pistole in der großen Tasche des Krankenhauskittels. »Wo sind wir?« fragte er den Fahrer.

»Außerhalb von Moskau«, antwortete der Sanitäter auf dem Beifahrersitz.

»Was ist los?« Pawlitschenko schloß die Hand um den Kolben der Waffe und versuchte, die Gurte zu lösen. Es war nicht länger nötig, sich krank zu stellen. »Wir sind nicht in Kunzewo«, stellte er fest, zog die Pistole aus der Tasche und richtete sie auf Stefan. »Ich schlage vor, Sie bringen mich sofort dorthin.«

Stefan Kramer und ein guter Freund von ihm – Zenja Swetlow, der Sohn eines ehemaligen Mitgefangenen von Jakow Kramer – stießen die Türen auf und sprangen nach draußen. Ein dritter Mann folgte ihnen; er hatte sich unter einer Bahre hinter den vorderen Sitzen verborgen. Charles Stone verließ den Krankenwagen ebenfalls und stieß die Tür zu.

Pawlitschenko richtete sich auf und drückte ab. Spinnennetzartige Risse entstanden in der Windschutzscheibe.

»Sie sollten nicht noch einmal schießen«, sagte Stone laut und deutlich auf russisch. Er stand auf der einen Seite des Wagens und hielt die Glock in der Hand. Stefan wartete auf der anderen und zielte mit einem Revolver, den sein Vater seit dem Zweiten Weltkrieg aufbewahrt hatte. Der Vorsitzende des KGB begriff sofort, daß er im Nachteil war, und für einige Sekunden erstarrte er.

Dann entspannte er sich wieder. Er ließ die Waffe nicht sinken und wirkte so zuversichtlich wie jemand, der sich seines Sieges gewiß ist.

Es war Stefan nicht schwer gefallen, den Krankenwagen

und die Uniformen zu besorgen, aber es hatte Stone geradezu verblüfft, daß niemand nach ihren Ausweisen fragte, als sie die Kreml-Klinik betraten. Die Kleidung der Sanitäter genügte. Selbst in sowjetischen Krankenhäusern nahm man es mit der Sicherheit nicht sehr ernst – es ging in erster Linie darum, Patienten am Leben zu erhalten, und alles andere spielte eine untergeordnete Rolle.

Stone hatte das Vorhängeschloß geknackt, und in der Reparaturwerkstatt fanden sie mehrere Kisten mit Sprengstoff und Zündern – offenbar ›Beweismaterial‹, um der Familie Kramer die Schuld am Bombenanschlag auf dem Roten Platz zu geben.

Stefan lieferte wichtige Informationen: Er brachte in Erfahrung, daß Pawlitschenko ein Zimmer im Kunzewo-Krankenhaus reserviert hatte, und der CAT-Scan sollte den Anschein erwecken, bei den Untersuchungen in der Kreml-Klinik angefertigt worden zu sein. Daraus schloß der junge Kramer, daß man einen Krankenwagen für Pawlitschenko rufen würde. Tschawadses Freunde bestätigten, daß man in Kunzewo ein Mitglied des Politbüros erwartete.

Stone, Stefan und Zenja Swetlow nutzten die gute Gelegenheit und erreichten die Kreml-Klinik vor der echten Ambulanz.

»Wer sind Sie?« fragte der KGB-Chef ruhig. »Vermutlich ein Ausländer – Ihr Akzent ist unüberhörbar. Ich rate Ihnen, sofort mit diesem Unsinn aufzuhören. Begreifen Sie eigentlich, auf was Sie sich einlassen? Sie haben ein Mitglied der sowjetischen Regierung entführt. Bitte seien Sie vernünftig und stecken Sie die Waffen ein.«

»Ein Mitglied der Regierung, ja«, erwiderte Stone. »Und gleichzeitig ein Staatsfeind.«

Pawlitschenko schüttelte den Kopf und lachte leise. »Sie sind verrückt. Und Sie geben sich gefährlichen Illusionen hin.« So dicht vor dem Ziel, und dann das. Was hat es mit diesen Leuten auf sich? Bestimmt gehören sie nicht zum MWD, und wahrscheinlich kommen sie auch nicht vom GRU.

Schon seit Jahrzehnten hatte Pawlitschenko keine Pistole mehr in der Hand gehalten, aber er wußte, daß bei einem Kampf nicht nur Waffen wichtig waren, sondern auch die psychologischen Aspekte. Diese Männer sind jung, und es scheinen keine Profis zu sein, überlegte er. Wenn sie sich nicht von meiner Macht beeindrucken lassen ... Nun, vielleicht kann ich sie irgendwie überlisten. Ich habe weitaus mehr Erfahrung als sie.

»Wenn Sie mit dem Blödsinn fortfahren wollen ... Nun, meinetwegen.« Pawlitschenko schüttelte wie traurig den Kopf. »Aber ich muß Sie warnen: Sie werden die ganze Sowjetunion gegen sich haben. Ja, Sie können mich töten, aber später geht es auch Ihnen an den Kragen.« Die Männer rührten sich nicht von der Stelle. Zwei Waffen zielten von beiden Seiten auf den Krankenwagen, und die Pistole des KGB-Chefs zeigte noch immer auf den rechts stehenden Mann. »Ich schätze, der Terrorismus ist eine verlokkende Angelegenheit. Vermutlich glauben Sie, die Welt verändern zu können, indem Sie ein Mitglied des Politbüros als Geisel nehmen. Doch da irren Sie sich. Auch nach meinem Tod bleibt alles beim alten.«

»Ich weiß von M-3«, sagte Stone. »Ich weiß von einem jungen Assistenten Berijas, dem eine steile Karriere gelang – mit der Hilfe einiger zynischer Amerikaner, die nicht ahnten, wie naiv sie waren.«

»Sie müssen völlig übergeschnappt sein«, entgegnete Pawlitschenko. »Wer sind Sie? Ein CIA-Agent? Machen Sie keinen Fehler, den die Agency und Ihr Land später bereuen werden.«

»Es ist interessant, Sie nach einer langen Reise kennenzulernen.« Stone lächelte kühl. »Eine lange Reise, ja, auch für Sie. Lassen Sie jetzt Ihre Waffe sinken. Sie haben keine Chance gegen uns. Das sehen Sie sicher ein.«

Pawlitschenko kam der Aufforderung nicht nach. Er beobachtete, und sein Blick huschte hin und her, während er versuchte, die Lage einzuschätzen. Er mußte diese Narren ernst nehmen, sie dazu überreden, ihn freizulassen. Der eine war ein Ausländer, wahrscheinlich Amerikaner, aber die beiden anderen ... Russen? Arbeiteten sie für die CIA? Der CIA-Mitarbeiter Stone – natürlich. »Ich bewundere Ihren Mut, aber jetzt gehen Sie zu weit. Die Entführung des KGB-Vorsitzenden? Ich weiß nicht, was Sie erreichen wollen, doch inzwischen dürfte Ihnen klar sein, wie dumm Sie gewesen sind. Tapfer, ja, aber auch dumm.«

»Legen Sie die Pistole beiseite«, sagte Stone. »Wir wissen vom Mausoleum. Ich schätze, es ist noch nicht zu spät, um Ihre Befehle zu widerrufen. Sie können wählen: Entweder telefonieren Sie, oder wir bringen Sie direkt zum Roten Platz.«

»Ich biete Ihnen Straffreiheit an«, erwiderte Pawlitschenko. Er gab sich Mühe, auch weiterhin ruhig und gelassen zu sprechen, aber Verzweiflung kroch in seine Stimme. »Ich sorge dafür, daß Sie in die Vereinigten Staaten zurückkehren können. Das ist ein sehr großzügiges Angebot.«

»Bitte zwingen Sie mich nicht, Sie zu erschießen«, antwortete Stone. »Ich habe schon einmal getötet, und ich werde auch jetzt nicht zögern.«

Stefan setzte zu einer Bemerkung an, klappte den Mund jedoch wieder zu, als Stone ihm einen kurzen Blick zuwarf. Kein einziges Wort – darauf hatten sie sich geeinigt. Stefan und Swetlow sollten schweigen. Die Sache betraf nur Charlie.

»Ein altes russisches Sprichwort lautet: ›Jemand, den man vor seinem Tod zu Grabe trägt, lebt länger.‹« Als Pawlitschenko diese Worte formulierte, richtete er die Pistole ganz langsam direkt auf den Amerikaner, zielte auf seinen Kopf.

»Na schön«, brummte Stone. »Legen Sie die Waffe auf den Sitz vor Ihnen. Und keine falsche Bewegung. Sie können nur einen von uns erschießen, und der andere erledigt Sie einen Sekundenbruchteil später. Wir verzichten ebenfalls auf unsere Waffen, einverstanden?«

Pawlitschenko nickte. »Was wollen Sie?«

»Ganz einfach: Wir fahren Sie zum Roten Platz. Dort geben Sie die richtigen Anweisungen, und anschließend lassen wir Sie frei.«

»Klingt fair.« Die Pistole ruhte auf der flachen Hand des KGB-Chefs, als er sich zum Sitz vorbeugte.

»Seien Sie vorsichtig«, sagte Stone. »Denken Sie daran, daß *zwei* Waffen auf Sie gerichtet sind, während Sie nur eine haben. Wenn Sie irgendeinen Trick versuchen, ist es um Sie geschehen.« Auch er streckte die Hand mit der Pistole darauf aus.

»Lassen Sie beide fallen«, verlangte Pawlitschenko. Die Männer waren keine Mörder, begriff er erleichtert. Bestimmt hatten sie über ihre Situation nachgedacht und gelangten dabei zu dem Schluß, daß sie nicht entkommen konnten. Was für Narren, dachte der KGB-Vorsitzende.

»*Jetzt*«, sagte Stone. Stefans Revolver fiel auf den Boden, und als Charlies Pistole übers Metall der Motorhaube kratzte, ließ auch Pawlitschenko seine Waffe fallen. Dann lehnte er sich zurück.

»In Ordnung.« Er lächelte und dachte daran, was bald mit den drei Männern geschehen würde. Dann musterte er den Amerikaner und glaubte, ein rotes Glühen zu erkennen.

Er sah genauer hin. Ja, ein blasses, rotes Licht.

Und dann verstand er plötzlich, was der Amerikaner in der Hand hielt: einen kleinen Sender, mit dem man eine Bombe aus sicherer Entfernung zünden konnte.

»Was soll das bedeuten?« brachte Pawlitschenko hervor. Furcht erfaßte ihn, und seine Stimme begann zu zittern. Der Daumen des Mannes glitt zu einer weißen Taste am Sender. »Wer hat Ihnen das Ding gegeben? Jemand aus meiner Organisation? Es handelt sich um ein KGB-Gerät, stimmt's?«

»Wir alle sind Schachfiguren, nicht wahr?« erwiderte Stone. Nur noch wenige Millimeter trennten seinen Daumen von der Auslösetaste. Er beobachtete Pawlitschenko, der im Krankenwagen auf dem Rand der Bahre saß: untersetzt, unnatürlich dunkles Haar, ein bleiches Gesicht mit groben Zügen. Das ist er, dachte Charlie. Der Mann, der alle seine Rivalen umbringen will, um die Macht zu ergreifen. »Stefan und Jakow Kramer, mein Vater, ich – wir alle sind Teil Ihres Plans. Sie haben meinen Vater nie kennengelernt, oder?«

»Wer auch immer Ihnen den Sender gegeben hat – er ist für die Bombe im Mausoleum verantwortlich«, sagte Pawlitschenko. »Wissen Sie, wie er heißt? Wir finden ihn. Ich helfe Ihnen. Bringen Sie mich zu einem Telefon, damit ich einige Leute anrufen kann. Gemeinsam verhindern wir den Anschlag.« Er lächelte. »Nein, mein Freund. Ich habe keine Ahnung, wer Ihr Vater war.«

Er weiß, daß Alfred Stone tot ist, dachte Charlie. Er hat die Ermordung meines Vaters angeordnet.

Heißer Zorn brannte in ihm, doch kurz darauf wich dieser einer seltsamen Ruhe. Er erinnerte sich an Alfred Stone, Paula und Lehman. Daraufhin kehrte der Ärger zurück, aber in kontrollierter Form, als emotionale Waffe, die ihm Kraft gab. Der so gewöhnlich wirkende Mann im Krankenwagen, jemand, der über Leichen ging, um sein Ziel zu erreichen ...

Pawlitschenko wandte sich nun an Stefan. »Sie können Ihrem Vaterland in einer Zeit der Not helfen«, sagte er auf russisch. Ruckartig sprang er vor, nahm die Pistole und schoß, doch die Kugeln verfehlten das Ziel, zertrümmerten nur das Seitenfenster. Der KGB-Vorsitzende wirbelte herum und drehte den Griff der hinteren Tür.

Verschlossen.

»Woher wissen Sie, daß sich eine Bombe im Mausoleum befindet?« fragte Stone kalt. »Wir haben sie überhaupt nicht erwähnt.«

Pawlitschenko zielte auf den Amerikaner, aber er drückte nicht sofort ab, gab seiner Neugier nach und hörte zu.

Stone hob den Sender und hielt den Daumen dicht über die Taste. Seine Stimme vibrierte nun. »Das ist für meinen Vater«, sagte er, drückte den Knopf und zündete damit das Dynamitbündel unter dem Benzintank. Eine donnernde Explosion zerriß den Krankenwagen.

Es war 9.55 Uhr

9.56 UHR

Sonja Kunetskaja kehrte außer sich vor Sorge zu ihrer Wohnung zurück. Sie kam von einer Telefonzelle und hatte versucht, ihren Vater zu erreichen, um ihm mitzuteilen, was sie von Stone wußte. Doch es ging niemand an den Apparat. Hat er vielleicht das Hotel verlassen, um sich die Parade auf dem Roten Platz anzusehen? überlegte Sonja. Seltsam: Er wollte doch in seiner Suite bleiben. Wo ist er?

Sie mußte unbedingt mit ihm sprechen. Und auch mit Charlie – er wußte noch nicht alles.

Ein grüner Lieferwagen stand vor dem Gebäude, und das Kennzeichen wies ihn als Fahrzeug des KGB aus.

Sonja erstarrte. Sie sind gekommen, um Jakow, Stefan und mich zu holen! Ihre Knie wurden weich, und sie konnte kaum mehr gehen. Irgendwie gelang es ihr, den Weg zum Eingang fortzusetzen, und dort blieb sie stehen.

Stimmen im Treppenhaus. Die Stimmen von Männern.

Abrupt drehte sie sich um, eilte über den Hof, versteckte sich hinter einer Säule und wartete.

Einige Gestalten kamen aus dem Gebäude. Ein KGB-Soldat, dann ein weiterer. Und Jakow. Mit Handschellen. Gefolgt von einem dritten Uniformierten.

Sonja Kunetskaja unterdrückte einen entsetzten Schrei. Alles in ihr drängte danach, zu Jakow zu laufen und ihn zu befreien, aber das war natürlich unmöglich.

Man wird auch mich verhaften, dachte sie. Und dann ist alles vorbei.

Wenn ich Jakow helfen will, muß ich fliehen. Ich darf nicht zulassen, daß man mich ebenfalls festnimmt.

Und: Haben Sie auch Stefan erwischt?

Nein, wahrscheinlich nicht. Sonja schob sich langsam an der Mauer des Wohnhauses entlang. Gott steh uns bei!

Zweimal im Jahr beobachten die Mitglieder des sowjetischen Politbüros von Lenins Grab aus Paraden auf dem Roten Platz. Meistens verlassen sie den Kreml durch eine Tür unmittelbar hinter dem Mausoleum und gehen dann die äußere Porphyrtreppe hoch. Doch manchmal – bei schlechtem Wetter oder wenn auf einen Kranken Rücksicht genommen werden muß – wählen sie den unterirdischen Gang, der vom Keller des Ministerratsgebäudes zum Mausoleum führt. In den letzten Jahren seiner Amtszeit zog Leonid Breschnew diesen Weg vor, weil die verschiedenen Korridore geheizt sind. Einer davon enthält eine Toilette – wichtig für jemanden, der vier oder fünf Stunden lang in der Kälte steht.

An diesem Tag sprachen Sicherheitsgründe dafür, die unterirdische Passage zu benutzen. Das Politbüro, der amerikanische Präsident und sein Außenminister sowie ihre Frauen versammelten sich im Ministerratsgebäude, begaben sich dann ins Kellergeschoß.

In den letzten Wochen war es in Moskau zu mehreren Bombenanschlägen gekommen, und die sowjetische Regierung wollte sicherstellen, daß die Gäste aus den USA nicht in Gefahr gerieten. Das Gipfeltreffen hatte offiziell begonnen, und für den nächsten Tag standen wichtige Besprechungen und Konferenzen auf dem Programm. Unliebsame Zwischenfälle mußten unbedingt vermieden werden.

Die Gruppe bestand aus zwölf Vollmitgliedern des Politbüros, zehn Kandidaten und den vier Amerikanern. Begleitet wurde sie von fünf MWD-Sicherheitsbeamten. Sie trugen ebenfalls dicke Mäntel und Pelzmützen.

Neun Uhr fünfundvierzig. Viertel vor zehn.

Das Mausoleum enthält keinen Lift. Die Männer und Frauen stiegen die innere Treppe hoch und erreichten kurz darauf den Balkon des Mausoleums. Gorbatschow, der amerikanische Präsident und die beiden Außenminister nahmen den Platz in der Mitte ein, vor den fünf Mikrofonen.

Genau um zehn Uhr läuteten die Glocken des Spasski-Turms, und eine aufgezeichnete, blechern klingende

Stimme dröhnte aus den Lautsprechern. »Gepriesen sei der große Lenin! Gepriesen! Gepriesen! Gepriesen!«

Tausende von Menschen auf dem Roten Platz jubelten, und die Zeremonie begann.

10.25 Uhr

Der MWD-Wächter hätte fast laut gelacht. Er sah eine kleine Frau in mittleren Jahren, die eine Brille trug, aufgeregt gestikulierte und etwas rief. Der Milizionär stand mit neun anderen Soldaten neben dem Historischen Mausoleum und bewachte einen der Zugänge des Roten Platzes.

Als die Frau näher kam, verstand er ihre Worte. »Sie müssen sofort einschreiten! Jemand hat eine Bombe versteckt! Bitte helfen Sie mir.«

Der Milizionär hielt die Frau fest, als sie versuchte, die Absperrung zu passieren. »Wie sind Sie bis hierher gekommen?« brummte er und drängte sie zurück. »Verschwinden Sie, wenn Sie nicht riskieren wollen, daß jemand auf Sie schießt.«

»Nein!« platzte es aus Sonja heraus. »Ich muß unbedingt mit jemandem sprechen, der Anweisungen erteilen kann. Es ist sehr wichtig.«

Ein KGB-Wächter klopfte dem Milizionär auf die Schulter. »Was ist los, Genosse?«

»Diese Frau hier – sie scheint verrückt zu sein.«

»Ich rede mit ihr.« Der KGB-Mann näherte sich Sonja. »Was wollen Sie?«

»Im Mausoleum befindet sich eine Bombe. Sie könnte jeden Augenblick explodieren. Ich bin *nicht* verrückt.«

»Begleiten Sie mich«, sagte der Wächter. »Ich bringe Sie zu meinem vorgesetzten Offizier.« Er griff nach Sonjas Arm, zog sie mit sich und gab den Soldaten mit einem Wink zu verstehen, daß alles in Ordnung war. In einem schmalen Durchgang zwischen zwei Gebäuden verharrte er. »Sagen Sie mir jetzt, was Sie gehört haben.«

»Oh, Gott sei Dank«, seufzte Sonja. Dann sah sie, daß der KGB- Mann seinen Revolver gezogen hatte und auf sie zielte. »Nein, bitte . . .«

Sie blickte den Wächter klagend an, und dann entflammte Zorn in ihr. Bitte, Gott, dachte sie. Rette mich, Jakow und Stefan.

Wortlos starrte sie auf die Waffe und schüttelte langsam den Kopf.

Der Mann drückte ab, und die Kugel traf Sonjas Herz. Laute Marschmusik vom Roten Platz übertönte das Knallen des Schusses.

Um genau elf Uhr öffnete sich das Verzögerungsventil des Behälters, der im Arsenal unter Lenins Grab stand. Mit einem leisen Zischen strömte Gas aus.

80
11.02 UHR

Der Kreml-Gardist Ilja M. Rozanow hätte viel lieber am Wachwechsel vor dem Mausoleum teilgenommen, so wie früher. Er erinnerte sich daran, daß er seine Kollegen mitten in der Nacht abgelöst hatte ... Rozanow sah sich selbst: Er marschierte in der bitteren Kälte, stand stocksteif vor dem Eingang des Grabmals, eine Stunde lang, völlig reglos.

Heute mußte er auf diesen stolzen Dienst verzichten. Siebter November, Jahrestag der Oktoberrevolution, der wichtigste Feiertag. Ganz Rußland – ganz Stawropol, seine Heimatstadt – saß nun vor dem Fernseher und beobachtete Lenins Mausoleum. Diesmal sogar die ganze Welt, fügte er in Gedanken hinzu. Zum erstenmal würde der amerikanische Präsident dem Politbüro Gesellschaft leisten, und dadurch gewann die Revolutionsfeier noch größere Bedeutung. Nun, es gab Schlimmeres, als hinter dem Grabmal zu patrouillieren.

Es brachte sogar gewisse Vorteile mit sich. Zum Beispiel konnte er sehen, wie die Mitglieder des Politbüros aus dem Mausoleum kamen und zum Balkon schritten. Rozanow glaubte sogar, einen Blick auf den amerikanischen Präsidenten geworfen zu haben!

Sicher, er hatte gehofft, daß sie aus der Tür in der Kreml-Mauer traten und direkt an ihm vorbeigingen, aber aus irgendeinem Grund nahmen sie den unterirdischen Weg. Trotzdem: Er konnte einige der Würdenträger erkennen, die in dem für wichtige Persönlichkeiten reservierten Bereich zu beiden Seiten des Grabes standen.

Rozanow gehörte zur Kreml-Garde, die man manchmal auch als Palastwache bezeichnete. Die betreffenden Soldaten trugen blaue Uniformen und Pelzmützen, und sie galten als besonders zuverlässig.

Er fröstelte in der Kälte und bedauerte es, sich nach dem Ende seiner Schicht nicht im Arsenal des Mausoleums aufwärmen zu können. Die Kammer war seit einigen Tagen verschlossen, und niemand durfte sie betreten.

Sein vorgesetzter Offizier, der Kreml-Kommandant – ein KGB-Mann –, war deswegen ziemlich sauer. Warum zum Teufel durfte niemand mehr das Arsenal betreten? Aus Sicherheitsgründen, lautete Pawlitschenkos Auskunft. Der Kreml-Kommandant hatte unter vier KGB-Vorsitzenden und noch mehr Generalsekretären gedient, und er sah in Pawlitschenkos Befehl eine Einmischung in seinen Zuständigkeitsbereich. Bei solchen Anlässen wurde das Arsenal immer benutzt: Die Gardisten versammelten sich dort und erhielten neue Anweisungen; außerdem diente die Kammer dazu, Munition zu lagern. Jetzt mußten die Soldaten ihre Order draußen entgegennehmen, neben der Kreml-Mauer. Unerhört!

Die Hintergründe waren Rozanow gleich. Ihm ging es nur darum, daß er die mehrere Etagen weiter unten gelegene Toilette aufsuchen mußte, um sich die Hände zu wärmen. Er winkte einem anderen Gardisten zu, ließ sich von ihm ablösen und ging zur hinteren Tür des Mausoleums. Jemand hielt gerade eine Rede, und die Menge auf dem Platz applaudierte.

Als er das Grabmal betrat und sich in Richtung Treppe wandte, fiel ihm etwas auf. Es roch nach Gas. Mit jeder Stufe, die er hinter sich brachte, wurde der Geruch stärker. Er schien aus dem Arsenal zu kommen, und Rozanow fragte sich, ob ihn auch jemand anders bemerkt hatte.

Vor der geschlossenen Tür des Arsenals stand ein Wachtposten, der zum KGB gehörte, nicht zur Palastwache.

»He!« rief ihm Rozanow zu. »Riechst du das?«

Der Mann drehte sich um, sah Rozanows Uniform und erwiderte: »Glaubst du, es ist giftig? Ich muß diesen Gestank schon seit einigen Minuten ertragen.«

»Gas.« Der Kreml-Gardist näherte sich. »Es kommt von dort.« Er streckte die Hand aus.

»Bleib stehen«, sagte der Wächter in einem drohenden Tonfall.

»Es könnte durchaus giftig sein«, erwiderte Rozanow. »Vielleicht gerätst du in Lebensgefahr, wenn du es längere Zeit atmest. Wir sollten nach dem Rechten sehen.« Er kam noch etwas näher.

»Zurück! Mein Befehl lautet, niemanden eintreten zu lassen.«

Rozanow verzog kurz das Gesicht. »Hör mal, Genosse: Man erwartet sicher von dir, nicht wie ein Idiot herumzustehen, wenn irgendwo Gas entweicht.«

Der Wachtposten dachte darüber nach.

»Wir sollten einen Blick in die Kammer werfen. Wer weiß? Wenn wir ein Gasleck finden, bekommst du vielleicht eine Belobigung. Oder man befördert dich sogar. Bei einer Krise weiß Pawlitschenko Eigeninitative zu schätzen.«

Schließlich gab der Wachtposten nach. »Na schön. Aber wir dürfen uns nicht zuviel Zeit lassen. Wenn mich jemand sieht, bin ich so gut wie tot. Man hat uns befohlen, jeden zu erschießen, der das Arsenal betritt.« Er drehte sich um und schloß die Stahltür langsam auf.

Es war dunkel im Zimmer – das einzige Licht stammte vom Korridor. Der Gasgeruch wurde schlagartig intensiver, und dunstige Schwaden zogen durch den Raum. Rozanow hörte ein lautes Zischen.

»Laß die Finger davon!« entfuhr es ihm, als der KGB-Wachtposten nach dem Lichtschalter tastete. »Hier ist alles voller Gas! Ein Funke im Schalter genügt, um eine Explosion auszulösen.«

Dann bemerkte er den in der Mitte des Zimmers stehenden zylinderförmigen Behälter, von dem das Zischen ausging. Kurz darauf sah er die Drähte, den Plastiksprengstoff und die Granaten. Eine *Bombe*? Hier?

»Zum Teufel auch, was . . .«, begann er. Aber Rozanow konnte den Satz nicht beenden. Jemand riß ihn herum, und ein zweiter KGB-Wachtposten bohrte ihm die scharfe Klinge eines Bajonetts in den Hals.

Admiral Mathewson stellte fest, daß während der Zeremonie auf dem Roten Platz vieles gleichzeitig zu geschehen schien.

Von dem für wichtige Gäste vorgesehenen Bereich hatte er einen guten Blick auf das nur zehn Meter entfernte Mausoleum.

Alles war gut synchronisiert. Ein Mann in einem grauen Anzug – der Paradeleiter – stand auf der unteren Balustrade des Grabmals und gab der Menge ein Zeichen, wenn sie jubeln sollte. Zwei offene Limousinen rollten über den Platz. In der einen saß der Kommandant des Distrikts Moskau, in der anderen der Verteidigungsminister. Als sie an den Truppen vorbeifuhren, riefen die Soldaten: *Hurra! Hurra!* Es waren Tausende, und mit roboterartiger Präzision drehten sie sich um. Dann kamen Panzer, Raketenwerfer mit dicken Gummireifen, Wagen mit Maschinengewehren, jeweils von vier Pferden gezogen – offenbar ein Tribut an die Vergangenheit. Motoren brummten, dichte Wolken aus blaugrauen Auspuffgasen bildeten sich.

Die Zuschauer auf dem Platz – sie trugen rote Ordensbänder und winkten freudlos – wußten nichts von den umfangreichen Sicherheitsmaßnahmen. In den unterirdischen Tunneln außerhalb des Platzes warteten viele mit automatischen Gewehren ausgerüstete Soldaten. Zivilisten standen auf den überdachten Zuschauertribünen des Mausoleums; sie lauschten den Stimmen, die aus ihren winzigen Ohrhörern flüsterten, und die Wölbungen unter den Jacken und Mänteln verrieten Waffen. Es ging darum, Zwischenfälle während des Gipfeltreffens zu verhindern.

Als Mathewson den winkenden und lächelnden Präsidenten beobachtete, regte sich Stolz in ihm. Zum erstenmal war ein amerikanisches Staatsoberhaupt bei der sowjetischen Revolutionsfeier zugegen. Der kalte Krieg ist tatsächlich vorbei, dachte er.

Um kurz nach elf kamen einige kleine Mädchen mit Schleifen im Haar. Sie traten die Treppe des Mausoleums hoch und brachten dem Politbüro rote Nelken, die sie von Gorbatschows Assistenten erhalten hatten.

Mathewson richtete seine Aufmerksamkeit auf die gelangweilt wirkenden Mitglieder des Politbüros. Rein mechanisch hoben sie die Hände zum Gruß. Eine Mutter, offenbar die Frau eines hochrangigen Funktionärs, hob ihr Kind hoch und sprach aufgeregt. »Siehst du Gorbatschow? Das ist er. Und neben ihm steht der Präsident der Vereinigten Staaten!«

Oberst Nikita Wlasik vom MWD musterte Charlotte Harper aus traurig blickenden grauen Augen und glaubte allmählich, daß sie die Wahrheit sagte.

Die Journalistin sah den Mann an, der sie einmal verhaftet hatte. Nur wenige Wochen waren seitdem vergangen, aber es erschien ihr wie eine Ewigkeit. Sie entsann sich an seinen Rat, wie sie derartigen Schwierigkeiten aus dem Weg gehen konnte. Charlotte zweifelte nicht daran, daß er ihr Vertrauen verdiente.

Der Oberst nickte, doch sein Gesicht blieb ernst. »Wissen Sie, jetzt erinnern Sie mich noch stärker an meine Tochter. Ich kenne sonst niemanden, der so tollkühn ist, KGB-Sperren zu durchbrechen.«

Er winkte einen Leutnant herbei. »Wir müssen sofort etwas unternehmen, Wanja.«

Es war 11.03 Uhr.

Um 11.05 Uhr hatte der KGB-Wächter die Tür des Arsenals wieder geschlossen und ließ Rozanows Leiche in dem Zimmer. Er mußte sich an seine Befehle halten. Inzwischen stank es überall nach Gas, und als der Wachtposten wieder vor dem Eingang Aufstellung bezog, spürte er Übelkeit.

In der Kammer wies die Digitalanzeige des elektronischen Zünders darauf hin, daß die Frist in sechs Minuten ablief.

Noch immer strömte Propangas aus dem Behälter.

Um 11.07 Uhr kamen einige MWD-Milizionäre durch die Tür in der Kreml-Mauer, direkt hinter dem Mausoleum.

Sie trugen Äxte, chemische Feuerlöscher und andere Dinge, die zur Brandbekämpfung dienten. Um nicht zuviel Aufsehen zu erregen, hatten sie den Seiteneingang benutzt, aber nun entstand Unruhe auf den Tribünen zu beiden Seiten des Grabmals. Es waren insgesamt neun Soldaten, und sie liefen zum Mausoleum.

Als sie es erreichten, schwärmten sie aus und begannen mit der Suche.

Doch sie blieben nicht lange getrennt – deutlich nahmen sie den durchdringenden Geruch wahr. In den Korridoren stank es nach Propan, und fünfundvierzig Sekunden später fanden sieben Milizionäre heraus, woher das Gas stammte.

Der KGB-Wachtposten sah die Uniformierten, hob seine Pistole und feuerte, aber unmittelbar darauf starb er in einem Kugelhagel.

Die Anzeige des Zünders lautete 11:09.

Axthiebe zertrümmerten das Schloß, und dann schwang die Tür auf. Der Gestank wurde schier unerträglich.

Einige Milizionäre behinderten sich gegenseitig, als sie den Sprengstoff bemerkten und versuchten, die Bombe irgendwie zu entschärfen.

Sie husteten laut und würgten, als ihnen Propangas in die Lungen drang.

Jeden Augenblick konnte es zu einer verheerenden Explosion kommen.

Mehrere Männer sanken besinnungslos zu Boden. Es standen keine Gasmasken zur Verfügung – niemand hatte mit einer solchen Möglichkeit gerechnet. Nur noch Sekunden, wenige Sekunden. Die Drähte stellten ein unentwirrbares Durcheinander dar, und es nützte nichts, daran zu zerren, einzelne Verbindungen zu lösen: Die Zahlen auf dem elektronischen Zünder veränderten sich in einem gleichmäßigen Rhythmus, rasten der fatalen Konstellation 11:10 entgegen. Eine zweite, kleinere Anzeige wies auf den programmierten Zeitpunkt hin. Zehn Minuten nach elf würde sich ein Stromkreis schließen, und dann explodierten der Plastiksprengstoff und die Granaten, zündeten ihrerseits das Propangas ...

Die Drähte herausreißen! Die elektrischen Kontakte vom Sprengstoff entfernen! Aber wo befanden sie sich?

Acht Sekunden reichten nicht aus. Niemand konnte verhindern, daß die Bombe explodierte, das Mausoleum zerstörte, in einem Umkreis von hundert Metern alle Menschen tötete, unter ihnen auch Gorbatschow, die Mitglieder des Politbüros sowie den amerikanischen Präsidenten und sein Gefolge.

Um elf Uhr neunundfünfzig Sekunden entdeckte ein Milizionär das Verbindungsmodul mit den Klemmschrauben. Er sprang darauf zu, riß die Drähte ab.

Genügte das?

»Zurück!« rief jemand.

Noch drei Sekunden ... zwei ... eine ... Die Männer lagen auf dem Boden und seufzten tief, als nichts geschah. Die Bombe war entschärft.

Erleichtert standen sie auf. Einer der Milizionäre sah ein bekanntes Gesicht, und die beiden Uniformierten traten zur Seite. Sie schüttelten sich die Hände und flüsterten ein Wort: »Staroobriadets.«

Gorbatschow und der amerikanische Präsident winkten der Menge auf dem Roten Platz zu. Neben ihnen standen die Repräsentanten der sowjetischen und amerikanischen Regierung. Was die Amerikaner betraf ... Sie froren in der Kälte und fragten sich müde, wie lange die Zeremonie noch dauerte. Ihre sowjetischen Kollegen waren an derartige Rituale gewöhnt, grüßten mit steif wirkenden Gesten und rührten sich nicht von der Stelle.

Niemand auf dem Roten Platz bemerkte etwas, als sich ein Wächter neben dem Mausoleum an einen zivilen Sicherheitsbeamten wandte und ihm etwas in die Hand drückte. Der Mann warf einen kurzen Blick auf den Zettel und gab ihn dem Politbüromitglied Alexander Jakowlew. Schließlich nahm Gorbatschow die kurze Nachricht entgegen.

Er las sie und beobachtete dann wieder die Menge.

»Dringende Angelegenheiten?« fragte der amerikanische Präsident freundlich.

»Nein«, erwiderte Gorbatschow. »Nur ein kleines Problem, um das wir uns bereits gekümmert haben.«

Charlotte stand außerhalb des Roten Platzes, an einem Kontrollpunkt in der Nähe des Historischen Museums. Zwei MWD-Soldaten begleiteten und schützten sie. Jenseits der Mauern jubelten die Zuschauer, und laute Marschmusik erklang.

Nach einer Weile näherte sich ein rostiger Lada, der wie ein zerquetschter Metallkäfer aussah. Die Insassen des Wagens ... Charlottes Hoffnungen wurden nicht enttäuscht. Den MWD-Milizionären war es tatsächlich gelungen, die Männer zu finden.

Zuerst sah sie Stefan, dann Swetlow. Besorgt reckte sie den Hals und versuchte, ihre Gesichter zu erkennen. Was war mit Charlie geschehen?

Dann stieg Stone aus. Eigentlich *kroch* er aus dem Fond, ein verwundeter, sehr krank aussehender Mann. *Was ist passiert?* rief Charlottes Blick.

Sie wollte über die Absperrung springen, Charlie umarmen, ihm sagen, daß alles in Ordnung war. Emotionaler Aufruhr herrschte in ihr, und sie konnte ihre Gefühle – Erleichterung, Liebe, Furcht – nicht länger unter Kontrolle halten. Plötzlich begann sie zu schluchzen.

Stone humpelte über das Kopfsteinpflaster, näherte sich Charlotte, sah ihre Antwort, das Lächeln, ein deutliches *Ja*. Dann formten sich konzentrische Kreise vor seinen Augen, zitterten und wogten, und um ihn herum wurde es heller. Alles strahlte in einem wundervollen, beruhigenden Weiß.

Epilog

NEW YORK. SECHS MONATE SPÄTER

Es dauerte eine Weile, bis sich der Kreis schloß.

Als Stone erwachte, fühlte er die samtene Wärme von Charlottes nacktem Rücken an seiner Seite. Das Licht der Maisonne glänzte ins Schlafzimmer.

Ihre Nähe erregte ihn. Langsam streckte er die Hand aus, tastete zwischen ihre Schenkel und strich mit gespreizten Fingern über ihr Schamhaar. Dann schloß er die Finger und übte etwas stärkeren Druck aus. Charlotte schlief noch, aber sie war trotzdem feucht. Mit der anderen Hand berührte er die Brüste, deren Warzen sich bereits verhärtet hatten. Er küßte erst ihren Hals, dann die Schulter. Sie regte sich und stöhnte leise.

Monate verstrichen, doch einige Rätsel blieben.

Stone und Charlotte wußten, daß Sonja am Revolutionstag gestorben war. Eine direkte Order des Politbüros ermöglichte es Jakow und seinen Söhnen, in die Vereinigten Staaten auszuwandern.

Awram Kramers geistige Gesundheit war irreparabel geschädigt. Er konnte nie wieder ein normales Leben führen.

Das sowjetisch-amerikanische Gipfeltreffen endete mit mehr Hoffnung als Substanz, wie es bei solchen Begegnungen oft der Fall ist. Die amerikanische Presse bezeichnete den Besuch des Präsidenten in der Sowjetunion als ›ereignislos‹ – sah man einmal von dem überraschenden Tod des KGB-Vorsitzenden ab, der einem Schlaganfall zum Opfer fiel. Doch hinter den Kulissen war weitaus mehr geschehen.

Frank Paradiso setzte seine Arbeit in der US-Botschaft von Lissabon fort. Ted Templeton, Direktor der Central Intelligence, und sein Stellvertreter Ronald Sanders legten kurz nach dem Gipfeltreffen ihr Amt nieder. Beide gaben familiäre Gründe an. Beide meinten, diese Entscheidung schon vor einer ganzen Weile getroffen und beschlossen zu haben, bis zur Rückkehr des Präsidenten aus Moskau zu warten.

Templeton und Sanders fanden lukrative Arbeit im privaten Sektor. Angesichts der Möglichkeit, daß irgendwann ihre Beteiligung an der Verschwörung bekannt wurde, blieb ihnen natürlich gar nichts anderes übrig, als ihre früheren Stellungen aufzugeben. Ein Umschlag, den man in Andrei Pawlitschenkos Bürosafe gefunden hatte, enthielt eindeutige Beweise.

Stone fragte sich, ob die Gruppe der Alten Gläubigen auch weiterhin existieren würde. Eine andere Organisation *blieb* von Bestand: Überall in den Vereinigten Staaten gab es ›Schläfer‹, sowjetische Agenten, die auf Einsatzbefehle warteten.

Das Sanctum reduzierte sich auf eine Erinnerung in den Köpfen seiner Mitglieder. Lansing, Reynolds und die anderen sprachen nicht über den fehlgeschlagenen Putschversuch in der Sowjetunion, wenn sie sich bei offiziellen Anlässen begegneten.

In einem psychiatrischen Krankenhaus in Moskau befolgte eine Krankenschwester ihre Anweisungen: Schon seit Wochen behandelte sie einen ganz bestimmten Patienten mit dem Neuroleptikum Haloperidol und einer kollodialen Suspension aus Schwefelblume. Diese Lösung verursachte hohes Fieber und sorgte dafür, daß der Mann starke Schmerzen hatte, ganz gleich, ob er saß, stand oder lag. Die Diagnose lautete kriminelle Schizophrenie. Auf den Befehl des Politbüros hin war er am 7. November in der sowjetischen Botschaft von Washington verhaftet und sofort nach Moskau geflogen worden.

Der Patient, ein hochrangiger Diplomat und Mitarbeiter des verstorbenen KGB-Vorsitzenden Pawlitschenko, hieß Alexander Malarek. Man erteilte ihm eine Lektion, und sie diente dazu, alle Leute zu warnen, die den gleichen fatalen Ehrgeiz entwickelten wie er. Malarek litt nun an einer Nebenwirkung der Behandlung: Seine intellektuelle Kapazität ging kaum über die einer Pastinake hinaus.

Stone füllte die beiden Kaffeebecher und nahm neben Charlotte am Frühstückstisch Platz.

Sie beide genossen es, sich gerade geliebt zu haben. Charlotte las in der *New York Times*, und nach einigen Sekunden sah sie auf. »Wir müssen miteinander reden, Charlie.«

Er ächzte leise. Wenn man miteinander reden ›mußte‹, ging es nie um angenehme Dinge.

»Wie sehr gefällt dir deine Arbeit an der Columbia?«

Im Anschluß an Stones Rückkehr nach New York hatte ihm die Columbia University sofort einen Lehrstuhl für sowjetische Studien angeboten. Er bekam dafür ein akademisches Gehalt, was bedeutete, daß er nicht viel Geld verdiente. Aber während seiner Tätigkeit für die Parnassus Foundation hatte er gespart, und hinzu kamen die Banknoten, Obligationen und Aktien im Bankschließfach seines Vaters. Außerdem: Das Apartment und die Bergsteigerausrüstung waren bezahlt.

Und dann das Lehman-Erbe . . ., dachte er.

»Wir sehr mir meine Arbeit gefällt?« wiederholte er und nahm die Brotscheiben aus dem Toaster. »Was soll das heißen?«

»Hast du Spaß daran? Oder wärst du bereit, dich nach einer anderen Beschäftigung umzusehen?«

»Ob ich *Spaß* daran habe?« Ja, überlegte er. Eigentlich schon. Er hatte die Angebote der NSA und DIA abgelehnt, verglich die Geheimdienste mit glitschigen Schlangen, die sich täuschend trocken und harmlos anfühlten, wenn man sie berührte. »Ich fände es wunderbar, an einer Universität zu unterrichten – wenn es unter den Dozenten weniger Neid gäbe und die Studenten motivierter wären. Jemand sagte einmal: Die akademischen Intrigen sind deshalb so schlimm, weil nur wenig auf dem Spiel steht. Worauf willst du hinaus, Charlotte?«

»Die ABC hat mir einen Job in Washington angeboten.«

»Ach?«

»Ich soll dort übers Weiße Haus berichten.«

»Im Ernst?« Stone wollte Charlotte umarmen, doch plötzlich erstarrte er. »O nein. Washington.«

»Ich wußte, daß du nicht sonderlich begeistert sein würdest.«

Er rollte mit den Augen und starrte zur Decke hoch. »Weißer Himmel im Sommer. Unausstehliche Fußgängerpromenaden. Rechtsanwälte, Kongreßabgeordnete und Karrieremacher.«

»Charlie . . .«

»Andererseits: Vielleicht finde ich eine Stelle in Georgetown.«

»Dort empfinge man dich mit offenen Armen.«

Stone musterte Charlotte. »Ja, wahrscheinlich hast du recht. Nun, warum nicht?«

Sie trauerten noch immer, und das galt insbesondere für Stone. In gewisser Weise hatte er beide Eltern gefunden und dann verloren. Darüber hinaus wußte er nun, daß er fähig war, einen anderen Menschen zu töten, und es fiel ihm schwer, sich mit dieser Erkenntnis abzufinden.

Am Jahrestag von Alfred Stones Tod flog er nach Boston und legte Blumen auf das Grab seines Vaters. Die Inschrift war ein Zitat von Boris Pasternak, das sowohl Kummer als auch Hoffnung zum Ausdruck brachte:

> DU BIST EINE GEISEL DER EWIGKEIT,
> EIN GEFANGENER DER ZEIT.

Charlie verstand diese Worte erst, als sich der Kreis schloß. Sie erklärten jenes Geheimnis, das ihm Lehman in den letzten zehn Minuten seines Lebens anvertraute.

Laß das Ding ruhig eingeschaltet, erklang die Erinnerungsstimme des alten Mannes. *Ich muß dir noch etwas sagen.* Und Stone hörte zu.

»Du hast den Grabstein gesehen, den ich in Père Lachaise aufstellen ließ, um darüber hinwegzutäuschen, daß Sonja noch lebt«, begann Lehman. »Sie durfte zweimal nach Paris kommen, 1953 und 1956. Weißt du, dein Vater war mir immer sehr dankbar, weil ich ihn als Mitarbeiter im Weißen Haus wählte. Aus diesem Grund erklärte er sich sofort bereit, für mich nach Moskau zu reisen. Als ihn dort FBI-Agenten fotografierten ... Nun, er wollte die Wahrheit nicht preisgeben, ging lieber ins Gefängnis.«

Stone sah, wie schwer es Lehman fiel, die Augen offenzuhalten. Er nickte, und seine Gedanken rasten. »Ich weiß«, erwiderte er. »Ich glaube, tief in mir habe ich es die ganze Zeit über gewußt, obwohl mir Dad nie etwas verriet. Er wollte meine Kindheit schützen, mich nicht belasten. Es erschien mir immer rätselhaft, warum er sich dir so sehr verbunden fühlte. Aber ich ahnte etwas.«

Lehman starb langsam, aber er brachte die Kraft auf, zufrieden zu lächeln. »Meine Tochter war eine wunderschöne Frau. Es ... es hätte mich nicht überraschen sollen, als sich dein Vater in sie verliebte. Er nahm die demütigenden Anklagen hin, die man gegen ihn erhob, verspürte nur noch den Wunsch, Sonja die Ausreise zu ermöglichen – sie trug sein Kind. Und Sonja, die arme Sonja ... Sie wollte das Kind nicht in einem Land aufwachsen lassen, in dem es keine Freiheit gab. Denk daran: 1953 erreichte der stalinistische Terror seinen Höhepunkt. Meine Tochter brachte ihr größtes Opfer dar. Sie ... sie sagte, ihr Kind solle nicht zu einem Sklaven werden.«

»Du hast vergeblich versucht, Sonja zu helfen«, murmelte Stone tonlos. »Aber du warst in der Lage, mich in die Staaten zu holen. Deshalb begab sich mein Vater Ende 1953 nach Paris. Um Sonja noch einmal wiederzusehen, um ihren Sohn mitzunehmen. Aber warum ...«

»Ich mußte ihn belügen. Ich behauptete, Sonja habe geheiratet. Andernfalls hätte Alfred es nicht ertragen können. Einige Jahre später sagte ich ihm, sie sei gestorben. Und ich habe ihm geholfen, soweit es mir möglich war.«

»Ja.«

»Ich besorgte ihm eine gefälschte Geburtsurkunde – für dich. Ich bot ihm Geld an, und manchmal nahm er es.«

»Ich weiß. Und ich ... bin dir dankbar dafür.«

»Als ich dich in meinem Archiv sah, hatte ich schreckliche Angst, daß du alles herausfinden würdest. Ich befürchtete, daß du dich zu irgendeiner Dummheit hinreißen lassen könntest. Du hattest ein *Recht* darauf, die Wahrheit zu erfahren, aber gleichzeitig sah ich eine Gefahr für die schwierigen Vereinbarungen in Hinsicht auf Sonja . . .«

»Bevor mein Vater starb, wollte er mir davon erzählen. Er bekam keine Gelegenheit mehr dazu. Aber ich wußte es trotzdem.« Sein ganzes Leben lang hatte Charlie etwas in dieser Art vermutet. Schon als Kind spürte er, daß Margaret Stone nicht seine leibliche Mutter war – obgleich eine logische Erklärung für diese Ahnung fehlte. Was hatte Alfred Stone vor vielen Jahren voller Zorn gerufen? »Er hat keine andere Mutter, nur dich!« Ja. Die Worte eines Mannes, der nicht nur wütend war, sondern sich auch schuldig fühlte: Du mußt dich um den Jungen kümmern, denn seine *wahre* Mutter . . .

»Einige von uns saßen in Fallen fest, für die wir keine Verantwortung trugen«, flüsterte Lehman. »Im kalten Krieg zwischen den Supermächten gerieten wir zwischen die Fronten. Das gilt für mich. Und auch für Sonja. Aber du bist frei, Charlie.«

Daraufhin schloß der alte Mann die Augen.

Fallen. Geiseln.

›Du bist eine Geisel der Ewigkeit, ein Gefangener der Zeit.‹ So lautete Alfred Stones Lieblingszitat.

Ich habe ihn falsch verstanden, dachte Charlie. Mein Vater bezog sich damit nicht auf die öffentliche Tragödie, auf die Anschuldigungen gegen ihn. Nein, er meinte sein persönliches Drama. Die Worte galten Sonja, der Mutter seines Sohnes.

WASHINGTON

Fast ein Jahr nach den Ereignissen in Moskau bekam Stone einen Einschreibebrief von Jakow Kramer, der inzwischen in Brighton Beach, New York, lebte. Er nahm in einem bequemen Sessel Platz und öffnete den Umschlag. Charlotte trug ein Kopftuch, auf dem sich Dutzende von Farbflekken zeigten – in ihrem neuen Georgetown-Apartment herrschte ein wildes Durcheinander aus Farbtöpfen, Leitern und Abdecktüchern –, blickte über Charlies Schulter und schnappte unwillkürlich nach Luft.

Der Umschlag enthielt mehrere vergilbte Blätter.

Stone zog die Papiere daraus hervor, fühlte prickelnde Aufregung und begann zu lesen. Nach der langen Suche erschienen ihm die Dokumente seltsam vertraut.

Ganz oben lag ein Brief. ›An das Politbüro des Zentralkomitees‹, begann er. Die Unterschrift lautete: ›W. I. Lenin.‹

DANKSAGUNG

Viele Personen, die eigentlich viel wichtigere Dinge zu tun haben, halfen mir bei diesem Buch. Mein Dank gilt insbesondere Doe Coover, Peter Dowd, Ami und Varda Ducovny, Lisa Finder, Randy Garber, Diane Hovenesian und Dr. Robert Berry, Justin Kaplan und Anne Bernays, Bob Lenzner, Gil Lewis, Jan Libourel, Paul McSweeney, Ray Melucci, Detective Paul Murphy vom Bostoner Police Department, Richard Rhodes, Robie Macauley, Randi Roth, Ranesford Rouner, Rafe Sagalyn, Charlie Smith, Harry Stoia von Boston Lock & Safe, Joe Teig, Rick Tontarski, Jerry Traum, Joe Walker und Tom Wallace. Jack McGeorge gab mir wichtige Informationen über den Mechanismus terroristischer Aktionen. Darüber hinaus bedanke ich mich bei meinen Freunden, die im Geheimdienst arbeiten und natürlich überhaupt keine Ähnlichkeit mit den finsteren Verschwörern in diesem Roman haben.

Für die medizinischen Auskünfte danke ich Dr. Stan Cole, Dr. Ann Epstein, Dr. Jonathan Finder, C. George Hori, Dr. David Jablons, Dr. William Kasimer und Lynn Swindler.

Heute scheint sich die Sowjetunion praktisch täglich zu verändern; einige Freunde und Kollegen halfen mir mit ihren sowjetologischen Fachkenntnissen, unter ihnen Nick Daniloff, Susan Finder, der Nationalitätenexperte Lubomir Hajda vom Harvard Russian Research Center, Elena Klepikova, die Lenin-Gelehrte Nina Tumarkin, der enzyklopädische Kreml-Forscher Sidney Ploss und die unvergleichliche Priscilla McMillian. Die Darstellungen des Lebens in Moskau verdanke ich Leuten, die ich hier und während meiner Besuche in Rußland kennenlernte. Zu ihnen gehören Maria Casby, Ruth Daniloff, Andy Katell, Alex Sito und Misha Tsypkin.

Es war mir ein großes Vergnügen, mit dem Verlag Viking Penguin zusammenzuarbeiten, und das gilt insbesondere für die außerordentlich scharfsinnige Lektorin Pam Dorman, die hingebungsvoll an allen Kapiteln mitwirkte. Natürlich danke ich auch dem unentbehrlichen Danny Baror von der Henry-Morrison-Agentur.

Schließlich möchte ich noch drei Personen nennen, ohne deren großzügige und geduldige Unterstützung dieses Buch nicht entstanden wäre: Henry Morrison, der engagierteste Literaturagent und Ratgeber, den ich kenne; mein Bruder Henry Finder, ein ausgezeichneter Lektor und Brainstormer; sowie meine Frau Michele Souda – sie stand mir liebevoll und mit redaktioneller Aufmerksamkeit zur Seite. Sie war dabei, als alles begann, in einer Hängematte auf Marthas Weinberg.